惊封

JING FENG

壶鱼辣椒 著

HU YU LA JIAO

广东旅游出版社
中国·广州

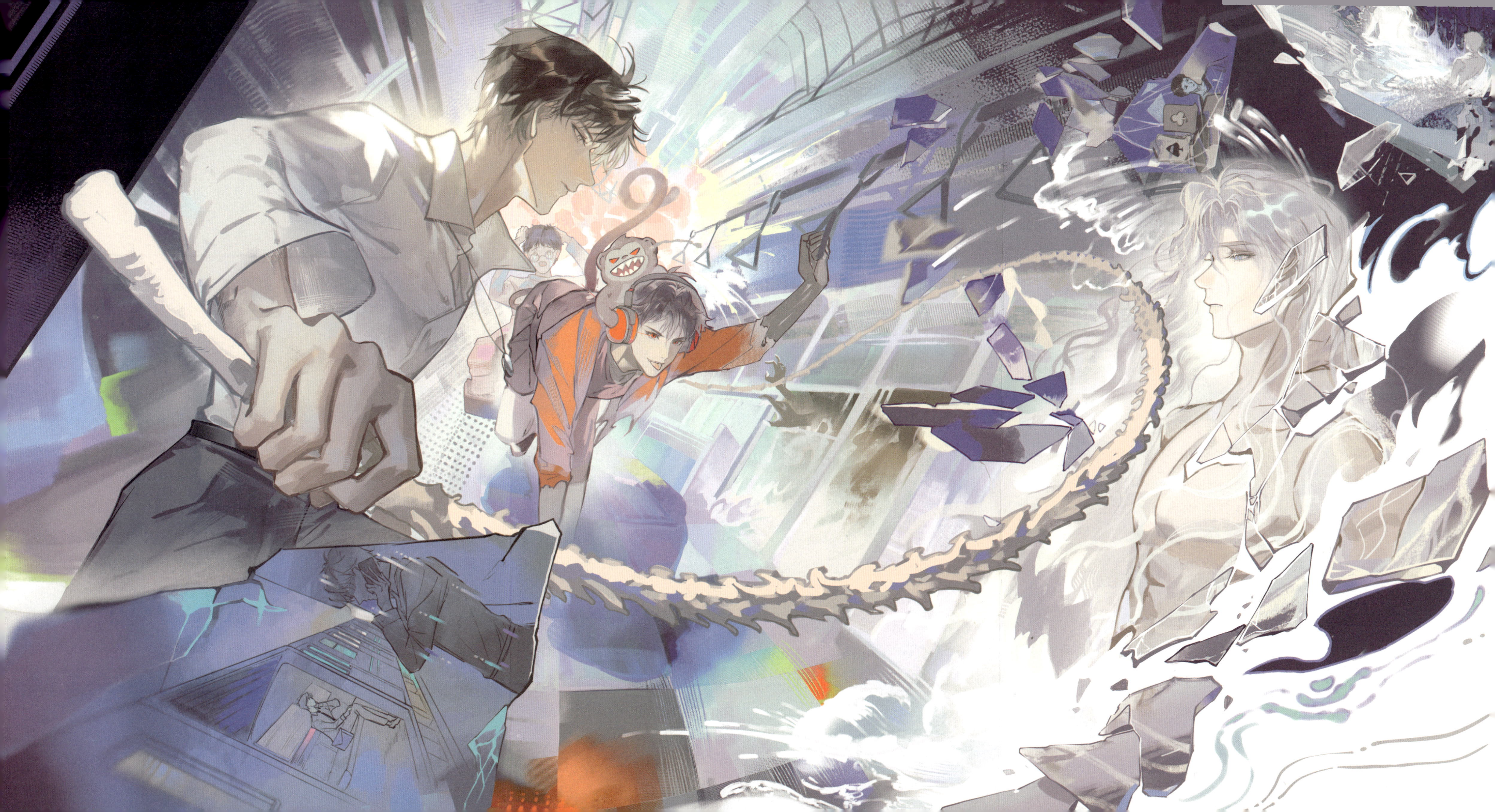

目录
CONTENTS

第一章
塞壬小镇……………………001

第二章
贫穷的流浪者………………157

第三章
爆裂末班车…………………203

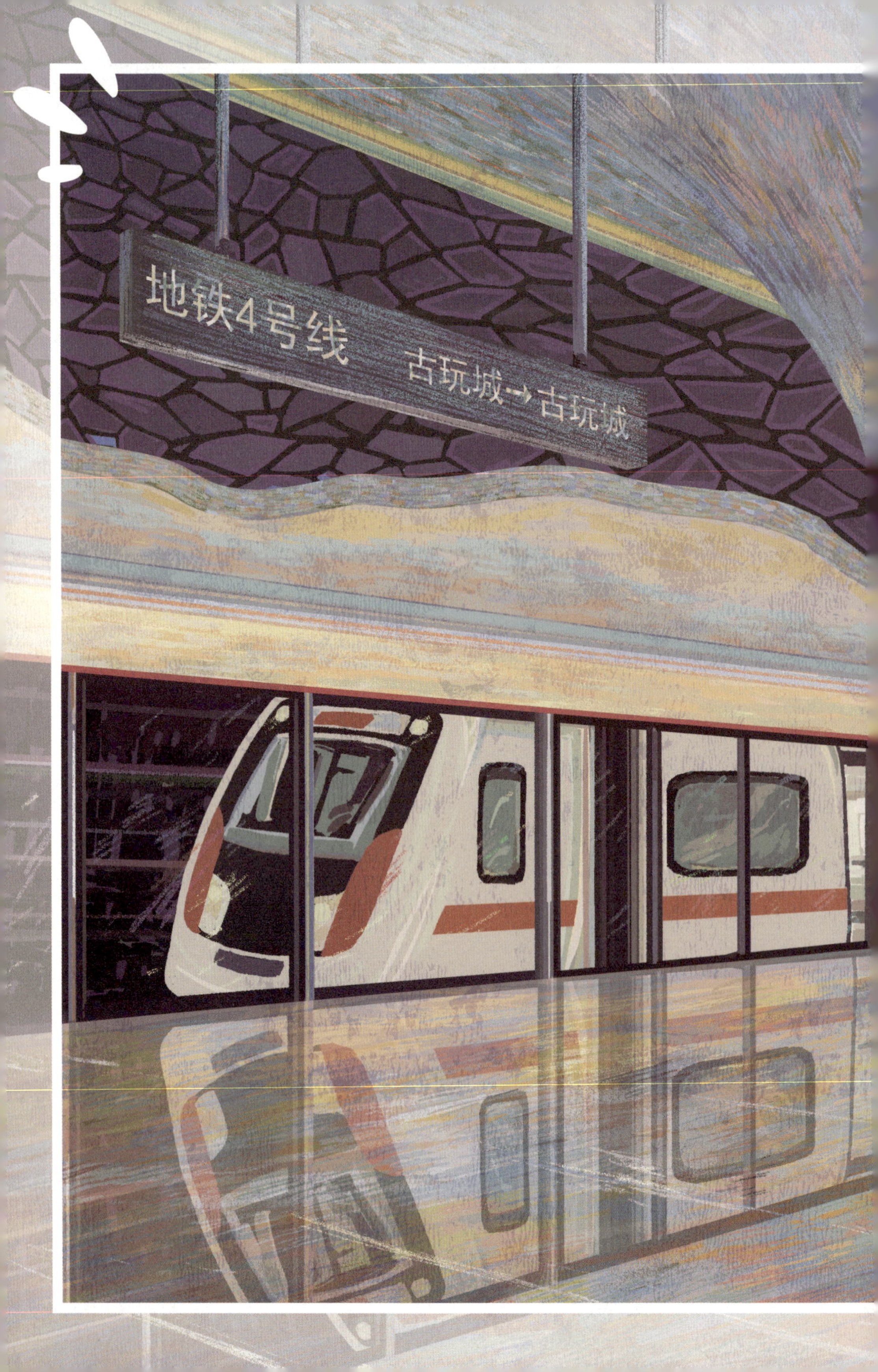
地铁4号线
古玩城→古玩城

惊封

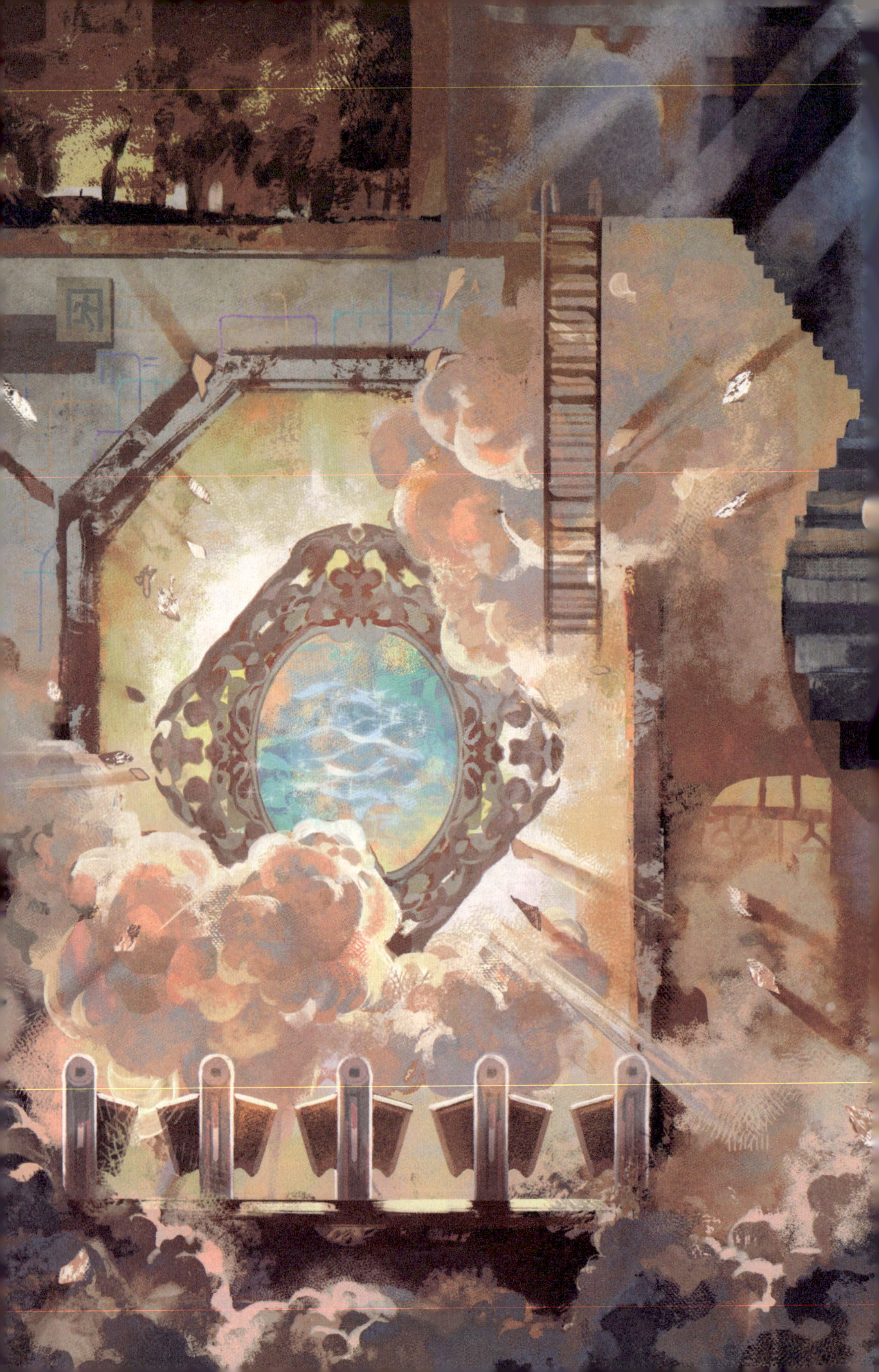

惊/封

"我欠你一个愿望,你可以随时找我兑换,
只要你握住我身体的一部分,
呼唤我的灵魂本名——
塔维尔。"

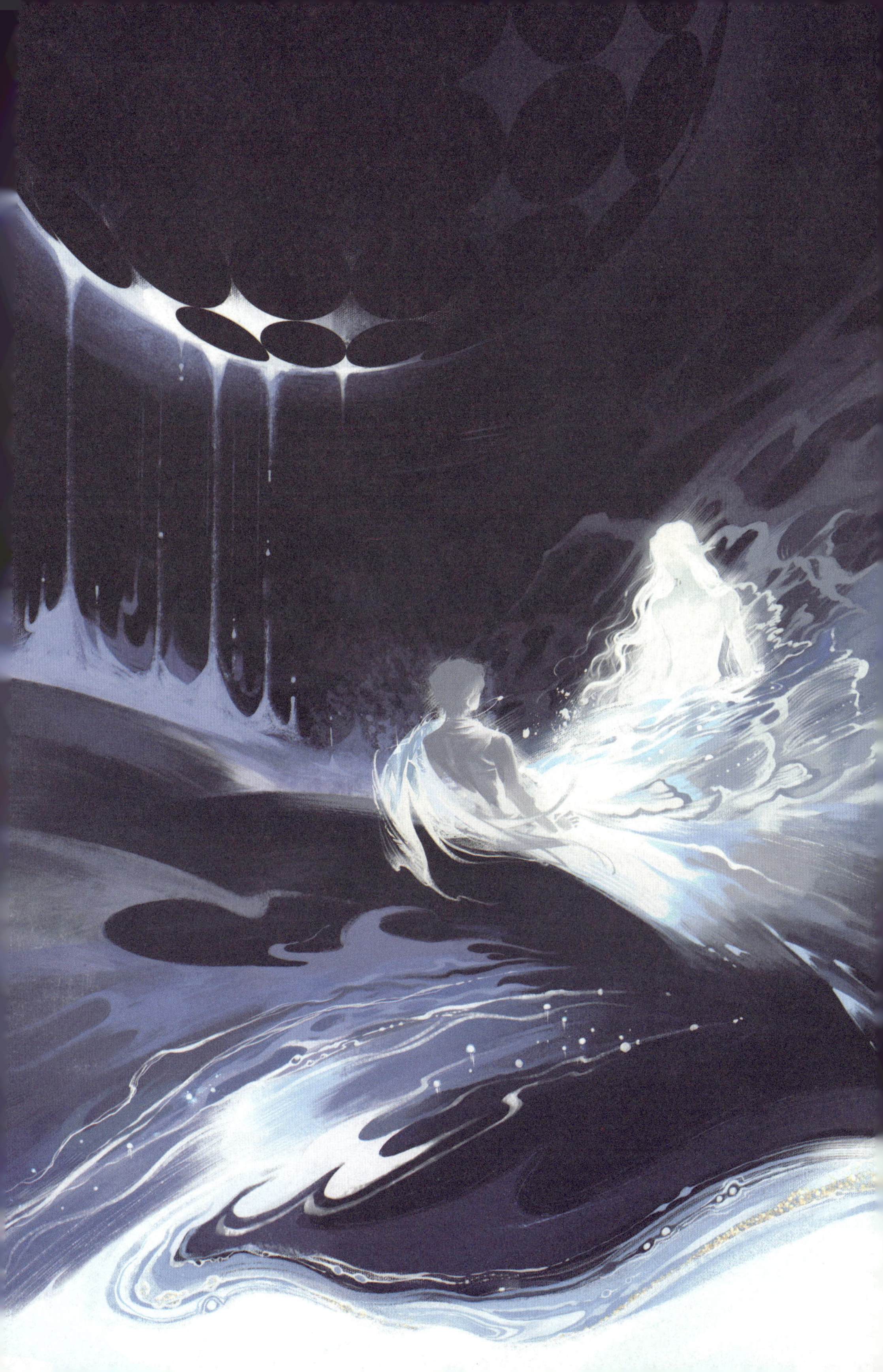

引 子

无尽的噩梦循环世界中,
无人能从牌桌上离开,
虚幻里饮鸩止渴的最后一群人仰头看向天际上的飘扬白纱,
操控他们的牌主慈悲地揭开了最后一场游戏的幕帘。

牌桌之上,第一张苏醒的牌为纯白国王。

本书内容均为架空未来设定下的全息游戏

纯属虚构

切勿对号入座

"接下来游戏开始——

祝你好运，

新人玩家。"

第一章 塞壬小镇

1

白柳醒来，发现自己坐在一辆车的后座上。车的内部空间狭小，破旧的椅背泛着刺鼻的烟味，车窗上滑落不成股的水流，能从玻璃上模糊地看到窗外细雨淅淅沥沥。天色昏沉，分不清是黄昏还是夜晚，他的鼻腔里还萦绕着一丝淡淡的、让他不适的咸鱼腥味。

他的面前有一个悬浮的面板，上面写着——

游戏须知。

白柳皱起眉来。

这是哪里？他为什么在这里？这个面板又是什么东西？

这个面板好像能感知他心中的疑惑，依次在上面显现出了答案。

你在一场致命的游戏中，而你之所以在这里是因为我们检测到你在失业之后爆发出对金钱的强烈欲望。

它触发了游戏的开启。

随着面板上的字一个一个显现，白柳终于回想起了一些事情。

是的，没错，他失业了。

而他是一个对金钱有着强烈欲望的人。就像传说中龙喜欢囤积金光闪闪的东西一样，他喜爱囤积金钱，甚至被心理医生诊断为"金钱囤积症"患者，医生告诫他，要控制自己对金钱的欲望。

有工作的时候，白柳每个月还有一笔固定收入可以勉强克制自己对金钱的渴望，但当失去这份工作的时候，白柳陷入了一种无法自控的，甚至想要不顾一切地去囤积金钱的热切状态中。他的心理医生说，这是下岗员工的正常心理状态，让他自己调节平缓一下，出去看看世界放松一下。

白柳听了只想冷笑，没有钱，怎么出去看世界？

白柳讽刺心理医生："出去看了世界之后，我就能变得有钱吗？"

心理医生惊叹："当然不会啊！"

白柳："……"你这不是挺知道会发生什么吗！

"但是你变得更穷之后，你就会发现……"心理医生安慰白柳，"穷也不过如此，钱都是身外之物，何必把自己折腾得如此痛苦呢？"

白柳面无表情地质问心理医生："遇到我这种病人痛苦吗？"

心理医生："……"痛苦。

白柳呵呵一笑："你是为了什么把自己折腾得这么痛苦呢？你为什么不辞职出去走走呢？"

心理医生："……"为了钱，没钱不敢出去走。

哇的一声哭出来。

在自己把不知道第多少个心理医生说哭之后，白柳拍拍手感叹，幸好这心理医生是社区免费的，不然就更穷了。

白柳失业之后，陷入一种极度的焦虑中，根本就调节不过来，做梦都能梦到自己有钱。醒来之后，梦境和现实的巨大落差又常常让他感觉更加怅然。

在这种无法平息的下岗焦躁和自我冲突里，白柳有事没事就托腮做梦——如果这个世界上存在一种高风险挣钱的方式就好了，他真的需要钱！

他把自己的想法告诉了朋友，朋友宽慰他："你做梦，钱会来得比较快。"

于是白柳躺在床上做梦，在失去意识被卷入这个游戏前的最后一刻，是如此想着的——

希望梦里能暴富。

回忆结束，白柳看着面前悬浮的游戏面板。

面板上又浮现一行字：

是的，正是你想要暴富的强烈欲望开启了游戏，而只要你成功地通关游戏，你就能获得你想要的一切。

白柳毫不犹豫："我想要钱。"

隔了一会儿，白柳又问道："你们这个游戏，是合法的吧？"

面板——

合法的。

白柳："这是什么游戏？我要怎么做才能通关？"

这是一场恐怖逃生游戏，里面充斥着鬼怪、杀人狂魔等不可思议之物，而你要做的就是找出他们的弱点，完成整个游戏副本剧情的通关，并从他们手中顺利存活下来。

游戏副本载入中……载入完毕。

游戏副本名称：《塞壬小镇》。

等级：一级（玩家淘汰率小于50%的游戏为一级游戏）。

模式：单人模式。

综合说明：这是一款刺激的、动作向和解密向相结合的游戏，在玩家中大受欢迎，但似乎对新人不是很友好，新人淘汰率非常高。

玩家信息载入中……载入完毕。

玩家名称：白柳。

生命值：100（生命值低于60后，玩家攻击力下降，归零之后玩家"死亡"）。

体力值：80（体力充沛）。

敏捷：25（你常年坐办公室，全身僵化，不太敏捷）。

攻击：30（只有高中生拿书包砸人的攻击能力）。

智力：89（你出乎意料地聪明）。

幸运：0（你一生都出奇地不幸，如果你们公司要裁员一人，那个人必定是你）。

技能：无（你还没有任何技能）。

精神值：100（你是本年度第一个登录游戏后精神值还保持满格的玩家）。

注：请玩家保证精神值高于60。精神值低于60，会导致玩家精神错乱，人物面板各属性减半；精神值低于40，会令玩家看到不属于游戏的幻觉内容，导致游戏通关难度加剧；精神值低于20，会激发玩家癫狂状态，攻击力面板属性随机飙升，击杀各类生物；精神值为0，玩家会彻底被副本同化，变成怪物中的一员。

玩家面板属性综合评价——F级玩家，最低等的玩家，但因精神值和智力值测定特殊，该评级存疑，最终玩家等级记载为——F？

白柳扫完整个人物面板之后，看着那个F后面的问号，觉得自己像是受到了不明显的嘲讽，他滑开人物面板，屏幕上又跳出来一个新面板。

你已登录新人区的小电视屏幕（1/100），目前无人为你驻足，玩家白柳人气值为0，氪金[①]率为0。

你的游戏过程会呈现在玩家大厅新人区的小屏幕上，供其他玩家观看，但目前并没有人观看你的游戏过程，也没有人为你的游戏过程氪金，目前你籍籍无名。

白柳有点懂了，这就是游戏主播的形式。但这些都无所谓，他的关注点在那个氪金率上面："有人为我氪金，我就可以拿到积分是吗？"

是。
接下来游戏开始——祝你好运，新人玩家。

面板就像是被关掉的电视屏幕，在白柳的眼前闪成一道白光后消失了。

而在某个游戏大厅中，有一个小屏幕突然亮起，上面显现出白柳清隽白皙的脸。这个小屏幕周围还有很多类似的屏幕，上面显示着各种各样的新人玩家惊恐崩溃的脸，有人像刺猬一样缩成一团抱着头，拒绝接受现实，还有人在号哭着不停地击打屏幕，想要从里面出来。

只有白柳，毫无受惊吓的神情，在一群惊慌失措的新人玩家里完全是个异类。

所有人都仰头看着这个突然亮起的屏幕，饶有兴致地讨论着。

[①] 氪金：原为"课金"，指支付费用，特指在网络游戏中的充值行为。

"又有新人进来了，不知道能撑几天？"

"看背景，是《塞壬小镇》这个游戏副本？"

"这批新人运气可真差，《塞壬小镇》里新人玩家淘汰率很高的，上次不是登录了一百个，最后就剩下一个吗？"

"最近随机给新人的游戏副本也太难了吧，不过看这些新人吓得屁滚尿流的，还是蛮搞笑的！"

"等等！"突然，一个路过的玩家像是发现了什么不得了的事情一样，靠近了白柳所在的屏幕，他看着白柳的人物面板属性，不可思议地开口，"这里有个精神值100登录的新玩家！"

"什么？！"

"让开，我也要看！"

"现在新人都这么强了吗？！精神值100？！"

"上一个精神值100登录的，现在都在游戏总积分榜前十了吧。"

"潜力种子啊！让我也看看！"

白柳的小屏幕闪烁了一下，一个机械音平铺直叙地报道——

有50人簇拥围观玩家白柳的电视屏幕，玩家白柳达成"初出茅庐"成就，解锁一键三连系统。

有28人点赞玩家白柳的视频，有56人收藏玩家白柳的小电视，无人给玩家白柳充电，请玩家白柳再接再厉。

2

白柳侧身睡在一辆面包车的最后一排，车后座很挤很狭窄，他连翻个身都很艰难。他一动就看到有条项链从自己的衬衫里掉落了出来。

他现在身上的衣服和进入游戏之前没有什么区别，白衬衫黑裤子，典型的上班族日常穿搭，只有这条项链是多出来的东西。

项链的挂坠是一枚被打了孔的一块钱硬币，白柳把手放上去之后就看到游戏面板弹了出来，面板和之前白柳看过的一样，没有什么多出来的信息，应该是游戏管理器一样的东西。

白柳把项链放进衣服里收好，他不太喜欢看到这种被破坏了的钱币。

白柳从车后座探出头来，这是一辆七座的面包车，除了白柳躺在后排之外，前面还有四个人，他一探出头来就有人很惊喜地看向他："白柳，嘿，我的小甜心，你终于醒了！"

除了白柳，这四个人很明显都是外国人的长相，喊白柳小甜心的是个棕色大波浪鬈发的妹子，红唇，棕色眸子，穿着热裤和吊带衫。白柳在看到这个人的一瞬间，胸前的硬币就弹出了面板，上面写着人物信息：

NPC（系统角色）名称：露西。

人物简介：你的同班同学，很喜欢你这种类型的男生，但你面对比你高10厘米还热情大胆的露西太羞涩了。

白柳的视线在"太羞涩了"上微妙地停顿了两秒，很快收回了视线陷入思考。这个游戏里触发的NPC面板信息似乎只是需要玩家自己看到，就和玩"网游"需要把鼠标放上去才会弹出信息是一样的，玩家的眼睛现在就相当于鼠标和游戏手柄。

他若有所思，看来在这个游戏中至少不能失去视力。

露西对着白柳挤眉弄眼："嘿，宝贝，是我把你累着了吗？你可是从上车开始睡了一路。"

一直单身的白柳心情略微有点复杂。

无痛结束了单身生活。

白柳看了看窗外越来越荒僻的景色，及时地岔开话题："我们这是要去什么地方？怎么看着这么偏僻？"

"看来有胆小鬼又想临阵脱逃了。"一道讽刺浑厚的男声从前面传过来，一个穿着紧身牛仔裤和运动T恤的高大男人抱胸鄙夷地看着白柳。这人的身材过于壮硕，上衣被撑得快要爆了，看着像一个橄榄球运动员。

他居高临下地抱胸打量白柳，嗤道："晚了，白柳，就算你是个懦夫想要临阵脱逃也晚了，我们已经在去塞壬镇的路上了。"

面板弹出——

NPC 名称：安德烈。

人物简介：你的情敌，喜欢露西但被露西拒绝了，对你很有敌意。之前，你和他打赌要在世界上最危险的地方守护露西，来证明你对她的爱，于是，你们一行人驱车前往塞壬镇。你在上车之前后悔了，还大哭了一场，是被安德烈强行拉上车的。

白柳已经连续看到"塞壬镇"这个地名两次了。他忽略掉安德烈对他的嘲讽，询问道："塞壬镇，是个什么地方？"

安德烈又是冷哼一声，刚想开口继续嘲讽，一阵细微的念叨声打断了他："塞壬镇，历史上唯一一个发现过海妖残骸的海滨小镇。历史上，有不少人称他们曾在这里见过海妖塞壬的身影，或者在海浪中听过海妖美妙的歌声，也见过这些相貌妖异的海妖在漆黑的礁石上对着人类的尸体大快朵颐……"

"杰尔夫！那些只是塞壬镇为了骗游客去观光编造出来的故事罢了！"安德烈不耐烦地打断了对方的话，尽管如此，他的脸上还是快速闪过一丝不易察觉的畏惧。

一个小个子、戴着厚厚啤酒瓶底般眼镜的男生抱着自己胸前的书瑟缩了一下，似乎有些怕安德烈，但还是鼓起勇气低声反驳道："那你怎么解释那些来塞壬镇的游客神秘失踪的事情？！上个月有十二名游客在塞壬镇彻底消失不见了！警方到处搜寻都没结果，也没有人见过他们离开塞壬镇……"

白柳看向面板——

NPC 名称：杰尔夫。

人物简介：人鱼海怪等非自然生物的强烈爱好者，在得知露西一行人要去塞壬镇之后，主动要求一起前往，对塞壬镇的传说十分了解。

安德烈撑道："这些人多半就是自己落水淹死了，在海边淹死人多正常啊。"

杰尔夫却很不服："警察已经组织打捞了一个月了，没有打捞到任何一具尸骸，就算他们真的落入海中，这也不正常……"说着说着，他的语气低沉起来，还夹带着一丝兴奋，"除非是他们的尸体被塞壬吃了，这样警察打捞不到也是……"

安德烈终于火了，他狠狠打了一下杰尔夫的头："住嘴！你这个该死的四眼仔！整天人鱼人鱼的！我看你长得像条人鱼！"

安德烈下手很重，白柳能清晰地看到杰尔夫的头在座椅边磕了一下，又晕头晕脑地撞到了安德烈身上。这下彻底激怒了安德烈，他甩手给了杰尔夫几巴掌，打得杰尔夫一颗牙齿都飞出来了。

杰尔夫沉默着低头捡起自己的牙齿，然后用一种很隐晦的愤恨的目光看着安德烈，嘴里很轻地说了一句话。

其他人都没有听到，但白柳听力一向不错，他听到杰尔夫说："人鱼一定会把你撕碎吞咽下去的，安德烈。"

白柳微挑了一下眉，但是什么都没说，这些NPC的关系真是有点复杂。

看来安德烈对杰尔夫随意打骂不是一两天的事情了，并且这个杰尔夫似乎已经用"人鱼"制定了一个复仇计划。

开车的司机是白柳花钱请的塞壬小镇的当地人。从露西言谈中，白柳发现自己还是个有钱人，一行人的食宿都是他包的，司机也是他花大价钱请的，他还拜托了司机帮忙找当地的旅馆。

车一直开到了深夜才到达那个神秘的塞壬小镇。在司机的描述中，塞壬小镇是一个靠着捕鱼和帮忙打捞沉船度日的地方，一直都比较偏僻和破败。直到新镇长另辟蹊径用人鱼的传闻吸引来游客，塞壬小镇才靠着旅游业发展起来。

但从上个月开始不断有游客出事，这些游客并不像安德烈所说是落水了，有些甚至还没来得及去海边，就神不知鬼不觉地消失在塞壬小镇的不同角落。比如，有一个游客是当晚住进酒店，第二天一早就被发现人不见了，房门紧闭，也没有人看见他出去，屋内的床都还留有余温，但人就是不见了。

于是，因为游客失踪事件，处于旅游旺季的塞壬镇荒凉得不可思议，不少旅馆酒店都因为经营不善而关门了。

塞壬镇的确很破败，到处都是凌乱的围栏和渔网，地面上满是晒干的贝壳和海藻，还有泥沙，只有很少一些酒店旅馆的装潢还不错。

白柳他们到的时候已经是深夜了，但路上还是有很多行人。这些行人原本是步伐一致地往海边去的，但白柳他们开着车一进来，这些原本要去海边的镇民就不约而同地停下，头一偏，直勾勾地看向白柳的车。

被这么多人大半夜一起看着，露西有些不寒而栗，她轻声尖叫了一下，缩进了白柳的怀里。

但是她比白柳高太多了，还从白柳的肩膀上露出一个头来，看起来倒像是白柳缩进了她怀里。

白柳："……"

白柳转头问司机："已经半夜了，这些人去海边干什么？"

司机摇摇头："最近没什么人来旅游，经济不景气，他们就只能重新靠捕鱼为生。你没捕过鱼不知道，很多值钱的鱼都畏强光，只有夜里才会出来活动，所以他们才在夜间下海。"

镇民们用很诡异的目光看着白柳，眼睛在夜里泛出猫眼一样的绿光，脸上带着一种奇异的表情，好像是在笑，但他们的嘴角没有彻底上扬，反倒是僵直地抽搐着。

他们手中还拿着渔网和鱼钩，有些人手上提着乳化的油灯。他们目不转睛地凝视装着白柳的那辆车，眼神随着车移动，好似随时都会冲上来用手中的渔具袭击这辆车一般。

"你们要小心一点这些家伙。"司机提醒，"他们最近很缺钱，而你们很有钱。"

由于白柳出手阔绰，司机将他们一行人安排到了当地最好的酒店。

这是一家非常现代、豪华的五星级酒店，豪华得和整个小镇的画风有些格格不入，门口居然还有喷泉池子。

喷泉池子里有一尊用石灰岩做基底，白色冷蜡制成的人鱼蜡像。

这尊人鱼蜡像栩栩如生，莹润的皮肤在黯淡的月光下闪着近乎人类皮肤的光泽，长发垂落下来遮住它丰满的乳房，鱼尾立在水池中。它垂着眼眸，表情悲天悯人，手中托举着一个水壶，水壶里散落着一些假的云母珍珠，喷泉就从水壶里倾倒下来，落在水池中，发出好似海浪一般的声响。

司机绕过酒店门口的喷泉池子，一路把车开到了酒店的正门口。

杰尔夫忽然惊叫了一声，他指着酒店门口那尊人鱼蜡像喊道："它刚刚在看我！它刚刚动了一下！"

—— 3 ——

白柳顺着杰尔夫的视线看过去，那尊人鱼蜡像依旧垂眉敛目，看着水里，一动不动。

安德烈被杰尔夫的喊叫吓了一跳。他恶狠狠地揍了杰尔夫一拳："这蜡像哪里动了！根本就没动！你要是再这样一惊一乍，我把声带给你扯出来，狠狠扔到地上踩两脚！"

杰尔夫捂着自己挨了一拳的头，有些害怕地看了安德烈一眼，把自己蜷缩成一团，低声自言自语道："它动了的，它真的动了的……"

露西也被杰尔夫弄得有些发毛。她勉强笑了一下："杰尔夫，你怎么那么肯定不是你眼花，而是这尊人鱼蜡像动了一下？这尊人鱼蜡像并没有眼珠，你怎么知道它在看你？"

那是一尊乳白色的人鱼蜡像，用冷蜡做的，有种奇特的半透明质感，脸上还有一些半融不融的蜡滴。

这蜡像虽然雕刻了眼睛,但是并没有黑色的眼珠,它整个眼睛都是纯白的,就好像没有灵魂的死寂生灵一般矗立在酒店门口。

"你们没发现吗?"杰尔夫声音越来越低,还有些颤,"无论我们的车开到什么地方,都是被这尊蜡像直视着的,它的眼睛肯定在动……"

"这个啊……我还以为什么呢……"露西明显松了一口气,终于舒心地笑出来,"就和那个《蒙娜丽莎的微笑》的画像是一样的吧?无论从什么角度看都以为画像上的人在看自己。"

"不是,这种无论从什么角度看画像上的人都在看自己的情况只能在二维平面产生,三维是无法产生的,也就是说,蜡像是不可能出现这种情况的。"白柳很冷静地反驳了露西,"杰尔夫说得对,这尊蜡像的眼睛的确一直在盯着我们动。"

和那些镇民是一样的,从他们一进来就开始盯着,好像是在看进入狩猎区的猎物一样。

这东西应该是个什么怪物吧。

这个想法刚刚落下,白柳胸前的硬币突兀地震动了一下,弹出一个全新的面板,游戏面板变成了一本厚重古旧的中世纪书籍的模样,在白柳面前缓缓翻开。

恭喜玩家发现第一个游戏怪物,解锁怪物书——《塞壬小镇》特辑(1/4)。

书页上出现了一张照片,人鱼蜡像苍白的脸浸泡在幽深的海水中。它只露出半张脸,没有雕刻眼珠的眼睛无声地注视着白柳,似乎要从照片中爬出来。

怪物名称:人鱼蜡像(蛹状态)。
攻击值:?(未解锁,战斗后解锁)。
攻击方式:?(未探索)。
弱点:?(未探索)。

那些打问号的地方都像是被濡湿了的墨迹和污渍,看不清具体字迹,后面飘浮着荧光字体的解释。

弱点下面有一行说明文字——

注:探索补全该怪物书页信息可以获得相应的积分奖励和特殊奖励,

集齐一个游戏副本的所有怪物书页，可以带走该游戏副本中某种怪物最珍贵的东西。

《塞壬小镇》的怪物书有四页，后面的书页白柳就翻不动了，显示未解锁，应该是游戏副本里的其他怪物。

这有点像是打怪然后获得奖励，怪物的危险等级越高，最终可以得到的"东西"也就越好。

但是看这个探索条件，甚至还有战斗，这完全就是鼓励玩家去"作死"挑衅怪物啊……

战斗力只有高中生丢书包那么多的白柳深沉地摸了摸下巴。

露西有些慌张地抱住白柳的手："它真的在动吗？"

"怎么可能？！"安德烈似乎也被白柳一本正经的说辞感染了，脸上出现了一瞬恐惧的神情，但很快被压了下去。他对着白柳嘲讽道："白柳，你这个胆小鬼！要是贪生怕死，编造这些理由想要逃跑，你就跑吧！回去之后你就自动放弃露西！"

这应该是白柳和这个安德烈的赌约内容。

司机神色怪异地动了一下，但最后状若平常地笑道："天色太晚了，你们看错了吧？哪有什么会动的蜡像啊？要真有，我们镇子早就保护起来用来做观光景点了！那可是能挣一大笔钱呢！我们城镇产蜡，人鱼蜡像只是我们城镇的特色而已，到处都有，没什么特别的。"

"到了！你们下车吧！今晚好好休息，明早起来好好游玩吧！"司机打开车门，送他们下车。

白柳回头看了一眼那尊喷泉中的人鱼蜡像，远远望去，那尊蜡像依旧是正面对着他们，头温顺地低着，注视着水面，似乎并没有注视他们。

但白柳清晰地记得，他们的车刚刚开进来的时候，这尊人鱼蜡像的正面不是朝向酒店门口，而是朝向入口的。

酒店门口也一左一右摆放了两尊人鱼蜡像，手上拿着权杖，嘴角带着奇异扭曲的微笑，似乎是在扮作侍者欢迎他们的样子，但那神情却仿佛是被迫立在这里的。

等他们走进酒店之后，发现里面到处都摆着大大小小的人鱼蜡像，就连收银台背后都有一尊等人高的人鱼蜡像，手里还拿着钱，似乎在收银。

就像司机说的那样，人鱼蜡像似乎是塞壬镇的特色，随处可见，但这也太多了点，从落地灯的人鱼蜡像装潢到前台手边的人鱼雕刻笔筒，这已经不仅仅是随处可见，而是密不可分了。

这些人鱼蜡像有一个共同的特点——白柳发现自己无论走到屋内的哪个角落，这些摆放在不同位置的人鱼蜡像都会给他一种自己被直视的感觉。

而且这些人鱼蜡像都没有眼珠子，按理来说，没有瞳仁的蜡像很难给人它们在凝视你的感觉，但白柳就是有这种感觉。

如此数量繁多、摆放密集的人鱼蜡像盯着你，实在是让人不适，就算是一直讥讽白柳是胆小鬼的安德烈进来之后都起了一身鸡皮疙瘩，不由得搓了搓胳膊，杰尔夫更是瑟瑟发抖地躲在安德烈的后面，似乎都不怕安德烈打他了。

露西小鸟依……大鸟依人地挽着白柳的胳膊，一张娇艳如玫瑰的脸庞泛着惨白的颜色，似乎也被这诡异的酒店装饰吓到了。

而白柳神色自若地和前台沟通："你好，我姓白，我之前预订过房间的。"

前台是个肤色惨白得像大理石一样的年轻人，下身穿着及地的苏格兰长裙，走起来一顿一顿的，似乎有些行动不便。这个年轻人静立不动的时候，甚至让人分不清他是蜡像还是真人。

白柳一行人靠过去，这人忽然动起来的时候，甚至把露西吓了一跳，她以为是蜡像动起来了，捂脸惊叫道："哦，我的上帝！你白得就像是一尊蜡像！"

"抱歉。"前台看着他们充满歉意地说道，"我有白化病，吓到你们了，不好意思！白先生是吗？您一周前预订了四个房间，预订时长为一周，费用已经付了，房卡在这里，祝您旅行愉快。"

白柳接过房卡，他听到预订的是四个房间的时候，其实是松了一口气的。

他不太想和露西睡一间房。

露西似乎也明白了这一点，这位刚刚还受到惊吓的女人很快就恢复了，她用一种"哦！宝贝！你可真是太害羞了！"的眼神调侃地看着白柳，但被白柳面色不改地无视了。

"我想问一下，你们这个酒店里，怎么这么多人鱼蜡像？"

前台语调平缓地回答道："先生，人鱼给了我们一切，塞壬小镇本来一无所有，自从打捞出人鱼的尸骸，来这里的游客越来越多，我们获得了金钱，拥有了一切，所以我们很感激人鱼。在这里，家家户户都有很多人鱼蜡像，这对于我们来说就像是护身符一样的存在。"

白柳指了指前台身后的人鱼蜡像："你们人鱼蜡像的类型也很丰富，各种各样的都有，你背后那个，就和你长得一模一样，它的材质似乎和其他蜡像也不太一样。"

其实不怪露西分不清人和蜡像，实在是这个前台背后的那个人鱼蜡像和前台的面貌如出一辙，表情甚至比真人更生动，称得上有些狰狞了。

这个人鱼蜡像的眼睛直直地瞪着站在它前面的前台，无论前台去什么地方都不移开视线，好似要从蜡像里张牙舞爪地跑出来把这个长得和自己一模一样的前台撕碎吃掉一般，看得人不寒而栗。

其他的人鱼蜡像看着都有些融化了，但这个人鱼蜡像的材质看起来却更通透些，很新，不像其他人鱼蜡像那么厚重，灰尘多。

"是的，先生。"前台抬起眼眸直视白柳，"背后这个人鱼蜡像是我的护身符，我们会把人鱼蜡像捏成自己的样子，当灾难来临的时候，这些人鱼蜡像就会被魔鬼错当成我们，代替我们承受灾难融化掉。"

白柳觉得有点意思，这个"护身符蜡像"明显和其他人鱼蜡像不同。

玩家获得新认知——《塞壬小镇怪物书》人鱼蜡像面板刷新。
怪物名称：人鱼蜡像（蛹状态），护身符蜡像（茧状态）。

蛹和茧？这个名为"人鱼蜡像"的怪物还有两种不同的状态？
白柳缓慢地思量着：蛹是成虫还没破壳的状态；破茧成蝶，茧是成虫成功孵化之后的状态，也可以说是留下的壳。

保护自己的外壳，这点和这个前台所说的抵御攻击的外壳的说法是一致的……

估计这个人鱼蜡像还有"虫"和"蝶"两种状态，白柳感觉这两种状态的攻击性应该比"蛹"和"茧"更强。

目前看来，"蛹"和"茧"状态的人鱼蜡像没有主动攻击人的意向，不过也有可能攻击的方式是白柳意识不到的那种，比如精神污染之类的。

他觉得满大厅的人鱼蜡像一直盯着玩家，就挺精神污染的。

白柳分发了房卡。露西缠缠绵绵地想要和他睡一间屋子，被白柳以"我还没有为了你证明自己的勇敢，不配真的拥有你"的理由打发了。

露西感动不已地回去了，走之前还很火辣地准备和白柳吻别，被愤怒的安德烈阻止了。

感谢安德烈！希望安德烈今晚不要出事！

白柳发自内心地希望安德烈能多活一会儿。

这妹子热情大方又很喜欢他，属于白柳不擅长处理的类型。

白柳用房卡刷开了自己的房间，他一打开就停住了准备进去的脚步。

白柳扮演的这个角色有钱，订的是比较好的房间，房间内的摆件精致美丽，但屋内从台灯造型到床头柜上的蜡像，居然也全是人鱼，在昏黄的灯光下泛着一种油润的质感。

白柳一进去，这些白森森的人鱼蜡像的眼睛微不可察地移动了一下，齐齐看向了白柳。

面板跳出——

激活主线任务：玩家白柳在屋内安全度过今晚，存活到明天，并且不被孵化，则任务完成。

奖励：20积分。

4

系统给白柳发了第一个任务，但白柳的关注点并不在任务上，他看着"不被孵化"几个字陷入了沉思。

孵化？

啧，那群蜡像可以"孵化"他们吗？

白柳默默记下，一转身就看到床的对面立着一尊等人高的人鱼蜡像。

这是白柳看到的，屋内最大的人鱼蜡像了。

这尊人鱼蜡像美轮美奂，手上捧着一面一人高的光洁的镜子，镜子的边框嵌入蜡里，而人鱼蜡像线条优美的双手就是支撑这面穿衣镜的支架。

这也是全房间唯一一个没有看向白柳的人鱼蜡像。

它面带微笑地看着镜子，白柳倒映在镜中，它双手环抱着镜面，就像是环抱着镜子里的白柳一般。这让白柳稍微有点不舒服。

人鱼蜡像的眼神落在镜面上，眉心内收，眼角低垂，鱼尾无力地摊平在地面上，表情逼真又欢快，就像是在欢迎镜中人的到来。

白柳看着镜子，里面的"自己"对着镜子外的白柳露出了一个蜡像般阴森森的微笑。

白柳不为所动地用白布盖上了镜子。

这种程度的恐怖画面对白柳是无效的，他在现实世界中就是做恐怖游戏的，常常一个人熬夜到凌晨两三点构思各种恐怖桥段，这种镜子中的人对着你阴笑的常规恐怖场景白柳已经做到麻木，不会有任何感觉。

看来之前杰尔夫说的那些直接在酒店里悄无声息地失踪，一直都没有找到尸骸的游客，估计就是被这些人鱼蜡像"孵化"了。

虽然白柳还不懂"孵化"具体是怎么一回事，但总之不会是什么好事。

为谨慎起见，白柳把所有的人鱼蜡像都用酒店房间内的布蒙住了，包括那面巨大的镜子，以此来遮挡那诡异又无处不在的视线。虽然不一定有用，但聊胜于无。

最重要的是，这么多人鱼蜡像看着白柳，白柳也睡不着。

他在遮挡镜子的时候，触摸到了人鱼蜡像的鱼尾，鱼尾的触感并不是光洁柔滑的白蜡触感，而是如海鱼般黏腻湿滑。

白柳甚至感觉他手下蜡像鱼尾上的鳞片轻轻张合了一下。

白柳顿了顿，闻了闻自己触摸蜡像之后的手指，竟然闻到一股浓重的鱼腥气，但白柳凑近人鱼蜡像身上嗅闻的时候，却并没有闻到任何腥气，只闻到酒店内房间的熏香。

可能是车上带下来的味道……

更有可能是白柳自己散发出了那种鱼腥味。联想到那个人鱼蜡像可以"孵化"游客，白柳皱了皱眉，感觉有些不太好。

人鱼蜡像能孵化出什么东西呢？

"孵化"这个词让白柳忍不住想起一部恐怖电影，他曾经为了取材看了两三遍，从此以后对人鱼这种生物再也没有任何旖旎幻想。

连着赶了小半夜的路，白柳早就疲乏了，他简单地清洗了一下自己，就躺在床上沉沉地睡着了。他的体力值已经清零，亟须在相对安全的地方用睡眠补充体力值。

半夜的时候，白柳被一种很沉闷奇异的拖拽声响唤醒了。

他一睁眼，就看到之前盖住那些人鱼蜡像的白布不知道什么时候滑落了一部分，只剩将将一小部分挂在这些蜡像身上。

这些蜡像有些被白布遮挡得只露出一只眼睛，表情似乎也有细微的改变，从带着神性的悲悯变得不甘和怨毒，它们一动不动地看着白柳，似乎在责怪白柳用白布遮挡了它们。

白柳发现这些蜡像似乎离自己比睡觉之前更近了，像一群要聚在餐桌旁用餐的人举着手缓慢聚拢到他的床边。

尤其是那个捧着巨大穿衣镜的人鱼蜡像，白柳迷迷糊糊一醒来，就看到自己的脚已经快贴到镜子了。

这面正对着床的巨大镜子已经贴着床了。

白柳缩脚一坐起，就看到了倒映在镜子中的自己。

镜子里的"白柳"皮肤苍白如岩石，眼睛里没有黑色的眼珠，眼睛周围是大理石状的花斑纹路，"他"对着镜子外的白柳露出一个嘴角僵直的笑，但一晃眼，又变成了正常的镜像，好像刚刚只是白柳的错觉。

白柳静了静，从床上站起，面不改色心不跳地用白布强硬地把这些人鱼蜡像捆了起来。

为了防止这些人鱼蜡像挣脱，白柳还用麻绳死死地扎了两圈，然后把体形较小的人鱼蜡像用白布一裹，扔进了衣柜里上好锁，大的蜡像则推进洗手间里反锁上，动作干脆麻利得宛如一个熟练的绑架犯。

这些东西似乎受到一定的行动限制，在白柳睡着之前，它们并不能移动，而且看起来即使在白柳睡着后，也需要挣脱白布看到白柳才能朝着他移动。

有些盖着白布没有弄下来的小人鱼蜡像就在白布底下到处乱窜，并没有朝着床边聚拢，而是四散逃开。

弄清楚这个规则后，白柳当机立断地将人鱼蜡像的行动限制增加到最大。

正当他做完这些，拍拍手准备睡觉的时候，白柳听到隔壁传来门的开合声和一阵窸窸窣窣的脚步声。

白柳刚躺上床的动作不由得一顿。他预订的四个房间都是相邻的，左右两边房间住的是杰尔夫和安德烈。

门的开合声是从左边传来的，左边是杰尔夫的房间。白柳从床上爬起来，贴在门上从猫眼看向走廊。

只见杰尔夫正站在走廊里，他左右看了看，确认走廊上没有人之后，鬼鬼祟祟地从酒店的楼梯上走了下去。

白柳皱起了眉头，杰尔夫大半夜的不睡觉，去干什么？

他刚准备开门跟去看看，就看到杰尔夫原本关上的房间门把手又开始缓慢转动，似乎还有什么人要跟着杰尔夫从他房间中出来。

酒店房间是一人一个的。

杰尔夫的房间里只有他一个人，露西不可能大半夜去杰尔夫房间，安德烈和杰尔夫的关系更是恶劣，不可能半夜去找杰尔夫，白柳则在自己房间里。

那这个要从杰尔夫房间里出来的人是谁？

白柳心口一跳，他猛地意识到什么，微微移开了一点和猫眼贴着的脸。

从杰尔夫房间里出来的不是人！

杰尔夫房间的门把手发出"咔嗒"一声，终于缓缓地从里打开了，白柳又听到了那种他在半梦半醒之间听到的沉闷拖拽的声音，就好像是有什么东西在地上被人拖曳一般。

但白柳这次知道这声音是怎么发出来的了。

一个等人高的人鱼蜡像从杰尔夫的房间里出来，它面目呆滞不动，脸上没有丝毫表情，因为没有眼珠，眼睛全白而显得死气沉沉，鱼尾在地面上，一蹭一蹭地在深夜空无一人的走廊上拖行。

它雪白的鱼尾在酒店结实老旧的红色地毯上蹭着，在地毯上留下一道油腻的蜡痕，全身上下保持丝毫不动地向着楼梯前行，让白柳想起了那种只能靠着蹦跳前行的僵直鬼怪。

这东西居然能自己跑出房间，还能开门……

这个从杰尔夫房间内"走"出来的人鱼蜡像到楼梯口的时候，似乎察觉到了什么，它肩膀上的头突然僵硬地扭转了一百八十度，直接转到了后面。

它脸上的蜡在缓缓融化，露出一种近似肉质的光感。

随后，它转变了前行的方向，面无表情地朝白柳房间的方向走去。

白柳确定门反锁好之后，往后退了两步，背贴在门上屏住呼吸，他想知道这东西到底想干什么。

白柳很快用余光看到门上的猫眼变白了，且在不停转动。

这东西凑了上来用眼睛看门里的人，那个不停转动的东西是蜡像的白色眼睛。

这东西正在透过猫眼搜寻房间内的人。

这人鱼蜡像的眼睛居然能穿过单向猫眼看到里面的人。

猫眼上的白色眼睛还在不停地转动，白柳屏息缓慢往一旁移动，伸出脚去钩地上的白布，准备用白布来掩盖自己。

这惊悚的画面投射到了小电视的屏幕上，等在白柳小电视前的人屏息凝视，紧张得都快咬手了。

"啊啊啊，好恐怖，我要是在游戏内精神值肯定掉了……"

"稳住啊！稳住！这个地方新人淘汰率超高的！"

"塞壬小镇的怪真的很恶心，新人刚刚进来很难保持冷静找出这东西的弱点……"

白柳周围屏幕的新人玩家也差不多玩到了人鱼蜡像堵门这个地方，有些玩家玩得快一些，门外的人鱼蜡像正在哐哐撞门。

其中一个玩家正一边"呜呜呜"地哭，一边抱着耳朵蜷缩在震动的门边，手里颤抖地拿着一个木棍，似乎是准备用来攻击。

人鱼蜡像撞一下门，他就大声哭着尖叫一下，但并没有任何人去救他。这个玩家房间的门在摇晃了两下之后，停止了，外面的人鱼蜡像好像离开了。

这个哭泣的玩家擦了擦眼泪，劫后余生般松一口气，撑着门手软脚软地站起来。

但他没发现的是，门上的猫眼还是白的，一只纯白的眼透过猫眼静静地盯着屋内的人。

那个人鱼蜡像根本没离开，它只是假装离开而已。

看见玩家站起，蜡像的脸上露出一个诡异又僵硬的微笑，它好像找到了自己的猎物般满足地笑着。

门又被猛地撞了两下，轻而易举地被破开，还没反应过来的玩家惨叫着被压在了门下。

人鱼蜡像拖着鱼尾进入屋内，脸上的笑意透着奇异的纯洁和古怪的狰狞，它张开双手缓缓伸向了被压在门下的玩家。

在被人鱼蜡像触碰到的一瞬间，玩家好像被什么东西裹住了全身一般，眼球上翻，四肢缓慢蜷缩，双腿并拢在地上抽搐摇摆，宛如一条被泼了开水之后疯狂挣扎的鱼，他的皮肤也在瞬间变得僵硬、苍白。

人鱼身上的蜡就像是遇到热水般迅速融化，裹到了地上这个僵硬的玩家身上。

玩家的眼睛周围出现了白柳在镜子中看到的那种灰黑色的大理石纹路，眼球也消失不见，只剩被纹路布满的眼白，嘴角僵直地上翘着。

他被这些融化的蜡包裹成了一尊人鱼蜡像。

玩家易中精神值清零，被怪物人鱼蜡像彻底异化，游戏通关失败。

玩家刘小红精神值清零，被人鱼蜡像……游戏通关失败。

玩家邹明日……游戏通关失败。

通关失败的玩家的小电视"滋啦"一声熄灭了，围在这些小电视旁边的人叹息一声。

"唉，我就知道，这次估计还是很难有通关的，《塞壬小镇》太难了……"

才第一晚，和怪物才一个照面，整面"新人区"的电视墙就有差不多五分之一的小电视暗了。

白柳上下左右的电视屏幕都熄灭了,就剩他一个人在一片黑色屏幕中,冷静地看着门外。

—— 5 ——

白柳能听到蜡像在门上碰撞发出的清脆响声,而这个时候门把手也动了两下。

虽然门已经被反锁了,但门把手在人鱼蜡像的大力扭动下,发出脆弱的金属断裂声,听起来很快就要报废了。

这个东西似乎是想进来,它死白的眼睛在白柳的房间内搜寻了一圈,似乎发现了房间里没有任何人,便离开了白柳的门前,门把手也不动了,房间外变得悄无声息,对方好似离远了一般。

但白柳依旧屏住呼吸,他记得这玩意儿移动的时候会发出那种很沉闷的滑动的响声,没有这声音就不对。

这人鱼蜡像根本没走,多半还静静地守在他的门前。

这东西是在诈他,诱导他出来,白柳想。他斜眼看,发现本来恢复成地毯颜色的猫眼突然又变成了眼球凸出的白色。

那个东西果然还在。

这东西等了一会儿似乎并不死心,还是想进来,门把手猛地被扭曲成了一个凸出破碎的形状,摇摇欲坠地要从门上滑落下来。

门外的人鱼蜡像要进来了。

白柳电视屏幕前的观众有些心地善良的,已经不忍心地闭上了双眼。

"难得看到一个种子选手……欸,可惜了。"

"主要是《塞壬小镇》这个副本太恶心了,这根本不是新手副本的难度。"

白柳的大脑飞速地转动着,他呼吸都变缓了。

游戏很明确地告诉了他,这些怪物有弱点,玩家可以利用弱点从这些怪物的手中逃脱,所以目前破局的方法就是找到限制这玩意儿移动的弱点。

白柳闭上眼睛回想今晚入住的整个过程。

只要是游戏,那就是有解的,无解的游戏是最垃圾的,白柳做了那么多年恐怖游戏,他无比确认一定有什么地方提示了他人鱼蜡像的弱点。

到底是什么呢……

白柳冷静无比地开始梳理他遇到人鱼蜡像的所有场景。

第一次是在酒店外面的喷泉，杰尔夫惊呼说看到人鱼蜡像动了，那种移动是无声无息的，跟在汽车后面转动。那个人鱼蜡像没有直视他们，而是在看水里。

第二次是在酒店大厅，数量巨大的各种人鱼蜡像，直视他们，没有移动。

第三次是在酒店房间内，除了那个巨大的人鱼蜡像在看镜子，其余人鱼蜡像都直视白柳，在白柳睡着之后就开始移动，镜子人鱼蜡像是移动最快的，但白柳醒来之后这些蜡像就不动了。

但显然白柳保持清醒并不是限制人鱼蜡像移动的条件，因为门外的人鱼蜡像已经准备破门而入了。

游戏不会有不能破的局面，他身上一定有什么是可以限制人鱼蜡像移动的东西。

不是房间内的东西，不是酒店内的东西，一定是白柳带来的东西，因为酒店和房间里的东西并不能限制人鱼蜡像的移动，之前这蜡像可以从杰尔夫房间内自由出入就能证明这一点。

到底是什么呢？

镜子……水……睡……直视！

白柳知道是什么了。

白柳猛地站了起来，他拉开门双目直视人鱼蜡像。

门外的蜡像已经近到从白柳的视角看过去，毫无生气的面孔好似贴在他的鼻尖一般，它的手掌还放在白柳的门把手上，纯白无珠的眼睛透过猫眼往右下角看着——那是白柳躲藏的位置。

难怪这东西一定要进来，它应该是看到了藏在门后的白柳了。

它的行动停住，鱼尾已经碰到了白柳的脚尖，在踏入白柳房间的最后一刻，停在白柳门前静止不动。

白柳松了一口气，果然没错，让这玩意儿保持不动就是要人眼直视。

围在白柳小电视前面的一群人惊呆了。

"他怎么想到的！刚刚拉开门的时候毫不犹豫！！！"

"一般新人玩家根本想不到，就算是想到了也不敢拉开门，只敢隔着猫眼直视，那还是必死无疑的，因为那么近的距离隔着猫眼这种镜像看，人鱼蜡像的行动只会受到部分限制，足够破门而入的。"

"他刚刚和人鱼蜡像对视的时候，我起鸡皮疙瘩了！"

"他叫什么名字？好牛啊这新人……"

人群渐渐聚拢在白柳的小电视周围。

168人围观玩家白柳的小电视，玩家白柳达成新手百人斩成就。
102人点赞了白柳的小电视，143人收藏了白柳的小电视，3人为白柳的小电视充电，玩家白柳获得3积分。

小电视里白柳的表情依旧淡然镇定，似乎不觉得自己做了什么了不得的事情。推断出"人眼"看到就会限制人鱼蜡像移动，其实是很简单的。

因为白柳睡觉之后，这些蜡像就开始移动了，而醒来之后，这些蜡像瞬间就停下了，他睡觉前后唯一有区别的，就是睁开了双眼，那说明"人的视线"是可以限制人鱼蜡像移动的。

但这里有一个陷阱——那就是隔着镜像类物品看这种东西，只会削弱部分人鱼蜡像的移动速度，必须直视才能彻底限制人鱼蜡像的移动。

因为在人眼直视下，还可以移动的蜡像还有两种：酒店门口的喷泉蜡像和房间内的镜子人鱼蜡像。

酒店门口喷泉池的人鱼蜡像看着水里，那么人就是隔着水"直视"人鱼蜡像，人鱼蜡像虽然被限制了，不能飞快地移动，但还是可以缓慢移动甚至转动的，所以才会在门口缓慢地转动。

房间里的人鱼蜡像中，镜子人鱼蜡像移动最快，也是因为镜子人鱼蜡像看着镜子内，人隔着镜子"直视"蜡像，给出的限制力有限，所以镜子人鱼蜡像才跑得最快。

刚才的人鱼蜡像是隔着猫眼看白柳，所以可以移动，而白柳如果只是隔着猫眼直视人鱼蜡像，虽然会有一定限制，但人鱼蜡像还是可以移动。

这么近的距离，隔着猫眼绝对不足以限制住人鱼蜡像破门而入，如果让它进来，玩家被压在门下，失去了"人眼直视"这个条件，玩家很快就会被淘汰。

但不得不说在这种情况下，有拉开门直视人鱼蜡像的勇气的新人玩家是极少数的。

大部分玩家都慌了，就算是推断出"人眼直视"这个条件，也没有勇气去验证，只有白柳这个要钱不要命的，才有这种就算不能百分之百肯定自己的推论是对的，也依旧理不直气也壮地冷静。

《塞壬小镇怪物书》人鱼蜡像面板刷新。

怪物名称：人鱼蜡像（蛹状态），护身符蜡像（茧状态）。
弱点：人眼直视（1/3）。
攻击方式：孵化。

人鱼蜡像眼眸下垂，头稍稍往右下歪了一点，嘴角微微上扬，带着一丝笑意，鱼尾优美，身躯洁白无瑕，姿态透着一种说不出的隐秘美感和神性。

这蜡像一旦定格不动，身上那种让人脊背发凉的侵占欲就消失不见了，变成了一尊极具美学价值的蜡像，在海滨午夜里，静默地立在异乡人的房门前。

玩家白柳获得观看玩家充电3积分，解锁游戏商品铺子。
积分过低，无法购买任何物品，请玩家再接再厉！

那个玩家充电3积分，白柳有点懂了，应该是有看的人给他打赏了，而这个被解锁的商品铺子，所有的商品都是黑白的，显示状态为"无法购买"。

他简单扫了几眼，发现这个商品铺子从日用品到武器一应俱全，还有很多乱七八糟的东西，什么"完好无损的心脏""一见钟情的魔药"，这种听起来很匪夷所思的商品也在售卖，但相应地，这种商品的价格也非常昂贵。

白柳明白进入游戏时的那句话了——积分可以购买你想要的一切事物。

白柳关上商品铺子，和面前保持不动的人鱼蜡像面面相觑。

现在这东西的确不动了，但白柳不可能整夜不睡和这东西对峙，而且经过这件事，白柳对这玩意儿的破坏力有了新的认识。

他看向那个就快从自己门上脱落的不锈钢把手。

从之前他房间里那些蜡像的表现来看，虽然这个东西有巨大的破坏力，但是似乎只能依靠眼神来定位，或者说，只对视觉系的东西敏感，一旦被白布遮盖就没办法找到白柳的位置了，就算是在同一个房间里也难以找到他。

换言之，人鱼蜡像似乎没有听觉、嗅觉等感官。

不然白柳和这么多人鱼蜡像同在一个房间里，人鱼蜡像就算是听白柳的呼吸声也很容易定位找到白柳，不需要费力扯开白布再来寻找他，然后把白柳的头像门把手一样拧下来——就凭这个徒手拧断门把手的能力，也不会现在还被关在厕所和衣柜里出不来。

真麻烦啊，数量还这么多，留着真是个包袱。

白柳微微眯了眯眼睛，心里动了点恶念——现在他面前有一个一动不动任由他鱼肉的蜡像，他能不能对它做点实验，测一下它的弱点到底是什么呢？比如用火烤、用棒子敲、把它弄碎之类的。

  提示：玩家如果直接攻击该怪物，怪物不死，会导致怪物的仇恨值长期在玩家身上，一直攻击玩家，降低玩家生存率。

  白柳深思，摸了摸下巴，他微笑起来，右边脸上露出一个人畜无害的小梨窝。
  "直接攻击它，会导致它记恨我，报复我是吧……"白柳自言自语，"那如果是它自己出事，就怪不了我了。"
  白柳故技重施，用床单包裹住人鱼蜡像，然后用绳子扎好下面的敞口，再然后他不怀好意地把这尊人鱼蜡像放到酒店的楼梯口。
  人鱼蜡像在看不见的情况下，就会无头般到处走，白柳把人鱼蜡像放在这个地方，就是为了让这个蜡像自己掉下楼梯。
  在有仇恨值的前提下，白柳不会主动敲碎这些蜡像——如果能直接敲碎还好，但如果敲不碎，很明显会给自己找麻烦。
  但数量如此繁多的人鱼蜡像是个不小的隐患，白柳只有一双眼睛，如果他360度无死角地被蜡像包围，人的双眼水平视角最多只有188度，白柳没办法后脑勺长眼睛看到所有人鱼蜡像，那他就必死无疑了。
  白柳喜欢做性价比更高的事情，虽然游戏说利用弱点从怪物手中逃生就行了，但他想知道能不能直接通过某种方式毁掉这些蜡像。
  或者说，这些蜡像是否存在其他致命弱点。
  他不做主动敲碎或者击打人鱼蜡像的人，风险太大，他冒不起——谁也不知道这个蛹或者茧破碎之后从里面会爬出什么东西来。
  但人鱼蜡像如果是因为自己视力不佳从楼梯上踩空掉下去，那就和他无关了。
  白柳只是想做个小小的实验，验证这东西是否可以被砸碎。他退回到房间内。
  那个人鱼蜡像果然不久之后就动了起来，白柳若有所思，其实他现在依旧是在看着这个蜡像的，但这个蜡像被白布蒙住了头，不知道白柳在看它，所以就自己移动了起来。
  这证明，"人眼直视"只是一个客观条件，须人鱼蜡像主观觉得自己被直视，才能停止移动。
  白柳房间里那么多蜡像，他没有办法一一直视，之前白柳一醒来还没来得及到处看，它们就主动停止了移动。

所以，只要人鱼蜡像"觉得"自己被直视，就会停止移动了。

能自我意识到这个层面，这些东西果然都是活物，而且是拥有一定智力的活物，虽然看起来智力程度并不高。

楼梯口的人鱼蜡像挣扎了几下，从阶梯边一移动，就蒙着白布稀里哗啦地摔了下去，灰尘满天的，摔出了一阵巨大响动。

白柳站在楼梯上居高临下地看过去，拍拍手上的灰，有些遗憾地"啧"了一声，他看着下面毫发无损只是略微蜷缩了身体的人鱼蜡像，连个裂纹都没有。

果然摔不坏啊……物理攻击无效啊……

白柳不知道自己这副宛如反派的样子在小电视里，引得一众玩家目瞪口呆。

"这人真的是新人吗？蒙头套床单把人鱼蜡像摔下楼梯……这新人进来之前是绑匪，还是恐怖分子？"

"我刚刚还在为他紧张害怕，现在我开始同情敲门的人鱼蜡像了，都摔得翘尾巴了，好惨……"

"这人真的有把自己当玩家吗？！"

"其他玩家都是想从怪物手里活下来，他倒好，直接不想让怪物活了……"

6

白柳对这些讨论一无所知，他的注意力很快就被别的东西吸引了，他看到了杰尔夫。

杰尔夫鬼鬼祟祟地躲在楼梯下，不知在和什么人交谈，交谈完就往回走。

杰尔夫之前偷偷摸摸大半夜出去，现在居然又回来了。

白柳刚刚在楼梯上视角不错，他看到杰尔夫身后还跟着一个人，这人的身高、衣着打扮都和今天搭载他们来的司机一样。

这两人似乎在小声商讨着什么，杰尔夫还递给司机一堆花花绿绿的东西，又叮嘱了司机几句。

要是白柳没看错的话，杰尔夫给司机的应该是这个世界的钱币。

你已激发剧情人物隐藏支线剧情——杰尔夫的血腥密谋。
探索完整个支线剧情，积分奖励50，目前支线完成度为15%。

白柳微微眯起了眼睛，他的手伸入衣领口拿出那枚被打了孔洞的一块钱硬币，对准那个司机，面板上弹出人物信息。

　　NPC：司机。
　　人物简介：你的司机，载你们一行人来到塞壬镇的司机。该司机是据称对塞壬镇十分了解的杰尔夫帮你雇用的，有过纵火、抢劫等犯罪历史。

　　果然，这也是个有故事的NPC。
　　之前白柳和司机一直没有正面接触过，开车的时候这个司机一直坐在前座，白柳坐在最后一排，是无法看到这个司机的样子的。
　　而下车的时候司机又没有下车，所以白柳一直没有看到司机正面的样子，也一直没有识别出司机的人物信息。
　　他之前还没觉得有什么，但现在回过神来才发现，似乎杰尔夫一直有意无意地阻隔自己和司机接触，无论是选择坐在白柳和司机的中间，还是要下车时发出的惊呼……
　　这两人有什么需要瞒着自己的密谋？
　　关于这密谋，根据目前已知的信息，白柳猜测，杰尔夫拿钱给这个有犯罪史的司机，可能是让他帮自己做什么事情。这个事情目前未知，白柳觉得很可能是报复安德烈。
　　在入镇子的时候司机就已经说过这个镇子很多人已经很久没有经济来源了，让他们小心一点。
　　之前白柳还以为这是一种提醒，但现在看来更是一种得意又嚣张的告诫和一种猎物的区域划分。
　　他在向杰尔夫发出警告——离开了他的合作和保护，杰尔夫很容易被这个镇子里的其他镇民伤害。
　　当然，司机是塞壬小镇的镇民，他也很缺钱，也很有可能因为缺钱对杰尔夫这一车人做出抢劫之类的事情来。
　　这个司机大概没少做拿人钱财替人消灾的事情，看起来就不是个善茬，而且明显想钱想疯了，进塞壬镇的时候就在含沙射影地威胁他们，也难怪杰尔夫大半夜不睡觉都要下来拿钱给这个司机了。
　　如果不及时拿钱，还不知道这司机会做出什么事情。
　　白柳在杰尔夫看到他之前，回到了自己的房间，并帮杰尔夫关好了被打开的房间门。

杰尔夫在经过安德烈房间的时候踌躇了一会儿，低下身子放下了一块黑乎乎的东西。白柳从猫眼里看着，杰尔夫放的那东西有点像是一大块鱼肉。

很快白柳就看到了安德烈的房门前聚集了一堆白森森、阴沉沉的人鱼蜡像。

一连串沉闷咯吱的蜡像移动声又在走廊响起。

为了安全起见，白柳用白布蒙上了自己房间的猫眼，避免人鱼蜡像窥探，又用一个柜子抵住了门，希望要是有人鱼蜡像破门而入的时候能制造点声音把自己弄醒。

他的体力值已经清空了，做完这一切之后，白柳就躺在床上，合上了双眸。

一夜无梦。

第二天，白柳醒来，发现衣柜的门和房间的门都是闭合的，但是卫生间的门已经快要开了。

白柳打开卫生间的门一看，发现里面那些被他蒙住绑好的人鱼蜡像都已经挣脱了白布，正以各种扭曲怪异的姿势交叠在一起，往卫生间的门前移动。有些人鱼蜡像的手已经够到了卫生间的门把手，离转开出来只有一步之遥。

这些人鱼蜡像的姿势让白柳想起他当初玩"123木头人"，突然转身，看到他后面的人控制不住表情和姿态的样子。

这些阴森冷白的蜡像为了出来，在门后追赶拥挤的样子莫名瘆人。

这些似人的大理石蜡像这样堆叠着，给人的压迫感更强，因为它们的眼睛密集地在一个狭小的空间内凝视着白柳，这会让人觉得很不舒服，或者说正常人在被这么多双眼睛看着的时候都会觉得不舒服。

白柳合上了卫生间的门，不再管这些蜡像，也没有捆绑它们。

因为没有意义了。

这些东西挣脱得越来越快，如果找不到更多的弱点来控制这些玩意儿，不断地蒙布捆绑就是一种性价比很低的做法，说不定还会训练出这些蜡像快速脱绑的能力。

在白柳打开房门的一瞬，面板跳出了一则新的提示：

玩家白柳完成主线任务——在屋内过夜不被异化，奖励积分20点。
目前余额：23点，可以购买道具，玩家是否购买？

白柳打开了道具商店，他现在穷得可怜，能购买的东西一只手都数得过来。

白柳买了一个 15 积分的强探照手电筒，还剩 8 积分——他微微思索了一下。

不知道有没有那种 3D 全息投影的仪器？

有，4 积分一个，目前正在举行促销打折活动，8 积分 3 个，请问玩家是否购买 3 个？

白柳不假思索地点头："是！"

作为一个缺钱的人，他这辈子最听不得的词里面绝对有两个是"打折"和"促销"。

他买到手之后倒是很自然地拿着 3D 投影机开玩了。

这种促销打折来的投影器质量还不赖，白柳录入自己的人物像之后，投影出来的效果令人惊叹，一点劣质感都没有，色泽逼真，人物鲜活，在光影暗处一打眼，就和真人差不多了。

白柳很满意自己购买的商品。

但是他的观众却很不满意，这个游戏里的传统，是一旦某个新人得到了他们的点赞、关注和播放量，他们对这个新人就会有一定要求了。

一群人围在小电视前指手画脚，叹息连连。

"这新人该不是想用投影仪当作人眼糊弄人鱼蜡像吧？怪物书的弱点上都写了要人眼直视啊，这投影仪只能糊弄人鱼蜡像一会儿，撑不久的。"

"居然买了打折的投影仪，这东西看起来高级，但毫无作用啊！不然也不会是 4 积分 1 个都不会有人买的滞销货！这新人在想什么？！"

"是的，我进来的时候这个投影仪就在打折，现在这么多年过去了，还在打折……"

"23 点的积分，明明是新手区目前最高的积分，就全部给浪费了，一个有用的东西都没买！脑子进水了吗？！"

忽然，一个玩家在一个小屏幕前惊喜大叫道："快过来！！这边有个新手买了烈焰火把！这个东西克人鱼蜡像，他稳了！"

人群一下子哗啦啦地离开了白柳的小电视屏幕，围到那个据说买对了道具的新手屏幕前，不少人赞同地颔首。

"对，这才是常规的破关道具，这个新手思路不错。"

"烈焰火把可以用三次，把握得好，他应该是这批新人里唯一一个通关的。"

"………"

白柳的小电视前又只剩下寥寥几个人。

34人正在观看白柳的小电视，有167人离开。

50人取消了白柳小电视的点赞，44人取消了白柳小电视的收藏，17人踩了白柳的小电视，无人给白柳的小电视充电。

测试了一番自己的道具之后，白柳就出了房门，先去了杰尔夫的房间把他喊起来。

杰尔夫明显昨晚睡得很不好，脸色有些苍白，圆框眼镜下挂着两个大大的黑眼圈。

而杰尔夫房间内的人鱼蜡像数量——白柳目测了一下，和自己房间内是差不多的。

但和白柳那边被他弄得关起来的蜡像不同，这些蜡像都安静地摆放在原地，也不知道是不是白柳的错觉，他觉得杰尔夫房间里的蜡像看起来明显比他房间里的那些要逼真一点，而且面目也变得和杰尔夫有点微妙的相似……

人鱼蜡像白皙蜡质的表壳下泛着一层透光的红润，眼睛好像随时都能在眼眶里动起来一般，神情也是惬意又自然的，好似吸足了水分的鱼，鱼尾上的鳞片都舒展开了。

房间里也开始隐隐有了一种鱼腥气。

白柳又去了露西和安德烈房间观察，他仔细地做了对比，发现这些房间的人鱼蜡像，的确要比自己房间内的更接近人的肤色，无论是触感还是色泽，并且都和住在房间里的人的五官开始变得相似。

— 7 —

露西坐在饭桌旁，一副也没睡好的样子，恹恹地打着哈欠往白柳身上靠。

杰尔夫更是一早上都在打瞌睡，眼下也挂了黑眼圈，皮肤泛着青灰色，眼眶凹陷。

而且不知道是不是白柳的错觉，他感觉安德烈的瞳孔比昨日缩小了一些，整个人有种让人很不舒服的神经质的焦躁气息，身上还散发着一股似有似无的鱼腥味。

白柳拿出硬币对着安德烈扫了一下。

NPC 名称：安德烈（精神值下降，异化中）。

安德烈此时似乎胃口大开，对着酒店的自助早餐大盘大盘地吃，好像是直接往嗓子眼里倾倒一般。

这家酒店因为靠海，早餐大部分都是煎煮烹炸的各种鱼类，鱼汤油光水滑，鱼排炸得金黄酥脆，看上去让人胃口大开的样子。

白柳却闻到一股像是腐烂鱼尾的刺鼻的腥味，就像菜市场那些鱼贩子丢死鱼的苍蝇环绕的垃圾堆的味道，他一靠近这些看起来色香味俱全的鱼肴就开始作呕，更不要说下咽了。

但无论是杰尔夫还是露西都露出了这些东西很香的表情。

白柳拿出硬币一扫，果不其然，这两人也显示"异化中"，应该与房间里的人鱼雕像有关系。

安德烈更不用说了，他吃的样子都让白柳有些不适了。安德烈大口大口地咀嚼着，湿滑黝黑的鱼尾在他嘴边随着咀嚼拍打着他的嘴角，常常是嘴里的还没吃完，就用叉子叉住下一条往嘴里送。

露西用刀叉切着鱼排，略有些惊讶地看着白柳："你不吃吗，宝贝？这里的鱼排真的非常美味，我就算要节食都控制不住吃了两条呢！"

"你真的找了一家相当不错的海滨酒店！"说着，露西就要凑过来吻他。

但白柳被露西嘴里浓烈的鱼腥味呛了一下，下意识推开了对方，想想还是拉开了露西面前的盘子，假装正经说道："宝贝，你现在身材刚好，我可不允许你为了一条鱼而失去你的美丽，我们吃点素菜吧，这里的鱼排也就那样。"

露西被哄得心花怒放，虽然还是对鱼排恋恋不舍，但也顺从地吃了不少素菜沙拉。

白柳又假装顺便给杰尔夫和安德烈装了不少沙拉，让他们吃。

杰尔夫吃得有点魂不守舍。

倒是安德烈看白柳鼻子不是鼻子眼睛不是眼睛的，嘲弄道："不会是我们的富豪缺钱了吧？来之前说大话我们来这里吃住全包，现在连一块鱼排都舍不得让我们吃。"

"露西，瞧瞧，这就是你吝啬的男友！"

露西立马生气地咒骂："安德烈！如果不是白柳，你以为你能来这种酒店吃这种高档鱼排吗？你连住都住不进来！你看看你自己吃了多少，如果白柳不给你买单，你根本走不出这个酒店！"

"露西！"安德烈咆哮起来，但露西仰着头寸步不让地瞪着安德烈。

安德烈拿自己喜欢的女人没办法，转头就准备把怒气全撒在白柳的头上。

在露西的尖叫声中，眼看着安德烈宽大的手掌一张开就要把白柳的后领子提起来，白柳仍然不紧不慢地擦了一下嘴巴，看向安德烈，微笑道："如果你还想让我给你买单的话，就最好别碰我。"

安德烈的手蓦然停在了半空中，他的鼻孔像牛一样扩大收缩，喷出暴怒的气息。

他双目赤红地看着白柳，凶神恶煞地威胁道："等到了晚上，我们打赌的内容你做不到的话，我一定要你这个废物好看！"

安德烈双目里全是血丝，似乎已经被直冲脑门的怒气涨昏了头脑，但又不能拿白柳怎么样，毕竟他还指望白柳给他买单。

正巧这个时候一朵西蓝花从正在低头进食的杰尔夫的盘子里不小心滚了出来，滚到了安德烈的鞋上。

安德烈好像一个被吹胀到极限然后又被扎破的气球，他在杰尔夫嘴里的"抱歉"还没说出来的时候，反手就是一掌扇在杰尔夫的后脑勺上，直接把杰尔夫扇得头磕在了盘子上，早上吃掉的东西都吐了出来。

"你弄脏了我的鞋子！你这个恶心的家伙！"安德烈看见杰尔夫呕吐的样子，似乎觉得好笑，找到了某种心理平衡般从鼻腔里哼出一声笑来，又给了杰尔夫一脚。

在用杰尔夫的裤子把自己鞋子上那点可以忽略不计的油渍擦干净之后，安德烈又说了一句："我不和毫无还手之力的废物计较，擦干净了，给我滚吧。"

露西把头晕眼花的杰尔夫扶起来，她对着安德烈歇斯底里地大声吼叫起来："你适可而止安德烈！你对杰尔夫太过分了！"

白柳没有管争吵的两人，他的视线凝聚在杰尔夫的呕吐物上，外壳金黄的鱼排被杰尔夫咀嚼吐出来之后，断面竟然是宛如死鱼般的青黑色，上面还沾着像是蠕动的腐生虫类一般的东西。

这种腐烂的死鱼，人根本不能吃，菜市场的鱼贩子会用这种死鱼来喂大型鱼类。

白柳还记得有鱼贩子和他说过，越大型的腐生鱼类，就越喜欢吃死鱼。

司机在白柳早餐过后就来接他们了。

主线任务：游览塞壬蜡像馆，奖励积分 50。

主线任务：参加人鱼捕捞大会，奖励积分50。

塞壬蜡像馆和人鱼捕捞大会，这听起来像是两个景点。

白柳沉吟思考了一会儿，刚想开口问一下司机这两个到底是什么，杰尔夫突然蹿过来挡在了白柳和司机之间，低着头不说话，苍白瘦削的脸颊凹陷，嘴边还有被安德烈击打出的血渍，牙关紧咬，微微颤抖。

白柳挑眉，杰尔夫从昨天到现在，似乎一直在竭力避免他和司机接触。

这不太正常。

白柳的手指无意识地转动他胸前那枚硬币。

硬币在他的指背上来回地翻转，这是白柳思考事情的一个常用姿势，金钱在他手中被掌控，哪怕是一块钱也会使他感到冷静和愉悦。

在没有其他信息的前提下，白柳揣测杰尔夫的目标应该是安德烈，安德烈可以和司机接触很正常，毕竟司机要找下手的机会，而露西是个很好糊弄的角色，没必要那么刻意地去隔绝。

杰尔夫隔绝自己和司机一定有原因，而这个原因，白柳思考了一下，应该是钱。

杰尔夫的穿着打扮和被安德烈暴力对待的日常，明显不像是一个有钱的角色。

安德烈也很欺软怕硬，对有钱的白柳虽然嘴上不饶人，但并没有什么实际行动，而对杰尔夫则是动辄打骂，从这点上来看，杰尔夫的家庭情况应该比不上自己，甚至比不上安德烈。

而昨晚杰尔夫给司机的看起来是一笔数目不菲的钱，白柳有理由怀疑，杰尔夫是拿了自己让他雇司机和游玩的钱，来雇用司机报复安德烈，所以才一直很心虚地不让司机和自己接触。

但昨晚杰尔夫已经付给了这个司机一笔钱，按理来说这笔交易已经完成得差不多了，而且明面上司机和游客的工作也执行得很好，他并没有表示出任何的怀疑。

通常来讲，杰尔夫应该松一口气，没必要那么处心积虑地隔绝他和这个司机，这反而会引起自己的怀疑。

这种心虚谨慎的表现可不太像事情快要落实的样子。

但也有可能只是杰尔夫谨慎胆小，做事没成功就不放松警惕，毕竟杰尔夫的支线剧情叫"血腥密谋"，这种一听就令人胆寒的密谋，小心一点白柳也完全可以理解。

就是不知道杰尔夫要选在什么时候对安德烈下手，不过目前白柳还是想把主要精力放在主线任务上。

白柳和司机搭话："司机，塞壬镇有什么景点吗？"

"景点吗？"司机想了想，说道，"我们这里来的游客，必看的是夜间捕鱼和蜡像馆。"

听了这回答，白柳心道一声"果然"，他眉梢一扬："捕鱼和蜡像馆有什么特色吗？"

"当然有啊，我们可是塞壬镇。"司机转过头来。白柳第一次在车上正面近距离看到这个司机的模样，就算是对恐怖画面的抵抗能力高如白柳，也不由得神色一顿。

倒不是因为恐惧，而是因为惊异。

这司机的长相太奇怪了。

这人眼白的部分非常多，多到眼珠子只有一只苍蝇般大小。眼珠在他眼白当中随着说话不安地到处晃动，好像是他无法掌控这快要从眼中逃脱出的眼珠一样。

这司机皮肤苍白到不透明的地步，像一块劣质的蜡。

他一边说一边开车，还一边咬手上的鱼排三明治。

鱼排好像是用发霉的鱼做的一样，但司机却吃得津津有味，他的牙齿都沾染上了绿黑的颜色，对着白柳露出一个弧度大到有些不正常的笑来。

—— 8 ——

白柳上车一直就闻到从前排传来的浓烈的鱼腥味，他以为是安德烈身上的，因为这人早上吃了非常多腐烂的鱼排，但没想到居然是司机身上的。

那他昨天在车上闻到的鱼腥味估计也是司机身上的，但和今天的比起来，完全就不是一个浓度。

司机今天身上的腥臭味要浓郁得多。

白柳左右打量了一下司机，这司机……感觉应该也是一个怪物吧。

警告！！玩家识别错误！该NPC非怪物！不能录入怪物书！只是处于异化状态中！

玩家识别错误，该NPC对玩家信任度急剧下降，可能对玩家做出攻击行为。

司机缓慢地撕咬了一口手上的三明治,他晃动的眼珠子看了一会儿白柳,忽然语气恶劣地道:"你是觉得我身上的味道很恶心吗?"

白柳心说"是的",但表面上急忙矢口否认:"没有。"

"你看我的眼神就像是看一个怪物,呵,该死的傲慢的有钱人。"司机阴沉地说道,说完就转过头去吃东西,不再搭理白柳的问话了。

啧,有点棘手啊。

白柳不动声色,在心里想到,这样他获取信息的难度一下子就提高了很多。

而且他也不可能硬着头皮去逼问这个司机,面板已经提示这个司机会对白柳有攻击行为。

白柳看向旁边的露西,耳语几句,哄着露西去问司机。

司机"哼"了一声,但还是回答了露西的问题。

"塞壬镇的景点当然和人鱼有关。"

司机笑得让人起鸡皮疙瘩,他的眼珠子在眼眶里乱晃,你都不知道他是在看着谁,对谁说话。

"我们捕鱼可不是捕普通的鱼,是有特别的捕捞人鱼的活动,都只在晚上举行。而且我们的蜡像馆也不是普通的蜡像馆,我们会把捕捞上来的人鱼做成蜡像,放在蜡像馆里陈列。"

"我们当初捕捞到的第一具人鱼骸骨就放在蜡像馆里。"

"捕捞人鱼活动?"白柳问道,"你们真的捕捞到了人鱼?"

司机没搭理白柳。

露西又问了一遍之后,司机才回答。

司机露出一个意味深长的笑:"是的,虽然除了第一具是非常美丽的人鱼之外,后来捕捞上来的都是一些劣质低等、形态不完整的人鱼,但的确是人鱼。"

安德烈忽然鄙夷地"哼"了一声:"噱头罢了,你们不会真的有人信吧?"

杰尔夫张了张嘴想要说什么,但又把嘴闭上了,估计是因为今天早上刚被安德烈揍,所以不敢出声反驳。

但露西就不一样了,她用一种很不满的眼神看着安德烈,大声说:"我就相信!白柳你呢?"她说着还转头气冲冲地看向白柳。

"眼见为实。"白柳淡淡道,"晚上看了捕捞活动就知道了。"

安德烈不会撑露西,但对白柳却是恨不得一个字一个字地嘲笑回去:"希望有些人晚上不要借着看捕捞活动,大哭到临阵脱逃就好了。"

他说着说着,脸上显露出一个恶趣味十足的邪笑,眼神从白柳身上掠过:

"要是你大喊大叫地从船板上掉下去,被这些渔民当成人鱼捕捞上来做成蜡像,我们可是绝对不会救你的。"

安德烈一边假惺惺地耸肩,一边不怀好意地笑着,似乎已经看到了白柳落水的样子。

白柳想起了他和这个安德烈晚上还有一个尚未履行的赌约。

他是今早从露西口中套出这个赌约的具体内容的。

安德烈和白柳要租两艘独木舟在夜晚的塞壬海面上漂流过夜,谁先受不了返航谁就是懦夫,就不配拥有露西。

露西本人是不想有这个赌约的,但奈何白柳扮演的这个角色"头铁",一定要来。

在以"人鱼"为核心的恐怖游戏中,深夜的海面无疑是一个非常可怕的地方。

白柳绝不会让自己还不清楚具体情况的时候,和一个四肢发达并且明显对他不怀好意的人去这种地方的。

他毫不怀疑安德烈如果在海面上遇到了他的船会把他的船掀翻,让他葬身大海。

白柳不会游泳。

在某种程度上,人鱼、塞壬海妖什么的东西,对白柳来说,远没有海水本身来得可怕。

非必要情况,白柳是不会接近海域的。

白柳的神色出卖了他对这个所谓的赌约的排斥。

安德烈放肆地嘲讽大笑:"看看,看看,这就是我们的大少爷,除了钱你还有什么比我好的?连海上都不敢去。"

白柳愉悦地点头:"我除了有钱一无是处。"

但是有钱就足够让他觉得满足了,就算是虚拟的钱币他也很快乐。

安德烈:"……"这人为什么一副受到了夸赞的表情?

安德烈嗤道:"那你不去是要放弃露西的意思吗?"

白柳刚想和安德烈摊牌说他不想参加这个"作死"活动,他胸前的硬币一震动,跳出一个任务提示:

触发支线任务——真爱之船,请玩家白柳在离开塞壬镇之前完成赌约,在赌约中赢过安德烈,积分奖励100。

白柳："……"

积分奖励居然有 100 这么多！

对奖励的渴望瞬间战胜了对水的恐惧，白柳冷静地回答："不，我去，我一定要赢过你。"

露西感动地抱住了白柳："哦，宝贝，你回来之后我们一定要住在一起，度过一个愉快的夜晚。"

白柳默默地把露西的手拿开。

司机转头："你们白天先去看看我们的蜡像馆吧，晚上才有捕捞人鱼的活动。"

一行人都说了好。

司机开着车七弯八拐地从一个海滩后面绕了过去。

白柳在那个海滩上看到了很多晒干的残骸。

司机说这就是捕捞人鱼的地方，那些都是捕捞上来的支离破碎的人鱼残骸，有些实在是太碎了就被丢弃在沙滩上。

白柳的确看到了沙滩上有很多硕大的鱼尾骨和一些白森森的颅骨，这些东西在沙滩上凌乱地散落着，旁边还有几张正在晾晒的网。

有渔民出来收拾这些骨头和网，抬头和白柳他们对视。之前夜里白柳还没注意到这些镇民的长相，现在白天看到……

这些镇民的长相非常奇异，和司机有种诡异的相似感，但比司机还要奇特、非人。

他们的眼白很白，白到不正常的地步，瞳仁却只有黄豆大小，在眼眶里漫无目的地乱转。

他们的眼间距很宽，眼睛好像是长在耳朵旁边一样位于脸的两侧，很像白柳印象中的鲇鱼。

他们眼周还有灰黑色的大理石状花纹，从眼周一直蔓延到脖子上，在阳光下行走的动作也是迟缓无比，脚背在沙滩上好像在发痒一样反复地摩擦。

如果白柳没看错的话，他们的脚背上似乎还长了一些要脱落不脱落的绿色鳞片。

他们对着路过的白柳的车露出一种宛如孩子嗅到食物般呆滞痴傻的笑。

露西也被这些渔民的长相吓到了，她小声嘟哝："他们长得好奇怪。"

这些渔民的长相可比司机奇怪多了，比起人来，这些渔民更像是……某种外形奇特的深海鱼类。

司机吞下最后一口散发着浓烈腥气的三明治，露出一口沾满鱼糜的黑牙微笑:"是吗?我们这里都是这样的长相,可能是因为我们什么鱼都吃,不太健康吧。"

白柳眯了眯眼,他觉得这些镇民也挺像怪物的,但他想到一半就打住了。

司机就被他识别错误了。

镇民和司机虽然明显都挺非人的,但司机"不能录入怪物书",这些和司机相似的怪物镇民也有一定概率不符合游戏的怪物设定,如果激发了这么多镇民的仇恨值,那可不是开玩笑的。

但白柳也没有傻到真的觉得这群长相奇特的镇民就不是怪物了。

不是怪物有两种可能性。

第一种,真的不是。

第二种,可能是没有达到怪物书判定的某种标准。

这个《塞壬小镇》有个很奇特的设定,可以"孵化"和"异化"。人鱼蜡像可以孵化,而安德烈早上处于异化状态中,白柳觉得这些镇民似乎也处于某种转变状态中,所以显得如此不伦不类。

而这两种状态的结果是什么,白柳不得而知,他猜测可能就是怪物,但他需要验证一下。

白柳把目光缓缓挪到了坐在他前面的安德烈身上。

他昨晚其实不是不能救安德烈。

但对他来说,安德烈这种对他具有一定攻击性的NPC,死亡价值比存活价值更大。

安德烈看着司机津津有味地吮吸着还残留一点鱼肉的手指,食欲无法遏制地高涨起来,他眼神发直地吞了口口水,又烦躁地挠了挠自己一直在发痒的腮帮子。

随后,他用怨毒的眼神从车的后视镜里看向坐在他身后的白柳。

白柳这人这么有钱,为什么连几块鱼排都不让他吃够,他现在饿到看到司机手中的东西,都控制不住地想要抢过来吃。

但司机吃得飞快,安德烈还没来得及行动,司机就已经吃完,一副陶醉模样地摸肚子了。

看着司机一脸享受地舔走嘴角的鱼碎肉,安德烈再次回想起那鱼排湿润顺滑无比诱人的口感,他口中的唾液不断分泌,喉头不由自主地滚动。他从没吃过那么好吃的鱼排呢。

不,不光是鱼排,这里所有的鱼类都烹调得让他有种吃得停不下来的鲜美味道。

司机满足地喟叹道："真好吃啊，只有塞壬镇的鱼才这么好吃。"

露西也赞美："是的，我从来没有吃过这么好吃的鱼，太新鲜了。"

"不，不是新鲜，塞壬镇的鱼可口的秘诀从来不在于新鲜，甚至这种鱼新鲜吃并不好吃，需要腐烂后经过一定时间的腌制和特殊处理才好吃。"司机脸上的笑意变得诡异起来，"你们吃的是一种很特殊的鱼类，在其他地方没有，是塞壬镇独有的鱼。"

露西好奇地问："什么鱼？"

司机："人鱼。"

9

车上陷入了沉默，所有人的脸色都变得奇怪。

露西尴尬地"哈哈"了两声，安德烈冷笑一声，这两人明显不相信司机的话。

司机哈哈大笑："开玩笑的，我们怎么会吃人鱼呢？是我们这里特产的海鱼而已。"

司机平稳地把车开到了一个建筑物前："蜡像馆到了，下车吧。"

等到人全部下车之后，司机又说："你们先参观，等到晚上叫我就行，我来接你们看人鱼捕捞活动。"

他说完就开车走了。

白柳下车左右看了一下周围的环境，他面前是一栋需要他把头仰到和地面平行才看得见顶的建筑物，顶上有几个花体英文字母，是"塞壬蜡像馆"的英文名。

系统提示：场景解锁——塞壬蜡像馆。

整个蜡像馆是海一般的幽深色泽，被几根粗大的花岗岩圆柱支撑顶部。白柳站在门口，能看到有很多人鱼蜡像，影影绰绰地陈列在里面。

塞壬蜡像馆里面的装修看起来很新，但外墙看着还是有些破旧了，是那种红墙砖垒砌的。

墙上还贴了很多旧报纸上的寻人启事，被风一吹就糊到了白柳的脸上。

白柳从自己脸上取下旧报纸，映入眼帘的是一行黑体加粗的通告。

警方通告：塞壬镇本月失踪十二人，请各位看到下列照片上的失踪人士时及时通报警方。请各位游客在塞壬镇旅游观景时务必注意安全，不要和大型鱼类嬉戏，谨防落水。

通告下面刊登了十二张黑白照片，上面的人都带着刚刚来塞壬镇旅游的愉悦笑意，但那笑容透过这张泛黄陈旧的报纸落在白柳眼里，有种说不出的怪异。

白柳仔细看完了整张报纸后，准备把这张报纸收起来放进包里。折了两下，白柳突然觉得折叠的手感不对，过于硬了。

作为一张报纸，就算是被海风吹得发干发脆，也不该有这么硬的质感……就好像不止一张纸一样。

白柳从报纸的横截面看过去。

横截面看起来的确很厚，却没有多张的痕迹，主要是报纸已经被吹得很凝实了，就算是有多张也不能轻易地看出来。

白柳把报纸收好放在怀里，决定进蜡像馆之后找点温水烫一烫，看这个报纸是不是有多层，能不能分开。

触发支线任务——在蜡像馆中寻找热水池，分开粘在一起的报纸，积分奖励10。

塞壬蜡像馆的守馆人是个得了白内障的老大爷，他眼中是一片混浊的白翳，但神奇的是他看人似乎没有什么大问题。

白柳他们一走进去，这老大爷就迅速地偏头看过来了。这位守馆人眼神空洞，衰老的脸上却带着程式化一般礼貌的笑，他飞快地往这边靠拢的样子让露西小声地惊呼了一下。

守馆人神情有些奇特和唏嘘："已经很久没有人来这里了……从上个月不断有人出事开始，就没有游客来塞壬蜡像馆了，也很久没有新的人鱼蜡像进馆了。"

白柳听到这里，问道："为什么很久没有新的人鱼蜡像进馆了？这和没有游客来有关系吗？"

"当然有了。"守馆人语气开始激动，他甚至挥舞了一下自己有些僵直的老胳膊老腿，"没有游客来，我们就很少做人鱼捕捞这种费时费力的大型活动，没有人鱼捕捞出来，我们就没有办法做……"

他话说到这里突然停住，后面再怎么被问这个问题，他也不吭声了。

"塞壬蜡像馆是一直都有人鱼蜡像源源不断地进馆吗？"白柳马上换了一个问题，"这个蜡像馆的容量是有限的吧？如果一直往里进新的蜡像，也放不了多少。"

"不！"守馆人嘴角露出古怪的笑，他混浊的眼球在眼中转动了一下，对准了白柳，语调神秘，"有多少新蜡像来到这个蜡像馆，就有多少旧蜡像离开这个蜡像馆。"

"塞壬蜡像馆是永远填不满的。"

白柳微妙地挑了一下眉，继续问道："那这些旧人鱼蜡像离开蜡像馆之后，都去哪里了呢？这些蜡像会被扔回海里吗？"

守馆人住了嘴，他似乎觉得自己说出了什么不该说的话。

白柳却敏锐地继续追问道："游客来了之后，会发生什么事情？"

"什么都不会发生。"守馆人低声自语，"你们会在塞壬镇度过一个愉快的假期，然后离开这里。"

再问时，这个守馆人却无论如何都不肯再开口了。

白柳在问清楚馆内的热水在什么地方之后，就放弃套话，他拿着报纸带着身后的一行人走进了塞壬蜡像馆。

一进去，白柳就看到门口矗立着一尊威风凛凛的中年男人的金漆蜡像。这是一尊穿着西装戴着帽子的人形蜡像，和白柳看到的那些人鱼蜡像截然不同，没有鱼尾，通体金灿，脸上带着官方的笑意，正对着进来的游客们挥手致意。

蜡像馆内的灯光很暗，光线从顶部落下，在这尊蜡像的脸上映出不明晰的阴影，让蜡像脸上礼貌的笑意都变得怪异了起来。

黑色石台上刻了一些关于这尊蜡像的简介，白柳凑过去看——这是塞壬镇镇长的蜡像，是在塞壬蜡像馆开张剪彩的时候落成的。

石台上面还用一些很夸张的语句高度赞扬了这位镇长对塞壬镇做出的贡献，什么打捞上了人鱼骸骨之后大力发展旅游业，什么支持建造了非常有观赏意义的塞壬蜡像馆，让整个落后的海滨塞壬镇变得欣欣向荣起来。

石台上还雕刻着"哈里斯镇长对塞壬镇的每位镇民，都有着如对自己孩童般的无条件的深爱"的字样。

白柳正在认真地看着，沉默了一路的杰尔夫忽然靠近白柳小声问道："你相信有人鱼吗？你觉得这上面说的关于塞壬镇的事情，都是真的吗？"

当然不会全部相信。

这种为了促进旅游业发展特地建造的猎奇向蜡像馆里面展示的东西，虽然看起来很正常，但能有个三分真实就差不多了，大部分都是当地编造出来的虚假信息，用来炒作当成噱头吸引游客的。

但这是一场恐怖游戏。

白柳："我觉得是真的。"

安德烈抱胸重重哼笑一声，似乎是在嘲弄深信不疑的杰尔夫和白柳，但并没有说什么，跟在杰尔夫后面也进了蜡像馆。

白柳和露西本来要一起的，但白柳想去找热水池分开报纸，就先让露西一个人去逛了。

露西表示了遗憾之后，说自己会在展厅里等白柳，就独自去逛了。白柳则往守馆人说的热水池方向走去。

10

守馆人说白柳要去的热水池有些偏僻，灯管坏了几个，让他自己小心。

他还叮嘱说，那边有很多随意堆积的人鱼蜡像，注意不要撞到蜡像身上了。

守馆人说这些话的时候脸上带着不怀好意的表情。

白柳穿梭在大理石圆柱之间。这些林立在蜡像馆内部的大理石圆柱有两到三人合抱那么粗，位于道路的中央，而道路两旁每隔一段距离就摆放了一个人鱼蜡像。

这些蜡像形态各异，鱼尾着地，脸上都没有什么表情。白柳发现这些蜡像都在往窗外看。

看起来就像是想要从这里逃走离开一样。

而热水池在这条长廊的尽头，也不知道被谁打开了，自顾自地哗啦啦流出热水来，整个回廊都是热水氤氲出的水蒸气，人鱼蜡像在水蒸气的熏蒸下就像是要融化一般，一滴一滴地往下滴着蜡，身体在发生很微弱的动作的改变。

白柳走在长廊里，就好似走在一片海面上的雾气中，周围是在水面下摇曳的人鱼。

走了没几步，白柳就发现道路两旁的人鱼蜡像，从头往窗外看，变得脖颈缓慢地歪曲偏转，毫无表情的脸开始朝他看了。

而且前后的人鱼蜡像，都在以一种不易让人察觉的缓慢速度向中间的白柳靠拢，融化的范围也越来越大。

空高深阔的欧式建筑物内暗不透光，孤身前来的游客不疾不徐地踩在光滑的地面上，两边的人鱼蜡像似乎在白柳每次眨眼的间隙，都在改变姿态和表情，并且离他越来越近。

人鱼蜡像们原本空茫死寂的脸上出现了微弱的笑意，鱼尾在地上拖出一道道油腻的蜡痕。

它们是如此的苍白，如此的光洁无瑕，好像一群被凝固在这个地方只能缓慢移动的幽灵。

白柳在心中默默计算着这些人鱼蜡像的数量，并且时不时回头看一眼身后跟着他的这些东西，控制它们的移动速度。

但这里的蜡像实在是太多了，通常他盯住后面的人鱼蜡像，刚一回头，正面那个带着怜悯微笑的人鱼蜡像已经迫不及待地对他伸出了双手，马上就能掐住他的脖子了。

白柳计算过这些东西的移动速度，他基本都是卡着点移动和回头的，并且利用圆柱，有意地把这些东西绕开，不让它们围成圈。

虽然感觉这些东西威胁不大，但比较麻烦的点在于无法毁坏和数量颇多，一旦形成包围他就很难逃掉了。

这些人鱼蜡像离他越来越近，白柳发现，这些蜡像已经从一种接近于死物的状态，渐渐地向活物转化。

这些人鱼蜡像原本在白柳眼中看起来都是相似的面孔，可逐渐地，流水线生产的欧美蜡像的通用面孔开始出现变化，越靠近白柳，面孔就越来越像……白柳。

人鱼蜡像用和白柳相似的脸，露出一种弧度过大的诡异微笑，它们朝着白柳张牙舞爪地移动。

白柳终于走到了守馆人所说的热水池，发黄老旧的盥洗池上，水龙头沾满了铁锈色的斑点，也不知道是血还是锈迹。

烧热水的长方形铁罐立在水龙头的上方，发出开水翻滚沸腾的声音。

在哗啦啦的水流声中，白柳平静地把怀中的报纸放进水池，然后回头。

一群形态各异，面部和他七八分相似的人鱼蜡像高高低低地在他身后站成好几排，密密麻麻地簇拥着他，把他离开的道路也堵得密不透风。

它们低着头，蜡像馆内昏暗的光在它们没有眼珠的眼睛上落下一层阴霾。它们嘴角带着怪异的、咧开到下颌角的笑。

这笑明显带着恶意，在它们融化扭曲的面孔上，投射出一种让人毛骨悚然的威胁感。

这些人鱼蜡像目光沉沉又贪婪地看着站在水池前的白柳，白柳也直视着这些东西，有种被几十个"自己"包围的感觉。

这群东西在围猎他。

白柳想到，刚刚才说这群东西智商不高，没有围猎他的意识，没想到一会儿就无师自通地学会了包围他。

学习能力惊人啊，就像是人类。

白柳平和地直视这群东西，他身后的热水已经从盥洗池里溢了出来，但是他没回头，或者说不能回头，一回头这群东西肯定立马就冲上来了，他也不能眨眼。

他把手伸到身后关掉了水龙头。

白柳眨了一下眼睛，人鱼蜡像们又往前移动了一寸，面目越发狰狞，但白柳却像是没看见一样，反而看着它们的面孔若有所思地摸着下巴，自言自语。

"孵化，是这个意思吗？越靠近我越像我……所以最后孵化出来的东西和我大概率长得是一样的……唔，我身上的鱼腥味在这些人鱼蜡像靠过来的时候重了一点，所以孵化的时候我也会受到影响，那些镇民也是在孵化中吗？"

他这里不紧不慢，但是在他小电视前面围观的玩家就没有他这么淡定了，都在冷嘲热讽。

"这种时候了，还在装淡定，我看他拿着一堆没用的投影仪要怎么办，是准备给人鱼放电影吗？"

"啧啧，精神值100，我还以为多牛呢。"

旁边又是一阵惊呼："那个拿火把的新手玩家突围了！快过来看！"

白柳旁边隔了两格的一个小电视屏幕中，一个男性玩家举着一个熊熊燃烧的火把，咬牙切齿地对着围堵他的人鱼蜡像挥舞过去，一边挥舞一边嘴里还在大声喊着："走开！不想被烧死就走开！"

人鱼蜡像们渐渐退开，小电视前面的人群爆发一阵欢呼。

"我就说这个玩家可以，选对了道具。人鱼蜡像弱点之一是畏光，烈焰火把是最好的道具，可以可以，充电了！"

"点赞了，他面板武力值也很可以，后期发展得好说不定可以上新星榜。"

"唉，早知道就不给隔壁那个白什么充电了，浪费积分，这才是正经的种子选手……"

白柳小电视的点赞数已经下降到只有个位数，还有寥寥几个观众仍守在那里，他们也不是为白柳加油鼓劲儿的，他们只是单纯地围观这个新人出局的。

只见电视里的白柳不慌不忙地从兜里掏出那三个打折买下的 3D 投影仪，仅剩的几个观众也忍不住嘲笑起来。

"居然真的拿出来了，他要干什么？"

"还是隔壁的火把看着带劲，一下就全退了。"

这些人鱼蜡像无声无息地靠拢到鱼尾都贴上了白柳的脚尖，它们高高矗立着，在一个阴暗的小空间内把白柳包围起来，几十双融化的蜡手从四面八方伸出，试图去捕捉白柳这个猎物。

白柳不慌不忙地把 3D 投影仪扔到蜡像的后方、左方和右方，然后微笑着摁下了开关。

三个投影仪中跳出了活灵活现的白柳投影，和他一样在微笑着，三个投影和一个白柳守在四方，还在不断往前移动的人鱼蜡像们迟疑了几秒，全都停下了。

但观众依旧是一副嘲讽的嘴脸。

"人鱼蜡像虽然智商不高，分不清真人和投影，投影的人眼的确可以糊弄它们一会儿，但是太久了就会暴露，最多撑十分钟，但十分钟根本跑不出这里。"

有个刚刚给火把玩家充了不少电的观众嗤笑一声："而且他买的那个强光手电筒，就那么一把，虽然可以逼退人鱼蜡像，但对人鱼蜡像的威慑力和攻击力都不如火把，只有一把手电筒没用的。"

他这里话音刚落，屏幕中人鱼蜡像退了一点，盯着那些投影不动了。

那个点评白柳的玩家不慌不忙："最多十分钟，等着吧，这些蜡像马上就能反应过来投影是假的了。"

果然，没过多久，这些人鱼蜡像似乎洞察了白柳的投影是假的，正跃跃欲试地绕过手电筒的光，准备上前来。

这观众又轻蔑地一笑："看吧，我就说会这样……"

这观众话还没说完，他看着小电视屏幕，目瞪口呆地停住了自己的高谈阔论。

白柳那边的三个投影也像白柳一样，拿出强光手电筒对准了人鱼蜡像。四个"白柳"掏出手电筒对准中间的人鱼蜡像，好似要发射什么炮弹一样。

白柳笑道："一把果然不太够，不过，四把应该够了吧。"

— 11 —

四道强烈的光束从四个方向猛烈地射向人鱼蜡像，一时之间白柳的小电视屏幕都比旁边的亮上许多，纯白刺目，让人无法直视。

人鱼蜡像在强烈的光束照射下，僵直地、一顿一顿地把自己的手举起来，准备挡住自己的眼睛。

人鱼蜡像的双眼甚至被手电筒的强光闪得有些茫然。它们开始后退，开始蜷缩身体，就像是被警察围堵的罪犯一样，在强光的正中央缩成了一团，有的人鱼蜡像甚至试图把自己的头埋进胳膊里。

而白柳像个大魔王一样蹲在这群蜡像面前，笑眯眯地说："我果然没猜错，你们真的怕光啊。"

小电视前的围观群众："……"

刚刚那个点评白柳的玩家被这一幕刺激得面红耳赤，大吼出声："不可能！那个打折的投影仪怎么可能百分之百还原强光手电筒的光线！这不科学！"

"嘿，真够搞笑的，你来这里找科学？这里面有几个道具设定是科学的？"

"我刚刚看了一下这投影仪的说明书，上面说了是光学投影仪，其他地方都很鸡肋，但在反射光线上有奇效，起码能保存80%。"

"自己不看系统给的说明书就随便踩新人，有点无语……"

"我看着看着也忍不住买了三个3D投影器……"

旁边小电视里那个刚刚还在被人大肆赞扬选对了道具的玩家正在手忙脚乱地一边挥舞火把逼退人鱼蜡像，一边试图去看热水池里的报纸，慌乱无比。

人鱼蜡像还在不断面目狰狞、张牙舞爪地靠过去，这玩家不断被逼近，好似下一刻就要挂掉了一样，惊险无比，刺激万分。

明明是可以吊起无数人心脏的场面，但是只要看一眼白柳这边，就会微妙地变得索然无味起来。

白柳让自己的三个投影举着手电筒，像是警察一样包围了人鱼蜡像，而自己在热水池边不紧不慢地抖开报纸看了起来，悠闲得仿佛是在度假。

而人鱼蜡像弱小可怜又无助地缩在包围圈中间，一动不动。

这反差简直太大了！

有347人赞了白柳的小电视，有355人收藏了白柳的小电视，有21人为白柳的小电视充电，玩家白柳获得21积分。

玩家白柳在一分钟之内获得超300点赞，声誉急速上涨中！

恭喜玩家白柳获得推广位，进入中央大厅游戏屏幕边缘区位置，浏览量正在急速上升中……

有人有点恍惚地看着白柳的小电视屏幕："这还是我第一次看到新人区的玩家获得推广位进入中央大厅游戏屏幕的,虽然只是边缘区。"

"我好像……在见证一颗新星冉冉升起……"

《塞壬小镇怪物书》人鱼蜡像面板刷新。

怪物名称:人鱼蜡像(蛹状态),护身符蜡像(茧状态)。

弱点:人眼直视,强光照射(2/3)。

攻击方式:孵化。

玩家白柳只差一个弱点,就集齐《人鱼蜡像》这一页的怪物书了,集齐后游戏结束可解锁相应的奖励。

白柳早就猜到人鱼蜡像的弱点之一是畏强光。

这其实蛮好猜的。

之前司机说大鱼要晚上才出来,就是因为避光,而人鱼捕捞活动正好是在晚上举行,可想而知人鱼多半也是避光生物。

但人鱼蜡像和人鱼关于避光这一点是否有共性,白柳还没有轻易地下结论。

于是白柳观察了一下,他发现白天塞壬镇大街上几乎没有摆放任何人鱼蜡像。

而酒店和塞壬蜡像馆这两个地方光线都相对不充足,人鱼蜡像就很多,并且他之前推断出的结论是,人鱼蜡像这种生物没有听觉、嗅觉,但是视觉却格外灵敏,因此具有很强的对光的感知能力。

答案几乎就摆在眼前了,人鱼蜡像这种东西畏强光。

白柳在推断出这一点之后,便试图去探寻这个可以利用的弱点到极致。

到底多强的光可以逼退人鱼蜡像?强光到底对人鱼蜡像有多大的影响力?可以影响它们多长时间?如果人鱼蜡像形成了包围圈,强光能不能直接帮助他突围?

于是,白柳做了一个实验,他故意把这些人鱼蜡像诱导成了一个包围圈,然后试着利用强光和3D投影仪突围。

当然也有可能失败,但白柳不喜欢畏首畏尾地做事情。

在他的推断下这个行为有着10%以上的成功率,那么白柳就会毫不犹豫地去赌一次。

失败就失败,没有风险就没有收益,这很正常,玩游戏就是一个充满风险的过程,做游戏也是。

不过他目前的注意力，还是在水池里被泡软了的报纸上。

白柳抓住报纸之后用两只手在报纸侧面轻轻一撕就分开了。

果然，这不是一张普通的报纸。

玩家白柳完成了在热水池分开报纸任务，积分奖励10。
充电积分21，目前积分余额31，是否购买道具？

白柳点了"否"，继续低头看向报纸。

白柳摸了摸被分开的两张报纸，厚度明显不一样，有一张要薄很多。

他微微皱了一下眉，夹住更厚的那一张，再一撕——又分开了。

白柳挑眉，他差点就被任务完成的提示给迷惑了，居然下面还有粘在一起的报纸，要不是他多看了两眼，可能以为这个地方的信息已经找全了。

这游戏，挺会"坑"人啊。

白柳撕了七八次，他身后的盥洗池内已经浮满了浸湿的旧报纸。确定报纸之间没有任何夹层之后，白柳才赶紧瞄了一眼报纸上的内容。

他手上的九张旧报纸的所有头条，全是警方通报的游客失踪的"寻人启事"，失踪人数加起来……总之是个不小的数目。

游客失踪的最早时间可以追溯到去年，也就是塞壬蜡像馆刚刚落成的那个时间点。

一开始，失踪的游客并不多，而且明显伴有财物抢劫的痕迹。

热门的旅游景点每个月失踪一两名游客并不是什么了不起的大事，这种人流量密集的地方一向容易滋生犯罪，又在海边，无论是落水还是被绑架、抢劫都是很正常的事，这些事情明显是要上报登记的……

不过从杰尔夫告诉白柳的情况来看，在上个月之前，外界都不知道这里已经失踪了这么多人，旅游业还在大力地发展着。

直到来这里的游客和失踪的游客都渐渐多起来，并且诡异的事情频发，上个月，塞壬镇光是登记在册的失踪人数就有十二个，这才闹大报道了出来。

白柳如果没有猜错的话，之前游客失踪的事情，都是那个爱民如子的哈里斯镇长为了继续发展旅游业，动用了一些手段压下去，后来实在是压不住了才爆出来。

从报纸上的信息来看，这里的镇民实在是很擅长犯罪。

白柳收好报纸和投影仪，拿着手电筒反向照射那些人鱼蜡像，人鱼蜡像没有动之后，白柳才从走廊出来，往露西他们所在的塞壬蜡像馆中央展厅走去。

中央展厅据说只摆放了一具人鱼骸骨，而且是放在严密锁上的防弹玻璃柜子里，就是司机所说的那具他们捕捞上来的完美无缺的人鱼骸骨，也是一切的开端。

这具骸骨就像是海赠予塞壬镇的礼物，给塞壬镇带来了财富，也带来了不祥。但所有人都只看到它带来的财富，却没有人意识到他们现在的不幸也是由此而来。

白柳一走进去就顿住了。

中央展厅是圆形的，中间竖立着一个水晶棺材般的玻璃柜，玻璃柜子里有着耀眼的白色 LED 灯光 360 度无死角地照射里面的人鱼骸骨，白柳难得带着惊讶的目光来打量这具被称为"骸骨"的人鱼尸体。

这不能称之为"骸骨"，至少在白柳的标准里，不能完全称之为"骸骨"。

露西表情迷恋地看着玻璃柜中的这条人鱼："它可真漂亮，我从来没见过这样……完美的长相，就连电脑合成的都比不上。"

杰尔夫似乎受到了极大的震撼，这个戴着厚厚眼镜的男生无法置信地仰头看着这条人鱼，也不知道呆立在那里多久了。

安德烈倒是一如既往地对这种生物持一种绝对否定的鄙夷态度："你们都被骗了，这不过就是找条鱼尾巴缝到人身上装在玻璃柜子里就能办到的事情，搞出来吸引人眼球的把戏而已……"

他说完之后看着那具骸骨出神了一会儿，又说道："不过的确做得好看。"

这具人鱼尸体浸泡在玻璃容器中，左手到肩膀的地方是白骨，其他地方都是宛如真人般的皮肉。

皮肉线条优雅凌厉，匀称的肌肉包裹着纤薄的骨骼，幽深暗蓝的液体里缓慢上升着气泡，气泡从人鱼深棕色的长发中缠绕漂浮，最终宛如珍珠般嵌在它纤长浅色的眼睫中。

它的眼眸闭合，面容精致细腻到不可思议，有些微卷的长发在水中拂过它艳丽的面颊，露出一双和常人迥异的耳朵。

它的左耳是贝壳云母质地的鱼鳍，在水波中泛着斑斓的光泽，而右耳则是白骨一样的鱼鳍，从湿滑的长发中现出。

蜿蜒卷曲的鱼尾似一条在海水中被洗涤的亮银蓝色缎带，垂落在玻璃柜上，倒三角形的鳞片在灯光下闪闪发亮，右手指缝之间有半透明的肉膜，和白骨森森的左手在胸前包裹交叠。

No.0004
遮手的青礼

No.8310
人偶的身体

Judgo sacks

显灵的主教烛台

Seer's squama
魔王王的鳞甲

Game manager
游戏管理

1 YUAN
NO.LZ-659

Monster loop 魔王小姐糖涂弹

So-unknow

Emely's old wallet
曾光一闪的旧钱包

Thief's Black Fingers
窃贼的黑手指

12

　　白柳明白了为什么那个司机会用"美丽"来形容这条第一次被打捞上来的人鱼。

　　那些原本制作精细的人鱼蜡像跟这具人鱼骸骨比起来简直就像是粗制滥造的廉价旅游纪念品。

　　而白柳对看起来很贵的物品都很有好感,他上前看了看这条人鱼旁边的简介。

　　塞壬,塞壬镇××年××月×日晚上,一次集体捕捞活动中捕捞上来的生物,在经过相关机构验证后,确定无人工合成因素,是纯自然条件下自然生长的珍稀生物。

　　……捕捞上来就已经是尸骸状态,后封存在固化液中,保留在塞壬蜡像馆中心展厅供游人参观。

　　这东西,应该是个很厉害的怪物,白柳想。

　　在白柳低头看这条人鱼骸骨的介绍的时候,柜子里人鱼右手的手指微不可察地动了一下。

　　白柳胸前的硬币突然发疯一样震动起来,猛地弹出了无数鲜红色的面板,一个又一个,像是系统故障一般叠加在白柳面前。

　　《塞壬小镇怪物书》刷新——塞壬王(2/4)。

　　怪物名称:塞壬王。
　　弱点:暂无(不要求玩家探索该怪物弱点)。
　　攻击方式:?(未知,待探索)。

　　你已触发神级游走NPC塞壬王!!

　　《塞壬小镇》游戏副本生存率正在急速下降,重新计算中……原游戏通关率为51%,目前下降至?%!

　　警告!警告!该NPC极为危险,目前没有明确弱点,一旦NPC想要杀戮,玩家无法利用弱点逃脱,只有死路一条,请玩家加快游戏破解进度,

049

在该 NPC 苏醒之前迅速逃离塞壬镇！

预估该 NPC 还有一天苏醒，请玩家加快探寻进度！

白柳扬了扬眉，他这是……遇到了不得的东西了？

白柳看着面板上的红色警告文字，还在思考着对策，却不知道这个警告已经快把偶然路过中央大厅游戏大屏幕前的一个资深云玩家吓傻了。

王舜作为一个资深云玩家，已经在中央大厅的大屏幕前蹲守多年。现在他正蹲在中央屏幕前，呆滞地看着白柳的小电视。

云玩家的意思就是自己下场的时候少，看别人玩的时候多。王舜更多的时候是负责收集玩家的游戏信息，上交给自己所属的玩家公会组织。

但他看了这么久的游戏视频，还是第一次在中央游戏屏幕上看到神级游走 NPC。

王舜看着屏幕，反复确认了两次之后才恍恍惚惚地开口道："我没看错吧？！这……是那个神级游走 NPC 没错吧？！谁这么倒霉进入了有神级游走 NPC 的副本啊？"

在整个系统里，有成千上万数不清的恐怖游戏，这些恐怖游戏都是一个个独立的游戏副本。

每个游戏当中的 NPC 和怪物都是不同且固定的，就好像是一个游戏商店里展示的不同的游戏一样，互不干扰。

玩家进入每个游戏副本的游玩过程都是独立的，不会互相串来串去和融合。

但不知道什么时候，出现了一个奇异的游走类型 NPC。

这个 NPC 会随机出现在每个恐怖游戏的副本中，在游戏中蛮不讲理地穿梭，甚至会附身到其中一个怪物身上，把这个怪物从普通类型的怪物改造成杀伤力巨大的神级怪物，让一众玩家叫苦不迭，每次进入游戏的时候都战战兢兢，害怕触发这个神级游走 NPC。

不过这个 NPC 的触发概率其实很低，王舜看小电视多年，从来都没有见过有人触发这个神级游走 NPC。

但也是因为这个神级游走 NPC 的杀伤力相当之大，通常是一出现整个团队瞬间全灭，观众根本还来不及看到，玩家就全部被淘汰了，所以，关于神级游走 NPC 的传闻很多，但信息很少，一旦出现，对王舜这种云玩家来说，那就是顶级的资讯！

要是收集齐全了资料，说不定还可以卖积分！

王舜瞬间就聚精会神了起来，他今天就蹲在白柳这个小电视前不走了！

但很神奇的是，这么一个出现了神级游走NPC的劲爆游戏视频，居然在中央屏幕的边缘，如果不是王舜有仔仔细细扫整个屏幕的习惯，看到了这个小屏幕满屏的红色警告，说不定就看漏了。

"是系统的算法出错了吗？"王舜守在白柳的屏幕前喃喃自语，"这种视频怎么都不该在这种边缘位置啊，这玩家表现得很不错啊，怪物书第一页都要集齐了，而且看到了神级游走NPC都这么镇定，也没有消极游戏，这心理素质够牛了……"

他一边说一边点开了自己的游戏管理器，查询了白柳这个小电视的玩家信息，然后缓缓睁大眼睛。

"这居然是个第一次玩游戏的新人？！认真的吗？！"

游戏论坛——有人看到中央屏幕那个刚刚从新人区升上来的新人玩家吗？

1楼：第一场就升上来了，可以啊！今年积分榜的年度新星是不是会有他？

2楼：不可能了，我正在看他的小电视，他运气太差了，刷出了神级游走NPC，估计这一场就是他最后一场游戏了。

3楼：他之前在新人区表现很厉害的，怎么这么倒霉啊……但是他真的很厉害，也不一定死吧。

4楼：还有人不懂游走NPC写作NPC读作BUG（系统漏洞）吗？这NPC没弱点的，每次只要出现，玩家都是"团灭"，因为跑不掉。我感觉已经破坏游戏平衡了，一定是系统给无法解决的BUG起了个"游走NPC"的名字来糊弄玩家……

5楼：嗐，我之前还挺看好他的，觉得他有希望冲击《塞壬小镇》的积分最高纪录，因为他思路真的很厉害。

6楼：《塞壬小镇》积分最高纪录是牧神吧？我记得不加充电是1300多积分，牧神现在是噩梦新星榜第四，这新人这把都活不过吧。

7楼：可惜了，这新人"颜值"也可以，要是不死，长这样还有机会冲击十大高"颜值"玩家……

8楼：他这副小白脸的样子，十大高"颜值"玩家首先是看操作然后再看脸好吗？他这场必"凉"……

…………

新增 1 人赞了白柳的小电视，新增 416 人收藏了白柳的小电视，无人为玩家白柳充电。

新增 512 人正在观看白柳的小电视，却没有人赞，真是奇怪呢，是因为玩家表现得不好吗？看官给个赞吧！

新增赞的数量过少，玩家白柳的中央屏幕边缘区推广位即将到期。

白柳对这些讨论一无所知，只是沉默地凝视、审看这条在玻璃柜子中的人鱼——这无疑是整个游戏中等级最高的 BOSS（首领级别的守关怪物），系统明确告诉他了。面对这个 BOSS，玩家是没有办法利用弱点进行逃脱的。

苏醒之后，必死无疑。

虽然白柳不太喜欢这种被绝对牵制的感觉，但既然系统这么说了，他也的确拿对方没办法。

但在苏醒之前，这条人鱼却未必不能给白柳带来一丝生机。

白柳摸着下巴，胆大包天地试图利用塞壬王给自己谋点福利。他这想法要是说出来，估计在外面围观的一群人都要对他说上一句"初生牛犊不怕虎"。

但可惜他什么都不知道。白柳很平常地把塞壬王当作了一个他可以随意对付的怪物 NPC，只是高级和难搞一点。

在游戏里就不存在玩家完全没有办法的 BOSS，就算是面板上读起来很可怕的怪物也是一样的。

只要游戏没有 BUG，那即使是游戏告诉玩家这个怪物多让人没有办法，也多半是设计师弄出来吊玩家胃口故弄玄虚的手段之一。

可白柳不知道的是，他遇到的就是被称为这个游戏 BUG 的"神级游走 NPC"。

他们在蜡像馆一直逗留到了晚上，司机开车来接他们的时候，守馆人用苍老衰败的声线，带着喜悦向他们告别："好久没有这么大型的人鱼捕捞活动了，塞壬蜡像馆今夜之后，终于又可以迎来新的人鱼蜡像了。"

他的笑有种古怪的愉悦，他转动没有眼珠的眼睛，盯着白柳："祝你们有个愉快的夜晚。"

13

守馆人站在门口静静伫立着，望着他们远去，身后是无数影影绰绰的蜡像轮廓，慢慢在黑夜里探出大理石般没有表情的脸部，好似从海里探出水面的鱼类。

主线任务：探索塞壬蜡像馆完成——积分奖励50。
目前积分余额81，是否购买道具？

81啊……白柳摸了摸下巴，询问："有没有高浓度酒精？"

开启商铺——有，一共有218种不同品类的特殊品质酒精，其中有18种您可以在这个副本内购买。

"最便宜的多少？"

9积分25升。温馨提示，游戏中的酒精与现实中的酒精并非同一性质的物质，经过系统改造后，功效或高或低，建议玩家购买前阅读完说明书。
系统建议：检测到玩家积分充足，建议玩家在此副本内购买烈焰火把道具，功效更好更安全哦。

白柳若有所思："阅读酒精道具说明书。"
系统瞬间弹出一大堆面板，上面密密麻麻十几页说明书，蚂蚁大小的字多扫两眼都会让人眼睛疼。
白柳见怪不怪地点开了一页说明书，慢条斯理地看了起来。
这个游戏里的道具售卖都是这样的，越是价格低廉的道具，说明书的页面就越长，反而是放在推销栏上的热门商品的说明书，简单、直白、充满诱惑力，直接就说明了功效，让迫切求生的玩家一看就想买下。
作为一个没什么钱的人，白柳每个购物节都在想方设法从电商铺天盖地的营销当中找到最实用并且最便宜的商品。他对这样的套路太熟悉了——
越是便宜好用的东西，你购买的阻碍就越多。
其中之一就是给便宜的物品设置大量的说明文字，让人乍一看很难知道这东西能有什么用，然后跳过去买了其他东西，因此这些便宜的东西很少有人购买，销售量极低，有些甚至是个位数，估计也没什么人仔细阅读这些东西的使用指南。

白柳眼睛眯了眯，看向菜单栏上"烈焰火把"和"3D投影仪"后面的字眼——商品的价格发生变动。

烈焰火把，《塞壬小镇》内价格下调至17积分。

3D投影仪，《塞壬小镇》内恢复原价，6积分一个。

这两个他之前注意过的道具都有了价格变动。

"强光手电筒"和"烈焰火把"这种一听就是在恐怖游戏里比较常见的有效道具，似乎价格会更高。

但是在白柳用过某些道具之后，这些道具的价格就发生了一些变化，而他知道自己正处于一个直播系统中……

白柳猜测应该是在他游戏直播的这段时间内，购买这些道具的玩家数量发生了变化，从而导致道具的价格发生了变化。

他不紧不慢地看完了所有酒精的说明书，最终选定了最便宜的那款酒精。

白柳很是阔绰："全要了。"

9桶高浓度酒精装入玩家白柳的购物袋，欢迎下次惠顾。

在小电视前的王舜看白柳这样，着急地拍了一下大腿："哎呀！这个新人干吗呢？"

"是准备用酒精来烧蜡像吗？这些蜡像虽然畏光但是不怕火啊，把外面的蜡烧化了之后里面怪物会跑出来的！怎么一次性把积分全给花了，傻不傻啊！"

旁边也有玩家窃窃私语。

"这新人怎么回事？81积分全买了最便宜的酒精，这人是个酒鬼吗？这东西根本没玩家买过吧。"

"想当然了吧，以为人鱼蜡像怕光就怕火，之前也有新人犯了这个错误，拿火把去烧而不是去照人鱼蜡像，结果火把的光一暗，就死无全尸了。"

"散了散了，我还以为多牛呢，结果还是个靠运气撞上来的……"

"中央屏幕含金量越来越低了，这种新人都能上，之前牧神那一批才真是牛……"

…………

　　新增0人赞了白柳的小电视，新增2人收藏了白柳的小电视，新增166人踩玩家白柳的小电视，无人为玩家白柳充电。

　　新增1447人正在观看白柳的小电视，其中超过一半的人踩了白柳的小电视，玩家白柳获得"名不副实"称号，玩得可真是太不好了，大家都希望你赶快出局。

　　玩家白柳的中央屏幕边缘区推广位到期。

　　"踩"总数上升速度过快，玩家白柳进入死亡喜剧分区屏幕，用你滑稽的"死亡"方式和游戏技巧，来取悦众人吧！

王舜眼睁睁看着中央区边缘的小屏幕闪了一下，白柳的小电视就暗了下去。他推了推眼镜，想到自己还没有收集完的神级游走NPC信息，犹豫了一下，还是在一堆对白柳这个新人的惋惜与嘲笑声中，起身去了死亡喜剧分区屏幕那边。

　　游戏内。
　　夜晚降临。
　　司机开着面包车在暗下来的街道上行驶，两边的路灯闪烁亮起，街道上拖着渔网和弯刀前行的渔民，用一种近似呆滞的目光看着从他们身侧驶过的面包车。
　　这都是今晚要参加人鱼捕捞活动的渔民。
　　在昏暗的灯下，这些人脸上那些大理石一般的青黑纹路密密麻麻地交错，还有一些黏液滴滴答答地从他们身上滑落。
　　这些镇民比白天看着更为可怖，眼睛在黑夜里散发出幽暗的绿光。
　　司机再次警告："这些镇民都很危险，他们已经很久没有收入了，你们等会儿看人鱼捕捞就在指定的船上就行了，不要去接触他们。你们一看就是外乡人，很容易被抢劫。"
　　司机一边说着，一边大口大口地咀嚼着手里的三明治。
　　这人晚餐也吃三明治，鱼排的碎末从他嘴边掉落，白柳闻到了那种让他很想吐的腐臭鱼味，但车里除了他之外的人似乎都不觉得这个味道难闻，安德烈更是看着司机的三明治晚餐一直吞口水，焦躁地抠自己的耳后。

露西没忍住也说了一句："这三明治闻起来好香啊。"

安德烈暴躁无比："我们晚餐吃的都是些什么东西！饿死了！"说着还用一种很厌恨的目光看着后面的白柳。

他们一行人晚上是在蜡像馆吃的，白柳点了最便宜的全素宴，什么鱼类都不要，不光是安德烈发了火，就连露西都惊了一下，但白柳买单他最大，他说自己不想吃鱼那大家就只能都陪着他。

安德烈咒骂道："花不起钱就不要出来玩成年人的游戏，滚回去喝你的全素奶吧！"

白柳当时只是微微一笑："既然这样，安德烈想吃肉就自己点吧。"

他撤下了安德烈的全素套餐，而蜡像馆所有的套餐都很贵，安德烈根本买不起，但白柳说不给他就不给他。

安德烈不敢找白柳的麻烦，毕竟白柳还要给他晚上住的酒店结账，他可不想在这种镇子里露宿街头。

但杰尔夫就无所谓了，于是杰尔夫被安德烈抢了全素套餐，还被安德烈打了几拳，一直缩在角落里捂着肚子不吱声。

现在闻着三明治的味道，杰尔夫也不断地上下滑动喉结，眼中流露出压抑的渴望，看着安德烈的眼神红得快要滴血了。

杰尔夫的血腥密谋——支线进度 30%。

白柳分出个眼神看了一下低着头的杰尔夫。

安德烈被饥饿和食物的香气逼得烦躁无比，他控制不住用力地抠着自己瘙痒的耳后。

白柳注意到安德烈的耳后被抠红的一块皮肤忽然张合了一下，出现了好几道弧形的褶皱，就像是鱼鳃一般呼吸张合，但也只有一瞬，那块皮肤又贴合了回去。

那块皮肤好似有生命一般，在小幅度地鼓动着，就好像在岸上的鱼闭合的腮部那样轻微地鼓动着。

白柳用硬币扫了一下安德烈。

NPC 名称：安德烈（高度异化中）。

从蜡像馆出来，安德烈异化程度就加重了……

白柳略微挑了一下眉："安德烈，你在蜡像馆里，是不是摸了那些人鱼蜡像？"

"摸了又怎么样？"安德烈转头，恶声道，"白柳，今晚我们就看看谁才是该滚回家喝奶的那个！"

这一瞬间，安德烈愤怒地低吼着。在昏暗的车厢内，他两边的腮张开，白柳可以清晰地看到安德烈耳后张开的鱼鳍一样的东西在剧烈抖动。

司机突然低叱了一声："嘿，小伙子们，不要在我的车里决斗！"

安德烈瞬间收回鱼鳃，眼神却还是恶狠狠地落在白柳身上。

司机："我按照你们的要求，给你们找了一个决斗的地方，或者说给你们打赌的地点，一块偏僻的海滩和两艘木船，你们自己注意安全，要是淹死了，我可不负责。"

隔了一会儿，司机似乎是自言自语地低笑："不过你们来了这么久了，应该也不会被淹死……应该都会游泳了。"

白柳脸色一沉，他不会游泳。

这镇子里的居民都是这种鱼一样的东西，包括才来仅仅一天的他们一行人，都在逐渐变得像鱼一样，喜欢吃奇怪的鱼肉，身上散发着微妙的腥气……

鱼是天生就会游泳的，当然不会淹死。

除了白柳。

他和其他人不一样的地方在于，既没有吃那些诡异的鱼肉，晚上也没有让任何一个人鱼蜡像靠近自己。

白柳推测应该是这两样导致其他人被异化成人鱼。白柳不想被异化，但为了赌约上船之后，他的危险度肯定就翻倍了。

谁知道海里有什么东西？谁知道安德烈会不会变成怪物来推翻他的船？

14

难怪"真爱之船"这个支线任务有100积分，这危险程度比其他几个任务高多了。

安德烈实在是控制不住自己的食欲，伸手去抢司机手里的三明治："给我吃一口！"

司机手中的三明治被安德烈狼吞虎咽地塞入口中。他吃得格外粗鲁，牙齿咀嚼不了几下就一边捶胸一边往下咽。

司机却没有去抢回来,只是用一种好像是在饲喂动物的怜悯眼神看着弓着身子吃东西的安德烈:"吃吧,我的孩子,吃吧,饿坏了,没怎么吃东西吧?好好享用你的晚餐。"

白柳看了一眼,说了句:"这是他今晚第二顿晚餐了。"第一顿是抢杰尔夫的。

被抢走晚餐的杰尔夫听到这话动了一下,低着头捂着脸,他耳边也出现了那种鱼鳃一样的纹路。杰尔夫的鱼鳃似乎因为愤怒张开了一瞬,牙齿也变得宛如鲨鱼般尖锐细密。

但这样毛骨悚然的场景只是一瞬,当白柳看过去的时候,杰尔夫怯懦地低着头,仿佛什么都没发生一样捂着自己的脸,余光却还诡异地停留在后视镜倒映的白柳脸上。

杰尔夫的血腥密谋——支线进度50%。

白柳微不可察地皱眉——这个任务怎么刚刚才涨了进度,现在又涨?
之前应该是杰尔夫确定要对安德烈下手时涨了一次,后面这一次是为什么涨?

白柳他们到了港口,下车的时候他想起司机对自己的信任度极低这件事,想到"杰尔夫的血腥密谋"里这个司机多半是参与了,白柳还是想把司机这个重要NPC的信任度刷上去。

于是他下车的时候,以答谢司机的名义又给司机递了钱,当作小费,但司机却目光沉沉地看着白柳包裹里那些没有给他的钱,最终咧出一个狰狞的微笑,亲吻了一下白柳给他的小费,挥了挥道:"祝你们玩得愉快。"

杰尔夫的血腥密谋——支线进度80%。

白柳心想这里的镇民果然是强盗属性,看到钱就眼睛放绿光。

他好像没看到司机对他兜里的钞票露出的贪婪目光,大大方方地敞开让司机看,脸上露出一个一如往常的微笑:"我们会的。"

围观人鱼捕捞活动的地点是在一艘巨型轮船上。

甲板上都是沉默着来来往往的水手,而轮船下靠着的一些小船上都是那些长得像鱼一样的渔民。

白柳他们在天完全黑下来之后上了船,这艘巨轮在夜间缓慢驶离港口,下面那些在小船上的渔民就一直用直勾勾的目光看着在甲板上的白柳一行人。

这艘巨轮上的水手和地面上那些渔民有着本质上的区别,最重要的就是这些水手长得像人而不像鱼,并且脸上也没有那些奇形怪状的花纹,身上也没有鱼腥气,就是肤色白了点,和那个据说自己得了白化病的酒店前台很像。

白柳注意观察了一下,这艘巨轮上的人其实并不多,也不知道为什么出来捕捞要开载重这么大的一艘轮船……太浪费了。

而且这艘船还有一点不对的地方,白柳上船的时候就注意到了——这船吃水太深了,绝对装了什么特别沉的东西。

水手们面无表情地在船上走来走去,就像是没有看到白柳他们一行人一样,偶尔白柳会发现有几个水手站在漆黑的角落里用很奇异的眼神看着他们,然后和旁边的水手窃窃私语,露出一个满足又怪异的微笑。

船开了。

深夜的海面风平浪静,船头探照灯的光只能照亮一小片海域,除此之外都是仿若能把这艘巨轮吞噬掉的黑暗,船的两边时不时有水波划过的声音,而巨轮上的水手们有条不紊地工作,船边的渔民布下渔网。

船只驶向更加深不见底的夜色里。

露西披着披风站在白柳旁边,她涂满口红的嘴唇此刻也被吹得乌紫,缩在白柳身旁取暖:"怎么会这么冷?白柳,我刚刚去问了他们,他们说要捕捞人鱼就要把船开到当初捞上第一条人鱼的海域,只有从那个地方才能捕捞上人鱼,他们称那片海域为'塞壬的礼物',好像有个传说。"

白柳偏过头:"塞壬的礼物?"

"对。"露西把披风拢得更紧了一些,哆嗦着说,"天哪,这太冷了,我感觉自己在前往全是幽灵的地狱,只有那里才会有这么冷的风。"

白柳倒是没有觉得冷,他突然想到了什么,用硬币扫了一下露西。

NPC 名称:露西(异化中)。

白柳伸手去摸了一下露西的手,她的肌肤冰冰油滑,触感像刚凝固的蜡。

露西笑着看向白柳,她应该是想挤挤眉头,但是她脸上的肌肉也像是尸块一样僵硬,这让她的表情做得非常奇怪,好像毕加索抽象的人物画。

她的声音也开始变得干哑,带着莫名的热切:"你的手好温暖,我可以亲你吗？"

白柳婉拒："不能。"他给自己找了个解释，"这里人太多了。"

露西不是被吹得冷，她是自己的体温在下降。

不知道什么时候出现在白柳旁边的杰尔夫用一种狂热的目光看着前方的海域，喃喃道："对，塞壬的礼物，传说这片海域是塞壬王的馈赠，可以实现人的任何愿望，甚至可以起死回生。

"当船只上的游客不小心跌落在水中，淹死在这片海域时，塞壬王会赐予他们重生的力量，他们会变为人鱼，重返人间，所以渔民才能在这里捕捞到人鱼。"

白柳心说：塞壬王早就已经被捞上来在蜡像馆里放着了，这片海域为什么还能源源不断地产出人鱼？

而且正是从塞壬王被捕捞上岸开始，这片海域才开始源源不断地产出人鱼……

并且死去的幽灵变成人鱼重返人间，这怎么听都不像是一个"赐福"的故事，更像是诅咒。

白柳在心里为这个故事补上了符合逻辑的后续——死去的人变成的人鱼被捞上来浇灌到了大理石里做成了蜡像供游人参观，还有些人鱼直接就被做成了食物，被镇子上的镇民吃掉了，而后来这些人鱼蜡像终于开始作怪，镇子上的游客接二连三地失踪……

这并不像是什么塞壬的礼物，倒像是一场人鱼的报复。

水手突然过来说："我们要到'塞壬的礼物'的海域了，请你们不要在船上乱走，否则发生了什么意外我们概不负责。"

说完这个水手就离开了。白柳发现所有的水手都往船的底舱去了，甲板上突然空无一人。

白柳眯了眯眼睛，在船上绕了几圈，假装不经意地跟在其中一个水手的背后。

水手们都往底舱走了，也就是仓库，这些水手脸上一点情绪都没有地一个接着一个顺着木梯子往船舱里走，然后又一个一个地出来，伴随着一些低语：

"我的……没问题。"

"一定要确保这些东西没问题。"

"之前破了几个，不过没关系，今晚来的这四个人被吃掉之后，就有新的可以放进来了。"

这群水手似乎是在检查什么很重要的东西，检查完之后又一个一个地出来了。

白柳躲在角落里，眯了眯眼，心道果然底舱装了什么很沉的东西，又沉又很重要……白柳隐约猜到了是什么，但是他还不知道这些水手为什么出来捕捞都要带着这东西。

等到所有水手都走了之后，最后一个水手好像是忘记了锁上底舱，就走了。

锁就那么挂在底舱的门上，随着海浪来回摇晃，简直像是在对白柳这个玩家说：快来探索我……快来探索我……

白柳打开门下去了，下去之后是一条长长的、狭窄的木楼梯，走起来吱呀作响，一直通往看不清楚的底舱，两边没有灯，整个结构很像一个地窖，白柳没有往下走，而是打开了手电筒想看底舱里是不是如他所想，摆放的是那样东西。

他打开了手电筒之后往下一望，就算是早有预料，白柳的呼吸还是一窒。

仓库里全是各种各样的人鱼蜡像，这些蜡像密密麻麻地摆满了整个底舱，一眼望过去几乎没有落脚的地方，全是白森森的蜡像。

而这些人鱼蜡像都不约而同地伸长脑袋仰着头，白色的双眼直视着白柳。白柳发现他站着的楼梯周围蜡像数量明显更多。

人鱼蜡像就像是闻到腥味簇拥而来的鱼群，其中有两个已经走上了白柳所在的阶梯，被手电筒的灯光一晃，又退了下去。

但是手电筒的光只能照亮一个地方，仓库中无法被照亮的黑暗的地方，不断地传来窸窸窣窣和地面摩擦的声音，白柳所在的楼梯渐渐聚集了越来越多的人鱼蜡像，它们就像是仰着头要吃鱼饵的鱼一样，盯着白柳不放。

但白柳却并没有返程，他同样盯着这些蜡像的脸打量了一会儿，忽然放下手电筒，走了下去，还伸出手试图去触碰这些蜡像。

正在小电视前面观看的王舜："！！！"

15

王舜忍不住骂了一句："我还没有收集到什么神级游走NPC的信息，你不要自己'作死'啊！

"那个蜡像碰到就会被异化，被异化后你的精神值就会下降，精神值一旦下降，很快就会神志不清了！那个时候你就会分不清看到的是真的还是假的，很快你就会被搞死了！"

王舜激动的声音吸引了几个玩家观众过来。

在"死亡喜剧"这个分区小电视上的玩家，要么是喜欢用玩得"作死"、刺激来吸引眼球，要么是不想"作死"，但因为玩得特别不好，导致一路都在"作死"的玩家。

因此在这个分区屏幕游荡的观众也很喜欢看这些玩家花式"作死",但这几个被王舜吸引而来的观众抬头一看屏幕中伸手去摸人鱼蜡像的白柳,还是略显惊讶地"哇哦"了一声。

一个观众大开眼界地道:"长见识了,我还是第一次看到这么'作死'的,自己去摸怪物,他要干吗?"

王舜也很无语地转过头去和这几个观众说话。他用手指点了点屏幕上正在触碰人鱼蜡像的白柳,颇有几分恨铁不成钢地说:"我是从中央屏幕一路跟着他过来的,这个玩家拿积分很快,一下就快上百了,然后你们知道他用来买什么了吗?"

"上百的积分?"这观众也很惊讶,他瞄一眼小电视上面的时间记录,"游戏中这才第二天,积分就上百了?这表现很优异了,怎么会落到'死亡喜剧'的分区来?"

这观众话还没说完,小电视里的白柳就已经快把脸贴到人鱼蜡像面上了,还用手指去描摹人鱼蜡像上的纹路,看得这观众脸上的表情崩裂了一下。

这观众哭笑不得:"不过这人这种玩法,分到这里来也不奇怪……他买了什么?《塞壬小镇》里有用的道具,100积分能买蛮多了,烈焰火把和水中气泡加起来差不多100积分吧,这是最优的通关道具了。"

"不,这两样他都没有买,"王舜幽幽地道,"他买了九桶高浓度酒精。"

"不是吧?!"观众匪夷所思地看向小电视,颇有些瞠目结舌,"九桶酒精?!那玩意儿根本没人买过吧?"

王舜点头:"就按照常理来分析,酒精燃烧的火焰和光强度太低了,对人鱼蜡像和人鱼水手应该是没用的……"

说着说着,王舜却有些奇怪地凑近小电视看:"怎么回事?他都摸了那么久了,为什么还没有开始被这些蜡像异化?"

其他观众也皱眉靠过来:"这都五分钟了……他应该已经被人鱼蜡像完全异化,精神值降为0了啊……"

白柳神色淡淡地用指尖触碰那些仰着脖颈看着他的人鱼蜡像,他神色随意,好似在随意把玩一件艺术品的雕刻家,而不是一个正在触碰怪物的玩家。

他脸上一丝一毫的恐惧都没有,嘴里还恍然自语,好像在和这蜡像对话:"果然,你的脸没有改变成我的样子,之前那些人鱼蜡像试图攻击孵化我的时候,脸会变得像我,而你的脸并没有任何变化,还是人鱼蜡像的茧形态,不能通过触碰来异化我,因为你已经——"

白柳微笑起来："拥有别人的脸了，你是水手的护身符，是水手的茧，不可能再来孵化我了。"

白柳手下这个人鱼蜡像有着跟他刚刚在甲板上见过的一个水手一模一样的长相。

近距离看，白柳发现这些蜡像表皮都掉漆了，材质看起来很脆薄，和他在其他地方看到的蜡像都不同，用手电筒近距离地观看，这些蜡像脆薄得就宛如一层壳，能透光，好像一捅就能碎，就像是蝴蝶脱蛹之后的茧。

这些蜡像跟那个和酒店前台长相完全一致的、被称作"护身符"的人鱼蜡像更像，而护身符的人鱼蜡像在怪物书中又被称为"茧形态"。

如果白柳没有猜错，这一仓库的人鱼蜡像，都是船上那些水手的护身符，都是他们的茧，而茧是不具备攻击能力的，因为人鱼蜡像从蛹变成茧，就代表里面的虫子已经"化蝶"出去，留下的只有一个空壳了。

那些在船上游走的水手，才是蜡像里面困住的怪物。

《塞壬小镇怪物书》刷新——人鱼水手（3/4）。

怪物名称：人鱼水手（蝶状态）。
弱点：？（待探索）。
攻击方式：？（待探索）。

小电视前的王舜和那个观众已经看呆了。

王舜趴在小电视上看着这张被刷新出来的怪物书，不可置信地说道："我看了这么多次《塞壬小镇》的通关视频，从来没有发现这是不用躲的怪物，就连《塞壬小镇》这个单副本积分纪录保持者牧神，都没有发现这里是茧而不是蛹。

"一般不是要被这些护身符追到上面去，触发人鱼水手怪物追逐战，被人鱼水手攻击才能解锁这一页怪物书的吗？

"白柳为什么知道下面的蜡像可以不用躲？而且第三页怪物书怎么这么早就被他轻轻松松刷出来了？"

那个观众也完全目瞪口呆了："他怕不是要集齐《塞壬小镇怪物书》通关吧……这也太牛了，上一次集齐《塞壬小镇怪物书》的还是牧神吧？"

"不可能。"王舜回神，立马否认，他推了推眼镜，看向白柳的眼神终于带上了欣赏和遗憾。

王舜叹一口气摇摇头："他运气不太好，第二页刷出来的怪物是神级游走NPC。

"塞壬王没有弱点，要集齐塞壬王这一页怪物书，玩家需要探索的是攻击方式，而如果要探索这个，就必须让塞壬王醒来然后攻击玩家，但那个BUG级别的NPC一攻击，玩家必死无疑。"

"什么？！他还刷出了神级游走NPC？！"这观众顿时大声嚷嚷起来，抬头看向白柳的目光带上了崇敬，"我还是第一次看到游戏里出现了神级游走NPC还活着的玩家，那些刷出来的玩家都是想方设法地退出游戏，这人居然还在继续玩，他不慌吗？"

"不知者不畏吧。"王舜笑道，"他是新人。"

这两人大声激动的交谈引来了不少围观的观众。

白柳这里有神级游走NPC和第一天就刷新出了三页怪物书的消息吸引了不少的观众。

死亡喜剧专区的观众就喜欢白柳这种剑走偏锋的玩家。

"够会玩啊！"

"可以可以，我就喜欢他疯狂'作死'又死不了的样子。"

"不要尿，就是干！冲啊！白……叫白啥来着，我看看……"

……

新增205人赞了白柳的小电视，新增200人收藏了白柳的小电视，有35人为白柳的小电视充电，玩家白柳获得35积分。

有297人正在观看玩家白柳的小电视。

恭喜玩家白柳在死亡喜剧专区大受欢迎，获得"死亡谐星"称号。请继续用您诙谐的游戏过程，逗笑来看您的玩家吧。

白柳发现了水手是怪物之后，就停止了向上走的脚步，如果他没有猜错，那个之前勾引他下来探索的仓库门口必然守着水手，只要他现在上去，就会激怒发现他潜入仓库的水手，从而开启一场惊心动魄的甲板追逐战。

而如果玩家不知道底舱这些蜡像是无害的，多半会在仓皇逃窜的时候被伏击，还会被前后夹击，那就是九死一生的危险情况了。

毫无美感的游戏设计，白柳有些无趣地想到，因为破解这种追逐战局面的办法非常好想到，那就是跳入海里。

但他不喜欢下海。

16

白柳在购买道具的时候看到一个高人气道具叫作"水中气泡",可以让玩家在一个气泡中呼吸漂浮整整两个小时,还可以驱逐鱼类,不让鱼类靠近。

这道具功能不错,但价格70多积分,并且只可以使用两次,是个消耗性道具。

以白柳挑剔的眼光来看,这个道具除了可以让人在水下呼吸之外没有任何附加价值,卖70多积分纯属敲诈,谁买谁就是在给游戏商店交"智商税"。

当然,这和他不会游泳、不想跳进水里,绝对没有任何关系,只是因为他作为一个"葛朗台",自然不会干这么浪费的事情,也不会走这种他觉得毫无美感的游戏设计路线。

白柳抬头看了一下仓库的门,门果然开始吱呀作响,好像是有人回来准备把仓库门锁上。

若是一般的玩家,这个时候必然紧张无比地就想往外跑,离开这堆阴森惨白的旧蜡像。

但白柳却神色自若地关掉了手电筒,走进蜡像中,找了一个黑暗的小角落,解开上衣用地上的灰布包了一下下肢,假装自己是一个蜡像,不动了。

而这群人鱼蜡像的视力也不算好,茫然地搜寻了一下白柳,没找到便也停住了。

仓库的门晃了几下,被缓缓打开,两个水手提着一盏昏黄的小灯顺着楼梯下来,声线嘶哑地小声交谈。

"清算一下蜡像数量……"

"数了好几遍了,不会有错……"

"今晚过后,这里又要多四个蜡像了,先把这四个人送去蜡像馆那边吧,那边的蜡像们在那里守着塞壬王太久了,该拿着自己的护身符出来活动活动了……"

"好好守着塞壬王,千万不要让他醒来回到水里,不然我们都得……"

两个水手站在仓库上面的台阶上,他们提着那种老式的小油灯,眼神直勾勾地走下来,在这种极度缺乏光的环境下,白柳一时之间分不清这两个穿着水手服饰的人到底是蜡像还是真人。

他们太白了,白到不透光的死白的程度,在这么近的灯光照射的距离下,甚至看不到脸上和手上的血管。

果然不是人，白柳轻微地转动了一下眼球观望着这两个水手，心道。

但是还是不太对，这两个水手还是人的形态，而怪物书上写的是"人鱼水手"，白柳微不可察地一皱眉，心头渐渐涌上不太对的预感。

其中一个水手就是之前在甲板上叫白柳他们不要乱跑的，他眼神死寂，眼珠子不会动般僵着："确定这些护身符没事吧？没事就上锁固定了，免得等会儿有浪打过来船晃着给砸碎，上次就是砸碎了一个护身符，那个水手现在都还在海里没法上岸。"

这两个水手走到那群蜡像的面前，直接开始用锁链固定蜡像。

白柳屏住了呼吸，他看着那个打开的仓库门，开始缓慢向那边移动靠拢。

其中一个水手好似听到了蜡像在说话一般，停了一下，皱眉转过头对蜡像自言自语："你说，你刚刚看到这里有游客来过？"

白柳脸色沉了一下。

失策了，没想到这群水手居然还可以和自己的护身符蜡像对话。

看来这场追逐战是非追逐不可了，但已经比在甲板上好很多了，毕竟只有两个水手。

白柳飞速转动大脑，思考最佳对策，他体能这么差，追逐战必死无疑，所以他一开始才想规避追逐战，没想到这里却是一个死结般的卡环，无论走还是留，都必须追逐。

跑是跑不过的，也不能上去，因为上面水手更多，那就不是追逐战，而是群攻战了，必须跳海的。

白柳不想跳海，他冷静地想，那他该怎么办？

水手凑近蜡像，忽然像是听到了什么极为好笑的事情，低声笑了一下，这笑在底舱里回荡："没想到，有位尊贵的客人提前进驻了这里，还请您不要着急，您迟早会来到这个地方的。"

这水手一边说一边提着油灯往各个角落里找，油灯昏暗的光从水手的下巴打上去，衬得他脸上的笑越发阴森可怖："还请您快点出来吧，晚上的捕捞活动就要开始了，人鱼在海里等着您呢。"

白柳头脑风暴了一番，这些水手很明显比那些蜡像还不好惹，这些水手也是一种怪物，那这些水手的弱点是什么呢？

短短几秒之内，水手已经要走到白柳面前了，白柳干脆先发制人拿出手电筒对准水手，可惜水手只是用手挡了一下眼睛之后，就若无其事地放下了，脸上的笑越发诡异："我们和那些东西不一样，我们不怕光的。"

弱点不是光，水手对强光的反应看起来和人无异，白柳脑子飞速地转动着，几乎是在放下手电筒的一瞬间就把自己背后的酒桶举起来砸了过去，酒桶砸在水手的身上，散成一堆木片。

这两个水手有着硬实的躯壳，完全没有人鱼蜡像的弱点，简直就像是破茧重生了。

水手在昏暗的仓库里直勾勾地看着白柳，伸出手来拉住白柳的手腕，侧着头对白柳露出诡异的微笑，嘴里的牙齿细细密密，尖锐无比："来吧客人，我们去看捕鱼，在海面下看。"

白柳直视着这两个水手。

水手看起来毫无弱点，但并不是塞壬王那种级别的妖怪，毕竟系统没有通知白柳水手也是毫无弱点的妖怪，那么玩家应该是可以利用手头的东西进行反抗的，不然就没的玩了。

但水手却软硬不吃，无论是武力攻击还是光学攻击都无效，这不应该，按照白柳之前的推论，人鱼水手和人鱼应该都是畏光的，不然不会夜间才出来。

白柳不觉得自己推论错了，毕竟人鱼蜡像畏强光已经验证了这个推论的正确性，但这两个水手却毫不害怕地直视强光……

有什么东西替他们掩盖了弱点……之前前台说了，护身符可以帮他们抵挡伤害。

白柳心念电转，他在蜡像中搜寻这个水手的蜡像，发现有一个蜡像的头顶上出现了一点细微的裂纹，好似被酒桶从头上砸过一般，蜡像的神情也从亲和变成了痛苦，双手挡在眼前，似乎被什么光线直射了双眼一般。

白柳目光一凝，一脚斜踢，目光锁定他背后那个水手的护身符蜡像，用力一个翻转，踢在了人鱼蜡像的脸部。

人鱼蜡像应声而倒，瞬间就哗啦碎成一地，从里面流出腐臭的黑色血水。从后面拉住白柳双手手腕的水手发出一声尖厉的惨叫，高频率的叫声像是某种鱼类发出的，震得白柳耳朵疼。

这个水手好似被人砸碎了壳一般，开始噼里啪啦地往下掉落石灰一样的裂片，露出里面的本体。

一不做二不休，白柳顺手也把另一个水手的蜡像拽出来，直接抓头磕在膝盖上，一磕就碎了。

作为本体的水手那么强大，而作为护身符的蜡像就脆得跟鸡蛋壳似的，难怪要放在底舱保护起来。

两个水手都发出了刺耳的鸣叫，他们脸上那种纯白的肤色变成青黑色，眼睛往两边迁移，最终长在了太阳穴上。

　　水手身上散发出浓烈的鱼腥气，下身也变成了鳗鱼一样湿滑卷曲的花斑鱼尾，嘴里是锯齿状的牙齿，伏趴在地面上，用两只鼓起的强健双手，宛如壁虎般飞快地向白柳袭来。

　　白柳飞速地调开手电筒，飞快地直射对方，刚刚还毫无反应的水手颤抖一下，发出了更刺耳的尖锐鸣叫。

　　击碎了保护他们的护身符之后，强光这种攻击就有效了。

　　白柳站在楼梯上缓慢后退，用手电筒对准这两个像壁虎一样在地上不断爬的水手，水手伏趴在地上，缩在光线外面不甘地嘶鸣叫吼着，试图靠近白柳，白柳背对着门退出底舱，然后飞快关上舱门、上锁。

　　关上舱门之后，白柳都还能听到底舱里传来那种窸窸窣窣的鱼尾在地面拖动的声音，好像下面养了一堆蛇，舱门被击打得一震一震。

　　《塞壬小镇怪物书》刷新——人鱼水手（3/4）。

　　怪物名称：人鱼水手（蝶状态）。
　　弱点：畏强光，护身符（2/3）。
　　攻击方式：撕咬抓挠（被抓挠后一定概率会触发异化状态）。

　　白柳镇定地整理衣领口，从仓库的楼梯中走了出来，露西的目光瞬间就捕捉到了白柳，她好似抱怨一般挽着白柳的手臂说道："你刚刚去什么地方了？他们说要开始捕捞了。"

　　"我们已经到那片海域了。"露西笑着说道，她脸上已经出现了那种鱼鳞般的纹路，眼睛在黑夜里发着光，抓住白柳的手有种奇异的粗粝滑腻感，白柳不动声色地拿开了露西的手，说："是吗？"

　　"是的。"露西低哑地笑，"人鱼来了。"

17

　　水手们在船的两边放下渔网，嘴里在奇异地念叨着什么。

　　白柳只听到"塞壬王的赠予"之类的词，杰尔夫站在船边往下看，脸上出现一种奇异又癫狂的表情:"他们在向塞壬王祈祷,祈祷塞壬王赐予他们丰美的人鱼。"

杰尔夫的话音未落,船边的水手一个一个就拉着网的边缘往下跳,露西被吓得尖叫了一声:"他们干吗?!不是要捕捞人鱼吗?他们怎么自己往下跳了?"

白柳表情淡淡的:"他们就是在捕捞人鱼。"

隔了很久很久,从海面下缓缓浮上一张巨网,巨网里是零碎的残肢和鱼尾,十几条人鱼七零八碎地陷在网里,都是死亡状态了,鱼尾烂烂地粘在网上。

这十几条人鱼好似垃圾堆里的玩偶,在网中扭曲成某种姿态,眼睛死不瞑目地看着船上的人,脸上还带着或狰狞或惊恐的表情,身上全是被撕咬的痕迹,像是被某种凶猛的深海鱼类咬死丢进网里一般。

白柳在探照灯的灯光下看着这些稀碎的人鱼的脸部,呼吸缓缓放轻。

这些人鱼的脸长得和报纸上失踪的那十二个游客,一模一样。

船上的水手在欢欣地窃窃私语。

"它们会被做成蜡像送进蜡像馆里……"

"但是蜡像馆今晚只会有四个蜡像出来啊,因为只来了四个游客,打捞上来的多余的那些人鱼怎么办?"

"先放在底舱吧,可以先给我们解解馋……"

捕捞上来的人鱼很快就被送进了后方,不知道运送到了什么地方去。

白柳他们可以吃一些随着人鱼被捕捞上来的新鲜的普通海鱼,很快这些海鱼就被做好送到白柳的面前。

这些海鱼似乎也沾染上了人鱼的味道,烹调出来的味道格外诡异。

除了白柳之外的三个人正对着被端出来的鱼肉吮吸手指,大快朵颐。

刺身鱼排被推到中央,湿漉漉的鱼头被露西捧着咀嚼,露西吃得很快,连自己颊边的发丝都被吃进去了。

露西把沾染了油的发丝从嘴巴里拨弄出来,对着白柳微笑:"白柳,你怎么不过来吃?今晚的鱼真的很新鲜。"

露西手里的鱼头的白色小眼珠死不瞑目地看着白柳。

安德烈咬着一条鱼尾巴,牙齿尖利地咔嚓咔嚓嚼着,他已经变得非常像鱼了,眼睛从正面几乎看不到了,已经位于脸的两侧,鼻子完全瘪下去,过宽的嘴角有腥臭的涎液流下。

杰尔夫用叉子切开鱼肥美的腹部,他好似还可以勉强维持理智,但手下的动作也越来越快,往嘴里机械地塞着鱼肉。

水手盯着白柳，他们把装满海鱼肉的碟子强硬地放在白柳面前，露出古怪的微笑："不吃新鲜鱼肉，就白来这一趟了哦，白先生。"

白柳很想拒绝，但他的面板又一次弹出了指示——

任务提示：不食用水手赠送的鱼肉，捕捞围观活动视为失败。

白柳沉静了两秒，吃了一块。

这种海鱼肉入口是一种很奇异的酸腐味，但当肉滑过喉咙之后，又变成一种正常海鱼肉的鲜甜。

白柳面前所有的鱼肉都开始变得有一种奇异的诱惑力，就算是白柳这种一向口腹之欲不重的人，对着满桌的鱼肉也有种控制不住想要胡吃海塞的冲动。

水手见他吃了，满意地离开了。

白柳竭力保持着头脑的清醒，不去看桌子上那些鱼肉，起身站在海边吹着海风，低头嗅闻自己胸前那枚硬币的金属气息。

钱币的味道使白柳冷静。

他大概能推理出来一些事情了。

塞壬王被打捞上来之后，陷入了沉睡，失去了对这片海域的某种控制能力，导致这片海域里死掉的人变成人鱼，会死而复生，重返人间。这其实是一个传说，但刚刚那十二个游客的人鱼尸体，验证了这个传说的真实性。

这里死掉的人，的确可以变成人鱼。

问题是这么偏远的一小片海域里，为什么能产出这么多死人化成的人鱼，放满了整个蜡像馆都还不够？这片海域为什么会有那么多死人？

但当白柳看到那十二个被打捞上来的游客人鱼的时候，他终于懂了这片海域为什么能产出这么多人鱼。

因为这是一片抛尸地。

那些失踪的游客的尸体估计都被抛到了这片海域，然后再被这些水手打捞上来当成某种大型鱼类，做成人鱼浇灌成蜡像。

就是不知道那些游客是被谁杀的了……

白柳心中隐隐有个猜测，这是个抢劫成性的镇子，这个镇子里失踪的游客大部分都有财物损失，白柳从报纸上那些数量惊人的抢劫失踪案里可以窥见，塞壬镇并不是一个民风很淳朴的地方。

这个镇子与其说是靠着旅游业富起来的，不如说是靠着旅游业附带的抢劫富起来的。

还有比远道而来的游客更肥的羔羊吗？

这么一个穷凶极恶的地方，死了这么多游客，白柳倾向于是游客被抢劫暗杀然后抛尸到这个地方，当然也不排除是人鱼上岸猎杀。

但从人鱼畏惧强光的习性来看，估计很难在白天上岸猎杀游客，而夜晚，在塞壬镇的旅游热门季节，这些人鱼全都是要被捕捞上来供给游人观看的，人鱼杀人的概率不大……

等等，白柳猛地串联起来——

人鱼捕捞活动，是要有人死在这个海域里，才能捞出人鱼，这里没有死人就不会有人鱼。

比如白柳他们这次捕捞活动，捞上来的就是上一次失踪的游客……

这个镇子的居民，说不定是故意杀人、抛尸然后养成人鱼，再然后弄成人鱼捕捞的噱头，吸引更多的游客，便于他们更方便地抢劫。

难怪那个守馆人说没有游客就没有人鱼捕捞活动，原来这些捕捞上来的人鱼全是死掉的游客。

这里的镇长可是个"爱民如子"的家伙。

为了促进经济发展和包庇镇民的罪行，为了避免镇民们的犯罪记录被人发现，也为了进一步扩大这个"人鱼旅游业"，白柳觉得这个镇长完全做得出把捞上来的人鱼，或者说尸体，浇灌成蜡像放进蜡像馆里，或者直接让居民处理掉的操作。

警察当然不可能捕捞或者找到任何尸体，尸体都被处理掉然后灌进蜡像里了。

那些人鱼蜡像里灌的是之前游客的尸体，里面禁锢的是之前游客的幽灵，而这些幽灵变成了怪物，为了复仇，开始对镇子上的居民进行诅咒一般的孵化，把这些居民变成它们的护身符。

而异化的过程中居民会变得像鱼一样，人鱼蜡像则变化成人，两者进行身份交换。

那下面一仓库的护身符，其实都是塞壬镇的镇民，而这船上游走的水手，都是死在深海里的幽灵，已经不是人了，是怪物。

按照这个推论来说，还差一个东西。

人鱼蜡像的形态，蛹、茧、蝶三种都有了，但白柳眯了眯眼，按照生长规律来讲，人鱼蜡像还缺一种状态，那就是幼虫，数量最多也是最脆弱的幼虫。

而幼虫是……

白柳缓缓地捂住了自己的肚皮，刚刚吃下去的那一片鱼肉好似在他胃壁上湿滑地蠕动，白柳看着自己开始泛青白的手指和皮肤上若隐若现的鱼鳞纹路，他能感觉到自己下颌骨两边开始发痒，有种要生长出鳃片的感觉。

他慢慢转身，和他一同前来的三个人都还在疯狂地吃着，已经快失去人类的形态，尤其是安德烈。

他几乎是趴在了桌上狂猛地往自己嘴里塞东西，头发已经变成了鱼鳍一样立起来的骨刺，鼻梁被暗绿色的鱼鳞所覆盖。

警告：玩家白柳进入异化状态，精神值正在下降，请注意区分游戏现实和游戏幻觉。

白柳在心中想，这就是怪物书的最后一种怪物，人鱼蜡像的最后一种形态——幼虫状态。

任何进入塞壬镇的游客，或者是在塞壬镇停驻不走的居民，都会被异化变成这种东西，一种最孱弱、最容易被人食用、抢劫、宰割的形态。

而白柳现在就是人鱼蜡像最弱的形态：幼虫形态。

《塞壬小镇怪物书》刷新——人鱼（4/4）。

怪物名称：人鱼（幼虫状态）。
弱点：？（未探索）。
攻击方式：？（未探索）。

《塞壬小镇怪物书》里所有怪物书页已解锁，请玩家加油探索怪物书残缺部分。

安德烈擦了一下自己嘴边的腐肉末，推开桌子，他的嘴里已经全是那种细密尖利的牙齿，嘴一直贯穿了整个下巴，大得像个小丑，里面还有血腥的鱼肉末随着他说话掉落："白柳，还记得我们的赌约吗？"

白柳被安德烈身上那种带腥味的独特香气所吸引，他慢慢地眨了一下眼睛："我记得，在船上过夜对吧？"

安德烈咧开一个狰狞的笑，一直咧到后脑勺，然后伸出长长的舌头舔了一下脸上的碎肉："不如我们就在这片全是人鱼的海域上过夜吧。"

18

安德烈看着白柳的眼神露骨地带着对食物的垂涎。

安德烈哑笑一声:"我还没有吃饱,如果半夜这里有人鱼来掀翻我的船,我就把它拉上来咬死吃个够。"

这人明明在说咬死人鱼的事情,但他的眼神却一直落在白柳的脖子上,好似要咬掉的不是人鱼的脖子,而是白柳的。

白柳的思维开始变得有些迟缓,这很明显是精神值下降影响的。

他这个时候才意识到,安德烈散发着这么大的香气,刚刚有一瞬间他甚至想咬对方。那么自己在安德烈这个异化程度明显更高的人鱼眼中,必将是一道香气更足的美食。

安德烈想吃了自己。

但白柳现在体力、智力,甚至反应力都下降得非常厉害,他的所有面板属性开始全面飘红,精神值已经在60的边缘,如果让白柳在海上和安德烈这种已经异化完成的怪物对决过夜,那白柳必死无疑。

一定有某种办法,某种可以对抗安德烈的办法。

白柳脑子里所有信息都好像被蒙在一匹半透明的布中,他依稀可以看到那些方案,但无法调用,他隐约记得好像是为自己准备了一个可以对付安德烈的办法,但他想不起来了。

白柳又眨了一下眼睛,摇晃了一下,轻声说"好"。

在小电视前的一行人,看到白柳摇晃这一下,心瞬间就被提起了。

王舜跟着白柳一路走来,知道这人是个很有天赋的玩家,他见过很多个玩家玩《塞壬小镇》,但从来没有如此精神紧绷过。

王舜眼睛眨也不眨地屏住呼吸:"他被异化了,精神值快跌到60,快要看到幻觉了。"

王舜旁边聚集了大量围过来的玩家。

之前一直和王舜守在这里的那个玩家也语气复杂:"精神值60,生死关啊。"

精神值60是真实和虚幻的分界线,在精神值60以上你只是对抗怪物,而精神值60以下你还要对抗自己的幻觉。

这比对抗怪物更难。

因为怪物的弱点可以被探索,是有迹可循的;而幻觉是你自己生成的,你永远不知道自己幻觉的弱点在什么地方,也不知道某个地方是幻觉还是真实。

精神值高的玩家在游戏中拥有的优势是无比巨大的,所以之前白柳引起的关注才会那么大。

而容易被惊吓的,或者容易被怪物精神污染的玩家,精神值很容易下降到60以下,此后,大部分玩家的淘汰率都会呈阶梯状上升,还有不少玩家活生生被自己的幻觉吓死,所以精神值60的关卡,在玩家口中又被称为"生死关"。

观众遗憾叹息着——

"已经很不错了,挺了这么久才被污染到60以下。"

"没有漂洗精神值的道具,精神值只会越来越低,我觉得他命悬一线了。"

"《塞壬小镇》这游戏虽然给的通关率是50%,但对于不知道攻略的新人来说,存活率不到1%。"

"上一批新人里不是也有通关的吗?"

"呵呵,上一批《塞壬小镇》那一百个里面唯一通关的新人,最后出游戏的时候精神值只有25了,通关出来就疯了,有什么用?"

"这个新人估计一会儿就疯疯癫癫的了。"

…………

船上的水手一副看好戏的状态,他们给安德烈和白柳准备了两艘小船,放进这片深海里。

白柳好像搞不清状况一样在围栏边木呆呆地站着,他甚至还和水手特地多要了一床棉被,说自己晚上在船上可能会冷。

水手嘲讽地看着白柳,在他的小船上放了两三床厚实的棉被,还意味深长地说了一句:"祝你晚上做个好梦,晚安,白先生,如果你能醒来的话。"

白柳便笑道:"我会的。"

巨轮的周围依附着很多小船,那些小船上都是长相像深海鱼类一样的渔民。

这些渔民的长相和安德烈有种诡异的相似,在黑夜里小船上只有一盏小灯,在昏暗的灯光下,这些渔民的眼睛散发着幽绿色的光芒。

站在随着波浪摇晃的船上,这些渔民却诡异地动也不动,直勾勾地看着站在小船上抱着被子的白柳,耳边的鱼鳃微微张开抖动,发出好似看到猎物一样细微的颤动声。

而站在和白柳相距不远的另一艘小船上的安德烈则是嘴边流着涎液,眼中散发着和这些渔民如出一辙的幽绿色光芒,看着白柳嘶哑低语:"白柳,带着你愚蠢的棉被，去海底安眠吧。"

大轮船缓缓开走，有水手告诉他们，第二天早上会开船过来接他们。

白柳环视周围一圈，除了安德烈，还有很多小船上的渔民，他们并没有随着大船离去，而是随着划水声，渐渐向白柳靠拢包围。

就算是白柳此时此刻头昏脑涨得厉害，也无比清晰地知道，作为这里最孱弱的"幼虫"，和这些很明显还处于饥饿的渔民相处一夜，怕是不到半个小时他就会被这群东西撕成碎肉块吞咽下去。

更不用说旁边还有个对他虎视眈眈的安德烈，在深夜的海面上，白柳完全就是孤立无援。

白柳虽然依旧被异化了，但跳进海里逃跑依旧不是什么好选择。

白柳现在只是在异化初期，他能感受到自己的口鼻都可以呼吸，但耳旁的鱼鳃并没有什么呼吸功能，跳入水中到底能不能在水下靠鱼鳃呼吸还是个未知数。

而且就算能，白柳肯定游不过这些已经高度异化的渔民和安德烈，跳下海无非就是在海下死和海上死的区别。

白柳还有一个"真爱之船"的任务，在这种活下来都无比艰难的情况下，他还要在自己精神值岌岌可危的状态中熬一整夜，赢过安德烈。

这几乎是不可能的事情。

王舜缓缓放下了原本在不断记录的笔，颇有几分真情实感地叹息一声："可惜了，要赢这个赌约，最好用的道具就是水中气泡。

"这道具可以驱赶鱼群，购买两个使用三次过后就能撑到天明，虽然贵是贵了点，要140积分，但是有用。要是先前白柳不乱花自己的积分，他过这关本来是很容易的。"

旁边那个一直都在看的玩家也赞同地点头，随后抱胸无奈摇头："毕竟是新手，不会玩也正常，这个白柳虽然偶有出色的表现，但大部分时候都在乱来，新手的通病。"

"唉，也就到此为止了。"

还留在这里的几个零零散散的观众也要散开了。

这个时候，画面上安德烈的小船突然剧烈摇晃了一下，跳上来一个渔民，或者说人鱼，张开嘴，露出锋利的牙，狞笑着向安德烈咬了过去。

正准备离开的观众顿时停住脚步。

王舜推了推眼镜，猛地凑前看："这什么情况？！这里不应该是人鱼渔民和安德烈下水开始攻击玩家吗？！怎么这些渔民开始攻击安德烈了？！"

安德烈船上那个渔民十分凶猛，它从海里一个翻身就上了毫无防备的安德烈的船，对着安德烈的脖颈就是凶狠的一口。

安德烈顿时发出一声凄厉无比的惨叫，两边的鱼鳃好似因为疼痛不停地颤着。

腥臭的黑色血液顿时喷得满船都是，还溅射了一些到海水中，跟漆黑的夜色和海水融为一体。

血液的腥气瞬间飘满这个海域，所有的渔民喉咙里都发出一声古怪的咕噜声，好似在吞咽口水，它们把视线缓慢地平移到安德烈的船上。

安德烈那里散发着对它们有强烈吸引力的食物腥气，原本向白柳靠拢的小船偏移了航线，都聚拢在了安德烈的船周围。

令人耳朵发酸的咀嚼声响起，安德烈的船上爬满了饥肠辘辘的人鱼，他慌不择路地想要跳进海里，很快就被扯住了脚踝，人鱼堆满他的小船。

安德烈举起手发出含混不清的痛苦呜咽，被小山丘一样噬咬他的人鱼彻底淹没了。

19

白柳站在摇摇晃晃的小船上静静地看了这混乱的场景一会儿，才仿佛恍然大悟般轻声自语道："哦，是这样，为了避免我上船之后被异化，精神值下降，进入这种傻子状态，我在上船前是做好安排了的。"

小电视屏幕里的白柳说完之后，似乎是觉得有些冷了，就用被子把自己裹了起来，昏昏欲睡地看着好戏。

在小电视前的观众："……"你在上船前做了什么？为什么安德烈突然就死了？

王舜看着被吃掉的安德烈简直好奇到抓心挠肝，他从没有见过渔民自己去吃安德烈的，恨不得抓住白柳把他的脑子打开看看，这人又弄了什么他们不知道的操作。

"他在上船之前搞了什么操作？"

旁边那个玩家也同样好奇得不行，闭上眼睛冥思苦想："等等，我回想一下！就是正常的流程啊，坐司机的车来这里，他付给司机钱，然后上船，司机说会给他们准备晚上打赌的场地和道具……"

刚刚要走的几个玩家都留了下来，人群又簇拥了过来，有人喊着："游戏系统会员可以看视频回放，快看看他做了什么？我不是会员看不了游戏视频回放。"

"我是我是！我放一下！我投影出来大家都过来看吧！"

"感觉就是正常的游戏过程啊，为什么啊？这个白柳的幸运值只有0，也不可能是因为运气好出现渔民主动去咬安德烈的情况。"

"所以他到底是怎么弄的？"

"发到游戏论坛求助一下吧，我看了三遍都没有发现他到底做了什么安排，真是神了。"

游戏论坛——求助！有人知道这种人鱼吃安德烈的情况要怎么才能打出来吗？

1楼：今天看到了一个巨神奇的玩法。《塞壬小镇》很多人都玩过吧，有人打"真爱之船"的时候，能打出人鱼吃安德烈的这种支线吗？我第一次看到（附上白柳的游戏视频）。

2楼：小朋友我有很多问号，这怎么打出来的？？我从来没见过这种发展，怪物主动帮玩家吃安德烈完成任务？这是打了什么乱七八糟的感情牌吗？

3楼：这玩家幸运值很高吧，幸运值很高有时候就会打出这种匪夷所思的走向。

楼主回复3楼：不，他幸运值是0，很倒霉，纯新人，抽到的第一个副本就是《塞壬小镇》，怪物书还抽出了神级游走NPC，肉眼可见的倒霉，然后突然打出了这个走向……我看不懂了。

4楼：这新人……有点彪悍啊……不过他到底是怎么打出来的？

5楼（牧四诚）：打出了支线就能做到。"杰尔夫的血腥密谋"这条支线完成度超过80%的时候，司机会主动下海潜伏，等待时机屠杀安德烈，杀死安德烈的过程中散发的血腥味会吸引渔民进一步去吃掉安德烈。不过打出这条支线需要在留宿的第一晚控制人鱼雕塑后，出门发现杰尔夫的密谋，还要不被杰尔夫发现你发现了他的密谋，不然会被暗杀。这个玩家是纯新人吗？第一次就能打出这条支线，有点厉害。我之前都没打出来，靠技能硬扛过的这里，是后来复盘的时候发现这里可能还有一条支线没打。

6楼：啊！牧神！前排合影！！

7楼：大神显灵！保佑我这次困难游戏副本一次过！

8楼：牧神夸厉害的新人！我要去看！楼主快说新人在什么区！我要强势围观！

9楼：我也要！

"我还是很好奇他是怎么把'杰尔夫的血腥密谋'支线进度推上80%的，明明在车上的时候，这条线的完成进度还只有50%，怎么突然飙升到80%了？"王舜疑惑地反问，作为一个云玩家，如何推支线这些信息对他来说无比重要。

王舜拿出自己的游戏管理器，在论坛里问牧神。

牧神在论坛里回复王舜："他多给了司机一次钱。"

"之前杰尔夫已经一次性结清了司机开车和导游的费用，按理来说，玩家是不需要再付司机任何费用的，但是这个新人又给了一次，而且是一笔不菲的小费。"

王舜恍然回想起了这里，对，按理来说白柳不用给了，但是这人又给了一次。

"而且你们注意看视频，他让司机看到了自己包里还有很多钱。

"塞壬小镇的镇民是强盗设定，过多的金钱必然会诱发司机对他们下手抢劫杀人，但同时，司机身上还有一条杀死安德烈的支线附加，在支线附加下他一定会先杀安德烈。

"推支线到80%以上，需要让司机知道你身上有昂贵的财物，他就会为了抢钱跟踪你，然后在海面上先杀死想要杀死你的安德烈。"

王舜念完牧神的回复，恍然大悟："原来是这样。"

但他沉思一会儿，又陷入了新的苦恼。

王舜边想边打字："牧神，但是这样，司机杀死安德烈之后，不就立马回来抢劫玩家了吗？"

牧四诚："是的，所以玩家要快点躲进可以驱逐鱼群的水中气泡才行。

"司机杀死安德烈是靠偷袭，单纯战斗力还是不如安德烈的，安德烈才是这一关的大BOSS，安德烈是能突破水中气泡这个道具的。

"但安德烈死了，水中气泡就足够对付司机和其他人鱼了，触发了支线之后，'真爱之船'这个任务的难度算是降低了很多，很好过。"

王舜一边刷着论坛，一边皱眉看着小电视里的白柳："你们看到牧神的回复了吗？他说这些人鱼吃完安德烈马上就会转头来攻击玩家了。"

"看到了。"那个和王舜一直坚守在白柳小电视前的观众此刻真是无比唏嘘,他看着缩在船上的白柳还有些涣散的双眸,长叹一声,"牧神都夸厉害的新人,真的可惜了,要不是他乱花积分买那么多酒精,买一个水中气泡现在就能通关了。"

王舜也有点无可奈何:"唉,难度都降低成这样了,居然卡在这种地方!"

不光他一个人有这种无奈,因为牧神而前来围观的很多玩家都有。

他们看到白柳缩在被子里打瞌睡,人鱼把安德烈咬噬殆尽,转头就往白柳的小船扑过来。

而白柳好似一无所觉,缩在被子里,头一点一点地打瞌睡,任由这些人鱼划出水声,无声无息地向他靠近。

这场面看得一众玩家不知道该说什么,纷纷无语。

20

眼看白柳就要被咬了,观众急得不行,纷纷化作暴躁老哥冲着小电视狂喊:"醒醒!起来打怪了!"

"等出来之后再睡不行吗?就缺这一个小时的觉吗!你妈妈没有教过你玩游戏不要挂机吗!"

"我看这么久游戏视频,真没见过这么'送'的,明明能赢,真就硬躺'送'。"

在众人的喧哗声下,小电视里的白柳好似被吵醒了,似梦似醒地睁开了双眼。

他看向划开海面水波、张着嘴、半个"鱼头"浮出海面向着他的船游过来的渔民。

白柳能看到它们在水面下的腿变成了鳗鱼一样的尾巴,在水下好似蛇一般蜿蜒翻转游动,飞速地向着海面上的白柳靠拢。

在白柳不远处的安德烈的船上,沾满了血迹,还有一些碎肉和一副白森森的骨架。

安德烈下身的骨架已经开始融合,变得有点像鱼的样子,而他衣服的布条被撕裂垂坠在船边,孤零零地漂在海面上,可见这些人鱼是一群多么凶猛的动物。

而在这种千钧一发的情况下,白柳却只是慢吞吞地把被子在海水里浸泡了两下,又扯上来盖住了整个小船,仿佛在自我逃避一般缩在被子下面发抖。这个缩头乌龟一般的举动又引发了围观群众的狂怒。

但白柳依旧连这个动作都做得格外缓慢和艰难,似乎是身体要被冻僵了一般。

白柳原本白皙的十指开始蔓延上大理石的纹路。

他现在已经进入了露西之前的那个状况——整个人的体温下降得非常厉害，感觉人缓慢地变成了一块石头，无论是脑子还是行动都不太利索了，所以他才会控制不住地发抖。

白柳看着自己面板里的道具——那几桶酒精，下令："取出一桶酒精。"

系统提示：已取出。

一桶酒精出现在小船上，把小船压得往下沉了一截，看得观众越发胆战心惊。

怪物已经快摸到白柳的船了！

白柳从自己兜里抽出一盒火柴，缩在湿漉漉的被子里，哆哆嗦嗦抖着手，好几次才点燃。

他的神情依旧是平静的，擦燃了火柴之后，白柳掀开被子的一角，站了起来，踩在酒精桶上，费力地把酒精往海面上倒。

这个操作让观众不忍直视，大家纷纷捂住了眼。

"往海里倒酒精……他是精神值下降了才想出这种招的吗？"

"倒也不是不能烧，高浓度酒精还是可以浮在海面上烧几分钟，但这是杯水车薪，而且对这些人鱼怪物也无效啊，它们不怕火的。"

把这根火柴扔到倾倒了酒精的海面上，顿时熊熊大火就燃烧了起来，而白柳披着湿漉漉的被子在温暖的烈火中垂眸看着靠近的人鱼，神色无比平静，好似他等待这些人鱼靠拢过来很久了。

就像在深黑色的冰冷海面上燃起一簇灼热的篝火，人鱼靠近，簇拥着小船，绕着小船游动，贪婪地摆着尾巴。白柳坐在篝火中央的小船上，他的眸光映着火舌和海面。

白柳的瞳孔里倒映出火的颜色，看起来比船下那些奇特的怪物更像是从深海里浮潜到岸上的塞壬海妖，异化的面孔有种魔魅般的吸引力。

亟待捕食的人鱼从海面探出头的一瞬间就被烈火席卷，发出鱼肉被烧烤得毕毕剥剥的声音，人鱼们发出刺耳的惨叫，翻开肚皮漂浮在海面上挣扎。

被烧之后的鱼肉发出诡异的香气，那些原本向着小船靠近的人鱼都去吃那些被烧过的人鱼了，小船周围响起刺耳的骨骼和皮肉碎裂声。

浓烈的血腥气和鱼腥气混杂在白柳的鼻腔内，变成一种奇异的、鲜美无比的味道，这让白柳舔了舔嘴唇，但他的脸上还是没有什么情绪。

白柳周围全是互相咬食的人鱼，而他还是静静地坐着，原本因为异化显得苍白阴郁的面孔被火烘烤出健康红润的颜色，他看着安德烈空荡荡的小船，不知怎么笑了一下。

那是一种满足的、得到馈赠和奖励的笑容，和那些正在餍足地大口咀嚼鱼肉的人鱼脸上的表情如出一辙，甚至更让人毛骨悚然。

白柳轻声嘶哑低语："晚安，安德烈。"

支线任务——真爱之船，请玩家白柳在赌约中赢过安德烈，已完成，获得积分奖励100。

支线任务——杰尔夫的血腥密谋，进度90%。

主线任务——参加人鱼捕捞大会，已完成，奖励积分50。

《塞壬小镇怪物书》刷新——人鱼（4/4）。

怪物名称：人鱼（幼虫状态）。

弱点：火、光，较为脆弱，和人类相接近。

攻击方式：撕咬抓挠，不会触发异化状态，智力较低，不会使用工具。

人鱼（幼虫状态）此页怪物书已集齐，希望玩家再接再厉。

一长串的奖励和成就从面板弹出来，几乎看呆了守在小电视前的观众。

等了很久很久，之前说白柳躺"送"的那个观众不可思议地吐出一个语气词："哇！"

这个"哇"就像是一个响指，让沉浸在刚刚那一幕中的观众全部回神，所有人不约而同地疯狂质问：

"这是怎么回事？！"

"躺'送'什么啊！这哥们儿居然躺赢了，这操作牛。"

"我看傻了，飞速上论坛问牧神怎么回事！"

"他用的那款酒精为什么没溶于水？！"

"我搜到他买的那款酒精了，你们猜我在这款酒精的十几页说明书里发现了什么——这居然是被改造之后不溶于水的永久油性半固态酒精！我服了，这新人是怎么找到这款酒精的？"

"他是把所有说明书都看了一遍吗？"

"牧神回我了！他说人鱼雕塑不怕火，人鱼水手也不怕火，但人鱼幼虫是怕火的，也就是没有护身符的人鱼是怕火的。"

"而且白柳很聪明，他应该是发现了熟的人鱼肉对这些人鱼怪物有很强的吸引力，所以就用火把部分人鱼幼虫烤熟了，人鱼就不会攻击玩家，而会去吃这些熟肉……"

…………

有2300人赞了白柳的小电视，有2670人收藏了白柳的小电视，有499人为白柳的小电视充电，玩家白柳获得499积分。

玩家白柳在一分钟之内获得超2000点赞，声誉迅猛提升中！

恭喜玩家白柳获得推广位，进入单人游戏分区系统推荐位置，浏览量正在急速上升……

白柳托腮坐在船上，百无聊赖地看着人鱼们互相撕咬，身上搭着湿漉漉的棉被防止自己被烧到。

一旦人鱼们互相撕咬完毕，他就又倾倒酒精下去点燃。

对于人鱼来说，烤过的鱼肉的吸引力要比白柳大得多，所以人鱼并没有来攻击白柳，白柳就像是个自助烧烤厨师一样，稳坐小船上，不停地烧人鱼给这些怪物吃。

白柳一边"烧烤"，一边在心中粗略算了一下——用四五桶酒精就能撑到天亮了，也才45积分，就是两个水中气泡140积分的零头，而且他还剩五大桶酒精。

白柳之所以要买酒精，是听到了塞壬蜡像馆的守馆人告诉他，人鱼是可以被烹饪的，包括烤，而且大家都很爱吃这种人鱼。

那么既然可以被烧烤，高温火攻就是有效的，并且被烹饪过后的人鱼对于其他人鱼，应该有不小的吸引力。

看安德烈对鱼排的渴望就知道了，他今晚吃生鱼可没有今早吃鱼排吃得多。

21

虽然白柳知道自己的计划有成功的可能性，但不得不说最终出来的效果比他之前预想的要好多了。

游戏中的道具似乎有加成效果，这几桶高浓度酒精燃烧的状态比白柳在现实生活中见到的酒精燃烧的程度要夸张很多，之前那个强光手电筒也是，亮得人眼睛都要瞎了。

随着海边日出，天光大亮，这些畏光的、昼伏夜出的人鱼渐渐潜入了海面下，不见踪迹。

白柳确认周围没有任何一条人鱼之后，才分下心神来点开面板。

他之前一直没有来得及看，因为忙着烧烤，啊不是，是对抗人鱼。不过，现在白柳看着面板上的信息，没忍住眯了眯眼睛。

支线任务：杰尔夫的血腥密谋，完成度90%。

安德烈已经被杀死，司机也被白柳烧死了，这个支线任务都还有10%的进度没有推完……这10%的"血腥密谋"要怎么推？

积分余额：684，是否购买道具？

白柳盯着这突然高涨的积分数字看了一会儿，滑开面板，点了查阅积分明细，发现有500多分都是"充电"来的。

也就是说他昨晚折腾了一晚上，超过80%的积分，都不是从游戏系统完成任务挣来的，而是靠观众打赏来的。

白柳若有所思——换言之，观众的积分比游戏的积分好挣，而且多很多。

这不太合理，因为游戏本身的奖励低于游戏外的奖励会让玩家消极游戏，会让玩家为了讨好游戏外的东西，而做出一些取舍，或者干脆就不玩了，直接用一些噱头手段吸引观众——让观众打赏不就好了吗？

特别是在积分可以直接购买道具的情况下，如果靠打赏得到的积分充足，对白柳而言他完全可以购买大量道具，然后暴力通关，这样游戏就完全没有任何体验了。

白柳是不会设计这种游戏的，而他觉得这个系统也不会。

这个游戏内一定有某种奖励，可以平衡游戏内外的奖励，让玩家更想从游戏内得到奖励，而不是从游戏外。

白柳的手指反复地翻转着那枚硬币，这个游戏里所有的任务奖励都是即时的，也就是完成任务立马就可以得到积分奖励，但有一个东西是例外——

怪物书。

这种集齐所有书页才能有的奖励，要通关才能发放，通常来讲，这种奖励，分量应该是很大的。

但白柳看着现在这个打赏的积分，觉得自己还是低估了怪物书的分量。

白柳现在觉得怪物书最后给的奖励，可能不仅大，还非常珍贵，而且是积分无法轻易购买的那种，这样才能平衡游戏内外的奖励机制。

白柳翻开怪物书，在每一页都看了一会儿，最后他的目光停在"塞壬王"这完全没有解锁的那一页，顿了顿。

《塞壬小镇怪物书》——塞壬王（2/4）。

怪物名称：塞壬王。

弱点：暂无（不要求玩家探索该怪物弱点）。

攻击方式：？（未知，待探索）。

注：为神级游走 NPC，危险等级极高，请玩家谨慎探索。

这个要探索攻击方式啊……从之前几个怪物来看，探索方式都是它们发动攻击，玩家这里就探索完毕。

但塞壬王这种等级的怪物发动攻击，白柳觉得自己铁定玩完。

不过要让白柳明知道这里有这么一个肥美的奖励，还放着不管，也不是这位守财奴的作风。

如果白柳知道这个 NPC 有多凶残，听过这个 BUG 一样的传闻中的 NPC 的种种事迹，他可能就放弃了。

毕竟做游戏嘛，最怕的东西就是 BUG。BUG 不是游戏本身的东西，没有逻辑性，玩家是无法对抗的。

但白柳现在不知道。

不仅不知道，白柳还把这个NPC当成了一个守关BOSS来看，觉得打败了对方，奖励那一定是大大的，而且游戏一定是有解的，无论什么BOSS，那必然都是有办法可以对抗的。

白柳盯了一会儿，轻声"啧"了一下，合上怪物书，打开了游戏商店："我要购买道具。"

请问玩家需要什么道具？最近水中气泡有降价促销活动，请问玩家是否需要呢？

白柳一看，果然，《塞壬小镇》里"水中气泡"这个道具从70积分一个降到了40积分一个。

而"水中气泡"旁边的人气道具栏上多了"高浓度酒精"这个之前白柳买过的道具，而"高浓度酒精"从9积分一桶涨到快13积分一桶了。

看着这个价格变动，白柳微笑了一下。

他猜测得没错，他这边的游戏过程会反馈给观众，引起观众购买取向的变化，就像"直播带货"一样。

只要白柳能用其他价格更低廉的道具打出同样的效果，那么玩家就会蜂拥而至地购买，从而引起道具价格的变化。

而且这个《塞壬小镇》应该是个参与人数不是很多的游戏副本，所以价格变化才那么快。

比如，之前白柳用3D投影器和手电筒通过"塞壬蜡像馆"那个任务，常规解法应该是用烈焰火把，但白柳用几个持久性的道具很轻松地过了，还"吊打"烈焰火把这个消耗性道具的效果。

差不多的价格，玩家肯定更愿意买持久性的道具，于是烈焰火把的价格就降低，而3D投影器的价格就攀升了。

这次白柳又故技重施，为的就是"水中气泡"这一刻的价格降低，他就可以省下中间价格差的一笔钱。

白柳微笑："我要购买一个水中气泡。"

好的，40积分，承蒙惠顾。

看到白柳准备购买水中气泡，一路从死亡喜剧分区赶到单人游戏专区的王舜困惑不解地凑近了小电视。

在确认了白柳真的买了一个水中气泡之后,王舜陷入了更大的迷茫:"他怎么又开始买水中气泡了?

《塞壬小镇》后面我记得几乎都是陆地追逐战,没有什么要用到水中气泡的地方啊……"

旁边也是一个跟过来的玩家有理有据地分析道:"现在白柳积分多了,而且他又不知道后面基本都是陆地追逐战,可能是买一个以防万一嘛,反正也不贵,才40积分。

"他现在有600多积分,花40给自己买个水中气泡,相当于买个保险,毕竟酒精的风险还是太大了点。"

但王舜跟着白柳一路走过来,已经对白柳这人积分都花在刀刃上的风格有所了解。

之前白柳宁愿冒着风险买酒精,选了一个相对高风险低投入的方案,也不愿意花更多的积分买水中气泡,选一个低风险高投入的方案。

但现在为了规避风险,反而多花40积分买个水中气泡以防万一这种做法……

王舜莫名觉得白柳做不出来这种事情。

甚至王舜有一个极为荒唐的猜想,那就是白柳现在才买水中气泡,就是他通过自己的一系列操作操控价格,等水中气泡降价这一刻,好买了省钱。

王舜一边想着一边喃喃自语。

因为沉浸在自己的思绪里,王舜音量不低,他的自言自语被旁边那个玩家听到了之后,没忍住反驳:"你该不会成了这个什么白柳的粉丝了吧?还操控价格?他一个新手,还没有通过游戏,我承认他玩游戏是有点东西,但操控道具价格这个,有点太过了。"

这玩家态度有些随便地说:"我觉得他就是经历了这么刺激的一晚上,也被吓得不轻,一看到有钱就立马买几个可以保命的道具。他之前用酒精我觉得还是赌的成分大……"

这玩家说到最后还有点撇嘴地嘀咕了一阵:"就是赌操作,也没有什么了不起的,居然靠这个冲上单人分区了。"

这玩家谈到这里,神色之间有几分压不住的忌妒,似乎觉得白柳能升到单人游戏分区,虽然动了几分脑子,但大部分还是投机取巧地赌赢罢了。

论坛也在热火朝天地讨论白柳靠酒精杀人鱼通关的事情,在一开始的赞誉狂潮之后,嘲讽白柳投机取巧的人渐渐多了起来。

和这个正在评判白柳的玩家差不多，大部分都是一种不屑又酸溜溜的"我上我也行"的态度。

"这操作有什么？我当初也想到了，但有更稳妥的方案放在我面前，我为什么要选更高风险的方案呢？"

"嗐，逞强罢了，又不是第一次见了，死亡喜剧那边的逞强怪还少吗？"

"笑死我了，还买了九桶酒精，用了四桶，还有五桶放着不用，是用来养人鱼吗？那些说这套操作省钱的，我给你算算账哈，这里81积分，比原本的水中气泡都还要贵11积分哦！"

"他这个通关办法除了视觉效果好看，真的毫无作用。"

"而且这人通关之后拿到奖励积分，二话不说立马就买了水中气泡，还不是认了，觉得酒精不行还是水中气泡好？有本事继续用酒精烧啊，我看你后续上陆地了怎么烧，人鱼蜡像完全烧不动！"

22

论坛上关于白柳操作到底好不好吵得不可开交，但王舜对这种场面心中早有预料。

之前白柳的表现过于惊艳，他那一个点拿到的充电积分实在是太多了，充电总数已经过了500——之前《塞壬小镇》的纪录最高保持者牧四诚也才拿到了1000多充电积分。

500多积分，这对白柳一个纯新人来说，已经相当高了。

过于惹眼必然就会招人妒忌，其他底层玩家玩一场《塞壬小镇》，不仅要担惊受怕险中求生，还要扣除道具费用，最后只能勉强拿个一两百积分，而白柳却能用几十积分的道具轻松解决怪物，还收益了几百积分。

节目的效果和通关的性价比都高到不可思议，以王舜的眼光来看，如果不出意外，以后噩梦新星榜上必有白柳的位置。

不过王舜也很好奇白柳多买的那几桶酒精用来干吗。

王舜觉得白柳是那种不会乱花一积分的玩家，但此闲置五桶酒精和购买水中气泡的操作，他实在是看不懂。

按照流程，接下来玩家就要上岸了，岸上都是人鱼蜡像，酒精根本烧不了，而酒精燃烧发出的光，亮度也到不了强光的程度，而人鱼蜡像畏惧的是强光……

王舜看着白柳上升到单人游戏分区的小电视屏幕，陷入了思索。

白柳所在的这个单人游戏分区，比之前宛如八十年代录像厅的死亡喜剧专区大多了。

单人游戏分区是一个干净整洁的大游戏厅，里面划分出了不同的推荐位专区。

而白柳目前所在的是"系统推荐"的专区。

"系统推荐"这个区域在单人游戏分区大厅的入口处，观众流量相当不错，上去的条件相对来说比较宽松，所以竞争一直都很激烈。

一般都是有一定粉丝基础的老玩家在进入游戏之后，靠着在上一轮游戏积累的观众，在下一轮游戏刚开始的时候拱上这个推广位。

这个推广位算是一个很标准的跳板推广位，人流量可以，位置不错，登上的条件不苛刻，只要玩家发挥得好，就能去更高的推广位，因此也算是半个兵家必争之地。

这个推广位一般也是老玩家靠粉丝打擂台的地方，为了上这个位置，很多中下层的玩家都会吵架吵得鸡飞狗跳，新人很少有能上去的。

白柳一介新人拿到这个位置，引发了不小的争议，也吸引了不少观众好奇的目光，再加之论坛上还在骂他之前的操作，引得不断有人过来围观这个脑回路清奇的新人玩家。

王舜还在思考的时候，他背后聚集的人越来越多。

游戏内的玩家小电视的观赏区域是可以无限扩容的空间，可以容纳无数玩家观看。从外界看还是那么小小的一块地方，但当你身处里面的时候，你会发现里面能容纳成千上万的观众。

密密麻麻的观赏玩家在白柳的小电视下面讨论着。

"这期系统推荐不是打得很厉害吗？怎么还有新人上来？"

"嘶——这新人小电视数据有点牛啊，纯新人这个数据很能打了，系统会扶持的，难怪给了推荐位。"

"但这个新人上来了，在他之前在系统推荐推广位上的人就要下去一个……这个叫白柳的把谁给挤下去了？"

"我看看啊……牛！他挤下去的人是狗哥！"

"天啊！这新人要'凉'了！"

"我看论坛上说狗哥已经游戏通关出来了，现在应该已经知道自己被挤下推广位了，给这个新人点蜡。"

一个右眼上一道长长刀疤的、目测两米高的壮男人走进了这个区域。

这人满脸横肉，两腮的肉堆叠着往下垮，牙关紧紧咬着，好似一条即将咬人的野蛮沙皮狗。他赤裸着肥硕的上半身，用黑色的钢钉皮带斜背着一把两只手掌那么宽的大砍刀。

有观众偷偷让开。

这人就是狗哥，据说他上一场是多人游戏。这人在通关之前反水，洗劫了队友的道具和积分后，为了节目效果，还淘汰了队友。

有相当一部分观众是喜欢这种"背刺"场面的。

这个狗哥应该在进入游戏之前手上就不干净了，做起这种勾当特别熟练。

狗哥走到王舜旁边，左眼斜了王舜一眼，王舜瞬间就激灵了一下，识趣地后退让开了自己的最佳观影位置。

狗哥立马大马金刀地往地下一盘坐，满含戾气地哼笑了一声，盯着屏幕目不转睛，道："我倒要看看，什么人抢了我的位置，下场游戏我就跟着他，看看他到底有多大的本事。"

刚刚还在窃窃私语的玩家们顿时鸦雀无声。

虽然白柳是靠自己的本事上的这个榜单，但是惹到了这个穷凶极恶的狗哥，就算是活得过这个游戏，也活不过下个游戏了。

王舜皱眉点开了自己的游戏管理器，运用技能查询了这位"狗哥"的资料。

玩家名称：李狗。

玩家职业（入游戏前）：屠夫。

进入游戏的原因：因杀害了一位向他购买肉类的女高中生而入狱，在审判阶段被激发了强烈的求生欲而进入游戏。

核心愿望：想要出狱，想要报复所有告他的人，已拟定报复计划——纵火。

实现愿望游戏商店推荐商品：罪行抹消面霜（可改头换面，给犯过罪的人一张崭新的面孔和一个崭新的人生，一瓶时效十年，一瓶12000积分），无痕纵火火柴（只需点燃一根，就可在该地引发由"事故"导致的火灾！和你没有任何关系，一根21000积分）。

资料下面还附了李狗的详细犯罪记录，王舜犹豫了一下，还是点了进去。案卷详细记录了李狗的犯罪动机和行为，他将无辜女孩强奸并杀害，还特地处理了尸体，以防被警方找到。最后李狗被判了死刑，这激起了他的怨愤和报复心，成了李狗进入游戏的契机。

23

看完这个李狗的生平之后,王舜第一次觉得自己可以查阅玩家过往的"万事通"技能,不是什么好技能。

这个游戏是欲望极其强烈的人才能进来的,可欲望难分善恶。王舜有点担心地看着小电视屏幕上的白柳,长叹了一口气。

那边的游戏还没有登出,这边已经有屠夫把你"守护"。

白柳,你可真是个名副其实的倒霉蛋。

有126人赞了白柳的小电视,675人收藏了白柳的小电视,有0人为白柳的小电视充电,有378人踩了白柳的小电视。

玩家白柳在一分钟之内获得3000观众,但点赞率却不到十分之一,看来大部分观众看你,可能就是过来凑热闹而已。

一位高等级玩家李狗正在围观玩家白柳的小电视,恭喜玩家白柳获得了第一个高等级玩家观众!

李狗给玩家白柳点了一个踩,哭哭,看来这位高等级玩家并不喜欢你。

白柳一个人在海面上等到天亮,没多久昨晚离开的那艘大船就又回来了,他注意到杰尔夫和露西都在船头,而杰尔夫好似在安慰露西,手已经摸到了露西的肩膀。

而露西好似要崩溃一样把头埋进了杰尔夫的怀里,被他温柔安抚着。

杰尔夫还时不时怜爱地亲吻露西哭泣的侧脸,而露西并没有拒绝,还有些依赖地依偎着他。看着这个场景,白柳微不可察地挑了一下眉。

看来一晚上过去,不光是白柳这边的"真爱之船"成功上岸,杰尔夫和露西这两人,似乎也登上了真爱的小船。

但当大船驶近,上面的露西和杰尔夫看到披着棉被好似安眠一夜的白柳时,露西急促地惊声尖叫一声,捂着胸部推开了杰尔夫。

而杰尔夫好似无法置信,又非常慌乱地后退几步,手胡乱地比画着:"白柳,你、你没事?!不,我的意思是指,你还好吧?"

白柳从容地抓住从上面放下来的绳梯爬了上去,他意味深长的眼神在露西和杰尔夫之间睃巡一下,露出一个和蔼的微笑:"我没事,早安,杰尔夫、露西，我度过了一个相当愉悦的夜晚，看来你们也是？"

露西慌张地准备靠过来抱住白柳的手臂，白柳不动声色地避开。

露西捂着脸哭诉起来："不是，昨晚杰尔夫和我说，你和安德烈都会死，我太害怕了，我觉得都是我的错，杰尔夫安慰了我。"

白柳似笑非笑，但也没有继续追问，他的注意力转移到其他地方去了。

露西脸色白到透光，行动间有种诡异的卡顿，摸在手里的质感非常像之前白柳在底舱摸过的护身符人鱼蜡像的质感，有种鸡蛋壳一样脆薄的石蜡感，身上也没有那种很浓重的鱼腥味了。

杰尔夫也开始辩解，他眼神躲闪："是的，露西以为你和安德烈会出事，只是害怕才和我待在一起的，我们没有什么。"

他对着白柳挤出一个勉强的微笑："我知道她是你女朋友，我不会做什么的，你是我最好的朋友，白柳。"

白柳不置可否："你们昨晚是在什么地方过的夜？塞壬蜡像馆，对吗？"

露西惊呼了一声："你怎么知道？"

然后露西就开始喋喋不休地抱怨起来："对，他们不允许我们回酒店，据说是这里的什么习俗，参加了人鱼捕捞活动之后，为了洗去身上的杀孽和血腥味，需要在塞壬蜡像馆待上一夜。"

"那地方太可怕了，全是蜡像，晚上就好像会动一般，我和杰尔夫无论去什么地方，都能遇到蜡像拦在我们的路上。"

杰尔夫还在僵笑着："白柳，安德烈呢？他去什么地方了？"

白柳笑笑："他现在应该在塞壬蜡像馆，等着我们。"

杰尔夫惊魂未定地看了一眼海面上安德烈的小船。

那小船上全是黑乎乎油漆般的血迹，还有一些碎皮条能看出来是安德烈的上衣。

杰尔夫看到这一幕眼睛闪了闪，低着头忍不住露出一个快意又狰狞的笑。

白柳打量着杰尔夫，很明显安德烈的死让杰尔夫很满足。

但很快，杰尔夫又假装疑惑地偏过头来看白柳，他指着那艘小船："但是，白柳，安德烈的船还在这里，他不可能回到岸上……"

杰尔夫怯懦地看了一眼白柳，缩了缩脖子，恰到好处地住了嘴。

露西又是一声惊呼捂住了自己的嘴唇，她的声音带着哭腔："我的天哪，安德烈不会真的死了吧！白柳！"

她有些无法置信又很失望地看着白柳："你害死了安德烈？！你不会把他推

下海了吧？"

白柳觉得她应该是想哭，但是她的眼睛是干涩的。也对，一尊蜡像怎么会流泪？白柳漫不经心地想。

杰尔夫状似很悲伤地注视着白柳："你不应该干出这样的事情，尽管安德烈不是个好人，但他应该有存活的权利。"

白柳轻笑一声，直视着杰尔夫的眼睛："同样的话，我或许可以奉还给你。"

杰尔夫警惕地和他对视。

白柳无所谓地耸耸肩，对还在指责他的露西笑着说："等到了蜡像馆就能看到安德烈了，我不会骗你。"

"骗你我们就分手。"白柳笑眯眯地说道。

露西犹豫了一下，扫了一眼白柳的裤袋——那是白柳放钱包的地方。想到高昂的度假费用，她的嘴终于闭上了。

白柳搞清楚"杰尔夫的血腥密谋"这条支线最后10%了。

他觉得自己还是对这个游戏NPC设定的人性高估太多了，这游戏里居然一个对他稍微有点善意的队友都没有。

白柳设计游戏的时候惯被顶头上司压迫着歌颂友情、歌颂真善美了，至少会设计一个对己方友好的队友。

没想到这里居然是全员恶人的设定——喜欢使用暴力的安德烈，唯唯诺诺又心狠手辣的杰尔夫，对他看起来不错但完全就是为了钱和他交往随时都可以劈腿的女友露西……

这种所有人都没一个好货的设定可真是……太刺激了。

白柳的嘴角翘了翘。

一旦走出了"杰尔夫这种通晓人鱼设定的NPC应该需要保留到最后，那么他一定是个好人"的思维误区，"杰尔夫的血腥密谋"最后10%就很好猜了。

难怪杰尔夫这人一直防着白柳，难怪之前血腥密谋这个任务的进度条会奇异地涨两次——因为杰尔夫从头到尾想杀的，一直都有两个人：白柳和安德烈。

司机接到的任务不仅是杀死安德烈，还有杀死白柳。

现在倒回去想想，玩家一行人来游玩塞壬小镇，发起人是玩家本人，其实是很怪异的，因为玩家是一个在设定上胆子很小、连上车来塞壬小镇都会号哭的男人，是绝对不会选塞壬小镇这种诡异的地方来打赌的。

而其他人，安德烈明显不知道有这个地方，露西也是第一次来，对这个地方了解的，会推荐这个地方作为试胆打赌的，只有浸淫人鱼研究多年的杰尔夫。

白柳扮演的这样一个胆小如鼠的玩家为什么会来塞壬小镇这个地方和安德烈打赌，估计多半是杰尔夫怂恿的原因。

而杰尔夫选中塞壬小镇的理由很好想，他是研究过塞壬小镇的，是知道这个小镇镇民的强盗属性和警察破案困难，失踪多人都没有任何人找到的事情的。

通过这些信息，可以推断得出，"塞壬小镇"被当作了抛尸地。

杰尔夫那个通晓人鱼的设定并不是用来给玩家通关的。

——是用来暗杀玩家的。

支线任务——杰尔夫的血腥密谋，进度100%，已完成，获得积分50。
解锁人物隐藏状态——怨恨一切的杰尔夫。

白柳用硬币一扫杰尔夫——

NPC名称：杰尔夫（？状态）。

人物简介：人鱼海怪等非自然生物的强烈爱好者，在得知露西一行人要前往塞壬镇之后，主动要求一起前往，对塞壬镇的传说故事十分了解。

人物隐藏简介：因常年被安德烈殴打、深受校园暴力而不敢反抗，杰尔夫内心深深地憎恶着一切……

在杰尔夫偶然取得了你的信任成为你的朋友之后，对拥有漂亮女友和丰厚家产的你忌妒不已，怨恨你不为他伸张正义，觉得你只不过是个伪善者，想要夺走你的一切，甚至想利用你杀死安德烈。

在遇到你和安德烈打赌的这个契机之后，他心动了……他知道一个全世界最完美的犯罪地点，杀死你和安德烈的不会是他，而是他深深喜爱的人鱼，他决定选用自己最爱的东西来结束你和安德烈的性命……

解锁支线剧情之后给予玩家警告——杰尔夫对玩家信任度极低，很有可能对玩家发起攻击，请玩家注意自身安全。

守在小电视前的王舜恍然大悟："原来是这样啊，我就是很奇怪，为什么后面在陆地追逐战的时候，杰尔夫会一直想方设法地把玩家弄死，就连牧神也差点被搞到。"

其他玩家也在讨论抱怨。

"杰尔夫原来是这种人设！他那个精通人鱼信息的设定，我还以为他是个给信息不能随便死去的NPC呢！我玩这个游戏被追杀的时候还救了他几次，差点就被淘汰了！"

夸赞白柳的观众讨论的声音刚一大，李狗就不耐烦地砸了一下刀，全场顿时安静下来。

李狗看着小电视里的白柳抱胸嗤笑了一声："不就是一条支线？我还以为多牛呢！论坛上都吹成下一个牧四诚了。"

"吹的人没有玩过多少游戏，没有上过几个推广位吧？就他？下一个牧四诚？他也配？"

王舜张了张嘴，还是闭上了没有反驳，他无奈地摇摇头。

见识少？

他看了那么多《塞壬小镇》的直播视频，知道打出接近完整支线的玩家也只有牧四诚和这个白柳。

牧四诚的《塞壬小镇》的游戏直播录屏视频在系统VIP视频库里，要看就要缴纳40积分。

这个价格足够说明视频里面的信息价值，牧四诚能打出来的支线绝对不是什么人都能轻轻松松打出来的，不然不会进入VIP库。

并且"杰尔夫的血腥密谋"这条支线，王舜记得，后续牧神有10%是没有打通的。

牧四诚在玩《塞壬小镇》的时候，幸运值已经56了，从王舜的角度来看，白柳能玩到这个程度，至少在这一场游戏里——白柳远胜牧四诚。

24

下船之后，按照水手们的"民俗"要求，白柳需要在蜡像馆待到晚上，洗去身上观赏了人鱼捕杀的罪孽才可以离开。

露西、杰尔夫和他一起前往蜡像馆。

清晨的蜡像馆暗淡无光，水手把白柳送到这里，警告他在晚上之前不准离去，让守馆人看着白柳，之后就走了。

露西蜷缩在白柳后面小声地说："这个蜡像馆怎么白天依旧这么可怕？"

到处都是俯视白柳他们的蜡像，这些人鱼蜡像的面孔甚至比昨日白柳看到的还要鲜活两分。

白柳注意到其中有两尊蜡像的鱼尾变短了，只有膝盖下一截是鱼尾的形状，大腿已经变成正常人类的腿的形状了。

白柳抬头打量了一下这两尊鱼尾退化的蜡像的面孔，和露西、杰尔夫有种微妙的相似。

蜡像面上含着诡异的微笑，直勾勾地看着白柳和他身后的露西、杰尔夫。

和白柳猜想的一样，在这里过夜的露西和杰尔夫果然被"祭祀"了，变成了"人鱼蜡像护身符"，而享用过"祭品"的人鱼蜡像则渐渐变成了"露西"和"杰尔夫"。

而现在蜡像应该是处于"破茧成蝶"这个中间转化状态，人鱼蜡像中的"蝶"还没有孵化完成，而作为要被破的"茧"——露西和杰尔夫还有一丝苟活的权利。

白柳不希望杰尔夫和露西转化完成，不是因为什么拯救一切的思想，而是因为一旦转化成功，他需要对付的更厉害的"蝶"类怪物又会多两只。

思及此，白柳拿出了手电筒准备逼退这些人鱼蜡像。

结果在打开的一瞬间，比蜡像更先发疯的是露西和杰尔夫，他们凄惨地号叫起来，杰尔夫更是发了疯一样冲上来试图抢走白柳的手电筒，白柳及时躲开，关闭手电筒，这两人才奄奄一息地平复下来。

露西虚弱地瘫倒在地，仰头看着白柳的眼神有一丝怨毒："你的手电筒太亮了，白柳，你要弄瞎我们吗？"

杰尔夫更是扶在一个蜡像上，歇斯底里地警告："你最好再也不要打开这个东西！"

白柳毫无诚意地摊手："抱歉，我不知道你们对光线这么敏感。"

其实白柳当然是知道的，杰尔夫和露西蜡像化之后必然会畏光。他并不在意这两个人会受到伤害，但没想到这两人会如此激烈地反抗，来抢他的手电筒。

这两个人和真正的人鱼护身符蜡像不同，他们是可以移动的，并且速度不比白柳慢，如果一开手电筒这两人就发疯抢，那么白柳就没有办法开了。

这限制了白柳的道具使用。

看来剧情发展到了这里，游戏明显是通过露西和杰尔夫限制玩家使用屏退人鱼蜡像的道具——手电筒，那就说明后续很可能有一场关于人鱼蜡像的追逐战，为了让追逐战具有刺激性的效果，游戏禁了玩家的强光道具。

白柳设计游戏的时候也经常这么干，比如给一个照妖镜就能逼退妖怪，那为了达到妖怪吓到玩家的惊悚效果，白柳就会让这个照妖镜有个CD（使用一次之后的休息时期）。

CD 期间玩家就要被迫东躲西藏，避免被妖怪发现杀死。这样，游戏的恐怖性就会大幅度提升。

虽然设计这种恶趣味情节的时候白柳很愉快，但自己遇到的时候，就不那么愉快了。

白柳认命地收起了手电筒，举起双手示意自己不会再轻易打开。这时，白柳余光下意识扫了一下蜡像馆门口，那边已经被蜡像把守住了，蜡像还在不断向他靠近。

这样一来，开手电筒会被露西和杰尔夫攻击，不开又无法屏退人鱼蜡像，白柳还要在这里等到晚上才能被放出去，那他必死无疑。

不仅是因为这些人鱼蜡像会过来附身白柳，提高他的异化度，把他变成护身符蜡像，还有非常重要的一点⋯⋯

白柳翻转着手上的硬币，面板弹出信息——

警告：神级游走 NPC 塞壬王将在七个小时后苏醒，请玩家在此之前通关。

这个警告一弹出，在白柳小电视前的新观众齐齐发出一声惊呼。

就连李狗也站起，拖着刀眯着眼睛凑近了小电视看，没几秒爆发出一阵大笑："居然真的是神级游走 NPC，这人要被神级游走 NPC 搞死了，轮不到我搞他，叫你抢我的位置，活该。"

其他观众也在扼腕叹息。

"这一关玩家原本可以在蜡像馆到处躲猫猫，等到晚上被放出来，然后被人鱼蜡像追杀，逃出塞壬小镇就算通关，但有神级游走 NPC，这人根本等不到晚上了。"

"但只是逃出塞壬镇的话，打出的是 normal ending（普通结局），评价和奖励都不高。"

"我听说牧神打出的是 true ending（最终结局），据说是要把塞壬女妖的尸骸送回海里封印整个小镇的幽灵才算完，但是到白柳这里女妖直接变成塞壬王了，塞壬王醒来就直接完蛋，还玩什么啊！"

"他两条路都走不通，这新人要完了。"

王舜的心高高提起。

他没想到白柳居然真的老老实实去了蜡像馆！

要是白柳中途跑掉，直接激发追逐战跑出塞壬镇，说不定还有一线生机。

这下进了蜡像馆进退维谷，真的成死局了。

王舜在心里遗憾叹息，他客观承认白柳是个很有潜力的选手，甚至不输牧四诚，但是白柳输了点运气。

白柳往中央展厅的方向走去，露西和杰尔夫跟在白柳身后。

中央展厅里，塞壬王的躯体漂浮在流动性较低的透明液体里，被安放在玻璃展柜中。

细碎的泡沫雪花般漂浮在塞壬王的长发和浅色的睫羽之间，好似在它的身上落了一层小雪。

白柳走到塞壬王的展柜旁边，近距离仰头看这具还没有腐化完全的人鱼尸体。

这条人鱼的面容昳丽过度，有种摄人心魄的奇诡感，好似下一秒这条人鱼就会睁开眼睛，用长而有力的鱼尾扇断这禁锢它的防弹玻璃棺材，大肆屠杀后回到海域中。

露西左右看了看，询问白柳："白柳，你说安德烈在蜡像馆这里，他在什么地方？"

白柳头也不回，目光依旧落在展柜中的塞壬王身上，淡淡地说："你进门的时候，不是已经路过它了吗？杰尔夫还在它身上扶了一下。"

"我在他身上扶了一下？"杰尔夫疑惑地指了指自己，"白柳，这个蜡像馆里除了我们三个人以外，并没有其他人。"

"对啊。"白柳随意地应答了杰尔夫，"我什么时候告诉过你，安德烈现在是人了？"

露西抱着自己的手臂搓了搓，害怕地后退了两步，打了个寒战："白柳，你不要开玩笑了，安德烈到底在什么地方？！"

白柳似乎听到了蜡像沉闷的拖曳移动声，他耳朵尖动了动，转头。

一个面目狰狞的安德烈人鱼蜡像张牙舞爪地立在杰尔夫和露西的背后，似乎正准备攻击露西和杰尔夫。

白柳好整以暇地勾起嘴角："露西，安德烈在你背后。"

露西和杰尔夫下意识转身，然后爆发出前所未有的激烈的男女二重奏尖叫声，白柳早有预料地堵住了自己的耳朵。

安德烈的骨架昨晚是被那群人鱼拿走的，而昨晚塞壬蜡像馆得到了两个新鲜祭品，也就是杰尔夫和露西。

按理来说，塞壬蜡像馆应该有两个人鱼蜡像可以通过附身在祭品身上离开蜡像馆，那么安德烈的骨架很自然地就会被做成人鱼蜡像填补进蜡像馆的空缺，所以之前白柳才会说，安德烈去蜡像馆了。

虽然露西和杰尔夫的附身蜡像还没有离开，但是安德烈已经被做成人鱼蜡像填充进来了。

安德烈背后还有一大群想往里走的蜡像，密密麻麻地立在展厅门口，这些蜡像都开始变得和白柳的面容有些微妙的相似，很明显就是想附身在白柳身上。

白柳微不可察地挑了一下眉，躲开想抓住他胳膊号哭的露西。

这些蜡像对于露西和杰尔夫来说，是完全不危险的，因为这两人现在本来就是蜡像，而要完全成为蜡像只是时间问题。

比较麻烦的是白柳，因为这些蜡像和露西、杰尔夫都处于他的敌对面，他还被限制了手电筒的使用，酒精也烧不动这些蜡像。

这些蜡像的抵抗性比人鱼幼虫强多了，白柳目前唯一能使用来对抗这些蜡像的方法，只有"人眼直视"。

而"人眼直视"这个限制蜡像行动的方法，其实有一个很大的漏洞，那就是人都是会眨眼的。

杰尔夫和露西已经不能算作人了，所以他们的眼睛直视对于这些蜡像来说，是毫无作用的，只有白柳的眼睛是有用的。

白柳每次眨眼都能感觉到这群蜡像离他越来越近。

昏暗的室内，形态各异的人鱼蜡像都开始缓慢地融化了，脸变得奇异地面目全非，又微妙地变得和白柳相似起来。蜡像脸上带着古怪又餍足的微笑。

蜡像长长的鱼唇咧出洁白尖锐的一整排牙齿，鱼尾上的鳞片开始碎屑般地剥落消失，空气中的鱼腥味渐渐浓郁。

露西和杰尔夫紧紧贴着白柳的左右两边，只要白柳一拿出手电筒，还没有逼退人鱼蜡像，这两个人一定是首先发疯的。

当然白柳也不是没想过直接搞死露西和杰尔夫，但是搞死这两个人鱼护身符之后，他们对应的人鱼蜡像就会瞬间暴走，蜡像馆内就会多出两个人鱼水手级别的怪物。

这玩意儿行动速度飞快，白柳现在的体力面板还是飘红的，一旦遇到，又没有底舱那种地形优势，他铁定玩儿完。

看到这里，王舜合上了自己的电子记录仪，百感交集地喟叹一声，准备离去。

和王舜一样准备离开的还有很多观众，几乎没有什么观众对于这种既定失败结局的游戏视频感兴趣。

但在离开之前，王舜抬头看了一眼小电视。

王舜怔住了，他停下脚步，无法置信地喃喃自语："白柳……怎么在笑？"

白柳低着头缓缓勾出一个微笑，他觉得这个游戏发展到这里，还蛮有意思的。还算不错的游戏，他很久没有玩过这种游戏性很高的恐怖游戏了。

他的手指飞速翻转着硬币，面板一个又一个地飞速弹出，看得他小电视前的观众眼花缭乱。

有观众好奇地凑近小电视屏幕，看他在干什么。

"这是慌了吗？在垂死挣扎？"

"道具商店、怪物书、任务面板……哇哦，全部的面板都点出来了，这是要干吗？死前花光积分爽一爽？"

王舜一言不发，他屏住呼吸，看着小电视上的白柳。他重新拿出了自己的电子记录仪。

他能很清晰地看到白柳正在疾速地处理着眼前的情况。完全不是其他观众说的白柳慌了，白柳只是处理事情太过迅速，看起来就像是在瞎搞而已。

到了现在这一步，王舜也紧张了，他开始好奇，白柳这个神奇的新手到底还能不能奇迹般地逆风翻盘。

白柳冷静地处理着："道具商店，我需要一把可以砸碎防弹玻璃的镐头。"

17积分，成交。

"我需要一个可以拖运巨型动物尸体的差不多两米长的移动推车。"

7积分，成交。

"系统，打开怪物书人鱼蜡像和人鱼水手页面。"

好的，正在为玩家打开《塞壬小镇怪物书》——打开完毕。

《塞壬小镇怪物书》——人鱼蜡像（1/4）。

怪物名称：人鱼蜡像（蛹状态），护身符蜡像（茧状态）。
弱点：人眼直视，强光照射（2/3）。
攻击方式：孵化。

《塞壬小镇怪物书》——人鱼水手（3/4）。

怪物名称：人鱼水手（蝶状态）。
弱点：畏强光，护身符（2/3）。
攻击方式：撕咬抓挠（被抓挠后一定概率会触发异化状态）。

你的第一页和第三页都只差一个弱点就集齐完毕，请玩家再接再厉！

白柳飞速的操作让小电视前面的玩家都看呆了，之前还在嘲笑的玩家现在也没了声音，所有人都目不转睛地看着白柳带着笑意的脸在不同的面板之间游刃有余地飞快切换着。

不同颜色的面板光线映在白柳脸上，把白柳的脸切割成一块一块。他身上那种气定神闲的感觉太有说服力了，谁都能看出白柳不是在乱搞，有好几个玩家声音弱弱地询问："他到底要干什么啊……"

25

只有王舜眼睛一亮："他要集齐怪物书！他在确认所有人鱼怪物的最后一个弱点！然后用这个弱点逼退这些怪物！"

其他人惊犹未定地讨论——

"不会吧？！他真要集齐怪物书啊！"

"据说《塞壬小镇》的怪物书只有牧神成功集齐了的，普通玩家能集齐一页都算是不错了，这新人能行？"

"我觉得不可能集齐，我看了很多次《塞壬小镇》的游戏视频了，从来没有看到能找出人鱼蜡像和人鱼水手第三个弱点的。"

"……"

白柳听不到这些言论，他只是表情懒散地高高举起了手里的镐头，然后对准了玻璃展柜里的塞壬王狠狠砸下。

玻璃稀里哗啦碎了一地，里面的塞壬王随着液体滑落在白柳脚下。

人鱼蜡像们好像受到了极大的惊吓，纷纷退出了中央展厅，四散逃逸，就连白柳两边的露西和杰尔夫也捂着脑袋，好似看到了恶魔一样疯叫着从中央展厅跑走了。

王舜眼睛发亮地仰视着正在一根一根擦干自己手指上液体的白柳，他深吸一口气："人鱼蜡像和人鱼水手的第三个弱点，就是塞壬王！"

白柳蹲下身抬起塞壬王的下巴。

塞壬王的睫毛被液体粘成一片，液体滴落在它明艳的嘴唇上，在唇缝间湿润成一线水光，好似在引诱人亲吻，近距离看这张脸，更是勾魂夺魄，超越了人类想象极限的精致漂亮。

也只有用"塞壬"和"海妖"这样非常规的词语才能形容这样的脸。

白柳指尖的肌理触感冰凉细腻，好到不可思议，白柳本来想说的话是，没想到设计这游戏NPC建模的人还挺牛，能做出这么好看的NPC。

但话到嘴边，白柳突然想起自己似乎是在直播，在这种集齐了三页怪物书、应该算是有点激动人心的时候，观众应该比较想听他的发言。

于是白柳煞有介事地呼出了一口长气，笑了："一切从你开始，也一切从你结束吧，美丽的塞壬王。"

白柳俯下身，把塞壬搬上了自己的小推车，仰起头来嘴角微扬，推着推车脚往下一踩，推车带着塞壬王就耀武扬威地驶出了蜡像馆。

没有一个人鱼蜡像敢靠过来，远远地在蜡像馆阴暗的角落里，它们畏惧着不敢上前。

《塞壬小镇怪物书》刷新——人鱼蜡像（1/4）。

怪物名称：人鱼蜡像（蛹状态），护身符蜡像（茧状态）。
弱点：人眼直视，强光照射，塞壬王。
攻击方式：孵化。
人鱼蜡像（蛹和茧状态）此页怪物书已集齐，希望玩家再接再厉！

《塞壬小镇怪物书》——人鱼水手（3/4）。

怪物名称：人鱼水手（蝶状态）。

弱点：畏强光，护身符，塞壬王。

攻击方式：撕咬抓挠（被抓挠后一定概率会触发异化状态）。

人鱼水手（蝶状态）此页怪物书已集齐，希望玩家再接再厉！

系统通知：玩家白柳离集齐整本《塞壬小镇怪物书》只有一线之隔，请玩家再接再厉！

白柳的小电视前有长达三分钟、针落可闻的宁静，就连李狗都看得愣了一下。

最终是王舜一声激动得不要不要的"他快集齐了"，打碎了整个静默过度的氛围。

然后瞬间，就好像一滴水落入了油锅般，所有正在看白柳游戏直播的玩家都被这种陷入必死的绝境然后又轻描淡写地翻盘的操作煽动了情绪，几乎每个人都克制不住地尖叫欢呼起来了。

"只差最后一页了！"

"只有一线之隔就能集齐的怪物书，我第一次见纯新人能做到这一步，太牛了！"

"真想让论坛上那些说'我上我也行'的来看看，我估计同样的情况他们遇到了，人家白柳是上分，他们是上坟。"

"好强啊，遇到神级游走NPC都不带给脸色的，直接砸了扒拉出来当工具使。"

李狗脸色黑沉，他砸了几下刀，但是根本压不住夸赞白柳的观众的声音。

之前一直在论坛上对白柳阴阳怪气的那群人中也有很多人过来看白柳的小电视了，本来被白柳打脸后脸色就很不好看，现在听到有人点他们的名，于是骂骂咧咧："要是他真的这么牛，你让他上中央屏啊！还不是就在一个单人游戏专区横，有什么了不起的？"

此时，系统通报——

有10003人赞了白柳的小电视，有9607人收藏了白柳的小电视，有1300人为白柳的小电视充电，玩家白柳获得1300积分。

玩家白柳在一分钟之内获得超10000点赞，声誉势如破竹！玩家白柳获得"名噪一时"成就！

恭喜玩家白柳获得推广位，进入中央大厅中央屏单人游戏分屏强力推荐位置。

哇哦，干得不错哦，获得了一个中心推广位，浏览量正在急速上升中……

王舜深吸一口气，他不知道为何心脏跳得厉害。

这种看了一场酣畅淋漓又无比精彩的游戏过程的激动感受，他已经许久许久没有过了，他深深看了一眼白柳熄灭的小电视，转身就跑。

以后这个叫白柳的玩家的视频，他一定一分钟都不能漏掉！

王舜这个转身就跑的行动提醒了其他玩家。

"天啊！中心推广位！牛！纯新人第一次玩游戏就上了！"

"喊什么？快走快走！等会儿漏掉了什么情节没看到，再想看就要充会员了，这么高质量的视频，肯定会进入VIP库！看到就是赚到。"

之前说"要是他真的这么牛，你让他上中央屏"的那个玩家脸色铁青，被一群人用嬉笑的目光打量嘲弄一番，恨恨地看了一眼白柳的小电视，灰溜溜地跑了。

而站在人群最后的李狗脸色黑沉到了极限，手把大刀握得咯吱咯吱响，也往中央大厅去了。

中央大厅。

一个蹲在地上、戴着巨大头戴式耳机的年轻人正含着一个棒棒糖，津津有味地仰着头扫视整个中央屏幕，似乎在挑选自己感兴趣的视频。

他戴的那个耳机上有一只毛茸茸的有点像大嘴猴的猴子，长长的手抱着两边的耳挂。

这猴子目露红光，布条缝制的牙齿是无数尖尖的三角形，看起来有点像邪恶的卡通人物，可爱之中透着一丝恐怖。

这年轻人的长相也和这猴子有说不出的相似：圆脸，眼睛有点暗红，嘴角两边是尖尖的虎牙，闭上嘴的时候虎牙都会外露，也是那种可爱之中有点恐怖的长相。

棒棒糖在他嘴里滑动，把腮帮子鼓起一边。

这人不耐地抱怨："怎么一个稍微有点潜力的玩家都没有啊！现在的榜单真是越来越不行了，连个能集齐怪物书的玩家都没有，也不知道是怎么上来的。"

他说着，拍拍屁股就准备离开。

这个时候，中央屏中心偏右边一点的一个榜单突然跳动了一下，之前在这里的玩家的小电视熄灭了，然后亮起的屏幕里是一张白皙清秀、看起来特别人畜无害的脸。

而这么一个看着跟乖学生一样的玩家，手上拖着一辆推车，带着那种好像在向老师交作业般的微笑，手上的动作却干脆利落又灵活，推着小推车上一条长相惊为天人的人鱼就往面目丑陋的人鱼水手那边撞，跟开大炮似的。

人鱼水手发出了刺耳的惊恐的尖叫声后飞快地跑开了，丑陋的眼睛里滑落惊恐交加的眼泪。

后面的白柳没忍住发出一声愉悦的轻笑，继续对着可怜的人鱼水手穷追猛打。

守在大屏幕前的牧四诚无语并充满疑问：这是从什么地方窜出来的野路子玩家？这玩法也太鲁莽了！怎么还推着怪物满地图跑啊？！

牧四诚迅速地点开了这个推广位的玩家资料，缓缓皱眉："白柳，这名字怎么这么耳熟？我是在什么地方听过吗？"

他接着翻页面："这人游戏玩得不错啊，怪物书集齐了三页，还打出了支线，支线还百分之百……我想起来了！"

牧四诚猛地回想起了，这就是之前论坛上说《塞壬小镇》单人积分纪录有望超过他的那个新人玩家。

就这么一会儿，之前还说过不了"真爱之船"的新人现在居然怪物书要集齐了，"杰尔夫的血腥密谋"这条支线还打完了，他当初都没有打完。

而且这人《塞壬小镇》的充电积分已经比他高了！

这人还真有可能把他从《塞壬小镇》的积分最高纪录上掀下马。

怀揣着一探究竟和一点微妙的不服气的心思，牧四诚毫不犹豫地进入了白柳小电视的围观队伍。

> 新星积分榜排名第四的玩家牧四诚进入白柳的小电视，他还没有对你表明态度，你要加油打动他哦。

看到这项通知的其他围观群众纷纷倒吸一口凉气，左右打量，寻找牧四诚。

"牧神来了！"

"牧神在什么地方？"

"这新人好牛，能把牧神也引过来，他很久没有围观过别人的小电视了，都是直接在VIP库里看精品视频，上一次牧神围观的小电视还是黑桃的。"

"黑桃是这个游戏的King（王者），总积分榜排名第一的人，牧神围观很正常吧，但这新人什么来头，能把牧神钓出来？"

牧四诚站在角落里，头上那个巨大的猴子耳机变幻成了一顶猴子鸭舌帽。

他往下压了压帽檐，一双在阴影里完全变成暗红色的眼睛微微抬头，看向白柳小电视里那个悠闲过度的人。

牧四诚咔嚓一声，用锐利的犬齿咬碎了嘴里的棒棒糖。他突然歪着头若有所思地笑了一下。

"这个新人，有点意思。"

白柳推着塞壬王，在街上大摇大摆地直线行走，脸上带着惬意而又欠揍的微笑，硬是把一个紧张刺激的恐怖游戏玩出了休闲小游戏的感觉。

在白柳后面隔着一段距离尾随着他的人鱼水手面目狰狞地想要靠近他，但又畏惧地看着白柳推车上的塞壬王，怨毒地注视着白柳。

白柳就像没看见一样，推着推车就往海边去了，颇有几分挟天子以令诸侯的感觉。

但塞壬王和这些人鱼水手、人鱼蜡像的关系，可不是天子和诸侯这么简单的关系。

其实要推断出塞壬王是人鱼水手和人鱼蜡像的最后一个弱点很简单，白柳主要的依据有两点。

第一，塞壬王没有弱点，那么它在这个游戏内就几乎是最强的，这样，塞壬王的确对玩家的威胁更大了。

但同时对怪物也是一样的。

塞壬王没有弱点无法被打败，这对怪物和玩家都是一样的，通过这点，白柳瞬间就把塞壬王对自己的威胁转嫁到其他怪物身上。

第二，就是根据游戏的剧情了。

通过之前的一系列剧情，可以看得出人鱼、人鱼蜡像和人鱼水手是三个递进关系，分别对应幼虫、蛹以及蝶。

但这三个怪物之间，不仅仅存在一种形态进化上的递进关系，还存在一条食物链关系。

人鱼水手和人鱼蜡像，包括强一点的人鱼都是会吃弱一点的人鱼的肉，异化过程中的人鱼渔民只能为异化完成的人鱼水手服务，就像是苦力一样在人鱼水手吃剩之后才能吃东西，还要免费为船上的人鱼水手捕捞。

而人鱼水手决定哪些人鱼蜡像可以孵化。比如昨晚的露西和杰尔夫，就是那些人鱼水手决定送到塞壬蜡像馆孵化的蜡像。

这明显就是一种仗势压人的态度，就像是白柳公司的老总决定什么人可以升职一样。

可以看出来，怪物之间存在这样一条"人鱼（奴仆和食物）—人鱼蜡像（手下）—人鱼水手"的等级分明的关系。

而塞壬王明显处于这条食物链的顶端，对其他所有怪物都有一定的掌控和威慑力，其他人鱼怪物明显是怕塞壬王的。

但白柳通过昨晚的事情，发现这些人鱼怪物不仅仅是怕塞壬王，更是在忌惮塞壬王。

他是通过塞壬蜡像馆的不对劲发现这一点的。

在几乎整个镇子都被人鱼怪物统治的情况下，其实塞壬蜡像馆这个地方是没有存在必要的，之前塞壬蜡像馆的存在主要是为了遮掩罪证。

人鱼蜡像大可在整个镇子里到处晃，就像是在酒店里的那些蜡像一样，但为什么还要固定一定数量的人鱼蜡像在这个蜡像馆里，甚至一旦有人鱼蜡像离开这里就要及时补充？

这种让一定数量的怪物固定在一个地方，守着一个东西一直不离开的行为，有一个更恰当的词语来形容，叫作"把守"。

而塞壬蜡像馆比起其他蜡像馆来说，更像是一个有一定数量士兵严格把守的监狱。

是的，没错，这些人鱼蜡像是在把守塞壬蜡像馆里的塞壬王。

这些人鱼怪物多半是通过某种白柳不知道的手段，遏制了塞壬王的苏醒，很有可能是玻璃展柜里的那种液体对塞壬王有一定克制作用。

白柳发现这些液体像胶水一样黏稠，几乎在塞壬王的眼睑上凝结出一层薄壳，还散发出奇异的、让人头晕目眩的味道，如果说游戏告诉白柳塞壬王有弱点，白柳百分之百会猜测就是这个液体。

但可惜塞壬王没有弱点，这个液体只能限制他一会儿，他很快就能靠自己从这个液体里苏醒过来。

其实严格意义上来讲，白柳并没有猜错，因为普通版本里"塞壬女妖"的弱点的确就是这个液体。

塞壬女妖是无法靠自己从这个液体里苏醒的，需要靠玩家救出来，同时玩家还需要用液体限制塞壬女妖的昏迷程度，以防塞壬女妖彻底清醒后攻击玩家。

但不幸的是白柳遇到的是塞壬王，被神级游走NPC附身强化过的BUG版本，可以只靠自己就醒过来。

于是这个地方就算是白柳猜对了，也并没有什么作用，因为液体对塞壬王的作用相当有限，指望液体再次迷晕塞壬王并不现实。

塞壬蜡像馆是塞壬王的监狱，而这些人鱼怪物之所以这么畏惧塞壬王醒来，多半是因为塞壬王一旦清醒，基本也就是整个塞壬小镇这些怪物的死期了。

这些怪物是在塞壬王被打捞起来之后，才开始出现的，反之，塞壬王沉入海底，这些怪物也就该消失了。

所以这些怪物才会那么害怕塞壬王，也不敢过来打扰推着推车横冲直撞的白柳，他们怕惊扰了还在沉睡没有清醒的塞壬王，因此显得格外缩手缩脚。

但这些人鱼怪物不知道的是，对于白柳来说，要是塞壬王醒了，他也必死无疑。

白柳敢这么嚣张，主要是因为他早就知道塞壬王短时间内不会醒，系统提示了他，要五个小时之后才会醒，所以白柳才敢放心大胆地利用塞壬王作为"人质"来逼退人鱼怪物们。

现在白柳要做的就是乘船去"塞壬的礼物"那片海域，把塞壬王沉入海底，就可以结束这场游戏了。

  恭喜玩家解锁整个故事剧情，进入完结序章。
  因玩家在白天从蜡像馆逃出，而人鱼蜡像无法在白天移动，为了让人鱼蜡像可以外出参与最终情节，以及玩家目前拥有的巨大优势已经强烈影响了游戏性，为了削弱玩家目前优势，平衡游戏性，天气即将发生转换，请玩家及时做好准备。
  天气转换：多云转暴雨。

大雨猝然倾盆而落，豆大的雨点噼里啪啦地在地上打出水洼，白柳瞬间就被淋湿成落汤鸡。

他一只手扶着推车，另一只手五指张开撩起额前贴在眼皮上的湿漉漉的头发，水珠从他的发尾滴落。

眼前的世界在几秒之间就被氤氲成一片雨中的白雾。

白柳被雨水冲刷得如此狼狈，但他后面一直紧追不舍的那些人鱼水手却仰着头大口地吞咽着雨水。

它们好似在这雨水中得到了某种能量，变得面目奇诡，嘴边立起鱼鳃，手上长出肉膜，眼中爆发出绿光，开始一步一步地接近白柳。

而路边一些一直藏在阴影里的人鱼蜡像也开始凑过来，蜡像纯白的鱼尾好似在雨水中有了生命，在地上就像是擦了润滑油一样游动，速度比之前快了许多。

而蜡像脸上的表情也从千篇一律的微笑变成了狰狞和猖狂的笑，眼白边灰黑色的裂纹蔓延全身，上半身褪去蜡像的人类外形，变得更像是深海里长相嶙峋的鱼类。

推车上塞壬王的长睫颤动了两下，雨水滋润了它满是黏液的鱼尾，冲刷掉塞壬王身上那些残存的、来自玻璃柜子里的液体，银蓝色的鳞片开始张合，在雨幕里闪闪发光。

白柳用他脖子上挂着的硬币游戏管理器，扫描这些怪物。

怪物名称：人鱼蜡像（雨水强化中，陆地上移动速度加快，塞壬王威慑力降低，攻击力加强）。

怪物名称：人鱼水手（雨水强化中，陆地上移动速度加快，塞壬王威慑力降低，攻击力加强）。

怪物名称：塞壬王（雨水无强化作用，但因冲刷掉迷药液体，塞壬王苏醒时间提前，只剩下三个小时。塞壬王即将苏醒，请玩家加快游戏进度）。

白柳神色散漫地扫过所有的面板信息，道："这游戏有点流氓啊，玩不过就强行削弱玩家。

"而且是不是太过分了点，不仅强化了所有的怪物，还缩短了我通关时间，这场大雨还限制了我的移动速度和方向感，我的面板指数还是飘红的，这种情况下玩追逐战玩家很容易死掉啊……"

"不过也不是绝对不能玩。"白柳把一直滴水阻挡视线的头发全部用手指扒到脑后。

雨水顺着他的下颌滑落，湿透的衣服领口更紧了，这场又密又急的大雨，让白柳有点呼吸不畅。

白柳解开了自己湿透的白衬衫的第一颗纽扣，忽然抬眼淡淡地笑了一下："希望游戏最后给我的奖励，配得上我的努力，我不玩奖励失衡的游戏。"

如果您能胜利，您不会失望于我们的游戏奖励，一定能满足您内心的欲望。

白柳微笑："那提前先谢谢你的奖励了。"

他的口吻和态度都十分自然，就好像已经拿到系统给的奖励一般，但是屏幕前的一群人全都看傻了。

因为上了中央大厅的单人游戏强推位置，白柳的小电视这里来了不少新观众，还有一些是被"牧四诚在看的新人主播玩家小电视"这个噱头吸引过来的。

这群人没有看到白柳之前的各种神级操作，只看到了白柳登上"强力推荐榜"之后的一小段直播，对白柳现在处在这种九死一生的困境里还能有这种自信心爆棚的发言，一时之间只觉得无语。

"我还以为牧神在看的是个什么玩家呢，怪物增强，自己的面板全线飘红，游戏时间还被缩短了，还有闲心耍帅和闲聊，可能是我不懂吧。"

"之前我看论坛狂吹，但是我现在看他打成这样子，也不过如此，也不知道是怎么上的强力推广位，靠脸吗？"

也有人替白柳辩解，这些人大部分是从"单人游戏专区"一路追上来的。

"怪物书三页都集齐了还喊弱？就你长手了会玩游戏是吧？有本事亮出游戏记录给大家看看你集齐了多少怪物书呗。"

"让我看看是谁说自己比白柳强了？哦，一群被人充电积分都没有超过10分的观众啊，那没事了。"

玩家之间是可以互相查看充电积分的，这下就戳了那些一直在嘲讽白柳的人的肺管子了，大家吵得越发厉害了。

两边各执一词，激烈地打起了嘴仗。

王舜在旁边不发一言，目露担忧地看着小电视里的白柳。

白柳还真是幸运值为0，无论游戏内外都被针对了。

而且是被整个系统内最刻薄的观众针对了。

王舜看向那群走在最前面的观众，不由得长叹了一口气——这是一个有公会制度的游戏，有些公会玩家仗着有公会撑腰到处惹事，尽管没什么水平，但对有上位潜力、能拿到推广位的新人极其刻薄，会想方设法地贬低他们。

比如现在的白柳遭遇的就是这么一群观众。

有32人赞了白柳的小电视，有89人收藏了白柳的小电视，有0人为白柳的小电视充电，有3807人踩了白柳的小电视。

玩家白柳一分钟内超过3000踩,你的小电视被超过5000人踩,获得"令人憎恶"称号。

看来大家都恨不得你离开这里。

玩家白柳的中央大厅单人游戏强力推荐推广位即将到期。

王舜看到系统通知长叹一口气,果然变成这样。

之前和白柳从分区一路跟过来的观众有些气得眼睛都红了,而中央区那些反感白柳抢了推广位的观众则是得意扬扬的。

这个时候有人惊呼一声:"这边新人区又有一个上中央大厅边缘区推广位了!"

又有一个,之前那个就是白柳,这个又是谁?

王舜疑惑地看过去,发现是一个拿着烈焰火把和水中气泡的玩家。

这个玩家正在海面上浮潜游动,用火把驱逐那些追过来的人鱼水手。他的右手上还握着一具人鱼的骸骨,真骸骨,白骨森森的,是正常的"塞壬女妖",而不是白柳的"塞壬王"版本。

而这个玩家也明显被异化了,脸上被鱼鳞覆盖住,下半身也变得和鱼尾有些相似,大腿融合、脚后跟消失,这让他在水中游动飞快。

这个玩家很明显也打到了最终序章,只要把塞壬女妖送回海底就可以通关了。

这边这个玩家的生存率,很明显比四面楚歌的白柳的生存率大得多。

这惹来了这群公会玩家更大的嘲笑声——

"笑死我了,不是把这个白柳吹得天上有地下无吗?其他新人拿着传统方案还比你白柳早通关好吗!"

"这个白柳就是喜欢装罢了,劝你们多看看正经大神的视频,多花点钱也比看这个白柳的免费直播好。"

"走了走了,我们这种大公会的尊贵玩家和他们这种散户玩家没有话讲,别看了,浪费时间。"

不断有人离开玩家白柳的小电视,之前人头密集的白柳小电视观赏区域很快就变得空旷,王舜叹息一声,走到了白柳小电视的正前方,这个他之前想来却因为人多被挤开的位置。

有7060人离开了玩家白柳的小电视,其中有3900人进入隔壁新人的小电视。

玩家白柳的表现实在是太差劲了，没有人看也没有人点赞，还有大量人点踩，强力推荐了你的系统非常失望，决定将玩家白柳的推广位和隔壁新人的推广位进行交换。

王舜一呆，很快系统通知就弹出了。

玩家白柳下降至中央大厅边缘区推广位。
玩家木柯上升至中央大厅单人游戏强力推荐推广位。

白柳在这个位置上没有待到十分钟，就被撤下去了。

和王舜一起跟着白柳推广位走的观众不算多，其中有一个戴着奇怪猴子帽子的人吸引了他的注意力。

王舜奇怪地看了这个人一眼。

白柳大起大落这一遭，他作为一路跟随的观众，心里也很唏嘘。

于是王舜找这个也跟过来的人聊天："你为什么会跟过来？你也很喜欢白柳吗？"

这个戴着猴子帽子的人微微抬起帽檐，露出一双狡黠的红色眼睛："因为我觉得这个据说可以取代我的人，绝对不会就这点水平。"

白柳取代谁？王舜一愣，随即反应了过来，差点惊呼出声。

但很快牧四诚比了一个嘘的手势，继续压低声音笑道："而且他之前玩得的确很好，不是吗？三页怪物书，我也是第一次看到除了我有玩家集齐到这个程度。而且最后一页如果不是塞壬王，我相信他现在绝对已经集齐了。"

"这家伙不是在装，是真的强。"牧四诚侧过头看着白柳的小电视，脸上笑嘻嘻的，"我还没见过系统为了削弱一个玩家的优势，做得如此过分。"

"系统说为了追求游戏平衡性，那么就说明白柳这个玩家需要削弱到这种程度才算是平衡，这么强的玩家，居然会有人觉得他通不了关……"

"怎么说呢，"牧四诚轻笑一声，"这群自以为高高在上的公会玩家就有点搞笑。"

新星积分榜排名第四的玩家牧四诚进入白柳的小电视。

牧四诚点赞了玩家白柳的小电视，看来他对玩家很有好感呢！

牧四诚利用新星排行榜第四的玩家权限，在自己还没直播的小电视推荐了白柳正在直播的小电视,即将有大批观众拥过来。

王舜彻底呆住了,反应了一会儿,才有点疑惑地问牧四诚:"那牧神你如果觉得白柳很强,为什么刚才不说,要等他落到边缘区才推荐他?"

如果牧四诚刚才站出来说了这些话,白柳说不定就能保住强力推荐的推广位了,牧四诚这种大神的推荐对白柳这种新手很有好处。

牧四诚勾起嘴角,斜眼瞥了王舜一眼:"可我就是在等他落到边缘区啊。"

"对于这种强势的玩家,雪中送炭可比锦上添花好,我现在推荐他的目的,是要他欠我一个人情。"

王舜被牧四诚的直白噎住了,无法理解地看着这位传说中的牧神。

这位牧神和他想的,以及在游戏中看到的那种雷厉风行的冷酷模样一点都不一样。

脸皮好厚。

白柳对外界发生的事情一无所知。

他背后飞速移动的人鱼蜡像和人鱼水手在雨中追赶着他,白柳推着个推车到处晃荡,移动速度很慢,已经被追上好几次了,一旦被追上白柳就反手把推车上的塞壬王转过去,逼退了追上来的人鱼怪物。

但是已经越来越不管用了,因为追白柳的怪物越来越多,并且似乎因为雨水的作用,人鱼对塞壬王的忌惮越来越小了。

白柳被一个人鱼水手的尖利鱼蹼抓到了胳膊,鲜血飙出,他转身拖着推车躲进一条巷道,脑子里蓦然嗡的一声,系统弹出了红色的警告面板。

警告:玩家白柳被人鱼水手抓挠之后导致异化,精神值跌至60,即将下降到安全精神值以下,一旦跌下60,玩家将会出现幻觉。

白柳捂住还在流血的胳膊,仰头靠在巷道的墙面上喘气,整个人被雨水打湿得像是从海里捞出来。

他闭上眼调整自己的吐息和突然袭来的晕眩感和迟钝感。

精神值跌到60的感觉就像是有一个黑洞或者旋涡在席卷身体的感官和思考能力,白柳之前也跌过一次,但那次他挨过了早期的不适感之后,仗着自己精神值高抵抗力强,居然很快又恢复了过来。

但是这次就不太妙了。

白柳膝盖一软,捂着胳膊跪倒在了地上,脸上迅速布满灰黑色的纹路,眼下开始生长出暗绿色的鳞片,肤色变得越发死白。

他低着头不住地喘息着,雨水从他头顶倾泻而下,他像一条被捕捞上岸的濒死的鱼。

"这倒是我失策了。"白柳语气还是很平静,"没想到精神值跌到60,居然对我影响这么大。"

王舜神情紧绷地看着小电视里的白柳:"精神值真的到60了,再跌一个数字就会开始有幻觉了。"

牧四诚表情也正经了不少:"真下60,在追逐战里很容易完蛋,因为有幻觉,会分不清是真的怪物还是幻觉里看到的怪物,找不到逃跑的方向。"

"这个时候买漂洗精神值的道具有用吗?"王舜紧张地提问,"白柳现在的积分足够购买漂洗精神值的道具了,漂了之后精神值可以回升。"

牧四诚却摇了摇头:"其他游戏里或许可以漂,但这个游戏里最好不要漂精神值。"

王舜越发困惑:"为什么?"

牧四诚却不再回答了。

小电视上的白柳突然撑着墙壁摇摇晃晃地站起,他眯着眼睛看向他藏身的巷道外,有好几个人鱼水手和人鱼蜡像正在靠过来,在雾气弥漫的大雨中,怪物黑色的轮廓若隐若现。

白柳的精神值下降之后,移动速度就更慢了,如果他现在冲出去,百分之百地会被这些怪物抓住。

他现在的精神值只需要再被抓一下,瞬间就会跌破60大关。

雨天加幻觉,他没有办法分辨方向了。

得想个办法,白柳靠在墙上沉思着。

巷道外的人鱼怪物嗅闻着,巴在墙壁上像是壁虎一样速度飞快地到处探察,眼中冒出盎然的绿光,微微张开的嘴里滴落黏液。

在到达巷道附近之后,这些怪物仰着头嗅闻了两下,咧开一个让人毛骨悚然的微笑,手脚贴在墙上飞速地向着巷道靠近。

王舜看得屏住了呼吸,喉咙里的"白柳快跑"在出口之前勉强按捺住没有喊出,拳头紧握。

这个时候跑也是没用的,因为白柳的移动速度远远没有人鱼怪物快,跑出来反而是吸引了对方的注意力，相当于送餐。

现在唯一能做的，就是祈祷这群怪物不要发现在巷道里的白柳，好让他躲过去。

但是现在这些怪物都在向巷道口靠拢，形势很不乐观。

王舜这里思绪还没断，那边白柳拉着推车，淋着大雨，毫不犹豫就从巷道里冲了出去。

王舜急得脱口而出："不能跑啊！跑了就完蛋了！"

如王舜所料，那些人鱼怪物一眨眼，就飞快靠拢聚集在了巷道口，紧跟着，很多人鱼蜡像也簇拥了过去。

狭窄的巷道口瞬间被怪物们包围得密不透风，白柳拉着推车，跑动的步伐未停，目光平静地靠近这些包围他的怪物。

王舜看懂了——白柳这是要从包围圈里硬突破！

王舜急得都快跺脚了。

他无法置信在这种关键的时刻白柳会犯这种致命的错误，就算是白柳这里强势突破出去了，但是这些怪物移动速度比白柳快，随时可以追上白柳把他撕碎，他这样跑出来根本毫无用处！

牧四诚的眉头皱起："精神值下降可能影响了他一部分思考能力，这里不该跑出来的。"

"对。"王舜深深地吐出一口气，"我们都忘记精神值下降对白柳思考和体力值的影响了，他这里应该是真的慌了。"

其他观众的表情更是十足地一言难尽。

都有人开始吐槽牧四诚最近是换口味喜欢吃菜了吗，推荐的玩家这么菜。

听到这话的牧四诚假装没听见，但是微微向下压了点帽檐。

而白柳反手一甩，用装着塞壬王的推车破开包围圈，那群怪物的眼睛直勾勾地盯着跑走的白柳。

王舜的心瞬间提到了嗓子眼——要追了要追了！这群怪物要追上去了！

然后小电视里的人鱼怪物离奇地在巷道口踌躇了一会儿，居然纷纷对跑掉的白柳视而不见，离奇地全部拥入了巷道里。

王舜："？？？"

牧四诚："？？？"

其他观众："？？？"

为什么怪物不追玩家，都跑去巷道里干什么？！

小电视的画面缓缓地切换到巷道里面，最里面居然还有一个白柳。

这个白柳拉着推车如临大敌地对着那些怪物，还在不停地做出一些非常具有攻击性的动作。

白柳还对这些人鱼怪物仰着下巴微微勾了勾食指，似乎是在挑衅这些人鱼怪物过去和他正面决斗，这些人鱼怪物果然被挑衅了，咬牙切齿地攻击了过去。

这个奇异的另一个白柳引爆了观众的讨论。

"哇，这什么东西？！"

"这什么道具？太作弊了吧，《塞壬小镇》这种一级副本里可以用这种分身高级道具吗？"

"不能用高级道具的吧，这种低级副本里用太高级的道具会因为破坏平衡性被系统直接踢出来。"

"那这个是什么东西？"

在第一个人鱼怪物愤怒地抓挠下，巷道里面的这个白柳化成了一道残影，但又很快恢复了，脸上还有那种懒洋洋的、欠揍的微笑。

王舜电光石火间想起了白柳道具库里的一个道具，他大叫出声："是3D投影仪！白柳用的这个东西是3D投影仪！"

"《塞壬小镇》这个副本里的怪物智力很低，是无法分辨影像投射和真人的区别的。"

王舜点开了这个3D投影仪的说明书，一目十行语速飞快地说道："3D投影仪这种仪器在雨天的投射，会让影像更具有实体感，加上白柳这个影像做出的那些挑衅动作，的确很容易吸引和激怒这些智力低的人鱼怪物。"

"所以在一个抱头逃开的玩家和一个正在做出打斗姿势的玩家之间，这些怪物的思考能力会让它们倾向于先解决危险性更大的那个。"

王舜的眼睛发亮："他利用这个道具，成功地甩掉了这些怪物。"

有观众质疑："但是智力再怎么低下，只要这些怪物多次攻击无效，就会意识到自己被耍了，就会去追那个真的白柳，但真的白柳移动速度远低于这些怪物。"

"就算是他这里甩掉了怪物，也还是会被追上，除非他限制这些怪物的移动。"

这个观众质疑的话语声未落，小电视里怪物就开始疑惑地凑近嗅闻白柳的影像，用鱼蹼刨弄了两下这个影像，发现的确不是实物之后，这些怪物发出了被戏耍的愤怒的尖啸，刺耳无比。

一群怪物眼看就要冲出巷道去追真正的白柳。

这个时候，怪物身后的白柳影像勾唇一笑，不紧不慢地取出了一支手电筒，平举对准这些背对着他的怪物，像是扣响扳机一样打开了手电筒开关。

刺目亮眼的光束发射，穿透了巷道中捂住眼睛哀号的人鱼蜡像，笔直地通往雨幕中。

26

雨幕中，远远的，对面有另一道光束传过来和巷道里的这道光束相合，在塞壬小镇的大道上交融成了一道强烈的光束。

畏惧光线的人鱼蜡像几乎是立刻就被这道光线拦住，不敢向前。

这道刺眼灼目的光线几乎贯穿了整个塞壬小镇，于是这些畏光的人鱼蜡像彻底被锁在了光线的后面，再也不能越过这道光束追赶白柳。

就连有护身符保护而不那么畏惧强光的人鱼水手也没能轻易越过光线，而是在那附近警惕地徘徊试探着。

另一头，白柳靠在墙上喘气，他的脚边也放置了一个3D投影仪，投影仪中白柳的影像正在拿出手电筒照射，和巷道中那道白柳的手电筒光束相合，形成了这道强光拦路光线。

擦了擦自己从额头滴落的雨水，白柳长呼一口气："幸好这个3D投影仪防水。"

白柳小电视的画面上还是那道可以亮瞎人眼球的强光光束。

小电视前的观众寂静几秒，之前那个质疑白柳还是会被追上的观众目瞪口呆，愣了很久，才磕磕巴巴地道："好、好厉害……"

"我之前还怀疑牧神的眼光，是我错了，是我有眼不识金镶玉，菜的不是这个玩家，是我的眼光，我这就回去拿我的眼珠子下饭。"

"这新人是死亡喜剧专区的那种玩法吧！我感觉他是真的把这恐怖游戏当游戏玩，赢不赢积分不重要，最重要的是游戏体验。"

"有意思。"牧四诚笑眯了眼睛，嘴边的虎牙咬着糖，"雨天明明是系统给出来限制白柳的条件，居然被他拿来反向利用了。"

白柳拖着推车一路跑到了海边，他背后的人鱼水手迟疑徘徊了一会儿以后，最终还是越过了光束，对他紧追不舍——人鱼水手是不畏光的。

但是畏光的人鱼蜡像的确都被全部卡在光束后了，游戏的危险程度已降低了一大截。

这种时候，玩家只需要立马下海进入海域，把塞壬王送进海底就能通关了，因为大部分玩家玩到这里都被高度异化了，是一种更近似人鱼的形态，所以可以直接下海把塞壬王送回深海。

看到这里，王舜才明白之前为什么牧四诚说最好不要漂精神值。

因为精神值是和异化状态挂钩的，如果漂了，玩家精神值回升，就会从"人鱼"的状态变回"人"的状态。

"人"是无法进入深海，把塞壬王遣送回去的。

《塞壬小镇》最后遣送塞壬王回去的这个环节只有"人鱼"才能做到，白柳这种异化的程度就刚刚好，不需要漂了，可以当作"人鱼"直接入海。

王舜想到这里松了一口气，觉得幸好白柳没有漂精神值，又有几分羞愧于自己的指手画脚。

牧四诚这种大神的游戏意识，果然不是他这种小虾米可以比拟的，不过白柳一个新人，居然也能稳住不漂……

人比人真是气死人，王舜摇摇头。

按理来说，这个时候白柳只需要拖着塞壬王下海，同时想办法避开身后的人鱼水手就行了，但是白柳临到海边，居然一个拐弯，没有下海，反倒直奔之前参观人鱼捕捞活动登上的那艘大船去了！

这艘大船停靠在海边，白柳拉着个推车，呼啦啦地就往船上去了！

那里可是人鱼水手的大本营！

王舜简直要被白柳这种一下一下的转折玩法整出心脏病了，他捂住自己绞痛的心口："都要通关了！他去人家轮船上干吗？！送上门给人家抓吗？！"

牧四诚也是被白柳这个通关前激情送死的操作惊得一下没稳住咬碎了棒棒糖，还被呛得咳嗽了好几下。

牧四诚眼眶泛红地猛捶了几下胸膛，勉强把那几颗卡在他喉咙口的碎糖咽下去之后，咳着说道："这个时候白柳贸然下海的确很容易被后面的人鱼水手追上，因为人鱼水手在海里移动速度会更快。

"常规的通关方法是使用一些道具来限制人鱼水手的移动速度，比如像之前那个新手，浮在海面上用烈焰火把限制，或者就直接硬扛，只要在完成任务前精神值没有掉完就行了。"

"白柳应该是想通过上船甩开背后的人鱼水手。"牧四诚条理清晰地分析，"但上船是行不通的。第一，船上还有部分没有下船的人鱼水手，船上那么小的地方，白柳一上去，很容易会被还在船上的人鱼水手抓住。"

"第二,海里的人鱼水手也可以爬上船,而且这些怪物的移动速度比船快,白柳上船这个举动没有任何意义。"

牧四诚的话音刚落,小电视里的白柳就出状况了。

白柳推着推车,顺着连接船和陆地那块木板飞速地往船上跑,船上的人鱼水手闻风而动,顷刻就来到了白柳的面前,伸出尖利的鱼蹼就要抓挠白柳的面颊,而紧追着白柳的人鱼水手也踏上了木板,眼看就要碰到白柳的衬衫了。

这拨前后夹击,王舜看得提心吊胆,但当事人白柳却连眼神都没有飘,不为所动地从兜里掏出一个 3D 投影仪,往船上甩了过去。

投影仪落在甲板上弹跳了两下,反射出一个同样挑衅的白柳的投影,人鱼水手在两者之间迟疑片刻,往另一个白柳那边去了。

王舜看得出了一身的冷汗,拿出了一条毛巾擦额头:"白柳这是又要故技重施,利用投影仪的光线限制住这些人鱼水手,还是只是单纯迷惑对方拖延时间?"

很快他又迷惑了:"但是人鱼水手不怕光啊,就算是白柳这个投影拿出强光手电筒,也拦不住这些不怕光的人鱼水手啊,之前陆地上的光束就没有拦住人鱼水手,这里也肯定拦不住。"

"你说错了,你记录了人鱼水手的怪物书的页面吧?你自己再认真看看那一页的弱点到底是什么。"

牧四诚看着小电视里面容平静的白柳,眼睛微微发亮,他忍不住赞叹:"我知道他为什么要上船了,真是厉害啊这家伙,难怪系统要这样削弱他。"

王舜急忙点开自己的电子记录仪,他的确记录下了《塞壬小镇怪物书——人鱼水手》这一页,他点开仔细地查看。

《塞壬小镇怪物书——人鱼水手》(3/4)。

怪物名称:人鱼水手(蝶状态)。
弱点:畏强光,护身符,塞壬王。
攻击方式:撕咬抓挠(被抓挠后一定概率会触发异化状态)。

"欸,好奇怪啊。"王舜指着电子记录仪上的"弱点"那一项自言自语,"人鱼水手的弱点明明有畏强光,为什么之前在陆地上的时候,人鱼水手看起来完全不受光线限制?"

"护身符。"牧四诚点拨王舜,"有护身符的保护,强光对人鱼水手不起作用。"

王舜猛地反应过来，他抬头看向小电视："对！就是这个！所以白柳这是要——"

牧四诚仰头看着小电视，也微笑起来："没错，白柳这是要去船的底舱，底舱是这些怪物放护身符的地方，他要去砸了这些人鱼水手的护身符，然后这些人鱼水手就失去了保护，他手里的强光道具就可以起作用，限制对方的行动了。"

小电视里的白柳已经甩开背后的怪物们，来到了底舱，他高高举起那把砸碎了防弹玻璃的镐头，开始面色平静地一个一个敲碎下面这些人鱼护身符蜡像。

护身符蜡像在他的脚下碎成一片一片，随着底舱的白柳敲碎了大部分的护身符，甲板上的"白柳投影"适时拿出了手电筒，看起来就像是有一对白柳正在船上、船底打配合战一般。

"白柳投影"微笑着平举手电筒，手摁在开关上，还是那个像扣动扳机一样的姿势，咔嗒一声，一道笔直明亮的光束穿过所有包围"白柳投影"的人鱼水手。

强光来袭，失去了护身符保护的人鱼水手们纷纷捂住眼睛伏趴在地，发出凄厉刺耳的哀号，就连王舜、牧四诚和一些在前排的观众也举起手挡了一下小电视的光线，实在是太亮了。

"这新人做事也……太狠了。"王舜心情复杂，"我甚至觉得这些怪物有点可怜。"

但这些人鱼怪物很快就开始在光线的两边游走，有些还跳入了海里，准备从另一头爬上去偷袭白柳。

这让王舜皱眉："就算是加上手电筒，白柳这里也只有一道光束，他的3D投影仪也用完了，虽然这样一道光线也可以限制人鱼水手行动，但是不能像之前在岸上那样直接困住对方。"

牧四诚抱胸冷静阐述事实："因为两个光源就算是连成线，这些人鱼水手也不可能完全被限制住，因为这里的地点是在船上，和之前在镇子里不一样。

"白柳可以直接利用光线把从镇子来海边的路封了，但是在船上如果只有一条光线，人鱼水手是可以从光线两边逃跑进入海里的，没有什么用。"

"是的。"王舜托着下巴思索着，"这个点也来不及再买投影仪来录制了，只能再买一个手电筒，这样三道光线就可以连成一个三角形，这就成片了，就可以把人鱼水手困在光线连成的三角形内，困在船上。"

"我也是这么想的。"牧四诚点头，"但这个时候，如果玩家要买手电筒的话，估计要大出血了，因为越是临近结尾，游戏商店里的通关道具就会越贵，比如《塞壬小镇》这个时间点，手电筒这种关键性道具起码100积分。"

"100 积分？！"王舜咋舌，"这也太贵了，这不是明摆着宰人吗？"

牧四诚斜眼看王舜："那这种关键时刻，100 积分的手电筒，你买不买？"

王舜憋屈地沉默了一会儿，蹦出一个字："买。"

白柳拿着一把镐头拖着推车从底舱出来了，他手上拿着一把手电筒，看来他的想法也是和王舜他们一样的，这人出来就直接打开系统商店买道具了。

在他滑动界面的时候，王舜瞄到了白柳系统商店里手电筒的价格，不由得喷了："250 积分的手电筒？这是抢积分呢？！太离谱了吧这个价格！"

但是白柳面不改色地滑过了手电筒的销售界面之后，王舜又开始忧心了："欸，白柳啊，贵点就贵点吧，贵能保命，你这番操作之后，通关百分之百啊！就别计较这点积分了！"

其他观众也很着急，这离通关只有一点点距离了，白柳还在慢吞吞地选道具，手电筒就摆在面前还一副舍不得买的穷酸样，看得大家抓心挠肝的。

"白柳啊！你不要在意这点小钱！我给你充电你快买了吧！"

"快快快！给我们白柳众筹一个手电筒！孩子救命呢！"

"你滑来滑去挑三拣四选对象呢？听我的！250 积分那个手电筒就挺好的！你们在一起一定会幸福的！我给你充电当份子钱！"

就连牧四诚也点开了自己的"积分钱包"面板，准备给白柳充电。

这个时候白柳的动作突然停住了，他好似终于看到了自己想要的道具，脸上露出点笑来，白柳目光坚定地点了一个道具，购买。

玩家是否购买高清晰度反光镜？

白柳毫不犹豫："是。"

系统提示：3 积分，承蒙惠顾。

白柳把反光镜放在船上的一个角落里，然后把手电筒绑在船头上，轻轻一拨手电筒的开关。

手电筒里白亮的光束穿过海面上的雾气射入反光镜，又被反光镜反射出去，最终这道光线和"白柳投影"手上的"手电筒投影"的光线相融合。

三道亮得人头皮发麻的光线就像是三个高瓦数的 LED 灯管，在船上形成了一个璀璨无比的三角形高亮度区域，圈住了里面的人鱼水手。人鱼水手捂住眼睛在地上打滚哀号起来，却出不了这个区域分毫。

白柳单膝屈起坐在船头，海风和大雨把他的发丝弄得很凌乱，他的眼睛藏在飞舞的漆黑发丝中让人看不清楚，嘴却在微笑着："乖乖待在船上吧，水手们。"

系统通知：因大部分怪物已经被玩家白柳限制行动力，大雨已经失去对玩家白柳的削弱能力，现在进行天气转换，请玩家做好准备。

天气转换：暴雨转晴天。

太阳从白柳的身后缓缓地升起，他一只脚踩在推车上，另一只脚荡在船外，交叠的乌云中落下金箔般的日光，大雾散去，阳光倾洒在白柳凌乱狼狈的面容上，配上他那副似笑非笑的散漫表情，有种奇异的摄人心魄感。

玩家白柳进入《塞壬小镇》最终序章——归还塞壬王。

白柳小电视前的观众在短时间的寂静之后，开始疯狂地尖叫和充电，还有玩家互相拥抱激动击掌，点赞数几乎每秒都在以指数级攀升。

牧四诚收回自己要打赏的手，他怔愣了两秒，开始忍不住笑着鼓掌："真有你的，白柳。"

王舜也跟着开始鼓掌，鼓得手都红了，他是真的激动，脸上的汗都下来了。

其他观众也比王舜好不到什么地方去，激动得看起来就要当场演奏一曲《难忘今宵》。

"说下雨就下雨，说回到晴天就回到晴天！你是天气之子吗白柳！"

"给我红！给我爆！拿了我的充电钱，就给我冲在最前沿！白柳冲啊！！冲上新星榜！"

有12011人赞了白柳的小电视，有12000人收藏了白柳的小电视，有2077人为白柳的小电视充电，玩家白柳获得3011积分，有超过300人为你充电超过1积分。

玩家白柳在一分钟之内获得超10000点赞，获得超3000积分，声誉一往无前！玩家白柳获得"锋芒初露"成就！

恭喜玩家白柳推广位上升，进入中央大厅中央屏单人游戏分屏强力推荐位置。

欢迎回到你原来的位置，玩家白柳。

这次白柳一升上强推屏幕，几乎所有边缘区的观众都跟着白柳跑了。

这群数量不小、激动得小脸通红的观众横穿了整个游戏大厅，吸引了不少路人玩家的注意力。大家过来问他们在看什么小电视。

"你们在看什么啊？争得这么热闹。"

"天气之子！"

"反光镜神操作！"

询问的玩家一脸疑惑。

你们看的小电视到底播了个什么玩意儿？

到后面竟然有不少玩家因为好奇加入了。

跑得最快的是王舜和牧四诚，王舜跟着跑的时候才发现李狗居然也在，这人之前应该是看到牧四诚来了，就躲到后面去了，现在拖着刀跟着大部队跑，脸色黑沉得要命，估计已经看到了牧四诚给白柳撑腰，察觉到白柳不是一个他可以随便拿捏的软柿子了。

王舜忍不住为白柳松了一口气。

李狗这种玩法的玩家，白柳还是有多远离多远比较好。

等王舜一行人跑到强推位置的时候，白柳小电视前面的观赏区已经有很多观众了，有之前分区跟着过来但是又中途离去的观众，也有惊奇地看着白柳又升上来的观众，还有之前就对白柳冷嘲热讽、说白柳是低级审美趣味的中央区公会的观众。

这些观众也不知道怎么想的，明明不喜欢白柳，但白柳一升上中央屏幕，他们反倒是第一批进来，拥堵在最前面，对着白柳的小电视指手画脚，大声地埋怨。

"欸，怎么又升上来了？看着好烦啊。"

"怎么会有这么多人给他点赞？凭什么啊？简直拉低强推位置的平均水平。不行，我要给他点个踩，快点把他踩下去。"

"我就搞不明白了，这到底有什么好看的？居然能骗到几万赞，还有四五千人给他充电了，都是傻子吗？把积分花在这种人身上？人生中没有其他可以浪费的事情是吗？"

"好烦、好烦、好烦，他能不能从强推位置上下去，换几个水平和牧神差不多的玩家上来？"

这群观众已经干扰到正常观众看小电视了，但是正常观众一般也不太想和这群有大公会撑腰的神经病起冲突，于是都忍着。

牧四诚看着这群观众，嘴角和眼尾都往下撇了一下，神色微微地往下沉了一些，似乎有些不爽，但他面上还是带着笑的。

他随手取下了自己的猴子帽子，走到前排，转身对着这群高谈阔论的观众微笑着，彬彬有礼地一只手放在胸前，另一只手拿着帽子放在身后，向这些观众行了一个礼。

因为牧四诚拿着的是猴子毛绒帽，这个绅士礼便显得有几分滑稽，但这并不影响这些观众捂住嘴惊呼："牧神！你是牧神对吧？你居然真的在看他的小电视！"

还有这种直接当面质疑的："牧神，我想问一下，你为什么要推荐这个玩家呢？毫无游戏水平还一直占着单人游戏的强推位置，真的又烦又低端。"

牧四诚笑着："你们好，我刚刚也听到了你们的谈话，觉得有几分怀念。"

这些观众瞬间就激动了，七嘴八舌地开始点评白柳。

"牧神，你也觉得这人很烦对吧？占着位置让很多有能力的人都上不了。"

"我看直播都麻烦了很多，因为有这种人占着屏幕，所以看不到什么高质量的游戏直播了！我就希望他淘汰然后掉出强推榜！"

"牧神，干脆你进游戏，开直播把他挤下去吧！"

这些人言之凿凿，眼神兴奋，好似看到白柳这个新人被挤下去就像看到了一件多好的事情一样——不过打压新人一向是这些公会玩家最喜欢干的事情，尤其是一些自身没什么本事的玩家，他们巴不得所有新人都淘汰了，不要占他们的推广位。

"不，我说怀念的意思是——"牧四诚的微笑变得有实感，他嘴边含着棒棒糖，表情带着几分散漫，"因为当年我第一次登上强力推广位，也有很多中央屏的观众这么踩我，这么骂我。"

之前七嘴八舌的观众就好像被勒住了喉咙，霎时尴尬地收住了舌头，面面相觑着用眼神沟通。

看着这些在白柳面前大放厥词，在他面前噤声的观众，牧四诚笑出了声。

他笑得很天真，微微倾身向前对这些观众提问："你们知道这些骂过我的观众都怎么样了吗？"

这些观众直视着牧四诚转动着的、暗红色的眼睛，毛骨悚然，不寒而栗。

牧四诚的瞳孔里倒映着一只嘻嘻哈哈的卡通猴子，这只卡通猴子的眼睛正在发出红光。

这些前排观众才发现牧四诚双眼呈现出来的暗红色，不是牧四诚眼睛本来的颜色，而是他眼睛里的猴子发出来的光。

27

　　面对着牧四诚这双怪异的眼睛,这些刚才还趾高气扬的观众齐齐咽了下口水,脊背有些发凉地退后两步,恐惧地摇了摇头。

　　牧四诚笑眯眯地从背后抽出那只猴子卡通帽,用一只手指着帽子,做出一个展示的姿势:"因为我讨厌那些观众,所以那些讨厌的观众都在游戏里被我淘汰了。"

　　他随意地说道:"要是白柳出来了,我会支持他也淘汰你们这些多嘴的家伙,当然,这只是作为我这个过来人的建议。"

　　"因为你们真的很吵。"牧四诚礼貌地笑笑,"打扰到我看电视了,一群蠢货。"

　　牧四诚帽子上的猴子忽然张嘴嘻嘻嘻地笑了起来,眼睛里还在一闪一闪地发出红光,似乎在应和牧四诚的建议,看着诡异又瘆人。

　　那些之前还觉得高人一等的观众被牧四诚吓得不轻,他们尖叫出声,四散而逃。

　　在逃跑过程中几个人跑得太急互相撞倒在地,狼狈地爬出白柳的小电视观赏区域。

　　牧四诚戴上帽子手插兜,就像是什么事情都没有发生过一样站回了原来的位置,恢复平淡的脸色,继续仰着头看白柳的小电视。

　　周围的观众都不约而同地后退了几步,给站在前排的牧四诚留出足够的观赏空间。

　　观众讨论的声音也小了许多,似乎是害怕打扰牧四诚看白柳的小电视。

　　王舜站在牧四诚背后,神情和心情一样复杂。

　　他第一次直面了牧四诚的危险性。

　　这就是大神的直播间不会有指手画脚的观众,而只有一面倒的夸赞的原因。

　　因为这里的游戏是可以直接淘汰人的。

　　只有新人和一些脾气比较温和的玩家的小电视观赏区域会有很多这种喜欢指手画脚的观众。

　　像牧四诚的直播间,敢这样讲他的,坟头已经长成青青草原了。

　　敢讲白柳的很多"杠精"观众都是没什么能力的公会玩家,游戏技能相当低,玩过的游戏很多都是公会里的高级玩家带着通关,或者是直接查找攻略来通关,能力非常有限。

这些每天朝不保夕的玩家反而很喜欢到处乱"开炮",他们不敢得罪大神玩家,却无比讨厌那些很有爆发力和竞争力的新人,因为这些新人会抢他们的付费观众和推广位,因此,他们会对那种很明显要出头的新人玩家怀揣巨大的恶意。

比如现在的白柳,比如当初的牧四诚。

王舜一蹭一蹭地缩在了牧四诚的旁边,虽然他也有点怕现在的牧四诚,但他还是想站前排。

对着牧四诚,王舜有点克制不住收集信息的好奇心,侧过头很小声地问道:"牧神,你真的淘汰掉了那些骂过你的观众吗?"

"怎么可能?"牧四诚淡淡地说,"我没有那么闲,说出来吓他们的罢了,一直叨叨,烦得很。"

王舜松了一口气:"哦哦,假的啊。"

"虽然我没有,但是我的猴子耳机很喜欢吃那些我很讨厌的人,所以也真的吃了几个啦。"牧四诚忽地又转头看向小电视上的白柳,轻笑了一声。

他手插兜耸了一下肩膀,不怎么诚恳地为自己辩解了一下:"但是主要是他们自己愿意骂我,所以导致了这个下场,我觉得应该不怪我。"

王舜:"……"

白柳拖着推车又从大船上下来了。

他后面还零零散散地跟着几个人鱼水手,但那已经不足为惧了,白柳手上还有个塞壬王呢。

这些人鱼水手没有了天气和护身符的优势,只能远远地缀在白柳的后面,用怨恨贪婪的眼神看着白柳。

但白柳的心思已经不在这些人鱼水手身上了。

他觉得比较奇怪的一点就是,系统说陆地上大部分怪物已经被限制了,所以才放弃用天气继续削弱他,但《塞壬小镇》的怪物书有四页,分别是人鱼水手、人鱼蜡像、在白柳手里的塞壬王。

除此之外还有一个数量相当巨大的,最弱的和底层的怪物没有出现——

那就是人鱼,或者也可以说是人鱼的幼虫形态。

白柳在岸上被围追堵截了那么久,一条人鱼都没有看见,这不合常理,而陆地上的怪物,如果系统没有骗他,的确大部分已经被他限制住了的话,那么这些最弱的人鱼怪物很有可能就不在岸上。

白柳的目光缓缓落在了他前面平静无波的海面上。

这些数量庞大的人鱼，很有可能全部潜伏在海里。

  系统通知：距离塞壬王苏醒还有一小时，请玩家加快步伐，速度通关。

一个小时，白柳在心里估算了一下他拖着塞壬王游过去的速度，差不多刚刚好，但是还有一个不确定因素，就是那些躲在海里面的人鱼。

加上人鱼怪物的干扰，这个时间就不一定够了。

不过兵来将挡，水来土掩，白柳也没有多想，把推车随意丢弃在海边，他蹲下来打量了一下推车上的塞壬王。

这个刚刚一路追逐战都没有任何反应的塞壬王，此时此刻耳边的鱼鳍轻轻扇动着，胸膛微微起伏，莹润如玉的肤色下透出一种活力。

白柳能感受到塞壬王即将苏醒，他托起塞壬王的一只手放在肩膀上，深吸一口气，往海边跑去。

随着海水淹没过他的双腿，白柳的双腿、腰际、眼角和鼻梁都被银绿色的细碎小鳞片覆盖，脸两边出现裂纹般的鱼鳃，眼球缩小到只有原来的一半。

白柳深吸一口气，拉着塞壬王的手扎入了碧波无垠的海域里。

小电视前的王舜终于松了一口气："总算是下海了，应该很快就能通关了。"

"这可不一定。"牧四诚双手交叉抱在胸前，好似回忆起了什么不堪的往事，嘴角抽了抽，"我当时拖着塞壬女妖下海的时候，也以为马上就要通关了，没想到要游到'塞壬的礼物'那片海域的时候，海下密密麻麻，全是眼睛绿油油的人鱼，差点儿我就被弄死了。"

"最后逼不得已又买了一个强光手电筒用来驱逐这些人鱼，花了我200多积分。"牧四诚有点郁闷地回忆起了他游戏生涯为数不多的滑铁卢。

王舜一惊："不是吧？200多积分那么贵？！"他说着，似乎是反应了过来，"白柳之前手电筒就已经250积分了，等到那个时候系统肯定还要涨价，岂不是会更贵？！"

"应该是。系统对每个道具主要是依据两点来综合定价的：第一是整个市场的供需关系，第二是系统评估这一刻玩家对某个道具的需求性。简单来说，系统觉得你对某个道具的需求越是急切，给这个道具的定价就越高。"

牧四诚看着小电视里白柳毫无所觉向深海划水游去的样子，难得露出了一个幸灾乐祸的笑："等白柳游到'塞壬的礼物'那片海域，那种被人鱼围堵的紧急情况下玩家是没有多好的办法的，只能被系统宰，白柳就等着大出血吧，他的手电筒保底400积分。"

正当这边讨论的时候，之前挤掉了白柳的推广位上了强推位置的那个新手玩家——木柯，已经游到了"塞壬的礼物"这片海域。

木柯一只手托着塞壬女妖的白骨，摆动着鱼尾似的灵活双脚，往更深不见底的黑黢黢的海底游去。

他也意识到了自己即将通关，脸上露出肉眼可见的死里逃生般的狂喜。

王舜这些在白柳小电视观赏区域内的人也可以看到其他人的小电视，只不过没有看白柳的这么清晰，透着一股磨砂玻璃的模糊感。

但就算这样，也大概能看清木柯已经游到了"塞壬的礼物"这片海域的底部。

王舜看着木柯眼看就要到海底，不由得遗憾地叹息一声："都要到海底了啊，白柳这边还在游……这个叫木柯的新手应该会比白柳更快通关，也会是这一批新人里第一个通关的。"

"对一批新人里第一个通关的玩家，系统会给出一个特殊奖励，是个人技能，对玩家很珍贵的，白柳本来可以拿到的。"王舜叹息。

说着，王舜看着小电视里还无知无觉、慢悠悠游动的白柳，颇有些恨铁不成钢，扼腕道："唉！白柳！叫你搞这些花招浪费时间！虽然的确省了点积分，但因小失大啊，要是你动作快点，这一批的新人第一名就是你了！"

因为白柳是跌下去之后又冲上这个中央屏强力推广位的，因此在系统的综合评定下，木柯在"单人游戏强烈推荐推广位"的排名上比白柳高一位。

再加上木柯一副马上就要通关的喜庆样，白柳还拖着塞壬王在海里梦游一般斯斯文文地往前游动，看上去木柯更是牢牢压了白柳一头，王舜看得连连摇头。

就像是看到自家天赋卓绝的孩子却偏偏贪玩，连隔壁普通孩子都考不过一般无可奈何又憋屈。

牧四诚的态度却截然不同，他只用余光扫了一下旁边的木柯，毫不在意地淡淡道："谁是新人第一，还说不好。"

但大部分正在观看木柯小电视的玩家看法却和王舜是一样的，尤其是那些被牧四诚从白柳小电视赶出去的玩家，他们大部分都去了木柯的小电视直播观赏区域。

这群观众就吃不记打，一换了个阵地，立马高傲地嘲讽起了白柳。

"呵呵，这个白柳就算是上了强推位，也打不过其他新人，搞这些花里胡哨的动作有什么意义？等木柯通关拿到系统给的技能奖励，飞速发育，很快就会把白柳那种蠢货甩在身后了。"

"也不知道牧神为什么要护着这么一个毫无用处的新人，不是第一名是拿不到技能奖励的，很快就会死在游戏里，也不知道还在挣扎个什么劲儿。"

旁边一些脑子正常的观众看着这些大放厥词的观众，脸上全是无语。

一批新人有一百个，只有第一名能得到系统给的技能奖励，百里挑一的概率。

在场的很多玩家都没有技能，脸色都不太好看。

有个观众听他们叽叽歪歪实在是听烦了，估计自身实力也算是不错，冷笑一声，不耐烦地反驳："说人家没有技能就必死的，自己把技能亮出来，不然我当场杀了你，好圆了你没有技能就死的梦。"

这么多技能玩家聚集在一起对别人指指点点，搞笑呢，当技能玩家是大白菜？

果然，这群刚才大声嬉笑声音大得像喇叭一样的观众顿时噤声，还有几个声音最大的面红耳赤地往后缩了缩，还握住了自己的游戏管理器往后藏了一下，很明显就是不想展示所谓的技能。

骂他们的观众都被气笑了，合着刚刚说得那么起劲，一个有技能的都没有，还好意思说别人没有技能就必死？

骂他们的观众都觉得没意思。

正说着，往下潜游的木柯那一片漆黑的小电视里，好似萤火虫一般，从海底的一隅开始亮起一对一对绿莹莹的眼珠子，一开始只是一两对，然后突然开始密集地亮起绿色的荧光。

木柯的视线模糊地适应了一会儿，才看清楚这些是什么东西，他霎时起了一身鸡皮疙瘩，脊背发毛，凝固在原地不动了。

数以千计的人鱼尸体在海底仰着头直勾勾地看着木柯。

它们的身躯大部分已经腐烂了，有些部位被黑色小鱼啃得只剩骨头，一双双闪着绿光的幽暗阴森的眼睛露在外面。

木柯目之所及全部是人鱼绿色的眼睛，好似鬼火般点亮漆黑的海底。或者说已经不能叫海底了，全是那些数量多到让人头皮发麻的黑色食腐小鱼，一眼看过去甚至都看不到海底的泥沙。

这画面实在是过于震撼，就连木柯小电视前面的观众都忍不住抱着双臂后退了几步，头皮发麻。

木柯转身就逃，一边逃一边打开道具商店，他身后那些人鱼一下从海底飞速地向他拥过来，翻涌的黑色鱼群好似飞舞的苍蝇群般包围住了木柯。

近距离看的时候才发现，这些小鱼虽然只有拇指大小，但是牙齿却极其锋利，只是从侧边扫了一下，木柯就被咬掉了半只手臂。他在海底无声地惨叫起来，右臂的断面在水中拉出长长的血线，吸引了更多的人鱼和黑色鱼群。

观众也被这刺激的景象吸引住了全部心神，着急地喊叫："快买道具啊！快点！买道具逼退这些怪物！不然就要死了！"

木柯用仅剩的那一只手拉住塞壬女妖的骨架，不让它被鱼群和人鱼卷走，然后慌慌张张地打开了游戏商店的界面，准备买个道具克制一下这些猖狂的怪物。深海的鱼群一般畏光，人鱼也是有畏光的弱点的，他飞速地做好了决定："我需要强光手电筒！"

417积分，承蒙惠顾。

木柯彻底地呆住了，无法置信地反问："多少积分？"

417积分，承蒙惠顾。

木柯根本没有这么多积分，彻底傻眼了。但是他很快又冷静了下来，逼退鱼群不一定要强光手电筒，"水中气泡"也有屏退鱼群这个功能。

只是在这么多人鱼的面前，"水中气泡"很有可能会被鱼群冲击进去，但木柯也没有办法了，他只能赌一赌，一咬牙："我需要水中气泡！"

322积分，承蒙惠顾。

木柯一口气没出来，差点被系统活活气死在海下——他没有这么多积分！

之前这个"水中气泡"都降价到40积分了，现在居然翻了八倍还要多！这完全就是趁火打劫！

但是和系统理论是无用的，木柯只能仓皇又绝望地检查自己已有的道具——"烈焰火把"倒是还能用，但这是水下，火根本燃不起来，他之前还买了两次"水中气泡"。

但"水中气泡"这个道具木柯为了过"真爱之船"那个任务也被用得差不多了，只剩半个小时的时间。

但是半个小时的"水中气泡"绝对不够他通关,半个小时他根本没有办法潜到……

更糟糕的是,他的积分都被各种各样的道具消耗得差不多了……

木柯在绝望之中,突然想起他还能求观众打赏他积分,于是木柯小电视前面的观众就看到木柯在电视里一边作揖一边哀求大家给他充电,模样狼狈又可怜,眼中全是发了疯一样的求生欲。

一边游还在一边张着嘴哭,但是他的眼泪很快就溶进海水里,没有被任何人看到。

之前那些预言他前途无量的观众都哑口无言了。

这边,白柳也游到了"塞壬的礼物"这片海域,王舜隐约能看到木柯那边的情况,看到白柳也游到这边黑漆漆的海域,不免有些担忧地打开了游戏管理器,看了眼自己的积分余额。

他有点怕白柳出现同样的情况,好歹他王舜还能帮忙多充点积分。

牧四诚扫到王舜这个动作,嘴上说:"安心,这家伙积分3000多了,再怎么都是够的,就算手电筒400积分1个,他也能买近10个了。"

虽然这样说,牧四诚还是忍不住也点开了自己的积分余额,看了之后扬起头嘴角微勾地长舒一口气。

全部充完的话,白柳通关绝对是够的。

不光是王舜和牧四诚,因为木柯小电视那边的动静不小,很多白柳小电视这边的观众都看到了,也都点开了自己的积分钱包查看余额,小声议论着。

"等下要是白柳买道具积分不够,我可以充10分。"

"我这边三四分应该是够的。"

牧四诚有点稀奇地看着很多观众说着要给白柳充几分充几分的场景,偏过头看着还在海水里划动的白柳,挑了一下眉。

这家伙还蛮有观众缘,这么多人愿意给他花钱,不想他死。

这点倒是比他强——牧四诚因为个人技能特殊,观众缘比较极端,喜欢他的很喜欢,讨厌他的、觉得他不道德的玩家也有很多。

白柳和木柯一样,进入这片海域没多久就看到了海底那一双一双绿色的眼睛。

王舜顿时屏住了呼吸,他看上去比小电视里的白柳还要紧张,双拳放在胸前不自觉紧握,充电的界面已经打开了,王舜小声快速低语:"快买道具,快买道具!等下面那群怪物被惊醒了就来不及了!"

牧四诚说了一句："你不用那么紧张，他短期之内死不了。"

但牧四诚的眼睛也死死地盯在白柳的小电视上没有移开，手上握着游戏管理器，一副便于随时打开充电界面的样子。

几乎所有的观众都屏息以待，有些人的手已经放在充电的按钮上了，只等白柳打开道具商店，就摁下去给白柳充电。

但白柳看到海底那些令人生怖的鱼群和人鱼，只是略微地挑了一下眉，并不吃惊的样子，依旧不紧不慢地向下游去了。

观众的呼吸都停住了，他们眼睁睁地看着白柳慢慢悠悠地用塞壬王去撩拨那些人鱼和鱼群，激怒这些怪物去追赶白柳，然后白柳再逃窜。

但是不幸的是，白柳在水下的移动姿势很不熟练，他是那种一蹬一蹬的纯新手的游泳方式，在海水中移动速度并不快，眼看就要被他身后成片黑压压的鱼群和人鱼追上撕咬成碎片了。

"白柳，你在干什么啊？白柳！"王舜崩溃地喊出了声，"你去惹怪物干什么？"

其他观众也要疯了，纷纷惨叫："啊啊啊啊！快买道具啊！白柳！！"

"白柳，这个时候你就别玩了！出来了哥哥陪你慢慢玩！！"

"都要通关了啊！你要死了会成为我的心理阴影的，白柳！"

"我心态崩了！要是白柳走到这里还是死了，爷以后就再也不看任何新手的小电视了！"

王舜大气都不敢出地死死盯着屏幕，额头上汗水渗透出来从他眼尾滑落，但是他却连眼睛都不敢眨一下，因为小电视里人鱼和鱼群已经触摸到了白柳的脚了！

就连站在一旁一直笑嘻嘻的牧四诚这会儿脸上也没有多少笑意了，两手在胸前环绕，右手食指不停地敲击着左手手臂，罕见地有些烦躁："白柳，你在搞什么？！"

白柳不慌不忙地往后一瞥，确认几乎所有的人鱼和鱼群都跟在他身后之后，双腿一蹬，跟个海兔子一般在海水里艰难地往前挪动半截，和后面的那些怪物拉开距离。

但这点距离很快又被追上了，人鱼们在幽蓝色的海底里发出捕食的鸣啸，对着白柳张开血盆大口，牙齿尖利的小鱼就从人鱼破烂发黑的喉咙中倾巢而出，宛如一股黑绳般冲向白柳。

白柳在这个紧要关头，还有闲心思考这些人鱼尸体的由来。

人鱼在陆地上明显是另一种形态，但到了"塞壬的礼物"这个海底，反而变回了尸体的形态，说明他的推测是没错的，这个海域的底部果然可以让这些东西变回原形。唯一缺的就是他手上的塞壬王了，只要塞壬王到位，这些东西应该就会变成真的尸体。

对着人鱼的攻击，白柳笨拙地往旁边躲了一下，还是被咬掉了半个手掌，手掌的断面在海里拉出曲折的血线。

  系统警告：因为被守关怪物人鱼尸体攻击，玩家白柳产生异化状态，精神值正在持续下降，目前41。

  系统警告：离塞壬王苏醒只有二十一分钟，请玩家迅速通关！

白柳头昏脑涨地在海底打转。他现在的感觉就像是在年会上被他公司的老总一口气灌了半瓶假酒，开始产生四肢麻木、走路不协调之感。

这直接导致白柳游动的时候，本来想两条腿一起蹬，但因为肢体麻木和脑子发晕，实际上只有一条腿在猛蹬，视觉效果非常像一只正在躲避天敌追捕而使劲蹦跶的瘸腿兔子。

王舜木然地开口了："精神值只有41了，他马上就要出现大量幻觉了，而且只有二十一分钟塞壬王就要醒了。"

牧四诚表情复杂又困惑，语气和心情都越发焦躁："是的，但他明明可以直接通关啊……"

其他观众更是又气又急，有些都已经在原地跺脚了。

正如王舜所说，白柳开始出现幻觉，他眼前的怪物变得"重峦叠嶂"，一条人鱼在白柳的眼里能晃出三个头来，换个人来多半要被吓崩溃了，但白柳只是晃晃脑袋，又开始执着地躲避这些东西。

他并不往可以通关的海底潜行，而是宛如一只找不到方向的鱼，在海里浑浑噩噩、跌跌撞撞地到处游动。

因此白柳又被攻击了两次，他的一只脚和那只断掌被人鱼扫掉了，疼痛使白柳不自觉地蜷缩了一下，试图捂住自己的伤口断面。

这样脆弱的举动无疑是暴露了更多的弱点，更是把白柳的背部完全对着后面的怪物，守在白柳背后的人鱼露出一个咧到耳根的狞笑，一条鱼尾狠狠拍向白柳的身侧。

巨大的力度在海水里划出水浪的痕迹，就算是有海水的缓冲，从水浪的波荡来看，也不妨碍攻击力的强大，这一尾巴下去白柳百分之百会被拍断脊椎。

几乎所有观众都下意识地闭上了眼睛，不去看白柳死亡这一刻。突然，一个庞大的，好像是塑料的气泡出现在白柳和人鱼之间，把人鱼给弹开了，白柳缩在气泡后面，在缓缓地用鱼鳃喘息。

王舜失声叫了起来："水中气泡！对了！白柳之前买了一个水中气泡！"

白柳没出事，但看白柳小电视的观众看起来像是要出事了，一副劫后余生的虚脱语气。

"白柳，给你自己和我们一条活路吧！求你别玩了快点通关！"

"白柳我上辈子杀猪这辈子看你视频，太造孽了，我被你搞得快得心脏病了。"

牧四诚不知为何，看见白柳活着也松了一口气，问道："白柳什么时候买的？他舍得花积分买？"

他一问出口就察觉了不对，水中气泡在中后期非常昂贵，他没有看见白柳买过，但如果是在前期买的，买了一直放到现在都不用，花70积分干这种囤积道具的事情，对白柳这种新人来说有点浪费和冒险了。

牧四诚皱眉："白柳是前期强行挤出70积分来囤道具的吗？"

"不。"王舜的表情变得非常复杂，"他买的时候，这个气泡只有40积分。"

"40积分？"牧四诚有点惊讶，"水中气泡的正常价格都是70，他这个40积分是怎么买到的？！"

王舜把前因后果给牧四诚交代一番，感叹了两句他当初猜测白柳是为了省钱才这么打时间差价格战的，没想到还真的是。

那么早的时候，白柳就已经预测到这些道具都会涨价，并且在最便宜的时候储存好了"水中气泡"。

要知道现在木柯的"水中气泡"已经涨到快400积分一个了，而白柳用十分之一的积分买下了一个水中气泡，在木柯被系统搞得要死不活的时候，白柳已经从系统手里钻空子赚差价了……

之前那个说白柳囤道具就是为了保命、对系统商店一无所知的观众也在，现在他对白柳的一系列操作已经看傻了。

很明显，白柳不仅清楚整个系统商店是怎么运行的，还利用系统商店运行的空子在给自己牟利。

这位观众羞愧得满脸通红——人与人之间的差距怎么这么大啊？

牧四诚的眼神探究地看向屏幕中躲在气泡后喘气平息的白柳。

这个新人到底是个什么怪物？

他上一次见到敢玩弄系统的人，还是积分榜排名第一的选手——黑桃。

"不过我还是很好奇。"牧四诚屈起食指抵着下巴，眼神专注地看着小电视里的白柳，若有所思，"他怎么知道自己买的这个'水中气泡'就一定能用上？"

"《塞壬小镇》这个地方有两个结局，第一个 normal ending 只需要跑出塞壬小镇就可以通关了，后续全部都是陆地追逐战，完全用不到水中气泡，这也是大部分人会选择的通关方式。"

牧四诚接着又说："只有 true ending 才需要下海，但 true ending 本质上只是多了一个支线任务，也就是归还塞壬王，所以积分奖励并不比 normal ending 高多少，风险还出奇地高，正常人都不会选择这条通关路线。"

王舜也陷入了沉思："但白柳是新人，可能并不知道这些？"

"我觉得他能猜出来。"牧四诚摇摇头，"白柳应该已经发现了游戏是按照任务模式的板块积分，也就是完成一个任务获得指定积分。从本质上来讲，如果单纯谈积分的风险收益，normal ending 是远高于 true ending 的。"

王舜憋不住地看了牧四诚两眼："那牧神，你为什么要去打 true ending 啊？"

牧四诚沉默两秒，道："高风险的确伴随着高收益，true ending 这里没有多少积分奖励，或者说 true ending 的收益并不是积分这种简单的东西，有一个东西需要走 true ending 才能得到，而这个东西的价值是完全配得上 true ending 的高风险的。"

"什么东西？"王舜疑惑。

牧四诚扫他一眼："怪物书集齐之后的奖励。只有走 true ending 才能集齐怪物书，才能得到这个奖励，但集齐怪物书这件事情白柳是不可能做到的。"

"为什么不可能……"王舜下意识反驳，但他很快反应了过来，有点愕然地看向小电视里的白柳，"我的天！对！白柳怪物书里的塞壬王是神级游走 NPC！"

"我在想最糟糕的一种情况……"牧四诚陷入深思，"白柳很有可能并不知道塞壬王这个神级游走 NPC 有多危险，但他应该能猜到最大的奖励是集齐怪物书之后的奖励，我感觉白柳准备集齐怪物书，也就是说，他准备拖时间拖到塞壬王苏醒，所以才不急着通关出来……"

王舜被震惊得精神都有点恍惚了，呆滞地看向小电视的屏幕，张大了嘴巴："不会吧……"

小电视里的白柳藏在水中气泡后，并不进入水中气泡，而是和人鱼、鱼群玩躲猫猫。

观众又开始隔空着急，白柳总是有本事自己玩游戏让所有人都替他着急。

"这个气泡防御力很低的，要是一直让这群人鱼攻击，没多久就会破，这道具就白费了！"

白柳侧过脸看着自己背后的水中气泡上的某一个地方，那个地方被人鱼和鱼群不停攻击，已经出现了裂纹。

但是水并没有渗透进去，只是人鱼的手可以探进水中气泡了，白柳终于露出了一个舒心的笑，但小电视前的观众都在哀号和惨叫，急得都要穿越屏幕替白柳玩游戏了。

木柯那边也躲进了水中气泡，正在满海域逃窜拖时间。

之前离开白柳去木柯那边的观众看得无趣，发现白柳这边处在生死一线，又兴冲冲地回来了，不过他们避开站在中央的牧四诚，只敢聚在角落里鄙夷地讨论。

"这些人还给白柳和木柯充了那么多积分，一点眼光都没有，还不如给我，至少我玩《塞壬小镇》不会挂。"

"气死我了，那个边缘区推广位我看上好久了，本来都准备进游戏了，结果两个新人一来就给我抢了。"

白柳对于外界这些为他着急或者希望他被淘汰的讨论一无所知，他的精神值即将下降到40，在第二个精神值危险关卡岌岌可危。

跨过这个关卡，就会产生大量幻觉，白柳的意识已经有些涣散了，他不得不把所有的注意力都集中在他背后的水中气泡上。

已经有一条人鱼通过气泡的裂隙钻进去了，白柳松开气泡，转身把气泡抱在自己身前，和气泡里面容腐烂的人鱼对视着，在海域里缓缓下沉。

不断地有人鱼和鱼群钻进这个水中气泡，气泡就像是填不满一样，连续不断地吞噬着前来的鱼群，而白柳就是一个鱼饵，贴在气泡上勾引这些人鱼自投罗网。小电视前面的观众似乎已经发现了白柳要做什么大动作，但同时也在疑惑："他还能搞什么？气泡也坏了，没有外屏障只剩内屏障功能了，相当于只剩一堆空气不漏出去了，他没什么道具能用了吧？"

只剩空气的气泡就像一个胚胎，包裹着扭曲四肢往里填塞的人鱼怪物们。白柳闭上眼睛后仰头长吐一口气，腮边冒出一串气泡，他松开自己已经长出肉膜的手，气泡在他面前漂浮着。

白柳对系统说："取出一桶酒精。"

气泡里出现了一桶酒精，白柳一脚踢开。

透明的酒精把气泡从底部开始慢慢填满，白柳把手伸入气泡，点燃了打火机，神色淡淡地往里一抛，在怪物伸手触碰到他的手之前收回，一个燃烧的火球就在最深的海底猝然亮起。

跳动的火光伴随着人鱼的嘶吼，就在白柳的面容下映出带着明暗交织的光影。

这个时候，观众才发现，白柳居然在笑。

他弧度很浅的笑和着火光，与鼻梁和眼尾反光的亮绿色鱼鳞交融起来，让他看起来有种微妙的非人类感，比正在气泡中焚烧的人鱼都还像深海里镇压的怪物。

透明气泡中被火焰舔舐的人鱼在气泡上绝望地拍打着，在气泡的泡壁上流下蓝绿色的血迹和肮脏的手印，烟雾在球状体里缭绕升腾着，很快，烟雾湮灭了人鱼们因为挣扎痛苦越发丑狰狞的面孔。

而白柳就静静地在水中漂浮着，看着这些曾攻击过他的人鱼被火焰轻而易举地消灭，白柳脸上带着一种无动于衷又似有似无的微笑，那种微笑里透露着一种比怪物还要让人毛骨悚然的残忍以及强大。

这正在燃烧的气泡被白柳用来清了一拨人鱼怪物之后，就被他拖着当作"水中的烈焰火把"使用了，不仅可以用来防守，还因为水中气泡破了那个小口，可以用这个小口来吞噬人鱼进而消灭怪物，可攻可守。

人鱼更是完全被白柳当作燃料来使用了，人鱼燃烧之后溢出的丰富油脂带来的火甚至比酒精燃烧出来的火更加旺盛，"火球"在海底随着吞噬的人鱼越来越多，火光越来越旺，并且人鱼燃烧之后溢出的阵阵烤肉香气，让这些被本能驱使的怪物忍不住接二连三地往白柳的气泡里钻，想去进食，于是就形成了一个奇异的景象。

白柳守在一边，面容平静地看着人鱼怪物们在他面前钻进水中气泡里排队"自杀"，而他好整以暇地休憩着。

屏幕前的观众彻底看呆了，好多人张大了嘴巴，不知道该怎么评价这种堪称BUG一样的破局办法。

就连牧四诚这种见惯了大风大浪的，也没忍住呼出一口长气，颇有些郁闷地拉下帽子遮住脸："白柳，太过分了，这样显得我通关的时候多蠢啊，又是被宰又是胡乱窜。"

"我服了，我彻底服了。"王舜惊叹连连。

"火焰类的道具对人鱼杀伤力强大，但在海底是无法使用的，因为没有燃烧的条件，就像是之前木柯的烈焰火把在海底无法使用一样，但配上水中气泡，这些道具就能用了。

"但前提是人不能待在水中气泡里，并且要让水中气泡破一个口子，这样气泡对外界鱼群怪物的'屏障'功能就没有了。

"这种相当于报废道具的行为，只保留气泡内部对鱼群的'屏障'功能，人鱼进去了就不能轻易出来，把一个防守类的道具转变成攻击类的道具，用来困住人鱼焚烧怪物，是很有魄力的道具改装。"

牧四诚点点头："白柳之前那些举动，应该是在引诱人鱼攻击他的气泡，他需要一个缺口来让这些人鱼钻进去。"

"怎么想到的？"王舜叹服，"我觉得我和白柳比起来，就像是没有用过脑子玩游戏一样。"

"我觉得不是动脑子，这方法其实很容易想到。"牧四诚摇头，"白柳厉害的点在心理素质。"

"白柳手上这个'水中气泡'的道具是崭新的，他完全可以躲进去通关，虽然'水中气泡'的确有可能被人鱼攻破，但风险更低，给人心理上的安全感。

"彻底舍弃一个相对安全的环境，打破保护自己的'气泡屏障'，还冷静地利用自己作为鱼饵诱捕人鱼，通过这个被打破的'屏障缺口'反杀所有人鱼，烧死对自己有威胁的所有怪物，这种毫不在意自己能否存活、对怪物赶尽杀绝的做法真是……"

"极端又疯狂。"牧四诚评价。

刚刚激动得不行，让白柳赶快钻进气泡的普通观众更是尴尬得不行。

"天，白柳那么早就买下酒精为后续通关做好准备了……之前还有人嘲笑白柳买多了酒精是笨蛋，现在我看这人才是笨蛋，对，没错，说的就是我自己。"

"我数了一下，九桶刚好，而且白柳还是在最便宜的时候买的酒精，一点积分都没有多花，我服了，这什么脑子才能把所有计划都完成得这么严丝合缝……"

"白柳把《塞壬小镇》这个地图里的怪都清完了吧？我第一次看到有人能在一个地图里把怪清完的。"

之前在角落里讥讽白柳的那群玩家更是脸色黑沉得要死，他们当中就有不少人嘲笑过白柳买多了酒精无用。

现在白柳这"多买"的酒精用法如此精彩绝伦，反衬出之前嘲笑过他的人目光浅薄。

这群人这下老实了，都缩在角落，一句话都不敢说了。

小电视中白柳左手拖着一整个正在烧的"人鱼球"，除了零星几条没有靠过来的人鱼，的确快要清空海底的人鱼怪物了。

但这个时候，白柳右手上一直牵着的塞壬王的眼皮突然颤动了一下，鱼尾轻轻摆动了一下，牵着塞壬王的白柳的脑子忽地震了，嘴角溢出的鲜血很快漂散在水中。

系统警告：玩家白柳受到塞壬王苏醒的影响，目前精神值21，跌破第二道精神值安全防线40，玩家即将产生大量幻觉。

白柳只觉得脑子里嗡了一下，如果说刚刚41的精神值是让他有种喝假酒的感觉，现在21的精神值，就和网上说的那种吃了毒蘑菇之后的感觉差不多，眼前都是彩色的万花筒碎片一般的玻璃。

各种千奇百怪的声音重叠成一团混乱的嘈杂噪声，塞进了白柳的耳朵里，他感觉自己好像身处七八十年代的地下迪厅，头痛欲裂，四肢好像不是自己的，失去了掌控。

他的视网膜上反射出千变万化的彩色光晕，光晕里攀爬出人的脸，里面有这些人鱼怪物，也有白柳现实世界里遇到的各种人和事物，白柳甚至看到了他公司的老总，杰尔夫和安德烈的脸长在这些人鱼尸体上。

他们诡异地笑着，向白柳扑过来。

一瞬间这些人鱼怪物又消失不见，白柳看到了他手上牵着的塞壬王缓缓睁开了眼睛，看了他一眼，下一秒塞壬王的脸变成了露西惨白娇笑着的脸，露西牵着白柳的手依偎在他怀里，对白柳轻声笑着说"我爱你"，手却插入了白柳的胸膛。

血从白柳的胸膛缓缓滴落，在水中晕开，露西挖出了白柳的心脏，大口大口地吞咽着，血从她的嘴角滑落，她凑上来亲吻白柳的脸颊，在要亲到的一瞬间她变成了有一张腐朽面孔的人鱼怪物，全力张开的大口咬住白柳的肩头，肩胛骨传来的锐利的刺痛让白柳昏沉过度的脑子清醒了点。

这个好像是真的，白柳漫不经心地想道。

王舜看白柳瞳孔失焦手脚失力漂浮在海水中的模样，心道了一声"不好"，脸色一沉："不好！白柳进入大量幻觉阶段了！"

很快，有人鱼咬住了白柳的肩膀，白柳毫无反应，只轻轻抽动了一下肩膀的样子验证了王舜说的这一点。

王舜有点急了，也管不了白柳根本听不到他说的话，对着小电视就是一阵喊："买道具漂精神值！白柳！把精神值漂回去！"

"不行。"牧四诚摇头打断了王舜的话,"不能漂,精神值如果被漂上60,白柳会直接被解除人鱼异化状态。"

"他现在还在深海,如果解除了人鱼异化状态,白柳会变成正常人,他会被直接淹死,而且在这种深海里,白柳更有可能会因为内外压强差被爆成碎肉块。"

王舜看着浮在海中一动不动的白柳,真急了:"那怎么办?!不漂精神值,他要是一直被人鱼攻击,精神值就会一直下降,下降到0他就彻底成怪物了!"

牧四诚深吸一口气:"只能靠……白柳自己了,他需要在这种高强度的幻觉里维持清醒。"

白柳是分不出幻觉和现实的,但他也不是像王舜以为的那样,被幻觉弄得一动不动、毫无反应,白柳只是分不清方向,他知道自己要去的地方是海底,所以他采取了最蠢却最简单的办法,就是放松身体,让自己下沉。

他现在是鱼不是人,放开一只手上的"水中气泡",他另一只手上还拉着一个塞壬王,按理来说只要不动就可以顺利下沉,至于在下沉过程中被这些人鱼攻击——

白柳闭上眼睛完全舒展身体,白色衬衣里的硬币奇异地从他的锁骨上浮起,显示出这不是一枚真正的硬币,人鱼在下沉着的白柳周围来回游动噬咬他。

28

虽然水中气泡里人鱼肉的香气吸引了绝大部分的人鱼和鱼群,但也有极少数的人鱼对白柳这块生肉更感兴趣,它们兴致勃勃地咬在白柳的手臂、脚踝上,留下一个又一个形状狰狞的环形齿痕。

王舜看得呼吸都快骤停了:"精神值要下20了!"

系统警告:玩家白柳精神值17,低于20,玩家开启狂暴状态,面板属性即将攀升——

在系统通知的声音落下的一瞬间,白柳弯起了嘴角,同时,他的各项一直飘红的面板属性开始疯狂飙升——

玩家名称:白柳(狂暴属性加成面板)。

体力值:7 → 151。

敏捷：3→149。

攻击：6→167。

抵抗力：2→166。

综合防御力攻击力上升，面板属性点总和超500，评定为C级玩家，玩家白柳等级上升，从F（？）上升至C级别，可反抗人鱼水手、人鱼蜡像以及人鱼幼虫的攻击。

王舜呆了一瞬间，反应了过来："对哦，精神值低于20的时候，玩家会因为精神值过低被判定进入发疯状态，从而开启'狂暴'状态，可以让面板属性疯狂上升。"

"精神值低于20之后，精神值越低，面板属性就会越高，一直上升到玩家潜力的极限为止！"

王舜快速思考着："这对白柳是好事，至少他可以反击人鱼了！"

"不一定。"牧四诚并不乐观，神色反而越发凝重严肃，"玩家面板属性的确会上涨，攻击力加强的确是好事。"

"但大部分玩家到这个阶段已经丧失神志了，玩家精神值越低，就会越像游戏中的怪物，面板属性就算再高也没有什么意义，玩家只会像怪物一样胡乱攻击，精神值还会随着玩家进一步发疯攻击而加速下降，直到归零。"

小电视里的白柳眼睛缓缓张开，他的手上长出尖锐的指甲，下肢就像是鱼尾一样柔软地摇摆，眼中没有黑色的眼珠，只有灰黑色的裂纹和让人不适的眼白，嘴角咧出了尖牙。

他反手攻击一条人鱼，人鱼被他的指甲划断成两截，张大嘴剧痛地抖动鱼鳃，缓缓沉入海底，而白柳只是面无表情地看着这一切，要不是他右手还牵着塞壬王，简直就和其他人鱼怪物别无二样。

系统警告：玩家白柳精神值持续下降，目前精神值15，（狂暴）状态加剧。

玩家名称：白柳（狂暴属性加成面板）。

体力值：151→351。

敏捷：149→249。

攻击：167→667。

抵抗力：166→966。

综合防御力攻击力上升，面板属性点总和超2000，评定为B级玩家，玩家白柳等级上升，从C上升至B级别。

王舜目瞪口呆："白柳这面板属性也升得太快了吧！这么快就到B级了！这潜力是有多牛啊！"

但很快王舜又忧心忡忡起来："但白柳精神值又下降了，要是不能保持清醒，精神值跌到10以下，那可就彻底完蛋了。"

王舜的话还没有说完，白柳小电视里的系统就尖锐地报警了。

系统强烈警告：玩家白柳精神值持续下降，目前精神值9，（狂暴）状态加剧。

系统强烈警告：距离塞壬王苏醒，还有三分钟，请玩家迅速通关！

"只有三分钟了！精神值也只有9了！！"王舜心情跟着白柳一路大起大落过来，还从来没遇到过这么刺激的情况。

现在看着脸上毫无情绪的白柳和白柳牵着的、眼睛开始缓慢张开的塞壬王，王舜看白柳玩游戏的心态都有点绷不住。

他掐住自己的虎口，勉强保持镇定道："白柳，你稳住啊！"

虽然这种情况下通关已经是天方夜谭了，但王舜一路跟着白柳看过来，他是真不希望白柳这么有潜力的一个玩家就这么死了。

王舜目不转睛地看着白柳的小电视。

牧四诚右手也完全握紧了左手的手肘，下颌收紧，语气因为缓慢而显得有些严肃："三分钟，直接把塞壬王送回海底，应该还能通关，但是就不知道，白柳在各种幻觉和'狂暴状态'的控制下，现在还维持了几分神志，他还知不知道自己是个玩家，而不是一个……游戏中的怪物。"

其他观众也被白柳这种临门一脚刹车的玩法搞崩溃了，一个两个又是惨叫又是无法相信白柳真的通不了关，死死看着白柳的小电视，又是点赞又是充电，用尽各种场外的办法试图唤醒白柳的意识。

只有一个小角落里那几个一直嘲讽白柳的观众嗤笑几声，好似早已预料到了这个局面，冷眼旁观。

小电视中，系统还在警告——

系统警告：玩家白柳精神值持续下降，目前精神值8，(狂暴)状态加剧。

玩家名称：白柳（狂暴属性加成面板）。

体力值：351 → 655。

敏捷：249 → 733。

攻击：367 → 1555。

抵抗力：366 → 1776。

综合防御力攻击力上升，面板属性点总和超4000，评定为A级玩家，玩家白柳等级上升，从B上升至A级别。

白柳整张脸渐渐被鱼鳞覆盖，他的眼睛在海水里散发出幽暗的绿光，每一块鳞片都在散发着危险性，白柳拖着塞壬王，缓缓下沉中。

塞壬王从一种毫无依托被拽着漂浮的状态，开始变得鱼尾摇曳，自己在水中维持平衡。

塞壬王宽大无比的鱼鳍在水中舒展开的一瞬间，所有围绕着白柳的人鱼纷纷尖啸着四散逃开，塞壬王那张无瑕的面孔映在小电视上，所有人都屏住了呼吸，因为这美丽，以及这美丽背后的危险。

白柳脸上全是盔甲般的鳞片，黝黑坚硬，手上全是不断冒出的鳞片。

而塞壬王脸上纯白干净，手指纤长。他们在漂浮着尘埃和尸骸的海上牵着手，摇晃着鱼尾下沉，反倒有几分诡异的无忧无虑，像两个在海底游玩的人鱼。

但这和谐场景只要塞壬王睁开眼睛，就会被血腥地破坏掉。

因为塞壬王一醒来，白柳必死无疑。

"白柳已经升到A级玩家了。"王舜心情复杂又忐忑，"我果然没有看错他，他真的很有潜力，上升空间很大，要是进入狂暴状态，真的可以做到很多事情。"

现在也是A级玩家的牧四诚听到这话一顿，好似被王舜这句话提醒了，反应了过来，眯起眼睛："等等——白柳是知道下降精神值可以进入狂暴状态的，一进入游戏，系统就会警告玩家'精神值低于20会进入狂暴状态'这一点。"

牧四诚看着小电视中还在海域里缓缓下沉的白柳，语气笃定："白柳是故意利用这一点，让这些怪物去攻击他，让他精神值下降然后激发他的狂暴状态，通过这样的方式提高他的面板属性！"

王舜反倒是卡壳了："他为什么要这么做？白柳不用激化自己的狂暴状态也完全可以通关吧？"

"是。不仅是这样，白柳甚至完全不用管那些人鱼怪物，直接躲进'水中气泡'把塞壬王送回海底，就可以轻松通关。"牧四诚好似一下想通了，带着几分不可置信继续说道，"白柳之所以要搞死那些人鱼怪物，是因为那些人鱼怪物可能会妨碍他的计划。"

"什么计划？"王舜越听越一头雾水，"他现在精神值都只有7了，还能有什么计划？"

"白柳是故意让自己的精神值跌到这个数值的。"牧四诚长出一口气，抬眸看向小电视里的白柳，"你还记得我说过，白柳走 true ending 就是奔着集齐怪物书去的吗？白柳现在的《塞壬小镇怪物书》已经快要集齐了，只差一个地方，也就是'塞壬王'这一页里'塞壬王的攻击方式'，白柳要集齐，就必须让塞壬王醒过来攻击他，但是普通状况下的白柳是无法承担塞壬王的攻击的，所以……"

"所以，白柳就让人鱼怪物攻击自己，一路狂掉精神值，把自己逼到'狂暴状态'来提高面板属性，来承受塞壬王的一次攻击？！"王舜顺口就接住了牧四诚的话，但他说完之后自己都傻了。

王舜因为过于震惊，手足无措地冲着牧四诚结巴比画道："但是这可是神级NPC啊！要承担这种神级NPC的一次攻击，起码要黑桃那种S级以上的玩家面板才行啊！"

"对。"牧四诚看向王舜，"但你忘了很重要的一点是——白柳并不知道他面对的是一个神级NPC，他把这个当成了一个正常的游戏。"

"他什么都猜到了，唯独猜漏了一点——他不知道自己面对的是一个BUG。"牧四诚给自己撕开了一个棒棒糖，咬在嘴里，啧啧称奇，"这个疯子，我感觉他知道这个游戏一定有完美通关的办法。"

"白柳很明显是一个会做出最优解的玩家，所以他解决掉人鱼尸体、人鱼蜡像、人鱼水手，就是为了避免在自己最后承受塞壬王攻击的时候这些怪物来捣乱，他要把自己所有的余力留下来对付塞壬王。

"可以说这家伙已经把所有的东西都做到极致了，最小的风险，最小的积分花费，收益最高的通关路径，并且白柳从头到尾都没有质疑过自己选择的就是最优解法，几乎完美的执行力，明明面板属性只有F级，真是过于……"

牧四诚静了几秒，回忆了一下整个游戏过程中的白柳，用了一个词来形容白柳："可怕。"

"那白柳有通关的可能性吗？"王舜听牧四诚一通分析，心都要从嗓子眼蹦出来了，"牧神，我没有听懂你的意思，白柳是大概率可以通关，还是不可以通关？"

"我也不知道。"牧四诚有些心不在焉地咀嚼着棒棒糖。

他眼中的红光一闪一闪，好似发现了什么极其奇特的东西般地看着白柳的小电视："白柳有两种结局，第一种通关失败，直接淘汰。

"第二种……通关成功。

"这代表白柳会刷掉我的单人积分纪录，还会成为第一个收录到神级游走NPC怪物书的玩家。

"并且正如你所说，要抵抗神级NPC的一次攻击，需要面板属性为S级的玩家才有可能办到，目前游戏里只有总积分榜排名第一，也就是我们说的'King玩家'黑桃的面板属性是S级。"

牧四诚的神色有些晦暗不明："如果白柳做到了，说明他在狂暴状态下的潜力可以达到S级，那么他就会成为这个游戏里第二个有可能成为S级的新人。"

王舜看向小电视里的白柳，恍惚地重复牧四诚的话："第二个S级？"

白柳和塞壬王手牵手在水中缓慢下沉，他眼前是各种交叠的幻境，幻境因为交叠得过于稠密显得像是各种色块在他面前散开，就连感官都开始和幻觉里面的东西保持一致了。

他的大脑好像被什么奇异的东西操纵了一般，和幻觉中出现的各种事物出现了对应的感官体验。

但白柳却不知道为什么，自己就是能很轻易地判定什么东西是幻觉，什么东西是现实。

就好像幻觉里白柳看到自己已经被一群人鱼撕咬抓裂了，白柳的身上也的确出现了那种被人鱼撕咬抓裂开的剧烈疼痛感，在所有感官都被彻底欺骗的情况下，如果是普通人可能就会怀疑自己已经被人鱼咬死了。

但是白柳却淡定无比地记得，那群人鱼都被他关进了"水中气泡"中，虽然不排除有人鱼跑出来撕咬他的可能性，但是白柳这种时候还是选择相信自己操作的可靠性，毕竟白柳觉得，在这种时候，自己比起幻觉更可信。

靠着这种不知从何而来的自信，白柳在千万种让人发疯癫狂的幻觉中岿然不动，保持一种让人头皮发麻的冷静，数着自己的心跳来计算塞壬王苏醒的倒计时。白柳缓缓沉入了海底。

系统强烈警告：距离塞壬王苏醒，还有一分钟，进入读秒倒计时，请玩家迅速通关！！五十九、五十八、五十七……

王舜连呼吸都不畅了，他感觉自己比白柳还紧张："只有一分钟了。"

"快到海底了。"牧四诚也专注地看着白柳的小电视。

全场观众连个大声出气的都没有，通通仰着头放轻了呼吸，眼珠子都快贴到小电视屏幕上了，就连之前一直叽叽歪歪的那群观众，这个时候也目不转睛地看着白柳的小电视。

白柳能不能通关，就看这一分钟了。

塞壬王终于缓慢地睁开了眼睛。

与此同时，白柳也好像知道在这一刻塞壬王会苏醒一般，早有预料地放开了塞壬王的手。

塞壬王在水中安静地悬浮着，他看着白柳，眼睛是一片新雪般纯白，白到像是大理石一样不正常的白，浅色的睫毛掩盖住他银色的瞳孔，长发在海水中缠绕过他毫无表情又昳丽无比的脸庞。

他那张摄人心魄的脸配上这样一双莹白的眼，简直像是神话中的精灵或者什么传说级别的美貌生物，在海底都掩不住地熠熠生辉。

观众看着那样一张自带神性的脸，都有种被蛊惑般的目眩神迷，不忍心对他下手。

系统警告：塞壬王已苏醒！请观众远离小电视屏幕！过于靠近屏幕会有被神级NPC精神污染的危险！

白柳小电视观赏区域的观众都像是被迷住了般往小电视前移动，牧四诚敏锐地发现这些人的精神值开始迅速下降了。

旁边的王舜就中招了，他望着塞壬王的眼睛，恍惚而迷恋："好美，别伤害他。"

王舜说这话的时候，眼珠子透出和小电视屏幕里的塞壬王如出一辙的银白色。

牧四诚掏出一颗薄荷味的棒棒糖含住，这是一种维持精神值的长效缓释道具。他看着屏幕中的塞壬王没忍住挑了一下眉毛："哇哦，不愧是神级NPC，这精神污染效果都能透到小电视屏幕外面。"

游戏里怪物污染的方式大多都是"接触"，但不愧为神级NPC，污染方式是"放射"，他们这些玩家隔着一个屏幕都躲不掉。

系统警告：玩家白柳的小电视区域出现大批观众精神值被污染下降的现象，现启动保护机制，强制全体精神值漂洗。

检测到污染源——塞壬王，对此做影像模糊处理，请各位玩家可以放心继续观看。

一阵白雾落入白柳的小电视区域，还在迷迷糊糊地往小电视方向走的王舜顿时一个激灵，咳嗽了两声，瞳孔恢复了黑色。

而小电视里塞壬王的脸已经被系统打上了马赛克，王舜心有余悸地看着塞壬王这个模糊的影像，目光又忍不住挪到了白柳的身上。

他们这些隔着屏幕的观众受到的影响都如此之重，白柳这个拖着塞壬王跑了一路，直到塞壬王快要苏醒，精神值才受到影响开始下降的家伙，到底是个什么级别的怪物啊……

29

白柳和塞壬王的头顶是像落入海水中的太阳般燃烧的火球，脚下是无数沉没的尸体和船骸，海水中是漂浮的燃烧之后的黑色碎屑，这一切看着好像宁静，但不断响起的系统报警声却提醒所有人，这场景并不像看起来那么安全静谧。

系统警告：玩家白柳精神值持续下降，目前精神值6……

系统警告：玩家白柳精神值持续下降，目前精神值5……

小电视屏幕中的白柳整张脸都彻底被厚厚的鳞片覆盖了，手长出像爬行动物的爪子一样坚韧的外皮，第二指节屈起，下肢拉长，完全变成了一条鱼尾，看起来和其他怪物毫无差别。

王舜心脏快从胸膛里跳出来了："精神值，下到5了……"

"白柳，你还知道你自己是个玩家而不是一个怪物吗？"牧四诚抬起头看着小电视里白柳那张丑陋的脸，自言自语着。

塞壬王的鱼尾轻微摇晃了一下，以一种神鬼莫测的游动速度，靠近了白柳。

在小电视上看着就是这个塞壬王闪了一下，下一秒再出现的时候就已经贴在白柳的面颊上了，小电视前的观众发出阵阵惊呼，但很快又被他们自己捂着嘴压下去。

146

塞壬王神情淡淡，长发漂过他高挺的鼻梁。他伸出一根食指点在了白柳的眉心，淡色的嘴唇在轻微开合，却没有一点声音，没有人知道塞壬王在说什么，除了白柳。

"你将我带到深海，你的愿望是什么？"塞壬王说，"我允许你说出你的愿望，我会赐予你。"

白柳的瞳孔因为一种极致的压迫感紧缩了，他在塞壬王靠近他的一瞬间，感觉自己的脑子就像是被一台搅拌机搅动过一般，又像是被一台压路机压着无法动弹。

系统警告：玩家白柳精神值持续下降，目前精神值1……

王舜紧张得快要咬手了："啊啊啊啊！只有1了！只有1了！！"

牧四诚的呼吸也放轻了，他没有说话，只是认真地看着小电视。

其他观众更是叫成一片。

"呜呜呜呜，我不敢看了！"

"我要吸氧了！"

"我多少年没看到这种到了生死一线还让我不想走、总觉得他能创造奇迹的玩家了……我心跳好快……"

系统警告：玩家白柳精神值持续下降，目前精神值1，狂暴极限——

玩家名称：白柳（狂暴属性加成面板）。

体力值：655 → 955。

敏捷：733 → 1033。

攻击：555 → 955。

抵抗力：776 → 1209。

综合防御力攻击力上升，面板属性点总和超4000，评定为超A级玩家，玩家白柳等级上升，从A上升至超A级别。

王舜狠拍了一下大腿，又气又急地哀叹："面板属性拉到极限只有超A级吗？这离S级差得也太远了！S级的面板属性要过10000才行啊！"

"差了6000，不可能扛住神级NPC的攻击了。"牧四诚罕见地皱眉，他有些遗憾地看了小电视上的白柳一眼，"很有趣的玩家，可惜这是他最后一场游戏了。"

剧烈的疼痛反而让白柳清醒了不少，他的嘴角和眼睛里溢出鲜血，他无所谓地抬手擦了一下，微笑起来，对着塞壬王一字一句地说道："我的愿望就是，请攻击我，就现在。"

小电视中的塞壬王似乎反应了一会儿，他银色的瞳孔转动一下，盯着白柳："我攻击你？你或许会死。"

"谁知道呢？或许不会呢。"白柳笑容的弧度越来越大，身上每一块鳞片都因为塞壬王的靠近而流血颤抖着，他现在几乎和人鱼一模一样。

塞壬王对他存在血脉压制，白柳控制不住发自内心地恐惧着塞壬王，但对这种恐惧他又非常不以为意。于是他的脸上呈现出一种很割裂的情绪：右边脸的表情是控制不住的畏缩害怕，眼睛里流出眼泪，嘴角往下压，尽管看不到；左边脸的表情却是非常自然闲散地微笑着，眼中是很无所谓的情绪，嘴角往上翘着。

白柳凑近了塞壬王，到了一个几乎鼻尖对鼻尖的距离，他垂眸，好似玩笑般地低语着："万一你杀不死我，反而让我从你身上得到了什么东西呢？"比如奖励，比如积分。

塞壬王银色的瞳孔直视白柳，隔了很久才收回自己的目光："疯狂的旅人，如你所愿，我会攻击的，你把我送回海底，如果你活下来，我欠你一个愿望，你可以随时找我兑换，只要你握住我身体的一部分，呼唤我的灵魂本名——塔维尔。"

"多谢。"白柳眉眼弯弯。

塞壬王缓慢地围绕白柳游动了一圈，他的瞳孔骤然竖成一条直线，鱼尾卷曲之后翻身，势不可当地打在了白柳的腰上，白柳在水中好似一颗鱼雷般直接砰的一声被砸进了海底，整个小电视的画面都摇晃了一瞬，海底摇晃震荡，无数泥沙翻滚染黑了这一片海域，海底裂出一道道的裂缝，能看到下面沸腾的岩浆，鱼群惊慌地四处逃窜着，但都远远地避开了悬停在海水中的塞壬王。

塞壬王居高临下地垂下眼帘，长发在海水中漂浮散开，击打过白柳的鱼尾优雅地轻微摇晃，在好似末日的海底背景里，塞壬王不染泥泞的纯净容貌和毫无人类情绪的面孔，有种神祇降临般的圣洁感。

小电视前所有的观众齐齐闭上了眼睛，没有人敢睁开，只有人小声地问道："死了吗？"

王舜满心惆怅，无奈又难过地收回了目光："只有1的精神值，就算是他扛住了塞壬王的攻击，精神值也会清零，人应该没了。"

牧四诚双手插兜看着被泥沙染得一片漆黑的屏幕，收敛眉目，也不知道在想什么，他难得嘴里没有放棒棒糖，而是轻"嗯"了一声，语带遗憾地叹息：

"还以为能和他一起打一场游戏,白柳这人……挺有意思的。"

在很多观众准备遗憾离去的时候,黑色的小电视屏幕里,系统突然发出一阵好似信号不良般、卡卡顿顿的、微弱的警告哔哔声,小电视在雪花两秒之后又恢复了正常,这吸引了所有人的目光。

——小电视没有熄灭,这只代表一件事,白柳没有死。

系统警告:玩家白柳精神值持续下降中,目前精神值0.1,请玩家迅速通关。

系统警告:玩家白柳精神值持续下降中,目前精神值0.1,狂暴终极极限!!

玩家名称:白柳(狂暴巅峰)。

体力值:955→???(无法测定)。

敏捷:1033→???(无法测定)。

攻击:955→???(无法测定)。

抵抗力:1209→???(无法测定)。

综合防御力攻击力上升,面板属性点总和未知,无法评定玩家等级,正在通报上级……上级正在介入处理,白柳小电视视频数据已封存进入游戏加密档案。

王舜无法置信地睁大了眼睛,他真的傻了,话都说不利索了:"还、还活着!精神值0.1,我的天!!"

牧四诚也看呆了,他一步上前靠近小电视,试图在一片泥沙里找出白柳。

塞壬王好似也发现了海底的人还存活着,他缓慢下沉,用尾巴扫开海底的泥沙。

白柳四肢以一种扭曲的姿势被嵌在海底,被击打的下半身鱼尾直接消失不见了,只有上半身在泥地里,白柳苟延残喘着,眼睛、鼻子、耳朵都在往外流血,但是这家伙居然在笑,笑得无比开怀和愉悦,笑得血一直在溢出。

看见差点一尾巴把他扇死的塞壬王,白柳还有余力举起自己折断成90度的右手懒洋洋地打个招呼:"嗨,塞壬王。"

王舜都被白柳逗笑了,不可思议又哭笑不得:"这货不痛吗?还用骨折的手与怪物打招呼,这游戏感官体验是百分之百的!"

"疯子。"牧四诚抱胸一笑地点评。

白柳当然是痛的，他浑身上下都痛得快死了，但白柳对痛的态度也很无所谓，就好像痛是他肉体上的，却丝毫无法干扰他精神上的冷静和即将通关带来的惬意一般，他的情绪互相独立，好似分装在不同小格子里的颜料，丝毫无法互相干扰。

塞壬王脸上看不出什么情绪："你还活着。"

"是的。"白柳微笑着，张开满是血的口腔，这人还有心情调笑，"我说过如果你杀不死我，我或许可以从你身上得到什么。"

塞壬王倾身俯视他，垂下浅色长睫，询问："你想从我身上得到什么？"

白柳这个时候意识有点迷糊了，他如此近距离看着塞壬王这张过分精致的脸，忽然有点想戳破对方的完美。

白柳笑了一下，用自己折断的手轻轻触碰塞壬王的长发，任发丝滑过自己流血的掌心沾染了些许血迹，笑道："或许让我摸一摸你的鱼尾？我从来没有见过你这么漂亮的生物，我自己建模都建不出来。"

塞壬王垂下眼帘："好。"

~~30~~

白柳愕然了一瞬，他就是开个玩笑，就像是玩家在通关的时候喜欢搞些乱七八糟的花招调戏最终BOSS一样，白柳没想到这个最终BOSS会如此配合，塞壬王的鱼尾柔软冰凉，带一丝很浅淡的蔓草的味道。

塞壬王的鱼尾卷在白柳腰上，表情有点不明显的奇异和迷惑："你是热的。"

"那是当然。"白柳有点好笑，"我是恒温动物。下次再见了，塔维尔。"

白柳轻轻拥抱了一下塞壬王。他拍打了一下塞壬王的后背，就像是对一个孩子般对待塞壬王这个BOSS。

白柳对这些游戏中的最终BOSS都有种怜爱的情绪，因为实在是很难设计，也必将是设计者花费心血最多的角色。他很少见到塞壬王这样设计得极其完善和优美的BOSS。

他发自内心感叹着："塔维尔，我很喜欢你的设计。"

但在白柳还没有说完话的时候，在塞壬王迟疑着是否要回抱白柳的一瞬，白柳的身体在最幽深漆黑的海底散成了一阵萤火般的亮色光点，从塞壬王的指尖溢散，缓慢地在黑夜一样的海底宛如星辰般漂浮上升，抵达被初升太阳染成一片金灿的海面。

塞壬王仰头看着那串消失在海平面上的光点，看了很久很久，才双手合十躺到海底，闭上眼睛又陷入了沉睡。他轻轻说道："下次见，白柳。"

  系统：恭喜玩家白柳将塞壬王送回海底，《塞壬小镇》通关。

  系统：玩家达成《塞壬小镇》true ending——《重回平静的旧日小镇》。

  随着那具被打捞起来的人鱼回到原来的海底，塞壬小镇的镇民们渐渐恢复了正常，那些雕塑也被销毁，死去的幽灵沉眠于海底，再没有重回陆地的一天，那片曾经打捞起塞壬王的海域也成了禁止踏足的区域，无人知道那片海域下沉睡着一个可以唤醒亡灵的禁忌，或许有一天，贪婪的人类还会去触碰这个禁忌，但至少不是现在。嘘，让我们走得小声一些，不要惊扰正在沉睡的塞壬王和死不瞑目的幽灵们……

  系统：玩家白柳——《塞壬小镇怪物书——塞壬王》页已集齐。

《塞壬小镇怪物书》刷新——塞壬王（2/4）。

  怪物名称：塞壬王。

  弱点：暂无（不要求玩家探索该怪物弱点）。

  攻击方式：鱼尾击打（1/？）（注：因为无法确定攻击方式上限，集齐一个就判定玩家集齐）。

  系统：恭喜玩家集齐《塞壬小镇怪物书》整本书！

  白柳的小电视前静默了好几分钟，所有人都低着头，只有嘀嘀嗒嗒连续不断的充电点赞声，过了好一会儿，才有人像是忍不住地呜呜呜大声号哭。

  "第一！白柳成《塞壬小镇》综合数据第一了！我们给他充电点赞到第一了！把牧神的纪录刷下去了！"

  "我疯了！居然赢了！和神级游走NPC'对线'，居然赢了！我看上的新人玩家也太厉害了！"

  "白柳最后那个0.1精神值，我跪在地上用鼻子给他写一个'牛'字！太牛了！"

  "最后不是说无法测定吗？但是扛住了神级游走NPC，白柳潜力极限肯定上S了吧！"

  "我真的有种见证历史的感觉，我的天，白柳是这个游戏里除了神级游走NPC的第二组系统无法直接测定、需要上报的数据吧？！"

  很多观众又哭又笑的，相拥庆祝，就连王舜也和牧四诚击了个掌，相视一笑，只有一直在叨叨的国王公会玩家的脸难看得要死，还阴阳怪气地嘲讽——

"切，一个普通单人游戏，通关就通关，有什么了不起的。"

"我们去中央核心大屏幕看，一个新人罢了，才通关了第一个游戏就这么跳，啧啧，做人低调点好哦。"

听到这些话，牧四诚眼睛微微眯起，他缓缓地把帽子又盖回了自己的头上，眼中红光明明暗暗地闪烁，帽子上的猴子也兴奋地咧开了血腥的大嘴，露出一副要进食的表情。

虽然牧四诚一般很少为一个新手玩家得罪其他人，但他刚刚欣赏了一场让他心情愉悦的游戏表演，现在听到这些就是很不爽，巨不爽。

他转过头懒懒地看了一眼这些还在高谈阔论的观众，刚想走过去确认一下对方身份，好在游戏里下手。

王舜看出了牧四诚的意图，眼疾手快地拦了一下："他们都是国王公会的人。"

"哦，原来是国王公会？"牧四诚撇嘴，"这个傻帽游戏玩家公会里全是这种眼高于顶、一事无成的玩家。"

"喀喀。"王舜装模作样地呛咳了两声，有点尴尬地小声说，"牧神，我也是国王公会的人。"

牧四诚："……"

"牧神，虽然我们公会里这种傻帽多，但是我劝你还是不要得罪他们，因为……"王舜好心劝告，"骂骂他们可以，但是下手什么的，还是算了，因为我们的会长是……"

牧四诚烦躁地喷了一声："我知道，国王公会的会长是总积分榜排名第二的玩家 Queen——红桃皇后，这疯女人很护短，又心狠手辣，最好不要得罪她手下的人。"

"但是听着白柳被这群完全不如他的人这样点评——"牧四诚狠狠用虎牙咬碎了棒棒糖，目光晦暗阴沉，"真是有点不爽啊，让我想起了我做新人的时候。"

王舜长叹一声，新人总是艰难的，尤其是牧四诚这种完全没有加入任何大型组织的独狼玩家，必然会受到大公会的排挤。

这游戏的玩家很多是自行组成了公会互相帮助，这样可以大幅度地降低玩家的淘汰率，其中玩家数量最多、规模最大的公会就是总积分榜排名第二的玩家"红桃皇后"建立的国王公会。

公会内部会有专门的机制网罗培养有天赋的新人玩家，定期让老玩家带新人下副本。王舜知道牧四诚当年在游戏中崭露头角的时候被国王公会网罗过，但牧四诚拒绝了，后来就一直被国王公会有意无意地欺压，因此牧四诚和国王公会的人向来不和。

这种大型公会的底层玩家，一般会对有实力的新人玩家敌意很大，因为对方一旦出头，很快就会被高层网罗，被提供很多道具、积分和资源培育，和他们这些底层玩家瞬间就拉开了差距，说是一步登天也不为过。

忌妒是难免的，有些极端一点的甚至会抱团起来疯狂踩这些有实力的新人玩家，让对方出不了头。

就比如刚刚那一群人，王舜觉得他们就是典型的这种玩家，因为王舜注意了一下，无论是被他们大肆贬低的白柳，还是被他们赞扬的木柯，这些人都只点了踩。

这群人看见因为白柳成功通关而兴奋不已一直在充电的观众，还在那里酸不溜丢："比起中央大厅核心推广位上那些大神还差远了好吗！至于这么欢欣鼓舞吗？是没见过人通关吗？无语。"

  系统提示：白柳进入最终小电视评定。
  有24000人赞了白柳的小电视，有26700人收藏了白柳的小电视，有7190人为白柳的小电视充电，玩家白柳获得10200积分。
  玩家白柳一分钟内获得20000赞，获得充电6000积分！声名鹊起！势不可当！你被观众疯狂喜爱着！
  恭喜玩家白柳获得最终推广位，进入中央大厅核心推广位，浏览量正在急速上升中……

王舜一时之间呼吸都屏住了，他真的蒙了："核心？核心推广位？！白柳升到了核心推广位？！认真的吗？！我的天啊！"

"我上这个推广位都困难。"牧四诚表情复杂地看着白柳的小电视和这群看到这个推广位出来就差放鞭炮庆祝的观众，笑道，"早知道我就不给他充那么多电了，啧。"

说完，牧四诚还用余光很嘚瑟地扫了那些公会玩家，略微抬高了有点懒洋洋的音调："欸，无语，居然就只上了一个核心推广位而已。"

"核心推广位"五个字还被牧四诚重读了，特别嘲讽。

之前那群国王公会的人还没走，看到白柳直接上了核心推广位，这群人的无法置信比其他观众更严重。

有几个当场脸就臭了,几乎是冲到小电视前破音问道:"系统,你确定吗?玩家白柳上了核心推广位?!凭什么啊!这个推广位都是大神上,他一个新人怎么上得了!"

系统平铺直叙地回答——

  玩家白柳此次游戏通关综合数据评定,全站排名前五百,符合上推广位条件。

"前五百?!这么高?!他才玩第一个游戏,怎么可能?!"
系统毫无波澜——

  白柳的小电视综合数据此刻正处于游戏中同期排名第497名。

这群国王公会的观众有些恍惚地瘫软在地上,白柳的强悍超出了他们的想象,系统是不会说谎的。

第一次玩游戏就上核心推广位,排在同期前五百的新人……

他们都能想到很快白柳就会被各大公会疯狂拉拢,然后骑在他们头上的场景了。

如果白柳加入了国王公会,凭借白柳的实力,绝对是他们的上司,到时候这人想对他们做什么就可以做什么……

其他观众才不理会受到剧烈冲击的国王公会的人,他们兴冲冲地就往中央核心屏幕去了,白柳的最终推广位,他们这些一路跟随的观众,一定要好好见证一下白柳上去的风光!

中央大厅,中央屏幕,核心推广位区域。

这里的装修明显比中央大厅边缘区那一块好得多,大厅装修得金碧辉煌,很多小电视都镶了金边,大厅里还放了一些很有名的玩家的海报,玩家在里面小声地、礼貌地互相交谈着。

牧四诚一抬眼,在对面墙上的小电视里第一眼就看到了白柳。

主要是白柳太惹眼了,在核心推广位上的玩家视频,几乎只有他一个人是不收费的,其余登上这个位置的玩家,正如之前那些国王公会的玩家说的那样,都是大神,而大神的小电视直播大部分都是要收费的,需要缴纳积分才能进入观赏区域观看。如果不缴纳积分，就只能在观赏区域外面看小电视上一些系统截取的用来吸引观众的精彩片段。

白柳前后左右的小电视都是需要收费的直播，只有白柳孤零零一个人的是不用缴费的。

在核心区这种相对华丽的场景衬托下透出一种微妙的廉价感，所以白柳小电视这里虽然是免费的，但没有什么观众。

来核心推广大厅的观众大部分都是冲着付费玩家来的，对于白柳这种一个猛子冲上来的玩家，他们都是不感冒的，觉得这些突然上来的玩家多半只是昙花一现。

也的确是这样，这些忽然冲上来的玩家大部分很快就会下去，所以这里的观众并不会多给什么关注。

但很快，这些观众开始忍不住关注白柳的小电视了，无他，因为白柳的小电视系统提示音一直在响，太恼人了。

系统：玩家白柳奖励综合评定——

《塞壬小镇》true ending 线通关——积分奖励600。

《塞壬小镇怪物书——人鱼雕塑页》集齐奖励——道具：雕塑的外壳（普通品质）。

功能：佩戴后防御力上升100点。

《塞壬小镇怪物书——人鱼页》集齐奖励——道具：海域潜行（普通品质）。

功能：佩戴后移动速度上升100点。

《塞壬小镇怪物书——人鱼水手页》集齐奖励——道具：人鱼的护身符（优良品质）。

功能：佩戴后可以从任意一个危险情境进入护身符内，拥有一次金蝉脱壳的机会，消耗性道具，使用一次后自动碎裂。

《塞壬小镇怪物书——塞壬王页》集齐奖励——道具：塞壬王的逆鳞（品质不明）。

功能：不明，代表了塞壬王对你的喜爱的回复，希望玩家长期佩戴。

《塞壬小镇怪物书》集全总奖励——道具：塞壬的鱼骨（品质不明）。

功能：塞壬王将自己的鱼骨赐予你，那是一根有特殊能量的骸骨，可刺破时间、空间，以及所有一切可视或者不可视的屏障——

诞生于真理存在之前，湮灭在谎言毁灭之后，似乎是一件攻击性道具，还需要玩家在使用过程中自行探索。

系统：玩家白柳此次小电视的综合评定——

此次《塞壬小镇》游戏过程视频总共被49074名玩家大力点赞，被52899名玩家倾情收藏，总共获得15069点积分充电，但同时也有1238名玩家不喜欢这个视频，踩了这一次的视频，最高峰时期同时有超过50000人在观看白柳的小电视。

玩家白柳的游戏视频毋庸置疑对观众拥有非同凡响的吸引力！

白柳小电视综合数据超过10万，对玩家白柳《塞壬小镇》的视频进行评级——理应为银色徽章级别视频，但因踩赞比过高，约为1：40的踩赞比，对视频进行降级处理，最终评级为黄铜徽章级别视频，该级别视频可获得进入VIP库资格——玩家白柳此次的游戏视频进入VIP库。

进入VIP库之后，若是有玩家想要观看玩家白柳此次《塞壬小镇》的游戏视频，须在成为系统的VIP会员后再向系统缴纳40积分，观众观看所缴纳的积分白柳和系统五五分成。

白柳此次小电视获得以下成就——
新人单个视频充电，积分最高。
第一个上核心推广位的新人。
《塞壬小镇》最高积分通关纪录。
同批新人中首个通关。
……

系统：恭喜玩家白柳通关，请务必注意，玩家在一周内必须再次进入一个恐怖游戏，否则会受到致命惩罚，现在开始倒计时——

7（天）：00（小时）：00（分钟）……
6（天）：23（小时）：59（分钟）……

祝玩家白柳下次游戏愉快。

第二章

贫穷的流浪者

31

在说了一长串让人听麻木了的奖励和称号之后，系统礼貌地告别，白柳的小电视才啪的一声熄灭了，但白柳的小电视前已经聚集了不少观众，他们纷纷惊叹地讨论。

"新人？！纯新人？震惊我全小区，现在新人也太厉害了吧，通关奖励都播报了十分钟……"

"这还不是最厉害的，你没注意这家伙集齐了怪物书吗！很多大神都做不到在通关 true ending 的时候集齐怪物书！"

"我已经购买了他的视频来看了，我觉得一定非常好看！"

"我也真的被吓到了，一长串的奖励，还有一万多的充电积分，怎么做到的？"

"我倒是比较好奇他那一千多个踩是怎么来的，按理说他这通关数据已经非常牛了，怎么还会有人点踩？"

白柳《塞壬小镇》的游戏视频购买指数直线攀升，瞬间就卖出去几百份。

这也是大家都想来核心区的原因，这里的观众出手很阔绰，思维相对理智，无论是打赏充电，还是白柳这种已经通关了，最后卡这边上来露个脸的情况，他们大部分都愿意给你花上几十积分购买你的视频，看看你到底是什么妖魔鬼怪，还是潜力新人。

有人统计过，一个核心区的推广位保底能拿到的充电积分都是数以千计的。

王舜有点恋恋不舍地看着白柳黑下去的屏幕："牧神，你觉得白柳下次会什么时候进游戏？你觉得他还会选单人游戏吗？我有点想蹲他的小电视。"

"你问我我怎么知道？"牧四诚眯了眯眼，"白柳应该是从新人区那边的登出口退出游戏的，你最好去新人区那边逮他，直接问他，白柳现在精神值还没恢复，应该神志不太清楚，你要是趁现在给他卖一个好，或许他以后还会愿意带你玩游戏。"

"牧神，你真的……"王舜的表情很复杂，"好无耻啊……"

"你不去吗？"牧四诚对王舜的指责不痛不痒，他耸耸肩，笑得很邪气，但因为含着棒棒糖鼓起一边的脸颊破坏了这份邪气，"我对他的'新人技能'很好奇。"

"一批新人里第一名的玩家会获得'新人技能'，而系统会隐瞒玩家的新人技能。技能据说都是和玩家内心最真实的欲望挂钩的，我倒是想知道白柳这种人内心的欲望是什么。"

王舜其实也很好奇，但他很疑惑："但是这种东西正常情况下大家都知道要保密吧？白柳应该不会告诉我们的。"

"但白柳现在精神值只有 0.1，你觉得是正常情况下吗？他出来没疯都是个奇迹。"牧四诚无辜地看着王舜，"我觉得白柳登出游戏的时候可能都站不稳，脑子绝对是不清醒的，我们假扮系统的工作人员不就什么都能套出来了？"

王舜："……"

牧四诚，你真是个歹人。

白柳满身是水地出来了，他全身湿透了，眼前模模糊糊的，好像蒙了一层磨砂玻璃，站着都有天旋地转之感，白柳不得不扶着墙面喘气恢复体力。他感觉自己有点低血糖，于是他蹲下了，结果一蹲下没稳住，腿一软就直接坐地上了，尝试了几次也站不起来，就随遇而安地瘫坐在地了。

"我可真是够弱的。"白柳发自内心地感叹。

新人区登出口这里没什么人，毕竟除了白柳还没有其他玩家通关，白柳趁着休息整理了一下自己得到的奖励和道具，整理着整理着"啧"了一声。

他猜得果然没错，集齐怪物书的奖励的确是最"大"的。

这种"大"并不代表这些怪物书集齐系统奖励的道具很好，比如"海域潜行"和"雕塑的外壳"都是非常正常的加属性面板点的道具，作为一个游戏设计者，这种道具对于白柳来说普通得不能再普通了。

但白柳依旧觉得这些东西是最大的奖励。

因为这些东西是用积分无法在游戏商店里购买到的。

白柳搜了好几遍，都没有在商店里找到任何一种可以和自己的道具奖励对应起来的物品。

这说明"怪物书"的掉落的奖励道具具有"非市场交易性"，算是"限定道具"，也就是这种道具玩家不能通过在游戏商店购买获得，只能通过玩家通关游戏掉落，以及系统外玩家和玩家之间的交易这两种方式获得。

但怪物书明显是不好集齐的，这也就说明这些道具通过通关游戏获得很难。那么有些玩家就会通过第二种方式——玩家之间的交易来获得这些"怪物书的限定道具"，而且这些人估计还不在少数。

换言之，白柳觉得如果售卖自己得到的这些道具，必定可以卖出一个匪夷所思的好价钱。

但他不会售卖，至少在他自己还需要一定基础属性的现在，白柳不会轻易售卖自己得到的"怪物书道具"。

白柳觉得很有价值的道具当然是"人鱼的护身符"，这东西相当于一个逃生保命道具。

"塞壬的逆鳞"，系统直接给他一个"功效不明"的解释；"塞壬的鱼骨"，系统给了一段似是而非的说明，说可以撕裂空间时间，但具体功能还是让白柳自己探索，而且这两件道具，系统连评级都没给，直接说"不明"，白柳点了这个"不明"后的补充解释，系统告诉他无法评定。

"系统无法评定？"白柳叹息，"这系统不行啊。"

但白柳不知道的是，这两件道具都来自神级游走NPC，而神级游走NPC对于系统来说本来就是一串无法计算的复杂BUG数据，让它解释来自BUG数据身上的一串骨头和一块鳞片，未免有些强"统"所难。

而白柳检查自己的奖励到最后，发现了一个很神奇的"个人技能奖励"，后面显示了"未解锁"三个字，白柳好奇地点了两下"未解锁"，界面缓缓淡去，跳出一个新页面——

请玩家现在闭上眼睛想象你最想要的东西。

白柳闭上眼睛，双手合十，心中虔诚无比地默念三声——钱，钱，钱。

玩家现在可以睁开双眼领取技能了。

白柳睁开了眼睛，他的面前悬浮着一个非常破旧的，就像是被人用了十几年的牛皮钱包，这钱包边缘都泛白了，有些地方牛皮损坏露出里面的编织线，白柳木然地看着这个自己用了很久都没有舍得丢掉的钱包。

这就是他的新技能？

玩家白柳技能道具：空无一物的旧钱包（似乎用了许久，但主人依旧不舍得扔，足以看出手中拮据）。

玩家白柳技能身份：贫穷的流浪者（失业，没钱，你的房租很快就要到期了，除了流浪大街你似乎没有别的出路了）。

白柳："……"
这个技能是用来攻击别人（比如他）的吗？

系统：当然不是。

玩家白柳的技能：你可以利用手中一切的事物去和其他人交换，只要对方允诺给予你的东西，你通通可以装进自己的钱包里。

对方的技能、积分、道具、生命，甚至灵魂和信仰都可以化成钱币装进你的钱包，成为你手中的工具。你是魔鬼的交易者，看上去是贫穷的流浪汉，但和你交易的人可以出卖自己的一切。

尽管你现在一无所有，但你未来会应有尽有，因为你迟早有一天会拥有世界上最鼓的钱包，尽管那里装满无助之人的灵魂。

技能使用方式：交易，在交易达成后双方不得反悔；不得将从一个人身上得到的东西再贩卖给同一个人；交易进行中如果其中一方死亡，未履行交易职责的一方的灵魂会被关押在钱包中。

"哇哦。"白柳有点感兴趣了，"这个技能听起来没什么人性的样子。"

系统：您是否讨厌这个技能？

"不。"白柳笑眯眯的，"正相反，我非常喜欢，这很适合我。我想询问一下，如果在对方不知道我有这个技能的情况下和我达成了交易，交易是否成立？"

系统：在双方存在"钱币"关系时，并且"钱币"至少进入道具钱包一次，交易成立。

"钱币关系？"白柳摸摸下巴，"比如？"

系统：比如您想要得到某个人的道具，您使用钱包中的积分"钱币"向他购买，他允许了，无论他是否知道您有这个技能，也无论他是否真心答应，在他拿过您的积分钱币的那一刻，交易就成立，他的道具就是您的了。

"哪怕我只用1积分购买对方很昂贵的道具，用开玩笑的语气，只要对方答应就行是吗？"白柳笑得越发灿烂。

系统：是的。

"啧啧，这技能可真够不要脸的。"白柳真情实感地评价，"但我有点迫不及待想试一试了。"

系统：您目前积分余额15781，是否全部装入钱包？

白柳点头："装吧。"

白柳整理完道具之后检查了一下自己的面板属性，几乎所有的属性都一片鲜红，惨不忍睹，因为在游戏中白柳透支得特别厉害。

玩家名称：白柳。

生命值：20（一个两百斤大汉一屁股就能坐死你，正在缓慢恢复中）。

体力值：7（站立不稳，自动恢复中）。

敏捷：7（全身僵硬肌肉酸痛，自动恢复中）。

攻击：1（你的全力一击就像是一只两月龄的猫咪用爪爪轻轻拍了一下，自动恢复中）。

智力：45（原数值89，因精神值濒危减半，精神值恢复后恢复原数值）。

幸运：0（你一生都出奇地不幸，如果游戏里要有一个人遇到神级NPC，那个人必定是你）。

技能：空无一物的旧钱包。

身份：贫穷的流浪者。

精神值：3（按理来说你应该疯狂到极致地变成怪物，非常震惊你还能维持理智，但现在想想，或许拥有理智的你早已经是个怪物，无论你是否疯狂，保持理智和冷静就是你作为怪物的一种方式，可怕的玩家！数值正在自动恢复中）。

白柳就像是没看到精神值后面一长串评价他是个怪物的话，很淡定地询问："这些数值要多久才能恢复？"

系统：根据您目前的恢复速度，离开游戏后三至五天就能彻底恢复。

白柳不是一个喜欢拖拉的性格："那就离开游……"
他的话还没说完，就看到有两个人正试探着向登入口走了过来。
牧四诚和王舜看到白柳坐在地上、头后仰靠在出口的墙上还有点无语和好笑，很明显白柳已经意识不清才会以这样一种颓丧的姿态休息。
看起来精神值降低对白柳的影响的确很严重。
但等他们走过去，白柳把后仰着的头抬起，平视牧四诚和王舜，说了见到他们的第一句话之后，这两人的脸色就变了。
白柳问："你们是来刺探我个人技能的信息的？"
牧四诚脸上的笑意一顿，他蹲下双手搭在膝盖上打量白柳，饶有趣味地询问："你怎么能肯定我们一定是来刺探你的个人技能的？万一我们是来杀你或者抢劫你的呢？毕竟你现在应该很有钱，身上也有很多道具。"
王舜刚想说在系统大厅里是无法伤人的，结果看着白柳好像真的在思考这件事的样子，他才反应过来白柳刚刚从游戏里出来，并不知道这件事。
"这个大厅里应该是不能伤人的。"白柳仅仅思索了几秒就得出了这个结论。
王舜一惊，脱口而出："你怎么知道？"
牧四诚眼神里包含的兴趣越来越浓厚，他敢确定白柳刚刚的确不知道"大厅这里不能伤人"这件事，因为他在说"要对白柳动手"这件事的时候，白柳下意识地后缩了一下腿，避开了自己，这是人类对可以伤害自己的对象的本能反应。
但仅仅几秒之后，白柳就得出了正确结论。
"理由？"牧四诚挑眉。
"因为如果游戏玩家登出就可以被抢劫，一定会有很多人在这个口子蹲守。"
白柳耸肩："但我出来十分钟了，除了你们，我没有看到第三个生物，如果这里可以伤人，那么这里必然会有很多来抢劫的人，但这里没有，所以我猜测，这里应该禁止伤人，而且大概率也禁止抢劫。"

白柳能做出这个猜测其实还有一个原因，从游戏设计师的角度来看，这种玩家十分虚弱的登出口如果允许抢劫，那么游戏平衡性将被极大地破坏。

　　就好比允许玩家在"复活点"旁边蹲守杀人一般，在非大型多人网游里这样设计，游戏体验会非常差。

　　如果通关的玩家一登出就被抢劫伤人，那这个游戏很快就会没有玩家，不会运营得如此完善。

　　牧四诚吹了声口哨，眼神欣赏："没错，猜对了。"

　　王舜倒是眼神很复杂，之前牧四诚还说来唬白柳，哄对方说出自己的技能，现在看来，牧四诚的谎言都没有办法在白柳面前过一个回合，他和牧四诚这智商基本告别骗白柳了……

　　"我很好奇你现在精神值是多少？"牧四诚看着神志清明、目光冷静的白柳啧啧称奇，"你看起来不像是一个刚刚精神值还只有0.1的玩家，你给自己买精神漂白剂恢复了精神值？"

　　白柳看起来思路很清楚，完全就像是一个精神值正常的玩家，除了购买精神漂白剂漂洗过自己的精神值这个解释之外，牧四诚想不到第二个合理解释。

　　"我目前精神值只有3。"白柳很平静地说道，"现在还在恢复。"

　　牧四诚："……"

　　王舜："……"

　　牧四诚和王舜的眼神都陷入了短暂的呆滞中，还是王舜先一步不可置信地开口追问："你说你现在精神值多少？"

　　"3啊，"白柳很自然地问，"怎么了？"

　　"3……"王舜话都有点说不顺溜了，他用看一种好像世界上不该存在的诡异生物的目光看着白柳，"白柳，你知道精神值3是什么概念吗？你现在应该处于很多幻觉交叠，并且意识和肉体都在被折磨着的状态……"

　　"我没有跌入过60以下的精神值，但我跌到60的时候已经非常难受了，连说话都不利索；很多跌入20以下的精神值的玩家基本一出游戏就疯了；你精神值只有3，然后你这样……"

　　王舜用手比画了一下白柳全身，表情一言难尽，似乎不知道该用什么词评价白柳。倒是白柳提起了点兴趣，他靠在墙上，懒懒反问王舜："我这样怎么了吗？我觉得我挺正常的。"

　　对啊，是很正常，但白柳现在的"正常"就是一种极端的不正常！没人能在精神值3的时候保持一种"正常人"的状态！

"你，你怎么还能思考回答我们的问题？你应该脑子一片混乱，你的智力值应该都减半了！"王舜都有点语无伦次了。

"的确，我脑子是比较混乱。"白柳赞同地颔首，"我智力值的确减半了，但怎么说，这并不妨碍我用 45 的智力值思考你们的问题，这问题也不难。"

王舜无言以对。

白柳确实在被一种扭曲的意识折磨着，这意识仿佛一种发自内心的欲望，不断地催促他，诱惑他，好像要把他变成一个为非作歹的怪物一般，但白柳失业以来想要钱的时候差不多都是这样的。

有一个声音会在白柳耳边说"去把开除你的老板打一顿""去把那个空降顶替你位置的木柯打一顿"之类的，以白柳的智商完全可以做到把这两人打一顿不被发现。

但白柳习惯了用法律来约束自己，他在家里放了很多法学的大部头，几乎可以倒背如流，白柳给自己的做人底线就是"不能违背所处群体制定的公认规则"，他作为"人类群体一员"存在的时候，就不能违背"人类群体"制定的法律条例。

白柳已经习惯约束自己不正常的金钱欲望，所以被这种程度的欲望折磨，对他来说不痛不痒。

不过精神漂白剂是什么？白柳眯了眯眼睛思考这个从牧四诚口中说出的道具名字，这名字听起来有点像是"蓝药"这种恢复玩家状态的东西。

但白柳并没有直接问王舜和牧四诚精神漂白剂到底是什么，这两人已经骗过他一次了，于是白柳转头看向了牧四诚，若有所思——这人明显看起来玩心更大。

王舜问："白柳，你是怎么猜到我们是来找你问'个人技能'的？"

"如果你们不是来杀我的，特地来找我多半就是有求于我，寻找我合作，或者就是对我感到好奇，来刺探我的情报。"

白柳说话不疾不徐，条理清晰："但我作为一个新人，对你们有价值的情报应该不多，我的各项数值以及道具奖励对你们都是公开的，唯一隐藏的东西就是我的'个人技能'。"

他抬眸直视牧四诚和王舜："所以我猜，你们是来询问我的'个人技能'是什么，正常情况下我应该是不会告诉你们的，但你们还是来了，我觉得是因为我现在的精神值异常，你们觉得我神志不清，很有可能被你们套话。我猜得对吗？"

王舜彻底一句话都说不出了。他长叹一口气。

白柳猜得全对！连他们准备钻空子都料得一丝不差！

牧四诚凑近仔细地审视了一遍白柳："我现在非常怀疑你的精神值到底是多少！我感觉我今天是套不到你的个人技能了。"

"也不一定。"白柳缓缓地扬起嘴角，好整以暇地看着牧四诚，"我们来做一个交易怎么样？我向你展示我的技能，你帮我用精神漂白剂恢复精神值。"

"你认真的？"牧四诚有几分怀疑地看向白柳，"你不要想骗我，我有道具可以评判你是否诚实的。"

白柳摊手微笑："欢迎你来评判。"

"但是我为什么要免费帮你漂洗精神值呢？"牧四诚想了想顿时反悔，不怀好意地笑道，"精神漂白剂可不便宜，你的技能我可以等下次你玩游戏的时候再看，你一定会使用的不是吗？"

白柳从藏在自己的兜里的钱包里取出 1 积分，这 1 积分变成了一枚银色硬币被白柳捏在指尖："我不白要，给你 1 积分。"

32

牧四诚用一种见鬼的目光看着白柳指尖上的这枚 1 积分银色硬币，颇有些无语地看向硬币背后的人："白柳你在逗我吗？！1 积分你就想得到精神漂白剂？你知道精神漂白剂多贵吗？我的精神漂白剂都是优质的，1000 多积分，你这和抢劫有什么区别？"

"这 1 积分硬币加上我的个人技能展示，成交吗？"白柳还是嘴角不变地微笑，"你可以先看我的技能，再给我漂洗精神值，怎么样？你很有可能是第一个看我展示个人技能的玩家哦。"

听到白柳带着一点诱哄语气的话，牧四诚忍不住有点动摇，但他又有点怀疑。

他完全可以看了白柳的技能之后不给他漂精神值，白柳现在这种精神值只有个位数的状态，虽然看起来还是清醒的，但明显也不能拿牧四诚怎么样。

并且游戏大厅里是禁止抢劫和盗窃这种个人技能的，就算白柳的技能可以偷取强占别人的东西，但在这个大厅里任何强制性的个人技能都无法施展……

不过白柳现在还不知道这一点。

想来想去，牧四诚觉得反正他不会吃亏，不如就答应这个新人算了，他的确对这个家伙的个人技能非常好奇。

牧四诚揉揉鼻子，忽然伸手抢过白柳指尖上的硬币，心怀鬼胎地勾唇一笑："成交，那白柳你给我展示技能吧！"

  系统提醒：玩家白柳与玩家牧四诚的交易成立，贫穷的流浪者白柳获得一瓶精神漂白剂。

  系统提醒：玩家牧四诚赠送玩家白柳一瓶高质量精神漂白剂，价值1700积分，可将玩家的精神值从20以下恢复到原数值。

一瓶铝罐装的精神漂白剂落在了白柳的手里，样式有点像喷漆，白柳拿起来晃了晃，在牧四诚反应过来之前对准自己一顿狂喷。

白色的精神漂白剂烟雾弥漫在白柳的脸部周围。

牧四诚反应过来之后发出了一声惨叫："这是我在打折促销的时候囤的高规格漂白剂！"

但等牧四诚伸手来抢的时候，白柳已经喷完了。

牧四诚用一种特别幽怨和郁闷的目光看着恢复神清气爽的白柳："你的个人技能到底是什么？偷东西吗？！但在大厅这里是只允许玩家交易不允许玩家偷窃抢劫的！你是怎么把我存在系统仓库里的漂白剂偷出来的？！"

"刚刚已经向你展示完毕了哦。"白柳笑眯眯地从地上站起来，拍了拍垂头丧气蹲在地上画圈圈的牧四诚的肩膀，"感谢玩家牧四诚的精神漂白剂，非常好用。"

牧四诚完全想不通，一路都像只小猴一样追在白柳身后东窜西跳地问他的个人技能到底是什么，还用一个很奇怪的天平道具来测试白柳是否诚实。

测定出来的结果是"是"之后，他知道了白柳从头到尾没有说谎骗他，反倒更加迷惑了。

这个时候王舜就在白柳的询问下给他科普了一些游戏的基本知识。在说到这批新人除了白柳之外几乎全军覆没的时候，王舜带着遗憾说道："其实还有个和你同一批的叫木柯的新人也不错，但应该快不行了，现在还在苦苦挣扎呢，我刚刚去看了，他已经跌到死亡喜剧专区去了，也没有什么人打赏，多半要完了。"

"你说他叫什么名字？木柯？"白柳听到这里语气一顿。

白柳失业被辞退，很主要的一个原因就是上面空降了一个大老板的儿子

"体验生活",白柳就被一直看他不怎么顺眼的顶头上司顺水推舟地辞退,给这个想来体验互联网行业疾苦的"小少爷"腾位置。

这"小少爷"的名字就叫木柯。

木柯出了名的脾气不好。职位交接的时候,白柳还没来得及拷贝电脑里他做的恐怖游戏的副本和一些很重要的图文数据文件,第二天再去公司时就发现自己的电脑已经被这骄纵的"小少爷"丢掉了。

不光是电脑,整个办公台所有白柳没有带走的东西,木柯全部给丢了。

但明明交接是在第二天,木柯连一天收拾的时间都没有给白柳,直接就把白柳的东西嫌弃地打包,在众目睽睽之下丢出了公司。

白柳在公司因为被上司排挤,一直都在一个很破旧的小角落里办公,用的是一台开机画面是 XP 的电脑,特别老,后来白柳就带了自己的电脑过来,虽然也是一台很旧的电脑,但比那个"82 年"XP 系统好一点。

所以木柯把白柳的电脑给扔了后,白柳问木柯他的电脑呢?

木柯很不在意地说,看起来又老又旧,看着烦,就被他丢掉了,如果白柳要,他可以赔白柳一套全新顶级配置的电脑。

白柳本来想说他电脑里还有几十个 GB 的资料和他好几个恐怖游戏的一些新思路,但他想到自己已经失业了,纠结这些东西也没意思,也"刚"不过对方。

据说这位"小少爷"有先天性心脏病,所以在家里千娇万宠百依百顺,要什么给什么,要过来体验游戏公司的生活,看上了什么职位,裁人也要安排进来。

白柳知道自己嘴上刻薄不饶人,怕多说几句话再把对方刺激得犯病,自己赔不起医药费,也不划算。

于是白柳就干脆利落地点头,拿了木柯给他新买的顶配的几万块的电脑,锱铢必较地让木柯赔偿了自己所有被丢掉的东西,包括一包用了一半的卫生纸,拿着钱在对方鄙夷的目光里爽利地走人了。

白柳说自己想去看看这个木柯,王舜有点奇怪,但也顺从地带白柳去了死亡喜剧专区。

木柯的小电视在一个很荒凉的小角落。

这种无力挣扎即将死亡的戏码在死亡喜剧也是无人问津的,因为太无趣了,没有喜剧效果。只有一两个人偶尔抬头看看小电视里满脸泪痕拼尽一切求生的木柯,很快又无趣地移开视线。

这种垂死求生的玩家在这个游戏里每天都能看到,一点都不稀奇,也吸引不了观众视线了。

白柳点开自己的游戏面板查看木柯的游戏进度，发现木柯的怪物书已经集齐了两页，其中有一页是"人鱼水手"，这一页的"怪物书奖励道具"是那个白柳认为很有价值的"人鱼的护身符"，白柳看到这里眼神顿了一下。

"木柯求生的欲望很强烈。"王舜见惯了生死，在木柯的小电视前只是有几分叹息，并无过多怜悯，"但他要通关太难了，木柯之前靠打赏集齐了一个'水中气泡'，但这个气泡很快就被人鱼攻破了，也没用了，后来没有人给他打赏点赞，木柯就掉到这个地方了。"

"这个新人表现算不错的了。"牧四诚抱胸点评，"木柯要是愿意在通关之后把那个'人鱼的护身符'卖给我，我很愿意给他打赏通关，那道具相当好用，但只要是个玩家，就不会轻易地出手自己拿到的'怪物书道具'，所以我也只好看着他被淘汰了。"

白柳也想到那个"人鱼的护身符"，那道具以白柳游戏设计多年的眼光来看，是个非常值钱的道具。

但正如牧四诚所说，如果白柳给木柯打赏通关了，木柯出来之后是绝对不会把这个道具给他的，换白柳，白柳也不干。

不过，放着这种明显很值钱的道具在眼前不要，眼睁睁地看着道具沉入海底，也不是白柳的作风。

白柳在心里询问系统："系统，我是否可以和游戏中的木柯交易？"

系统：你和玩家木柯并不处于同一维度世界中，无法进行交易。

白柳垂眸，要处于同一维度才能交易："维度的定义是什么？"

系统：你和所交易者的时间空间都处于统一的、连续的并且不可断裂的状态，但目前你和玩家木柯的时间和空间彼此割裂存在，不属同一维度，因此不可交易。

"时间和空间啊……"白柳的手指开始无意识地把玩挂在自己脖子上的硬币，喃喃自语，"好像也不是一定不行。"

"系统，给我调出道具'塞壬的鱼骨'。"

系统：正在为玩家载入该道具。

一条闪着洁白荧光，长约三米的鱼骨悬浮在了白柳的面前。

这鱼骨纯白无瑕，形态优雅，有种琥珀般的半透明感，看上去和它的主人塞壬王一样美丽，可以说是从外貌到骨子里的美，但这根鱼骨很明显是把人鱼一整根的脊梁骨完整地抽了出来，这让这种美丽又带上了一股残忍血腥的意味。

这根鱼骨的末端是一根尖尖的鱼刺，另一端却是很光滑的握手，看上去像一根很称手的鞭子。

鱼骨缓慢地缠绕上白柳的腰部，是一种很冰凉好似鱼鳞般的质感，让白柳没忍住打了个寒战，鱼骨最终温顺地贴在了白柳腰部的皮肤上，像一根腰链般松垮地悬挂在白柳的胯骨上方。

尖尖的鱼刺贴在白柳的肚脐，另一头的握手从白柳的皮带上掉出来半截，看上去像是什么很"非主流"的衣服装饰品，和白柳一副西装裤白衬衫的装束格格不入。

牧四诚好奇地伸手去拨弄白柳腰上的这根鱼骨，在要碰到白柳腰部的一瞬间，被这根好似活着的鱼骨反手就用鱼刺狠狠扎了一下，牧四诚"嗷"的一声抽手回来，一边甩着自己有些发麻发僵的手，一边惊惧道："这是什么东西？系统大厅内玩家会被独立空间隔开，它为什么可以攻击我？"

牧四诚已经是A级玩家的身体素质了，这东西扎他一下他的生命值掉了半截。但这还不是最重要的点，最重要的点是大厅里不能攻击玩家！

33

玩家和玩家之间一旦有攻击倾向就会发生空间隔离，这东西怎么做到让他生命值一下掉红的？！

"塞壬的鱼骨。"白柳没有遮掩的意思，他大大方方直接撩开衣服给牧四诚看了一眼自己腰上的鱼骨，在白柳还没有意识到的时候，鱼骨收缩了几圈，把白柳腰部裹紧，所有可能露出来的皮肤都被遮掩住了。

白柳很坦诚地说："这个道具你们应该在我的道具奖励里看过了。"

这也是白柳不遮掩的原因，这玩意儿已经被系统"拉出去示众"过了，白柳也没有什么隐藏道具功能的心思在，在"直播"和王舜口中的"论坛"存在的情况下，白柳只要在游戏中动用道具，迟早有一天大家都会知道的，对外隐藏道具功能完全没必要。

但他个人技能特殊，倒是可以隐藏，算是一张不错的底牌，白柳准备能藏多久就藏多久。

不过，白柳对这个道具的具体功能也是两眼一抓瞎，需要实验。白柳不太想在游戏里实验，因为风险太大了，万一这道具在对上怪物时"翻车"，白柳就很容易被淘汰，最好的方式是在游戏外实验搞清楚了这道具的功能之后，进入游戏直接使用。

在游戏外实验就需要实验对象，白柳觉得被困濒死的木柯就是很好的实验对象，而且是对他服从性很高的实验对象。

白柳本来不准备对牧四诚实验的，但牧四诚直接就上手碰了，反倒是让白柳意识到了这鱼骨鞭可以在系统大厅内攻击人，换句话来说，的确可以撕裂空间。

"据说可以撕裂时间和空间，我准备对木柯试试。"白柳看着小电视里的木柯，很自然地提起鞭子准备甩。

王舜又陷入了一种完全无法理解白柳思路的状态里："等等！白柳你要干吗？你要是一鞭子直接甩进去把木柯打死了怎么办？"

牧四诚倒是很快就反应过来白柳要干什么了，嗤笑一声："你准备救他？倒是好心。"

"不。"白柳微笑，"也不算是救，我准备和他交易。"

白柳从自己的腰上抽出鱼骨鞭，活动手腕地抖动了两下，深吸一口气提起鱼骨对着木柯的小电视一挥而下。

在用力的一瞬间白柳觉得自己拿着鞭子的左臂好像有千钧重，勉强挥舞起来的鱼骨打在小电视前一个透明的屏障上，很快就垂落了下来，但就这么小小地一挥舞，木柯小电视里的海底开始摇晃震动，小电视仿佛信号不良地一闪一闪。

白柳周围的一切在鞭子落下的一瞬间都碎成玻璃般的景象，牧四诚和王舜的样子变得模糊迷离，好像接触不良的电视一般，里面的人物变得扭曲远去。

白柳处在一片漆黑中，反而能更清晰地听到木柯小电视里传来的让人身临其境的海浪声和哭得一把鼻涕一把泪的木柯歇斯底里的求救声。

木柯仿佛也意识到了有什么人降临在了海底，他开始疯狂地求救。

"谁来救救我啊？！"木柯脱力地跪在海底破损的水中气泡里，奄奄一息地流着泪，"我什么都愿意做！求你救我！"

白柳还想再挥一鞭，但系统突然发出警告——

系统警告：使用该道具对白柳消耗极大，玩家白柳体力已经无法负荷再次使用，如果勉强使用体力会降至负数，会被强制遣返送出游戏。

白柳瞬间放弃："那我现在和木柯处于同一维度吗？"

系统：正在计算中……玩家白柳和玩家木柯的维度因为某种攻击出现小范围的重叠，玩家白柳目前处于被撕裂的两个维度的裂缝之中，只能传播声音，无法传播画面，可以勉强进行一些简单交易。

"声音吗？"白柳若有所思，他轻声喊了一声木柯的名字，"木柯。"

木柯顿时号啕大哭，在气泡里手脚并用地爬了好几下，呜咽地回答了白柳："我在！你是什么人？救救我吧！"

"我是一个流浪者。"白柳低声说。他看着小电视里的木柯，很难把这个哭得涕泪横飞的人和赶走他的那个趾高气扬的"小少爷"联系在一起。

在某种程度上白柳是因为木柯的一时兴起才成为一个"贫穷的流浪者"，但现在，木柯在向这个他赶走的流浪者不顾一切地求救，而这个流浪者将会用一种可怕的交易，夺走木柯身上仅剩的有价值的东西。

非常奇妙的逻辑轮回链条。

"我可以救你，但不是无偿的，因为我也很穷。"白柳诚实地说道，"你需要和我做一场交易，作为报酬，我会给你打赏积分救你出来，但相应地，你也需要给我一些东西。"

"可以！你要什么我都给你！求你救我！！"木柯大哭着，伸手去触碰，"你是什么？是系统吗？你在哪里？你想要我给你什么？钱吗？还是别的什么东西？我现在身上什么都没有，呜呜呜……不要放弃我，我想活下去！"

"我不是'什么东西'，客观上来讲，我对你应该不是什么好的存在。"白柳很理智地评价自己。

他虽然对这个"小少爷"没有什么极端的恶意，只是普通程度的讨厌罢了，但他对一个人很普通的讨厌就已经挺可怕的了，白柳实事求是地觉得："我对你来说，应该算是魔鬼一类的存在。"

"魔鬼的话……那你是想要我的灵魂吗？"木柯瑟缩了一下，他眼神迷茫了一下，下一秒就爆发出前所未有的光亮，"只要你救我，我愿意把我的灵魂给你。"

白柳嘴边的"我想要你的'人鱼的护身符'"的话语打住了，他略显诧异地挑眉，突然被木柯提出的全新提议吸引了。

白柳的确需要"人鱼的护身符"，但同时他也需要一个实验对象，实验他那个奇异的技能"旧钱包"的具体作用，而"旧钱包"的解释的其中一项就是可以交易灵魂……

"成交。"白柳微笑地从自己皱巴巴的钱包里抽出200积分，递给小电视里的木柯，他胸前的硬币亮了一下，积分就消失了。

系统：玩家白柳使用200积分购买了玩家木柯的灵魂。
系统提醒：玩家木柯获得200积分充电。

木柯看到这200积分差点哇的一声哭出来："你真的是魔鬼！我都把灵魂卖给你了，你也太吝啬了吧！才200积分！太少了，不够我买道具的！"

"我的确很吝啬，我是个贫穷的流浪者。"白柳理不直气也壮地回了一句，"但200积分加上你现在这个破的水中气泡，按照我的话来操作足够你活下来了，打开你的系统商店，去买酒精，对就是酒精。欸，你能不能别哭了，你哭的声音都比我说话声大了，弟弟……"

等到木柯成功通关，白柳发现自己的钱包里多了一张像是拍立得照片般的崭新钱币，钱币上印着木柯黑白惨淡的笑脸，角落里映着"200积分"，背后写着"灵魂钱币"，白柳用系统管理器一扫，还会跳出解释——

道具：玩家木柯的灵魂钱币。
使用方法：您对玩家木柯拥有灵魂债务所有权，对玩家木柯拥有支配、调控、养成、抹杀等一切权限。

支配、调控、养成、抹杀，白柳眯了眯眼睛——这不就是系统对玩家拥有的一切权限吗？

原来这叫作"灵魂债务所有权"。

换言之，系统对所有玩家都享有这个灵魂债务所有权，那进一步可以说，这些玩家在进入这个游戏的时候，算是已经把自己的灵魂出卖给了系统？

有点意思。

白柳问："那以后就相当于我是木柯的系统了？那我和游戏官方的系统到底谁对木柯的权限更大？"

系统：正在计算中……当系统与玩家白柳对玩家木柯的调配起冲突时，

考虑玩家白柳目前实力不足，以系统的决定为准。

啧，居然以实力为准，那以后他实力更强，是不是还可以夺走系统对木柯的支配权？甚至他还可以反过来支配系统？

不过这些白柳都只能想想，他现在体力值已经见底了，想再多都没用。他走出了那个黑漆漆的裂缝，头晕眩了一阵，差点双腿一软跪在地上——体力见底的后遗症。

王舜连忙扶住白柳："你刚刚怎么了？挥了一鞭子突然就不动了。"

牧四诚倒是若有所思地看着白柳："你怎么做到的？刚刚木柯用你之前用过的方式通关了。"

34

"我的个人技能。"白柳虚弱地对他笑笑，"你很好奇吧，需要我再给你展示一下我的个人技能吗？我现在体力值清零了，你给我一瓶体力恢复剂我就再给你展示一下。"

"当然我不白用你的体力恢复剂。"白柳故技重施，又拿出了1积分硬币，笑道，"用1积分给你换怎么样？"

牧四诚："……"

呵，鬼才和你换！

一分钟后。

系统提醒：交易成立，流浪者白柳获得一瓶体力恢复剂。

系统提醒：玩家牧四诚赠送玩家白柳一瓶体力恢复剂，价值180积分，可恢复玩家90点体力值。

牧四诚简直要疯了，恨不得骑在白柳的背上勒死这个正在懒洋洋喝恢复剂的人。他恶狠狠地逼问白柳："你到底是怎么做到的？这里是禁止偷窃抢劫的！只允许玩家互相交易和赠送道具！你不可能从我的游戏仓库偷到东西！"

还是在他面前！两次！梅开二度！

从来只有他牧四诚偷别人东西，这还是第一次被别人偷了东西！

"个人技能。"白柳一口气仰头喝干了体力恢复剂，觉得手脚有力后，含笑斜着眼睛扫了一眼牧四诚，"如果你还需要我再给你展示的话，可以……"

"不，不用了。"牧四诚面无表情地打断了白柳的话，他要是再上这人的当就是个傻子。

"啊，我昨天缴纳的驻留费用要到期了，我要先退出游戏了。"王舜和白柳打了个招呼，准备退出游戏，顺便提醒了一下白柳，"白柳，待在这个游戏大厅里需要每天向系统缴纳驻留费用，每个级别的玩家驻留费用不同，你这个级别需要每天缴纳100积分。"

"我缴纳的费用要到期了，我先下了，下次见。"王舜礼貌地和白柳、牧四诚告别。

"啧，我也要下了。"牧四诚看了一眼自己的表，扫了一眼白柳，"我还有事，下次再来找你，白柳。"

"下次我来找你玩游戏。"牧四诚忽然露出一个恶劣十足的笑，"你今天从我手里骗走的，我都会弄回来的，白柳。"

说完这句话，这两个人消失在了游戏大厅内，白柳被王舜带过一次路，按照原路返回了之前"新人区"的登出口，木柯缩在登出口的角落里浑身颤抖着，满脸狼狈的泪痕。

这"小少爷"其实长得相当不错，是很精致的美少年长相，这种眼角泛红、眼睫带泪的柔弱样子能让大批女生心疼得直喊"妈妈爱你"。

但白柳作为一个只爱钱的雄性游戏设计师，他把为数不多的爱都给了自己设计出来的恐怖BOSS和钱，对人类的外貌缺乏一种基本的共情，打动他起码需要塞壬王那种级别的美貌。

白柳蹲下来，木柯警惕地往后缩了一些，浑身的汗毛都竖起来了，眼眶里还含着泪，表情有种挥之不去的蛮横戾气："滚开！"

"初次，不对，第二次见面，木柯。"白柳一开口木柯就彻底呆住了，木柯有些怔怔地仰头看着蹲下来的白柳，眼睫上的泪滴在地上。他打了个哭嗝，也不叫白柳滚了，只是呆呆地一直盯着白柳。

木柯熟悉这个声音，在他将死的时候救了他一命的声音，他卖出灵魂的对象，用200积分就轻而易举烧死了那些他始终摆脱不掉的怪物，自称是很穷的流浪者的魔鬼。

白柳平静地俯视木柯："你是第二次见我了，不过看来你并不记得，也没关系，毕竟我们现在处于一种全新的关系了。"

"那就，木柯，初次见面，我是你的灵魂债权所有者，我叫白柳。"白柳对木柯伸出手。

隔了很久很久，木柯才好像是压抑到极致地哇的一声哭出来，他猛地冲向白柳死死地抱住了他，憋了好久的眼泪再一次狂涌而出，木柯好像是好不容易见到家长的小孩一样哭得上气不接下气。

"你怎么才来啊？！"

在那一刻，木柯以为自己拥抱的是一个他走投无路不得不依靠的魔鬼，但很久之后，木柯才知道，他拥抱住的原来是伪装成魔鬼的天使。

他对白柳献出信仰和灵魂，白柳赐予他心脏和新生。

白柳带着木柯登出了游戏，登出地点是在白柳的家。

登出时间差不多半夜了，这"小少爷"眼睛简直像是泉眼，出来之后足足哭了一个晚上，哭到自己昏迷过去，还死死抓住白柳的衬衫衣袖不放开，并且白柳一说让他回家，这"小少爷"的哭声就能把房顶掀开，死活都不回去，说他都把自己的灵魂卖给白柳了，白柳居然还赶他走！

还挺振振有词。

白柳觉得是因为雏鸟效应和吊桥效应，导致这"小少爷"对白柳这个本来应该扮演坏人角色的魔鬼产生了强烈的安全感，短期之内如果木柯不能从恐惧里清醒过来，应该不会轻易离开白柳的家。

但白柳并不想让木柯在他家里。

理由非常简单，这人哭起来太烦了。

于是白柳在木柯睡着的五分钟后就打电话通知了自己的原顶头上司，让他来领大BOSS的儿子——现在住在他家不走的木柯。

白柳的原顶头上司在接到白柳的电话的时候震惊得把咖啡泼到了电脑键盘上。

他一直不太喜欢白柳这个原下属，主要是白柳做游戏太有自己的想法了，每次让他加什么迎合市场、随大溜的元素，白柳都会直接说什么游戏设计已经满了，情节加了会出BUG之类的，总之就是加不进去了。

其实加不进去也不是什么大事，又不是非得加不可，但是上司就是很不喜欢白柳这种不听话的态度，一个打工的，让他做什么做就是了，找那么多借口，搞得他好像多厉害一样。

等到木柯接了白柳的班之后，几乎不做任何事情。上司不得不替这个"小少爷"擦屁股，接替白柳的工作。他这才发现以前的白柳并不是不听话，也不是什么找借口，只是实话实说。

现在轮到他来做白柳的工作，挑刺的人就成了木柯，木柯也是一天三四个想法，折磨得上司叫苦不迭，有时候他说加不进去了改不了了之后，木柯就冷笑一声说"你不听我的建议，我可以换一个会听我建议的人坐你的位置"。

现在上司屁股底下的职位也是岌岌可危，好不容易木柯不知道去什么地方玩消失了一天，没想到居然出现在了白柳的家里！

上司忍不住多想，这白柳和木柯到底是什么关系……但多想无益，他现在名义上是木柯的上司，实际上就是木柯的保姆，是必然要过去接人的。

等到上司到白柳家里的时候，木柯还在睡，上司见了白柳有点心虚和尴尬，但白柳倒是没什么感觉，他在出来之前用积分换了十万元，这游戏的积分还挺值钱，和人民币的兑换比例是1∶1000，100积分就可以兑换十万元。

手里有了钱，白柳现在看谁都是心平气和的，就算是看见这个啥也不懂还老是喜欢指手画脚的原上司，白柳也很有礼貌地开门让他进来，说："木柯还在睡，他昨晚哭了一晚，刚刚睡下，你不要吵醒他。"

上司木然地接受了这扑面而来的信息量，僵硬地"哦"了一声。

"那，要不然，你让木柯继续在你这里睡吧，白柳。"上司其实也不敢叫醒木柯，这人起床气特别大，午睡被人喊醒都要发脾气，更不用说是被这样叫醒了。

白柳当然拒绝了："不要，弄走他，他哭得我很烦。"

上司："！！！"

木柯被两人的说话声吵醒，睫毛颤抖了两下，还没有醒来，下意识抱紧了自己怀里的衬衫，小声呢喃了一句："白柳……"

看到这一幕的上司用谴责的目光看着白柳，白柳好像没感觉一样，他在工作的时候，这个上司每次提意见被他打回去，也老是用这种"你做错了事情"的眼神看他，白柳早就习惯了。

他很平静地喊了一声："木柯，起来，有人来接你了。"

木柯缓缓转醒，看到床边的上司就明白了白柳喊人过来接他了。

木柯反应十分剧烈，下意识想去抓白柳的手，对着上司很是厌烦暴躁地斥责，后背弓起，龇牙咧嘴，好像一只要被带去自己不喜欢的地方的猫："走开！我不回去，我就待在这里！"

"这里是我的地方。"白柳的态度还是淡淡的，躲开了木柯来抓他的手，"而我不允许你待在这里，木柯，回去。"

木柯浑身一僵，他转过头看向白柳，想要抓住白柳的手在半路上落空，木柯眼眶又开始泛红，嘴唇翕动着："白柳，我会很乖的，你不要赶走我……"

"我在以我们两人的关系命令你，木柯。"白柳很平静地说，"你没有拒绝的权利。"

白柳其实可以理解木柯不想走,这人的求生欲望非常强烈,而白柳在那种情况下救了他,让木柯在潜意识中把"待在白柳身边"和"可以活下去"画上了等号,与其说木柯现在对白柳是依赖,不如说是木柯对"没有白柳保护"的环境感到恐惧。

木柯的眼泪滑落,他咬着下唇看了白柳很久,终于顺从地下了床,满脸苍白、浑身颤抖地站在了上司背后。木柯的恐惧几乎挂在了脸上。

白柳看着这样的木柯,觉得有必要对这个自己拥有他灵魂的玩家发出一定层面的引导,就像系统对玩家做的那样。

"木柯,如果你一直这么脆弱,不能脱离我生存,不能拥有更多对我有价值的东西,"白柳轻声说,"那我很快就会抛弃你,懂吗?因为我还可以像对你一样,拥有很多和你一样的人,但你只有我一个。"

"我,我知道了。"木柯嘴唇泛白,轻声应答,他低下头抬手擦了一下眼睛,控制住了自己的哭腔,"我会努力对你有用的。"

围观了全程的上司一脸震撼,觉得自己好像看了一场大戏。面部因为过于震撼呈现一种"死机"状态,他有点害怕地看了看白柳。

白柳居然敢这么和木柯这"小少爷"说话!他到底是什么身份?

木柯跟在恍恍惚惚的上司后面走了,等出了门,憋得不行的上司还是问出了口:"木少啊,你和白柳到底是什么关系?"

"什么关系?"木柯眼睛很空茫,好似在自言自语,"我属于他,他拥有我的灵魂,是我的主人。"

上司打了个寒战,瑟瑟发抖、欲哭无泪地领着木柯走了。

感觉自己辞退了很不得了的人。

木柯走了之后,白柳打开了木柯之前赔偿给他的顶配版电脑,开始查询《塞壬小镇》的相关信息。

在正向搜索、反向搜索,加上杰尔夫和安德烈等人名搜索都没有得到匹配信息之后,白柳揉了揉发僵的脖子,若有所思——看样子那个游戏的确不是现实中的产物,但如果是个虚拟产物的话……

白柳目光深沉地从自己脖子上用食指撩出一根线,上面挂着一枚中间穿孔的一块钱硬币,是他在游戏中的管理器,白柳在手背上好似玩弄地翻转了几下,但这个硬币毫无反应,没有弹出任何游戏面板,他不禁思索。

如果游戏是个彻底的虚拟产物，这个东西是怎么跟着他来到现实的？

并且，白柳拨弄了一下硬币，硬币和一个薄如蝉翼的鳞片分开，一片质地像冰的半透明鱼鳞被线穿过挂在了白柳的脖子上，贴在硬币上幽幽地散发着斑斓氤氲的光。

白柳是出来之后才意识到，自己脖子上突然多了一块鳞片，要是没猜错，这就是他得到的那个道具"塞壬的逆鳞"，就是不知道为什么会在他完全没有取出来的情况下，跟着他一起从游戏里出来。

但考虑到系统对这个道具的建议——"逆鳞代表了塞壬王对你的喜爱的回复，希望玩家长期佩戴"，白柳戴了一夜发现没有任何异常之后，也就随它去了。

但这也是白柳正在思考的地方，如果把游戏虚拟化成一个"思维宫殿"这种类似于人的意识构成的东西，是不合理的，因为存在硬币和鳞片这种实际的东西，也就是说"游戏"应该是一个客观并且真实的存在。

存在就会有迹象，白柳却没有在网络上发现任何这个游戏存在的迹象，这就很奇怪。

因为除了白柳，一定有其他玩家进入过这个游戏，毕竟一次就会登入一百个玩家，只要有一到两个玩家存活出来随便发个和这个游戏有关的帖子或者微博、朋友圈，在这种信息流通极快的大数据时代，就能被查到，但白柳没有查到任何和这个游戏概念相似的东西。

存在过的东西就一定有痕迹，白柳思索着没有痕迹的原因——

除非是这个痕迹被抹消了。

白柳眯了眯眼睛，打开微博，写了一段有关《塞壬小镇》游戏的具体信息，点击了发送，结果就亲眼看着自己发出去的微博像是褪色一样淡化然后消失不见。

35

果然，"游戏"具有高于现实世界的权限，可以篡改现实世界的"事实"。

这是一个被篡改之后的世界，而他们这些被选中的玩家发现了这个"事实"，却被"禁言"了，无法透露这个"事实"的丝毫。

就是不知道这个"禁言"能到什么程度。可以记录东西的客观存在是很好篡改抹消的，像是删除记在纸上的文字和发出去的微博之类的，这种程度的"抹消"，现实世界的人类也能做到。

白柳从抽屉里找出自己屏幕摔得稀烂也没舍得换的手机，找到里面一个朋友的电话，拨打了过去，在对方反应过来之前就语速飞快地把自己遭遇的一切都说了，朋友听完之后接连惊叹，白柳的手放在桌子上敲打，随着敲打漫不经心地低声倒数："7，6，5……"

　　"你倒数干什么啊！你快和我继续说说你遇到的这个事情啊！天哪是真的吗，不是你编的吧，这也太刺激了……"

　　白柳垂眸："3，2，1。"

　　朋友的声音戛然而止，然后开始变得迷惑起来："欸，白柳你打电话给我干什么？欸？！我什么时候接你的电话的？！我怎么一点印象都没有！"

　　"没什么。"白柳随口敷衍道，"就是想你了，打个电话给你。"

　　七秒是刚刚白柳发出微博到微博最后一个字彻底消失的时间，他特地记了一下，没想到"游戏"连人类的记忆这种"非客观存在"的东西也能轻易篡改，而且也只需要七秒就能彻底篡改，没有多花一秒时间。

　　看来篡改人的记忆的难度对"游戏"来说，也并不比篡改一段数据大多少。

　　"呕，白柳你这种人只会对钱说想吧，别恶心我了。"朋友显然对白柳很是了解，一边开玩笑一边问，"说真的，你怎么想起给我打电话了？有事？"

　　"我在想一个问题，陆驿站，你说人的记忆是不是只有七秒？"白柳散漫地以手指敲击桌面，用笔在纸张上记录他在游戏中的经历，然后再看着这些文字一个又一个地消失。

　　陆驿站的声音一顿，好似有点迷惑："你怎么突然思考这种哲学的问题了？而且你这个问题错了吧？原话不是'鱼的记忆只有七秒'吗？"

　　"我记错了吗？"白柳懒懒地伸了个懒腰，"或许吧，毕竟只有七秒的记忆，记错事情也很正常。欸，你说有没有可能这句话的原句是'人类的记忆只有七秒'，然后被什么东西篡改成了'鱼的记忆只有七秒'，用来糊弄我们这些只有七秒记忆的人类？"

　　陆驿站已经习惯白柳失业之后说一些很奇怪的话，他哭笑不得："你失业之后都在想些什么？我今天发工资了，请你吃饭，别思考这些人啊鱼啊七秒记忆了，要是人都只有七秒记忆，你让我们这些背法律条款的人天天背书的时候怎么办？"

　　"你请吃饭我当然去。"白柳随手把脖子上的硬币丢进领口里，被和硬币不同的冰凉触感凉了一下，是那一块塞壬王的鳞片触在他的胸前。白柳还没挂断电话，又鬼使神差地问了一句："如果人的记忆只有七秒，鱼的记忆也只有七秒，陆驿站你说——人鱼的记忆有多少秒？"

"你怎么还在纠结这个问题啊！还扯出人鱼来了。"陆驿站无奈笑道，"按照你的假设，人和鱼的记忆都只有七秒，人鱼的记忆肯定更短吧，零点几秒？"

"应该吧。"

虽然对那条叫塔维尔的人鱼说了再见，但可能在白柳离开的一瞬间，对方就把自己忘了吧。

白柳很少因为被人遗忘忽略产生失落感，他本身不追求人类认可，只要有钱自娱自乐也活得不错，但塞壬王真是一段前所未有的美丽的数据，就连白柳这样毫无感情的家伙，也对自己在对方记忆里的几秒被抹消，产生了一点微弱的遗憾。

不过也只是一点而已，只有鱼鳞大小的一点。

陆驿站和白柳能玩到一起，主要是因为这两人如出一辙的吝啬，这两人通过分享各种打折抽奖信息成了无可动摇的革命好友，当然也有人觉得这两个人玩在一起，只是因为这两人都没有父母，是一对可以互相理解对方凄惨的孤儿。

白柳在烧烤摊上刚坐下，陆驿站就眉眼弯弯地开了口："白柳，我要结婚了。"

"恭喜恭喜。"白柳倒是不惊讶，陆驿站和他女朋友恋爱好几年了，结婚很正常，"那今天这顿我请，等下给你包两千块的份子钱。"

陆驿站差点一口冰啤酒喷在白柳脸上，他愕然地瞪大了双眼："你疯了？！又是请客又是给我包份子钱！还两千块！你不是说你这辈子都不会给人包结婚份子钱，做这种肉包子打狗有去无回的事情吗？"

是的，这是白柳在一个同事结婚的时候说的话。

这同事平时和白柳这种不假辞色的人不太相处得来，就一直背地里说白柳的闲话，但是结婚的时候倒是一直觍着脸往上凑，想让白柳掏份子钱，还说"其他同事都给了一千二，白柳你这里也凑一个月月红，一千二就行了"。

这个时候白柳就一脸淡定地说出了"我本人没有结婚的安排，所以我是不会给陌生人包结婚份子钱，做这种肉包子打狗有去无回的投资的"这种石破天惊的言论。

那个同事脸都黑了，他被白柳直接骂成了狗，白柳这意思就是他和他老婆是一对"狗男女"是吗？气得这同事在背地里疯狂说白柳的坏话，说白柳会断子绝孙。

但白柳听了之后也毫无波动，他的确没有养育后代的打算，所以这种脏话对于白柳来说只是对他未来生活的客观叙述，没有生气的必要。

"并不是一定不会，我只是不会给陌生人包份子钱。"白柳接过啤酒喝了一口，"但你不算陌生人，我们有来有往，我给你包份子钱不算无效投资。"

陆驿站听了有点窝心又有点想笑："怎么，你还准备从我身上把这投资的份子钱赚回去？欸，说真的白柳，我真不用你掏份子钱，我就是结婚了高兴，想请你过来吃饭，我朋友不多，你算一个，你来我就挺高兴了，而且你现在情况也不好吧？真的算了。"

"等你有钱我们再来说这些。"陆驿站一边说一边挥手，做了一个虚拟推拒的手势。

如果说白柳的精打细算是天性使然，陆驿站的抠抠搜搜就是生活所迫。

陆驿站是个穷警察，也就是最近日子好过点，但比起失业的白柳也算是好上太多了，他是真不想白柳掏这个钱。

白柳吃了一串烤腰子，擦了擦嘴，突然开口："我最近一周赚了十万块。"

"噗——"陆驿站真喷了，"你干什么去了？"

他知道白柳不会骗他，说挣了十万就是十万，所以陆驿站是真的惊了："你不会真的去干什么违法犯罪的事情了吧？！我会大义灭亲亲手抓你的！"

陆驿站一直知道白柳的脑子非常好使，但都用在一些很奇怪的地方上，比如设计恐怖游戏的情节之类的，所以骤然听到白柳暴富，陆驿站第一反应不是"酸"，而是脊背发毛地掏出了手机，警惕地准备报警通知同事。

陆驿站知道白柳这人道德底线非常低，再加上那个什么"金钱囤积症"的心理毛病，在没有了收入来源之后，白柳能做出什么来还真不好说。

"我换了一份工作，你不用那么紧张，我问过了，是合法的。"白柳一边剥花生嘎巴嘎巴吃着一边说道，"这份工作收入很高，就是比较危险，不过蛮适合我的。"

"什么工作收入能那么高？"陆驿站将信将疑，"一周十万？"

"大概就是把自己的灵魂出卖给某个大型地下组织，我不能透露这个组织的存在。"白柳摸着下巴思索着，试图用一种不会被封禁的方式说出自己在"游戏"中的经历。

"然后我会登台演出，或者叫直播，在台子上做这样那样出卖身体和灵魂的事情，会有一些奇形怪状的东西来欺负我，然后给观众看，看我演出的观众有些还会给我打赏很多钱，然后我就挣到十万块了。"

陆驿站脸上出现了迷惑、震惊、恐惧等复杂表情，最后定格在怜悯上，陆驿站悲痛地看着白柳："你是在……夜总会吗，白柳？"

白柳："……"

白柳解释之后，陆驿站勉强相信白柳不是在做违法的事，但坚决不收白柳的份子钱，他觉得这是白柳的卖身钱，他不能要！

白柳："……"

如果陆驿站非要这样理解，好像也不是不可以。

短暂地聚会之后，白柳回家休息了两天，给自己的房东缴纳了半年的租房费用，简单地清扫了一下自己的房屋，就准备进入"游戏"了。

虽然"游戏"要求的是七天进入一次，但白柳觉得他需要提前进去了解一些别的事情。

不过走之前可以吃顿好的，就算是死在游戏里也相当于有顿不错的断头饭，白柳想着，去楼下吃了碗加煎蛋的面。

楼下小面馆老板的手艺相当不错，小面馆里还用架子架起了一台电视，上面满是油污，正在吃面的白柳看到电视里正播报社会新闻。

女主持人的声音清晰响亮："涉嫌杀害一名高三女学生的重大嫌疑人李狗的律师再次提起诉讼，称李狗维持死刑原判的证据不足，目前正在准备二次审判——"

电视上一张满脸横肉的嫌犯照片和一张眼睛打了马赛克的穿着校服的微笑女生照片并排放在一起，格格不入。

面馆的男老板也看到了这个新闻，用围裙擦了擦手，摇头感叹："造孽啊，好好的女娃娃就被糟蹋了，我要是这女学生父母现在都可能要疯了，本来都要判了，现在突然又说证据不足，说证据突然消失了，现在网上吵翻天了。"

电视上的女主持人还在声调毫无起伏地播报着："目前受害者家属情绪起伏严重，正聚集在法院门口闹事，相关人员已介入调查及协调。"背后的视频里一个歇斯底里、头发凌乱的中年女性被一群人拦着，憔悴得几乎失去了人形，眼睛周围一圈皮肤被泪水泡得发白发皱，就算是用手背勉强擦干眼泪，但在下一个呼吸到来的时候，好不容易擦干的眼泪瞬间又掉了下来。

这女人被人卡在胳肢窝下面又被一群人拦着，但是她却发了疯一般往法院门口冲，半跪在地上号哭，宛如一只撕心裂肺的母兽："她才十七岁！为什么证据会不见？为什么所有记录了那个禽兽对我果果做了什么事情的证据和文件都不见了？你们是不是在包庇他？！"

旁边一个中年男人已经被保安制伏，他凄厉地在地上扭动大叫，衣服都被他的挣扎弄破了。

男人眼里流着泪哭喊:"放开我!还我女儿公道,还我女儿清白!把李狗那个畜生叫出来,我在果果的墓前发过誓,一定要杀死坏人给她报仇!"

画面一转,眼睛上打了一圈马赛克的李狗出现在了视频里,他含蓄地压着自己的嘴角,但那种犯罪成功的得意依旧溢出来:"没做就是没做,之前的证据都是那两口子虚构来嫁祸我的。"

"我这种好人,"李狗咧开嘴角,被马赛克糊住的眼睛和一直上扬的嘴角让他的表情有种诡异的狰狞和暴虐,他嘶哑地低语着,"老天都会帮我的,那种随意造谣诬陷我的坏人,才该被烧死。"

"好惨啊。"面馆老板是个面团般柔软胖乎乎的男人,现在在看一个社会新闻看得用围裙抹眼泪,"这两口子我还认识,之前住我们这边,女儿叫果果,成绩还挺好的,没想到……怎么会出这种事呢?"

"突然消失的证据?"白柳吃完最后一口面,看着屏幕上的社会新闻挑了一下眉毛。

这种抹消某种客观存在的手法,和"游戏""禁言"的手法有点微妙的相似啊……

"这个女孩子的墓地在什么地方?"白柳询问面馆老板,"或者你有她父母的电话吗?"

面馆老板一愣:"有倒是有,你要干什么?"

"我或许可以帮他们。"白柳擦擦嘴,在桌上放了十块钱压在面碗下站起。

面馆老板一愣:"帮他们?你怎么帮?"

"用一种非常规又合法的手段。"白柳平静评价。

白柳已经发现了,这个游戏完全就是传销式的推广方法,玩家和玩家就像是多米诺骨牌一样一个接连一个,被一些看起来好似毫无联系但其实是有一定内在联系的事件碰到,陷入被"游戏"预设好的圈套和绝望之中激发强烈欲望,再被收纳进"游戏",成为贩卖灵魂给"游戏"来满足自己失控的内心欲望的"玩家"。

进入游戏的条件是有强烈到不顾生死的个人欲望,比如白柳的要钱不要命。

如果白柳没猜错,可能这个世界上的"玩家",很快就会多出一对伤心绝望的父母了。

那个李狗应该也是一个玩家,李狗应该是使用道具消除了自己的罪行,这个行为迫使这对失去爱女的父母求助无门,陷入极端的复仇欲望之中,从而达到被游戏收纳的玩家标准。

就像木柯因为心脏不好想要体验人生，空降在白柳原先的岗位上，迫使白柳下岗之后进入对金钱失控的渴望中，从而进入游戏。

这个世界里的每一个人，就像是游戏里的棋子或者积木，游戏宛如命运之手般随意摆弄着他们的人生，就像是在进行一场有趣的游戏。

多么狡猾又残忍的游戏。

36

面馆老板找给白柳两枚一块钱硬币，白柳把硬币装进了自己的旧钱包里。这位面容和善的面馆老板犹豫了很久，还是告诉了白柳那对夫妇的电话和地址，还用一种唏嘘的口吻说，要是能帮，就帮帮他们吧，人活着都不容易。

白柳离开面馆的时候下起了蒙蒙细雨，他撑着一把纯黑的伞，坐了一班公交车来到了面馆老板所说的墓地，在一片静默的墓碑里，他很快找到了那对在电视上出现的父母。

他们没有打伞，红着眼眶淋着雨站在女儿的墓碑前，他们手中唯一的一把伞被放在了墓碑上，遮住了墓碑上笑得开心快乐的果果的黑白照片。

"你就是……白柳？"果果母亲声音因为哭了一早上，泛出一种粗粝的哑，她用一种满含戾气的眼神看着白柳，"你打电话说你有办法可以将李狗绳之以法？你有什么办法，或者说你想要什么，钱吗？"

白柳在雨中微笑着，蒙蒙的雾气在他的脸上晕染出一种奇异的圣洁感："我来和你们做一场交易，但我不要钱。"

这可能是白柳这辈子第一次说"我不要钱"这种话。

他说："我帮你们实现你们的愿望，帮你们让李狗伏法，而你们要将灵魂贩卖给我。"

果果母亲早有预料地嗤笑了一声："灵魂，又是一个骗子。"

她木然地转过头去，看着墓碑上果果的黑白照片，眼眶又泛起了红。

果果父亲警惕地看了白柳一眼，因为果果的事情，他们这段时间求助了不少人，各种办法门路都想过试过了，也遇到了五花八门的骗子。

他们这次来见这个据说可以让李狗得到报应的人的时候也做好了对方是个骗子的心理准备，但他们还是准备来碰碰运气，不过没想到白柳一开口这么离

185

谱，说要买他们灵魂的骗子，他们还是第一次遇见。

这简直是在玩弄他们的感情。

果果父亲冷声警告："骗子，滚！"

白柳不为所动地单膝蹲了下来，平视着墓碑照片上的果果，念道："李狗，四十七岁，于数月前在马家巷巷口杀死女学生刘果果，入狱审判，因情节恶劣影响严重被判死刑。一周前，证据和与证据相关的所有文件突然都离奇消失，相关人员也纷纷记忆模糊表示不记得是否见过证据，此案重审。"

听到这些事实，果果的父母的眼神变得满含悲愤，两个人都咬着牙齿握紧了拳头恶狠狠地看着白柳。

白柳就像是没注意到这两个人已经被自己述说的事实激怒，准备打自己一般，继续平静地说着："如果我没有猜错，这个李狗在之前就说过自己一定会无罪出狱，证据会消失这种话。"

"你怎么知道的？"果果母亲惊疑不定地看着白柳。

他们一直密切关注着这个李狗在狱中的反应，刚刚入狱的时候这个李狗暴躁又疯魔，在知道自己很有可能被判死刑之后更是成天大喊大叫，愤恨不已地说自己要报复他们。

但不久之前这个人的态度突然变了，最近一两周这个李狗甚至会心情很好地哼歌，还放话说自己迟早要从这个鬼地方出去，那些证据都会消失，老天爷不会冤枉好人之类的话。

似乎早就料到了自己会出狱，所以她才怀疑有人包庇这个畜生。

"嗯，你们可以理解这个李狗和某种魔鬼做了交易，出卖了自己的灵魂，所以才能神不知鬼不觉地抹消证据。"白柳撑着膝盖站起，平视这对犹豫忐忑正在打量他的父母，"我算是来和这个魔鬼抢生意的吧。"

刘果果的父母将信将疑地看着白柳，似乎不怎么相信他的话，但看着他的眼神又带着走投无路孤注一掷的绝望和希望。

关于李狗的这些消息，消息灵通点的人也的确可以打听到，不排除白柳是个知道了一些消息就来骗他们的骗子。

但所有能用的办法他们真的都用过了。

"你有什么条件？"果果母亲谨慎地问道，"是要钱吗？但我们没有多少钱了。"

白柳微笑："我一开始就说过了，我不要钱，我要你们的灵魂债务权，完整的。"

白柳只是好奇，如果在进入游戏之前就抢先收购了这些玩家的灵魂，系统会怎么样？

会不会在游戏中拥有对这些玩家比系统更高一级的权限？

如果白柳对这对父母拥有比系统更高的灵魂权限，他是不是就能通过操控这对父母的行动，从而操控这对父母的系统，最终达到对系统的支配？

白柳喜欢钱，但讨厌被人骑在头上挣钱，这让他有种在公司里做底层的憋屈感，所以他想尝试一下能不能反过来支配系统，拥有最高权限。

似乎是察觉到了白柳危险的想法，白柳胸前的硬币开始发烫，他耳边响起那种电流不稳的报警声。

系统警告：刺啦——禁止玩家白柳——刺啦——抢先收购预备役玩家的灵魂债务权！禁止玩家白柳在游戏外对非玩家进行交易！

系统警告：即将——刺啦——封存玩家白柳的旧钱包技能！

白柳遗憾地叹息，在"现实世界"被"游戏"监控的情况下抢"游戏"看上的"预备役玩家"的灵魂果然不行吗……

也对，"游戏"应该不会允许有比它权限更高的玩家存在，换白柳做游戏设计师，他也会阻止的，不过白柳还是试了试，不成功也就算了。

白柳刚想放弃的时候，他胸前和硬币挂在一起的那块鱼鳞开始缓慢地生长延展包裹住硬币。

冰凉的鳞片包裹住滚烫的硬币，硬币瞬间冷却下来，系统发出仿佛惨叫般的电流声。

警告——刺刺——鱼鳞中的异常数据正在入侵——BUG数据入侵——正在清除异常数据——异常数据清除失败——被异常数据占领——刺刺刺刺。

在一阵乱七八糟的电流声过后，响起了一道全新的、冷淡又带着磁性的电子男声。

系统：玩家白柳你好，请问你是否使用个人技能？

听到这声音，白柳微妙地扬了一下眉尾，他系统的声音变得有点微妙地熟

187

悉，虽然还是带着电子的金属感，但比之前那个系统的声音冷好几个度，还非常好听，白柳觉得这个声音有点像他遇到的那个NPC"塞壬王"的声音……

白柳笑："当然使用。"

刘果果的父母听不懂白柳的一些话，他们有些迟疑，不过他们也实在没有别的选择了。

就算白柳是个骗子，来哄骗他们，也拜托请给他们、给果果一点希望吧！就算是假的也好啊！

果果母亲率先崩溃地捂着脸跪下，她流泪道："只要你能让李狗伏法，你要什么都行！都拿走吧！我把所有的钱都给你！"

白柳勾唇笑着："不，我不会要你们一分钱，相反，我还要给你们钱。"

他从自己的旧钱包里拿出面馆老板找零给他的两枚硬币，放在手心上摊开递过去。

白柳垂下眼帘："我用一块钱买你们的灵魂，你们是否愿意和我进行这场交易？"

果果母亲咬咬牙接过了硬币，果果父亲也在迟疑几秒过后，从白柳的手心里拿走了硬币。

"愿意。"

无论这个人是干什么的，只要愿意帮他们给果果报仇，就算是个满口胡话的神经病，他们也愿意试一试。

系统提示：玩家白柳使用两元（现实货币）分别购买了刘福和向春华的灵魂。

系统提示：玩家白柳是刘福和向春华灵魂的优先购买者，享有最高权限，可以转移部分刘福和向春华的灵魂债务权。

向春华在说出那句话之后，身体有种奇异的蒸腾感，就好像某种沉重的东西从她疲惫的躯壳中被抽走换了一个地方储存起来。

她看向面前笑眼弯弯的年轻人，心中有股油然而生的说不出来的信赖和诚服感。

向春华怔怔地问出口："你叫，白柳是吧？你是做什么的？我们要去什么地方找你？"

"我失业了，是一个贫穷的流浪者。"白柳垂眸看着钱包里多出来的一张崭新钱币，"你们会在一场游戏中找到我，希望我见到你们的时候，你们活着通过了第一场游戏。"

钱币上，向春华和刘福一左一右满脸绝望、满脸泪痕地站在墓碑旁边，两个人分别把一只手放在墓碑顶上轻轻抚摸着，就像是在抚摸自己孩子的头顶，而墓碑上的刘果果被伞遮着挡雨，脸上笑靥如花，钱币的右下方写着"2元"，背后写着"灵魂钱币"，下面跟着一行小字，"非系统银行发行，最高权限不归属系统，归属所有人白柳"。

白柳微微弯起了嘴角："嘿，新系统，做得不错。"

系统沉默两秒：

多谢夸奖。

白柳胸口包裹住硬币的鱼鳞微微热了一下，又重归冰冷。

离系统规定的一周必须进行一次游戏的倒计时还有不到两天，白柳准备进入游戏了。

他整理好了东西，给木柯发了消息说他要进游戏了，然后给向春华和刘福打了好几遍电话都没有人接，打座机也无人接听，白柳心里就大致有数了——这两个人应该进入游戏，已经陷入昏睡了。

白柳洗了一个澡，换上了他自己最喜欢的很舒适的小丑带绒球的睡帽和班尼睡衣，给自己把被子盖到胸口，手握住胸口的硬币在心里默念了两遍："登入游戏。"

系统：玩家白柳是否确认登入游戏？

白柳闭上了眼睛："确认。"

系统：正在登入……

"等等！"白柳突然又睁开了眼睛，猛地起身去上了个厕所，又把家里的电闸、天然气阀门和水闸关了，才满意地躺好，"现在开始登入吧，不然我睡着的时候开着这些阀门会漏一些水电气，浪费钱。"

系统：……

系统：正在登入游戏……

白柳陷入一阵旋涡般的黑色睡梦中，等他再次苏醒的时候，已经站在人来人往的大厅里了。

系统：鉴于玩家白柳有小部分知名度，是否调节部分外貌数据隐藏身份？

"还可以调外貌数据？"白柳起了点兴趣，"我可以自己设计绘画外貌吗？"他蛮擅长捏脸画画的。

系统：可以，进入自主捏脸程序，需要支付300积分，玩家白柳是否支付？

"要给钱的啊？"白柳迅速地放弃了，"那你看着办，随便调调就行。"

系统：进入随意脸部调节程序——瞳色改变（黑→蓝），发色改变（黑→七彩），唇色改变（肉色→黑）……

很快，一个顶着七彩脏辫鸡窝头、涂了黑口红，让人一看到就联想到"非主流"的人就在游戏大厅里神色平淡地闲逛了，吸引了旁边无数呆滞或震惊的目光。

便宜没好货，白柳预料到了自己免费调出来的脸不会太好看，所以他也就坦然接受。

反正他看不到自己啥样，辣的也是别人的眼睛，白柳很无所谓。

白柳一边刷着游戏管理器上的论坛，一边到处走，了解这个游戏大厅的内部构造。

游戏大厅由"直播小电视区域""游戏登入区域"以及"游戏登出区域"三个部分构成。

玩家可以在"游戏登入区域"选择游戏登入，登入后游戏的过程会出现在"直播小电视区域"的各种小电视里，最终成功通关的玩家会在"游戏登出区域"登出，而失败的玩家会永远被困在游戏中，或是被完全异化成怪物，或是直接"死亡"。

三个区域里最复杂的是"直播小电视区域"。

这个区域的构造简直像迷宫，不同区域的装修风格相差极大，彼此违和地连接在一起，白柳几乎花了眼睛，各种各样的分区、专区、推广位，上百万个小电视里上演着不同玩家的游戏过程。

白柳的小电视去过的"新人区""死亡喜剧专区""单人游戏分区"，只是"直播小电视区域"上千个分区中的三个而已，推广位的种类更是五花八门，一个分区就有几十种不同类别的推广位。

但推广位还是有高低之分的。

在所有分区推广位当中，最难登上、含金量最高的是"中央大厅国王推广位"，只有当日综合数据排名前十的玩家才能登上，几乎成了大神驻扎的地方。

白柳看见论坛里说，这个推广位已经很久很久都没有新人登上过了，其中第一、第二名更是雷打不动，只要"黑桃"和"红桃皇后"进入游戏，他们就是"国王推广位"排名第一和第二的玩家。

而对于新人来说，顶级的推广位则是"中央大厅噩梦新星推广位"，牧四诚就一直是这个推广位的第四名。

白柳上次上过的"中央大厅核心推广位"的确不错，但放在所有推广位当中来说，只能算是"高级推广位"，是付费用户比较多的推广位，和几乎所有玩家都关注、都会花积分看的"顶级推广位"还差一个层次。

牧四诚说自己很难登上这个"中央大厅核心推广位"是因为发挥不稳定，牧四诚发挥好的时候都跳过这个推广位直接上了"噩梦新星推广位"，而发挥不好的时候，牧四诚都摸不到"核心推广位"的边。

除了最好的推广位和最高的分区，当然还有最差的推广位和最低的分区。

白柳的脚步停在了一处荒凉的、好似垃圾站的区域门口。

这片区域的墙壁一片纯白，小电视没有被很规整地摆放好，而是歪歪扭扭堆成了一座小山，小山似的小电视堆里是很多玩家正在挣扎求生的可怜模样。

电视屏幕上大多有噪点，看起来质量不太好的样子，有些小电视干脆就是雪花屏幕，也不知道里面的玩家是死是活。

这"电视山"排得非常长，像一列看不到尽头的火车，从白柳站在门口一直往里衍生进一片空旷的纯白里。

无数的玩家的声音扭曲着充斥在这个纯净又杂乱的区域里,很像白柳在电视里看过的那种很有未来科技感的电子仪器遗弃之地,这个区域门口的招牌好像随时都能掉落,是四个歪歪扭扭的大字——无名之地。

这游戏真是露骨的残酷,最高的玩家等级就是"国王",最低的玩家等级连名字都不配拥有。

这是唯一一个没有任何推广位分类的区域,当然也没有区分的必要,看起来在这个区域的任何一个地方用小电视直播,推广效果都应该差不多,因为这个地方没有一个观众,而落入这个地方的玩家,几乎没有任何翻身的可能了,这里相当于这个游戏的监狱,只有被彻底放逐和放弃的玩家才会沦落到这里。

白柳站在这个冷清寂寥的"无名之地"思索着一些问题,论坛上讨论他却讨论得热火朝天。

那个第一次进游戏视频就进了 VIP 库的新人玩家白柳的七天倒计时要到了,赌一赌他下次选什么游戏!

1楼:他真的好擅长玩诡辩,我复盘他上一次的《塞壬小镇》的游戏视频三次了,每次都有新体验,我好想看他玩新游戏!

2楼:我也想我也想!我想看他玩多人游戏!单人游戏的收益和奖励都远远比不上多人游戏,而且多人游戏竞技性和趣味性更强,我好想看白柳和大神们对战!

3楼:的确,这个叫白柳的喜欢玩非常规套路,但在多人游戏里,玩非常规套路很容易"翻车"吧?第一,白柳无法确定是否每个人都能配合他那种奇奇怪怪的思路,多人游戏变数比单人游戏大得多。第二,如果遇到杀手类型的玩家,喜欢杀死玩家抢劫道具和积分那种,白柳这种积分和道具都很多的肥羊很容易被抢劫淘汰的,大厅里禁止,但是游戏里是不禁止的啊……

4楼:我觉得他最好就在单人游戏区待着,多人游戏区这种大神云集动不动就"大屠杀"的区域不适合白柳这种诡辩思路的玩家,他那个F级别的面板属性进去可能连第一个主线任务都没有完成,就被其他玩家淘汰了……

5楼:也不一定吧?白柳在《塞壬小镇》里不是靠着精神值下降,狂暴面板属性涨到了超A级玩家的层次吗?遇到了大神也不一定就会被虐吧?

6楼:我弱弱地说一句,我觉得白柳上次《塞壬小镇》那个什么"狂暴巅峰"精神值只有1，到了超A级玩家的层级，纯粹就是运气好吗？万一精神值没稳住，直接跌到0了，他不就直接完了吗？

7楼：多人游戏区还是要各项属性很均衡的玩家，白柳这种"偏科"严重，智力值太高、攻击值太低的玩家，真不适合多人区，去多人区就是不自量力——找死。

8楼：多人游戏的核心看点是竞技啊，游戏中综合评定第一的玩家得到的奖励和其他玩家得到的奖励完全不是一个量级的，去多人游戏大家都是奔着第一去的，但白柳毫无单人竞技优势，啧啧，看起来只能依附于某个大神当智囊……

9楼：如果有公会愿意养他，给白柳配备一个高攻击玩家的团队，让他做"脑"来操控其他玩家，倒是可以走多人游戏这条路，像那个谁，积分榜排199名那个玩家"提线傀儡师"，不就是靠操纵其他玩家登上积分榜前两百名的吗？

10楼：楼上有没有搞错啊？不是随便什么人脑子聪明点就是"提线傀儡师"那种级别的，白柳和"提线傀儡师"完全就不是一个量级的玩家好吗？"提线傀儡师"是国王公会里的大牌玩家，国王公会养他的手笔很夸张的！他手里所有"傀儡玩家"都是国王公会给他精挑细选的，随便一个单独拿出来面板属性都能压倒白柳，而且"提线傀儡师"本人智力值93好吗！93！白柳只有89！白柳只是上次运气比较好，没有什么大神开直播，偶然冲进了前一百名，但现在早就掉下去了，现在白柳的综合排名三千开外好吗！"提线傀儡师"排名一直稳定在前两百！

11楼：这个"提线傀儡师"真挺谨慎聪明的，在游戏里都是隐藏在自己的"傀儡玩家"里保护自己，我这个追了他好多期游戏视频的人现在都还认不出"提线傀儡师"长啥样，我有时候甚至找不出他是哪一个玩家……

12楼：说起来，"提线傀儡师"上次游戏不是死了一个"傀儡玩家"吗？国王公会好像在给"提线傀儡师"招新的"傀儡玩家"，欸，那开的待遇真的好好，虽然只是做傀儡，一次游戏都给1000积分，还有道具可以拿，要不是我不够格，我也想去应聘，呜呜呜。

13楼：别想了，已经招完了，好像是一个叫李狗的玩家应聘上了……

王舜看着论坛里大部分说上一次白柳冲上核心推广位只不过是运气好的言论只想笑，他摇摇头，关上了游戏管理器。

看来，大家都把白柳的幸运值只有 0 这点给彻底遗忘了，要是白柳都运气好，他们这些随随便便幸运值都上 30 的普通玩家岂不是幸运之神的宠儿？

不管怎么说，王舜还是赞同论坛里一些观点的。

白柳现在其实不适合玩多人游戏，多人游戏会集了整个游戏中 80% 以上的玩家，竞争不是一般的激烈，白柳虽然上次狂暴的确爆出了超 A 级玩家的身体素质，但他要爆出这种素质必须精神值跌到 1 才行。

1 的精神值，太危险了，怪物随便弄一下就清零了。

虽然白柳潜力很高，但现在明显还处于发育期，最好不要去淘汰和竞争都更残忍的"多人游戏区"，而是在"单人游戏区"里把面板属性补足之后，再去"多人游戏区"试水，当然对于白柳这种极具潜力的新人来说，还有一个更快的发育方法——

直接加入大公会。

38

王舜作为国王公会的成员之一，因为个人技能和信息收集有关，所以主要负责的工作有两个，一个是收集各类游戏的通关数据，另一个就是替公会寻找很有潜力的新人并且网罗对方。王舜本来想把白柳的数据报上去，但看到国王公会里给"提线傀儡师"招收"傀儡玩家"的公告，王舜又犹豫了。

要是现在把白柳报上去，白柳优异的智力数据和精神值数据多半会被"提线傀儡师"注意到，很容易被强制选成"傀儡玩家"。

对于一般的玩家来说，被选成"傀儡玩家"似乎是一件相当不错的美差，但是对于白柳这种发展潜力高达 S 级的新人，做一个傀儡未免太可惜了。

还有一点就是，王舜在做数据统计分析的时候发现，玩家在做了"提线傀儡师"的傀儡之后，面板就再也没有涨过了，或者涨得非常缓慢。

倒是"提线傀儡师"，智力点一路从只有 71 点，涨到了 93 点，其余各项面板属性也在飞涨。

这些数据只有王舜这个国王公会内部做数据收集分析的才清楚，他很早之前就猜测过"提线傀儡师"的个人技能不光是"操纵玩家"，还有"潜力吸取"，但现在很多玩家知道的"提线傀儡师"技能都只有"操纵玩家"这一点。

许多在王舜手上评测为高潜力的玩家落入"提线傀儡师"的手里，成了傀儡后，渐渐变得平庸，然后被"提线傀儡师"遗弃或者干脆就在游戏中死去，从一块打磨一下就能散发出光泽的玉石彻底变成了一块被人吸干捏碎的泥渣。

王舜在觉得可惜的同时，也不得不接受这个无奈的现实。

游戏中就是这么弱肉强食，底层玩家被榨取利用完仅剩的价值之后，就会被公会或者强者随手丢弃。

所以加入公会对于白柳这种非常抓人眼球的玩家，不一定是最好的选择，太容易被公会里面的条条框框钳制然后被上级玩家利用了，当年的牧四诚也是看透了这一点，所以咬死了没有加入国王公会。

说来也巧，当年看上牧四诚想要他加入国王公会的，也是这个"提线傀儡师"，牧四诚直接就说自己不会做任何人手下的傀儡、被任何人支配，拒绝了傀儡师的邀请。

后来牧四诚还在这个傀儡师的手里吃了不少苦头，直到后期自己变得很有实力，排名渐渐爬到了综合积分榜三百名左右才被"提线傀儡师"放过。

不过白柳这个目前排在三千多名的、很有潜力的新人玩家就没有那么容易被"提线傀儡师"放过了。

虽然王舜出于私心，并没有向国王公会内部提交白柳的个人信息，但白柳惹眼的表现和面板数据，还是吸引了"提线傀儡师"的注意力。

"提线傀儡师"已经卡在"智力值93点"这里很久很久了，他需要一个高智力的玩家作为他发育智力的"养料"。

有比白柳这种只玩了一场单人游戏的新人玩家更好的养料了吗？没有了。

王舜有点想提醒白柳注意一下这个"提线傀儡师"，而"提线傀儡师"的人也在找白柳，但白柳顶着一个七彩鸡窝头涂着黑色口红的样子，就算是白柳现在站在陆驿站这个和白柳玩了十多年的人面前，陆驿站都未必认得出这个人就是白柳。

出乎意料的是，有人透过白柳奇形怪状的外表认出了他。

牧四诚抱胸一言难尽地看着站在游戏登入口的白柳："白柳，现实世界对你做了什么，在短短几天之内把你变成了这副人畜不分的模样？"

"你能认出我？"白柳倒是略有些惊奇。

他顶着这副面貌在大厅里招摇过市好几圈了，也没有人认得他，牧四诚一个照面就准确无误地把他认了出来。

牧四诚略微有些得意地笑，笑得露出了一边的小虎牙："想不到吧白柳，你怎么伪装我都能认出你，我说了我要让你把上次从我这里偷走的东西全部还回来，你逃不掉的！我能找到你！"

"你不靠外貌认人的话……"白柳扫了一下牧四诚头上帽子那个很诡异的嘻哈猴,"你靠嗅觉把我认出来的吧?你的技能和这个猴子有关吧?强化五感?"

牧四诚的笑意越来越浓:"猜错了,我的个人技能不是强化五感,不过我的确是靠嗅觉把你认出来的,你身上有一股很浓的铜臭味,或者说钱味。"

"那还应该挺好闻的。"白柳不置可否,他很平静地看着牧四诚,"你找我有什么事?"

"一个玩家找另一个玩家——"牧四诚抬头看着白柳背后巨大的游戏登入口,脸上的笑意晦暗不明,眼中红光闪烁,"当然是为了玩游戏啊,我可不允许你龟缩在单人游戏里,那多无趣啊。"

白柳赞同地点点头:"在我发现多人游戏的积分奖励是单人游戏奖励的十倍之后,我就放弃了这个贫穷的分区了。"

牧四诚想要吓唬白柳的话全部卡壳,他有点无法理解地看着真的在很认真地筛选自己要进入的多人游戏的白柳,郁闷地问道:"不是,白柳,去多人游戏很容易淘汰的,你不怕吗?"

白柳背后登入口的旁边是一个巨大的投影屏幕,上面随机分布着各种各样的游戏封面和名字。

白柳用手臂支着下巴挑选自己要进入的游戏,眼睛飞速浏览着这些游戏,并没有给牧四诚一个多余的眼神,淡淡开口道:"客观来说,我存在对淘汰的恐惧,但这种恐惧和其他事情对比起来,又不值一提了。"

牧四诚完全搞不懂白柳的脑回路,但是白柳带给他的憋闷却无比真实:"不是,你进入这个游戏都不慌的吗?你也太冷静了吧?"

白柳一目十行地看着屏幕上的游戏,一心两用地和牧四诚交谈着:"我冷静不害怕的原因可能是我来玩这个游戏抱有的是一种来上班的心态吧。"

"来上班?"牧四诚彻底无语了,"你来恐怖游戏里上班?"

"对,一周工作一次可以有五天休息,一次干得好至少可以挣二十万,没有任何上司来克扣我的奖金和工资,并且整个过程中不需要和一些无法理解我的人类打交道,不需要对他们虚与委蛇,我只需要做我擅长的事情——玩恐怖游戏就好。"

白柳终于舍得转身看了牧四诚一眼,耸耸肩:"除了淘汰率稍微高一点,但我在现实世界里工作的时候也会面对这种问题,所以这点也可以忽略不计。综上所述,这对于我来说就是一份高收入的理想工作,我在现实世界里是绝对无法找到这种工作的,所以很难对游戏产生什么畏惧心理吧。"

牧四诚："……"

牧四诚感觉自己被白柳这货说服了。

"我能问一下吗？"白柳询问牧四诚，指着这个巨大的屏幕上各种各样的游戏，"这个游戏中的恐怖游戏是只有屏幕上的这一百种吗？从小电视和玩家的数量来看，一百种有点太少了，我想问一下还有其他的游戏吗？"

论坛里一般讨论某个玩家和某个具体游戏的比较多，对这种游戏的基础机制反而没有什么相关的讨论，白柳逛了一会儿都没有发现什么与游戏相关的科普帖子，现在牧四诚送上门来，正好被白柳当作一个询问的对象。

"这个游戏中的恐怖游戏种类远远不止这么多，我们也不知道到底有多少种。"牧四诚摊手，"只是这个屏幕每次只会投射出一百种游戏，然后当这一百种游戏都有玩家登入满员之后，这个屏幕就会刷新，出现一屏幕新的游戏，不过有时候也会有和上一次重复的游戏。"

白柳摸着下巴："也就是说，相当于这个游戏有一个总的游戏题库，这个题库具体有多少种游戏我们这些玩家并不清楚。

"每次系统都会随机或者是不随机地从这个题库里抽取一百种游戏考题放在这个屏幕上，让我们这些玩家作为考生选择其中一个游戏题目去作答，有时候运气好就会遇到重题，有时候可能全都是新题，是这意思吗？"

"没错。"牧四诚说。

"嗯，如果这样的话，难怪在这个游戏里会有公会的存在。"

白柳若有所思："早期游戏里的大公会应该会总结一些出现过的游戏'重题'的'答案'，也就是怎么快速安全地通关，作为内部的资料分享，通过这个来网罗有实力的新人。

"而有实力或者潜力的玩家可以开荒去玩一些新游戏来累积'答案'，就会得到公会更多的资源，但有'直播'存在，游戏的'答案'在一定程度上是公开的，这种制度无法长久存在，现在的公会应该不依靠游戏'答案'发展了，应该到了依靠公会里壮大起来的高级玩家的阶段了。

"如果我要发展公会的话，应该会让高级玩家带低级玩家通关，但低级玩家需缴纳一定的积分给高级玩家，相当于酬劳，一定的积分给公会，相当于缴税。"

"而同时低级玩家得到的道具由公会全权分配，大部分会流入高级玩家的口袋里，以此来稳住高级玩家继续待在公会里。"白柳唱叹一声，"但是这样势必导致高级玩家对低级玩家的剥削，遏制了低级玩家的发展，很多低级玩家因为没有道具和个人技能，在公会里只能当高级玩家的附属才能存活。"

"但有源源不断的新人加入公会，这样被剥削的低级玩家可以剥削新人，一层一层地形成剥削链条，公会就能稳定存在。啧，新人相当于底层啊，难怪这游戏里那么多底层玩家对我这个新人恶意这么强。"

白柳看过论坛上骂自己骂得鸡飞狗跳的，但他不怎么在意，现在倒是能懂一点了。

牧四诚木了："……"

白柳说的全对，几乎和牧四诚了解到的公会现状一字不差。

白柳奇怪地看着牧四诚："你为什么用这么奇怪的眼神看我？"

"我在想……"牧四诚满脸沧桑，"你智力值真的只有89吗？"

离谱！这到底是怎么推断出来的？！

他只回答了关于游戏种类的话而已，这货已经把整个游戏里公会的制度体系翻过来翻过去地理顺了！

"很多新人为了求生都加入了公会，因为公会里的高级玩家的确会保护他们通关，虽然需要缴纳通关所获积分的三分之一，但确实更安全，不容易淘汰。你这种高潜力的新人应该直接会被培养，我刚刚还想问你为什么不加入公会，"牧四诚郁闷地撕开一个棒棒糖含住，"现在我觉得我不用问了。"

"因为加入公会很愚蠢啊。"白柳很直白地说，"在这种游戏里，不会有任何公益组织的，帮你必然有利可图。"

"虽然短期看来，有公会帮你能降低淘汰率，但是一直懦弱地缴纳大量积分给公会，在这种需要个人表现力吸引观众的游戏里就是自取灭亡，等到公会再也无法从你身上赚取到任何利益，一定会放弃你，你大部分的积分和道具也上缴了，没有任何资本独立生存，必然会'死亡'。"

牧四诚惊奇地看着白柳，带着一点意趣打量："你在现实世界到底是做什么的？为什么对这种……公会组织的运行方式这么清楚？"

的确，很多没有用处的低级玩家，公会高级玩家后期就很少带了。

"这个世界有很多公司都是这么运行的，靠'画大饼'和所谓的内部资源吸引员工，然后等员工熬夜熬到生产力下降，他们就会解雇你招聘更年轻的员工来压榨。"

白柳面无表情："我在现实世界里就是一个被解雇和剥削的底层打工人而已，所以进入游戏再让我加入公会被剥削，是绝对不可能的。"

牧四诚："……"

这家伙说到现实世界的生活时散发出好强的怨念啊……

"那你想好玩什么游戏了吗？"牧四诚看了眼屏幕，"上面有你喜欢的游戏吗？或者你要再看看？"

"单人游戏的登入上限是一百人，这个屏幕上所有单人游戏都已经登入满格了。"牧四诚指着一个游戏图标上右下角的一个"FULL"符号，含着棒棒糖含混不清地给白柳介绍，"喏，如果游戏图标上有这个标记'FULL'，就表示这个游戏已经登入满员，无法再登入新玩家了。"

"而每个多人游戏的登入上限不同，我玩过只有四个人的，也有五十个人的，要看具体游戏了。顺便一提，这边这个《鬼楼》《末日之城》和这个《鬼通电》都是之前出现过的多人游戏。"

牧四诚随便指了几个游戏："你要玩这些吗？我能帮你找到这些游戏的一些通关资料，不过不是免费给你的。"

"不要。"白柳不假思索地拒绝了，"就算有资料，玩旧游戏的我对比那些玩过很多次的公会玩家肯定反应慢很多，很容易被先发制人，我的优势需要新游戏才能发挥。"

"这个倒是。"牧四诚一下一下地咬着棒棒糖，"你倒挺有冒险精神，大部分新人还是会为了求稳去玩旧游戏。"

"我的目的是挣钱，而不是生存。"白柳态度平淡地回答，"我需要赢，需要做第一名，才能得到足够的积分。"

"你这个人，真的很奇怪——"牧四诚思索一会儿，放弃了理解白柳的思路，而是很想不通地皱了皱鼻子，"你挣那么多积分，要是在游戏里死了，你也没地方花啊。"

白柳很自然地回答："我挣积分不是为了花，是为了囤积，并且——"白柳突然勾出一个很奇异的笑，转头看看因为他忽然的笑而呆了一下的牧四诚，"你觉得我会在游戏里死掉吗？"

"我还是有点自信的，玩恐怖游戏这是我最擅长的事情，我或许不会那么容易被淘汰掉。"白柳微笑着，"我比较擅长在游戏当中设计关卡让别的玩家被淘汰，自己倒是从来没有在别人设计的游戏中被淘汰过。"

牧四诚："……"

这家伙在现实生活中到底是干什么的？真的不是犯罪分子吗？

"这个游戏怎么一个登入的玩家都没有？"白柳轻点屏幕上一个在火中燃烧的列车图像的游戏图标，图标放大落入白柳胸前的游戏管理器内，他点开图标查看游戏具体信息,"《爆裂末班车》?"

这屏幕上的一百个游戏都要满了,但这个游戏还是空的,就有些显眼和古怪。

  游戏副本名称:《爆裂末班车》。
  等级:二级(玩家淘汰率大于50%小于80%的游戏为二级游戏)。
  模式:多人模式(0/7)。
  综合说明:这是一款刺激的收集类多人游戏,烈火中燃烧的末班车,玻璃碎片和悬挂在吊环上被烧焦的游客,很多玩家因为游戏失败,永远留在了这里。

牧四诚一看这个图标眉头就皱起了:"你要玩这个?"

"这个游戏怎么了?"白柳问。

牧四诚顿了顿:"这其实也是一款在游戏屏幕上出现过好几次的旧游戏,但目前没有任何通关资料。"

白柳瞬间懂了,出现过好几次,这里游戏墙的刷新制度又是一定要所有游戏满员才能刷新,那是进去过好几批玩家了。

但没有一次通关记录……白柳侧头看向牧四诚:"之前进去的玩家都没通关?"

"很奇怪,如果没有任何玩家通关的话……"白柳从《爆裂末班车》的图标上一扫而过,手指在"淘汰率"那一行虚点了两下,"这个游戏淘汰率小于80%大于50%是怎么测定的?从玩家全灭的数据来看,淘汰率应该是百分之百才对。"

牧四诚不以为然地插兜反驳白柳:"这只是一种游戏的分级方式而已,几乎所有游戏都有这个分级评定。

"如果按照你的说法,游戏这个淘汰率是实际测定,那么任何淘汰率不是百分之百的游戏都应该有通关玩家和通关数据的存在,但我看了VIP库的视频,也问了很多资格很老的大神,的确没有发现任何玩家通关过这个《爆裂末班车》,我觉得的确没有通关玩家。"

白柳突然意味深长地看了牧四诚一眼:"你没有发现,不代表就没有。"

"《爆裂末班车》的淘汰率在50%—80%,如果按照你说的,那至少有20%的玩家通关并真实存在。"牧四诚很不服气地反驳,"这么一个数量不算少的玩家群体上过小电视并且成功通关,他们总会发帖子,或者小电视或者视频被谁看见过,总不可能一点痕迹都没有吧?"

"你觉得这个游戏里有多少玩家？"白柳转过头直视牧四诚。

牧四诚被问得一愣："不知道，但应该很多吧。"

"我们这么一个数量不算少的玩家群体，有过存在的痕迹吗？"

白柳不紧不慢地问："我们和这个游戏相关的一切能被现实世界里的人看见吗？我们发的和这个游戏相关的言论，无论以什么形式，可以存在下来、形成痕迹，或者可以被谁记住吗？对于那些没有进入游戏的玩家来说，'玩家'有存在的痕迹吗？当然没有。"

牧四诚彻底被白柳问得呆住了。

白柳不疾不徐地问出了最后一个问题："好，现在回到第一个问题，我们这些游戏'玩家'在现实世界里是没有存在痕迹的，那你觉得，我们存在吗？"

"我们当然存在。"白柳自问自答，"我们只是存在过的痕迹被抹消了而已，所以有没有可能通关了《爆裂末班车》这至少20%的玩家也是这样的呢？他们存在的痕迹被游戏或者系统抹消了？"

牧四诚醍醐灌顶："他们的通关数据和玩家数据都被删除了！"

"很有可能他们本身也被'删除'了。"白柳看着《爆裂末班车》的图标，"这些通关过的玩家很有可能已经死了，不然不会不来刷这个游戏副本。"

牧四诚被白柳说得起了一身鸡皮疙瘩，但他还有点不爽："但你说的一切都建立在'游戏淘汰率'实际测量的情况下，如果游戏中'玩家淘汰率'这东西是虚拟测量的话……"

牧四诚说到这里一怔。

白柳抬眸看了牧四诚一眼："我相信你现在应该也发现了，淘汰率是一种无法虚拟测量的数据。"

"学过统计学吗？"白柳问牧四诚，"统计学里有两个一定需要实际测量的数值，一个是出生率，另一个就是死亡率。"

他一边说，一边随意地在自己游戏面板上的《爆裂末班车》图标上点了两下，在牧四诚惊悚的目光和尖叫中，白柳缓缓进入了游戏。

牧四诚崩溃了："你怎么突然就进去了？！"

白柳在牧四诚眼前渐渐淡化，他思索着回答了牧四诚的话："我很好奇系统特地删除的这些通关的《爆裂末班车》的玩家数据到底是什么，经验告诉我，越是被上级隐藏得深的东西，就越是有利可图……"

游戏《爆裂末班车》已集结玩家一位，还需六位玩家即可开始。

第三章

爆裂末班车

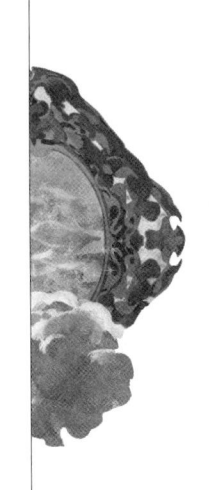

39

白柳的身影在牧四诚抓狂的跳脚下彻底消失。

牧四诚咬着指甲绕着白柳消失的地方焦虑地转了几圈，他蹲下薅了几下自己的头发，咬碎了嘴里的棒棒糖，最终憋闷不已又咬牙切齿地点了屏幕上《爆裂末班车》的图标，紧跟着白柳进入了游戏。

牧四诚在进入游戏前一秒，还在郁闷地自言自语："白柳这货，把我也搞得好奇了起来，我从来不会在不做任何准备的情况下进入二级游戏！"

游戏《爆裂末班车》已集结玩家两位，还需五位玩家即可开始。

在牧四诚消失的两分钟后，四个身高、身材，外表看起来几乎一模一样的玩家出现在了屏幕外面。

他们脸上都戴着那种很诡异的木偶油彩画面具，就像是被人牵着的提线傀儡，走路时四肢关节有种古怪的停顿感，看起来就像是一个能工巧匠制作出来的四个完全一致的木偶玩具，肉眼几乎分辨不出区别。

为首那个人，或者说木偶，语气低沉地询问："白柳是进这个游戏了？"

这个"木偶"说话的时候，嘴弧度很大地上下动，很像是木偶在提线下嘴唇假装挪动说话，而那低沉嘶哑的声音从他背后的提线者发出。

另一个背后背着一把屠刀的木偶眼中闪过一丝报复的快意，恭敬地拱手回答他："是的，'提线傀儡师'大人。"

"《爆裂末班车》是吗？"这木偶脸上画出来的油墨眼睛逼真地眯了眯，最终邪笑了一声，"一个二级游戏，看来就算我不对白柳下手，白柳也不太可能从这个游戏里活着出来，这么高的天赋，淘汰了多可惜，正好用来做我的傀儡。"

"走！"

四个傀儡举止整齐地一动，摁了一下屏幕上的《爆裂末班车》，齐齐地消失在登入口。

游戏《爆裂末班车》已集结玩家六位，还需一位玩家即可开始。

一个穿着套头毛衣，戴着厚厚平光眼镜，手里拿着一部很厚很厚的书，一看就是个学生的人出现在了登入口旁边的屏幕上。

他那副啤酒瓶底厚的方框眼镜大得包住了半张脸，露出来的鼻梁上带着零零散散的雀斑，头畏畏缩缩地缩在毛衣内，如果让白柳打眼一看，或许会把这个玩家认成《塞壬小镇》中的杰尔夫。

但他看上去比杰尔夫要软弱、正常一些，看起来就是一个正常的学生。

但这在游戏里，一个正常装扮的学生，才显得出奇地不正常。

"欸，我看看啊，我选哪个游戏……"这玩家推了推眼镜，像是戴着老花镜一样凑近屏幕看，一边看一边点开了自己的游戏管理器面板。

他游戏管理器的个人面板上赫然显示着——

玩家名称：杜三鹦。

今日新星积分排行榜名次：第三名——您已超过新星排行榜第四名的牧四诚17万积分，他短期内绝对无法追赶上您，请您再接再厉，拉大差距，追赶前面的玩家。

已获得成就：无所事事的胜利者，唯一存活的幸运儿，莫名其妙被怪物忽略的玩家，对外部攻击百发百闪避的格斗者。

你之前在游戏商店购买的道具正在进行打折处理，从10000积分降至1积分，是否购买？

恭喜玩家杜三鹦抽中了中奖率十万分之一的顶级玩家大礼包！是否现在领取？

杜三鹦似乎对这些天降横财早已习惯到麻木，一个奖励和赠品都没有领取，一路滑过了这些界面，滑到了最后一页的个人面板。杜三鹦推了推自己的眼镜，几乎把脸凑到了面板上，眯着眼睛搜寻自己想要的信息。

幸运值：100（你今天也是全世界最幸运的人，你是被幸运之神眷顾的宠儿，按照你的直觉选择你想要的游戏吧！你选择的就是能让你最幸运的！）。

"今天幸运值也是 100 吗？"杜三鹦有点犹豫地扫了一眼整个屏幕，"这样的话，那最好还是按照直觉选吧，那就——"

他扫视一圈，最终眼神定格在《爆裂末班车》的图标上，杜三鹦手悬在图标上面，心中突兀地涌上来一股让他毛骨悚然的预感，好像点了这个图标就会发生非常幸运又非常不幸的事情，这是在之前杜三鹦幸运值百分之百的时候选择游戏从来没有过的感觉。

他之前都会有很肯定的选了就能很幸运的感觉，这次怎么感觉选了这个游戏就会发生让他遭受很多磨难但是同时又让他很幸运的事情？

这都什么乱七八糟的，杜三鹦甩了甩脑袋，忐忑迟疑了很久，还是在《爆裂末班车》的游戏图标上点了两下。

游戏《爆裂末班车》玩家集结完毕，游戏开始——

大屏幕上《爆裂末班车》的火中列车图标右下角跳出一个"FULL"的标记，下一秒，白柳在人来人往的地铁站睁开了眼睛。

与此同时，大厅中亮起了七个小电视的屏幕，其中一个小电视上就是白柳在人潮拥挤中的地铁站那张平静无波的脸。

站在大厅中寻找白柳的王舜的游戏管理器突然接连不断地振动了起来。

系统提示：您收藏过小电视的玩家白柳登入游戏了哦。请前往围观。
系统提示：您收藏过小电视的玩家牧四诚……
系统提示：您收藏过……玩家张傀登入游戏……
系统提示：您收藏……杜三鹦登入游戏……

"不会吧……"王舜在查看完自己游戏管理器上的消息提醒之后陷入了前所未有的恍惚，"这……白柳，新星榜第三、第四，还有'提线傀儡师'居然进了同一个多人游戏，这是要神仙打架啊……"

白柳刚一睁眼就收到了系统提醒——

欢迎玩家进入《爆裂末班车》。

你是一名乘客，现在，请各位玩家用口袋里的车票，在十分钟内进站，等待登上即将爆炸的最后一班列车。

白柳伸手探入自己的西装裤口袋，拿出了一张薄薄的硬质地铁票，上面写着"地铁4号线：古玩城→古玩城"，白柳略显诧异地挑了一下眉，这车票上的始发站和终点站居然是一样的名字，如果不是两个站重名的情况的话……

白柳偏过头看了一眼地铁站内部，试图在这个地铁站内找一下地铁线路图，很快白柳就在售票口旁边看到了地铁线路图。

4号线是一条非常惹眼的红色线路，白柳瞬间就从线路图上找到了这条地铁线。

"果然啊，4号线是一条闭环地铁线路。"白柳了然地看着环绕着城市转了一圈的红色4号线，"始发站和终点站重叠了，都是一样的，都是这个叫作古玩城的站。"

白柳在地铁站内晃荡了一圈，除了多看了几个广告没有发现其他多余的信息，唯一让他觉得有点违和感的就是地铁站的设计。

一般来说出站口和进站口都会有自动扶梯。常规来讲为了方便乘客，出站口的自动扶梯应该是向上走的，而入站口的自动扶梯应该是向下走的，但这里的地铁站设计是反过来的，这让白柳觉得有点不自然。

还有一点让白柳觉得很奇怪——他看了一眼挂在地铁站顶部的LED电子时钟。

07:34。

看起来好像比较正常，但是白柳多看了这个时间几次，就发现这个时间不是往前走的，而是往后走的，白柳眼睛一眨，时间就变成了"07:12"，这让他很快反应了过来。

"这是个倒计时表，不是时钟。"白柳若有所思，"而且看起来还是给我的倒计时，我还剩六分钟就必须入站的意思。"

尽管只剩六分钟的倒计时，白柳也没有着急，他出了一次地铁站，发现外面一片漆黑，没有声音没有光线，什么都没有，而出站走入这片漆黑的旅客也消失不见，白柳没有试图走出去。他折返之后发现地铁上时钟的倒计时变成了"03:02"。

白柳又慢悠悠地去看了那个地图，这次他重点记了一下4号线上的站名，"古玩城"前面那个站是"水库"，隔了几个站有一个叫作"镜城博物馆"的站引起了白柳的注意。

"'镜城博物馆'这个名字……"白柳的眼神落在上面，陷入了似有所悟的回忆中，"我怎么感觉我好像听过这个名字……"

白柳正在回忆他到底在什么地方听过这个名字，一个男声打断了他的回忆："白柳，你怎么还没有进去！"牧四诚从站台那边回头一看就看到一个"杀马特"摸着下巴对着地铁线路图眯眼睛，他一边无语一边走了过来，"只有一分多钟了，你在这里干吗？记地图吗？"

白柳对牧四诚会追着他进来毫不意外，他扫了一眼已经进入读秒倒计时的LED红灯，不紧不慢地"嗯"了一声，回答牧四诚："我在想，这个地方我是不是来过……"

牧四诚一怔："你玩过这游戏？"但很快他又否认了，"不可能，你的确是新人。"

"是的，我没有在游戏中来过这个地方。"白柳承认了。

牧四诚蹙眉看着白柳："那你怎么可能会来过这个地方……"

"我没有在游戏里来过，不代表我就没来过这个地方，我觉得我应该在现实中来过这个地方。"白柳从地铁线路上收回自己的目光。

"现实？！"牧四诚惊了，"你现实里来过这个地铁站？你怎么知道？"

"如果我没有猜错，这应该是一款根据现实事件改编而来的恐怖游戏，你听过'镜城爆炸案'吗？

"就是两个盗贼把炸弹藏在古董镜子里，准备送去当地博物馆通过炸弹威胁来抢劫博物馆，结果在路上炸弹就失控了，整个地铁都爆炸了的社会新闻。"

白柳一边走一边和牧四诚聊，他掏出车票在进站口的地方哔了一声，顺利进站："我研究了一下地铁站分布和地图，这游戏很大可能是以'镜城爆炸案'为原型设计的。"

"听倒是听过……"牧四诚也掏出车票跟着进站了，"但是就算知道了也没用吧，那个案子因为影响重大，而且至今不知道犯案人是怎么把炸弹藏在镜子里躲过安检的，很多信息都没有对外公布。"

牧四诚分析之后，不置可否地摊手嘲道："就算知道游戏的参考原型是这个案件，我们对于要上的这列要爆炸的末班车上发生的事情，还是一无所知啊，不知道具体细节，只知道一个灵感来源，一点用都没有好吗。"

"我说不定还真的知道这列车上会发生什么……"白柳摸摸鼻子，对着牧四诚露出一个和蔼的笑，"我当天就在那列地铁上，我在爆炸的前一站下车的。"

牧四诚："……"

白柳无辜地耸肩，对着震惊到木然的牧四诚和善地说："我这算不算是，拿到了这个游戏可以通关的重要资料？

"当然，牧四诚，我可以告诉你我知道的一切信息，但不免费给你。如果你不信的话，可以验证我说的是不是真的，我记得你有个道具可以测谎。"

40

这是在进入游戏之前牧四诚对白柳说过的话，现在白柳原封不动地奉还给了牧四诚。

牧四诚沉默良久，憋闷地"哼"了一声。

你也可以！这人居然就在这列车上！！

牧四诚静了一会儿，啧了一声点开了自己的积分钱包："把你知道的告诉我，你要多少积分？300积分以下我可以考虑买你的资料。"

这就是准备用积分来买白柳的信息了，看过白柳玩一遍游戏的牧四诚已经发现白柳此人的爱钱本质了。

这人绝不会拒绝送上门来的积分，也绝不会多浪费1个积分。

白柳在爆炸中活了下来，他属于在现实中经历过这个"爆裂末班车"还成功"存活"的那种玩家，白柳的"信息资料"对于目前对游戏一无所知贸然跟进来的牧四诚的确很有价值，牧四诚不可能拒绝送上门来的通关宝典。

"积分你看着随便给点就行。"白柳把手放入自己的外套口袋里，摸到了一个旧钱包，他脸上的笑意越发真诚，"牧四诚，我想和你聊的是，我告诉你这个游戏的设定和信息，在必要的时候你伸手帮我一下，我们互惠互利，互相合作怎么样？"

牧四诚扫视了白柳一圈，白柳眼神十分诚恳地望着他，牧四诚抱胸挑眉，露出了一个意味深长的微笑："和我合作？那你资料免费送我？"

"也不能免费吧，你这么有钱的一个玩家，白要我含量丰富的游戏资料有点无耻了……"白柳叹息，装作很大方地挥手道，"这样吧，你随便给一两百积分有点象征意义就行了。"

牧四诚脸上的笑容忍不住开始变得恶劣："一两百？想得倒是挺美，又要和我这种高级玩家合作，又要我花一两百积分买你口中不知道有多少参考价值的资料，你倒是会做梦，你之前花1积分偷我2000积分的道具的账我还没跟你算呢！"

白柳："1积分也行……"

"等等，不对，白柳，我觉得很奇怪，你居然会在游戏里和其他玩家寻求合作？"牧四诚上下打量了一下白柳，眼睛微微眯起，"你不像是这么天真轻信他人的玩家，你真的觉得我口头上答应你了，到时候就一定会帮你救你？"

"虽然你是一个新人，但我是把你当成竞争对手来看的，不会随意看轻你，你这家伙后手非常多，说不定连我都会着了你的道，你向我寻求合作太奇怪了，看起来就很像一个阴谋。"

牧四诚很怀疑地看向白柳，他不相信白柳没有想到这些。

除了公会这种场外限制的合作有一定效力，其余玩家在这个游戏里的合作都是一张空头支票，没有任何信誉可言。

比如牧四诚作为一个超A级别的玩家，等他套到了白柳口中的信息，到时候还不是他牧四诚愿意帮就帮，不愿意帮，难道白柳能拿他一个新星排行第四的玩家怎么样吗？

"没有阴谋，我是真心想寻求合作的。"白柳摊手，"首先，这是一个淘汰率很高的二级游戏，我的面板属性只有F级，如果不向你这种大神寻求合作，我太容易被淘汰了；其次，我觉得我们有共同的敌人。"

牧四诚挑眉："共同的敌人？"

"'提线傀儡师'也在这个游戏里面。"白柳微笑，"你应该不想单独面对'提线傀儡师'这种群攻类型的玩家吧？"

牧四诚脸色一变："你怎么知道他在这个游戏里面？！"

不怪牧四诚反应这么大，在牧四诚举步维艰的新人时期，此人就已经是他的心理阴影了。

"提线傀儡师"一度想让牧四诚做他的傀儡，在采用各种手段招安牧四诚被拒绝之后，这个"提线傀儡师"依旧没有放过牧四诚，在游戏里联合其他玩家不择手段地抓捕围剿过牧四诚许多次，下手狠辣，完全不顾牧四诚的死活。

每次牧四诚都是九死一生地通关逃跑，如果不是因为牧四诚的个人技能可以让他移动速度非常快，他早就被傀儡师抓起来做成木偶傀儡了。

在牧四诚还没成长起来的那段时间，"提线傀儡师"就是牧四诚的天敌，就算现在牧四诚实力强悍起来了，他对这个傀儡师也极其厌恶，非常不想在游戏里遇到这个人。

同样是聪明人，如果说白柳玩游戏的思路是旁门左道，这个"提线傀儡师"

玩游戏的方式就是歪门邪道。

"提线傀儡师"在和牧四诚不停的追逐战中，很快意识到在这个游戏里根本不可能有玩家抓得住牧四诚，于是"提线傀儡师"迅速转换了方式，他用自己93点智力的脑子，想出了新的抓捕牧四诚的办法。

而那一次，牧四诚真的差点被抓起来做成傀儡。

无论牧四诚跑得多么快，也存在可以抓住他的人——在牧四诚看见也不会跑的人的面前，他就可以被轻而易举抓住。

牧四诚新人时期是和他的一个朋友合作玩游戏的，因为单打独斗对于一个新人来说，实在是有些艰难了。

而且那人也是他现实世界认识的人，和牧四诚算是前后脚进入游戏的，两人经常一起组团下游戏，因为有现实世界的联系，一开始关系还不错，牧四诚没有轻信这个朋友，但一开始也并没有对对方多加提防。

"提线傀儡师"不知道用什么方法策反了牧四诚的这个朋友，让这个朋友加入了国王公会，并且暗中配合了他围剿牧四诚的计划。

牧四诚被这个朋友刻意引入了一个游戏，而"提线傀儡师"提前进入游戏埋伏在里面，牧四诚根本不知道他一进入游戏就会面临大型追杀。

最终牧四诚断掉了一双手，精神值掉到18，狂暴淘汰了"提线傀儡师"当时手下所有的"傀儡玩家"才从游戏通关出来。出来的时候他半个身子都已经异化（怪物化）了，全身都是血，模样惨不忍睹，几乎是神志不清的半疯状态。

自此之后，牧四诚对"合作"这种东西敬谢不敏，抱有很强敌意。

按理来说白柳这个第一个进入游戏的人，不应该知道后续进来的玩家是谁，为什么白柳会知道后面进来的玩家里有"提线傀儡师"……

除非是白柳早就和"提线傀儡师"约好了进入同一个游戏。

这让牧四诚想起他早期被埋伏的经历，脸色越发不好看，眼中红光好像危险提示的警报灯般一闪一闪。

牧四诚的一只手变成灰黑锋利的黑色猴爪藏在身后，神情晦暗不明地盯着白柳："白柳，如果你没有办法给我一个合理的理由，解释为什么你知道'提线傀儡师'也在这个游戏里面，或许你的游戏之旅就到这里了。"

白柳非常坦然地把自己的游戏管理器打开给牧四诚看，游戏面板上赫然标着一个红色的帖子——"提线傀儡师"进《爆裂末班车》放话说要抓白柳做傀儡了！

牧四诚脸上危险的表情一怔，眼中红光消退许多："你怎么能打开论坛？进入游戏之后我记得就不能打开论坛和外界交流了。"

"我的个人技能,我在论坛上看到你也遇到过这样的事情,被人追捕做傀儡。"白柳没有多谈,微笑着对牧四诚伸出手,"总而言之,我们现在处于同一阵营了,合作吗?"

"当然,我不接受免费啊,1积分也可以展示合作的诚意嘛。"白柳好似开玩笑一般笑眯眯地补充道。

牧四诚眼睛眯了眯,撕开一根棒棒糖含入嘴里和白柳对视良久,最终牧四诚伸出了手凭空在指尖变出 1 积分硬币。

他露出一个同样十分虚伪的微笑,好似打发叫花子般,居高临下地把这 1 积分硬币摁在白柳的手心:"OK,那就合作吧,我们信息共享,互相帮助,我不白用,1 积分的诚意给你。"

牧四诚还在记白柳用 1 积分耍他的仇,也这样给了白柳 1 积分。

白柳收拢手指握住了这枚积分硬币,脸上的笑容越发深邃:"我感受到了你的诚意了。"

"我的诚意就是——如果到时候你哭着求我帮忙。"牧四诚把他戴在头上的那个巨大猴子耳机用手指往下一拨,挂在了脖子上,猴子诡异尖厉的声音戛然而止,牧四诚双手插在运动服的兜里,斜眼嗤笑一声,"白柳你哭得诚恳一点,我也不是不能勉为其难地伸出援手。"

白柳微不可察地扬了一下嘴角,从善如流地顺着牧四诚的话说了下来:"没问题,我一定哭得非常诚恳,你一定会忍不住来帮我的。"

同时,他的脑中响起系统的提示音。

系统提示:玩家白柳和玩家牧四诚的合作交易达成。

交易内容:在《爆裂末班车》游戏中,在任何玩家白柳求助的时刻,玩家牧四诚必须竭尽全力帮助玩家白柳,如玩家牧四诚不愿配合,系统会强制玩家牧四诚配合,相应地,玩家白柳要告诉玩家牧四诚自己所知道的所有信息,并且在必要时刻给予玩家牧四诚一定帮助——1 积分酬劳的定额帮助。

看着温顺微笑的白柳,牧四诚还没来得及让白柳快点说出他知道的一切信息,脊背突然一阵恶寒。

这种要被人占大便宜的预感是怎么回事?

在白柳和牧四诚等待末班车的时刻，游戏大厅和游戏论坛都已经完全炸开了锅，多人游戏区更是人满为患，全都是来围观这多大神齐聚一堂的罕见场面。

"我的天！真的是'提线傀儡师'、牧神和小鹦鹉，我的天，他们三个怎么凑一块儿了！"

"现在大神很少撞在一个游戏里了，都会彼此注意一下避开，这次是怎么回事？三个大神都在一个游戏，而且是一个从来没有人通关过的二级游戏？！"

"大神想玩点刺激的吧……但这也太刺激了！"

"我现在好纠结到底看谁啊，我是小鹦鹉的粉丝，但是小鹦鹉每次都是一路躺赢游戏，趣味性太差了，我想看点精彩的，牧神和'傀儡师'我选谁的小电视啊？"

"我也很纠结，我还有个新选择，就是那个白柳，呜呜呜，他上次好帅的！我推荐你选他的小电视！精彩程度不亚于牧神和'傀儡师'的视频！"

"又来了又来了，哪里都是这个新人白柳，一次多人游戏都没有玩过的人不要提他好吗？"

"我刚刚去看了一眼，他居然还和牧神聊合作，到底有多蠢才会和牧神聊合作？不知道牧神因为被人背刺过所以从来不和人合作吗？把我都看笑了，牧神答应了他，我估计白柳要被牧神耍着玩了。"

白柳现在风头很盛，虽然他排名不算很高，但是讨论度却很高。

上次白柳那种个人风格强烈的通关视频吸引了一些喜欢他的观众。

但有人喜欢就有人讨厌，特别是白柳这种冲得特别快，但个人面板实力极差的玩家，无法服众，因此在底层玩家之间的风评非常差。

41

每次在论坛上讨论白柳的帖子大部分都会以骂战结束，绝大多数时候骂战的论点都是围绕着白柳上了一次的"核心推广位"，以及白柳配不配得上这个推广位的讨论。

很多玩家认为白柳实力那么差，就会耍一点小聪明，配不上那么好的推广位，也有很多玩家认为人家白柳就是上了，配不配得上与你何干？

王舜围观了几次骂战，总结了一下，大部分讨厌白柳的玩家都觉得白柳"德不配位"。

上一次掀起这种"德不配位"大型讨论最后升级到骂战的人，还是新人时期的杜三鹦。

杜三鹦幸运值100，无论干什么都顺得不行，积分像不要钱一样源源不断地涌入这家伙的账户里，看得不少玩家眼红得不行，每天都在骂杜三鹦这种靠幸运值躺赢的人就不配存在于游戏里。

有人就说杜三鹦也是有实力的，杜三鹦个人技能很厉害，但大部分时候这种辩解都会被"你有本事让杜三鹦幸运值清零再来说自己有实力"这种话骂回去。

不过，到后期杜三鹦稳坐新星榜前三后，敢发言得罪他的玩家少了，这种辱骂杜三鹦的情况就好转了很多。

现在，白柳幸运值为0，纯靠实力和思路爬上了"核心推广位"，这群人还是看他不顺眼，还是觉得他"德不配位"。

看来"德"不"德"的不重要，重要的还是那个位置，只要有人爬上那个位置，无论是谁，反正他就不配，只要这爬上去的人不是自己，就总能挑出错处，然后放大给所有人看。

王舜摇摇头，不再去听这些玩家的讨论，不过看着面前的小电视墙，王舜也在纠结一样的事情——到底选谁的小电视围观？

"提线傀儡师"的小电视开了收费模式，牧四诚的小电视也开了收费模式，杜三鹦虽然是排名第三的新星选手，但因为这人玩游戏向来没有什么波澜，对付费观众的黏着度一般，所以杜三鹦的小电视直播是从来不开收费的。

白柳一个新人当然也没有开收费模式。

但白柳这个不收费的玩家，观众数量却远远低于牧四诚和"提线傀儡师"的观众数量，更不用说和杜三鹦对比了。

杜三鹦人气向来很高，又不收费，这次又是这种三神齐聚话题度很高的小电视直播，一些不愿意付费的玩家几乎都拥入了杜三鹦小电视的观赏区域，远远看去杜三鹦的观赏区域人头密集，看起来观众数量比牧四诚和"提线傀儡师"的都还要多一个量级。

就连"提线傀儡师"手下的三个"傀儡玩家"，比如李狗这种，因为有"提线傀儡师"这种大神出镜带着玩，小电视的直播人气都相当不错，比白柳要高很多。

只有一个白柳，门庭冷落。

怀揣着一点看不下去的心情，王舜叹气地走入了白柳的直播区域。

这种多个大神撞在一个游戏里的情况，大部分观众看大神的小电视都看不过来，哪会去关注你一个新人？白柳小电视的流量被吸走大半，无人问津是很正常的事情。

有301人赞了白柳的小电视，有170人收藏了白柳的小电视，210人正在围观玩家白柳的小电视，无人对玩家白柳的小电视充电。

请玩家白柳努力！你的点赞数只有《爆裂末班车》同期玩家中小电视综合数据排名第一的玩家杜三鹦的百分之一！

"杜三鹦的点赞都3万了，这才游戏开始多久啊……"王舜发自内心地感叹，他看到杜三鹦瞬间就获得了第一个推广位，离开了这个分区去中央大厅了，王舜叹着气给白柳点了一个赞，"加油啊白柳，别掉到无名之地去了啊……"

杜三鹦站在站台外面，几乎把眼镜贴在了车票上，自言自语："好奇怪啊，这车票怎么始发站和终点站都一样……"

他背后的站台LED时钟倒计时已经跳到了"00:10"，随着秒表进入10秒倒计时，车站彻底一暗，在短短一秒之后又亮起，只不过不再是正常的白色日光，而是闪烁不定的暗红色灯光。

地铁站变得红黑交错，光线衬得整个地铁站像个洗照片的暗室，轨道的尽头一列头灯发红的列车从黑暗深邃的隧道里呼啸而来，好像一头眼睛发红亟待吞噬猎物的猛兽般高速奔跑进站，又缓缓停在了杜三鹦的面前。

地铁站的广播的女声机械冰冷地播报着："列车已到达古玩城终点站，请需要从古玩城出发的乘客现在登上列车，列车即将开始下一轮行驶，请目的地是古玩城的乘客下车，列车即将行驶——Passengers on the train have arrived at the terminal station of antique city. Please get on the train..."

随着女声的播报，列车的车门在杜三鹦的眼前缓缓拉开，一股烧焦的气息伴随着列车高速到站的风席卷冲出车门，浓烈的爆炸过后的焦煳味道充斥着杜三鹦的鼻腔，让他忍不住捂住口鼻呛咳了几声。

杜三鹦抬眸看向这列他即将登上的4号线地铁——在一闪一闪的灯光照射之下，杜三鹦看到列车一会儿空无一人，里面的扶手孤独地晃荡着，一会儿装满各种各样面目模糊的乘客，好似大城市高峰期的地铁一般，拥挤到根本挤不上去。

杜三鹦背后的红色LED时钟屏幕刺啦一声，跳到了"00:05"，这个跳跃好似一个信号，地铁站空调的通风口突然全部停止了运作。

整个地铁站的温度开始迅速升高，地铁广播的扩音器变得像是蜡烛一般开始滴落熔化，广播的女声变得扭曲拉长，最后卡顿在一个奇异的字"44444"反复着，杜三鹦觉得她应该是想说4号线。

杜三鹦周围那些同样等着上车的乘客开始步履缓慢地往列车上走，这些乘客的身影在红黑闪烁的灯光下变得诡异，走着走着有好几个突然就啪的一声燃烧起来。

这些正在燃烧的乘客的脸被火焰烧灼得崩裂开，但是他们似乎对自己正在燃烧这件事一无所知，还在往列车里面走。

列车里逐渐挤满了这样的乘客，他们或坐或站，有些手挂在扶手上，有些靠在地铁门上，火烤化了塑料的扶手，熔化的塑料像奶油一样滴落在他们身上，而他们依旧低头看着自己手上已经被烧得暴露出线路来的手机，好似对这些可怕的景象毫无察觉。

如果不是他们身上那熊熊燃烧的火焰，他们看起来就像是正在乘坐末班车回家的疲惫的正常人。

系统提示：请玩家杜三鹦迅速登上列车。

"不是吧……"杜三鹦有点无语，"这游戏怎么回事？这车烧成这样了，我进去不是做活体烧烤吗？"

杜三鹦小电视前的观众都在笑。

"活体烧烤笑死我了！放心，烧谁都不会烧你的，小鹦鹉！"

"小鹦鹉你要对自己的幸运值有自信，你上去说不定这一车的火就灭了！"

"不对！！你们注意看！列车上有没有在燃烧的人！列车上有玩家！！"

"谁这么彪悍直接就上去了？！不怕死吗？！"

在无数异样的乘客里，有一个肤色白净穿着白衬衫和西装裤，看起来就像是正常上班族的人正在偏过头和旁边一个人寻常地说着话。

他正在说话的对象含着棒棒糖，双手插在兜里看起来像个大学生，偏头把耳朵靠近了上班族，似乎在听上班族说话，听着听着这含着棒棒糖的大学生挑眉露出一个不怀好意的坏笑，配上他招人的五官十分惹人注目。

在一列浓烟火燎，全是漆黑干瘪的乘客的列车上，这两个看起来过于正常又外貌出色的乘客十足十地吸人眼球。

围观杜三鹦小电视的观众瞬间就炸锅了。

"是牧神！牧神好帅！"

"那个上班族玩家是谁？好淡定啊。"

牧四诚有点好笑地看着白柳恢复成原来的面貌："你怎么又调回来了？不当杀马特了？"

"直播都开始了，把面貌调回来当然是为了勾引观众。"白柳整理了一下自己的衬衫衣袖，十分厚颜无耻地说道，"人都是外貌生物，我长了一张还不错的脸，当然要好好利用起来。"

"不过还有一个原因，"白柳侧头看了牧四诚一眼，"为了那个要来抓我的傀儡师，容易找到我一点。"

牧四诚嘴角的笑意微收，略有些烦躁地"啧"了一声："白柳，你真要用自己做诱饵来引张傀？他实力不错技能也很厉害，你那个计划有很多漏洞，就算我和你合作也不一定可以成功杀死……"

"嘘。"白柳把食指放在了嘴唇上，他目光看着列车外面那个 LED 倒计时时钟显示着"00:01"，低声说，"倒计时要归零了，有玩家要上来了。"

"随便你吧。"牧四诚无语地抱胸靠在了车门上，"反正那个计划容易死的是你不是我，我无所谓，你自己愿意送死就行。"

42

杜三鹦着急忙慌地在最后一秒前踏进了车内，车厢内闷热得要命，但没有他臆想的那种可以把人烧死的高温，车厢内的其他乘客也都保持在原地，没有上前攻击他，火焰燎过杜三鹦的发梢，虽然有点烫，却没有火焰的真实质感。

白柳和善地对着杜三鹦笑笑："你好，我叫白柳，是这个游戏的玩家之一。"

杜三鹦有点尴尬地伸出手："那个，你好，我叫杜三鹦……"

牧四诚看着杜三鹦，表情显露出几分惊诧，似乎没料到杜三鹦也在这个游戏里，但很快他冷哼了一声，抱胸偏头冷笑一气呵成，当没有看见这个人一样，没有打招呼。

杜三鹦似乎早就料到了牧四诚会这样，脸上的笑容越发尴尬，缩在角落里几乎一声不吭，最后实在是憋不住了才开腔询问道："白柳，你们……是怎么知道上车不会受到攻击？"

"这些应该就是一个简单的过场动画。"白柳分析道，"因为我们还没有拿到第一个给积分的任务，说明游戏还没有正式开始，那这些东西估计只是吓一下玩家,以及交代一下故事背景,不会真的杀死玩家的。"

说完,白柳饶有趣味地打量了一下牧四诚和杜三鹦,这两人明显不和。他转头看向杜三鹦上来之后就一言不发的牧四诚:"怎么,你和这个杜三鹦小朋友有什么仇怨吗?"

牧四诚满含戾气地冷眼扫了杜三鹦一眼,杜三鹦被他这一眼扫得手脚都没有地方放了,有点无措地缩在一位乘客后面偷偷看他们交谈。

杜三鹦看起来不高,比白柳还矮半个头,厚瓶底方框眼镜和瘦瘦小小的身材让他看起来像一个备考过度的高三学生,身上散发出那种浓郁的无害的书呆子气息,所以白柳这种进入社会的人才会喊杜三鹦"小朋友"。

"你和杜三鹦玩过一次游戏就知道了。"牧四诚好似想起了什么让他很不爽的经历,嘴里的棒棒糖咬得咯吱咯吱响,"这货幸运值是100,无论你怎么努力,他最后在游戏里都会是第一,以各种你想不到的方式夺走你的胜利成果。"

围观杜三鹦的小电视观众瞬间笑开了。

"牧神是不是想起了上次多人游戏小鹦鹉捡了他的漏当了第一?"

"小鹦鹉那不叫捡漏,那叫天降快递,他都没有弯腰捡,是牧神自己过来送的,不得不说牧神的送货服务还是很到位的。"

"所以杜三鹦这人虽然是新星榜第三,却连'开场动画'这种信息都不清楚。"牧四诚嗤笑道,"因为这人是一路'躺赢'上位的,完全不具备游戏意识,我劝你最好别和他打交道,不然你收集到的通关道具、消息之类的,最终都会莫名其妙地落入他手里。"

"他倒是幸运了,但是靠近他的人都不幸了,每个和杜三鹦处在同一个游戏的玩家,幸运值都会出现一定程度的下降。"

牧四诚说是这么说,好像很看不起杜三鹦连车都不敢上的样子,但其实刚刚白柳淡定地拉着牧四诚上这列正在燃烧的列车的时候,牧四诚也被吓了一跳,后来是白柳说他们还没有领到积分任务,这个开场很有可能只是一个动画效果,牧四诚才反应过来。

一般玩家很少想到开场动画这种东西,就算想到了也不敢那么确定地上车,也只有白柳敢毫不犹豫地上车试试。

白柳此人异常勇敢,是个猜测大概成功率有80%就敢100%尝试的人。

如果是后来的牧四诚,绝对不会那么老实地跟胆子贼大的白柳上车,但是现在的牧四诚还不清楚白柳的这一属性,很容易就被白柳十分笃定的表情糊弄住了。

话说回来，牧四诚继续给白柳讲解杜三鹦。

牧四诚点开游戏管理器，给白柳看了一下自己的幸运值面板，脸色开始发沉："我的幸运值从 56 跌到 43 了，啧，杜三鹦杀伤力越来越大了，白柳，你的幸运值也会受到影响下降……"

白柳默默地和牧四诚对视一眼："怎么，你们这游戏的幸运值属性还可以有负数？"

牧四诚："……"

他忘了白柳幸运值只有 0 了。

杜三鹦看到牧四诚在和白柳讲解自己让别人幸运值下降的能力，似乎也知道自己讨人嫌的本事。杜三鹦不自在地抓了抓脸，略微往角落缩了缩，结果车门突然关上吓了他一跳。

车厢里所有燃烧的乘客突然全变成了正常的乘客，头齐齐一转，对着白柳他们诡异地微笑，然后化成灰烬消失不见，车厢里的广播女声甜美地播报："各位乘客，欢迎登上 4 号线，下一站——镜城博物馆。"

白柳转头注意了一下地铁站上那个 LED 倒计时灯牌，清零之后，这个灯牌又变成了"60:00"。

一个小时的倒计时，白柳心中思量，差不多就是一班列车从始发站到终点站的时间，看来爆炸会发生在一个小时后。

白柳记得"镜城爆炸案"，也就是这个叫作《爆裂末班车》游戏的案件原型中，爆炸是发生在镜城博物馆这个地铁站，那个时候他就是在上一站下车的，但现实中上一站并不是白柳他们上车的"古玩城"，地铁的线路设计也不是环绕城市的圆形设计。

白柳当时坐的也是末班车，和陆驿站一起的。

他本来要在镜城后面几个站下车，但是陆驿站临时有事拉着白柳和他一起提前下车了，不然白柳这个游戏内外都一样倒霉的家伙，已经在"镜城爆炸案"里被炸成碎片了。

"镜城爆炸案"的发生是因为两个盗贼偷了一面价值连城的古董镜子，假装是古董镜子的主人，说要将镜子捐献给当地的博物馆，但必须他们亲自押送进入博物馆。

那面古董镜子据说价值过亿，博物馆很少接到这样大手笔的捐赠，于是也就同意了对方这点无理取闹的小要求。

白柳所在的城市叫作镜城，博物馆的名字就叫作"镜城博物馆"，两个盗贼的真实目的是在运送古董镜子进入镜城博物馆内部的过程中，借着藏在镜子里的炸弹威胁抢劫博物馆里的藏品。

而且这两个盗贼也不知道怎么想的，死活不愿意用汽车运送古董镜子，一定要选择用地铁运送，于是博物馆不得不派专人陪着运送，但在地铁运送过程中不知道出了什么差错，藏在古董镜子里的炸弹就那么爆炸了，那节车厢里的人全部当场死亡，包括那两个贼和护送古董镜子的博物馆专员。

两个贼死后不久，他们盗窃古董镜子以及想要抢劫博物馆藏物的罪行暴露了，引起广泛讨论，最终盖棺论定这是一件恐怖分子性质的盗窃案，方才归于平息。

白柳事后和陆驿站讨论过这个他们擦肩而过的巨大爆炸案，一致认为整个爆炸案件还是疑点重重，主要有下面两点——

第一，这两个贼是怎么把足够炸掉一整节车厢的炸药藏在镜子里通过安检，运送上地铁的？

第二，这两个贼是为了图财才搞出这件爆炸袭击的，那为什么价值连城的古董镜子这两个贼却那么大方就捐献给镜城博物馆了？

据白柳所知，镜城博物馆藏品的评估价格并没有高于这面镜子的，如果这两个贼是为了钱，完全可以自己私下出手古董镜子，没必要大费周章地把镜子运进镜城博物馆然后再抢劫里面的藏品。

这样的操作性价比太低了，还是通过炸弹这种愚不可及、风险很高的手段，出现了爆炸，这两个贼在盗窃之后哪怕一人不伤，那也是完全跑不掉的。

白柳和陆驿站在聊起这起爆炸案的时候，白柳说如果他要抢博物馆，会直接卖掉古董镜子，用高价贿赂守馆人放他进去盗窃，然后反手杀死守馆人嫁祸在守馆人身上，做得干净一点还可以拖延时间，他就可以跑到国外销赃，用炸弹太蠢了。

陆驿站听到白柳的分析就完全无语了，他说："白柳，我问你这个爆炸案是想让你给我想一下破案思路，不是让你站在犯罪者角度思考更完美的犯罪方法的！"

白柳就毫无诚意地道歉，说："对不起，我只会站在既得利益最高的人的角度思考。"

陆驿站义愤填膺地指责白柳说："白柳你这种思路，迟早有一天要出大问题！"

现在问题就来了，白柳身处于《爆裂末班车》这个游戏内，他需要思考这两个蠢贼为什么会做这种蠢事。

白柳眼睛眯了眯，头脑飞速转动着——这两个贼不愿意坐汽车这种空间狭小的交通工具，不愿意和这面镜子单独待在一起。这两个贼倾向于地铁这种人员众多的公共交通工具，还不怕镜子损坏地在价值连城的镜子里藏巨量炸药。

　　宁愿用这面镜子去交换博物馆里的其他藏品都不愿意出手这面镜子，这显然是和盗贼敛财的本性相违背的——

　　综上所述，白柳可以得出一个显而易见的结论——这两个贼害怕这面镜子。

　　这两个贼不敢和价值一亿的镜子单独待在车上，他们说不定出手过镜子，但不知道为什么没有成功，镜子又回到了他们的手里，两个贼才在崩溃之下假装主人寻求权威的博物馆，希望可以"捐赠"，或者说"关押"这面镜子。

　　这两个贼甚至为了毁掉镜子，疯狂地往里面塞了炸药，但就算这两个贼做了这么多试图摆脱这面镜子的事情，不幸的事情还是发生了——镜子在地铁上爆炸了。

　　所以，如果白柳没有猜错，这个游戏的关键不是这列即将爆裂的末班车，也不是这些被烧死的乘客，更不是杜三鹦正在凑近打量的那些乱七八糟的地铁站名——而是那面镜子。

　　　　恭喜玩家白柳首先触发主线任务——收集末班车上碎裂的镜片（0/？）。

43

　　这个系统通知的声音是从地铁上的广播通报出来的，也就是所有人都能听到白柳触发了主线任务。

　　杜三鹦和牧四诚都一愣，齐齐看着靠在地铁车厢壁上双目失神、无意识地把玩着手上硬币的白柳。

　　白柳这人刚刚就一直坐在地铁上发呆，而牧四诚和杜三鹦都积极地在车厢内寻找线索，白柳表情淡淡的一句"我要整理一下脑内信息"就坐在座位上不动了，搞得牧四诚也很无语。

　　白柳之前把所有他知道的爆炸案的消息都告诉了牧四诚，但牧四诚并没有深想，因为现在重点是在车厢内寻找线索触发主线任务。

　　《爆裂末班车》是一款收集向的恐怖游戏，根据牧四诚的游戏经验，是需要找到第一个要收集的东西才能触发主线任务的。

　　但牧四诚不知道的是，只要解析出游戏背景中需要收集的关键事物，也可以触发收集向的主线任务。

其实这也不能怪牧四诚没深想，这都是思维定式。

通常来说新人登入游戏信息不足，的确只能靠在地图里找到第一个需要收集的东西才能触发任务。

但白柳是个BUG，他是个新人又是个游戏设计师，没有这种思维定式，习惯从游戏背景出发推敲游戏是如何设计关卡的，再加上白柳知道足够多的背景消息，就干脆逆推来寻找他需要收集的东西。

他还就干脆地撞对了。

听到白柳触发主线任务的系统提示音，牧四诚和杜三鹦齐齐一呆，转头看向坐在座位上休息的白柳。

杜三鹦和白柳不熟不好上前问，但他看着白柳的眼神已经快好奇死了，他很想知道这人是怎么一动不动地触发主线任务的。

牧四诚就没有那么多顾忌了，直接一步上前问出了自己心中的疑问："你怎么触发的主线任务？你都没动过！"

这也是广大观众的心声，刚才那个系统提示音一出来，很多人都听傻了，没有人想到在一个新星榜第三、第四以及"提线傀儡师"都在的多人恐怖游戏里，第一个触发主线任务的居然是一个坐着不动的新人玩家！

这根本不科学！

"他怎么触发的！我保证他从头到尾都没有动过！"

"会不会是他刚刚一屁股直接坐在碎镜片上触发任务的？嘶——我突然屁股一痛……"

"这种好事不是一般都是小鹦鹉的吗？怎么会轮到这个新人？"

牧四诚直接双手穿过胳肢窝把白柳提了起来，疑惑地看着白柳的座位下面："你刚刚一屁股坐镜片上了，才触发了主线任务？"

白柳面无表情地握紧了拳头："牧四诚，放我下来。"

一米七六的白柳最恨别人这样弄他！白柳小时候有段时间的理想就是一砍刀削掉所有比他高的人的脚踝！

有人敢这样把他提起来，白柳会让他明白长得高是一种罪过，如果不是因为等下白柳还用得到牧四诚——

白柳停止了自己过于暴虐的构想，牧四诚背后一凉，迟疑地放下了白柳，看向他："没有镜片，你是怎么触发任务的？你刚刚根本没动。"

"我怎么没动。"白柳拍拍自己身上被牧四诚碰过的地方的并不存在的灰尘，抬头和蔼地看着牧四诚,"我脑子在动啊,牧四诚。"

牧四诚:"……"白柳的眼神让他感觉自己受到了凌辱。

白柳整理好了自己的衣服之后,好整以暇地抬了一下眼对着牧四诚说:"而且我不都告诉过你关键信息了吗?你自己想不出来?你智力值多少啊?这点东西都想不出来?"

牧四诚:"……"你就和我说了镜子价值一亿,如果是你,你会杀掉守馆人偷走镜子和藏品大规模圈钱,这算哪门子的关键信息!

白柳拍拍手,边走边和牧四诚解释了一通,杜三鹦不近不远,小心翼翼地跟在他们身后,白柳的音量并没有刻意压低,他身后的杜三鹦听得微微露出惊讶的眼神——原来还可以这样推断出来。

观众也惊讶了。

"这新人玩家叫什么名字,我感觉他的思路有点意思,想去围观他的小电视。"

"我还是第一次看到有人在杜三鹦在的收集向游戏里,比他更先触发主线任务……这新人好牛,比幸运值100%的杜三鹦触发得快……"

"主线任务是收集镜片,还是不知道确切数量的收集……"牧四诚含着棒棒糖斜眼瞟了一眼跟在他们身后假装在寻找的杜三鹦,有点暴躁地舔了下被糖渍粘住的嘴唇,"你就这样直接把信息说给他听?等下他会找到很多镜子碎片的。"

"这家伙幸运值逆天了,在找东西上很有一手,而且就算是我们找到的镜片,都很有可能以各种各样奇怪的方式落入杜三鹦的手里,你不防他一下?"

白柳奇怪地看牧四诚一眼:"我为什么要防他?"

牧四诚脸色很不好看:"我不是和你说了吗,我们找到的镜片,也有可能……被杜三鹦拿走……"

"谁和你说我们要找镜片了?"白柳斜眼看了牧四诚一眼,余光从背后的杜三鹦身上扫过,又若无其事地收了回来,"我们不找,让杜三鹦找,他不是擅长找吗?就让他慢慢找够,找完能集齐最好。"

"你是想……"牧四诚一怔,"等杜三鹦集齐直接抢他的?"

白柳:"嗯。"

牧四诚用舌头舔了一下自己的后牙:"虽然我也很想执行你这个计划,但行不通的,白柳,你根本不懂杜三鹦的幸运值100%是什么概念。"

说着,牧四诚似乎想到了什么让他不堪回首的憋屈往事,后牙咯吱咯吱地用力摩擦着,看上去面目十分狰狞:"只要你试图抢杜三鹦的东西,你的幸运值就会下跌,不断下跌,遇到各种倒霉事,哪怕是你已经把手伸进了他的系统仓

223

库，都能被怪物打断，总而言之就是抢不到。"

"哦。"白柳还是很无所谓，"那是你不行，我说不定可以。"

牧四诚真的因为白柳的固执烦躁了一下："我说了，杜三鹦幸运值100%，任何玩家都抢不到他的东西，就连黑桃都不行。"

正如系统说的那样——杜三鹦是幸运之神的宠儿。

"你说过，杜三鹦是靠影响周围事物的运势来运行他的幸运值的，对吧？"白柳终于舍得给了牧四诚一个正眼，他又用那种叹息般的眼神看牧四诚，"但我不能被他影响啊，我的幸运值是0，不能下降了，他的幸运并不能使我更不幸。"

牧四诚一怔，白柳又眼神平静无波地转头回去，嘴角微勾："但我的不幸说不定就能使他不幸了，你说呢，牧四诚？"

鬼鬼祟祟跟在白柳和牧四诚背后的杜三鹦后颈一凉，莫名起了一身鸡皮疙瘩，他有点迷惑地看向前面的白柳——

那种奇怪的、让他不幸又幸运的预感又来了。

牧四诚终于被白柳的说法勾起了兴趣："不找碎镜片，那你要在这个收集向的游戏里干什么？就像刚刚一样干坐着不动？"

"当然不是。"白柳微笑着，他目光看着前方空无一人的车厢，露出了好似看到了金银财宝般的愉悦神情，"你刚刚和我说这个游戏里是允许抢劫的对吧？你觉得'提线傀儡师'有钱吗？"

牧四诚嗤笑一声："你口气倒是大，到时候死的可能是你。"

"有可能。"白柳不置可否，"不过如果我是他，就一定会让我活下来，因为我存活的价值很大，他想把我变成傀儡就应该意识到了这一点。"

"就看谁成为谁的傀儡吧。"白柳轻笑着说。

张傀眯着眼睛扫视了整节车厢一圈，他两只手的十根手指上都牵着透明丝线，分别延伸出去刺入其他三个玩家的后颈正中。

他食指微动，透明丝线颤抖，其中一个伏趴在地上正在寻找东西的玩家就被牵动着直挺挺地站立起来，张傀口气不是很好地询问这个玩家："李狗，找到碎镜片了吗？"

李狗回答："没有。"

张傀有些不耐地"啧"了一声，一张油彩木偶的脸生动地呈现出倒八字眉和下撇的嘴，显示他已经生气的事实。

"已经找了快半列车了，还没有找到。"

三个木偶战战兢兢地站在一起低着头，木偶额头上出现一颗一颗的巨大淡蓝色的汗滴，就像是动画一样一卡一卡地向下流动，李狗畏惧地上前，低声又重复了一遍："主人，的确没有找到任何碎镜片。"

"别找了。"张傀手指跃动着，三个傀儡好似军训般齐齐整整地站好在他面前。

站在中央的李狗小心地询问："主人，不找了吗？这游戏不是要集齐碎镜片才能通关？不找的话，怎么通关啊……"

"蠢货！"张傀有些自傲又有点鄙夷地看了李狗一眼，"不要质疑智力值93的我做的任何决定，懂吗？"

"主线任务不是我们触发的，但我们应该是最先开始找的，有人数优势，却找了差不多半列车，都没有找到，你还不明白吗？"张傀斜眼看着李狗。

李狗额头上冷汗直冒，但他的确也很迷茫："明白？明白什么？"

44

张傀倨傲地哼笑一声："蠢货就是蠢货，那三个人里有一个是白柳，这家伙的面板属性很差，移动速度根本不如在我操纵下的你们快，他搜车厢的速度不可能快得过你们。

"而牧四诚这人移动速度倒是快，但是智力不如白柳高，找东西这一项他比不过我这个又有智力又有你们这些傀儡玩家的，除非这两人联合，否则我一定是搜寻车厢搜得最快的玩家。"

"但这两人一定不会合作的。"张傀的笑变得恶意了起来，他随便地用脚踹了踹他面前的一个傀儡，那傀儡应"踹"而倒，低着头哐一声跪在了张傀面前。

张傀漫不经心地踩在这下跪傀儡的背上，低下头凑近这个傀儡，笑道："喂，牧四诚曾经的好朋友，刘怀，你说是吧？"

这个叫刘怀的木偶玩家一声不吭，四肢微微颤抖着。

"我知道这个游戏里有牧四诚，就特地把你带过来了。"张傀啧啧笑着，"牧四诚也不会想到你成了我手下的傀儡玩家吧？"

"当初他因为你的背叛差点就成了我的傀儡，但最后居然精神值降到18还能保持镇定，靠着狂暴杀死我手下四个傀儡玩家逃掉了，我死了那么多傀儡玩家，只好拿你顶缸了。"

"不过做我傀儡待遇不错，想必你也很开心吧？等下如果见到牧四诚，记得好好表现,扰乱他心智懂吗?如果再让他跑掉,等着你的就不是做我傀儡这么好的差事了。"

张傀一边说一边用手轻拍着刘怀的脸,刘怀的木偶脸上源源不断地滴下冷汗,一句话也不敢说。

张傀似乎也觉得无趣,很快收回了自己的手:"牧四诚这人是绝对不会和任何人合作的,更不用说白柳这种一看就心眼很多的,就算是白柳有意和他合作,牧四诚也必然会阳奉阴违,这两个人无论是单独,还是配合,搜寻车厢的速度都比不过我,我们应该是游戏里找东西速度最快的玩家了,但我们还是没有找到,可能性只有两个——"

他说着,比出两根手指,阐述道:"第一种可能性:这破游戏说要收集的碎镜片根本不在列车内。"

"还有一种——"张傀的眼睛意味深长地眯起,"这游戏一共有七个玩家,牧四诚和白柳,我和你们三个,就占去了六个名额,还剩最后一个玩家名额,最后进入的这个玩家,如果有能力抢在我们之前找到所有碎镜片,那也有可能。"

李狗虽然恐惧,但依旧抬头困惑地提问:"但是主人,我们已经搜了半列车了,而且都是全速,依旧没有看到任何碎镜片,总不可能所有镜片都在另外半列车里,还正好被这最后一个进来的玩家飞快收集好吧?"

"怎么不可能?"说起这个人的名字,张傀也有点咬牙切齿,"如果最后进来的这个人是杜三鹦,那就算是所有碎镜片都堆在他面前等他捡都有可能!"

白柳用余光看了一下背后的杜三鹦,杜三鹦有点苦恼地挨个查看着车厢座位,他没有发现任何碎镜片,但他已经跟着白柳他们已经走了两节车厢了。

"不应该啊……"杜三鹦自言自语着,他是真的觉得很奇怪,"怎么一块碎镜片都没有找到?"

他之前做这种收集向任务都是无往不利的,这次居然找了这么久还空手。

杜三鹦推了推自己的眼镜,在点击游戏管理器看到自己的幸运值依旧是100%之后,陷入了深深的迷惑中。

怎么会呢?幸运值100%的他找东西一向很厉害啊……

而且杜三鹦有强烈的预感,就是跟着白柳一定能成功通关,虽然会伴随着让他毛骨悚然的不适感,但是杜三鹦从来不怀疑自己的直觉,既然他的直觉告诉他跟着白柳一定能通关,那就一定可以。

白柳在看到杜三鹦查看面板幸运值之后就收回了目光,转头很笃定地和牧四诚说:"车厢里没有任何碎镜片。"

牧四诚已经放弃靠自己去思考白柳的推断过程了,直接问:"为什么?"

"如果列车里有碎镜片,幸运值100%的杜三鹦不可能一直都没有发现。"白柳说。

牧四诚挑眉:"你忘了这游戏里还有一个傀儡师吗?虽然杜三鹦找东西的确很厉害,但是傀儡师那边有四个人,傀儡玩家在他的操纵下移动速度很快,很有可能先我们一步找到这些车厢的碎镜片。"

"不太可能。"白柳摇头,"第一,你说过杜三鹦的幸运值在这种游戏里的优势;第二,如果傀儡师已经找到碎镜片了,确定了这个游戏的通关关键,这个时候他多半会来攻击我们,我们走了这么多车厢都没有遇到他们,我觉得他们在有意地避开与我们冲突,这不像是找到了的表现。"

牧四诚抱胸移开眼神,有点讽刺地笑了一声:"你们聪明人倒是能互相理解,都喜欢玩这一套。"

"我不喜欢他那一套。"白柳听懂了牧四诚的嘲讽,淡淡地替自己澄清了一下,"如果我需要一个人配合我,我会让他心甘情愿和我合作的。"

"就像我和你的合作是吗?"牧四诚假笑两声,"白柳,我和你这种无凭无据的口头约定可不太牢固。"

"是金钱交易。"白柳强调道,微微笑了一下,"你可是给过我1积分的,牧四诚。"

牧四诚嘲弄地笑了两声,没有和白柳在这件事上过多纠缠:"那如果如你所说列车上没有碎镜片,那会在什么地方?列车外?地铁站里?我们是等到站了下车去地铁站里找?"

白柳摸着下巴思索了一会儿:"其实我觉得碎镜片在地铁站里的可能性也很小。"

"不在列车上,也不在列车外,地图就这么大。"牧四诚摊手,"那你觉得还能在哪里?"

白柳没有回答,因为列车到站了,广播中列车到站的女声打断了嘴唇微张的白柳:"列车已到达'镜城博物馆',请需要在此站上车的乘客有序上车,请需要在此站下车的乘客有序下车……"

列车的车门缓缓打开,牧四诚和杜三鹦看到了列车外的景象,脸色瞬间一变,白柳倒是早有预料地保持住了淡然的表情。

车门外的站台上是被烧焦的各种各样的尸体,诡异的是这些尸体都维持着一种正常人的形态。

这些烧焦的乘客密密麻麻地分布在地铁站内，随着车门的打开，头齐齐地一抬，黑黢黢的眼眶看向车内的白柳一行人，杜三鹦情不自禁地咽了一口唾沫，往后贴在了车窗上。

地铁站更是一片狼藉，到处都是被烈火焚烧之后发黑的炭烧痕迹。

杜三鹦弱弱地靠在了白柳的身后，小声地询问："白，白柳，你觉得这个也会是过场动画吗？他们会，会攻击人吗？"

"我大概不会在一个游戏开场里设计两段差不多的过场动画。"白柳说，"太无趣了，浪费时间。"

杜三鹦越发虚弱了，汗毛都立起来了，那种危险的预感让他无时无刻不想逃跑。

但一旦离开白柳，那种不幸感又会如影随形地笼罩杜三鹦，杜三鹦现在感觉不走也不是，走也不是，只好欲哭无泪地问："白柳，那你会怎么设计？"

"如果是我的话……"白柳一边说话一边飞快地从自己的系统界面里找道具，等找到自己想要找的道具，白柳才继续往下说，"我大概会设计一场很高危的列车追逐战来增添游戏开场的刺激感。"

牧四诚听懂了白柳的意思，看着车门外，神色晦暗地骂了一声。

这是要追逐战了。

45

"我建议你们用提高移动速度的道具。"白柳穿好道具之后分出眼神看了一眼外面向车门聚拢的乘客，"这些怪物的移动速度应该很快。"

牧四诚飞快穿好了提高移动速度的道具护腕，含着棒棒糖突然很奇怪地笑了一声。

白柳听到这诡异的笑声转过头去，就看见牧四诚双脚踩在列车的车壁上，用猴爪抓住车壁吸附在上面，身上也穿戴好了提速道具——这是一个蓄势待发要逃跑的姿势。

牧四诚见白柳回头看他，他笑嘻嘻地松开一只猴爪对白柳用两指比了一个敬礼的手势，看着白柳的眼神带着很明显的不怀好意："那我就先走一步了，白柳，我不准备参与你那个全是漏洞的杀死傀儡师的计划了，你好自为之。"

"还有——"牧四诚挑眉，对着白柳晃了晃自己手里一个白色的人鱼小雕塑，"你的道具'人鱼的护身符'，我牧四诚拿走了，这就是你骗了我2000积分的代价，我说了，没有人能让我吃亏。"

"顺便告诉你一声，白柳，"牧四诚一只猴爪用力一拍，整个人像一阵风一样瞬移消失在了车厢中，白柳只能听到牧四诚恶劣无比地哼笑了一声，"我这人最讨厌和人合作了，这次就当给你上了一课，如果你还能活下来，不用谢我，Bye！"

系统提示：玩家牧四诚使用技能"盗贼的猴爪"从玩家白柳的系统背包中窃取了道具"人鱼的护身符"（该技能为游戏技能，无法登入现实）。

系统提示：玩家牧四诚使用技能"盗贼的潜行"，移动速度+7000。

几乎是一个晃眼，牧四诚就化作一道残影，彻底消失在了白柳的眼前，留下看傻眼的杜三鹦和依旧淡定的白柳面面相觑。

杜三鹦都蒙了，他看向白柳，用手在牧四诚离开的方向和白柳之间来回比画，用一种比白柳还震惊的表情问白柳："你，你们不是合作关系吗？牧四诚怎么抛下你跑了？！他怎么还偷你东西啊？你们不是朋友吗？！"

看到牧四诚下手，小电视前的王舜心情复杂地长叹一声——果然牧四诚这个盗贼盯上白柳跟着进游戏，是想偷白柳身上他想要的道具。

《塞壬小镇》最近都是新人专属的热身游戏，游戏墙上倒是很少刷新出现，老玩家进不去，新玩家出不来，"人鱼的护身符"这种要集齐怪物书后才能有的道具更是千金难求，王舜之前就听闻牧四诚在收购这个"人鱼的护身符"，估计之前卖人情给白柳也是为了这个道具。

但估计是白柳的抠门和不要脸让牧四诚意识到了白柳根本不会领他的情、把"人鱼的护身符"卖给他，就直接对白柳下手了。

但白柳这家伙不愧是幸运值为0啊，王舜叹息——在收集向游戏里撞上了幸运值100%最擅长这个的杜三鹦，寻求合作的对象是厌恶同伴心怀不轨的牧四诚，还被心狠手辣的张傀放话说要抓起来做傀儡……

这简直是把所有能踩的雷都踩了个遍，难为他了。

不过也不是每个人都有王舜这种体谅白柳的心情，大部分的观众都是薄情且现实的，白柳这个主动寻求合作，结果被牧四诚背刺的操作让一些对他怀有期望的观众十分失望。

白柳本来就被三个大神级别的玩家吸走了不少观众，剩下的观众原本就不多,他又接连发挥失误,虽然没有观众点踩,但是点赞的观众也屈指可数,这导致了白柳的小电视数据相当不好看。

新增107人赞了白柳的小电视,新增161人收藏了白柳的小电视,无人为玩家白柳充电。

新增120人正在观看白柳的小电视,和上次游戏视频数据相差过大,玩家白柳即将从多人游戏区下降至坟头蹦迪区,请玩家白柳认真游戏!

坟头蹦迪区欢迎各位不想好好玩游戏的玩家,为各位玩家倾情准备高级坟头形状小电视作为各位玩家蹦迪的场所!

和这个形成鲜明对比的是牧四诚的小电视,这个背刺白柳偷东西的操作带来的节目效果让牧四诚的小电视数据瞬间暴涨,牧四诚的小电视紧接着杜三鹦的小电视离开了分区,顺利进入中央大厅。

"坟头蹦迪区?"王舜看到这个区的名字脸色终于一沉,变得难看了起来,"只有上一次和这一次表现差太远的玩家才会进入这个区域,虽然白柳现在数据不算太好,但也不至于直接把白柳打到这个区吧!这游戏才开始多久?"

但很快王舜反应过来为什么白柳会被直接打入这个区了——因为不是这一次的表现太差,而是上一次的表现太好了。

系统评定白柳不认真游戏,也就是划水,因此对白柳做出了警告。

王舜在不赞同之余也不免有些哭笑不得,但无论再怎么觉得不赞同,王舜也无力改变白柳要去这个坟头蹦迪区的事实,他心情沉重地收拾东西,以一种百感交集的心情往坟头蹦迪区去了。

跟着王舜走的观众也有,但更多的观众都是皱着眉头唔叨一声离开了白柳的小电视,转身就投入了其他大神的小电视。

王舜几乎是孤零零地来到了一片惨白的坟头蹦迪区,这里的小电视看起来就像是小墓碑。

坟头蹦迪区装修风格很像是储藏室,里面放置的小电视的画面也是黑白色调的。

上面的玩家多半形容凄惨,配上黑白的色调看起来非常阴森瘆人。

这里的观众数量也很少,大部分都是很焦急和很暴躁地在给小电视里的玩家加油,人人都是一副无法置信的恨铁不成钢的样子,和王舜现在脸上的表情差不多。

这也正常，因为坟头蹦迪区别称"新星陨落之地"，上一次数据太高、这一次数据太差的玩家就会被系统判定不认真游戏，然后被发配到这个地方。

这里也算是游戏大厅的"冷宫"了。

被打入"冷宫"的玩家很多，但能离开"冷宫"的玩家，可谓少之又少——因为离开坟头蹦迪区要求玩家在这里超越上一次的小电视数据，系统才会给你分配新的推广位让你离开。

白柳上次的小电视综合数据是十万多，王舜从进入游戏以来，还从未听说过有玩家能在坟头蹦迪区直播出超十万的数据，但如果白柳被困死在这个坟头蹦迪区，很容易直接掉进无名之地，那可就再也爬不起来了啊……

但和王舜现在的心情沉重不同，论坛上简直是看不惯白柳的底层玩家的狂欢。

"热烈祝贺被吹为明日之星的新人白柳喜提坟头小电视！"

"我急了我急了我急了——白柳到底什么时候掉进无名之地？！来押！我赌三个小时之后他就掉进去了！"

白柳对他身上这些腥风血雨一无所知，他现在面临更严峻的挑战。

车外的乘客疯狂地拥入了车厢，他们，或者是它们以一种奇异的姿态伏趴在地，头往上扬着一直贴到后背，四脚着地疯狂地刨动着，好似一只人面蜘蛛。有些乘客还没来得及跑掉，啪的一声被后排拥入的乘客挤贴在了车窗玻璃上，给白柳一种这列车正处于早高峰的错觉。

杜三鹦一个闪避躲开进来的一个乘客，拍拍胸口心有余悸地道："这些怪物的速度和力量都好高。"他一边说着，一边给自己装备道具。

系统提示：玩家杜三鹦使用道具"幸运的卡丁车"，移动速度+1890，可以幸运地避开所有来撞击你的生物哦，使用时限1小时。

杜三鹦瞬间坐进了一辆粉红的跑跑卡丁车里，上面还有小马宝丽的一些图片，看起来非常幼稚，但瘦瘦小小的杜三鹦坐在里面竟然没有什么违和感。

杜三鹦对着白柳焦急招手："白柳，快上来，我开车带你跑！那群怪物要进来了！"

杜三鹦也不是随便救白柳的，他有种强烈的第六感，这场游戏里白柳才是他通关的关键，所以无论如何，这个人不能死。

白柳表情还是淡定的，婉拒了杜三鹦的帮助，也给自己装备了一个道具。

系统提示：玩家白柳装备了道具"雕塑的外壳"，防御力＋100，因为这是一件沉重的装备，玩家白柳的移动速度－13。

"噗！"看到白柳穿了一件大理石般笨重的盔甲外壳，压得整个人没站稳晃了一下跪在地上，杜三鹦一下子惊呆了。

他脸都裂开了，对着白柳嘶吼挥手道："白柳！你穿错道具了！穿成防御性道具了！这道具明显是降速度的啊！你快脱下来！"

白柳被几十斤重的大理石盔甲压得跪在地上，站都站不起来，不过说话倒是很有骨气："没穿错，我不脱。"

白柳这副尊容让观看杜三鹦小电视的观众一下全惊呆了。

"他这是干啥？！掉入'坟头区'之后的自暴自弃吗？"

"他应该不知道自己掉入'坟头区'了，不过在追逐战里背石头这种操作也是值得被纳入迷惑行为大赏了……"

"我看小鹦鹉看得好心焦啊！你快别救他了！你自己先跑吧！"

杜三鹦快急死了，他的预感疯狂地让他去救白柳："你有什么交通工具吗，加速度的那种？算了，你快把这个没有用处的盔甲脱下来！来不及了，快上我的车！"

"这个盔甲有用处的。"白柳点击了个人技能，平静地说道，"我有交通工具的，你不用担心我。"

杜三鹦急得不行："你交通道具移送速度多少？！如果低于1890你还是坐我的车吧！"

"移动速度吗？"白柳点击了面板里的个人技能"旧钱包"，终于露出了一个有点奇怪的笑容，"大概是牧四诚的移动速度吧。"

杜三鹦惊了："7000移动速度的交通道具？有这种道具吗？"

白柳背后燃烧的乘客以一种扭曲的形态奔跑着，硝烟和无数燃烧着冒有火星的手试图去触碰白柳的后背，火星飘过白柳白皙的面颊，他的眼神毫无波动。

在这种千钧一发生死存亡的时刻，白柳的双手却围成了一个喇叭大声地拉长声音，懒洋洋地喊着："牧四诚，我需要你的帮助，救命！"

杜三鹦蒙了：牧四诚刚刚不是才偷了你东西走了吗！为什么你要向牧四诚求助？无论怎么想牧四诚这人都不可能来帮你的吧！

围观杜三鹦小电视的观众也是个个头顶问号，几乎已经被白柳各种谜一样的操作看木了，不禁产生了一丝这家伙可能真的是个神经病的想法。

不然实在是无法解释白柳这些诡异的举动。

但更头顶问号的是围观牧四诚小电视的观众。

他们眼睁睁地看着愉悦逃离盗窃现场的牧四诚在听到了一声"牧四诚，我需要你的帮助"的声音之后，脸色猛地一变，好像是被什么东西勒住了前进的步伐，一下顿住停在了原地。

系统提示：因玩家白柳发动了个人技能，玩家牧四诚必须配合玩家白柳的一切行动。

现在，玩家白柳要求你倒转回去，如他所愿，倾你所有地帮助他，带他离开危险之地。

"你！"牧四诚脸色灰暗，仿佛被操控了一般僵直地倒转身体回去，开始往自己离开的那节车厢飞速地赶去，"白柳！"

"你居然用个人技能操控了我！你这家伙的个人技能不是偷东西吗？"

牧四诚把"白柳你暗算我"的愤怒全写在了脸上。

几乎在一个呼吸之间，杜三鹦眼看白柳就要被背后的怪物吞没，急得抓耳挠腮，而白柳却只是微笑着垂眸，他穿着那件沉重的大理石盔甲，跪在地上仰着头微微张开了自己的双臂，好像在等着什么人来接他一样。

这举动看得杜三鹦摸不着头脑，又急又好奇："白柳，你穿着盔甲到底有什么用啊？"

"这盔甲加防御。"白柳本来想耸肩，但由于盔甲的外壳太沉重了导致他耸不起来，"我怕我时速7000的交通工具等下会因为生气揍我，所以先穿上，这样抗揍一点。"

杜三鹦呆了。

揍人的交通工具？这都是什么和什么啊？！

在杜三鹦都想骂人的一瞬间，一道几乎快到看不见形状的人影就狰狞怒吼着抓住了白柳的衣领，把他一把扯起来："白柳——你这畜生——你对我做了什么？为什么我被你控制了？"

牧四诚用尽全力地往回一扯，白柳身后那些已经张开口的烈焰乘客以及它们手臂上燃烧起来的火球就恰好从白柳的眼尾扫过。白柳堪堪地躲过，却还是被燎燃了一点眼睫毛。

白柳就那么眸光平静地抬起自己燃烧的睫毛，慢悠悠地眨了两下眨灭了之后,很欠揍地微笑着:"我只是向你求助了啊,牧四诚,我们不是说好了吗?"

"我向你求助,而你前来帮助我,这不是你答应过的事情吗?怎么能说是控制呢,这多见外。"牧四诚阴沉着脸拉着白柳往前跑了几节车厢,杜三鹦看牧四诚状态好像不对,急急忙忙地开着自己的小卡丁车跟着往前走了。

牧四诚反手就把白柳像块破抹布一样砸在地上,暴虐地一只脚踩在白柳的脖子上。牧四诚双眼赤红,呼吸急促,胸膛剧烈地起伏着,他额头上的青筋都暴出来了,抓住白柳衬衫领口的手臂也暴出了青筋。

牧四诚恶笑着,低着头凑近直视自己脚下的白柳的眼睛,从牙缝里挤出这几个字:"很好,白柳,你真牛。"

"我这辈子,最讨厌别人控制我。"牧四诚咬牙切齿地、让人毛骨悚然地笑着,"你真的惹到我了。"

说着,牧四诚一拳砸在白柳的身上,白柳身上的那件大理石外衣好似风干的石膏般,缓慢碎成一块一块,掉落在地,白柳的嘴角也渗出鲜血来,但他还在笑,好似早有预料牧四诚会挥出这一拳。

系统提示:玩家白柳的盔甲因抵挡了玩家牧四诚的一次击打而彻底损坏,无法修复,玩家白柳生命值因为受到攻击下降至40。

"你确定要杀了我吗?"白柳张开满是鲜血的嘴唇,笑着问,"我对你用的这个技能可以捆绑我和你的生命值,我死了,你说不定也会死,牧四诚。"

白柳这就是在诈牧四诚了。

控制技能里的确有很多能捆绑操纵者和被操纵者生命值的。

牧四诚收敛了脸上所有表情,他深吸了好几口气调整了一下呼吸,眸中惊涛骇浪,牙都要咬断了:"这次游戏之后,我会找到解除我们关系的办法,然后淘汰你的,白柳。"

白柳微笑。他知道自己成功了:"那是之后的事情,现在呢?"

牧四诚和好像一切都在掌握之中的白柳对视几秒之后,没忍住骂了一声:"真想直接打死你!"

骂完,牧四诚扫了一眼又跟上来的那些东西,一把扯住白柳的后领,面带寒意地飞快往前跑了。

系统提示:玩家牧四诚使用技能"盗贼的潜行",移动速度+7000,因携带玩家白柳（重量57千克，轻伤中），速度下降——最终移动速度+6900。

杜三鹦已经看傻了。他呆呆地望着牧四诚离开的背影，又看了看地铁上白柳那件被牧四诚一拳砸碎的盔甲，自言自语："所以说，白柳说的那件移动速度7000、会揍人的交通工具，是牧四诚吗？"

杜三鹦一向靠着幸运值通关，是从来没有见过白柳这种不择手段把玩家当成交通工具的凶残玩法的天真玩家，看着牧四诚提溜白柳咬牙切齿离开的背影，杜三鹦没忍住打了个寒战。

怎么回事？这种好像预见了自己和牧四诚一样被白柳利用的"工具人"未来的恶寒感。

太可怕了，这家伙，他不怕自己被牧四诚一气之下打死吗？还能那么冷静地说自己的交通工具喜欢揍人，牧四诚刚刚可是真的动了杀心的……

心灵受到极大震撼的杜三鹦呆呆地开着自己的小马宝丽卡丁车，跟着白柳他们的脚步往前行进了。

同样心灵受到极大震撼的观众陷入了长久的呆滞中，好几分钟，所有人都在沉默地看着小电视，不知道该说什么，似乎说什么都是对几分钟之前嘲讽白柳的自己打脸，过了一会儿，才有观众尴尬地咳了两声，装模作样地出声道——

"这个白柳，有两把刷子嘛，哈哈哈哈……"

"何止是两把啊……"有人心情无比复杂地附和，"他居然控制了牧神，这可是当初'提线傀儡师'倾尽了整个国王公会的力量都没有办法做到的事情……"

"这家伙的个人技能和'提线傀儡师'一样吗，都是控制玩家？"

"应该是，这下有的看了，两个操纵技能的玩家打擂台，虽然'提线傀儡师'那边三个傀儡，但这边牧神也成了白柳手里的傀儡，四对二。虽然我还是觉得'提线傀儡师'赢面更大，但是白柳这一手操作太厉害了，赢面扳到四成了……"

"可怜牧神，躲得过初一没有躲过十五，终究还是做了别人手下的傀儡。"

"我想去看看白柳的小电视，牧神视角好多东西都不清晰啊……"

"我也去白柳那边看看……他在坟头蹦迪区对吧？可惜了，他这手操作早一点出来，也不会掉到坟头区……"

牧四诚的观众不断往白柳那边流失着。

渐渐有观众拥到坟头蹦迪区，人群渐渐簇拥在白柳的小电视前，但这都没有吸引王舜的注意力。

王舜只是专注看着小电视里的白柳，怔愣了几秒，他也记得白柳的个人技能不是偷东西吗？

最终王舜有些心惊地摇摇头——难道从那个时候白柳就开始布局骗牧四诚了？为的就是让牧四诚降低警惕以为白柳的技能是偷东西，然后好控制他？

白柳如果是别的个人技能牧四诚都会有所提防，唯独偷东西这项个人技能，牧四诚是绝对不会提防的。

因为牧四诚是这个游戏里"偷盗技能"被判定为最强的盗贼，牧四诚曾经从黑桃的手里偷到过东西，可以说是无敌的盗贼了。

但白柳却一次又一次地从牧四诚这个最强盗贼的手里偷到了东西。

第一次是精神漂白剂，第二次是体力恢复剂，第三次是牧四诚整个人都被白柳偷走了。

第四次是……王舜的目光落在他面前越来越多的观众身上，心情无比复杂——白柳还从牧四诚那边偷走了他的观众。

46

新增1776人赞了白柳的小电视，新增2006人收藏了白柳的小电视，345人为玩家白柳充电，充电积分为345分。

新增2004人正在观看白柳的小电视，玩家一分钟内获赞超1500，玩家白柳终于认真起来了！

你的表现恢复正轨，我的惩罚不会推诿，直到你会一直飞。

距离玩家白柳离开坟头蹦迪区还需47294个玩家赞你，50860个玩家收藏你，14724点积分充电。

牧四诚绕着整列车跑了不知道多少遍，一直到了新站台，这堆乘客全部下车才有喘息的机会，他仰躺着给自己灌体力恢复剂，擦了擦汗湿的面颊上粘着的头发，面色阴沉不善地扫了一眼同样在歇息的白柳。

"白柳，你是不是早就猜到了我的个人技能是偷东西？"牧四诚做出了和王舜同样的猜测，"你之前用偷我的东西误导我，让我以为你的技能就是盗窃[①]，

[①] 此盗窃仅为游戏技能。

降低我的警惕性。"

"之前你在游戏登入口也是故意假装没有猜对我的技能,随口胡说我的技能是五官强化,其实你早就知道我的技能是盗窃了,对吗?"牧四诚目光如电,冷冷地直视白柳。

"是的。"白柳供认不讳。

牧四诚深吸了一口气,死死盯着白柳:"你什么时候知道的?"

个人技能这种东西,在论坛上大家是心照不宣不会大肆讨论的,因为暴露个人技能会得罪人,除了"提线傀儡师"这种招聘时需要玩家把自己的技能摊在明面上的情况,其他玩家的个人技能大家都不会明面上讨论。

白柳一个新人,唯一知道个人技能的方法就是购买牧四诚的游戏视频来看。

但玩家的技能面板对观众是不开放的,也就是说观众看不到玩家具体的技能是什么,白柳如果要知道他的个人技能,只能靠多次购买牧四诚的视频猜测,或者是和其他老玩家线下讨论。

但白柳根本就没有购买过牧四诚的视频,而且白柳这次登入游戏后牧四诚是最先找到他的,他根本没机会和其他知道牧四诚技能的玩家讨论!

这家伙为什么会知道牧四诚的个人技能?!

白柳:"我登出《塞壬小镇》遇到你的时候,就知道你的技能是什么了。"

牧四诚无法置信地看着白柳:"《塞壬小镇》登出的时候?几乎是你一登出我就找到你了,你不可能有时间知道我的技能是什么!"

"我刚开始的确就是想骗你一瓶精神漂白剂,没想到要布局套你。"白柳揉揉鼻子,"是你的反应暴露了你的个人技能是盗窃的,而且你自己不是说你是新星榜第四吗,实力看着还挺好的,所以我心想你来都来了,不对你做点什么我好像有点吃亏,于是我就顺水推舟……"

什么叫来都来了,不做点什么有点吃亏?白柳是葛朗台吗,雁过拔毛?!

牧四诚被气得胸腔都起伏了一下,十分不服地质问:"我的反应怎么暴露我的个人技能了?"

白柳转头看着牧四诚:"因为在我'偷'到你的精神漂白剂之后,你的第一反应就是我的技能是盗窃。"

"不然呢?"牧四诚无语,"还能有别的技能可以直接从我的系统仓库里拿走东西吗?"

白柳平静提示:"可是在系统大厅里,你是知道明确禁止盗窃的,但在我第二次拿到你体力恢复剂的时候,你的反应还是执着无比地认为我的技能是盗窃,我觉得正常的玩家都会换个思路去思考我的个人技能了，比如我可以操控你赠送我东西，但你没有。

"你甚至到我进入游戏之前，都没有改变过认为我的技能是盗窃这个观念。"

牧四诚一愣。

白柳扫了牧四诚一眼："这是你下意识的反应——这说明你潜意识里对盗窃这个东西有很强的执念，个人技能是和欲望挂钩的，所以我就猜测你的技能，多半是和盗窃挂钩的。"

牧四诚脸色难看地打断了白柳的话："就算你从那么早的时候就想操控利用我，但你根本不能百分之百保证我下一次会跟着你进游戏，如果我没有跟着你进入游戏，你这些铺垫就都打水漂了！"

"我的确不能百分之百确定你会跟着来。"白柳很坦然地承认了，"但我大概有百分之八十的把握确定你会跟来。"

白柳抬眸："因为我身上有你想偷的东西，'人鱼的护身符'，不是吗？"

牧四诚呼吸一窒。

"我之前还觉得很奇怪的一点，就是你为什么会来游戏登出口找我。"白柳继续说道，"你是这个游戏里实力相当不错的玩家，就算是对我的个人技能好奇，也不至于在亏损了2000积分之后还一直黏着我。"

白柳抬眸："无利不起早，我身上一定是有什么你想要的东西，并且你有很强的自信可以得到，所以你才会在我一登入游戏就来找我，确认我把这件你想要拿到的东西带在了身上，用你们盗贼界的行话叫作——踩点，对吧？"

牧四诚这下脸色终于全黑了："你早就知道我想偷你身上的'人鱼的护身符'了？你用这个东西来钓我上钩？"

白柳换了种委婉的说法，和蔼笑笑："怎么能叫钓你上钩呢牧神，我主要是向你寻求合作，这个东西就当我送给你的礼物，你看，我现在可以操控你了，我也没叫你还给我，不是吗？"

白柳睁眼说瞎话的本事登峰造极，其实他不能操控牧四诚还给他那个"人鱼的护身符"，目前白柳和牧四诚还真的就是合作，白柳无法强制让牧四诚做一些事情。

但牧四诚听了这话之后脸色却稍微好转了，白柳没有让他还，至少说明白柳此人不像是傀儡师那种把自己手下傀儡抽筋扒皮不顾生死的，他暂时是安全的。

牧四诚不再和白柳这个气得自己肝疼的玩家说话，他打开了自己的面板看了一眼。

玩家牧四诚的个人面板。

生命值：94（被火焰灼烧后下降）。
体力值：30（耗空，正在恢复中）。
精神值：75（因被乘客攻击而轻度异化）。

如果是牧四诚自己跑，体力下降根本不会这么严重，而且也不会不小心被那群怪物烧到，都是因为带了一个白柳，为了维持原来的速度，他使用技能耗费的体力翻了几倍。

牧四诚现在不清楚白柳这家伙对他的控制到了什么程度，不敢轻举妄动伤害白柳，但这不妨碍牧四诚言语上讽刺白柳："你被我提溜着跑，居然体力都消耗完了，你面板属性弱成这样，你本来早该死了。"

"这不是有牧神对我伸出援手，我没死嘛！"白柳还是优哉游哉地回道，打开了面板，"大难不死必有后福，我们触发第一个怪物书了。"

《爆裂末班车怪物书》刷新——爆裂乘客（1/3）。

怪物名称：爆裂乘客。
特点：移动速度极快（1000点的移动速度，火焰有加成效果）。
弱点：？（待探索）。
攻击方式：被爆裂乘客身上的烈火灼伤后生命值和精神值都会下降。

"触发第一个怪物书有什么用？"牧四诚嗤笑一声，仰头喝光了体力恢复剂，"你该不会想在《爆裂末班车》这种二级副本里集齐怪物书吧？白柳我告诉你，就算是我这种等级的玩家，都不敢在完全没有任何人通关的二级游戏里去集齐怪物书。"

"凡事总有第一次。"白柳总是有气死人不偿命的本事，他闲散地一笑，"这次不是有我吗？牧神要不试试集齐？我们合作嘛。"

"合作"这两个字一出，白柳几乎就是明面上威胁牧四诚，强制他帮助自己集齐怪物书了。

牧四诚只感觉自己心头好不容易沉下去的怒气再次上涌,他深呼吸两口气调整自己的心跳,免得自己被活活气死:"你面板生命值都要清零了,还想着集齐怪物书,真是要钱不要命。"

白柳受之无愧:"你说得对,我就是这种人。"

牧四诚:"……"

牧四诚说得没错,白柳的面板属性比牧四诚A级的面板属性凄惨多了。

玩家白柳的个人面板。

生命值:31(被玩家牧四诚攻击以及火焰灼烧后下降)。

体力值:8(耗空,正在恢复中)。

精神值:90(因被乘客攻击而轻度异化)。

牧四诚深呼出一口气,平复了一下自己憋闷的心情。现在他和白柳绑在一艘船上,他勉强保持冷静对白柳说道:"精神值下降的后果你已经体验过了,可能你还意识不到生命值的重要性,我和你说一下生命值下降的后果。

"生命值是唯一一个玩家在游戏里无法自动恢复的属性,你清零就是'死亡',用什么道具都没有办法恢复,听着白柳,你现在生命值只有31,已经很危险了,这个二级副本里随便一只怪物多弄你几下,你就死了,我劝你最好不要想着去收集怪物书。"

白柳没说好或者不好,岔开了话题:"那碎镜片我们总是要收集的。"

牧四诚闭眼休息恢复体力没有搭话,白柳继续分析——

"这个游戏看来是一个站同时上下乘客,上乘客的时候我们就要面临追逐战,下乘客的时候,乘客一走出去,地铁门就会关上,如果说列车上没有任何镜片,镜片在列车外的地铁站上,那我们只有一个机会可以搜寻镜片。"

白柳若有所思:"那就是乘客上车的时候,我们要趁它们上车的时候去地铁站上搜寻碎镜片,并且要在车门关闭之前回来,不然我们就要在地铁站里和那些乘客待在一起了,我觉得那个什么'提线傀儡师',应该在我们刚刚追逐战的时候上地铁站搜寻过了。"

"你怎么知道?"一直躲在角落里的杜三鹦终于好奇地问了一声。

他算是几个人当中状态最好的了,虽然他那个小卡丁车已经满是血污,小马宝丽的脸上糊满了各种焦黑的肉末,但杜三鹦本人没有受到任何伤害。

"因为我们刚刚追逐战的时候在整列车里来回跑，并没有遇到过其他人。"白柳靠在墙上擦了擦自己脸边的汗水，"如果不是每次都那么巧和这位'傀儡师'擦肩而过，那就是这位'傀儡师'在我们被追着跑的时候，根本不在车上。"

"啊？"杜三鹦有点焦急，"那'提线傀儡师'岂不是可以很快收集完镜子碎片，然后通关？"

"这个嘛，我觉得可不一定。"白柳抬起眼皮看了杜三鹦一眼，"我觉得他很可能没有在站台上找到碎镜片。"

杜三鹦一愣："为什么你会这么觉得？"

"因为如果我是他，在确定了碎镜片在站台上之后只会做一件事情，"白柳竖起食指比出一个"1"，目光沉静，"那就是来找我们。"

"为什么如果确定了碎镜片在站台上，就会来找我们啊？"杜三鹦越听越迷糊。

"地铁到站的停靠时间只有两分钟，我勘察过这个地铁站的面积，'傀儡师'要在这两分钟之内搜索完一个站台再回到列车上是不可能的事情，就算'傀儡师'有三个牧四诚那种速度的傀儡也不可能。"

牧四诚听到这里咬了一下牙。

"因为找东西是需要时间的，需要搜寻，和速度没有太多关系。"白柳面不改色地继续说，"这条4号地铁线有十一个站台，除我们上车那个终点站台'古玩城'，这条线还有十个站台。"

"刚刚我们从出发到第一个站台就已经花了三分多钟，加上停靠的两分钟，在每站花费的时间是五分多钟，一条线走完剩下的十个站就是五十多分钟，倒计时只有一个小时，证明很有可能这条4号线在爆炸前我们只能走一次，也就是说，如果碎镜片在站台上，我们有且只有一次搜查站台的机会，但傀儡师的三个傀儡根本无法在两分钟内搜完整个站台。"

"所以他会来找我们。"白柳下了结论。

杜三鹦听得两眼冒"蚊香"："为什么啊？"

白柳，你刚刚说的最后一句话和你的结论根本衔接不起来啊！

三个傀儡没有办法在两分钟内搜完整个站台，然后傀儡师就会来找我们！为什么啊？我们又不会帮这个傀儡师搜站台——等等！

杜三鹦猛地清醒过来，有些愕然地看着白柳。

"因为他缺人。"白柳看向摇晃的列车空荡的尽头，"在确认关键线索的确是要去站台上找碎镜片之后，他一定会想方设法把我们都变成他手下的傀儡。"

"但在确认关键线索之前，他应该不会轻举妄动来找我们。"

"主人，碎镜片不在站台上。"李狗极为小声，姿态恭谨到了如履薄冰的地步，"我们三个没有办法搜完整个站台，只是按照您说的搜寻了大部分靠近地铁轨道的地方，的确是没有的。"

"一块碎镜片都没有？"张傀那张木偶脸上眼睛眯成一条细长的墨缝，"奇了怪了，这个游戏应该可以在站台上搜寻到碎镜片才对，是因为没有全部搜完吗？"

李狗小声说："只有站台上面没有搜了，但上面那种燃烧的乘客太多了，我们根本上不去。"

"我知道，我站在门边操纵你们，我长了眼睛能看到。"张傀不耐地挥手，他手指上牵动着透明丝线，让李狗瞬间就跪下了，"我在想我们下一步的计划，不要打断我！"

李狗咬牙了一会儿，看张傀似乎是从思绪中抽出来了，又忍不住小声提议："主人，如果游戏暂时没有思路，为什么我们不先对白柳他们动手？"

李狗因为那个推广位的事情，一直对白柳耿耿于怀。白柳之前崭露头角，要是他单独一个人可能还不会选择对白柳出手，但是现在他背靠大树，恰好这"大树"对白柳也十分不满，那他要是不顺水推舟做掉这个抢了自己推广位的人，就是心胸过于宽广了。

要不是白柳上次抢了他的推广位，他早就集齐出狱的所有道具的积分，现在已经在外面快活了！

李狗真是一分一秒都不想待在那个监狱里面！

"在我明确镜片到底藏在什么地方之前，不要随便对白柳这个人下手。"张傀居高临下打量李狗的眼神就像是在看一个愚不可及的人。

"对他下手就要起冲突，起冲突的话他们那边有个牧四诚和我有仇，一定会来当搅屎棍给我添堵，我们这边一定会有损耗，游戏通关的难度会提升，这可是个二级游戏，确保游戏通关才是第一位的，在知道游戏的关键线索之前，我们这边不要轻举妄动，确保游戏通关之后，再去做这些附带的事情，不要本末倒置。"

李狗咬咬牙，低声应和："是的，主人。"

隔了一会儿，李狗又很不甘心地问道："主人，碎镜片不在站台上，也不在列车上，那会在哪儿啊？"

"等等——"张傀好像突然想到了什么,脸色一变,"该不会在——"

"牧四诚,你尝试过去偷怪物身上的东西吗?"白柳挪了挪,凑近了牧四诚问道。

牧四诚不耐地推开凑过来的白柳:"不可能,我可以偷玩家身上的东西,黑桃的我都偷过,但怪物身上的不行的。"

"为什么?"白柳托腮深思,"是系统判定无效无法偷到吗?"

牧四诚斜眼瞟了白柳一眼:"我不知道你有什么花花肠子,直接告诉你吧白柳,我的确可以偷到怪物身上的某些物品,但是偷到之后那个怪物的仇恨值会一直锁定在我身上,我会被一直撵到游戏结束,很容易'死亡',就算是在一级游戏里我也很容易'死亡',更不用说在二级游戏里了,如果你还要用我,最好不要拿我来做这种一次性的蠢事。"

"仇恨值啊……"白柳陷入思索,手指有一下没一下地拨弄着自己手上的硬币。他突然抬眸看向角落里正在吃饼干恢复体力的杜三鹦。

白柳眼睛眯了眯,露出一个很像是大灰狼欺骗小红帽的和蔼微笑:"杜三鹦,你玩过大型网游吗?"

"小红帽"杜三鹦嘴角还粘着饼干屑,迷茫地张嘴"啊"了一声之后,老老实实地回答了"大灰狼"的问题:"玩过。"

"知道仇恨值转移这种玩法吗?"白柳转身蹲着又凑近了杜三鹦。

杜三鹦不知道为什么脖子和后背有点发凉,往后挪了一点,吞了一口唾沫,缩着脑袋小声地说道:"知,知道一点,就OT[①]什么之类对吧?"

"是的!"白柳打了个响指,笑得越发和善,"就是比如牧四诚去偷了一个怪物的东西之后,这个怪物的仇恨值锁定在他身上了,我就攻击这个怪物,直到这个怪物把仇恨值转移到我们身上,我们把怪物钓走,方便牧四诚偷东西,开火车知道吧?钓一长串怪物在我们背后……"

"等等!"杜三鹦完全没有注意到白柳的用词已经从"我"变成了"我们",他有点结巴,困惑地打断了白柳的话,"这不是一个收集向的游戏吗?这和网游、开火车、仇恨值之类的有什么关系?我们的主要任务不应该是找碎镜片吗?"

"对啊。"白柳抬眸,摊手道,"你觉得碎镜片不在列车上,也不在站台上,

[①] OT:是 over taunted 的缩写,通常解释为仇恨失控。攻击怪物造成的伤害以及治疗,输出过量就会引起 OT,OT 以后将处于危险的境地。

还能在什么地方？"

杜三鹦越发茫然："还能在什么地方？"

白柳勾起嘴角："我之前就觉得碎镜片在列车外的可能性不大，因为镜子是在车厢内爆炸的，不太可能在站台上，如果车厢内没有，那这些碎镜片有没有可能因为爆炸，飞溅嵌入了乘客的体内呢？"

杜三鹦："……"

牧四诚："……"

"所以——"白柳状似无辜地看向牧四诚，"牧神，看来你还是得试试偷点这些非人类身上的东西了。"

47

"距离下一站六角大道还有一分钟，请要下车的乘客做好准备。"广播女声甜美清晰地播报着，"下车的乘客请勿在车门拥堵阻碍上车的乘客，先上后下——"

牧四诚脸色黑如锅底，他握了握拳，侧头扫了一眼和杜三鹦一起坐在那辆小马宝丽车里的白柳："白柳，要是你没有办法转移仇恨值怎么办？这些怪物的仇恨值要是一直锁定在我身上，我很容易'死亡'的。"

"你不是有我的'人鱼的护身符'吗？"白柳不疾不徐地说，"你还可以靠这个道具瞬移逃跑一次，我们这次只是试试，万一不行再说。"

"你该不会让我从你手里偷到这个道具就是为了用在这里吧？！瞬移了有什么用？！"牧四诚说了句脏话，"怪物的仇恨值会从头到尾地锁定在我身上，只要见到就会追。"

杜三鹦心情复杂地看着白柳："白柳，那碎镜片真的在乘客身上吗？那这游戏也太……"难了点。

"如果碎镜片真的在乘客身上，"牧四诚给自己换了一个加速度的腕带，一边揉捏着手腕一边嗤笑，"那这游戏难度估计在二级游戏里都不算低的，白柳，你挑游戏的眼光可真不错。"

"我应该有把握转移仇恨值。"白柳说，"我有一个系统判定很强的攻击武器，就是这武器有点费体力，哦对，说起这个——"

白柳好像突然想起了什么似的，从自己的兜里掏出1000积分，递给正在发蒙的杜三鹦："等下我会不断地购买体力恢复剂，估计我这边的体力恢复剂会涨价，你帮我拿着点，如果你那边没有涨价，你就帮我买。"

"哦哦哦。"杜三鹦注意力正在车门外呢，情绪也因为要开始作战紧张得不行，白柳这么一打岔，他虽然一头雾水，但还是下意识接过了白柳给他的积分，"我帮你买体力恢复剂是吧？好的。"

大量购买同种物品的确会拉高玩家商店里的单价。

在杜三鹦接过积分的一瞬间，白柳突然笑眯眯地拍了一下杜三鹦的肩膀："在这个游戏过程中，我们要好好合作，该帮我的你要帮哦，杜三鹦。"

杜三鹦手上拿着白柳给的 1000 积分，茫然地点了个头："好，好的。"

系统提示：玩家白柳使用 1000 积分和玩家杜三鹦达成了代购体力恢复剂以及合作关系，玩家白柳需要帮助时，玩家杜三鹦应及时给予帮助。

"列车已到站——"

牧四诚冷面看着车门外等候着的乘客们，心浮气躁地"啧"了一声，把他头上戴的那个猴子耳机往下一压，整张脸就变成了猴子一样，眼中冒出刺目的红光，獠牙从嘴唇边冒出，双手变成了细长紧实的黑色猴爪，指甲尖利无比，还能看到脖子上淡黄色的粗硬毛发从领口冒出来，一根黑白相间的尾巴从裤子里探出，卷成一个问号形状。

系统提示：玩家牧四诚使用个人技能"盗贼的全副武装"。
系统提示：玩家牧四诚进入个人技能身份形态变化——"怪物书：盗贼驯养的卷尾猴"状态。

白柳反身站在车上，脚踝被杜三鹦用卡丁车上的安全带绑着，防止被甩下去。

他从自己的腰间缓缓抽出了一根雪白的骨鞭，抖动手腕轻轻使用适应了一下，目光专注地看着牧四诚。白柳做事情的时候注意力一向非常集中，这种集中可以达到一个匪夷所思的地步。

杜三鹦在白柳沉下身体开始盯着牧四诚之后，几乎听不到白柳的呼吸声，只见白柳整个人都沉浸在了一种近似物体的不动状态里。

"聚精会神"和"全神贯注"这种简单的成语都不足以形容白柳的专注，杜三鹦怔怔地看着瞳孔缓慢收缩以及近一分钟没有眨眼的白柳，觉得自己车上站着的不是一个人类，而是一台正在校准攻击对象的精密武器。

车门缓缓打开，灼热的风和张牙舞爪的乘客冒着火星冲入车厢内，牧四诚一只手和一只脚挂在吊环上，他看着这些扑面而来的乘客，就算是维持着表面的镇定，温度的迅速攀升也让他的汗从鬓角滑落而下。

高温迅速地扭曲了所有人的视线，连列车的胶质门框都在进入的乘客的触摸下熔化了，牧四诚深吸一口气，缓慢活动了一下自己颤抖的猴爪。

看着这些在烈焰中燃烧、翻转、哀号、逃脱不能的乘客，无法遏制的恐惧侵袭了牧四诚。

如果白柳的推测是错误的，如果这些怪物身体里根本没有镜片，如果白柳根本无法转移仇恨值，如果白柳只是想利用他试一下自己的想法……

假如白柳任何一环的计划出现了错误，最先死的玩家，就是他这个直面怪物的牧四诚。

这些在烈火中燃烧，死不瞑目的乘客就是牧四诚未来的样子。

牧四诚的心中出现了无数的怀疑、焦虑、畏惧，甚至杀意和绝望，所有的情绪在他心中如火焰一般地翻滚交叠，浓烈得让他呼吸不畅，在生死和永不停息的烈焰焚烧的痛苦面前，牧四诚在动摇着，猴爪有些微不可察地发颤。

或许在这个场景面前，没有人能不动摇，白柳那样的怪物除外。

但他已经没有退路了，白柳掌控了他，要他怎样他就必须怎样。

"牧四诚，"白柳忽然出声了，他眼神呈现一种冷漠，语气淡然无波，"你是我手中最有用的牌，你太有价值了，我不会让你淘汰的，你会留下来。"

"所以不要犹豫，做你该做的事情，剩下的交给我。"

牧四诚隔着浓烈的硝烟及飞舞的火星、乘客和白柳对视了一眼，整节车厢都陷入了无法扑灭的火焰中，乘客凄厉的哀号声充斥在他们耳边。

他们好像身处必死无疑的烈火战场中央，而白柳这一句话仿佛贪婪残忍的主将蛊惑士兵为他冲锋陷阵，为他赢取更多利益。

但荒唐离奇的是，牧四诚居然真的被鼓舞了。

他在那一瞬间看到倒映在白柳无波无澜眼睛里的自己和跳跃的火舌，居然真的觉得白柳不会让自己死。

"啧。"牧四诚转身忽然一笑，深吸一口气平复杂乱的心跳，"如果我被淘汰了，白柳，我做鬼都不会放过你的。"

在这句话说完的一瞬间，牧四诚眼中的红光暴涨，他头上猴子耳机刺耳的笑声响彻车厢，牧四诚的尾巴钩在车厢的吊环上，飞快地靠着手脚移动着，一边移动一边用一种人眼几乎捕捉不到的速度去触碰这些怪物，猴爪飞快地插入一个又一个乘客，又飞快地拔出，带出碎末和黑灰，杜三鹦几乎看不清牧四诚的动作，只能看到残影。

系统提示：玩家牧四诚被火焰灼伤，生命值-1，精神值-1。

系统提示：玩家牧四诚被火焰灼伤，生命值-1，精神值-1……

汗液从牧四诚的耳后滴落下来，滴在车厢的铁地板上，发出烧红的烙铁浸入冷水之后的嗞嗞声，在牧四诚下降了5点生命值之后，终于，系统的提示音变了：

系统提示：玩家牧四诚获得碎镜片（1/？），恭喜玩家牧四诚成为游戏中首位获得碎镜片的玩家！

一块大约三克拉钻石大小的碎镜片被牧四诚用滚烫黑乎乎的猴爪捏着，散发出晶莹的光。

牧四诚没忍住吹了声口哨，转头看向白柳笑骂道："到手了，你猜对了，这坑人游戏，碎镜片居然只有这么一点大，我差点就错过了，你知道我抓这个东西多费力吗？"

"不过，现在才是硬仗的开始。"牧四诚看着那些被他袭击过后的乘客摇摇晃晃地站起，那一双双被火焰烧得近乎熔化的眼珠子目不转睛地盯着他，身上燃着火焰飞速向他攀爬而来。

系统提示：玩家牧四诚盗窃了5位乘客的东西，乘客们很愤怒，他们决定抓住这个卑鄙的小偷，狠狠地惩治他。

牧四诚一个侧身上升身体贴在吊环上躲开一个乘客伸过来的手，但另外四个乘客迎面就对他扑了过去，他青筋暴出，大吼道："白柳！引开它们！！"

白柳站在粉红色卡丁车的车头，单手执骨鞭，热风灌入他有些宽大的白衬衫，吹得衬衫猎猎作响鼓胀起来，从领口里溢出来的风拂开白柳额前的发丝，露出白柳那专注到不可思议的眼神。

他一个抖腕，鞭子腾空而起，分毫不差地打在了要抓牧四诚的一个乘客的手背上，发出"啪"的清脆响声。

系统提示：玩家白柳使用"塞壬的鱼骨"抽打了乘客，目标仇恨值转移，他决定抓住白柳这个顽皮的玩家，狠狠地惩治他。

48

抽完这一鞭子，白柳被鱼骨这个高等级道具耗空体力值，他一个喘息脚一软半跪在了车盖上，脸色惨白，汗液湿透了他的衬衫。

系统提示：玩家白柳因使用道具"塞壬的鱼骨"体力值下降80，请玩家白柳及时补充体力！避免体力耗空无法行动！

那个被白柳抽打的乘客喉咙里发出疼痛的吼声，立马转身四脚着地飞快地朝着白柳奔过来了。

白柳仰头喝完一瓶体力恢复剂，眼神平静又是反手一鞭抽在了另一个正准备袭击牧四诚的乘客手背上，他嗓音嘶哑："第二个，还有三个。"

系统提示：玩家白柳使用"塞壬的鱼骨"抽打了乘客，目标仇恨值转移，他决定抓住白柳……

一鞭又一鞭，白柳大多数时间是嘴里含着一瓶体力恢复剂在用余光瞄准乘客抽鞭子，体力的迅速抽空又补充让白柳的状态下降得肉眼可见。

他一张脸雪白，浑身都在出冷汗，握着鞭子的手腕抖得非常厉害，人在车上几乎立不住，只能靠着那根绑在他脚踝上的安全带勉强固定在车上。

就这种宛如绝症病人的虚弱状态，白柳居然还是"鞭无虚发"，每一鞭都恰好打在了准备袭击牧四诚的乘客手背上。

而且白柳好像是为了保证仇恨值能够转移，他几乎每一鞭抽打的位置都是相同的。

杜三鹦几乎看呆了。

太强了……现在新人的素质都这么离谱了吗？！

杜三鹦很想知道为什么白柳可以做到像一个神枪手那样去瞄准，因为这家伙，虽然所有面板属性都在疯狂下跌，体力值更是长期在1左右横跳，换杜三鹦来，他这个时候一定已经神志不清像条死狗了，但是——白柳凝聚在牧四诚身上的注意力，一丝一毫都没有分散过。

"第五个。"白柳整个人宛如从水里捞出来，头发湿漉漉地贴在额头上，眼珠子在汗水的浸润下越发黝黑，只倒映着一个牧四诚，他笑着呼出一口气，"继续，牧四诚，计划有效，继续实施。"

他说完这句话体力就再次耗空了，双腿一软又浑身是汗，差点直接从车上滑下去，还是杜三鹦眼疾手快地拉住了白柳的脚踝把他拉上来。

白柳仰躺在车盖上一边喘息一边又拿了一瓶体力恢复剂灌下去。

杜三鹦一边开着跑跑卡丁车在车厢内到处乱晃钓着后面五个对着他们穷追猛打的乘客，一边担忧地看了一眼几乎连站都快站不起的白柳："白柳，你状态亏空太严重了，你要不要休息一下？"

"不用，列车快要开了。"白柳堪称残忍地对自己和牧四诚同时下了命令，他摇摇晃晃地撑着车盖站起，眸光淡定："继续，牧四诚你不要每一个乘客都去抓，这样你生命值下降太快了，你试着定位一下里面谁有镜片。"

"我也不想啊！"牧四诚也很暴躁，他抓一个就会被火焰烫一下，生命值就会下降1个点，这么多乘客他根本不可能每个人都去抓一下，那完全就是找死，"但我根本分不清它们当中谁有镜片啊！"

所有的乘客都是焦黑的一团，还在扑哧扑哧地燃烧，谁能从里面找出只有几克拉那么大点的碎镜片啊？！

"寻找赃物不是你这种盗贼最擅长的事情吗？"白柳这个时候居然还有心情调侃牧四诚。

他说话的时候第一次移开在牧四诚身上的目光，飞快地在一堆乘客里睃巡了一次，烈焰滚滚，灰烬飞扬，非常影响人的视线，白柳也无法轻松地判定出到底谁有镜片。

无法从乘客身上推出结论，就从结果上倒推——白柳眼神又快速地挪到跟在卡丁车后面那五个乘客身上，这五个乘客里有一个是被牧四诚找出了碎镜片的，白柳看得眼睛一眯。

五个被牧四诚抓过的乘客里面，有一个跑动速度比其他四个慢得多，火焰也小得多，好似无头苍蝇一般在乱晃，而这个就是牧四诚之前偷到碎镜片的那个乘客。

但之前白柳依稀记得，碎镜片还在这个乘客身上的时候，这个乘客移动速度要快得多。

"牧四诚，有碎镜片的乘客的弱点就是碎镜片！"白柳语速飞快，"碎镜片对这些乘客好像有加成效果，你找乘客里面移动速度快和火焰比较旺的抓，你的视角能看到谁移动速度比较快，谁火焰比较旺吗？"

"不行！"牧四诚吊在吊环上，背部贴着车厢顶，他随手挥了一下面前飞舞起来的灰烬，眯着眼睛试图分辨下面红与黑交错的一团，无果。

牧四诚咳嗽着："我这里只能看到大火和一堆乘客黏成一团，我之前是盲抓的！"

说着，牧四诚突然用尾巴吊在吊环上，猛地下沉身体进入火焰中，咬牙伸手又抓了一个乘客。

系统提示：玩家牧四诚被火焰灼伤，生命值-1，精神值-1。

"停，牧四诚，你不能继续抓了，你生命值下降得太严重了，再抓你很容易死，而且你抓了五个只有一个是有效的，是20%的概率，你这次也很有可能是无效……"白柳几乎是在牧四诚的爪子拔出来的一瞬间鞭子就抽了过去，抽开了那个试图袭击牧四诚的乘客。

牧四诚挑眉对白柳示意自己手中又偷到的一块碎镜片，咧嘴笑打断了白柳的话："不好意思，这次是有效的。"

系统提示：玩家牧四诚获得碎镜片（2/？）。

白柳迅速抬头看向挂在吊环上的牧四诚问道："你能分辨了？"

"完全掉进乘客堆里去就能看出来。"牧四诚擦了一下自己脸上被烟熏烤出来的痕迹，对白柳挑眉露出了一个略有些肯定的笑，"你抽得很准，不然我不敢这么做，掉进去偷东西太容易被仇恨值锁定我的乘客反杀了。"

"我保证每一次都抽得这么准。"白柳抬眸一笑，鞭子一挥做了一个请的手势，"你继续。"

牧四诚用尾巴吊在吊环上，就像是猴子捞月一样一次又一次地掉入火海和乘客堆里，无数次和因为仇恨值锁定他而要咬他一口的乘客擦脸而过。

有时候与张开污黑大口的乘客面对面，乘客口中那些喷射而出的火焰都能灼烧到牧四诚的脸，但在牧四诚感受到恐惧之前，一根雪白的骨鞭必定会披荆斩棘地划开一切，抽开这个狰狞的"乘客"要咬在牧四诚肩膀上的嘴巴。

这是一场毫无后顾之忧的盗窃。

牧四诚到了后期什么都不用考虑，他会一次盗窃两个乘客、三个乘客、四个乘客甚至更多，完全不用考虑这些乘客会反过来袭击他。

白柳正如他说的那样，每一次都抽得精准无比，并且永远都能兜住牧四诚胡作非为的上限，无论牧四诚一次偷多少个乘客，白柳都能游刃有余地抽开这些乘客，给牧四诚一个安全的盗窃环境。

白柳极有保证力的引怪表现让牧四诚的注意力渐渐全部集中在了"偷碎镜片"这件事上。

或许也正是如此，牧四诚已经完全忘记了他托付后背的，是一个才第二次参加游戏的 F 级玩家。

这位玩家每挥舞一次鞭子，就会耗空 60% 的体力，但牧四诚偷盗过的那些乘客现在全部都跟在白柳所在的卡丁车背后，所以牧四诚才会觉得压力递减，偷盗碎镜片越来越得心应手。

但是相应地，白柳这边，杜三鹦的压力一下就大了不少。

杜三鹦的跑跑卡丁车移动速度很快，并且可以贴在列车壁上行驶，还有一个"幸运 Buff"的加成，哪怕是有几个乘客迎面撞过来，这辆车仍能逃脱，但就算这样，杜三鹦现在开着车的脸色也发白了，他后面钓了一长串的乘客，有些速度飞快，都能扒拉到车上了，在杜三鹦的惨叫里被白柳一鞭子抽开。

杜三鹦用余光看着背后那一长串的乘客。乘客像是奇行种一样飞快地追赶着他们，各个表情无比狰狞，眼神怨毒地看着白柳，滚在一起火焰都大了不少，快把杜三鹦的跑跑卡丁车车尾巴烧化了，看得杜三鹦心惊胆战，说话都结巴了："白、白柳，我们这里不能钓了，再钓怪物我们这里就要翻车了！"

"谁翻车你都不会翻车的。"白柳无动于衷地继续给牧四诚清扫乘客，余光都没有分给杜三鹦一点，话语却是赞扬的，"要相信自己，你可是幸运百分之百。"

杜三鹦第一次听到一个和他在同一个游戏里的玩家用这种赞扬的语气说他幸运值百分之百，但杜三鹦一点儿都高兴不起来。

掌握着方向盘的杜三鹦只想哇哇大哭："我幸运百分之百也不是一直无敌的！白柳，我也会翻车，也会死的！幸运百分之百只会让我死的概率小一点，不能保证我不会死！"

"不行！我不能再开了！"杜三鹦脸色青白，他刚刚差点被一个从侧边袭击过来的乘客咬住脖子，如果不是他预感强烈，下意识地侧头躲过，现在他就死了，"白柳！我可以把车给你，我要下车！"

刚刚一瞬间，杜三鹦突然出现了一种非常强烈的不幸运的感觉。

杜三鹦一直都是直觉性生物，而且他的直觉也一向精准无比，他的直觉让他躲过无数次灾难——一般来说，出现这种预感就代表他身上很有可能要发生很不好的事了，他一定要快跑！

"我说了，要相信自己，杜三鹦。"白柳站在车上，他斜眼看人的时候有种冷酷的感觉，眼珠黑得像被烧到极致的炭，一点多余的热度都没有，配上他脸上看似和蔼的笑意更是奇怪到不行，有种让人后背发毛的感觉，白柳笑着对杜三鹦低语，"我需要你，杜三鹦。"

杜三鹦一瞬间全身的汗毛都竖起来了，那种"危险！快跑！"的预感达到了顶峰，杜三鹦进入游戏之后从没有体验过如此强烈的危机感，还是从一个玩家的身上，他下意识就想跳车逃跑，但——

系统提示：玩家白柳需要玩家杜三鹦的帮助，玩家杜三鹦需要给予玩家白柳帮助，请玩家杜三鹦配合玩家白柳的一切行动！

杜三鹦崩溃了："你什么时候控制的我！我给自己穿了'防止控制的外衣'的！穿了这个之后连'提线傀儡师'都无法控制我！你为什么还可以控制我？！"

"我说了我没有控制过你们。"白柳虚弱地咳嗽了一声，他擦去自己嘴边溢出的体力恢复剂，微笑道，"我只是一个向你们求助的合作者而已，为了以防万一用了一点小手段罢了。"

"继续开。"白柳看着杜三鹦说，"杜三鹦，如果你现在跑了，我和牧四诚都会死，所以你一定要稳住，懂吗？"

白柳垂眸看着瑟瑟发抖的杜三鹦："放心，我不会让牧四诚死，我也不会让你死的。"

他笑起来，脸颊上的血渍和灰烬让这个原本和善的笑带出了一股残忍的味道："你们对我，都很有价值。"

"列车即将到站，请各位要下车的乘客排队依次下车——"

那群乘客从车厢里依次出去了，留下三个虚脱得靠在一起的人。

杜三鹦双目无神、四肢瘫软地仰躺在面目全非的跑跑卡丁车里，感觉下一秒自己就要口吐白沫了："我再也不想开车了……"

牧四诚一只膝盖屈起，头后仰，靠在车门上，他已经从那种卷尾猴的状态变回了正常人的形态，但浑身上下都是焦黑的，嘴角、颧骨和双手手背的皮肤都被烧得很严重，露出了红色皮肉，耳机上的猴子似乎也奄奄一息了，蜷缩成可怜的一团发出叽叽的哀叫，眼睛里的红光微弱。

但三个人当中状态最差的还是白柳。

他浑身上下没有一点血色，白得像是被雪捏成的假人，口腔里全是鲜血。咳嗽了几声，嘴角有血滴落，被白柳漫不经心地擦去。他指尖缓慢地把玩着牧四诚收集来的碎镜片凝聚而成的，像钻石一样的东西。

反复进行体力充满和透支对玩家的消耗非常大，这种消耗是一种肉体状态上的消耗，会让生命值下降，就和精神值下降是一个道理。

精神值下降代表玩家精神状态不好，生命值下降代表玩家生理状态不好。

牧四诚是知道这种体力被抽干又强行补充的恶心感和晕眩感的，好像整个人都进入滚筒洗衣机内洗了一圈，五脏六腑都有种要胀裂的感觉，白柳的周围散着一地的空瓶子，全是装体力恢复剂的空瓶子，配上白柳现在好似有点魂不守舍的神情，衬托得白柳像一个宿醉者。

牧四诚简单地瞄了一眼白柳脚边的空瓶子，说不出感受地"啧"了一声。

这疯子，喝了这么多体力恢复剂，下车站都站不稳了，第一件事居然是问他要碎镜片。

"白柳，你生命值还有多少？"牧四诚问道。

白柳慢吞吞地点了一下自己的面板，手腕因为挥鞭子已经没办法动得很快。

玩家白柳的个人面板

生命值：21（被玩家牧四诚攻击以及火焰灼烧后下降）。
体力值：31（耗空，正在恢复中）。
精神值：89（因被乘客攻击而轻度异化）。

"21。"白柳回了牧四诚一句，"刚刚那一拨清掉了我10点生命值，牧四诚你的生命值呢？"

牧四诚点开了自己的个人面板，脸色瞬间就沉了。

玩家牧四诚的个人面板

生命值：70（被火焰灼烧后下降）。
体力值：59（耗空，正在恢复中）。

精神值：61（因被乘客攻击而轻度异化）。

　"啧，我生命值被吃了24点。"牧四诚目光晦暗，"虽然后面我注意了一下，火焰烧到我没怎么降精神值了，但我精神值还是见底了，我要漂一下。"
　"你先别忙着漂，你的低精神值我有用。"白柳说着，然后继续点击自己的面板，查看怪物书和主线任务完成进度。

　　主线任务——收集末班车上碎裂的镜片（20/？）。

　　《爆裂末班车怪物书》刷新——爆裂乘客（1/3）。

　　怪物名称：爆裂乘客。
　　特点：移动速度极快（1000点的移动速度，火焰有加成效果）。
　　弱点：碎镜片（1/3）。
　　攻击方式：被爆裂乘客身上的烈火灼伤后生命值和精神值都会下降。

　"不太妙啊，我这边遇到了大麻烦了……"白柳的表情越发凝重了。
　此话一出，搞得牧四诚和杜三鹦精神都紧绷了起来，白柳此人很少会说这种话，一般遇到什么困境这货都是"遇到什么困难都不要怕！克服困难最好的办法就是战胜它！"的样子，堪称当代励志学大师，之前这人下车手软脚软都还是一副淡定又胜券在握的样子，这下居然说自己遇到了大困难！
　"怎么了？"牧四诚和杜三鹦都面色紧张、异口同声地问道。
　"我买了80瓶体力恢复剂，刚刚用掉了33瓶，还剩47瓶，接下来还有好几个站台，这47瓶不一定够用……"白柳面色沉痛无比，"但我刚刚发现，我已经没钱买更多了，我穷了，这麻烦大了。"

　　系统提示：白柳账户积分余额179，余额无法购买体力恢复剂。

　"我需要你们的帮助！"白柳殷切地看向杜三鹦和牧四诚，"你们可以资助我一些积分吗？谢谢！"
　杜三鹦和牧四诚："……"
　一边利用他们还一边向他们要钱，这人可以更无耻一点吗！

坟头蹦迪区。

这个区域罕见地人流密集，所有的人流几乎都会流往一个地方——白柳的小电视前堆满了观众，所有人都仰着头目不转睛地看着白柳的小电视。

从刚刚乘客上车开启第二轮追逐战，或者说偷盗战，从牧四诚开始偷盗碎镜片被袭击、白柳挥鞭子转移仇恨值，到杜三鹦崩溃逃跑，再到白柳控制全局，这么多事情其实只发生在短短两分钟之内。

所有人都看得眼睛都不眨，下意识屏住了呼吸，在这个过程中还有观众不断地从四面八方拥来，悄无声息地加入仰头观望白柳小电视的队伍。

几乎没有人出声，在这种激烈的战斗里，在结果出来之前，一切讨论都是苍白无力的，这是白柳主导的一场战役，一场豪赌，一次胜负不明的对决，在知道到底是谁赢之前，他们这些游戏外的观众的评判都会很片面。

只有成功或者失败的结果，才能评估白柳疯狂举动的对错。

而他这个疯子，操控了新星榜第三和第四的玩家，他成功了。

离白柳小电视最近的王舜长长吐出一口气，他刚刚因为心情过于紧张，长达两分钟呼吸都很缓慢，现在一下子深呼吸反而心跳很快，有种指尖发麻的感觉。

王舜有些恍惚地看向屏幕里白柳依旧安静的脸，一时之间竟然找不到一个合适的词语来评价这个新人。

白柳再次刷新了王舜对他的认知。

寻找碎镜片，破解怪物书，这本来是很正常的一个游戏流程，但是很少有人能保持白柳这种高度清醒和近似残酷的冷静，毫不犹豫地进行决策。

就像是牧四诚的动摇、杜三鹦的恐惧，人类在决定生死的游戏里，很难把生死放在胜利后面，尽管这两者在某种程度上是挂钩的，但在致死的情况下，很少有玩家愿意不顾一切甚至放弃生命去获取胜利。

但白柳……这人从头到尾，考虑了牧四诚的存活率，考虑了杜三鹦的存活率，考虑了游戏进程，唯独没有考虑的是他自己能否存活。

体力在几秒之间抽干又充满，身体在极致的消耗下溢出血液，生命值一点一点地跳动着下降，白柳挥舞了不知道多少下鞭子，到后期他因为状态非常不佳，整个人是趴在车上脚腕被一根安全带吊着来回晃的状态。

但他的鞭子却从头到尾没有降低过精准度。而白柳下车的第一件事就是死死抓住牧四诚的衣服，让他把碎镜片给自己。

白柳这种疯狂的、坚定到让人不寒而栗的胜利欲望震撼了游戏内的牧四诚和杜三鹦，震撼了游戏外所有看过白柳表现的观众。他们忍不住来到"坟头蹦迪"这个区域，他们想用第一视角看这个新人到底能走到哪一步。

"这家伙，真是够不择手段的。"王舜动了动自己发麻的指尖，再次深呼吸，低头打开了自己的积分钱包，"看你这么拼命，要是因为没有钱输掉，太憋屈了。"

其他观众也都低着头窃窃私语。

"这位叫白柳的玩家如果这次能活着出来，以后一定是'大神'。"

"只有 21 点的生命值了……但我却总觉得他不会输是怎么回事？"

"好恐怖啊……两分钟 33 瓶体力恢复剂，这新人面板不是 F 级吗？我的天，他是怎么受得了的？我 C 级属性面板，一分钟抽干又给我充满体力值三次我就会吐……"

"我是杜三鹦小电视那边的观众，我从来没见过小鹦鹉那么拼过……"

"我是牧神那边过来的，我从来没有见过牧神被逼成那种样子……"

"白柳一个新人怎么这么强的魄力，新星榜第三的杜三鹦和第四的牧四诚，完全被他压制住了，在听他的指挥行事……"

小声地讨论，交换意见，低头点击自己积分钱包的声音连续不断地响起，王舜回头看了一下不知道什么时候在他背后聚集起来的人群以及他们脸上折服的赞扬的表情，心情复杂，略带欣慰地叹了一口气。

白柳此人，掉到坟头蹦迪区都能靠着绝对的表现力迅猛翻盘。

简直和那位积分榜排名第一的黑桃有一拼了。

新增 9706 人赞了白柳的小电视，新增 10006 人收藏了白柳的小电视，7990 人为玩家白柳充电，充电积分为 12081 分。

新增 15900 人正在观看白柳的小电视，你拥有了坟头蹦迪区 99% 的观众，你是这里的坟头小电视人气王！

距离玩家白柳离开坟头蹦迪区还需 37588 个玩家赞你，40854 个玩家收藏你，2643 点积分充电。

系统提示：玩家白柳获得积分充电 12081，是否购买道具？

白柳嘴角微勾："大丰收啊，我要购买道具。"

向观众"卖惨"骗吃骗喝的白柳在脑内恢复系统，飞速地滑动系统商店的界面，他好似发现了什么事情一般，不停滑动的手指终于停住了："为什么这游戏里，火箭炮、原子弹、消防栓、高压水枪这些东西都显示无法购买啊？"

　　系统：游戏会禁止玩家购买会大幅度破坏游戏平衡的道具。

"会大幅度破坏游戏平衡的道具啊……"白柳眯了眯眼睛，"帮我查找一些炸弹类别和水类别的道具，看看有没有能购买的。"
系统沉默一秒：

　　抱歉，玩家白柳都无法购买。

果然都不行啊……难怪刚刚牧四诚硬扛而不是试着买道具用水浇灭"乘客"身上的火，原来是根本买不到啊……
　　白柳似有所悟："看来炸弹和水都只能就地取材了啊……"
　　"白柳，你猜对了，碎镜片的确是在乘客体内，但你那个计划对我们所有人消耗都太大了。"牧四诚喑哑的声音唤回了白柳的注意力，"一个站我就被清掉了24点的生命值，我根本撑不过剩下的八个站台，满打满算，我也就还能撑三个站台。"
　　牧四诚停顿了一会儿，又说："包括你自己，白柳，你生命值只有21了，你最多还能撑两个站台，我们根本集不全碎镜片。"
　　"的确，不过我也没打算一直靠消耗你生命值来偷盗碎镜片。"白柳看了看自己手里的碎镜片，突然把碎镜片抛给了角落里缩着脖子降低自己存在感的杜三鹦："碎镜片你收着，杜三鹦。"
　　杜三鹦手忙脚乱地接过碎镜片，愕然地用食指指着自己的鼻尖："我？！你确定要给我？！"
　　"确定给你。"白柳在牧四诚皱眉开口之前做出了解释，"杜三鹦，你拿着这个东西是最安全的，所有人都没有办法从你手里轻易拿走，尤其是'提线傀儡师'。"
　　牧四诚似有所觉地看向白柳："你又想干什么？"
　　白柳没有正面回答牧四诚的问题，而是盘腿坐着，答非所问地用手指在地面上开始写写画画，分析起了整个副本的剧情："刚刚我去系统商店逛了一圈，这个游戏所有水系和消防系的道具都被禁了，也就是说，玩家根本无法利用道具扑灭乘客身上的火焰。

"我猜测是系统强制玩家拿到一块碎片，就要被乘客烧一下，降低一个生命值，这应该也是这个游戏的难点所在，也就是玩家要用生命值来收集物品才能通关。"

白柳用手指尖蘸了一点地面上的黑灰写了两个数字"700"和"20"。

"我们一共有七个玩家，总的生命值也就是700，再按照这个游戏的淘汰率是50%—80%以及一个生命值等同于一块碎片这个等式来算，总生命值700乘以淘汰率，这游戏里小碎片的数量区间应该在350—560。"白柳用手指在地面上写了"350—560"一个区间。

然后白柳又用手指在"20"那个数字上画了一个圈，语气平静地继续说道："我们刚刚一个站，搜集到了20块碎片，我们三个人基本占据半列车，傀儡师四个人在另外半列，假设傀儡师收集碎片的数量和我们相同，那么一个站的总碎片数量在40块左右。"

"一共有十个站台，那么总的镜片数量应该在400块左右。"白柳又在"350—560"这个区间点一点，"这个碎片数量是在这个区间内的，我倾向于这很有可能就是需要收集的总的碎片数量了。"

"400块碎片，代表需要消耗400点生命值。"白柳的语气毫无起伏，"这里就有两种通关方案。第一种，七个人达成合作关系，每个人主动消耗57点生命值换取碎片，所有人都存活，大团圆的通关结局，这个通关方案张傀那边不会同意的。"

"那么第二种方案，消耗四个玩家100点生命值，换取我们通关游戏。"白柳微妙地停顿一下，他的脸上又带上了那种欠揍又胸有成竹的微笑，"我知道你们两个人之前和我合作都是被逼无奈，但是我相信你们也看到了我不会轻易让你们去死的决心，你们大概也不会想成为这被消耗的四个玩家之一，对吧？"

"或许我们真的可以彼此坦诚地合作一下？"

牧四诚嗤笑一声："你不是可以控制我们吗？何必来谈合作，你操纵好就行。"

"接下来的方案里我很有可能分不出心思来控制你们。"白柳没管牧四诚的阴阳怪气，他诚实地表明，"你们如果不想和我合作，可以现在离开，当然如果你们觉得自己独自一人不会被'傀儡师'盯上当成目标用来消耗获取碎片的话。"

白柳说完，三个人之间陷入了一种奇怪的寂静，只能听到列车运行当中呼啸而过的风声，列车微微摇晃碰撞发出的哐当声和三个人之间微不可察的呼吸声。

就算是白柳使用了"消耗"这种稍微委婉一点的词语，也无法掩盖游戏即将弥漫开的血淋淋的意味。

隔了很久之后，牧四诚才面无表情地开口道："你的具体方案，说说。"

杜三鹦咬着下唇，他还在犹豫。

他的幸运值会让他不会那么容易倒霉地成为"四个被消耗的玩家"之一，但跟着白柳，这人的性格里赌性太大了，这让杜三鹦有点下意识地排斥。

而且他现在的预感十分复杂，不幸和幸运交织，让杜三鹦一时分不出到底该不该跟着白柳，特别是他之前已经被白柳坑过一次了……

白柳似乎察觉了杜三鹦的这点想法，他偏过头去，忽然笑道："杜三鹦，你该不会以为你不和我们合作，'傀儡师'就当作看不见你放你一马，然后你就幸运地在'傀儡师'之后通关了吧？"

杜三鹦被说中了心思，一怔。

"首先，通关这游戏需要四个玩家，就算'傀儡师'把我和牧四诚都杀了也不够，你觉得'傀儡师'会在牺牲自己的傀儡玩家和杀死你之间选择谁？"白柳抬起眼皮似笑非笑地看了脸色发白的杜三鹦一眼，"而且，我觉得'傀儡师'首先下手的玩家就会是你。"

杜三鹦被白柳这样一惊一乍地吓唬，后颈有点麦毛："为什么会是我？他和你们才有仇吧！"

"错。"白柳摇了摇自己的食指，做了一个"不"的手势，微笑道，"我和牧四诚的价值对于'傀儡师'来说，比你大得多。"

"他进入这个游戏的目的之一就是想抓住我和牧四诚做傀儡，而你对他毫无用处，并且你的幸运值百分之百还是'傀儡师'通关这个游戏最大的障碍之一，如果我是'傀儡师'，我会在可以选择的情况下，先除掉你杜三鹦，然后控制住我和牧四诚，把我和牧四诚变成他的傀儡之后，随便牺牲掉自己三个无关紧要的傀儡。"

"然后，在达成一切目的之后，'傀儡师'圆满通关。"白柳笑得亲和无比，"你觉得呢，杜三鹦？"

杜三鹦沉默了很久很久，低着头嘴唇颤抖，手指蜷缩着，好似在思考着白柳的话。

牧四诚在看了一眼被吓得不轻的杜三鹦之后，转头和白柳对视了一眼，他眼神当中有不甘心，也有一种隐藏很深的暗沉。

白柳对杜三鹦的这个说法牧四诚是多么熟悉——这和一开始在白柳上地铁前给他的那套合作的说法一模一样！

先树立一个你和他共同的敌人，再通过各种假设来把你逼入绝境，让你通过他的假设看到不和他合作就会自取灭亡的结局，最后适当地示弱和示好，让你看到他的诚意和对你的善意，最终把你拉入和他一个阵营。

"我们都被'傀儡师'锁定了！"

"你想过如果他控制了我的后果吗？那你可就有五个对手了！"

"你不想单独和这种群攻类型的玩家对决吧？"

"我一定不会让你死的，牧四诚，你要相信我，你是我最有价值的一张牌。"

语调真诚温柔，眼神无瑕单纯，几乎把示弱示好做到了极致，看着人模人样，利用别人的时候完全就是个没有心的牲口！这家伙在现实世界里是干传销的吧！

牧四诚闭了闭眼睛，回忆他跌入白柳计划的整个过程，咬牙切齿地想这人果然是从游戏一开始就布局了！

白柳现在是彻底把他和杜三鹦绑上自己的大船了，从此以后，他们三个人就是一条绳上的蚂蚱了。为了活着，他们都会拼命去配合白柳，就像刚刚和乘客打盗窃战一样，尽管他们心中并不是那么想和白柳合作，但白柳已经把他们所有的后路给斩断了。

只剩下为他所用这一条路了。

杜三鹦这种只有幸运值的小羊羔，根本不够白柳玩的。

杜三鹦终于抬头瑟缩地看向了白柳，他说话还有点磕巴："白、白柳，那你的计划是什么？"

49

白柳缓缓地弯起嘴角："如果我没有猜错，等下'傀儡师'就会来搜捕我们，对我们下手了，他们应该也知道碎镜片在乘客身体内了，'傀儡师'会缺人，他需要控制我们帮他在乘客身上搜寻碎片，我们明显打不过傀儡师，所以我的计划是这样的——"

"不如我们向'傀儡师'寻求合作，以我和牧四诚被他控制作为交换。"

牧四诚听了一怔，随即勃然大怒："白柳你说什么？！"

张傀把玩着手上碎镜片凝结成的一颗畸形的钻石样的东西，细长的眼睛刻薄地上挑了一下："我这里 20 块，牧四诚这个擅长偷东西的人手里应该也有 20 块，一个站差不多 40 块，一共 10 个站……"

后面的话张傀及时打住了，他的三个傀儡还在迷迷瞪瞪地看着突然打住话头的张傀，好似没有反应过来，这愚蠢的模样看得张傀忍不住想嗤笑一声。

他刚刚居然怕这三个傀儡发现了这个游戏的问题所在，没有把后面的东西说出来。

张傀想起他已经用这一批傀儡一段时间了，这三个傀儡除了李狗，智力都被他吸得差不多了，但李狗本身智力也不高，这群人能反应过来这个游戏的关键之处才是怪事。

1个生命值换取一块碎片，400块碎片就要死四个人，就算是全杀了牧四诚那三个人，也差一个人，需要拿他这边的傀儡补齐。

张傀从来不心疼自己的傀儡，傀儡对他来说永远都只是消耗品，国王公会里有不少他的备用傀儡，就算他的傀儡全军覆没，国王公会也会为他招收新的傀儡，所以张傀从来不会去心疼怜惜自己的傀儡，特别好用的除外。

虽然张傀使用傀儡的手段很残忍，但还是不断有人想依附在他身上，做他的提线傀儡，毕竟自己一个人通关游戏的淘汰率比跟着张傀的淘汰率高多了。

"我们已经确定关键线索了，接下来要去找白柳那群人，不能光是损耗你们。"张傀假装和蔼地说道，"我要去控制他们，让他们帮我搜寻碎片，消耗消耗他们。"

身上带着不少烧伤的李狗眼前一亮："主人，是要对白柳下手了吗？"

"不，"张傀看着自己手掌里那颗畸形破碎的镜片"钻石"，缓缓勾起了嘴角，"先杀了搅局的第七个玩家，我现在已经肯定，这第七个玩家大概率就是杜三鹦了。"

李狗越发迷惑："主人，是怎么确认的？"

"推测而已，白柳是个幸运值只有0的玩家。"张傀随意把玩他手上的碎镜片，"按照他那么低的幸运值，在两次追逐战里，他早就应该在车里不幸地遇上我了，如果不是有一个高幸运值的玩家和他在一起，让他每次都'恰好'错过我，他应该早就撞到我手里了。"

"毕竟我在这场游戏里，应该就是对白柳而言最大的不幸了。"

张傀矜持又傲慢地微笑着，说完，他把碎镜片随手抛给了李狗，李狗慌慌张张地接过，诚惶诚恐地仰头看着张傀："主人，您怎么把这个给我了？！"

"当然是因为看重你了，李狗。"张傀虚伪地露出假笑，他拍拍李狗的肩膀，"好好保管，这是给你的大任务，好好干。"

如果白柳在这里，一定会认出张傀的这个笑属于"领导甩锅专用假笑"。

其实张傀这个把碎镜片给李狗的举动和白柳把碎镜片给杜三鹦的举动都是同样的目的——降低自己的风险以及混淆视听。

白柳和张傀分别控制着杜三鹦和李狗,就算是给了对方,对自身也没有太大的影响,在游戏结束之前随时可以要回来。

但这两个人面兽心的家伙都不约而同地选择了一个和善可亲的外壳来包装自己的险恶用心。

白柳的是"这是我给你的信任,杜三鹦"。

而张傀的是"这是因为看重你,李狗"。

"现在走吧,去找找这三个人到底藏在什么地方。"张傀说着,抖动手指,上面透明丝线的末端没入了三个傀儡的手脚关节中,张傀轻轻弹了一下自己手指上的丝线,三个傀儡就像是过电般地颤抖了起来。

"不过在这之前,给你们做一个强化,除了刘怀之外的傀儡玩家,强化!"

系统提示:玩家张傀使用个人技能"傀儡强化",以手下傀儡精神值减半换取傀儡面板属性翻倍。

玩家李狗的个人面板

精神值:80 → 40。

体力值:251 → 502。

敏捷:270 → 540。

攻击:310 → 620。

抵抗力:350 → 700。

综合防御力攻击力上升,面板属性点总和超2000,评定为A-级玩家,玩家李狗等级上升,从B级上升至A级别。

玩家方可的个人面板

精神值:82 → 41。

…………

综合防御力攻击力上升,面板属性点总和超2000,评定为A-级玩家,玩家方可等级上升,从B级上升至A级别。

李狗和方可的眼睛几乎在一瞬间就失去了焦距，双目无神地站立在原地，好似陷入了某种迷障里，再也无法思考，他们显然是痛苦的，木偶脸上出现奇怪又挣扎的表情，精神值下降让这两个傀儡玩家瞬间就进入了幻觉阶段，他们明显在自己的幻觉里备受折磨。

但张傀却完全不管这两个人是否痛苦，他们的四肢关节被张傀试探地提了一下，做出了完全一致的动作。

张傀满意地勾唇一笑，眼中带着一种非常赤裸的高高在上的意味。张傀拨弄十指，漫不经心又充满愉悦地调动着他手下这些变得强大的傀儡做出各种动作，用一种狂妄又自大的口吻说道："虽然精神值下降会让你们失去自主思考能力，但蠢货的脑子思考出来的结果也是愚蠢的，不如用来换取别的东西。"

唯一一个没有被强化的傀儡刘怀缩在角落里瑟瑟发抖，害怕得几乎说不出话来。

张傀那种欣赏自己手下傀儡的表情就像是艺术家在欣赏自己手中杰出的艺术品，去掉了脑子和思考能力、完全服从他指令的艺术品，那目光让他脊背发凉。

张傀是一个毫无人性的玩家。

刘怀真的后悔了，他后悔背叛牧四诚了，虽然牧四诚这家伙坑蒙拐骗也不是什么好人，但至少不会像张傀一样把人利用之后就扔掉。

但后悔有什么用呢，他已经没有任何退路了。

张傀蹲在地铁的椅子上，李狗和方可就像是失去了电池的玩偶一样双眼空空，四肢摊开躺在他脚下，张傀勾勾手指，对刘怀笑着说："过来，我有一个任务要交给你，你去牧四诚那边，说你背叛了我，想投靠他们。"

刘怀吞了一口唾沫："他们，不会相信我的吧？我都是主人您的傀儡了。"

"背叛者的二次背叛，很难让人相信吗？"张傀摊开手放在椅子上，讥笑了一句，随即又在椅子上坐下，双手十指交叉地抵着下颌说道，"你就说我没有人性，准备毫无底线地消耗的你们生命值去换碎片，你不想死，你想活着，所以你背叛了我。"

"但、但是——"刘怀有些慌乱，"就算这样，他们也不会轻易接纳我吧？！我身上还有您的傀儡丝！您随时可以控制我！"

张傀伸手一抓，刘怀只感觉自己的四肢关节里一阵被抽筋的剧痛感，他惨叫一声捂着手肘跪倒在地，张傀的手上出现了一卷沾着血滴的透明丝线，他厌烦地甩了甩上面的血："好了，傀儡丝我收回了，你去吧。"

刘怀傻在了原地，他没有想过张傀会那么轻易地收回傀儡丝，一时之间不知道该做何反应。

张傀把傀儡丝上的血在李狗的身上擦干净,一边擦一边慢条斯理地说:"他们一定会接纳你的,正如我刚刚说的,他们缺人,他们需要消耗玩家,就算看出你别有用心,他们也不会随意推开你这个送上门来给他们找碎片的。"

刘怀喃喃地取下了自己脖子上的木偶头套,轻轻放在了座位上,小心翼翼地说:"那,那我去了,主人。"

刘怀心情忐忑地转身离去之前,听到了张傀慢悠悠的声音从他背后传来。

"刘怀,你知道怎么控制一个有可能会反复背叛你的人吗?"

刘怀的背影一顿,声音有些颤抖:"不,不知道主人。"

"那就是不要给他背叛你的余地。"张傀忽然笑起来,"刘怀,你该不会真的以为我收走你身上所有的傀儡丝了吧?你低头看看。"

刘怀低头,惊愕地看到了有一根渔线一般的,非常透明的丝线穿过了自己的胸膛,他转身顺着这根丝线一路看向张傀,那根穿过他心脏的丝线绑在张傀的小拇指上。

张傀似笑非笑:"你以为我会是牧四诚那种蠢货,靠着信任度来维持人与人之间的关系吗?刘怀,如果你有一点举止不对,我就杀死你。"

"我什么都缺,就是不缺自以为是的蠢货和傀儡玩家。"张傀慢悠悠地收回了自己的手,他挑眉笑着,看着浑身颤抖、脸色惨白的刘怀,"而不巧的是,你好像两个都是。"

刘怀脸色青白地捂着心口,走在摇晃前行的列车里,他之前可能的确生出过微弱的背叛张傀的心思,但他现在已经什么违背张傀的心思都生不出了。

张傀果然不会给自己的计划留下任何可以钻的漏洞。

刘怀不觉得牧四诚和白柳会是他的对手,段位差太远了,当年牧四诚虽然个人技能出彩,但对人心的掌控简直跟张傀这个智力93点的家伙差太远了。

而白柳,刘怀之前看过白柳的视频,他得说这人的确很聪明,但和张傀比起来,还是不够,至少张傀不会在一个收集向的游戏里和牧四诚、杜三鹦混在一起,这两个一个是盗贼,一个是捡漏王,混在一起啥东西都得不到。

但是张傀却并没有小看白柳。

刘怀耳边响起张傀的计划——

"这游戏因为需要生命值换碎镜片,变成了一个双方抢人头的游戏,现在是我这边三个人头,我自己当然不算人头。

"白柳那边三个人头，但因为我们这边四个人是绑定的，他们没有办法轻易地抢到，白柳可能觉得我们会主动出击，设好陷阱等我们去自投罗网，我派你去的目的是试探。

"因为这破游戏需要400块碎片，我不可能消耗我自己。我需要你告诉他们，我意图消耗我的傀儡获取碎片，这导致我的傀儡暴走，我们这边内讧了，我并不是处于绝对受保护的地位。

"我的傀儡操纵技能并不是百分之百没有漏洞的，在傀儡誓死挣扎的情况下我也会受到一定程度的反噬，所以我会暂时收回你身上比较显眼的傀儡丝，你心脏上的这根傀儡丝除了你本人和我之外，其他人是看不到的，你可以告诉他们，这是你誓死斗争的结果，为了避免反噬，我收回了在你身上的傀儡丝。

"他们那边，杜三鹦是个无法消耗的，白柳又是个面板值F级的家伙，牧四诚绝对是重点消耗对象，他的精神值经过两轮追逐战现在应该已经到达极限了，虽然可以用漂白剂漂回去，但我觉得白柳会阻止他。

"因为他需要牧四诚降低精神值进入狂暴状态增加战斗力，所以现在牧四诚脑子应该处于不太清醒的状态，牧四诚上一次处于狂暴状态的时候就非常易怒且冲动，杀死了我四个傀儡，我不觉得白柳可以控制住他。

"这样，在下一次列车到站，乘客上车打追逐战之前，我相信某个对我心怀仇恨，并且被情势逼急的盗贼一定会动心，想要来偷我们这边的碎片和袭击我，因为控制住了我，事情就好办多了，我的傀儡们没有了我的个人技能强化，都是B级玩家，是很容易各个击破的。"

刘怀其实不太明白张傀为什么要搞得这么复杂。

因为凭借张傀的实力，就算是起正面冲突也是完全可以打赢对方的，不知道为什么非要搞这些碟中谍、反间计之类的。

张傀有些无语，又开始忍不住用那种眼神看着刘怀："当然是为了保留所有人的生命值啊，我不想消耗我这边的生命值，也不想消耗牧四诚和白柳的，肯定是玩埋伏一个一个击破比较好，损耗小。正面冲突对所有人的消耗都太大了，要是打一架所有人生命值总和跌下400，那就大家一起等死吧。

"白柳能拖到现在，我觉得他应该和牧四诚达成了合作关系，但这种合作关系一定相当不牢固。"

张傀笑着，看着刘怀，用手背拍了拍刘怀的脸，耷拉下眼皮，语调拉长："我相信牧四诚看到你——刘怀，他一定会情不自禁地想起他那段不太愉快的合作关系，人都是有疼痛记忆的，尤其是在精神值偏低的时候，这种记忆会衍生出无数幻觉让人疯狂。刘怀，我给你的唯一要求，就是在牧四诚面前不断地提醒他，你背叛过他。"

刘怀回想完毕，擦了擦自己嘴角的血渍，这是被张傀打的，是为了逼真地做戏，演出那种内讧的效果。

但刘怀心中还是很不安，他总觉得牧四诚不一定会信他，因为他曾经为了活下去背叛过牧四诚。

但张傀却眼中含笑语调诡异地说："正是因为你想活下去背叛过牧四诚，所以才显得你因为想活而背叛我是那么真实，记住，你是真的想活下去，也是真的动过因为想活而背叛我的心思，这也是我选择你的原因。"

刘怀深吸一口气，继续往前走，车厢上渐渐出现鲜血淋漓的手印，这是之前攻击对战之后留下的痕迹，代表这里不久之前出现过玩家，刘怀意识到自己离牧四诚他们越来越近了，心跳不禁有些加快。

"列车即将到站，下一站黄泉路，请要下车的乘客在车门旁边依次排队，先上后下——"

车厢内的灯一闪一闪，刘怀走到了最后一节车厢，牧四诚抱臂靠在墙上，杜三鹦愁眉苦脸地蹲在自己的七零八落的跑跑卡丁车旁边。

刘怀一踏进去，牧四诚瞬间就警惕地张开了猴爪，刘怀尴尬又害怕地举起了双手，对愕然不已的牧四诚低声下气地说："四哥，我来向你们投诚了。"

牧四诚脸色阴晴不定，猴爪收缩，忽然嗤笑一声："张傀这次居然把你带上了。"

"我……四哥……"刘怀不敢看牧四诚的眼睛，低着头声音越发微弱，"我当初也是为了活下去。"

"为了活下去就主动砍了我一双手送给张傀做投名状？"牧四诚冷笑，眼中的红光红到快要滴血，"你不是加入了国王公会吗？这次是张傀带你？对你倒是不错，这么一个高级玩家愿意带你，看来你在国王公会待得很不错啊。"

"你会背叛张傀？也是他玩的把戏吧？同样的把戏我不会再上第二次当了。"牧四诚越笑越讽刺。

眼看牧四诚说着说着就要动手了，杜三鹦连忙阻止了牧四诚，他们这边还缺人呢，送上门来的就算是假的也没必要往外推啊！

刘怀把张傀交代的话一五一十地讲给了牧四诚和杜三鹦。

杜三鹦和牧四诚对视一眼——刘怀说的和白柳他们分析的差不多，张傀牺牲自己手下的傀儡换取碎片。

"等等！"牧四诚眼神微沉，他将信将疑地拿出一个天平造型的道具，然后突然发力扼住了刘怀的喉咙。

牧四诚眼尾溅上刘怀的一滴血，他眼中的红光越发旺盛，刘怀被他掐得喘不过气了，四肢乱动满脸涨红，声音嘶哑地求救："我没有骗你！我真的是来求救的！"

牧四诚嗤笑一声，脸上的表情变得诡异而残暴，手下越发用力："你说没说谎，我有我判定的标准。"

系统提示：玩家牧四诚对玩家刘怀使用道具"法官的天平"——诚实与否，你良心的重量。

"法官的天平"每日只能对某位玩家使用三次，只能用来判断答案为"是"或者"否"的回答，对其余过于复杂的问题的回答无法判定玩家是否说谎。

"好了，现在我问你答。"牧四诚邪气地勾起一边的嘴角笑着，一只手张开，扼住不停挣扎的刘怀，另一只手举着一个造型奇特的天平，左边用繁体字写着"诚"，右边用繁体字写着"谎"，"第一个问题，你是不是张傀派来的？"

刘怀呛咳着，恐惧地看着那个道具，下意识地小声说："不，不是！"

天平偏向了"谎"。

牧四诚讥笑一声："第二个问题，张傀现在是不是很安全？"

刘怀被掐得眼泪都掉了下来，求饶道："四哥！四哥！我不知道你有这个道具！你放过我吧！你们还需要我！"

牧四诚无动于衷，掐住刘怀的脖子缓缓收拢："回答我的问题。"

"是！"刘怀被濒死的感觉逼得快疯了，涕泗横流，"他现在是安全的，他被强化过后的两个傀儡保护着！我虽然是按照他的要求过来的，四哥，但我真的不是为了害你，我是真的过来归顺你的！我真的不会像当初一样再背叛你了！我再也不会砍掉你的双手给张傀了！他是个疯子，我活不下去才来找你的，四哥！"

"好，最后一个问题——"牧四诚看着自己手下苟且求饶的刘怀，眼前突然蒸腾出很多幻觉，他看到自己的双手渗出血液。牧四诚缓缓挪动目光，看到从这个地方流出血来一直流到自己手指上——就和他当初被刘怀砍断双臂的时候一样。

系统提示：玩家牧四诚情绪波动过大，精神值下降至60，开始出现轻度幻觉！请玩家注意恢复精神值！

牧四诚缓缓地眨了一下眼睛，血珠从他侧脸滴落在刘怀脸上，他面无表情地低着头："好，最后一个问题，既然你说你不会再背叛我了——

"那我问你，你现在依旧忠于张傀，是他计划的一环，仍处于他的控制下，还是真的彻底背叛了张傀，脱离了他的控制，归属我们这边的阵营——"

牧四诚的眼神毫无波动。

刘怀的胸膛剧烈起伏着，他脸上的汗水一滴一滴滑落，手掌因为过度紧张开始发麻发烫，他有种预感，如果他这个回答不是牧四诚想要的，牧四诚很有可能杀了他。

牧四诚这个眼神刘怀曾看到过——这是牧四诚精神值跌下安全值之后会出现的眼神，而这个状态的牧四诚，很容易大开杀戒。

当年的牧四诚就是在这种状态下，杀了张傀的四个傀儡，而刘怀因为背叛了牧四诚，对精神值过低的牧四诚刺激过大，反而逃过了一劫。

"我来找你们是张傀的计划之一，但我是真心想背叛张——傀"，这句话还没说完，刘怀心口那根透明的傀儡丝突然绞紧了他的心脏。

因为他说自己要彻底归属牧四诚的阵营，张傀想杀他——刘怀突然意识到了这点，刘怀咬牙闭上眼，求生的欲望让他绝望地说出了口："我不会背叛张傀。"

天平摇晃了两下，最终缓缓倒向"谎"。

牧四诚缓缓地放开了勒紧刘怀脖子的手，眸光奇异又嘲弄："看来张傀那边你也活不下去了，你背叛了张傀，就像是当初你因为活不下去而背叛我一样。"

"你只忠诚于自己，刘怀。"牧四诚嗤笑一声，"倒是可以用你。"

刘怀一边咳嗽一边惊疑未定地看向牧四诚手中那个小天平——他刚刚的确是因为张傀想杀他，生出了背叛张傀的心思，或者说这个心思在张傀把他变成傀儡之后从未停过……

张傀是不是料到了这一点，知道了牧四诚这边有这个天平道具，所以才派他过来……

刘怀突然打了个寒战。

牧四诚再次询问了刘怀过来的整个过程，这次刘怀没有欺瞒，一五一十地全部告诉了牧四诚，牧四诚听得冷笑一声："想激我去偷袭他？就算是我真的要袭击他，也必定是他后期拿到的碎镜片差不多了，我才会动手，还想离间我和白柳，啧，真是多此一举。"

　　说到这里，刘怀突然发现一个很奇怪的事情，他来这里有一小会儿了，居然没有看见过白柳，他左右看了看："白柳不在这里吗？"

　　杜三鹦有点尴尬地挠挠脸："那个，之前商议计划的时候，白柳其实想和'傀儡师'合作，但牧四诚不同意这个计划，于是白柳和牧四诚大吵一架之后，和我们决裂去投靠张傀了。"

　　牧四诚冷哼一声别过脸："我和白柳还需要别人来离间吗？我们自己就能散掉！"

　　刘怀："？"

　　什么？白柳去投靠谁了？！

　　"列车即将到站，下一站黄泉路，请要下车的乘客在车门旁边依次排队，先上后下——"

　　白柳一路往前走，走到了车头的位置，发现了张傀好整以暇地坐在座位上，面前站着两个双目空洞的傀儡，他看到白柳来似乎也不吃惊，很自然地招呼了一下："来了，坐吧，倒是比我想得要快一点。"

　　白柳坐在了张傀对面，叹息一声："你都把刘怀派过来了，牧四诚这个棋子对于我而言就废掉了，我只能来投诚了。"

　　"你是聪明人。"张傀意味深长地微笑着，"只是倒霉了一点，碰上了更聪明的我而已。"

　　张傀跷着二郎腿双臂展开放在座位靠背上，这是一种很放松也很自负的姿势，他抬起下颌睥睨地看着白柳，脸上带着胜负已定的笑："这个游戏需要牺牲四个人才能通关，如果你们选择站在我的对立方，和我产生搏斗，你们的面板属性太差了，赢的一定会是我。但这样一来总体生命值一定会被无效消耗，在我控制住了你们之后，我很有可能选择牺牲你们凑够400个生命值换取我游戏通关。

　　"对于白柳你来说，其实我觉得最好的计划就是和我合作，虽然有可能被我控制，但至少我不会轻易牺牲你。"

　　"但牧四诚一定不会同意和我合作。"张傀微笑着，他好像有点遗憾般，假模假样地叹息一声，"而你也不会轻易来找我寻求合作，毕竟没有几个人想受制于人，你说不定还会动让牧四诚来偷我东西的心思，我没有办法，只能让刘怀去劝劝你们了。"

张傀自始至终想钓的鱼就是白柳,而不是牧四诚。

而要钓到白柳这条鱼,就需要动摇牧四诚和白柳的合作关系。

没有一个人比刘怀更能动摇牧四诚对队友的信任度的了。

精神值正常的牧四诚或许还会顾忌这是一个二级游戏,勉强维持和白柳的合作关系。而一个精神值不正常的牧四诚,而且是处于刘怀在场不断提醒的环境中的牧四诚,一定无法控制自己对队友的怀疑和仇恨之心。

当然,牧四诚可以把自己的精神值漂回正常值,不过这一定不是白柳想看到的,如果白柳选择把和牧四诚的合作进行到底,站在张傀的对立面上,他是需要牧四诚狂暴来维持高战斗力防备张傀的。

白柳当然也可以让自己进入狂暴状态成为高战斗力者,但张傀觉得白柳是不会轻易这样做的。

因为狂暴那种状态非常危险,在还有八个站台的情况下,白柳这个F级玩家比牧四诚这个A级玩家的基础属性薄弱很多,狂暴状态的白柳就是个"脆皮"高输出,很容易死掉。

张傀的计划是各个击破,首先收服白柳,然后利用刘怀控制牧四诚。

至于杜三鹦,在适当的时候淘汰他就行了,张傀对杜三鹦这种靠幸运值上位没有什么实力的玩家不感兴趣。

白柳很坦诚:"我其实劝过牧四诚和你合作,但他不仅不愿意,还把我打了一顿。"

白柳一边说一边向张傀展示了自己的个人面板,生命值那一项赫然写着:"受到玩家牧四诚攻击下降40。"

这其实是一开始白柳把牧四诚当交通工具,牧四诚气急败坏打了白柳一拳下降的,现在被白柳这货脸不红心不跳地当成了自己投诚的证据之一。

白柳遗憾地叹息:"我目前生命值只有20多了,和他们混在一起是绝对无法通关的,我本来还指望牧四诚在狂暴状态下可以反杀你,之前他不也是在狂暴状态下反杀了你的四个傀儡吗?但在我知道刘怀的存在后,我就彻底放弃和牧四诚合作了。"

张傀赞许地看了白柳一眼:"因为在刘怀的存在下,牧四诚的狂暴状态会更不稳定,到时候他会更倾向于攻击自己的队友。"

"我这点生命值太容易死掉了。"白柳摊手,"虽然我想赢游戏,但我更想活着,所以我来找你寻求合作了。"

如果牧四诚在这里,一定会怒骂白柳说的是什么胡话,但张傀并不了解白柳，于是他满意地笑了。他抽出一卷透明的傀儡丝，挑眉说道："那你也知道和我合作，我是什么条件了，你要当我的傀儡才行。"

"可以。"白柳一口应下，或者说他对这样的结果早有预料，他摸着下巴若有所思，"但是合作是双方的事情吧？张傀，我做你的傀儡，你总要给我展示一下你的诚意吧，比如做你的傀儡有什么好处？"

张傀倒是很爽快："你说，需要我怎么展示我合作的诚意？"

"我有一个道具，被牧四诚偷了，叫作'人鱼的护身符'。"白柳眼帘缓缓地落下，"我也是因为这个才和牧四诚起内讧的，如果可以，还希望你帮我把它拿回来。"

"就这？"张傀倒是有点惊奇，似乎没想到白柳提这么简单的条件。

"那是一个保命的道具。"白柳眼珠转动，低语着，嘴角有很不明显的笑意，"我生命值太低了，在这次列车行驶之前我希望你把它抢过来给我，那样至少我后面会安全一点，你也不想好不容易把我搞到手，然后我就那么死了吧？"

"可以。"张傀微笑着，"我比较喜欢心甘情愿的傀儡，既然白柳你这么懂事，还愿意和我谈条件，那我就——"

张傀手中的傀儡丝猛地一颤，锋利如针尖的线头扎入了白柳的骨头里，线在白柳的骨头上死死缠绕了好几圈，白柳因为疼痛浑身战栗了一下，条件反射般地张口喘息了一声。

系统提示：玩家白柳成为玩家张傀的傀儡。

张傀缓缓地拉开嘴角，原本平常的笑脸变得诡异且邪恶："都到这一步了，你居然以为你还可以和我谈条件？白柳，那我可要好好教教你规矩了。"

系统提示：玩家张傀对玩家白柳使用了个人技能"提线玩偶"。

"现在，白柳，把你身上的所有东西都拿出来给我，尤其是武器。"张傀钩了钩自己手指上的丝线，"我不会再给你任何翻身的机会了。"

白柳身体僵直，他脸色还因为疼痛惨白着，手一僵一僵地点开了自己的系统面板，不断地把东西往外扔。

一根雪白的鱼骨，一些乱七八糟的小东西，一个旧钱包。白柳在看到旧钱包被他扔出来的时候脸色猛地变了一下，这反倒吸引了张傀的注意力，他低下身子去把这个旧钱包捡起来："这是什么？你的个人技能？"

张傀拍拍钱包，鄙笑了一声："倒是有够寒酸的。"他翻开了钱包，看见了里面的东西之后，眉尾上扬了一下，拿出里面的一沓积分纸币，饶有趣味地在白柳面前展示，"这是什么？一个具象化的积分钱包？你倒是喜欢这些乱七八糟的，而且里面积分倒是不少啊……我数数，12000。"

"那我就都笑纳了。"张傀笑道。

已经被控制住的、脸色原本惨淡一片的白柳低着头一言不发咬紧下唇，似乎是憋屈得够呛，不知道该说什么，最终只是很倔强地说了一句："你拿吧，你拿了，我就当这是给你帮我的报酬。"

张傀意味不明地冷笑一声："你愿意这么自我安慰，也行。"

但如果张傀低下头来看看白柳的表情，就会看到白柳目光平静，咬紧的下唇缓慢地勾起一个很小的弧度。

系统提示：玩家白柳给予玩家张傀12000积分达成交易，玩家张傀需要在列车再次行驶之前将道具"人鱼的护身符"拿回给玩家白柳。

如若其中一方没有达成交易，系统将给予惩罚——没有完成交易的一方将会被系统关押进"旧钱包"内，成为灵魂钱币。

50

本来"没有完成交易的一方将会被系统关押进'旧钱包'内"，是白柳在拿到"旧钱包"的时候系统给予白柳的警告，用来约束白柳，让他不能滥用这个技能。

因为没有完成交易会被系统把灵魂关押进去，是系统为让白柳守信给的一个限制措施，但没想到被白柳用来"坑"交易对象了。

对于张傀这种喜欢布局且自以为很聪明的人，没有什么比顺从他的计划行事更好的办法了，他会在那种猎物一步一步走入自己陷阱的成就感里降低警惕性，只有这样白柳才有可能寻求突破。

白柳垂眸想道。

但牧四诚那边的确是遇到麻烦了，他也是刚刚才了解到牧四诚居然还和刘怀有这么一段纠葛，张傀还把刘怀给带来了，虽然精神值降低带来的幻觉对白柳这种人来说影响不大，但对牧四诚这种有正常七情六欲的人类，一个背叛过自己的知己好友带来的幻觉影响力恐怕是无法估量的。

牧四诚在说起刘怀这个人的时候，整个人都已经不太对劲了。

白柳了解到这个游戏里大部分人的精神承受值都在 70 左右，60 已经足够危险，20 以下能从游戏里出来不发疯的都是心理素质极端强悍的人了，但白柳还需要牧四诚精神值进一步降低，他对牧四诚的要求甚至比牧四诚历史精神最低值 18 都还要低，到时候对牧四诚来说，幻觉和心理的影响只会更重，有刘怀这个诱导因素在，牧四诚估计要出大问题。

有点难办啊。

"列车已到达黄泉路——请各位乘客先上后下，依次进入列车。"

张傀食指和中指弹钢琴似的动了下，牵动手上的透明丝线，白柳瞬间就被拉扯到了他背后，张傀给他套上之前刘怀脱下来给他的那个木偶头套，笑道："好了，这下看起来才像是我张傀的人。"

"我知道你不会甘心的，说不定只是假意投诚我，或许和牧四诚还有别的计划。"张傀嘴角慢慢上扬，他好像在给白柳上枷锁一般，给他戴上那个沉重的、巨大的、闷热的木偶头套。

白柳的脸慢慢地被木偶头套笼罩，他抬眸看向张傀，在头套落下来之前看到张傀的最后一个表情，带着得意和笃定，眼皮耷拉着，眼神傲慢到似乎一切尽在掌握中。

张傀声音嘶哑语调低沉："但是白柳，你一定漏算了刘怀对牧四诚的影响，在有刘怀在的情况下，牧四诚根本不可能保持清醒坚定地跟你合作，无论你有多少后手，只要牧四诚这里崩了——"

张傀闷笑一声，恶毒地说："牧四诚是你手中最有价值的一张牌了，只要他崩了，你的计划就彻底崩盘了。"

白柳面色不动，大脑飞快运转。

在某种程度上，张傀说得没错，牧四诚的确就是这个计划最重要的一环。

"人鱼的护身符"在牧四诚身上。

如果牧四诚彻底崩坏，失去抵抗力，被张傀拿到了这个"人鱼的护身符"，交易完成，那大家就会一起完蛋，而且之前白柳想过要赖，直接让牧四诚把这个道具用了，但是——

系统提示：交易期间，交易物品，也就是"人鱼的护身符"必须存在，否则视为无效交易。

牧四诚在此期间，如果被逼入绝境，或者直接就不听白柳的话，用掉了"人鱼的护身符"这个道具，那白柳也会完蛋，真的变成张傀的傀儡。

　　所以牧四诚是白柳计划中相当重要的一环，这家伙如果崩了，那白柳这边会相当危险。

　　白柳在赌，而且是一场豪赌，他台面上的所有筹码就只有一个牧四诚，还是一个极其不稳定的筹码。目前看来，他的赢面不算很大，其实白柳也动过用杜三鹦的心思，但杜三鹦此人完全是个直觉系动物，像一只敏锐的啮齿类小动物，正面对决，这家伙说不定会直接把护身符扔给张傀来降低自身危险，就像之前因为察觉到危险要弃车逃跑一样。

　　杜三鹦非常不稳定，在被"傀儡师"控制的情况下，白柳无法远程操控杜三鹦，而且杜三鹦远不如和"提线傀儡师"有仇、立场坚定的牧四诚更值得用。

　　所以最终，白柳选择了牧四诚。

　　车门终于缓缓打开了，无数乘客燃烧着、哀号着拥入车厢，张傀动作干净利落地操纵着两个傀儡上前去抢碎片，没有使用白柳，看来他也知道白柳生命值非常低，随便使用很容易挂掉。

　　张傀操纵傀儡的手速非常快，几乎十几秒，这两个傀儡就身形如鬼魅地穿过了一节车厢，用烧焦的手给张傀呈上一堆碎镜片，张傀看也不看地收下，面色一沉："走，清扫下一节车厢。"

　　后面这些"乘客"的仇恨值都锁定在了两个傀儡的身上，张傀这里反而很安全，但这两个傀儡的移动速度非常快，并且张傀操作得非常精准，几乎没有出现什么额外的损伤。张傀清扫完一节车厢，就带着背后跟着来的傀儡进入下一节车厢，不到一分钟的时间就扫荡完了半列车。

　　白柳之前三个人过得那么艰难，主要是因为他们只有牧四诚一个面板属性是 A 级的玩家，现在这边三个 A 级玩家，张傀还是超 A，在操纵傀儡的间隙还能腾出手来清扫乘客，让自己的傀儡取镜片取得更轻松，和白柳这个打一鞭子就倒的完全不是一个层次的。

　　牧四诚告诉白柳，张傀的个人技能就目前他所知道的，主要有两个。第一个技能叫作"提线玩偶"，也就是操纵傀儡和植入傀儡丝，但是傀儡是有自我意识的，只是肢体被张傀控制。在傀儡不是自愿或者被绝对控制的情况下，张傀很难在挣扎的傀儡四肢里植入傀儡丝，这也是为什么张傀说他喜欢主动和自愿的傀儡。他最常用的是聘请来的自愿的傀儡。因为非自愿的，比如牧四诚那种的，张傀得花不少精力才能植入和控制傀儡丝。

第二个技能叫作"傀儡强化",这个阶段要以牺牲傀儡50点精神值为代价,傀儡没有自主意识,但面板属性会翻倍。

这个阶段的傀儡会更难控制,因为进入了"精神危险值"区域,所以傀儡本身会很痛苦,有时候会无意识地挣扎,但又由于本身无意识,所以几乎不会畏惧任何攻击,战斗力会十分强悍,只要傀儡师不停下手中的丝线,他们无论怎么痛苦,都不会停下进攻的步伐。

不过牧四诚告诉白柳,这个技能对精神值低于20的傀儡玩家不能使用,因为这个阶段的玩家已经进入狂暴状态了,傀儡师是完全无法操控的。

"这个游戏里,从来没有人试图去控制一个精神值低于20的玩家,就连张傀都做不到。"牧四诚斜眼看着白柳,"除了你白柳,你居然试图让一个精神值只有10的我记住你给我的任务,这完全不可能。"

白柳只是笑着说:"不试试怎么知道,我们也没有其他办法了,不是吗?"

在白柳思考一些东西的时候,车内的广播女声罕见地响了起来——

"因本站有重磅乘客及特殊物品登上列车,为了保护乘客及物品的安全,停站时间延长至五分钟,请车上的乘客少安毋躁,远离车门——"

一个比普通乘客体形大好几倍的巨大乘客,用两只巨大的还在燃烧的手撑开了车门,低着头挤了进来。

这家伙眼眶黑乎乎的全是燃烧过后的炭痕,全身都裸露着肌肉,胸前有一块巴掌大的六角形碎镜片,就像是护心镜一样嵌入他流血的胸大肌里,在火焰中闪闪发光。他站起来比车厢还要高,脖子歪着强行塞进车厢里,都快要把车厢顶穿了。

他似乎觉得不爽,大吼着一拳砸向了车顶,车顶直接破开一个大口,火焰从他的身上冒出来灌满整节车厢,发出砰的爆裂声。

张傀脸色一黑飞快后退进了另一节车厢,他牵动十指收拢一拉,两个傀儡好似僵尸般四肢打直后退。张傀又反手提起白柳的后颈。张傀的移动速度已经很快了,但还是被烧了一下,白柳也被烧了一下。

系统提示:玩家张傀、白柳、方可、李狗受到了怪物的烈焰攻击,生命值 -10,玩家张傀、白柳精神值 -20,玩家方可、李狗因处于傀儡状态,精神值 -9。

白柳被烧得呛咳了一下，嘴角缓缓流出血液，他藏在木偶头套里的脸色越发苍白，他扫了一眼自己的个人属性面板。

生命值：11（被玩家牧四诚攻击以及火焰灼烧后下降）。
体力值：70（正在恢复中）。
精神值：69（因被怪物攻击而轻度异化）。

白柳又迅速扫了一眼怪物书。

《爆裂末班车怪物书》刷新——盗贼兄弟（2/3）。

怪物名称：盗贼兄弟（弟弟）。
特点：极其强壮高大，移动速度极快，一分钟内可以使用一次大范围攻击（1400点的移动速度，火焰有加成效果，愤怒时喜欢用拳头让对方听话，攻击力极强）。
弱点：？（待探索）。
攻击方式：怒气狂捶，烈焰冲击（对于玩家白柳来说，目前的你只要受到这两种的任何一种攻击，就可以去见上帝了）。

白柳舔去他嘴角溢出的血渍，断断续续地哑声说："这怪物心口那块大碎镜片，应该就是他的弱点和我们要收集的东西。"

"我要你说！"张傀没好气地打断白柳的话，他警惕地看着这一步一震向他靠近的盗贼，手指飞快舞动排布着他的傀儡，咬牙道，"这破游戏，停站五分钟，不仅延长了追逐战的时间，还给我们上了一个大BOSS……"

《爆裂末班车》这个二级游戏的淘汰率应该很接近80%了，就算是他，想要稳过也很困难。

张傀后牙槽咬得紧紧的，没忍住骂了一句脏话："你可真是会挑啊，白柳，一下就挑了二级游戏里难度最高的！"

"承蒙夸奖。"白柳语调懒懒的，一副死猪不怕开水烫的样子，"你不去试着抢一下这个怪物心口的碎镜片吗？"

"试个鬼！"张傀接连口吐芬芳，他现在心态真的有点崩了，"看刚刚的攻击和1400的移动速度，这怪物的级别起码是A级，我两个傀儡送上去就是送菜！就算是我带着六个傀儡满血来刷这个副本，遇到这种东西，都无法保证可以顺利通关！我要是早知道这游戏里有这种东西……"

张傀一阵磨牙，他一边说一边退，心中怨恨不已——要是知道这个副本是这种鬼样子，他根本就不会那么轻易地跟着进来！

张傀从来没有见过难度高得这么离谱的二级游戏！白柳这家伙一下手就挑了一个张傀见过有史以来最难的！

你牛，不愧是幸运值为0！

"不行。"张傀拉着两个傀儡挡在自己的身前，迅速地冷静了下来，"我的傀儡打不过，这东西在这个副本里估计只有狂暴状态的牧四诚才能搞定，不过，搞定了这东西，他也离死不远了——"

"狂暴状态下的我也能搞定吧？"白柳问，他目光冷静地岔开了张傀的思路。

对白柳来说，牧四诚不能死，"人鱼的护身符"在他身上，牧四诚死了，"人鱼的护身符"就会被爆出来，要是被张傀拿到，那白柳就真的要成张傀的傀儡了。

"的确。"张傀眼睛眯了眯，哼了一声，"但是你现在生命值只有十几了，就算是狂暴状态下，挡这玩意儿一下，你差不多就死了，你现在是我的傀儡，和牧四诚比起来，我当然是选择让他去死而不是让你去死，我拿你还有用，但牧四诚一直不归顺我——"

张傀冷笑一声，收拢了所有的傀儡丝，白柳和另外两个傀儡齐齐站在了张傀背后："那他就去死吧！"

系统提示：玩家张傀对玩家刘怀使用了道具"好想见到你"，将在十秒钟内移动至玩家刘怀当前的位置。

白柳只觉得面前一阵晕眩，他再抬眼，就看到了另一节车厢里也在收集碎镜片的刘怀、牧四诚和杜三鹦。

这三个人正在打配合，虽然有些吃力和艰难，但看样子也撑了下来。

最惨的还是牧四诚，没有白柳帮他吸引仇恨值，大部分乘客都冲着他去了。即使有刘怀帮牧四诚挡了一部分，牧四诚状态也下降得很严重，脸上全是血渍，眼睛里的红光闪烁，呼吸也不顺畅，狼狈地撑在地板上打滚。

张傀面色冷淡地收手一拉他小拇指上的丝线，正在作战的刘怀心脏瞬间就被绞紧了，刘怀感觉自己的心脏被扯向了某一个方向，这种扯就像是提醒一样，不带着杀意，于是刘怀捂住绞痛的心脏下意识转头往那个方向看了一眼。

他看到了隐藏在一车厢之隔，在许许多多乘客和火焰后的张傀。

张傀面无表情地指了指牧四诚，然后在脖子上狠狠地比画了一下，用口型对刘怀说："计划有变，有大BOSS了，放弃牧四诚。你去激怒牧四诚，降低他的精神值，让他狂暴去对战大BOSS，不用管死活。"

刘怀也听到了那个广播的声音，知道来大BOSS是什么意思，但看到张傀如此干净利落地准备舍弃牧四诚，刘怀心口一颤，脸色也难看起来，他看懂张傀的意思了——

这大BOSS估计非常不好对付，要狂暴状态下的牧四诚才能对付。

但这不是个二级游戏吗？怎么会有需要牧四诚狂暴到死才能对付的怪物？

正当刘怀犹豫的时候，那个大号乘客暴怒着一路跑了过来，所过之处，所有的车窗全部被捶爆，火焰呼呼地烧着，那些乘客都在盗贼弟弟愤怒的火焰中凄厉惨叫着化成了灰烬，可见杀伤力之强，温度之高。

张傀拉着三个傀儡往前冲入了牧四诚他们所在的车厢，跟在张傀背后的大号乘客把杜三鹦吓了一跳，没忍住崩溃道："我的天！这又是什么玩意儿？！"

张傀猛地拉紧了自己小拇指上的傀儡丝，对刘怀厉声喝道："刘怀，动手！不然大家都得死！"

刘怀心口被张傀的傀儡丝拉得剧痛，他咬牙往下甩出一左一右两柄袖剑，站在牧四诚背后低着头说了句"抱歉"，就毫不犹豫地向牧四诚刺了过去。杜三鹦看得惊叫："牧四诚，小心背后！"

牧四诚早有所觉地一个翻身打滚躲开刘怀的"背刺"，他利落站起身用手肘擦了一下从眉尾滴下来的血滴——是刚刚躲避的时候被刘怀的袖剑伤到的。牧四诚冷笑一声："刘怀，你以为我还会那么放心地把后背交给你吗？不可能的。"

"这是自然。"刘怀的笑容很复杂，有着一点哀伤和一点狠戾，"四哥，虽然我们曾经是最好的朋友和最好的组合，'刺客和盗贼'，无所不能，无往不利，我们什么都能'偷盗'，什么都能'暗杀'，这当然包括对方，不是吗？"

"我们都是为了自己，四哥，"刘怀终于彻底沉下了脸色，他举起袖剑，"你为了自己偷过我的东西，而我为了自己暗杀你，大家都是自私自利的人罢了。"

"主人，抓住牧四诚！！"刘怀喝道，毫不留情地一剑刺了过去。

张傀二话不说地就把一根锋利的傀儡丝甩到了牧四诚的脚踝下面，牧四诚用手钩住吊环之又险地躲过，杜三鹦急得开着跑跑卡丁车拦在了张傀面前，被张傀丢出一个傀儡拦住了。

现在是张傀、刘怀还有李狗三个人对抗牧四诚一个人，杜三鹦被一个傀儡牵制住,看得额头上直冒汗,急得脸都涨红了。

白柳要牧四诚一定撑到列车行驶之前、不被张傀他们牵制住,但现在这样怎么可能撑到啊?!

杜三鹦下意识看向了白柳,牧四诚在被三个人牵制的情况下,也勉力维持住了,但很快那个大怪物就打破了这个平衡,这玩意儿眼看就要跑进牧四诚他们所在的车厢了,张傀限制牧四诚的攻势越发猛烈,几乎整节车厢都是傀儡丝,牧四诚寸步难行,他的脸上全是被傀儡丝弄出来的划痕,牧四诚那双擅长偷盗的双手更是被张傀的傀儡丝死死束缚住了。

张傀喘着气:"刘怀,动手。"

刘怀喘着气一步一步地靠近了牧四诚,双手已经举起了袖剑。

牧四诚忽然反手死死攥住自己身上所有的傀儡丝,喷了一声说:"白柳,你有什么后手就快点用吧,我真的撑不住了,我现在帮你拉住张傀操控你的傀儡丝了,张傀的傀儡丝是靠线的波动控制人的,现在我攥紧了,他的波动传不过来,不过只能撑一会儿我的手指就会被线削断,但你现在可以自己动了。"

张傀一惊,猛地看向不知道什么时候站到牧四诚背后的白柳,又扫到牧四诚的手上,牧四诚果然紧紧束缚住了他的傀儡丝,血从牧四诚骨节分明的手上滴落,一滴一滴地砸在高温的地板上,很快又被蒸发了。

白柳缓缓地在牧四诚背后抬起了木偶头套,木偶油墨的外壳上是一个纯真的笑。

张傀脸色一变。

"这两个家伙果然还在结盟,刘怀快动手!"张傀试着操纵了几次傀儡丝,但是操纵的波动因为被牧四诚攥住了,根本传不过去,他的确无法控制白柳,张傀脸色黑沉地一拉傀儡丝,试图切断牧四诚的手指,同时喊,"刘怀,快!白柳现在没有攻击力!"

杜三鹦也好像抓住了最后一根稻草般嘶吼着:"白柳,你动作快点!"

刘怀毫不犹豫地刺了过去,牧四诚下意识地看向了背后的白柳,白柳的木偶头套上还是那个纯真的微笑,他张开了双手,缓缓地抵在牧四诚的后背上,往前轻轻一推,毫无防备的牧四诚身体往前倾倒。

牧四诚瞳孔猛地一缩。

杜三鹦恍惚地张大了嘴巴,张傀愕然地松开了傀儡丝,刘怀呆滞地看着白柳和牧四诚,他袖剑上的血顺着剑尖滑落。

牧四诚被白柳顺着双臂推到了刘怀身上,刘怀的袖剑刺入牧四诚的肩膀,齐肩斩断了他的双臂。

牧四诚的两只手臂悄无声息地砸在了地上。

就像是上一次刘怀背叛他，斩断他双臂的情形一样。

不过上一次是刘怀。

这一次是白柳。

血液从牧四诚肩膀的断面喷涌而出。

"我也觉得张傀主人说得有道理。"木偶里的白柳瓮声瓮气地说道，他面上还在笑，"牧四诚，如果不牺牲你进入狂暴状态，大家都会死。"

"和你们合作已经没用了，你们太弱了，通不了关。"白柳的声音带着一种凉薄而温和的笑意，"所以我决定全心全意做主人的傀儡，服从他的命令。"

51

牧四诚踉跄两步，他双目空洞，缓缓地，僵硬地低头，看着地上自己的双臂。

系统提示：玩家刘怀使用"暗夜匕首"攻击了玩家牧四诚，玩家牧四诚的精神值遭到黑暗侵蚀，迅速下降中！

系统提示：玩家牧四诚精神领域剧烈震荡，精神值急速下降中！

系统警告：玩家牧四诚精神值跌落40……30……20……10，玩家牧四诚目前精神值只有8！进入狂暴阶段！

玩家牧四诚个人面板（狂暴状态）

精神值：60 → 8。

体力值：339 → 797。

敏捷：1040 → 2010。

攻击：1311 → 2300。

抵抗力：1310 → 2600。

综合防御力攻击力上升，面板属性点总和超6000，评定为A++级玩家，玩家牧四诚等级上升，从A级上升至A++级别。

玩家牧四诚因处于"怪物书——盗贼驯养的卷尾猴"状态，异化程度加深……

牧四诚的断臂处飞快地生长出黑色的肉芽，这肉芽蠕动着聚集，最终扭曲地汇聚成两只长过胯部的黑色猴爪。

牧四诚仰头松动骨头，呼出一口白气甩甩自己新生的双臂站了起来。他的眼珠子已经消失了，整个眼睛全白，獠牙龅出口腔，耳朵也变成了猴子的耳朵，牧四诚的尾巴缓慢地放在了地板上，左右滑动着，他背后那个猴子耳机在叽叽地狂笑着，猴子眼睛闪烁着刺目的红光，并用一种很奇异的、猴子的尖厉声调叫着："Crazy! Crazy!"

那个横冲直撞的盗贼弟弟带着浑身的火焰冲入了最后一节车厢，举着拳头就要对着一群人挥下，牧四诚纯白的眼睛轻微地挪动一下，好似嗤笑一声，笑声里有种让人毛骨悚然的兽性。他以一种肉眼不可见的速度甩臂挂在了吊环上，斜身反冲，腰部发力一个横踢，把浑身冒火的盗贼弟弟踢出了这节车厢。

盗贼弟弟重重地摔在另一节车厢里，两只硕大无比的手掌企图巴住窗户使自己停下来，结果把所有窗户的玻璃都抓碎了，在地上拖曳出长长一道漆黑的炭痕。火焰在盗贼弟弟的眼中一闪一闪。怪物似乎也有趋利避害的本能，它又惊又怒地吼叫了一声，似乎不明白对面被自己追得满车厢跑的小人儿怎么突然就能一脚把自己踹飞了。

牧四诚呼出一口火焰烧出来的白气，嘴角拉开一个弧度奇大、无比诡异的笑，尖利的牙齿在他口腔内排列整齐。牧四诚一个简单飞速的起跳之后，毫不犹豫地踩着车厢壁借力冲了过去，亮出尖利的猴爪指甲就要去抓怪物心口那块大镜片。

盗贼弟弟大吼一声，爆出一身火焰，翻身对着骑在自己身上的牧四诚一个暴捶，火焰瞬间吞没了这两个扭打在一起的怪物。

牧四诚现在也是个怪物了，谁看了他都不会觉得他是个人的。

但更不是人的明显是白柳。

杜三鹦完全傻了，呆愣愣地看向白柳，似乎没有料到牧四诚会被白柳这个策划一切的总军师这么干脆利落地卖掉。

而杜三鹦更没想到的是，白柳卖完牧四诚，毫不犹豫转头就把杜三鹦也卖了。

白柳转身对着张傀，语调冷静地说道："主人，碎镜片在杜三鹦身上，我们趁牧四诚和盗贼弟弟扭打控制住对方的时候，将杜三鹦干掉把他身上的东西抢过来吧。"

白柳的这声"主人"简直比那个给张傀当了一段时间傀儡的刘怀喊得都要标准。

杜三鹦又气又急又难过，他眼泪汪汪地怒吼一声："白柳，你真的不是人！不是说好了一起反水搞张傀吗？你居然真的对我们反水了！"

"抱歉。"白柳毫无诚意地道歉，"这个临时上车的大怪物打乱了我的计划，这大怪物实力太强了，我发现和你们合作很可能无法通关游戏，所以我决定真的归顺主人，放弃和你们商议的计划了。"

刘怀都被白柳对着张傀连着几声真情实感的"主人"喊傻了。

他当年背叛牧四诚还有点悔恨之心，自我痛恨了很久，才开始做张傀手下的走狗。

这还是刘怀第一次看到背叛别人卸磨杀驴如此迅速并且赶尽杀绝的人。

而且好家伙，白柳都不带有心理负担的，才搞完一个队友，对另一个队友下手毫无缓冲，简直比刘怀这些搞卧底的反水还快。

刘怀简直都要怀疑白柳原本就是张傀的人了。

白柳语速飞快，冷酷地分析着："杜三鹦现在被困在这节车厢里了，他往前走是盗贼弟弟，从车门下去就是一堆爆裂乘客，他没有地方可以去了，就算有100幸运值也迟早被我们抓到，没有比现在更好的对他下手的时机了。"

杜三鹦眼泪横飞地满车厢跑："白柳，你不是人！你没有心吗？！"

正如白柳所说，就算杜三鹦幸运值百分之百，但他现在根本无处可去，完全就是插翅难飞，被瓮中捉鳖，处于极致的劣势。

就算杜三鹦可以靠着幸运值撑一会儿，也迟早会被张傀抓到。

张傀毫不犹豫地伸出傀儡丝去网杜三鹦了，刘怀也加入了追捕杜三鹦的队伍，其余两个傀儡解决从车门处拥进来的普通乘客，杜三鹦一边哭号，一边像是被欺负的幼儿园小朋友往外丢玩具一样疯狂地丢道具，什么乱七八糟的都往外丢，只要能阻挡张傀和刘怀抓住他就行。

杜三鹦一边跑一边哭哭啼啼破口大骂白柳不是人，而白柳虽然看起来的确不是人，却是全场最安全的玩家。

他在说完那几句话之后，不声不响地站在角落里，并不妄动，显得听话又知进退，张傀甚至会特意保护他不受伤害，用傀儡丝抽走那些企图靠近他的乘客。

张傀又一次抽走一个企图袭击白柳的乘客的一瞬间，看着沉默不语的白柳，心里咯噔一下，他多次游戏的直觉告诉他——事情不对劲。

白柳居然代替他站在了幕后最安全的控场位上来布置全局，这是什么时候的事情?

张傀心下一沉,环视全场。

被白柳"坑"去和大 BOSS 搏斗的牧四诚,被追得满车跑就快撑不住大哭的杜三鹦,追击杜三鹦的刘怀,保护白柳的两个傀儡,以及开始无意识把后背交给白柳的自己——

所有的一切,不知道什么时候,都围绕着白柳一举一动运作了。

张傀脸色一沉,开始回想事情是从什么时候从他手里脱离控制的——好像是从牧四诚被白柳推给刘怀,或是牧四诚和怪物搏斗时,白柳就不动声色地控场了,而张傀在剧烈的事情变动和局势变幻下,下意识地信任了被自己控制住的白柳,被这家伙带着思路走了!

对于两个聪明人来说,没有比相信另一个聪明人是真的服从自己更致命的了。

张傀打了个冷战,猛地清醒了。

"不对!"张傀厉声喝道,他扯着傀儡丝,"刘怀,回来!注意白柳和牧四诚!我们被他们牵着鼻子走了!杜三鹦这家伙身上最多 20 块碎片,幸运值还是百分之百,我们根本不可能轻易拿到他身上的碎镜片,我们被杜三鹦消耗太多时间了!牧四诚从怪物身上抢到的碎镜片才是大头!"

"啧,被发现了吗?"白柳有点遗憾地叹息一声,他偏过头看向车厢 LED 屏幕上的倒计时,自言自语着,"不过时间也差不多了,这车要开了。"

"列车即将行驶,请各位乘客坐稳扶好——"

　　系统提示:系统对玩家张傀友情提示,列车即将行驶,请你及时履行和玩家白柳的约定,将玩家牧四诚身上的"人鱼的护身符"取来给他,不然,作为惩罚,我们将会把你的灵魂关押进玩家白柳旧钱包的灵魂钱币中,让玩家白柳持有你的灵魂债务权。

张傀脸色一沉,就算他还听不懂这里面的某些词,也并不妨碍他意识到自己被白柳"坑"了。

"那个钱包……"张傀猛地抬头看向白柳,他迅速反应过来,"你的个人技能是交易?这是什么乱七八糟的个人技能?灵魂债务权?为什么会有这种接近系统权限的个人技能?系统不会允许你拥有才对!"

　　系统提示:灵魂债务权为屏蔽词语,已为玩家张傀做小电视消音处理。

白柳揉揉鼻子,十分不要脸:"但我就是拥有了,不好意思。"

张傀腮帮子紧绷,他的目光从车厢LED屏幕上的列车启动倒计时扫过,只有一分钟了——张傀咬紧牙关,没时间和白柳这家伙打嘴仗了。

张傀飞速地拨动着自己手上的傀儡丝:"刘怀,不用管杜三鹦了,他就是白柳用来消耗时间的!"

张傀目光冷厉地下了命令,调动自己手上四个傀儡往牧四诚那边扑:"去杀死牧四诚,夺取他身上的东西给我!他应该要撑不住了,杀死他直接把东西抢过来!"

刘怀也意识到情势紧急,转身就往牧四诚那边扑,结果没走两步,被牧四诚所在的那节车厢里的火焰迎面一爆,逼得不得不停住了脚步。

刘怀苦笑一声,站在一片火焰的车厢前,再也不能前进:"主人,牧四诚那边战况太激烈了,我根本插不进去,除了狂暴化的牧四诚可以扛住这个火焰,我们根本没人能抵抗这个火焰,贸然进去会被烧死的。"

张傀胸膛猛地起伏一下,他看向角落里悠闲地靠在门上的白柳,猛地拉紧了傀儡丝,一路把白柳拖拽了过来。

白柳被拖拽得很狼狈,他被脖子上的傀儡丝勒得呛咳了两声,下意识地想要扯开这东西。

张傀勒住白柳的脖子把他提起来,他面对面恶声恶气地逼问白柳:"你是故意让牧四诚狂暴去和这个怪物战斗的!你知道打起来我们根本就没办法插进去从他身上拿到东西了是吗?!这就是你和牧四诚的计划对吧?你把牧四诚推向这么危险的境地,他居然会答应和你合作!"

"我们达成了一致。"白柳脖子被傀儡丝勒得都呼吸不过来了,他满脸涨红,生理性的眼泪都掉落了下来,却还在笑,"我们一致认为要藏东西,最危险的地方就是最安全的地方。"

"你就不怕我杀了你吗?"张傀腮帮子都气得直哆嗦了,他从来没有吃过这么大的亏,勒住白柳脖子的丝线越来越紧,几乎把白柳拎起脱离了地面。

白柳眼睛都被勒得凸出暴血丝了,他呛咳干呕几声,语气依旧平淡:"我的个人技能在我死后也是起效的,你杀了我没有用的,主人。"

"你杀了我,除了损失你一个聪明的傀儡,喀喀,和浪费时间发泄你无能的愤怒之外,没有任何意义。"白柳一边笑一边咳嗽,他的脸都因为窒息呈现一种红紫的状态了,"你会杀我吗,主人?"

但他的确还在笑。

52

张傀的确很想冲动地杀了他,但正如白柳所说,现在杀了白柳,他一点好处都没有!

因为白柳的个人技能已经启动了,无论张傀杀不杀,白柳都不会终止,而且杀了白柳,张傀还会损失白柳这个他好不容易搞到手的、聪明的傀儡。

当务之急是拿到那个什么"人鱼的护身符",然后终止白柳的个人技能,事后张傀可以用一百种花样来虐待白柳,用来发泄他被戏弄的愤怒。

但是杀死白柳还是成本太高了,他花了那么大工夫才抓到一个智力值这么高的傀儡,要是现在一点都没有利用就给杀了,这不符合张傀一向利益最大化的作风。

张傀勉强冷静下来,松开了勒住白柳脖子的傀儡丝。

白柳瘫软在地,捂着自己伤痕累累的脖子大声咳嗽着喘气,眼睛里全是生理性的眼泪,但他居然还笑眯眯地:"多谢主人饶我一命。"

那欠揍的笑气得张傀想立马反悔把他勒死。

张傀按捺住自己心里快要失控的怒气,深吸一口气让头脑清醒开始思考——系统提示交易失败的底线是列车启动,他看了一眼车厢上的LED屏幕,上面有列车启动的倒计时。

现在还有四十多秒的时间,他也不是完全赢不了,杀死白柳也就十秒的事情,等到倒计时十秒的时候,一根线杀死他也不算晚。

张傀飞速地运转着自己的大脑,一边思索一边下命令:"现在还不是死局,玩家进不去的话——刘怀,你把乘客都引入牧四诚所在的那节车厢,让这些乘客去攻击牧四诚!现在他精神值应该掉得差不多了,让这些乘客去异化他、杀死他!"

刘怀应了:"好!"

吸引怪物是刘怀的拿手好戏,刺客的技能是被判定为很强的。

当年他和牧四诚合作就是牧四诚偷东西,他引诱、暗杀怪物,他们的确是一对合作属性很好的搭档。

刘怀两柄袖剑不断地游走在乘客之间,很快就吸引了乘客的仇恨值。它们跟在刘怀身后,刘怀倒立悬挂在还在不断冒火焰的车厢门口,那些乘客在找寻怀的过程中跟着就进入了车厢,进入车厢之后,那些乘客好似被什么东西吸引住注意力一般，攀爬滚动着都往牧四诚所在的地方去了。

之前那个大 BOSS 盗贼弟弟的火还可以直接烧死这些乘客，但和牧四诚缠斗了一会儿之后，盗贼弟弟的状态很明显滑了不少，火焰小了许多，虽然玩家还扛不住，但这些乘客却可以进去了。

盗贼弟弟所在车厢里的火焰渐渐弱了下去，旁边车厢的人能勉强看清这节车厢里面的场景了。

双目空白的牧四诚咬牙切齿地骑在大怪物的脖子上，怎么摇晃都不下来。

而爆裂乘客似乎被大怪物身上的镜片所吸引，源源不断地拥入这节车厢。它们不断地嘶吼着往大怪物身上攀爬，不同的火焰交叠重合，大怪物扭动着身躯，反手把牧四诚扔了下来。

牧四诚好似终于力竭一般，他呛咳了两声，松开了猴爪，后仰着跌入了在盗贼弟弟这个小巨人身上堆成了山一样的爆裂乘客堆里。

那些乘客张牙舞爪地抓住了牧四诚的四肢，漆黑的手指在牧四诚惨白的脸上挠出一道一道的痕迹。乘客不断地拥入，好似海水一般要把牧四诚淹没，牧四诚仰着脖子伸出头来，只露出一张筋疲力尽的面孔，像快要窒息般喘息着，但很快他的嘴也被下面的乘客捂住了。

牧四诚整个人被拉入了烈火熊熊的尸山火海，再也看不到一点踪迹。

盗贼弟弟仰头大喝一声，拳头上燃起了火焰，它大声呼喊着举起了拳头，看起来似乎准备对淹没在乘客堆里的牧四诚一击毙命。

牧四诚双目失神地仰躺在乘客堆里，似乎对周围的一切都失去了感知，只有微微起伏的胸膛宣告了这个人存活的事实。

但这种存活的状态看起来并不能持续很久。

怪物一拳落下。

杜三鹦看到了牧四诚这边的情况，凄厉地惨叫出声，在千钧一发之际，这个声音让牧四诚好似回神般艰难眨动了一下眼睛。牧四诚勉力侧头躲过盗贼弟弟落下来的巨大拳头，但拳风还是让他吐出一口鲜血，他的眼皮无力地耷拉了下去，整个人向乘客堆里更深地沉了下去。

　　系统警告：请玩家牧四诚迅速逃离！你的精神值濒危！你已接近"死亡"边界线！

牧四诚很明显撑不了多久了。

"牧四诚必死无疑了。"张傀眯起了眼睛,"这怪物就算是你,白柳,你狂暴时候的属性面板也不一定能挡住。刘怀,等牧四诚一死,立马把他掉落物品里的'人鱼的护身符'扔给我!"

"我狂暴属性面板也撑不住吗?"白柳若有所思的声音突然响起,"那要是我狂暴面板属性翻倍呢?"

"你狂暴属性面板怎么翻倍?"张傀嗤笑一声,"看来牧四诚和你说过我的个人技能'傀儡强化'了。"

"我直接和你说,白柳,狂暴面板属性理论上是不可能翻倍的,首先你进入狂暴后精神值要下降到20以下,然后我的个人技能'傀儡强化'需要花掉你的精神值才可以,但是那时你只有不到20点的精神值了,是无法使用'傀儡强化'的。"

"如果我偏要呢?"白柳轻声问。

张傀嗤笑:"倒也不会死,你会直接精神值崩断,进入一种生不如死的状态。"

张傀现在有闲心和白柳说话了,他似笑非笑地看向白柳,眉梢眼角都是一种在和聪明人斗争之后赢得胜利的成就感:"LED屏幕上的列车启动倒计时现在还有三十六秒,牧四诚根本撑不过三十六秒,你这次输定了,我一定可以拿到'人鱼的护身符'。"

系统提示:列车启动,玩家张傀失信于玩家白柳,没有完成与玩家白柳关于"人鱼的护身符"的交易,玩家张傀受到系统给予的信誉惩罚,成为玩家白柳旧钱包当中的一张灵魂钱币。

张傀睁大了眼睛,下意识看向了那个LED倒计时屏幕,惊愕反驳:"列车怎么可能启动,明明还有三十六秒——"

列车开始摇晃行驶,刘怀也惊愕地停住了追逐杜三鹦的脚步。

满车厢跑的杜三鹦终于长出一口气瘫软在了角落里,他手软脚软地一边哭一边揭开蒙在LED屏幕上的一块半透明的布料,满脸泪痕虚脱地靠在门上抽泣着:"白柳,下次我再也不要和你合作了,太刺激了,我以为我要死了,呜呜呜。"

布料缓缓落地,露出来的真实屏幕上写着:"倒计时:0秒,列车即将行驶,请乘客们做好准备。"

张傀脸色黑沉地在那个掉落的布料上丢了一个侦察道具。

侦察结果：玩家杜三鹦使用道具"伪装的布料"篡改了LED屏幕上的时间。

"杜三鹦！"张傀失去了冷静，崩溃地质问杜三鹦，"你什么时候使用这个道具的？我怎么完全没有记忆——"

他忽然停住了质问的话。

张傀想起了杜三鹦被他们追的时候疯狂往外扔道具拖延时间，那个时候的确有一块布料被扔出来挂在了屏幕上。

但是张傀当时已经彻底被即将胜利的喜悦冲昏了头脑，他的计划从头到尾进行得太顺利了，他根本没想过杜三鹦那个吓到痛哭流涕的表现是装的。

其实也不算装的，杜三鹦真的被白柳吓到痛哭流涕了，白柳演反派演得真的太像了，他都快相信自己和牧四诚真的要被卖了！杜三鹦骂白柳不是人的时候是真的吓得不轻。

张傀意识到了这一切之后，有点恍惚地后退两步，无法置信地看着白柳："怎么可能，你的智力值是89，我的是93，你怎么可能比我聪明，先一步预料到我想做的是什么……"

"可能我的是纯天然的？"白柳耸肩，他一边随口说，一边神色镇定动作飞快地从旧钱包里抽出一张崭新的钱币——张傀的灵魂钱币，然后摁在了自己的系统面板上。

系统提示：玩家白柳使用玩家张傀的灵魂钱币介入张傀的系统，正在切入张傀的系统面板……

系统提示：玩家白柳正式切入玩家张傀的系统面板，可进行操作。

白柳的系统面板瞬间就切换成了张傀的面板，张傀看到后意识到自己是彻底地被控制了，他无力地哼笑两声，转过头闭上了眼睛不再看自己的败局。

终日打雁终究被雁啄了眼，他控制过那么多人，还从来没有被人控制过。

白柳，呵，白柳。

这人必然早就知道了自己想要抓他吸取智力，才那么有恃无恐，觉得自己不会轻易杀他。

结果张傀也正是如此，才让白柳钻了一个空子。

聪明的人总是贪婪的，张傀不觉得自己贪婪是错，他只是输在遇到了一个比他贪婪十倍、百倍的家伙上。

  系统提示：玩家白柳使用灵魂钱币介入玩家张傀的系统面板，玩家白柳使用玩家张傀的个人技能"提线玩偶"，玩家白柳通过玩家张傀操控刘怀对自己发起攻击。

  张傀的手指忽然不受控制地动了起来，他舞动着手指拉紧了刘怀的心脏，刘怀的心脏一阵紧缩。
  刘怀和张傀都同时抬头惊愕地看向白柳，白柳冷静地对刘怀下了命令："攻击我，刘怀，用你能使人精神值损耗最大的方式攻击我。"
  张傀惊了："你已经赢了，白柳，你还要做什么？马上车门就要关了！"
  没错，列车马上启动了，爆裂乘客和盗贼弟弟都准备离开列车了，这些还在燃烧的怪物拖拽着手中的战利品——连一个挣扎的动作都难以做出的牧四诚——准备走出车门。
  牧四诚似乎已经完全失去了意识，他一双没有眼珠的眼睛似梦似醒地睁着，嘴角和眼睛里都流出鲜血，白柳唯一能确定这家伙还没有死的依据就是——
  牧四诚从头到尾，都没有使用过逃生道具"人鱼的护身符"。
  "白柳，我不确定我能在精神值小于10的情况下一定不会使用'人鱼的护身符'，人的求生欲会让人做出很多奇怪的事情，包括违背合作和背叛队友。"
  "但如果……我真的从头到尾都没有使用过这个道具，那么就说明我如你这个疯子所要求的那样，在精神值小于10的情况下，维持住了我的理智。"
  "牧四诚，如果你没有用'人鱼的护身符'，那我保证只要我活着，我就一定会救你。"
  "希望吧白柳，曾经也有人对我说过一样的话，我答应和你合作不是因为相信你，是因为我已经没有别的退路了，我不想被张傀控制，我宁愿死，但被你控制，到现在为止，我还可以接受。"
  "你是我最有价值的一张牌，牧四诚，我不会让你死的。"
  "我要救牧四诚。"白柳语调平铺直叙地重复了一遍，"刘怀，用你那个可以让人急速下降精神值的武器攻击我。"
  刘怀的手不受控制地往前一刺，两柄袖剑就刺入了白柳的胸腹中，白柳却只是轻微皱了一下眉，刘怀颤抖着松开了手。

系统提示：玩家白柳受到玩家刘怀的"暗夜袖剑"的攻击，精神值受到侵蚀，下降30，目前精神值39，警告！警告！已进入危险值区域！！

白柳呼出一口气，他微微捂住自己溢出血的胸膛，抬头看了一眼还在勉强挣扎的牧四诚，对着刘怀好似不满地吐出几个字："不太够，继续刺。"

刘怀握住袖剑的手不受控制地一下一下地刺入白柳的胸膛，直至后来几乎整个人都在抖了，刘怀用无法理解又极度震撼恍惚的眼神看着嘴角溢血的白柳："为什么要为了牧四诚，做到这个地步……"

白柳不在意地擦去嘴角的血，他淡淡地扫了刘怀一眼："我答应了他，我一定会救他。

"这是我和他的交易和合作，而遵守交易是我作为一个流浪者的基本道德。"

53

系统提示：玩家白柳受到玩家刘怀的"暗夜袖剑"的攻击，精神值受到侵蚀，下降35，目前精神值4，警告！警告！已进入狂暴区域！！

玩家名称：白柳（狂暴属性加成面板）。

体力值：56 → 655。

敏捷：249 → 1133。

攻击：37 → 1555。

抵抗力：36 → 1776。

综合防御力攻击力上升，面板属性点总和超4000，评定为A+级玩家，玩家白柳等级上升，从F级上升至A+级别。

"可以了。"白柳终于叫停了刘怀不停攻击的手。

张傀看到了白柳的属性面板，迅速地评判道："你这个面板不够扛'盗贼兄弟'，'盗贼兄弟'起码是A+级别的怪物，要牧四诚那种狂暴到A++等级的玩家才扛得住。"

"我知道。"白柳态度很淡定，"这不是还有你吗？急什么。"

系统提示：玩家白柳操控玩家张傀对自己使用个人技能"傀儡强化"。

系统警告：玩家白柳的精神值不够下降50点，是否强行使用"傀儡强化"？若强行使用会导致玩家白柳精神值出现崩断的情况！

系统警告：玩家白柳是否强行使用个人技能"傀儡强化"？

白柳毫不犹豫："使用。"

"你疯了，白柳！"张傀崩溃地被迫舞动十指操纵白柳，透明的傀儡丝入侵白柳的后脑勺，在他枕骨大孔的位置宛如注射器一样扎进去，其余的傀儡丝颤动着，顺着关节，往白柳骨头缝里钻，这是一个极其疼痛的过程，但很快玩家就会随着精神值的下降对这些痛苦麻木起来。

张傀声嘶力竭地大吼，他疯狂地扯动着自己手上的傀儡丝意图阻止白柳："白柳！你的精神值只有4点了，根本用不了这个'傀儡强化'技能！强行使用个人技能降低精神值虽然不会强行清零你的精神值，但会出现精神值崩断，你会疯的！"

精神值崩断是指游戏中的非怪物异化降低精神值，精神值都不会清零的一种状态。

玩家使用个人技能或者道具是无法强行清零另一个玩家的精神值的，整个游戏设定中只有怪物可以清零玩家的精神值。

比如，张傀无法操控狂暴状态下的玩家，刘怀的"暗夜袖剑"攻击到后面，能降低的精神值就会骤然减少，从这些都可以看出，技能和道具无法清零玩家的精神值，但会造成一种非常奇异的状态。

玩家在这些个人技能和道具的强行、不断地攻击下，精神值最终会呈现无限趋近于0的一种状态，这种状态被称为"无穷小的精神值"，又叫作"精神值崩断"。

据说玩家的精神值处于这个阶段的时候，思想会被困在"怪物"和"正常人类"之间的裂缝中，脑子已经是怪物的思维，但拥有人类的外壳。

为什么会用"据说"来描述"精神值崩断"呢？

因为真的经历过精神值崩断的玩家，全都疯了，无论是在游戏中发疯杀死所有玩家，还是出了游戏哈哈大笑着自杀，只要碰过"精神值崩断"这个状态的，有一个算一个，全都疯了。

而且这些精神值崩断的玩家大部分因为狂暴状态，面板属性都急剧提升，在游戏中会倾向于杀死所有玩家，所以出现"精神值崩断"的玩家，可以说是整个副本里所有玩家的噩梦。

"白柳！"张傀竭力控制着自己的双手，不让自己强化白柳，"你不要发疯乱来，精神值崩断和你上一次的精神值0.1根本不是一个东西！这种状态危险得多！你的精神值理论上已经清零了，但实际上还没有，你会跌入混乱的潜意识欲望空间的，你会疯的白柳！"

张傀咬牙切齿地拖拽着手上的傀儡丝："牧四诚死就死了，对你根本没有任何影响，你明明可以成功通关。你是个聪明人不是吗？你要是精神值崩断，疯了攻击人，你那么高的属性值，我们都得被你杀死，你也根本救不了牧四诚！你只会攻击他！"

车门渐渐闭合，牧四诚缓缓地被拖出车厢外，他的手指蜷曲，扒拉了一下车门框，好似竭力在挣扎求生。

牧四诚的眼突然睁开，看着白柳，嘴唇一张一合，似乎正在极为不甘心地呼唤着白柳的名字。

"我知道。"白柳早就被牧四诚和杜三鹦"科普"过精神值崩断的概念了，但他的眼神冷静到近乎极致的地步，说的话却带着一点很散漫很无所谓的笑意，"但我不喜欢违背交易。"

"张傀，或者说，主人，"白柳忽然转过头对张傀笑了一下，"如果我真的疯了，那就是考验你的时候了，我那个时候依旧还是你的傀儡，你一定要控制住我，让我做我该做的事情。"

"你，白柳——"张傀用力得脸上都暴出青筋了，他双手痉挛着试图控制白柳身上的傀儡丝，"不！我做不到的！！"

"你可以的。"白柳闲散地笑笑，他转过头去摆摆手，"我相信你，大傀儡师。"

系统提示：玩家白柳进入"强化傀儡"状态，精神值下降不够，正在进行补充计算——补充计算失败，玩家白柳无法提供"强化傀儡"所需的50点精神值，进入强行索取精神值状态——

系统提示：索取成功，玩家白柳精神值下降，4，3，2——0.0000000001。

张傀歇斯底里："给我停下白柳！！！"

系统警告（对所有玩家）：玩家白柳的精神值进入崩断状态，是极度高危生物，请其余玩家迅速逃离他周围！

白柳的眼神逐渐失去了焦距，他的呼吸停顿住了，所有一切的声音和光线都在他眼中拉出非常纤长凌乱的线条，变成好像是另一个维度的东西。

他进入精神值下降导致的潜意识幻觉了。

然后，一瞬间白柳好像被什么东西拽住胸部拉入车厢，盗贼弟弟踩在他的胸上对他抡起烈焰熊熊的拳头，拳头落下，白柳被砸得短促地"唔"了一声，他侧过头看到了自己被拳头砸出的血，疼痛感真实鲜明地在他身上的每一个地方弥漫开。

一秒后，白柳又被人拽入了一个全新的场景，他站在了一开始要启动的车厢，爆裂乘客正在源源不断地拥入车内，牧四诚正在脸色阴沉地说要追逐战了；几秒后，牧四诚就拿着自己偷到手的"人鱼的护身符"冷漠地走了，白柳被追上来的爆裂乘客抓住四肢困在原地，火焰吞没了他。

视觉又一转，白柳拿着鞭子站在杜三鹦的车上，他跪在车上喘息，而杜三鹦说："白柳，我不行，我不能和你们一起。"他眼泪汪汪，一把将白柳推入了乘客堆里，开着自己的车绝尘而去，而被锁定了仇恨值又清空了体力的白柳只能跌落原地，被一群乘客吞噬骨肉。

他看到牧四诚用了那个"人鱼的护身符"，自己永远地成了张傀手中的傀儡，渐渐变得痴傻呆滞，最终被遗弃在某个副本里孤独地死去。

无穷无尽的死亡幻境扑面而来，在所有导向他"死亡"的岔点，藏在他潜意识里可能出现的场景，通通变得真实，然后仿佛发生过般在他身上不停重现。

人无法停止思考，无法停止想象，无法停止恐惧，无法停止在潜意识里营造出幻境，就算是白柳也不能。

所以他只能千百次地重复这些潜意识衍生出来的幻觉。

"假设已经发生过的事情如果没有发生的可能性是一件很无聊的事情，"白柳被牧四诚摁在地上，他已经忘了这是哪一个节点衍生出来的死亡剧情，他被牧四诚的猴爪残暴地掐住颈部，这让他呛咳着，笑了起来，他喟叹着，"但我居然也这么无聊，思考你背叛我的方式，牧四诚，还有这么多种，我数了数，可能有八百多种吧。"

牧四诚奇怪地看着快要窒息却还在笑的白柳。

而白柳满脸都是自己笑出来的血，他的眼帘因为"死亡"的到来缓缓闭合，他因为气管受损，说的话有种独特的气音。

"这么多种可能性中，你选了没有背叛我的那种，"白柳话音减弱，他闭上了眼睛，"那我也会选这种，牧四诚，这是一场公平的交易。"

"白柳，如果我真的被怪物拖走了，你真的会不要命地来救我？"

"放心，如果你做到了不用'人鱼的护身符'，我这个人很讲信用，疯了也会记得要救你的，牧四诚。"

听了白柳的话之后，牧四诚垂眸嗤笑，他说——"我信你个鬼，白柳。"

54

所有的幻境如镜片一样在白柳面前碎裂，死得千奇百怪的白柳在幻境中如燃烧的照片般化成灰烬。

白柳缓缓睁开了没有焦距的眼睛。

所有人都屏住了呼吸下意识地后退了一步，杜三鹦缩在角落里看着双目无神的白柳忍不住吞了一口口水，忐忑地后退了一步。

杜三鹦现在的预感很奇怪，白柳让他后颈汗毛直立，但同时又让他兴奋得心跳加快。

"现在是什么情况……"杜三鹦喃喃自语，"我们这边是多了一个怪物，还是……"

牧四诚被拖出了车门，他漆黑的猴爪艰难地在门栏上轻微地挠了一下，似乎在阻止自己的离去，车门缓慢地闭合，门缝里只露出牧四诚一双似有不甘的空洞雪白的眼睛。

下一秒，白柳动了。

他以一种快到不可思议的速度踩踏过车厢侧面，车厢的钢铁墙壁都被白柳踩到凹陷下去，白柳几乎是在一个晃眼之间就出现在了牧四诚要被拖走的车门前面。白柳神色冷静，力气极大地两脚踩在门框两边，在牧四诚的手要被彻底拖出车厢的前一秒，抵住了快要闭合的车厢门。

白柳呼出一口气，双手扒住门的两边，用力往外扯，用力到肩胛骨都把衬衫撑起来，车厢玻璃门发出刺耳的咔嚓声，然后砰一声崩裂成无数碎片。

厚重的车厢门以一种扭曲的形态被看似瘦削的白柳徒手扒拉开了。

杜三鹦人都看傻了："白柳这是进化成了金刚芭比吗？！"

门外正在拖拽牧四诚的乘客和"盗贼弟弟"都不约而同停下了脚步，拉开门的白柳让它们感到了威胁，"盗贼弟弟"恶狠狠地怒吼一声，瞬间举起燃起火的拳头，就要对着白柳砸下。

白柳的移动速度快到几乎只能让人看到残影，他侧头闪躲之后，行云流水

294

般弯腰从下方干脆利落地把牧四诚拖了进来,然后一脚踹开了"盗贼弟弟"。

这下可彻底激怒了"盗贼弟弟",它全身冒火一拳砸在了地上,整节已经开始移动的车厢又被"盗贼弟弟"用蛮力钉死在了原地,顿时笼罩在火中。

张傀彻底看蒙了,试探地喊了一声:"白柳,你没疯?"

白柳回头看了他一眼,态度和神情都无比自然地回答他:"不用控制我了,我清醒着,你松开傀儡丝来接住牧四诚。"

白柳试图把牧四诚扔到另一节车厢,丢给张傀,他拦在"盗贼弟弟"的面前,盗贼弟弟看似对白柳火冒三丈,却并没有继续攻击白柳,而是毫不犹豫地放弃了拦在他身前的白柳,返回去攻击牧四诚,拳头虎虎生风地燃着火焰砸向了被白柳抛在空中的牧四诚。

"盗贼弟弟"的目标自始至终就是牧四诚,白柳反应过来的时候,"盗贼弟弟"对着被白柳甩过去的牧四诚恶狠狠一拳砸下,白柳侧身强行扯着牧四诚的后领甩开他,反身替牧四诚挡了这一下,血从白柳口中喷了出来,滴落在牧四诚惨白的脸上,他被烧得黑漆漆的右手突然动了一下。

　　系统提示:玩家白柳生命值降低为 6!

"啧。"白柳擦去嘴边的血,他翻身躲过盗贼弟弟的又一次袭击,喘着气忽然笑了一下,看着瘫在他身后不动的牧四诚,"干得不错,难怪盗贼弟弟要拖走你,原来是你偷了它的碎镜片,仇恨值锁你身上了。"

牧四诚紧握的右猴爪里,是一块大小和心脏差不多的碎镜片,这人失去意识多时了,居然一直握着没被盗贼弟弟弄出去。

这也是白柳计划的一环,偷碎镜片,牧四诚一直记得。

白柳说着,翻身又是一脚把这盗贼弟弟踢了出去,盗贼弟弟怒吼着又要砸开车门上车,白柳和盗贼弟弟你来我往地扭打一阵,在盗贼弟弟勃然大怒地准备再次使用火焰群攻的时候,白柳冷声对看呆了的一群人下命令:"快过来帮我把车门合上,只要车走了就好了!"

一群人这才手忙脚乱地过来推拢被白柳撕开的车门。勉力扛过了失去心口碎镜片变得虚弱不少的盗贼弟弟的最后一次拳击之后,满身疮痍的列车终于缓慢地吱呀吱呀地开走了。

所有人都虚脱了。

张傀和自己的三个傀儡靠在门上发怔地看着白柳,杜三鹦在椅子上像狗一样吐着舌头，满身是汗。白柳走到角落里蹲下，他也到极限了，精神值崩断的状态对他消耗非常大，他向后仰靠在疮痍一片的车壁上，胸膛轻轻起伏着，正在调整自己的呼吸。

他购买了两瓶精神漂白剂和两瓶体力恢复剂，自己喝了一瓶精神漂白剂和一瓶体力恢复剂，剩下两瓶灌给了牧四诚。白柳灌的手法很粗暴，牧四诚喝到一半差点没被白柳呛死，咳了一声醒了过来，白柳坐在他旁边随手递给他："自己喝，对了，这两瓶加在一起1700积分，我帮你购买需要收取10%的手续费，一共1870积分，承蒙惠顾。"

说完，白柳就非常理直气壮地对着牧四诚伸手了，意思就是——快点给钱。

刚刚九死一生逃出生天恢复神志的牧四诚："……"

牧四诚无语地转了1870积分给白柳，他摸到自己脸上的血渍的时候手一顿，那是白柳为了救他被打了一拳喷在他脸上的血。

白柳没有对他提过自己帮他挨了一拳这件事情，但牧四诚的确隐隐约约看到了白柳硬撑着在自己面前挡了一下，白柳这种没良心的人帮他做了好事还不留名……这让牧四诚稍微有点不自在，他别过脸，假装随意地把手中攥了一路的碎镜片给了白柳："喏，拿着吧。"

白柳很自然地接过了，也没有问牧四诚为什么会给他，一切都是那么顺其自然。

牧四诚还是没有憋住，假装不在意地问："白柳，你那个时候，居然真的来救我了，我还以为你不管我了，没想到你还有点良心。"

"和我有没有良心无关，如果我们是利用关系，的确可以不管你，我也能顺利通关，还会少很多麻烦。"白柳擦掉自己嘴边的血迹，好似不觉得有什么一样地继续说道，"但我们是合作关系，并且早已经约定好了，我说过不会让你死，那我就不会让你死，这是一场交易。"

牧四诚有些恍惚地嗤了一声："交易？什么交易？"

"1积分的交易。"白柳举着精神漂白剂还在一口一口地喝，回忆道，"我们达成合作的时候，你给过我1积分，不记得了吗？"

牧四诚沉默了很久很久，他低着头好似回忆了很多东西，又好像什么都没有回忆。

牧四诚暗红的眸光闪了闪，又平静安宁地熄了下去，他突然哼笑了一声："还真是划算的1积分……白柳，你这个人真的很奇怪。"

"你不是第一个这么评价我的人。"白柳说着，仰头一口喝干精神漂白剂，

"我觉得应该也不会是最后一个。"

系统提示：玩家白柳使用精神漂白剂恢复精神值至60。

系统提示：玩家白柳获得"盗贼兄弟"携带的大块碎镜片（1块大镜片等于20块小碎片），以及玩家张傀手中的碎镜片，合计碎镜片100块，收集任务进度到达1/4，碎镜片数量触发任务。

系统提示：玩家白柳收集碎镜片进度（100/400）。

《爆裂末班车怪物书》刷新——盗贼兄弟（2/3）。

怪物名称：盗贼兄弟（弟弟）。

特点：极其强壮高大，移动速度极快，一分钟内可以使用一次大范围攻击（1400点的移动速度，火焰有加成效果，愤怒时喜欢用拳头让对方听话，攻击力极强）。

弱点：心口碎镜片（1/3）。

攻击方式：怒气狂捶，烈焰冲击（因心口重要的碎镜片被玩家偷盗，盗贼弟弟无法控制地虚弱了下去，攻击的力度大大减弱，移动的速度也减慢许多，在对抗的时候，玩家的生存率提高）。

系统警告：玩家白柳的生命值仅剩6点！已在"死亡"边缘！请注意自我保护！

白柳闭上了眼睛，他往后靠在车厢上，终于长长地，长长地吐出一口气，带着一点胜利之后的疲惫笑意和一点罕见的人性化的小小得意："所有人都活下来了，还有七个站台。"

牧四诚静了一会儿，也笑了起来："嗯，我们都活下来了，靠你这个疯子的计划。"

是的，没错，白柳一开始计划的就是那个惊天动地的方案——他要所有人都活下来。

白柳这个神经病，要所有人都被他控制，然后活下来。

这才是这个消耗生命值的游戏里，性价比最高的做法。

白柳不会浪费任何一个人的一点生命值，这种极致的贪婪让牧四诚相信了他，相信了白柳不会轻易让自己死去。

五分钟前。

白柳刚刚说自己要和傀儡师合作之后，牧四诚便勃然大怒："你要和谁合作？傀儡师？！"

"我们必须合作。"白柳很冷静，"或者说不是合作，我一个人必须控制所有人，才能确保最大效率地调动生命值。"

"因为我们的总生命值太低了，我只有21，你有70多，杜三鹦是满的，但就算这样我们这边也只有不到200的生命值，而傀儡师经历了这次袭击，减去20点兑换碎片的生命值和10点试探需要的生命值，顶多也才370，我们加起来只有不到600的生命值，这在一个需要消耗400生命值才能通关的游戏里太低了。"

"这相当于我们当中已经无形地死去一个人了。"白柳语调平静，"我们在不知不觉当中，就已经'杀死'了一个玩家。"

牧四诚忍不住吐槽："大部分的生命值都是你丢掉的吧！你一个人就丢了70多！"

"哦，是吗？"白柳迅速假装什么都没有听到地岔开话题，继续说了下去，"而假如总的碎片是400，现在收集数量预估是400，那还有360点生命值需要我们丢。"

白柳语气突然正经："但这里还有个很重要的点，那就是我们已经过了两个站了，但我们的怪物书图鉴只刷新了一页。"

白柳打开了自己的系统怪物书面板，指着上面示意了一下："而《爆裂末班车》的怪物书有三页，也就是说至少还有两个怪物我们还没有遇到。"

牧四诚脸色一沉："如果按照游戏进度算，目前进度已经过了20%，通常这个时候会出现新的怪物。"

白柳点头附和牧四诚的说法："按照游戏的一般情况来说，这个时候出现的怪物我觉得应该是会比爆裂乘客难缠的新怪物。

"我们要从这个新怪物手里拿到碎镜片必然就更难，在已知我们很有可能要丢掉360点生命值的情况下，我们还需要和两种未知的并且更强的怪物做斗争，目前的不到600减去360，就算死的全是傀儡师那边的人，那我们也只剩下两个半人了。"

白柳摊手："你们觉得我们是通关的概率更高，还是全灭的概率更高？"

牧四诚和杜三鹦齐齐一顿。

牧四诚率先看向白柳，开了口："那你的意思是怎么样？"

白柳很平静："我的意思是先让所有人活下来，增强战力。"

杜三鹦有点晕了："但是你之前不还是说所有人活下来不可能吗？"

白柳说："我之前是站在张傀的角度来说的，如果是他掌控全局，那所有人活下来的确不可能，因为我们需要他们的实力来对抗怪物保护我们，所以我们需要他们活下来，但他们其实是不需要我们这些实力弱的去对抗怪物的，我们对他的价值有限，所以如果新怪物很难对付，他完全可以为了通关把我们丢出去。"

杜三鹦更晕了："那我们为什么要和'傀儡师'合作啊？那不是送上门去让他控制我们吗？"

白柳嘴角微微弯了一下："对，就是要让他以为他控制了我们所有人。"

杜三鹦和牧四诚又齐齐一愣。

"如果我是张傀，我不会正面来对抗我们，因为那样会增加他们那边生命值的损耗，为了降低生命值损耗，最好是先分散我们，再逐个收服，对我这种追求利益且处于弱势的人，他应该会利诱并且断掉我的后路，而我的后路很明显，就是牧四诚这个面板强势的玩家。"白柳说着转头看向了牧四诚。

"而对于牧四诚这种面板属性强势的玩家，如果我是张傀，我大概率会玩阴的，不正面冲突，攻心为上。这游戏有个精神值的设定，我会想方设法先降低你的精神值，趁你神志不清的时候控制你或者牺牲你。"

听到白柳语气平淡地说对自己玩阴的，牧四诚的嘴角抽搐了一下。

牧四诚抱胸挑眉："那你还要向张傀寻求合作？他很有可能在控制了我们之后，把我们都牺牲了。你怎么保证在和张傀合作之后，让所有人都活下来？"

"他控制所有人，我通过'合作'控制他。"白柳抬眸直视牧四诚，"就这么简单。"

牧四诚讥笑一声，反驳："你怎么控制他？你靠什么让他和你'合作'？"

白柳抬眸，他专注地直视牧四诚："靠你，牧四诚，你会做一件很冒险的事情，有很大概率会死，但我可以借助这件事控制张傀。"

牧四诚一怔。

"但就算你只有1点的生命值，我也会让你活着。"白柳用一种平静又很有力度的眼神看着牧四诚，"牧四诚，你是我最有价值的一张牌，我保证只要你不脱离我的计划，无论怎么样，我都会确保你存活。"

白柳最终提出的计划充满了不稳定的变数。

　　牧四诚甚至不知道这家伙的个人技能是什么，也不知道白柳那个所谓"合作"的个人技能，能不能比"傀儡师"的傀儡丝更强，足以掌控对方。

　　但在那一瞬间，牧四诚被白柳目不转睛地直视着，就好像是无法控制地被白柳说服了一般，他鬼使神差地同意了白柳这个充满赌博性质的疯狂的计划。

　　牧四诚看着白柳眼中倒映着的有些怔怔的自己，想起了白柳一鞭子又一鞭子全身脱力地为了他吸引怪物的仇恨值。

　　这家伙是个疯子，对什么东西都从不退缩和逃避，有好几次白柳快跌下车了都没有从牧四诚身上移开过视线，就像白柳自己说的那样，为了确保他的存活，白柳没有抽空任何一鞭子。

　　当年的刘怀，也是扮演了这样一个为偷盗的牧四诚吸引仇恨值的角色。

　　刘怀是一个很适合也很擅长干这个工作的人，但牧四诚觉得，如果是刘怀和他合作到今日，在之前那种偷盗怪物碎镜片情况下，刘怀或许也会失手，因为他不会像白柳这个疯子一样，完全不顾自己的安危来救他。

　　白柳毫无保留地把整个计划的关键——"人鱼的护身符"的作用和功能告诉给了牧四诚："只要你用了这个道具，我就会彻底变成张傀的傀儡，计划就失败了。"

　　牧四诚静了静，嗤笑了一声："你就这么告诉我了？你不怕我背叛你真的用了？"

　　白柳安静地看着牧四诚，他的眼珠子很黑，这样微微抬起头来看人的时候，人就像是倒映在镜子里一样清晰可见地倒映在白柳的眼睛里，让人有种白柳这个心机叵测之人在全心全意地信任你的错觉。

　　白柳声音很轻地询问牧四诚："你会用吗？"

　　牧四诚微微闭了闭眼睛，沉默了很久才回答道："白柳，我不确定我能在精神值小于10的情况下一定不会使用'人鱼的护身符'，人的求生欲会让人做出很多奇怪的事情，包括违背合作和背叛别人。"

　　说完这句话，牧四诚顿了顿，白柳并没有催促，而是在列车行进的风声里很安静地等着牧四诚的回答。

　　牧四诚深吸了一口气："但如果我真的没有使用'人鱼的护身符'这个道具，那么就说明我如你这个疯子所要求的那样，在精神值小于10的情况下，维持住了我的理智。"

　　"如果你没有用'人鱼的护身符'，牧四诚，"白柳说，"那只要我活着，就一定会救你。"

中央大厅小电视墙。

除了白柳这个不幸掉入坟头蹦迪区的玩家,处于《爆裂末班车》内的所有玩家几乎全部登上了中央大厅的推广位,就连李狗这种也混了个"中央大厅边缘区推广位",张傀、杜三鹦、牧四诚这些更是老早就在好的推广位上挂着了。

目前张傀的推广位是最好的,本来他之前在"中央大厅多人区火爆推广位",但是在张傀控制住白柳的时候,张傀小电视的点赞、充电都爆了一拨,顺利冲入了"中央大厅核心推广位"。

但牧四诚和杜三鹦的情况就没那么好了,因为这两人被白柳控制之后,观众觉得看着不那么爽快了,开始缓慢地向白柳的小电视流失,推广位略有下滑。

张傀小电视前的观众很兴奋。

"张傀这次可以啊,不愧是智力值93点的玩家,成功地控场了!"

"我算算啊,张傀控制了白柳,白柳控制了牧四诚和杜三鹦,惊!这样算起来是不是所有人都被张傀控制了?!"

"为我小张流泪,等了好久终于等到今天!你追了牧神这么久,今天终于靠着别人把牧神拿下了!"

"笑死我了,张傀和牧四诚的相爱相杀我今天终于看到了大结局,我之前还以为白柳会插足,结果一看,白柳果然不是张傀的对手嘛,'咖位'实力差太远了!"

张傀小电视前的观众津津有味地议论着,但突然有个观众好像是察觉了不对一般:"不对啊,怎么回事,张傀表现这么好,按理来说围观杜三鹦和牧四诚的小电视的观众应该都会流动过来啊,怎么还是往白柳的小电视那边跑?"

55

一个多人游戏里,几个玩家之间的观众都是流动的,一般是谁表现最好就往谁那边跑。

现在是张傀表现最好,观众的打赏和点赞数都很高,他们就好像马上要胜利一样狂欢着。

但是很奇怪的是,张傀这个刚刚登上"核心推广位"的观众数量并没有增加,牧四诚和杜三鹦的观众虽然在流失,但是都在疯狂地往白柳所在的坟头蹦迪区跑，并没有过来看张傀的小电视。

而白柳刚刚才被张傀控制住，是表现最差的玩家，不应该这么吸引观众啊，应该流失观众才对！

一些观众控制不住好奇，小声讨论着：

"白柳在搞什么幺蛾子？他难道还有后手？不可能吧！他都被傀儡丝绑住了，不可能翻身了！"

"我也觉得，不如我们去看一眼就回来？"

"你们过去看吧，我不想走开，张傀这里太精彩了，我等你们回来告诉我们白柳在做什么吧。"

"好，我们去看了回来和你们说，不用担心，白柳多半就是整一些吸引眼球的动作罢了，我过去看了回来当成个笑话给你们讲！"

张傀这里的一小批观众去看白柳的笑话了。

然后这群说要回来讲一个名为"白柳"的笑话的观众，再也没有回来。

剩下的观众更加抓心挠肝了。

"白柳不会真的有什么后手吧？！不可能吧！我还没听说过可以解除傀儡丝的办法啊！"

"杜三鹦和牧四诚那边的观众也疯了一样地往白柳那边拥过去，他们是商议了什么计划吗？到底发生了什么啊？！"

"我忍不住了，我要过去看！"

"我也很好奇，但是，我可是张傀的铁粉啊！算了我就去看一眼，我马上就回张傀这里！"

就这样，《爆裂末班车》的观众都开始一点一点会集起来，从其他玩家的小电视往白柳的小电视流去，原本冷寂寥落的坟头蹦迪区开始人多起来。

甚至因为坟头蹦迪区不算很大，这个从来人迹罕至的地方，居然硬生生地被白柳引来的观众带得拥挤了起来。

而王舜扫了一眼他后面这些挤进来的新观众，又把目光投向小电视上的白柳，神情和语气都是前所未有的复杂："居然从其他三个'大神'玩家身上反向吸流量过来了，白柳……"

《爆裂末班车》这个多人游戏开场的时候，白柳原本累积下来的观众几乎全部都被大神吸走了，只剩寥寥几个人留下来看白柳。

但到了这个时候，白柳这家伙居然又把所有流失的观众疯狂地反向吸了回来，看这观众的数量，还反吸了不少，而且观众只要来了就没有走的。

王舜还是第一次看到有人能从三个大神的小电视里这样疯狂地把流量吸过来，感觉都快把《爆裂末班车》这个游戏的所有观众都吸到这里来了。

　　这里的大部分观众都没有办法把注意力从小电视里白柳的身上移开了，他们的眼珠子都粘在了屏幕上，就好像是看到了一部精彩纷呈的电影的高潮般，没有任何人舍得移开一秒，只有一些心脏承受能力不是那么好的观众会紧张地小声讨论。

　　"我不敢看了！白柳能不能骗过张傀啊？天哪，那可是张傀！93点的智力！他居然敢去耍张傀！"

　　"稳住，别慌！我感觉张傀已经上钩了！"

　　等到牧四诚被砍掉双臂甩过去的时候，白柳的小电视前一片哀号，很多人都捂住了眼睛。

　　"天哪天哪，牧神好惨啊！！就算是早知道这是计划的一环，我也受不了，白柳下手好狠，他推牧神过去的时候还在笑！"

　　"我感觉牧神这次可能要'凉'……我不觉得白柳这种利益至上的人会救他，唉！"

　　"我也……"

　　"牧四诚你傻不傻？！白柳怎么可能会救你啊？！我作为你的粉丝简直要气死了！你这完全就是'白给'啊！"

　　"我觉得虽然白柳嘴上说要救所有人，但实际不太可能，多半就是说来伪善一下，哄牧四诚和杜三鹦跟他合作的，白柳和张傀完全是一种人，等该放弃的时候，这些聪明人会比谁放弃得都快。"

　　"最后能活下来的可能就杜三鹦和白柳这两个人，其他人看情况吧，大概率会被白柳扔出去对抗怪物淘汰掉。"

　　"牧四诚好可怜啊，被白柳骗得团团转……"

　　等到后面白柳反杀控制住张傀，强行对自己使用技能致精神值崩断，在地铁启动的十几秒内把已经神志全失的牧四诚从怪物手里抢回来之后，观众看着狼藉一片的车内东倒西歪地躺着休息的白柳一行人，长久地陷入了失语。

　　十几秒之内逆转形势，操控全场，击退怪物，从怪物手里抢人，最重要的是——就像白柳所计划的那样，无论张傀还是他的阵营，无一人"死亡"。

　　隔了很久，才有观众无法置信又艰涩恍惚地开口道："居然，白柳真的让全员存活了……"

　　"我看傻了……我以为牧四诚被拖出去的时候必死无疑，白柳居然这么彪悍把他给拖回来了，还为他扛了一拳……"

"白柳救牧四诚的时候我看得流眼泪了，我又相信爱情，不对，合作关系了！"

"太强了，白柳太强了，为什么我只能点一个赞！"

"我激动得想撕衣服了！白柳和牧四诚都太帅了，这种肝胆相照配合无间的兄弟情打动了我！！"

"呜呜呜，这种兄弟情什么时候才能轮得到我，呜呜呜，白柳，你也和我合作好不好！！"

"白柳，你这货就是神，神！"

王舜缓缓地，缓缓地取下了被自己沾了汗液的眼镜擦干净，再戴上去看小电视屏幕里闭上眼睛休息、脸上全是血迹和黑渍的白柳，王舜在一片为白柳山呼海啸、狂欢尖叫的背景声中，由衷地露出了一个笑。

新增41776人赞了白柳的小电视，新增40107人收藏了白柳的小电视，10401人为玩家白柳充电，充电积分为15442分。

新增60004人正在观看白柳的小电视，玩家一分钟内获赞超40000，恭喜玩家白柳达成"万人在你的坟头狂野蹦迪"成就。

你的"坟头"万人齐聚，棺材板板都摁不住厉害的你，破土而出一飞冲天，你就是牛人。

恭喜玩家白柳获得离开坟头蹦迪区所需的点赞收藏充电数据，解锁推广位程序，玩家白柳小电视数据进入再核算，重新分配推广位……

因玩家张傀数据急剧下降，系统对他感到很失望，决定调换玩家张傀和玩家白柳的推广位。

恭喜玩家白柳进入中央大厅，获得中央大厅核心推广位，浏览量正在急速上升中……

玩家张傀进入坟头蹦迪区。

听到这个系统通知之后，正在欢呼的白柳的观众停了一两秒，瞬间爆发出了更大的欢呼声，这些处在兴奋中的观众开始异口同声地尖叫："白柳，冲！核心推广位！"

白柳休息了一会儿之后，就睁开了眼睛。

牧四诚正在往自己的手脚上缠一些防护的绷带，这些绷带会让人速度下降，但是相应的防御力会上升，有一定修复和止血的效果，算是游戏里的常用道具。

牧四诚看白柳醒了，下意识地递了一卷绷带过去，白柳不管是什么东西，先很自然地接过了，接过之后说了一句："防护绷带，不错的道具啊，谢了。"然后就自己缠上了，一点给牧四诚钱的意思都没有，白用得非常理直气壮。

牧四诚无语："我说了免费给你吗？"

"我假设你免费给我的。"白柳十分不要脸，"当然你可以抢回去，不过我现在生命值只有6，你一拳就能砸死我。"

说完，白柳张开绑好绷带的双手，无辜地看着牧四诚，意思就是"你要是不怕弄死我，你就来抢吧"。

牧四诚憋闷地哼了一声，转过头不看白柳。白柳生命值只有6，自己是看见这家伙手脚都在流血，才会下意识地递给他绷带。

但白柳白拿和"双标"得太理所当然了，他给牧四诚东西还要收取牧四诚的手续费——牧四诚刚刚才为自己喝的体力恢复剂和精神漂白剂支付了白柳1870积分，其中170点还是白柳要求给的手续费。

白柳拿他的东西，倒是一点付费意识都没有。

牧四诚虽然没有一定要让白柳给钱的意思，但看这货一副"好开心啊又占到便宜"的样子，他就是很不爽。

但是不爽也没用，他还真没办法拿生命值只有6的"脆皮"白柳怎么样。

车厢里其他人也在缠绷带，这次盗贼弟弟的猛烈攻势让所有人都受到了一定伤害，但杜三鹦依旧没事，他有点尴尬地坐在角落里看着其他人缠绷带，白柳突然喊了他一声："杜三鹦。"

杜三鹦下意识转过头去，就看到一颗巨大的镜片"钻石"被白柳闲闲一抛，刚好落入自己怀中。

杜三鹦蒙蒙地捧着这颗花了所有人九牛二虎之力才集齐的镜片"钻石"："白柳，你给我干什么？！"

"你幸运值百分之百，不会轻易受伤和掉落物品，放你那儿最安全。"白柳倒是不觉得有什么，"我要是死了，这东西爆出去被怪物捡走了多不划算。"

白柳随口一说，但牧四诚和杜三鹦听了之后脸色都有点变了。

杜三鹦紧张地收起碎镜片，结巴道："你不会死的吧白柳！你肯定计算好了自己的生命值，可以踩线通关的！就像上次一样。"

牧四诚也是沉沉扫白柳一眼。

白柳态度很坦诚："我倒是算过我的生命值，但是意外总比计划多，不是吗？"

"比如，这个游戏的第二个怪物就比我预估得强悍了很多，还有一个怪物没有出来，所以会怎么样，真的不太好说。"白柳语气还是很平淡，似乎不觉得自己是在讨论自己的"死亡"这种恐怖的事情，"我'死亡'的概率不算小，所以杜三鹦，碎镜片放在你那里是最安全的，就算我死了，这些碎镜片也不会浪费，你明白吗？"

说完，他嘴角又呛咳出了一口血，被他浑不在意地用手掌抹去。

一车厢的人看着白柳手掌上的血沫，都沉默了。

生命值下降到6对玩家身体的影响非常大，能像白柳这种维持清醒的都很少了，几乎和绝症患者差不多的虚弱，白柳说得的确不错，他这种状态死在这个游戏里是无比正常的事情。

杜三鹦有些不忍又有些眼眶发红地看着白柳，白柳想办法保住了他们所有人的命，但是自己却……

"好！"杜三鹦小鸡啄米一样点头，他有点感动地看着白柳，"我一定好好保管，等游戏结束了再交给你！你放心，除了你我谁都不会给的！"

杜三鹦说着，还偷偷用余光扫了一眼坐在旁边一声不吭的张傀，似乎在提防这人抢他的碎镜片。

白柳奇怪地看了一眼突然斗志高涨的杜三鹦。

他把碎镜片放杜三鹦那里只是因为怪物很明显会先锁定身上有镜片的人攻击，之前牧四诚就是因为这个被攻击得很惨，杜三鹦是所有人当中生命值最高受到伤害也最少的，幸运值还是百分之百，肯定要把碎镜片放在杜三鹦身上用来吸引怪物仇恨值和攻击，这样白柳和其他人才能安全一点。

张傀用看傻子的眼神看着杜三鹦，冷笑一声，没有说出个中缘由。

反正他现在被白柳控制了，白柳不死他也不用考虑其他的事情了，碎镜片放在杜三鹦这个幸运的傻子身上，对他来说也是最安全的。

张傀唯一没想通的点就是，为什么牧四诚和杜三鹦这两个新星排行榜玩家一副被下蛊了的样子，对白柳这么言听计从——张傀走南闯北玩过这么多游戏，还是第一次遇到这种被人控制了还给人数钱的货色。

不过，他也是第一次遇到不要命也要救自己"傀儡"的控制手。

张傀的目光在白柳惨白一片的脸上停留了两秒，白柳似乎察觉了张傀的视线，对他挺有礼貌地一点头，好像并不把张傀当仇人，就算一分钟之前他们还针锋相对。

可能自己也被下蛊了，张傀移开视线在心里说了两句粗话——他居然也不想白柳死。

不过张傀不希望白柳死不是出自杜三鹦那种傻子般的感动，而是从更加实际的利益角度——白柳控场之后，这个聪明的家伙很明显会精准地调配每一个人的生命值，让整体损耗小很多。

这家伙可以保证用最小的损失让大部分玩家都通关。

但如果白柳死了，张傀是没有自信能像白柳一样完美地控制杜三鹦和牧四诚这两个人的，牧四诚和杜三鹦根本不信任他，只要他无法和这两个人达成合作关系，单靠自己和手下三个傀儡，他其实没有太大把握通关。

这游戏太难了。

简单来讲，这个游戏要通关就必须七个玩家合作，但除了白柳，根本没人能做到这一点。

这个生命值只有6的家伙，是整个游戏的关键。

白柳抬头看了一眼站台上的倒计时："马上又要到站了，我大致做一下安排，等下牧四诚和刘怀合作偷盗乘客身上的碎镜片，牧四诚负责偷盗碎片，刘怀负责吸引仇恨值，我的生命值太危险了，就不帮牧四诚吸引仇恨值了，你们两个可以吗？"

刘怀和牧四诚的脸色都开始变得很奇怪，这对曾经反目成仇的队友又被白柳这样轻描淡写地安排在一起合作。

刘怀别过脸不敢看牧四诚的脸色，有些心虚地轻声说："我没问题。"

牧四诚面无表情没说话，他理智上知道白柳这是最好的安排，但要让他和刘怀毫无芥蒂地合作，他有一种无法自控的厌恶和排斥感，而这种排斥感体现在肢体上，在高速合作的时候是很致命的。

像牧四诚这种移动速度超过7000的玩家，又是在这种高难度的二级游戏中，哪怕一两秒的迟疑都足够要了他的命。

之前牧四诚和白柳合作的时候没崩，全靠白柳没有掉链子，能够兜住牧四诚的各种失误。

但刘怀不像白柳这怪物，他很明显不是一个会豁出去兜住牧四诚失误的人。

不过牧四诚不是那种因为这种心理因素就罔顾现实的人，他也就顿了一秒，很诚实地说出了自己的情况："我会尽力，和刘怀合作我可能会有一些下意识的排斥，我会尽量控制。"

"不。"白柳打断了牧四诚的话，抬眸盯住牧四诚，"你不是在和刘怀合作，你是在和我合作，他只是我通过张傀操纵的傀儡而已，你和我的一个傀儡合作，我这样说，可以消除你心理上的排斥感吗？"

牧四诚和白柳对视一会儿，忽然嗤笑一声："可以了。"

"好。"白柳转过头看向杜三鹦："杜三鹦，等会儿我要求你把碎镜片吊在外面，不要收入系统背包里，可以吗？"

杜三鹦有点蒙，虽然他不懂白柳为什么要这么做，但还是点头了："好、好的。"

白柳："李狗、方可负责配合刘怀和牧四诚，清扫一些攻击他们的乘客，减轻他们的压力，防止他们受到伤害。"

李狗和方可："好。"

白柳把视线移到了最后一个人身上："张傀，你的任务是保护我。"

杜三鹦和其他人都一惊，牧四诚更是极为不赞同地皱眉："白柳，张傀是个很狡猾的人，就算你控制住了他，你也不能百分之百确认他不会挣脱你的控制来反杀你，更何况你只有6点的生命值，你太虚弱了，和他待在一起……太危险了！"

"正是因为我只有6点的生命值，所以我保证他一定会好好保护我。"白柳很平静地打断了牧四诚的话，他没有给其他人眼神，而是专注地和张傀对视着，无波无澜的眼神里带着一点笃定的意味。他突然换了一个称呼："主人，你会杀我吗？"

白柳很突兀地勾唇笑了一下，那笑又浅淡又狡猾，在他脆弱的脸上呈现出一种惹人摧残的奇异效果："我觉得你不会的，主人，因为你错过了唯一一个可以杀我的机会，你再也杀不了我了，那你就只能对我做一件事——"

他毫无血色的嘴唇轻轻张合："那就是救我，主人。"

白柳这声"主人"喊张傀喊得没错，白柳现在的确还是张傀的傀儡，但张傀却硬生生被白柳喊出了一身的鸡皮疙瘩。

明明是臣服于他的称呼，在白柳苍白的唇间被缓慢清晰念出的时候，却让张傀有了一种被对方玩弄于股掌之间的感觉。

唯一一个可以杀死白柳的机会……张傀怔怔地看着白柳，他想起来了。

在八分钟以前，他勒着白柳脖子怒到发狂放话说要淘汰白柳的时候，白柳也是用这样的眼神看着他，用这样的语气问他"主人，你会杀我吗"。

当时张傀没有杀白柳。

所以他再也不能杀白柳了。

"列车即将到达星海湖公园，请下车的乘客坐稳扶好，远离车门，先上后下，等上车的乘客上车后，再依次——刺啦刺啦——"

地铁的广播女声还没念完，还没停稳的列车车门就被一个带火的拳头猛地轰出一个口子来，盗贼弟弟被烧得一片灰黑的头钻进来，对着所有人嘶吼，双手不停地捶打着摇摇欲坠的车门，就算是这怪物不能说话，所有人也都感受到了它被偷盗了碎镜片的愤怒。

"不是吧？！"杜三鹦崩溃地把自己的头发往上抓，抓得像一个奓毛的鹦鹉发冠的样子，"弟弟你怎么又来了！"

"杜三鹦，我觉得你最好快点跑。"白柳好心地提醒道，"盗贼弟弟被偷的碎镜片我放在了你身上，它一定会追着你不放，并且我没有给你安排任何保护的人，你好自为之。"

杜三鹦木然地沉默了两秒，然后眼泪横飞地拿出了自己的跑跑卡丁车，飞快坐了上去。

杜三鹦一边用手肘抹眼泪，一边大声辱骂白柳："你是故意的，白柳！你是故意把碎镜片放我身上的！呜呜呜……"

"是的。"白柳毫无廉耻之心地承认了，"我准备用你来吸引盗贼弟弟的注意力，你来把它引开，然后我们趁机去偷其他乘客的碎镜片，你记得跑远点，不要误伤到我们了。"

"我杀了你，白柳！"杜三鹦哭得五官都变形了，"呜呜呜……亏我那么相信你，白柳你没有心吗！"

白柳很敷衍地握拳给正在开卡丁车的杜三鹦比了一个加油的手势："相信自己啊，杜三鹦，你是最幸运的，你一定可以的。"

"我不可以———"杜三鹦吼到快破音了。

车门缓缓打开，盗贼弟弟挥舞着砂锅般大的燃烧拳头冲了进来，但很快又停住了脚步，盗贼弟弟张开了大嘴巴怒吼着左右环视，好似在找碎镜片。

白柳都能看到盗贼弟弟背面被烧得漆黑的颅骨和里面被烧焦萎缩的黑色脑花，这脑花好像突然动了一下，睁开了一只眼睛，但这眼睛很快又闭上了，消失在一片焦煳的脑花中。

脑花中的眼睛……白柳挑眉。

56

盗贼弟弟用没有眼睛的黑色眼眶扫了所有人一圈，突然抬起头，似乎感应到了碎镜片的所在，追着已经跑了老远的杜三鹦的方向去了。

整列车都被盗贼弟弟奔跑的步伐震得哐哐作响，跟要散架了似的。

刘怀缓缓松了一口气，他以为又要像之前那样对战呢，想到这里他不禁苦笑，他可不想再砍牧四诚的手第三次逼他狂暴了，牧四诚这个被砍的没有心理阴影，他这个砍人的都快要有心理阴影了。

张傀似有所觉地看向白柳："你是特意让杜三鹦把碎镜片挂在外面引诱盗贼弟弟？你早就知道这一站也会有盗贼弟弟，所以让杜三鹦把它引走？"

"对。"白柳点头，"我在上一站发现了，这些怪物不是每站更新的，而是有从上一个站台跟着过来的。"

张傀问："你怎么发现的？"

白柳抬眼："因为这些爆裂乘客的数量每一站都在增多，并且有我们攻击过的。"

张傀反应过来了，这次拥入的乘客数量的确比上一个站还要多，这样增多的怪物会进一步增大玩家偷盗碎镜片和逃生的难度，难怪白柳要让杜三鹦引走盗贼弟弟，不然盗贼弟弟和增多的乘客一起拥入，他们还真招架不住。

但无论是偷盗贼弟弟心口碎镜片的玩家，还是引开盗贼弟弟的玩家，存活率都不可能太高，张傀脸色越发黑沉——难怪之前的玩家全灭了，这个游戏真是够恶心人的，盗贼弟弟出现后还剩七个站，这个游戏一共七个玩家，七个玩家七个站，恰好一个站就死一个玩家，最后一站死完……

但在白柳手下，居然到了第四个站，还一个玩家都没死，上一站牧四诚一只脚踏进鬼门关都被拉回来了，这一站的杜三鹦……

啧。

张傀打量着白柳，这家伙真的很会动脑子和用人。

杜三鹦这人干啥啥不行，但是"死亡"和被人抢走东西的可能性都很小，用他拖着盗贼弟弟，是最好不过的选项，但是——

"你就不担心万一杜三鹦不想引诱盗贼弟弟了，把碎镜片收进系统背包里怎么办？"张傀眯着眼睛问道，"这事儿很危险，你怎么确保杜三鹦不会临阵脱逃？他要是临阵脱逃了，盗贼弟弟折返过来攻击我们，我们就都危险了。"

白柳回答:"我和他处于合作关系。"

张傀懂了,他有点惊讶:"杜三鹦可是幸运值百分之百,他居然会着你的道儿被你控制?!"

他当初试着控制杜三鹦好多次,但傀儡丝连杜三鹦的边都挨不着,会被莫名其妙打断!

杜三鹦还有一件很有名的道具叫作"防控制外套",任何控制技能都无法穿透这件外套,这也是张傀直接放弃控制杜三鹦的原因之一。

白柳耸了耸肩,微笑道:"或许对杜三鹦这样的玩家来说,被我控制就是一种很幸运的表现呢?"

张傀默默地看着一路被盗贼弟弟撵得哭爹喊娘鸡飞狗跳的杜三鹦。

行吧,你说这是杜三鹦的小幸运就是吧……

这次收割镜片的总体过程非常顺利,除了杜三鹦很惨,其余人都以一种不可思议的轻松心情就过了,很容易就找全了40块碎片,但因为无法躲避乘客身上的火焰灼烧伤害,负责找碎片的刘怀和牧四诚生命值分别下降了20。

"用了绷带之类的防御性道具也无法降低火焰伤害。"牧四诚的衣服被烧烂了,露出沾了点点污渍的胸肌和腹肌,脸上也因为用自己的手擦了汗而黑乎乎的,看起来像个煤矿工人。

牧四诚喘着气坐在地上,抬起缠满绷带的手擦了一下脸颊,然后两只手的手腕搭在膝盖上,眼睛自下而上望着白柳:"我生命值只有40了,最多还能撑两个站。"

刘怀也用手背擦了一下自己下巴上被火烤出来的汗水,倒在地上有点疲惫地喘息道:"我生命值也只有70点了,还能撑三个站。"

白柳沉思一会儿:"每个人报一下自己的生命值,我是6。"

李狗:"65。"

方可:"80。"

张傀:"85。"

被追得灰头土脸的杜三鹦诡异地沉默了半晌,他吞了口唾沫:"100。"

这下就连白柳都陷入了无言的沉默。

面容很狼狈的牧四诚和杜三鹦对视一会儿,有点惊奇地开口问道:"你被追得那么惨,一个点生命值都没掉?盗贼弟弟的移动速度可是1400,你没有被抓到过?"

杜三鹦微微侧开了自己心虚的眼神,挠了挠自己的脸:"很多次差点被抓到了……但它被列车的座位绊倒了很多次。"

张傀彻底无语了,他虽然不是第一次见识到杜三鹦幸运值的威力,但是这也太离谱了! BOSS追人被凳子绊倒是什么操作啊?!

张傀:"到底被绊倒了多少次才能一次都没有抓到你?"

"也、也就几百次吧……"杜三鹦眼神远望,弱弱地说道。

白柳、张傀、牧四诚:"……"

几百次……盗贼弟弟在你面前站起来过吗,杜三鹦?

在停靠在下一个站台之前的列车行驶时间,白柳再次部署战局。

他仰头看了一下列车LED灯牌上的倒计时,转身对坐在地上的一群人冷静、简单地下达了命令:"还有两分钟到下一个站台,下一站换李狗和刘怀做主攻去偷盗碎片,张傀和方可辅助,把牧四诚换下来;再下一站是李狗和方可主攻,另外两个人辅助;再下一站是张傀和方可,就这么依次轮换,把所有人的生命值都起码维持在20以上,我们还有一张怪物书的怪物没有刷出来,要为BOSS战做准备。

"杜三鹦你还是负责吸引盗贼弟弟的注意力。"

牧四诚看着白柳,有点迷惑:"那我被换下来要做什么?"

白柳平静无波地注视着牧四诚的眼睛:"你负责备战BOSS,BOSS战绝对需要你,你很重要,是BOSS战的主力,所以不能轻易'死亡',注意维持自己的生命值不要低于30。"

牧四诚低头看了眼伤痕累累的自己,挑眉摊手:"你又要让我精神值下降狂化打BOSS,不是吧,白老板?真就逮我一头'羊'薅羊毛?这么短的时间内多次精神值横跳我会神志不清的,白柳,请你不要把谁都当成你这种可以精神值崩断的怪物好吗?"

他也没有说错,在上次精神值下降到个位数又恢复之后,牧四诚的眼神明显就开始涣散了,就算精神值后来被白柳漂回来了,但是剧烈下降又急速回升的后遗症还在,牧四诚的精神和注意力还是下降得很厉害。

之前牧四诚做主攻"对线"爆裂乘客的时候有几次都差点被烧死,好歹是三个人辅助,还有一个一直看着牧四诚的白柳才勉强把他捞回来。

白柳语调平和:"从刚刚你的表现来看,你状态的确不好,所以我决定把你换下来,从现在开始休息,恢复你的精力,BOSS战的时候我需要你维持高度集中的注意力,你可以给自己喂点安眠药睡一下,你大概还能睡二十分钟。"

系统商店是可以买到安眠药的，而且安眠药的效果一向不错，一颗就倒，一觉到天亮，的确对恢复精神很有效，但牧四诚听了只想笑，他张开双臂往后一躺，头枕在自己交叠的双手掌心上。

牧四诚似笑非笑地歪头看着白柳："我要是睡了，谁来保护我、确保我的安全？其他人都被你安排去抢碎片了。"

白柳波澜不惊地看着他："我。"

牧四诚被惊得呛咳了一声，刚想讥笑一句"白柳，你的生命值只有6，你凭什么保护我"，但对上白柳平淡无比的眼神，他嘴里那些讽刺的话却一句都说不出来，只是有些烦躁地抓了抓自己的头发："你只有6点生命值了，你在开玩笑吗，白柳？"

白柳不疾不徐地解释："这里所有人，只有我可以百分之百确保你的存活，你对这一点还有什么异议吗？"

牧四诚的眼睛从表情晦暗的张傀、哭哭啼啼的杜三鹦、眼神躲闪的刘怀以及其他双目无神的张傀的傀儡身上扫过，最终定在了白柳毫不动摇的眼神上——这家伙之前要强行实施控制张傀的那个计划的时候，也是这种"我知道这很冒险，但我不会改变"的眼神。

几秒之后，牧四诚憋闷地喷了一声，最终妥协地举起了双手，投降道："OK，我没有异议了。"

"我说了，我不会让你死的，牧四诚。"白柳走过去对着牧四诚笑了一下，那是一个带着安抚和宽慰性质的微笑，这笑在白柳脸上显得特别虚伪，但牧四诚依旧看得放松了一下。

白柳拍了拍牧四诚的肩膀，坐在了他旁边："睡吧。"

牧四诚被白柳拍了这一下，不由自主地闭上双眼放松了下来，他本来精神高度紧张，但白柳那一声低语"睡吧"，好似一声咒语般，牧四诚情不自禁地放松了紧绷的肌肉和神经靠在了车门上，他想着"我就闭上眼睛休息一下，绝对不会睡着"。在游戏里睡着太胡闹了，绝对不是他这种高警惕性的人可以干出来的事……

系统提示：玩家白柳对玩家牧四诚使用了高效吸入性安眠药。

牧四诚听到这个声音皱了一下眉，手动了两下，似乎准备挣扎着醒过来，但很快白柳就脸上没有什么情绪地把手抵在了牧四诚的鼻尖，牧四诚呼吸了两下，他全身的肌肉松软下来，无法控制地陷入了更深的睡眠里。

白柳侧头看了一眼头一歪、呼吸平稳的牧四诚，挑眉看了看自己手里的白色粉末："这吸入性安眠药也太好用了吧！"

杜三鹦看傻了："你怎么突然就把牧四诚放倒了？"

"他因为之前那次精神值降低影响太大了，恢复他状态最好的方法就是深度睡眠。"白柳屏住呼吸拍了拍自己手上的安眠药粉末，等粉末散了之后才转头看向杜三鹦开口说道，"我等下需要牧四诚状态很好地对抗BOSS，让他先睡一会儿。"

杜三鹦有点迷惑，他靠近白柳，很小声地贴在白柳耳边说道："但是白柳，之前你用牧四诚是因为只有我们三个人，但现在你都有这么多人了，你没必要非指着牧四诚一个人祸害吧！对抗怪物其他人上也行的吧？！"

杜三鹦一边说还一边用余光看着张傀他们，眼神极其小人和好奇，意思就是为什么白柳不祸害这群坏人。

"这些人在等下的站台里，会因为寻找碎镜片生命值下降到30以下，战斗力会出现一定程度的下降。"虽然白柳明知道这个距离张傀他们能很清晰地听到自己和杜三鹦说悄悄话的声音，但还是很配合地压低了嗓音，微微侧头过去和杜三鹦咬耳朵。

白柳垂下眼帘："而且在这个游戏副本里，只有牧四诚才是最有可能对抗最终BOSS的。"

"只有牧四诚才是最有可能的？"杜三鹦有点茫然地重复白柳的话，他转过头去看被白柳用安眠药放倒陷入沉睡的牧四诚，疑惑不解地问，"为什么他最有用？"

白柳垂下眼帘，看着牧四诚无知无觉的沉睡的脸，微笑起来："因为他是我见过最好的'盗贼'，也是唯一一个能从我手中偷走东西的'贼'。"

"比偷盗镜子的那对兄弟，厉害多了。"

杜三鹦没听懂，他也习惯听不懂白柳的话了，他只是犹豫地看着白柳："白柳，但就算这样，你真的要保护睡着的牧四诚吗？你不如让其他人来保护你们，你俩这样太危险了！一个睡着，一个生命值只有6！"

"不行。"白柳一口否决，"夺碎片那边要有三个人，一个抢两个防护，这样才能避免生命值损耗；如果一个抢一个回防，后期他们状态还会下滑，会因为失误丢掉很多生命值，要是总生命值低于400，我们都会被困在游戏里。"

杜三鹦还想说什么来劝白柳，但对上白柳那张毫无情绪波动的脸，明白白柳是下定决心了，杜三鹦知道了自己不可能轻易说服白柳，只好垂头丧气地走了。

走之前，杜三鹦看了一眼睡得很沉的牧四诚和守在他旁边的白柳，心情复杂地叹一口气。

这还是他第一次看到有一个玩家为了让另一个玩家好好睡一觉，命都不要。

当然，白柳这完全是为了醒来之后更好地利用牧四诚。

也不知道牧四诚算幸运，还是不幸。

牧四诚猛地从沉沉的睡眠中惊醒。

列车在黑暗的隧道里飞快地行驶着，风从被盗贼弟弟打开的那个顶口灌进来，带出呼呼的声音，这声音把他从无梦的睡眠中惊醒，周围的一切看似和他睡着之前毫无差别，但牧四诚仔细打量了一圈，发现车厢的受损程度加深了不少，看起来像是经历了一场又一场的恶战，到处都有灌风进来的口子。

而其他人的表现也验证了牧四诚这个猜想。

张傀和刘怀脸色青白地缩在角落里；李狗和方可更是浑身血迹，狼狈不已；杜三鹦趴在凳子上吐着舌头像狗一样喘气，头发被汗水打湿后湿漉漉地贴在额头上，像只落水被人捞起来的鹦鹉，双眼发直看起来累得不轻。

白柳也好不到哪里去，脸色白得像个死人一样，靠在门上调整呼吸，手上拿着鞭子，汗水从湿透的衬衫上滴落，仰着头正在给自己灌体力恢复剂，脚边一堆瓶子。

看到牧四诚醒了，白柳缓慢地转动了一下眼珠："牧四诚，你醒了，安眠药的效果不错啊，刚刚二十多分钟，恢复得怎么样？"

牧四诚揉着发胀的太阳穴撑着门站起来，他现在知道白柳对自己下药都提不起发脾气的心思了。牧四诚蹙眉看着白柳："现在第几个站了？碎镜片收集了多少？你生命值还有多少？"

"刚过第八个站，还有两个站就回古玩城了，碎镜片集了 300 块。"白柳好似没听到一样，略过了最后一个问题，说，"我感觉你精神状态恢复了，我和你交代一下第九个站你要做的事情，你等下要跟我合作……"

牧四诚抬眸，眼神带着几分戾气，他踩住白柳的鞭子，打断了白柳的话，一字一顿地重复了自己的问题："我在问你白柳，你现在的生命值还有多少？"

白柳嘴角有血溢出，被他舔去，他抬起眼皮："知道这个，只会动摇等下你跟我合作的时候，你对我的信任感。"

"不知道我会动摇得更厉害。"牧四诚嗤笑一声，"说吧，无论我对你是否信任，你不是一直都强行跟我合作得不错吗？"

白柳沉默一会儿："3。"

牧四诚忍住自己想要说脏话的冲动，他烦躁地站起来，白柳无动于衷地看着牧四诚踢了一脚椅子，强行冷静了下来。

牧四诚转身咬牙切齿地看着白柳："你才3点的生命值，和我谈个屁的配合，被烧一下你就死了！"

"是被烧三下。"白柳纠正了一下，在牧四诚破口大骂之前，很平静地安抚了对方，"但牧四诚，你和其他人配合失误太多了，我不得不上来和你配合，因为接下来的配合，不能有任何人掉链子。"

"只要你不失误，我就不会死。"白柳和牧四诚对视着，"所以你一定不能失误，懂了吗？"

牧四诚深吸一口气，最终也只能暴躁地对着白柳吼："不失误？疯子，说吧，要我为你做什么？我俩要配合干什么？火海我都为你下过了！"

白柳笑笑："不需要那么严重，我只需要你帮我偷一件东西。"

"什么东西？"牧四诚疑惑地问。

白柳刚刚开口，列车的广播女声就响了起来："还有两站，列车即将到达终点站，下一站陆家巷口，请要下车的乘客在车门边排队，先上后下……"

车门旁渐渐堆满了密密麻麻的乘客，它们扭曲地转动着头颅，盗贼弟弟站在最前面，浑身火焰，眼底被烧得发出噼里啪啦的声音，打眼看去是一双发红的眼睛在盗贼眼眶中不甘地燃烧，盗贼怒吼着，捶打着车门，因为它失去了赃物——从心口被夺去的碎片。

"这些怪物等下就要上来了！白柳，你到底要我偷什么东西？"牧四诚一边拉着白柳警惕地后退一边问他。

白柳撑着下巴："我也不确定我要你偷什么。"

牧四诚喷了："你也不确定？你总要给我一个目标吧！"

白柳握了握手中的鱼骨，望着一点一点打开的车门长呼出一口气，目光沉凝，嘴角却有一点笑意："如果我没有猜错，我要你偷回来的，可能就是我们所有的，300块碎镜片，也可能就只是20块碎镜片，主要看杜三鹦能不能稳得住。"

"300块碎镜片？这不是在杜三鹦身上吗？"牧四诚有点不解地转头看向杜三鹦。

这货生命值现在都还是100，这让牧四诚稍微有点无语："偷回来？你是说盗贼弟弟会从杜三鹦身上把东西偷走？这不可能吧，那个傻大个追杜三鹦六站了都没有摸到杜三鹦的衣角，怎么可能偷得到他身上的碎片？"

"你知道设计恐怖游戏的BOSS有一个守关二级跳原则吗？"白柳突然提起了这件事。

牧四诚斜眼看过去："不知道，这是什么东西？"

白柳笑着："那就是守关的BOSS，在玩家通关之前，必定会狂化，可以是战斗力狂化，命中率狂化，总之这个BOSS的属性一定会得到极大的提升，也就是性能二级跳，给玩家通关带来极大的阻碍，通常来讲，在通关之前会有一个导致玩家大量'死亡'的关卡。"

"但很奇怪的是——"白柳缓缓抬眸，"这个盗贼弟弟跟了我们六个站，很明显是这个游戏的主要BOSS了，但它并没有出现任何狂化的征兆，尽管我们已经遛了它六个站，越到后期越顺，眼看就要通关了，它的战斗力却丝毫没有提升，这设计不太合理。"

牧四诚挑眉："然后呢？"

"所以我觉得它是另一种二级跳。"白柳缓缓抬眸，"如果没有质量数值强化，那就是有新怪物，你还记得怪物书第二页的名字吗？盗贼兄弟，但我们只看到了一个弟弟，那它的哥哥呢？"

57

牧四诚一怔之后，脸色猛地一沉："你是说这一页就有两个怪物？"

白柳点点头，继续分析了下去："盗贼兄弟，如果弟弟是这种看起来蠢笨傻强壮类型的，那么如果是我来设计哥哥，我应该会设计一个小巧、移动速度极快并且拥有高超偷盗技能的怪物，等到玩家累积碎片到了一定数值之后，在通关之前触发，然后偷盗掉玩家的碎片，以此来增加游戏的通关难度。"

"但那可是杜三鹦，真的会被偷吗？"牧四诚持怀疑态度，"这家伙幸运值百分之百的时候可是从来没有人能拿到他身上的东西。"

白柳淡淡地说："那也要他一直能维持幸运值百分之百。"

"我利用杜三鹦的幸运值太过头，钓了盗贼弟弟六站，这个游戏的平衡已经被我打破了，我觉得系统会在通关这种关键时刻，为了保持平衡下调杜三鹦的幸运值。"

牧四诚一怔，他想起了《塞壬小镇》最后的时候，也是系统说白柳打破了游戏平衡，为了限制白柳而强行下调了白柳的数值，还增加了怪物的数值……

不是百分之百幸运的杜三鹦……牧四诚有点恍惚地看着正在笨拙地往自己的跑跑卡丁车上爬、准备为他们引开盗贼弟弟的杜三鹦，脊背缓慢地爬上一点凉意。

不那么幸运的杜三鹦，这家伙只是一个C级别属性面板的玩家，对怪物的攻击承受能力和白柳差不多，如果不是幸运百分之百，杜三鹦会死的。

"如果强行让杜三鹦钓也能钓。"白柳继续说，"但哪怕他的幸运值只是从100下降到了99，盗贼弟弟攻击100下，被绊倒99次，只要有一下抓到了杜三鹦——"

牧四诚直勾勾地看着白柳。

白柳目光毫无波澜："他就会死，但就算这样，杜三鹦也必须钓这对盗贼兄弟，因为我们其他人的血线都压到30以下了，盗贼弟弟可以对我们一拳一个'小朋友'了，杜三鹦不钓开，我们根本没办法收集乘客身上的碎片。"

车门卡顿了好几下，终于开了，乘客全部拥入。

其他人按照白柳之前的安排清扫乘客身上的碎片，杜三鹦再次拿出自己快要报废的跑跑卡丁车，准备逃跑引开盗贼弟弟，结果所有人都看到盗贼弟弟焦黑一片的胸膛蠕动了两下。

盗贼弟弟的脑袋里发出两声尖锐的叽叽的干哑笑声，胸膛里猛地探出了一双漆黑的、指甲尖利的手往杜三鹦身上袭去，杜三鹦刚好坐下幸运地躲过一劫，但是——

杜三鹦愣愣地摸了摸自己的脸，他脸上被划出了一道伤痕，伤痕滴落一滴血。

他受伤了。

这是他在这个游戏里第一次受伤。

系统提示：玩家杜三鹦被盗贼哥哥攻击，生命值-2，精神值-2。

系统提示（对所有人）：因目前玩家全员存活，无一人"死亡"，为了保持游戏平衡性，从现在开始下调玩家杜三鹦的幸运值，玩家杜三鹦的幸运值会逐步下降，请各位玩家放弃依靠他，靠自己的实力通关。

玩家杜三鹦目前幸运值：98。

盗贼弟弟健硕的胸膛被人从里面扒拉开，面颊从中间裂开，黑色的脑袋上长出了双眼，变成了一颗宛如婴儿般的漆黑的头颅，这颗头颅眼睛周围一圈被烧得黑漆漆的，但眼珠子还在眼眶里转动着到处看，这个东西的牙床都被烧得暴露了，露出一口完整的大白牙，看起来就像是在得意地大笑着。

它两只脚勾在盗贼弟弟被烧得外露的肋骨上，身体外荡，两只手只有黑色的骨头，干枯如煤炭，却是不可思议地纤长灵活，十指像蜘蛛长长的脚飞快地舞动，它一个侧挂又飞快地从杜三鹦头上掠过，速度快得几乎肉眼不可见。

杜三鹦虽然又一次幸运地后仰躲过，但再一次受伤了。

系统提示：玩家杜三鹦被盗贼哥哥攻击，生命值-2，精神值-2，幸运值再次协调性下降，幸运值-2。

《爆裂末班车怪物书》刷新——盗贼兄弟（2/3）。

怪物名称：盗贼哥哥。

特点：盗贼哥哥移动速度极快（3400点的移动速度，火焰有加成效果），擅长偷盗。

弱点：？？？（待探索）。

攻击方式：抓挠，偷盗。

杜三鹦咬牙没管自己脸上流下的血，翻身坐上车就要按照白柳说的跑，就算他现在幸运值不是百分之百，96的幸运值也足够帮着钓盗贼弟弟一段时间，虽然一旦他倒霉、幸运值失效就会面临独自对抗一对实力强悍的盗贼兄弟的后果，很有可能会……"死亡"。

但杜三鹦现在心里也无比清楚——

全场除了生命值几乎满格的他，根本没有能在这对盗贼兄弟面前撑一个回合的。

没有人能帮他，他的幸运值把他推到了这个位置，那他就要对所有人负起责任，就算不那么幸运了，他也不能临阵脱逃，眼睁睁看着白柳和牧四诚去死。

杜三鹦一脸苦大仇深地踩在自己卡丁车的油门上，明明是个送死的任务，但他在做的时候，心情却并不悲伤，而是变得很……奇怪。

他一向都是被所有人嫌弃厌恶的苟活到最后的"捡漏"玩家，还是第一次承担如此重要的吸引怪物仇恨的任务，而且白柳从一开始把任务嘱咐给他，就从来没有怀疑过他不能完成。

尽管杜三鹦是个十分笨手笨脚的，被人誉为花瓶玩家的家伙。

被白柳全心全意地信任、托付后方的感觉非常奇怪，杜三鹦虽然一开始很不情愿，但后来他的确对白柳产生了一种说不上来的信任感和服从感。

他有一种直觉——就算是幸运值降到0，白柳也有办法不会轻易让自己"死亡"的，因为白柳说过不会让他死掉，就像对牧四诚那样。

而杜三鹦一向相信直觉。

杜三鹦被身后紧追不舍的盗贼弟弟猛砸了一下车屁股，车被甩开，杜三鹦卡在了椅子上，幸运地没有被甩出来，但盗贼哥哥的配合偷袭让他再次受伤，盗贼弟弟拳头上的火一路从车后蔓延上来烧红了杜三鹦的眼眶，他咬紧后牙槽，擦去嘴边刚刚被盗贼弟弟一拳砸得吐出来的血。

系统提示：玩家杜三鹦被盗贼兄弟攻击，生命值-20，精神值-20。

"杜三鹦，你坚持一下，坚持拖着盗贼兄弟到我们这边把碎镜片收集好了就行，能坚持吗？"似乎是注意到了这边的状况，白柳提高声音问道。

杜三鹦呛咳两声，脸色沉静，双手把在卡丁车的方向盘上，一脚踩到底把油门轰到最大，超级大声地回答了白柳："我尽量！"

白柳笑起来："那后方就交给你了，杜三鹦。"

牧四诚一边帮忙收集碎镜片，一边有些焦躁地看向气定神闲的白柳："杜三鹦的面板属性只有C，这家伙唯一的优点就是幸运值百分之百，但你现在也知道了他幸运值不是百分之百，你就真让他钓走一对盗贼兄弟？你觉得他能撑住吗？他那边要是掉链子，我们这里回防会很困难！"

白柳很诚实地说："我并不确定他能撑下来。"

"但他竟然答应了我，那我先假设他可以做到。"白柳很平静地说道，"就和你当初的计划一样，你说你不确定能在精神值只有10的情况下保持清醒，那我先假设你可以保持。"

牧四诚顿了一下："要是杜三鹦没撑住呢？"

白柳语气平静："那还有你和我。"

杜三鹦趴在方向盘上，头晕目眩地干呕出一口血，他刚刚幸运值失效，在盗贼哥哥的干扰下为了护住碎镜片，不得不硬撑着吃了盗贼弟弟一拳，虽然拿道具挡了一下，但这一击对他的伤害依旧非常致命。

他的血线和精神值都一下崩到安全线以下了。

系统提示：玩家杜三鹦被盗贼哥哥攻击，生命值-20，精神值-20。

杜三鹦仰头喝了一罐精神漂白剂，把精神值恢复了，他还是有点头晕眼花，精神值只代表精神世界的稳定程度，但他的体力和精神值下降恢复带来的疲惫感却是不能够靠精神漂白剂恢复的，因为各种带来的消耗让杜三鹦已经快要到极限了。

这对盗贼兄弟真的太难缠了！

盗贼弟弟虽然攻击力很强，但是移动速度相对慢一点，杜三鹦还能靠着快速移动甩开它，但是盗贼哥哥移动速度有3000多点！

杜三鹦用了所有的道具都没办法甩开！

并且这两个怪物还会打配合！

盗贼哥哥叽叽笑着，被盗贼弟弟双臂一甩，砰一声就扔到了杜三鹦的车头上，向着杜三鹦伸出漆黑的爪子要来偷他的碎镜片，杜三鹦紧咬后牙猛打方向盘，疯狂甩车头试图把盗贼哥哥甩下去，跑跑卡丁车几乎被杜三鹦甩成了一个旋转陀螺，杜三鹦自己都要被甩吐了，但盗贼哥哥却没有被甩下去，杜三鹦没有办法，不得不使用了一个道具弹开了粘在车头上的盗贼哥哥。

系统提示：玩家杜三鹦使用"晴天雨伞"冲击盗贼哥哥。

一把上面是太阳的半透明雨伞在杜三鹦的车头上突然撑开，发出刺目的光，盗贼哥哥尖啸一声，从车上后退跳开，双爪左右横抓抓烂了这把雨伞。

系统提示："晴天雨伞"被盗贼哥哥抓挠报废，已无法再使用。

"啊！"哪怕是道具不少的杜三鹦也连着心痛地骂了好几声脏话。

他已经报废七八个防护性道具了，全都是被这个盗贼哥哥抓烂的，但问题是他已经快没有这种抵抗性的道具了，杜三鹦扫了一眼自己的系统仓库，他的库存道具最多还能撑住两次这个盗贼哥哥的进攻。

但是两次……杜三鹦脸色黑沉，时间根本拖不够！

他正想着，盗贼哥哥又被盗贼弟弟振臂一甩，像只蝙蝠一样划过整节车厢落在了杜三鹦的车头上。盗贼哥哥的双手操作速度非常快，两只手飞快地在杜三鹦的身上游走，像个技艺娴熟的扒手一样，杜三鹦手忙脚乱地躲，他一开始把碎镜片挂在脖子上，后来发现这个位置太危险了，就换了一个位置放——

杜三鹦觉得放在裤裆里，除了有点硌屁股之外，简直是他全身上下最安全的选择了。

盗贼哥哥迟疑了一下，眼珠子疑惑地扫遍杜三鹦的全身，似乎在为自己没有找到碎镜片感到疑惑，它在车盖上转了几下，叽叽叽地叫了几声，好像在质问杜三鹦，"碎镜片放在哪儿了，快拿出来"。

杜三鹦硬撑着和它对视："你找不到的，放弃吧。"

盗贼哥哥似乎被激怒了，它叽叽叽的声音大了起来，和杜三鹦诡异地对视了一会儿，杜三鹦莫名从它的眼中看到了嫌弃和崩溃。盗贼哥哥两排整齐的牙齿紧咬闭合，好似下了很大决心般，伸出颤抖的手去掏了杜三鹦的裤裆。

这个动作有个很中式的称呼，叫作——猴子偷桃。

白柳这边正在收尾了，突然听到杜三鹦一阵撕心裂肺的惨叫——啊啊啊——放开我！流氓啊你！别扯！不要扯我！

牧四诚和其余人诡异地沉默了一下。

"走开啊！"杜三鹦一边扯着裤子一边崩溃地大吼，他从没见过这么没有下限的怪物，"你也不嫌脏，把手从我裤子里拿出来！"

盗贼哥哥眼球外突牙关打战，细长的手腕插入杜三鹦的裤子里，嘴角狰狞地上翘，疯狂叽叽叽地凄厉叫着，似乎也在咒骂杜三鹦没有廉耻，居然把碎镜片藏在裤裆里！

眼看着在两人拉扯间，后面的盗贼弟弟大步流星就要追到了，而盗贼哥哥无比细长的手臂也要摸到已经掉进杜三鹦裤管里的碎镜片，杜三鹦不禁低声咒骂了一声，被逼无奈地又用了一个道具。

系统提示：玩家杜三鹦对盗贼哥哥使用了"小丑弹簧"。

盗贼哥哥猛地被从车头里冒出来一个小丑脑袋弹开了，小丑下面接着一个巨大的弹簧，东倒西歪地摇晃着，小丑还在哈哈大笑，就像是沙袋一样，帮杜三鹦撑了好几下盗贼哥哥的抓挠攻击都没有碎裂。

还没等杜三鹦松一口气，他背后追上来的盗贼弟弟怒吼着举起了拳头，全身砰一声剧烈燃烧起来，热风呼啦啦地瞬间灌满整节车厢，所有的车厢玻璃顷刻间碎裂，盗贼弟弟一个箭步仰头长啸，嘶吼着举着熊熊燃烧的拳头，三两步助跑起跳，对准被盗贼哥哥困在车中的杜三鹦就要狠狠砸下。

杜三鹦突然产生一阵让他呼吸不畅的窒息感，他的直觉告诉他会有很危险的事情要发生。杜三鹦下意识回头，仰头看着已经跳跃到半空中表情狂暴的盗贼弟弟，瞳孔一缩。

烈焰冲击加怒气狂捶两个大招再加蓄力，盗贼弟弟这一拳头下去，全车厢都会陷入火海中。

杜三鹦知道自己如被打中必死无疑。

系统提示：玩家杜三鹦对盗贼弟弟使用了"小丑弹簧"。
系统提示：玩家杜三鹦对盗贼弟弟使用了"金钟罩"。

盗贼弟弟竭尽全力地砸下了千斤重的这一拳，全车都摇晃了几秒。

整节车厢砰一声爆裂之后，一瞬间陷入巨大的火海中，正在往这边赶的牧四诚看着被盗贼弟弟一拳头弄得七零八落到处燃烧的车厢，没忍住骂了一声，大喊道："杜三鹦！！！"

没有回答的声音，只有硝烟弥漫的痕迹，那个被烧得面目全非只剩躯壳的卡丁车仍在安静地燃烧着，旁边还有一个小丑被烧化的头，脸上还是那个滑稽狰狞的笑容，车轮旁边一件支离破碎的金钟罩，全都被烧得一片狼藉。

"杜三鹦应该用了一个小丑弹簧和一个金钟罩来挡，但这两个道具叠加的效果根本挡不住盗贼弟弟这一拳。"张傀脸色难看，"杜三鹦多半死了，这一拳的伤害就算是生命值全满的 A 级玩家正面接下，十有八九也会清零。"

"更不用说杜三鹦现在幸运值不是百分之百，属性面板还只有 C 级，他接不住这一拳。"张傀语气低沉地下了定论。

"杜三鹦现在幸运值虽然不是百分之百，但也应该在 90 以上，我倾向于他没死。"白柳很冷静地反驳张傀，"牧四诚，我引开盗贼弟弟，它用了大招有一分钟的冷却时间，你引开高移动速度的盗贼哥哥，给杜三鹦逃出来的空间。"

张傀没忍住开口道："你们没必要为了杜三鹦这样，他多半死了……"

张傀话音未落，白柳就是毫不犹豫一鞭子甩在盗贼弟弟的背上，打断了张傀的话。

盗贼弟弟被白柳这一鞭子抽得嘶吼一声，转身就看向了白柳。盗贼弟弟怒目一睁，脚把地面踩得砰砰响，往白柳这个方向跑了过来，牧四诚双臂一甩就攀上了吊环，盗贼哥哥正在围着那个跑跑卡丁车打转，似乎正在寻找着什么，牧四诚一个猴爪子抓过去，被盗贼哥哥发现并灵敏地躲过，但这也激怒了盗贼哥哥，它枯骨般的长臂一甩，反手攻击牧四诚。

当盗贼弟弟和盗贼哥哥都被引开之后，那个只剩一片残骸的跑跑卡丁车动了两下，奄奄一息满头烟灰的杜三鹦从车底爬了出来，他呛咳了好几声翻身瘫软在地，双目无神地躺在地上，像一只被烤得半死不活的秃毛鹦鹉："我以为我要死了……幸好我有个人技能……"

> 系统提示：玩家杜三鹦使用个人技能"法律学徒"，替自己减免百分之九十的伤害。
> 系统提示：玩家杜三鹦受到盗贼弟弟的攻击，生命值-20，精神值-30，幸运值协调性-10。

杜三鹦一爬出来，被引开的盗贼兄弟似乎感应到了碎镜片的位置，瞬间就掉头过去找杜三鹦了，杜三鹦才喘匀气又手忙脚乱地爬了起来，屁滚尿流地崩溃哭喊："白柳！我撑不住了！"

"已经足够了。"白柳微笑着说，"接下来交给我就行，把碎镜片给我吧。"

杜三鹦疯狂地往白柳这边跑，跑到一半摔个狗吃屎，背后的盗贼弟弟一脚差点踩碎杜三鹦的脊梁骨，白柳立马对着杜三鹦喊道："把碎镜片丢过来！"

在盗贼弟弟马上再次冲到杜三鹦那边之前，杜三鹦慌里慌张地把碎镜片往空中一丢，大喊着："白柳！接住了！"

在碎镜片腾空的一瞬间，往杜三鹦那边赶的盗贼兄弟立马更换了去围攻杜三鹦的方向，纷纷伸手去够空中的碎镜片，还是白柳眼疾手快地一鞭子抽开了盗贼弟弟，速度飞快的牧四诚抢先拿到了碎镜片。

杜三鹦泪流满面地瘫倒在地上，几乎爬不起来了，只能吐着舌头喘气，白柳拍了拍杜三鹦的肩膀："干得不错，接下来交给我和牧四诚。"

杜三鹦缓过劲来，反而开始有点担忧地看向白柳："但是你生命值只有3，不如还是我……"

"3点就足够了。"白柳一甩鞭子，他脸色平静地面对两个向自己冲过来的怪物——盗贼哥哥和盗贼弟弟："牧四诚，我们开始配合。"

吊在吊环上的牧四诚一个斜荡，提着白柳的后领把他拎起来，牧四诚嗤笑一声："行，坐稳扶好了啊白柳，我的移动全速可是上万的。"

话说完，牧四诚一只手提溜着白柳，另一只手在换吊环的空隙间飞快地把他挂在脖子上的耳机拨弄戴正。在被戴正的一瞬间，耳机上猴子玩偶的眼睛爆发出强烈的红光，咧嘴露出一个张狂无比的巨大微笑，它尖叫着："Quick——Quick——"

　　系统提示：玩家牧四诚使用个人技能"盗贼潜行"——超全速，体力槽全耗空状态。

　　"盗贼潜行"技能升级——A+升级至S-——移动速度+9003，请注意！玩家牧四诚强行拉满后使用该技能会剧烈亏空体力槽，故只能使用一分钟，并且之后体力只能自动恢复，无法使用体力恢复剂恢复，玩家牧四诚是否确认使用？

　　牧四诚眸光一沉，嘴角微翘，露出一个带点痞气的笑："确认。"

58

　　牧四诚回头的一瞬间，白柳感觉自己后领子被牧四诚轻轻扯动了一下，但因为牧四诚的动作太快了，他几乎看不清牧四诚的手。

　　白柳感觉自己在空中悬停了一下，然后整个人就像是进入时空隧道一般在平地上飞快地往后退，周围的一切景象都被拉成色彩的线条，最后所有色彩褪去，白柳感觉自己一阵耳鸣，看不到光和影，只能听到阵阵的风声，高速移动下的风把白柳的脸擦得生疼，他被牧四诚提着后领子，在外人看来白柳就像是一个风筝一样在狂风中面条般地晃荡着。

　　"哇哦。"白柳没忍住吹了声口哨，但是牧四诚移动太快，从他嘴里吹出来的口哨都被切割抖成了好几段，只有和他保持着共同速度的牧四诚能听清这个人在说什么。

　　白柳被牧四诚放风筝般地抖成了残影，就这样这人也不忘竖起大拇指给牧四诚点赞："牧四诚你这技能就像飙车一样，难怪大家都说你是这个游戏里最快的男人，对付盗贼兄弟分分钟的事情。"

　　"你在这种速度下说话也不怕伤着喉咙。"牧四诚微妙地挑眉，"而且本来很正常的话，从你嘴里说出来，我怎么就感觉你在骂我？"

　　"我这个技能的确移动很快，但耗费体力也非常快，还提着你，最多撑一分钟。"牧四诚丝毫不听白柳油嘴滑舌给他戴高帽子，"要是一分钟我们赢不了，那我那个时候移动速度会下降很严重，你和我就彻底完蛋了，懂吗？"

"懂。"白柳比了一个OK的手势，抓紧了自己手上的鱼骨鞭子，垂下眼帘微笑，"那开始吧。"

系统提示：玩家牧四诚将移动速度下降至3400，即将被盗贼哥哥追上。

牧四诚踩在车壁上刹车，他的猴爪抓在车壁上，双脚并拢下踩，在不锈钢材质的车壁上划出一长溜带着火花闪电的爪痕。

盗贼哥哥黑色的头颅和张开的手指几乎在一个呼吸之间，就出现在了白柳和牧四诚的视野里。

牧四诚深吸一口气，把所有注意力都集中了，白柳也凝神了，如果杜三鹦现在在这里，就会很惊奇地发现白柳和牧四诚这两个人的眼神都维持着高度的一致，就是那种好像机器一样的没有感情的眼神。

盗贼哥哥踩在车壁上，几个横跳就到了白柳的面前，它吱吱厉声叫着，龇牙咧嘴地对着白柳狠狠用爪抓下的一瞬间，牧四诚的呼吸声忍不住错乱了一下，白柳突然开口："牧四诚，做好你该做的一切事情，剩下的——"

"交给你是吧？"牧四诚忽然哼笑一声，"不用啰唆了，我听你说了很多遍了。"

白柳制订的计划是这样的，盗贼兄弟这对组合是速度和攻击的组合，盗贼哥哥的攻击相对较弱，从杜三鹦那边的战况来看，盗贼哥哥的攻击应该只有C等级，那也就是说它对杜三鹦和白柳这种C级别及其以下属性面板的玩家的攻击只能损耗对方2点生命值，但盗贼哥哥的移动速度很快，基本是和牧四诚一个等级的A级移动速度，并且在追上玩家之后，可以干扰和降低玩家的移动速度。

这样很快，移动速度相对较低的盗贼弟弟就会赶上来攻击玩家。

盗贼弟弟的移动速度虽然相对较慢，但攻击十分强劲，这种攻速和攻击兼具，并且由于是兄弟设定，配合度相当高的组合，对白柳这一堆残兵败将来说几乎是无解的。

但无奈的是，再怎么无解还是要解。

白柳根据各项数据以及对这个游戏的整体设定分析，猜测盗贼哥哥身上也会有20块碎镜片，而这20块碎镜片要想拿到，对白柳这一行人几乎是不可能的事情。

除非他们是比盗贼兄弟移速、攻击和配合度更高的组合。

速度牧四诚可以做到，但他一个人是不可能对抗盗贼兄弟的，而且牧四诚还需要在对抗的同时试图盗取盗贼哥哥身上的碎镜片，这绝对不可能，估计还没摸到盗贼哥哥的小手，牧四诚这个小偷就被盗贼弟弟这个暴躁老弟捶死了。

因此如果想偷盗贼哥哥身上的碎镜片，必须另一个人和牧四诚在三四千的高速移动中配合，甩开会高攻击的盗贼弟弟，同时牵制高移动速度的盗贼哥哥，给牧四诚的偷盗创造空间和条件。

并且，一次失误都不能有。

这个人白柳想了一圈，只能是自己。

因为所有人的血线都低于30了，不可能和牧四诚做出这种高精准度的配合，但白柳的血线只有3，一次配合失误就等于全军覆没，所以无论是他还是牧四诚，都绝对不可以失误。

白柳提前用杜三鹦消耗掉了盗贼弟弟一次大招，现在盗贼弟弟处于大招的冷却期，这让白柳的偷盗计划有了一定的可实施性，但还是难于登天，别的不说，牧四诚和白柳现在的平均属性都远远低于盗贼兄弟，牧四诚更是不知道自己的偷盗技能到底能不能从这个看起来同样是盗贼系的怪物手中偷到白柳想要的碎镜片。

牧四诚觉得这是一个风险很高的计划。

反正白柳说他做不到的都可以交给他，那就这样吧！

牧四诚破罐子破摔地深吸一口气，他一个用力把白柳甩了出去，正对着盗贼弟弟的位置，而他自己反身对上了向他冲过来的盗贼哥哥。

尖利无比的猴爪格挡了一下盗贼哥哥被烧得枯干的爪子，两只同样漆黑的爪子碰了一下之后，就不约而同又快速无比地准备刺入对方的弱点，另一只手格挡，在偷袭双双失败之后，牧四诚再翻身后退，下坠捞住了给盗贼弟弟一鞭子的白柳，两个人转换位置，牧四诚转身对上了扑上来的盗贼弟弟，而白柳被他甩给了盗贼哥哥。

白柳脸上毫无波动地给了盗贼哥哥一鞭子，牧四诚双目凝神地给还没有反应过来的盗贼弟弟一爪子，挡住了对方给白柳的攻击，虽然速度极快，但还是被盗贼弟弟身上的火焰烧了一下。

系统提示：玩家牧四诚受到火焰灼烧伤害，生命值-1，精神值-1。

盗贼哥哥后退踩在了早已经在下面接应的盗贼弟弟的肩膀上，嘶吼一声又弹跳着攻击了上来，牧四诚再次抛开白柳。

白柳被抛起来在空中好似慢动作一般地翻身，手腕抖动挥舞鞭子狠狠给了盗贼哥哥的背后一鞭子，盗贼哥哥被他一鞭子抽得哀号一声，盗贼弟弟看到这一幕，猛地大吼着冲了上来，准备用拳头狠狠教训白柳。

白柳抽了这鞭子之后无法自控地往下飞速坠落，眼看就要掉到盗贼弟弟身上烤火，他眼珠转动，轻喊了一声："牧四诚。"

牧四诚侧身荡了两个吊环，用尾巴一勾圈住了往下落的白柳的腰，险之又险地拉高白柳，避开了盗贼弟弟的进攻。

牧四诚单手吊在手环上，目光一凝又对被白柳甩了一鞭子的盗贼哥哥伸出了猴爪。

被鞭子抽痛的盗贼哥哥仰天厉叫两声，一人一怪物同样灵活漆黑的、用来偷盗的爪子在空中用一种肉眼不可见的速度对了几下，又弹开。

白柳因为连甩了两鞭，体力耗尽，悬挂在牧四诚的尾巴上正用嘴叼着体力恢复剂喝着呢，盗贼弟弟几个箭步又要冲上来，怒吼着用拳头对牧四诚砸去，白柳的体力恢复剂还没喝完，他飞快地拍了一下牧四诚的背，牧四诚尾巴往上一甩就把白柳抛了出去。

白柳咬着体力恢复剂被牧四诚抛得在空中转体一圈，他含住嘴里的体力恢复剂，喉结上下滑动了一下，刚好吸空体力恢复剂。他目光凝视着，专注的眼神斜看下移，转身就是一鞭子抽在盗贼弟弟的拳头上，盗贼弟弟被这一鞭子打得拳头准头变歪，擦过倒挂在挂环上的牧四诚的头，砸在车壁里。

牧四诚后怕地骂了一句，他刚刚差点就被盗贼弟弟一拳爆头了，牧四诚飞快连爬两个吊环，用跷起来的脚背勾住体力又耗空掉下去的白柳，喘气问："还撑得住吗你？"

牧四诚的体力消耗得非常厉害，他两只手一直挂在车壁上帮白柳挡攻击，而且为了接住白柳都是全速移动，这相当耗费他的体力。

白柳四肢无力地吊在牧四诚跷起来勾住他的脚背上，懒懒地举起手对着牧四诚比了一个OK的手势，其实他已经没有力气说话了。

白柳又迅速给自己灌了一瓶体力恢复剂，喝到一半牧四诚又是一脚把他大力踹飞。

盗贼哥哥和盗贼弟弟都扑向牧四诚脚背上的白柳，但正在喝体力恢复剂的白柳被牧四诚一甩腾空。

他一只手扶着自己嘴里的体力恢复剂保证喝着不漏，避免浪费，一边斜眼看着他斜后下方的盗贼兄弟。这两兄弟见白柳被甩飞了，又飞快地把目标转移到了牧四诚的身上，纷纷向牧四诚扑过去，白柳用另一只手甩出鞭子，手腕抖动甩出一个"Z"字形，把扑上来的盗贼哥哥和盗贼弟弟左右击飞。

其实白柳的鞭子并没有任何伤害技能，只是干扰判定很强，但就算这样牧四诚也很震惊了。

这家伙的手和心理素质都太稳了，说不失误就真的没有失误，明明只有3点的生命值，牧四诚若走一下神没有接住，白柳人就没了，但白柳完全没有缩手缩脚，而是大开大合地给牧四诚抽出了一个便于他"偷盗"的空间。

"一分钟要到了。"白柳还能抽出空来和牧四诚说话，他神色因为脱力显出一种很苍白的淡定，"你还没偷到盗贼哥哥身上的碎镜片吗？那我们可要完了。"

白柳说"我们可要完了"也是一种很懒懒散散很调侃的态度，似乎对自己要完了这件事没有什么正确认知，并不怎么害怕。

"部位不对，其他乘客和盗贼弟弟的碎镜片都在心脏附近。"牧四诚脸色暗沉地单手吊在吊环上，他因为体力的剧烈消耗也在喘气，"但这个盗贼哥哥的碎镜片不在，我在它心脏附近找不到。"

"不在心脏啊……"白柳若有所思地自言自语，"从碎镜片是弱点的设定来看，这东西一定会被它们放在很重要的部位，其他的怪物都是心脏，但这个盗贼哥哥不在心脏……"

这个盗贼哥哥和盗贼弟弟以及其他怪物的区别就是看上去偷盗判定技能似乎很强，移动速度很快，这两点和牧四诚有点相似……

"还有几秒盗贼弟弟的大招就蓄满了，我的体力也要耗尽了……"牧四诚看着下面走来走去正在蓄力的盗贼弟弟，他闭了闭眼，喘着气说，"白柳，如果下一次我们攻击盗贼哥哥的时候还摸不到碎镜片，那我们都得交待在这儿了。"

白柳突然抬头："牧四诚，你觉得对于一个盗贼来说，最重要，或者说弱点的部位是什么地方？"

牧四诚根本来不及思考白柳的问题，他嘶哑怒吼着："白柳，盗贼哥哥从你背后来了！回头甩鞭子！"

一分钟已经快到了，无论是他还是白柳这个时候体能都消耗得非常严重了，牧四诚一只手抓着吊环，另一只手抓着白柳，下面就是正在蓄大招的盗贼弟弟，根本不能放手，也腾不出手去帮白柳格挡一下，只能高声提醒他。

但白柳似乎没有力气反应了，他有些怔怔地没有回头，他身后的盗贼哥哥伸出尖利的五指并成一个尖利的锥形，它暴露的牙床露出一个诡异的微笑，毫不犹豫地就扎入了白柳的心脏，直接刺穿了白柳的身体。

尖利漆黑的五指从白柳的胸前穿出来，白柳被刺得胸往前顶了一下，他后仰着头蹙眉"唔"了一声，嘴里瞬间溢出源源不断的鲜血，染红了他胸前的白衬衣。

牧四诚的瞳孔紧缩成了一个点。

"白柳！"

　　系统警告：玩家白柳受到盗贼哥哥攻击！！处于濒死状态！！

59

　　系统提示：玩家白柳受到盗贼哥哥的攻击，生命值-2，精神值-2，剩余生命值为1，警告！已经非常靠近"死亡"边界线！

白柳漫不经心地擦去自己嘴角的血液，抬眼看向脸色都吓白的牧四诚，不紧不慢道："吼什么呢，我没死，这些怪物的攻击伤害值判定又不是以部位判定的，盗贼哥哥的伤害值只有2，我有3点的生命值，被扎穿也能活，快过来帮我。"

牧四诚回过神来之后，看着浑身是血的白柳，都要虚脱了，这比他自己被扎穿还刺激。

牧四诚一个斜冲躲开身后的盗贼弟弟，定睛一看，发现白柳居然用鞭子绞住了盗贼哥哥穿过他的双手，导致盗贼哥哥不能离开，贴在白柳身后无能狂怒地叫着。

白柳抬眸看了牧四诚一眼，他的语调因为失血过多而显得无力，但依旧冷静清晰："手，在手里。"

牧四诚一怔，他猛地回过神来："你认为碎镜片被盗贼哥哥藏在手里吗？！"

"对，快点，我控制不住多长时间了，我们也没有多长时间了。"白柳露出一个微笑，"对于盗贼来说，最重要的部位应该是手吧，所以当初刘怀才会砍掉你的双手，因为你双手的攻击力最强。"

"那对于这个盗贼哥哥来说，我觉得最重要的地方，也应该是手。"

牧四诚一怔，然后终于前所未有地大笑出声，笑得眼泪都出来了，最后说："对，我都忘了，对于盗贼来说最重要的部位是手，毕竟我被砍好多次了。"

"不过你说的的确是对的。"牧四诚垂下眼帘，收敛晦暗不明的眼神。他勾唇笑起来，两只手都不空，缓缓低头，眼冒红光，然后用力一扯："盗贼最重要的，的确是他的双手。"

枯柴般的手脱离的一瞬间，盗贼哥哥凄厉地惨叫一声还试图挣扎，但被牧四诚目光冷厉地咔嚓一声绞断，不再动了。

系统提示：玩家牧四诚使用技能"盗贼的猴爪"从盗贼哥哥身上窃取了20块碎镜片。

盗贼哥哥失去双手之后，顷刻就虚弱了下去，变得更加萎缩矮小，它不甘地睁着流血的双眼，恶狠狠地长啸着，看着牧四诚手中那双被剥离下来的双手——那被包裹在内的漆黑指尖轻轻擦拭一下就闪闪发光，每根手指头2块碎镜片，10根手指，一共20块碎镜片。

盗贼弟弟终于蓄满了大招，狂怒着蹲地狂捶，火焰从它身上冲天而起，灌满了所有的列车车厢，牧四诚他们虽然依旧移动很快，但还是撤退不及，车里爆出来的尾焰还是追上了他们。牧四诚反手把白柳丢出了火焰的范围，侧身用后背替白柳挡了一下火焰，被烧得闷哼了一声。

白柳被甩在地上勉强打了几个滚。

牧四诚满脸是血，狼狈不堪，背上是大片大片的烧伤，被烧得皮开肉绽，白柳被牧四诚甩出去躺在地上，目光涣散，胸膛剧烈起伏着喘气，他体力已经彻底被耗空了，连小拇指都动弹不得了，嘴角和前面的白衬衣都被血染得变成了一个颜色，但是这家伙也和牧四诚一样，嘴角上翘，在愉悦无比地笑着。

因为他们是一对成功的"小偷"。

因为他们哪怕生命值都要清空了，但都活了下来。

"哈，成功的感觉真棒。"白柳艰难地抬手擦了下嘴角的血，满足地笑道，"特别是在拿到手的东西很有价值的情况下。"

系统提示：玩家牧四诚受到盗贼弟弟火焰灼烧伤害，生命值-20，精神值-20，目前生命值16，濒危！

系统警告：玩家白柳生命值为1，即将清零，请注意保护自己，避免大幅度运动！

牧四诚也脱力地坐倒在地，后仰着头靠在椅子上，低着头大口呼吸着，他笑骂着踹了一脚瘫在地上不动弹的白柳："白疯子，你现实世界到底是干吗的？

331

这么擅长拿别人东西，又这么擅长去控制算计别人，鞭子也使得这么好，你该不会是什么高智商犯罪团伙里的人物吧？"

"一个缺钱的下岗职工罢了。"白柳懒懒地说。

牧四诚轻蔑嗤笑："下岗职工？我信你个鬼。"

车内的广播声终于又响了起来：

"列车即将行驶，请乘客们排队下车，请勿在车厢内逗留——"

怨恨的盗贼兄弟失去了所有的碎镜片之后，和一堆乘客离开了车厢，它们站在缓缓闭合的车门外，目光怨毒地看着车里的白柳和牧四诚，白柳躺在地面上，胸口大片的血迹，他居然还有心情侧过脸来，笑眯眯地对车门外的盗贼兄弟打招呼："拜拜。"

"吼——"盗贼兄弟心有不甘地对着白柳怒吼着。

系统提示：玩家白柳收集碎镜片进度（360/400）。

《爆裂末班车怪物书》刷新——盗贼兄弟（2/3）。

怪物名称：盗贼哥哥。

特点：盗贼哥哥移动速度极快（3400点的移动速度，火焰有加成效果），擅长偷盗。

弱点：碎镜片（1/3）。

攻击方式：抓挠，偷盗。

向春华和刘福浑身湿透地从游戏中出来了，他们呛咳着跪趴在登出口，身上都是人鱼的鱼腥味。

这两个第一次进恐怖游戏的普通人吓得脸色白得惊人，撑在地面上的手脚都在打哆嗦，如果没有那个年轻后生给他们一些指引和他们一心想为果果复仇的心思，他们绝对撑不到游戏结束。

在果果的墓碑旁，那个年轻人说，很多东西他都告诉不了他们。

"就算告诉了你们也不会记得，"白柳微笑着说，"所以你们进去之后，一定要听话。"

60

因为"禁言"机制的存在，白柳无法直接告诉向春华和刘福游戏的存在，他只能对向春华和刘福说："你们会遇到一些突发的情况，但不需要慌张，我会帮你们，带着你们活下来，但是你们要想办法告诉我你们的情况和你们在什么地方，通过你们的面板购买道具告诉我你们的位置。"

所以在进入游戏之后，向春华和刘福十分听从白柳的话，等他们完成第一个任务之后，他们想方设法地用自己仅有的积分依次买了四个最便宜的道具——木塞、刀刃、小电筒和镇纸，这四个道具连起来就是——塞壬小镇。

但他们也是畏惧害怕的，他们不知道白柳能不能懂这个意思，但这是他们仅仅可以做的事情了，这四个没有什么人购买的廉价道具也花光了他们几乎全部的积分，并且让很多观众唾弃他们乱花积分，把他们踩到了几乎没有人来的分区里。

但所幸很快他们的系统就开始卡断，似乎被什么人接管了一般，他们的面板时不时地就自我操作，自动帮他们购买道具，他们也战战兢兢地使用这些道具，什么手电筒、3D投影仪和酒精，就好像有另一个人操纵着面板在配合着他们玩游戏一样，向春华和刘福不怎么玩游戏，不过所幸这两人求生欲都极强，有时候就算白柳买给他们的道具他们还没有弄明白怎么用，这两口子也咬牙坚持了下来。

熬过了追逐战之后，向春华和刘福的游戏过程顺畅了许多，最后居然是同时通关的。

是的没错，白柳自己在《爆裂末班车》这个二级游戏里九死一生的时候，还在间隙抽空帮刘福和向春华玩游戏，助力他们通关，也就是俗称的"三开"。

不过虽然有白柳的帮助，他们大部分时间还是靠自己。

因为这位不靠谱的白柳系统会掉线，时不时就没有了动静，毕竟白柳自己也处在一个危险度极高的游戏里，而他也不知道向春华和刘福游戏的具体进程，所以大部分的游戏过程还是向春华和刘福靠自己摸爬滚打，硬撑着通关的，他们出来之后还因为恐惧回不过神，互相搀扶着，流着泪站起来。

按理来说，遇到这么非常规的诡异事件，正常人都是逃避般地不敢相信，想要离开这里。

但向春华和刘福这两个从来不相信这些事情的正常成年人，通关之后的第一反应不是逃避,不是畏惧,也不是歇斯底里地叫吼着"我要离开这里"这种正常人被拖入游戏之后的反应。

这对夫妻在登出口崩溃般地抱头相拥,喜极而泣。

"那个年轻人说的都是真的。"向春华的手颤抖着扶在刘福身上,在失去果果的短短几十天里,她整个人像是老了几十岁,眼泪从她沟壑渐深的皱纹里落下来,她佝偻着身体咬牙切齿地问,"你说,果果会有救吗?那个畜生是不是真的可以得到惩罚?"

刘福也一直用手抹眼泪,这个大男人也是老泪纵横:"会的,可以的,他说会帮我们的。"

在进入这个游戏之前,六月这个炎热的夏季高考结束的那天晚上,向春华和刘福就那样面对面地木然坐着。

他们面前的桌子上放了三双碗筷和一大碗红烧肉,多出来的那个空碗旁边放着刘果果的准考证,准考证照片上穿着校服的女孩子有些拘束又带着一点期待地看着镜头,露出一个小小的,因为即将到来的重要考试而带着不安又满怀希冀的笑。

向春华他们的房屋靠着街边,能听到那些已经考完解放了的孩子欢天喜地或者沮丧地讨论着试题答案。

这些欢笑和落寞中,本该有一个十七岁女孩子的声音,但这个声音永远地消失在了一道尾巷,变成甜美又黑白的影像留在冰冷的墓碑上。

"今年的物理有点难啊,我听张家嫂子说。"向春华呆滞地自言自语着,"但果果不是物理最好吗?今年的高考说不定正对了她的口味。"

"是啊,说不定她能冲一冲,考上她喜欢的那所师范……"说到一半,刘福再也说不下去了,他捂着眼睛压抑地,好像世界崩塌般地弯下了身躯,低声发出含混不清又哀怒至极的呜咽,他捶打着桌子,却小心避开那张果果的准考证。

"别难过,那个年轻人说,他会帮我们的。"向春华眼睛周围一圈全是干涸的泪痕,她麻木地流着眼泪,恍惚地拍了拍刘福的肩膀,好似在自我安慰般低语着,"去睡吧,睡着了就没事了。"

结果一觉醒来,他们就出现在了游戏内。

向春华和刘福互相搀扶着,他们对于这个陌生的世界有着小兽般的警惕,又有一点混迹市井的成年人独有的自来熟,他们唯一信任的只有那个叫作白柳的,据说购买了他们的灵魂,又在游戏里给了他们帮助的年轻人。

看见有人路过，向春华小心翼翼地上前："这位小伙子，请问你知道有个叫作白柳的年轻人吗？"

这人奇异地打量他们一眼："你们是白柳的粉丝？去中央大厅核心屏幕吧，白柳刚刚暴涨了一拨点赞和充电，观众的欢呼声都震天了，看样子要冲上噩梦新星榜了，你们要是急着过去打赏助力，可以快点过去。"

向春华和刘福对视一眼，谢过了这个人，往他指路的中央大厅去了。

中央大厅核心屏幕。

王舜站在白柳小电视的最前排，脸色凝重无比，虽然白柳刚刚才因为表现精彩被疯狂充电和点赞了一拨，但是这里的观众没有一个脸色好看的。

因为白柳生命值只有1了，随便一下攻击就能清掉这家伙。

"稳住啊！现在白柳绝对不能正面面对任何攻击了，一下都不行了！"

"救命！我又开始想吸氧了，我上一次看白柳的视频看到后来就很想吸氧，这次又是这样！"

向春华和刘福赶来就是这样一幅人人紧张地盯着小电视屏幕的场景，他们下意识往小电视上看去，还没为看到了熟面孔白柳松一口气，下一秒都目眦欲裂地看着那个从白柳的小电视角落里一闪而过的男人。

"李狗，你这个畜生！"

李狗瑟缩地缩着脖子坐在地上，疲惫至极地喘着气。只有1点生命值的白柳被杜三鹦和牧四诚护在中央，唇瓣苍白无比，但眼神还是清明的："我部署一下下一站的安排，我们已经集齐了360块碎镜片，还差40块碎镜片，但我觉得这个游戏下一站不会让我们集齐碎镜片的。"

"下一站都不能集齐吗？"张傀疑惑地看过去，"但下一站不集齐，我们就要回到始发站'古玩城'了，这趟列车爆炸应该是发生在古玩城和倒数第二个站之间，如果我们倒数第二个站集不齐，就要直面爆炸了，那大家都会淘汰的！"

白柳语气不疾不徐，但因为虚弱而变得有些绵软："我之所以说下一站集不齐碎镜片，是因为怪物书还有一个怪物没有刷出来，按照这个游戏目前的走向来看，每一个怪物——爆裂乘客、盗贼兄弟身上都是有碎镜片的，那么我猜测这最后一个怪物身上也一定携带碎镜片。"

张傀的反应极快，他很快就按照白柳的思路顺着推了下来。张傀眯着眼睛摸了摸下巴："是这样没错，但白柳，如果下一站我们就会把这个怪物刷出来呢？这样我们就能直接集齐通关了。"

"你们还记得这个游戏的最低淘汰率是多少吗？"白柳答非所问。

所有人都一怔。

白柳垂眸："二级游戏的淘汰率是50%到80%，那就是说，就算是按照一般的最低淘汰率来算，我们七个人，在这个游戏里的淘汰率也应该在50%左右，也就是要淘汰三个半玩家才对，但我们现在一个都没有淘汰，所以系统才会为了平衡我们强行降低杜三鹦的幸运值。"

"但如果是为了维护最低淘汰率——杜三鹦，你现在的幸运值是多少？"白柳转向杜三鹦突兀地问道。

杜三鹦似乎没有想到白柳会突然提到自己，手足无措地指了指自己的鼻子，在确认白柳要看自己的幸运值之后，他立马打开个人面板看了一眼，然后探头看向白柳，说："80。"

"那也就是系统只下调了杜三鹦20点幸运值，如果是要淘汰我们当中的三个半玩家，杜三鹦这个幸运值下降幅度太低了。"白柳简单快速地下了判断。

"之前《塞壬小镇》为了协调平衡对我做的操作过分多了，而《爆裂末班车》只是下调了杜三鹦一个人20点幸运值就停手了，这协调很轻微了，我们上一站全员存活就说明了这一点，但系统却没有继续下调杜三鹦的幸运值，而是维持在了这么轻微的一个协调上——"

白柳缓缓抬眸："这只能说明一个问题，那就是系统很可能只需要轻微协调，它认为这个游戏的淘汰率就平衡了。"

在其他人还有点云里雾里的时候，张傀终于明白过来了，他毛骨悚然，背后被一种凉意侵占了。他转头看向白柳，脸色一片惨白："你是说，这游戏在通关之前有必死关卡可以提高我们的淘汰率？！我们很有可能会在接下来的游戏里淘汰到三个半？！"

必死关卡，一定要淘汰人才能通过的关卡，在单人游戏视频里是不会设置这样的关卡的，但多人恐怖游戏里，这种关卡的设置还是相对常见的，一般是为了保障游戏的难度和刺激性，必须淘汰玩家才能通过。

在外面的恐怖游戏里这样设计是为了好玩和刺激，但在这个恐怖游戏里这样设计，只显得血腥和残酷。

"你觉得一个叫《爆裂末班车》的游戏，它的必死关卡会是什么？"白柳语调不紧不慢。

而张傀却颓然地后倒靠在椅子上，他恍然地仰头看着列车顶上忽明忽灭的日光灯，喃喃自语："是爆炸……这游戏应该是要我们过爆炸，所以倒数一个站我们很可能集不齐碎片。"

"一定要过了爆炸抵达最后一个站，我们才可以集齐碎片。"

"有三个半要死，那就有三个半可以活对吧？"李狗嘶哑的嗓音突然插入打断了白柳的对话，他在地上趴着，趁其他人不注意把手伸进了杜三鹦和牧四诚的包围圈，他脏兮兮的手抓住了白柳的脚踝，眼中爆发出强烈的求生光芒，"那谁去活，谁去死，是你决定对吧？你肯定有办法让其中三个半人活下来对吧？白柳，让我活下来吧！我什么都肯做！"

牧四诚骂了一声，一脚把爬过来的李狗踢开，李狗被踢开之后，还不甘心地一直往这边靠，直到牧四诚亮出了猴爪才停止，但李狗眼神中那种强烈的、火热到让人毛骨悚然的求生欲让牧四诚都头皮有点发麻，他不由得侧身往白柳身前挡了挡，对李狗龇牙恐吓了一下。

李狗不甘心地又缩回了墙角，但眼睛还是直勾勾地看着白柳。

"我的确有办法通过爆炸。"白柳眼神意味不明地看着李狗，"但这个计划要牺牲两个人。"

这也是前期白柳为什么一定要救所有人，因为白柳很早就预料到这里有一个必死关卡。

所有人，就连牧四诚的呼吸都不由自主一顿，视线移到了白柳身上。

白柳抬了抬眼皮，娓娓道来："我之前核查过，系统商店的所有水系道具和爆炸道具在这个游戏里都被禁了，我连一瓶矿泉水、一个二踢脚都买不到，禁水系道具这一点说明了这些爆裂过后的怪物的一大弱点就是水，我猜测因为高温爆裂的怪物遇水之后会出现一定的溶解反应，水可以说是对这些怪物的一大利器。"

白柳说着，略有些遗憾地叹了一口气："但很可惜，列车上和系统商店里都没有给我们提供任何水，并且下一站我们不能再用杜三鹦引开怪物了，如果还用杜三鹦，系统一定会继续下调他的幸运值，那他就不管用了，因此我们需要大量的水来对抗下一个站台的怪物。"

"以及爆炸的问题也可以通过水解决。"白柳思路很清晰地说，"爆炸死因主要来自冲击波、高温及爆炸投射物，如果可以引入大量的水灌满这一段地铁隧道，可以很好地减少冲击波、高温等致死因素，提高我们在爆炸中的生存率。"

"但是哪里来那么多水啊？"牧四诚眉头紧锁，"就算是系统卖矿泉水，我们七个人把积分钱包都掏空买矿泉水也灌不满这一节地铁站，你知道把一节地铁隧道全部灌满水是什么概念吗白柳？地铁隧道高度一般在 8~10 米，每个站的距离一般在 1.5 千米，你要灌满一节地铁隧道需要五百多个游泳池那么多的水！"

"也不是没有。"白柳勾唇一笑，"下一站不就是有现成的吗？"

牧四诚一怔。

"水库！"张傀猛地回神，"我上地铁之前记过列车地图，倒数第二站的名称是'水库'，水在这里！水库是不能建在地铁站这种地下中空的建筑物旁边的，这是一个很违和的地方，这是游戏给我们的提示！如果这个水库有一个中型水库的规模，那里面的水就足够灌满这个圆形的地铁轨道了！"

白柳很冷静："对，我也是这么想的，但问题是怎么把水引入地铁站，我倾向于用炸弹。"

"你想炸掉水库？"张傀迅速地回了白柳一句，但他很快又皱眉反应了过来，"但系统商店禁掉了爆炸系的道具，你从哪里搞来的炸弹？"

白柳终于微笑起来，他拿出一面在中央有三角形缺口的巨大椭圆形镜子："当然是就地取材。

"这就是 360 块碎镜片合在一起的镜子。"

张傀有点迷惑地盯着这面碎裂的镜子，他有点搞不懂，白柳不是在说炸弹吗，怎么突然开始给他们展示镜子了。

"我之前和我一个朋友讨论过一个问题，那就是'镜城爆炸案'中那两个盗贼是如何怀揣炸弹上车的。因为可以炸好几节车厢的炸药必定体积不小，这两个盗贼到底是藏在什么地方，躲过安检上车的？新闻上写着藏在镜子里，我一直觉得很奇怪，到底什么样的镜子能藏下那么多的炸药……"白柳轻声说着，然后把手贴上镜子光洁的表面。

镜子的表面突然出现水一样的波纹，波纹缓缓扩散，变成了一个水银的湖泊。

白柳嘴角的笑意越来越大，他在所有人惊愕的目光中缓缓把手没入了水银湖泊般的残缺镜面中。白柳的手往里摸了摸，好似摸到了什么一样，他脸上露出一个满意的微笑，干脆利落地往外一扯，从镜子里扯出一个比镜子还大好几倍的巨大的黑色炸弹来。

黑色炸弹落在地面上，砸出一阵灰尘，散发出一阵浓烈的火药味。

"现在我知道了。"白柳拍拍手上的烟灰，啧啧道，"原来真的就是藏在镜子里啊。"

张傀愕然之后，脑子飞速转动，盯着这堆炸药："既然镜子里的炸弹已经被你扯了出来，那是不是这列列车可以不用爆炸？"

白柳不多说话，再次把手伸入了镜子里一扯，又是一个大炸弹被拽了出来，他耸肩摊手："喏，我怀疑炸药是无限的，所以这列车和这面镜子是一定会炸的。"

张傀的脸色又迅速地阴沉了下去。

"所以计划需要两个牺牲的玩家。"白柳比出两根手指，不疾不徐地解释，"一个是把这个炸药送到水库的，两分钟内我估计很难回来，这是第一个要牺牲的玩家。"

张傀眉头拧得能夹死一只苍蝇："这也只需要牺牲一个玩家，还有一个你要牺牲的玩家是用来干什么的？"

白柳勾起了嘴角："第二个要牺牲的玩家是需要用杜三鹦那个道具'伪装的布料'，包住这面镜子后拿着。布料在一定程度上是'假'的，所以在某种意义上不存在也不会破裂，可以很好地兜住爆炸之后碎裂的镜片，避免我们在镜子碎裂之后再找一遍碎片，但这布料要玩家拿着才能使用，所以本人由于太贴近镜子了，很有可能被炸光生命值。"

"现在唯一的问题是——"白柳慢悠悠地弯了弯自己竖立的两根手指，抬了抬眼皮，脸上的笑变得意味深长起来，"这两个玩家，是你们中的谁？"

"其实现在说实话，除了牧四诚、杜三鹦接下来对我还有用，你们其他人对我来说都没有太多价值。"白柳摊手，继续说道，"张傀和你的三个傀儡生命值下降到这里，能提供的战力已经非常有限了，下一站你们四个当中的两个谁淘汰，我都无所谓。"

白柳嘴角微弯，遗憾又虚伪地叹息一声："因为你们对我都无用了。"

张傀和三个傀儡的目光一顿，迟缓地挪到了笑意盎然的白柳的身上，表情都渐渐凝滞了，这家伙卸磨杀驴的姿态太熟练了，他是认真的。

但白柳说的的确是实话，就连被他收购了灵魂，而且实力是全员最高的张傀，等出了这个游戏，对白柳的正面意义也不大。

不仅不大，而且有负面意义。

张傀是国王公会的高层玩家，并且张傀被白柳控制这件事会被小电视公布，白柳觉得国王公会这种大型公会是不会允许张傀这种被人控制的玩家占据公会高位的，更不会允许白柳控制着一个知晓很多公会内部消息的高层玩家。

综上所述，张傀对于白柳是个大麻烦，其实死在游戏里是最好的，一劳永逸，国王公会不需要来找白柳麻烦，因为这只是游戏内的恩怨而已。

但是如果选张傀淘汰，白柳就要面临一个很棘手的问题。

那就是张傀淘汰了，张傀手下的三个傀儡就会脱离掌控。

白柳想过试着选择用"旧钱包"这个技能去交易控制张傀手下这三个人，但是成功的可能性很小——第一是因为这三个人对他都有很高的警惕了，知道他有控制技能，交易技能需要双方主动同意，能在几分钟之内顺利忽悠三个人主动开口和他达成交易，白柳觉得可能性不大。

第二就是就算交易达成了，等下在那种极端混乱的水下情况里，白柳也是无法操纵任何人的。

因为灵魂钱币是纸做的，这玩意儿就和白柳一样，是怕水的，下了水，白柳这个技能就相当于无效了，要是他这个技能弱点被人知道了，他的情况会变得很危险。

并且白柳通关前一定会把碎镜片放在自己身上，这样他的奖励才最高，如果让这群人知道白柳下水无法操纵灵魂钱币的技能，白柳很有可能腹背受敌，面临被一群人抢碎镜片的情况。

但很不幸的是，白柳觉得张傀已经猜到水下他很有可能不能控制别人这一点了。

张傀看见了白柳之前紧急情况下使用灵魂钱币救牧四诚的全过程，知道白柳是用一种纸质的道具来操纵玩家——这也是白柳要淘汰张傀的一个重要原因。

张傀很有可能已经清楚他使用个人技能的条件、限制、弱点，这在一定程度上对白柳是致命的，如果这次放了张傀一马，他下次就没有对方不知道自己个人技能这个优势了。

这次白柳就是打了个信息差，他自己心里也清楚这一点，张傀毕竟是个背靠大公会的玩家，很多渠道是白柳未知的，如果之后张傀用什么方法摆脱了白柳的控制，像之前追杀牧四诚那样追杀他，白柳能不能跑掉那可就说不定了。

并且张傀这家伙还很有可能会公开白柳的个人技能，但白柳这项个人技能使用条件宽泛的同时，限制也极大，一定要借助金钱交易，如果张傀公布了白柳的个人技能，白柳之后会举步维艰。

白柳的眼珠微动，他平静的目光和张傀晦暗不明的眼神对上。

张傀这是一种蛰伏和进攻的眼神，像是在等待时机暗算白柳，暗算这个只有1点生命值的白柳。

而张傀等待的时机马上就要到了。

"张傀抱住爆炸的镜子。"白柳毫不犹豫地下了命令。

张傀神色一变，似乎没想到白柳会选他，但他很快就镇定了下来，厉声反驳："我淘汰了，其他三个傀儡都会脱离掌控！白柳，你不能选我！"

白柳眯眼和呼吸急促的张傀对视着，他的笑很浅，浮在面上："但是我觉得，我不选你，你会趁我不备暗算我，毕竟我现在只有1点生命值了，你对我威胁是最大的。"

张傀微微一顿，然后又开了口："白柳，我们也合作到了现在，我现在真的不想暗算你，我之前还拼了命地好好保护过你，对吧？"

他深深地吸气吐气，缓缓举起双手做了一个投降的姿势，竭力用一种很真诚的目光看着白柳："我知道你还在怀疑我，我可以把我身上所有东西都给你，我现在只想通关，而且我是实力排名两百名左右的玩家，你已经控制住我了，淘汰我不如留着我有用，不是吗？我对你是很有价值的。"

张傀喉头滚动一下，他恭敬地弯曲身体，对白柳低下了头，露出了后颈和后背，低哑地喊道："白柳……主人，我发誓我不会暗算你，你可以让牧四诚用'法官的天平'来验证我的话是否诚实，你可以不相信我，但你可以相信道具吧？"

这是一个非常非常臣服的姿势。

白柳笑起来，他也弯下身体，歪着头去看张傀脸上的表情，笑得饶有趣味："张傀，这种语言和姿态上的心理暗示对我是没有用的，我已经对你用过了。"

他眼珠懒散地一转："张傀你知道为什么从头到尾，我都没有和你谈过合作，而是直接一上来就控制住了你？"

张傀一怔，他听到白柳意味不明地低笑了一声。

白柳脸上的笑意不减，但眼神一瞬间却冷静得好似可以洞穿张傀，语气却在赞许："因为你很像我，或者说这个世界上想要既得利益最大化的人思维都是相似的，我们都很贪婪，我一开始就想要从你身上得到最多的东西，就像你也想从我身上得到最多的东西一样。

"在这里，得到最多东西的方式无非就是两种：交易和抢夺。你不屑和我交易，而你想要得到的东西在我身上，无论你伪装得多想跟我合作，但你想要得到这些东西的唯一途径就是淘汰我来抢夺，不是吗？"

白柳似笑非笑："所以我从一开始，就没有考虑过跟你合作，因为合作对于你和我这种人来说，约束力太浅了，是随时可以违背的，你看你不就中途违背了与我的合作吗？我也靠这点最终掌控了你，我好不容易做到了控制这一步，你凭什么觉得我会放过你？"

相信另一个同样有野心的聪明人完全臣服于自己是一件很愚蠢的事情，白

341

柳完全赞同这个观点。

他和陆驿站玩攻坚游戏的时候，哪怕早期是合作关系，在临近通关的关键时刻，白柳都会毫不犹豫地淘汰陆驿站赢取最大利益，因为他知道陆驿站这个脑子同样好使的家伙一定也会想方设法地弄死他，成为游戏第一。

"而且用'法官的天平'来验证你说的话是否诚实？"白柳嗤笑一声，他垂眸，"我纠正你话里的一点错误。"

白柳嘴角微勾，他俯下身靠近愕然的张傀低语着："'法官的天平'不是牧四诚的道具，这应该曾经是你的道具，被牧四诚偷走了对吧？你让我相信一个被你玩够摸透了的道具？我没有那么蠢的，主人。"

张傀和白柳对视得呼吸一室，他下意识看向牧四诚，以为是牧四诚告诉的白柳这件事，但很快张傀又回过神来——牧四诚是绝对不会把自己的道具从什么地方得来的告诉任何人才对，这是牧四诚保护自己的职业习惯！牧四诚不可能告诉白柳自己的道具是从他这里偷来的！

但牧四诚也同样震惊，他的确没有告诉过白柳"法官的天平"是他偷的，牧四诚下意识问白柳："你怎么知道这道具是我从张傀那里偷的？"

"因为他之前不是已经用同样的把戏玩弄过你一次了吗？就刘怀。"白柳后仰身体倚靠在墙面上，双眼闭合，一只手慵懒地搭在椅子上，"人只有在自己熟悉的东西上才会有很强的信任感，一次又一次地去使用。"

"张傀在这种生死存亡的关头不想着使用自己的道具，而是下意识地试图让我去相信你的道具，你们两人之前还是敌对……你觉得这可能吗？考虑到你的技能，我觉得这是最有可能的答案了。"

张傀有种被彻底看穿的心悸感，撑在地上的手心顷刻就被汗液湿透了，汗液顺着他的下颌滴落下来，他用一种恐惧的眼神看着白柳。

白柳这家伙……从一开始就想淘汰他，他计划好了的……从他被控制开始，白柳就给他准备好了"死亡"的结局。

这人真的是新人吗？

为什么在第二个副本就毫无心理障碍感了？这人现实里到底是干吗的？！

"好，接下来就是从你们三个人当中挑选一个去送炸弹了。"白柳转动眼珠看向蜷缩在角落里没有说话的三个人，失血过多的疲倦让他脑子晕眩了一下，他晃了一下又被牧四诚扶起。

白柳低着头剧烈呛咳着，牧四诚脸色有点奇怪地看向白柳，问："你真要选张傀拿镜子？你都控制他了，他对你应该还挺有价值的吧？"

"价值是有的，但这还不是因为你太废了，守不住我，所以我只能把他淘汰了。"白柳随口甩锅，他用手背擦了一下自己的嘴，一片殷红，应该是又吐血了。

但白柳甩甩手上的血珠，不甚在意地继续说了下去："我选张傀拿镜子，是因为落水之后我这个状态很有可能控制失效，无法控制所有人，如果张傀起了反击的心思，你对付不了，但其余人……你牧四诚应该可以对付了，所以脱离控制也没事。

"下一站我会控制他们快速集齐碎镜片，我们拿了碎镜片跑路就行，他们的移动速度没有你快，我们这边还有杜三鹦80点的幸运值的优势，足够我们三个人通关了。"

61

牧四诚明白白柳意思了，他、白柳、杜三鹦三个人的确优势很足，应该是最先通关的，等下爆炸一开始大家都自顾不暇了，有没有白柳的控制技能其他人其实无所谓了，只要挺过爆炸那个节点，这些人也不可能再来偷袭白柳了。

牧四诚沉默了一会儿："剩下三个人，你准备选谁去送炸弹？"

"怎么，"白柳移动了一下眼睛，"你有推荐人选？"

牧四诚顿了顿："刘怀，我建议你选他。"

白柳略微有点惊讶地挑了一下眉："理由？"

他感觉牧四诚不是为了私人恩怨意气行事的那种人。

"不是出于私人恩怨建议你的，是因为刘怀有一个个人技能叫作'刺客闪现'，闪现距离足够超过这节车厢长度。"牧四诚语气复杂难辨，他微微避开了白柳的视线低声说，"你只有1点生命值了，如果他为了得到碎镜片，张傀一淘汰，他就能脱离傀儡丝的掌控闪现来刺杀你，我体力因为刚刚耗空了，现在正在缓慢恢复中，使用的个人技能都只能发挥很低等级的水平……对上刘怀这个技能，我不一定护得住你。"

刘怀颓然地软了身体，他惨笑了两下，在牧四诚开口那一刻，他就知道牧四诚一定会说这个。

当初他就是用这个技能，闪现背刺差点淘汰了牧四诚，这的确是一个有杀伤力也很需要提防的技能，刘怀绝望地闭上了眼睛，他已经可以预料到自己被选中的结局——只有1点生命值的白柳，不可能放任有这种个人技能还脱离自己掌控的玩家的。

"哦，这样啊。"白柳拨弄了一下自己胸前的硬币，好似思考了两秒之后，突兀开口了，"你说得有道理，但我之前和人交易过了。"

白柳在收购向春华和刘福灵魂的时候，答应过要帮他们惩罚李狗，虽然这个交易没有时间限制，但这次放过之后，再想淘汰这个李狗，花在这个李狗身上的精力一定比现在高几倍了。

而且根据白柳的了解，李狗应该快集齐积分道具出狱了，如果这次放过他让他通关游戏得到积分，白柳手下的两张灵魂钱币——向春华和刘福说不定会被李狗这种一看就是激情犯罪类型的人在出狱后蓄意报复。

白柳不做这种性价比低的事情。

他会选择的方案永远是他收益最大，并且性价比更高的方案，风险不在白柳的考虑之中。

因为没有风险，就没有收益。

白柳波澜不惊地抬眼开口："所以我的选择是让李狗去送炸弹吧。"

所有人都是一呆。

刘怀惊疑未定地睁开了眼睛，他无法置信自己再次死里逃生了。

李狗则是疯狂般地挣扎躁动起来，他发了疯一样眼双眼赤红地就要提刀上前去抓白柳，但很快就被白柳控制张傀儡傀儡丝牵住了。

李狗是真的要疯了，他的四肢被傀儡丝勒出血了还在不甘地摆动着，他用一种带着血腥气的暴虐眼神看着白柳，大喊大叫着："白柳，你凭什么选我，你没听到牧四诚说的话吗？！刘怀才是可以杀你的那个！你凭什么让我带着炸弹？！"

"我马上就要出狱了！"李狗歇斯底里地怒吼着，他眼睛里暴出了血丝，脖子和额头上粗壮的青筋因为愤怒暴突着，"你不能让我淘汰！"

脸红脖子粗的李狗和眼神毫无波动的白柳对视了一会儿，似乎明白白柳不会被他威胁到，李狗又好似虚脱一般双膝一跪，眼神怔愣地趴在地上。

过了差不多十秒钟，好似突然想通了一般，李狗忽然开始呜呜呜地一边作揖一边对着白柳"砰砰"磕头，一把鼻涕一把泪地号啕大哭："白柳，求你了，不要让我去！白哥，我从头到尾都老老实实，按照你说的做的，没有一点偷工减料，你让刘怀去吧，他才是要害你的那个，真的不要选我！白哥，你放着刘怀这个有大威胁的不选，偏要选我，你和我开玩笑的对吧？！"

牧四诚也不赞同地看向白柳："为什么选李狗？他比刘怀的威胁性低多了，等下刘怀要是偷袭你，你很有可能会出事！"

小电视前的王舜也疑惑不解地皱眉："怎么回事？白柳不是这种临到头放人一马的人，为什么脑子发昏选了李狗？他生命值只有1了啊！"

其他观众也有点着急。

"刘怀连牧四诚这种高攻速的都能'背刺'！白柳就算有牧四诚都挡不住刘怀的！"

"我不懂白柳为什么选李狗，没理由的啊！"

没有观众理解白柳的选择，他们困惑着、担忧着又失望着，只有站在人群背后的一对夫妻捂住自己的嘴，拼尽全力不让自己哭出声来，因为竭力忍着哭，他们甚至有些站不稳，互相依靠地趔趄着，勉强不跪下。

他们蒙眬的泪眼里是小电视内白柳苍白又安静的侧脸。

他们知道白柳为什么选李狗，他们知道这个年轻人为什么做出这个对自己很冒险的选择。

向春华低着头，她嘶哑地哽咽出声，混浊的眼泪从捂住嘴的五指上滚落，刘福用粗糙的大手给她擦去，但自己的眼泪染湿了花白的头发。

"谢谢你，谢谢你，白柳，谢谢你。"

他们太累了，每一天都过得像是行尸走肉，每时每刻都在自我谴责和折磨，无数的路人都对他们伸出同情的双手，但很快又抽回去了。他们说，"节哀，逝者已逝，放下吧，日子总要再过的，你们这样难过果果看了也会难过，开心点吧"。好似他们来说了这些话又离开，老两口就真的会好过一点。

这些援助都是稍纵即逝的，而他们怀抱的希望却一次又一次地落空，歇斯底里地呼喊着要让凶手为果果付出代价，苦难在他们身上镌刻出面目狰狞的痕迹。

向春华不再是那个和蔼可亲的向阿姨，刘福也不再是那个憨厚老实的刘大叔，他们渐渐地变成了所有人都厌烦的人。

他们也不想这样，但是不这样，谁来记住可怜的果果？

他们也曾经千百次地问那个问题，为什么是果果？他们也曾麻木恶毒地暗自想着，这条巷子里那些比果果可爱的女孩子为什么没有遭受李狗的毒手？为什么那些女孩子的家长还能假装怜悯地安慰他们说，果果死了也好，经历这种事情，下半辈子也不好过。

这个世界上那么多女孩子，清纯、明媚、天真……在果果出事前，他们都是爱着这些和他们女儿一样可爱的女孩，但在果果出事后，他们只想问一句话——为什么不是她们？为什么非得是果果？

为什么李狗这个畜生那么刚好，就选中了他们的果果？！

李狗跪在地上，膝行靠近白柳，又被牧四诚给踢开。李狗嘴角被牧四诚一脚踢出了血来。

李狗因为害怕而微微后退了一点距离，他嘴唇颤抖着，仰头看向面上没有任何情感波动的白柳，控制不住地流下了眼泪："白哥，为什么一定要选我？就算你不想选刘怀，你还可以选方可啊？！为什么非得选我？！"

白柳很平静地看着李狗："你要问的话，直白一点来讲，我选你只是因为你倒霉罢了。"

倒霉得刚好跟着张傀选中了这一款他在的游戏，在游戏里撞到了他的手上，倒霉得刚好是张傀的傀儡，倒霉得张傀又被他白柳给彻底控制了。

"但如果你一定要知道原因，我也可以满足你。"白柳表情平和，眸光淡淡地蹲了下来，垂眸看着涕泗横流似乎极为想不通为什么自己会被选中的李狗。

白柳轻声开口询问："你还记得刘果果吗？"

李狗听到"刘果果"这个名字，浑身就像是过电一般打了个哆嗦，他猛地抬头，愕然又震惊地看着白柳。

白柳的眼神和语调都是前所未有的平静："如果你一定要寻求一个逻辑上说得过去的理由，那可以说——因为你当初选中了刘果果，所以我现在选中了你，就是这么简单。"

"怎么会……"李狗彻底瘫软了，一屁股坐在地上，双手撑在地上，双目失去焦距，失神又恍惚地看着白柳，喃喃自语着，"怎么会是因为刘果果？她都死了啊！"

虽然李狗是因为刘果果坐的牢，但李狗早就忘了这个小女孩，他从来没有把这个被他杀害的女孩当成人。

但从白柳的口中浅淡又清晰地吐出这个名字，让李狗的记忆回到了那个让他遭受了牢狱之灾的晚上，他的记忆里自动拼凑出了一个有感情和眼泪的真实的小女孩，绝望又崩溃地在被他抓住之后奋力哭喊惨叫着。

而李狗一个巴掌扇哭这个不停挣扎的高中女生，狞笑着叫她别喊的时候，刘果果也曾求他饶过自己，也曾崩溃地大喊大叫求救；刘果果也曾目光空洞地仰头望着李狗，眼泪在她脸颊上干涸成脏兮兮的泪痕；刘果果也曾声音嘶哑地问李狗，为什么是自己？

和李狗现在对白柳做的事情，问的问题一模一样。

而李狗当时只是嗤笑一声,舔了舔嘴皮说:"算你倒霉,小美女。"

列车里的广播女声响起:"即将到达下一站——水库,请车上的乘客坐稳扶好,要上车的乘客排队在车门外,先上后下——"

白柳目光一凝,扫过所有人:"要到站了,李狗背上炸弹,张傀过来拿镜子,牧四诚守着我,其余人全力夺取碎镜片。"

"列车已到水库站,请各位乘客做好上下车准备——"

白柳沉声:"开始!"

在所有乘客拥入列车内的那一刻,李狗双手双脚不受控制地被调动着跑出了车厢,他背着一个巨大的黑色炸弹,眼泪一下就飙出来,他真的怕了,手和脚都颤抖着。到处都在掉落燃烧的碎片,碎片在整个地铁站里飞舞着,时不时地划过李狗的面颊,但他却因为处于控制之中,不仅不能挣扎,还要主动往火更大的地方去。

背着炸弹的李狗躲避着站台上那些走来走去的乘客,但总有躲避不开的时候,烈焰无情地烧焦了他的面颊,让他痛不欲生又无法挣扎,他泪流满面,尖厉地大叫着:"白柳,我知道错了!我不敢了!我对不起刘果果,放过我吧!"

他哭号着,哭得真情实感,面孔扭曲:"我不该对她做那种事情,我知道我错了!白柳求你让我回去!我不想死,放过我吧!求求你了!!

"再来一次,我绝对什么都不会对她做的!我发誓,我如果做了我就千刀万剐!"

62

系统提示:玩家李狗受到火焰灼烧,生命值 -15,精神值 -15,精神值因发生剧烈震荡而持续降低……精神值低于40。

系统警告:玩家李狗即将见到大量潜意识恐怖幻觉!请玩家及时恢复精神值!

在烈火焚烧中惨叫的李狗根本听不到系统警告的声音,他听到了也没有办法,因为他身上的积分已经全部被白柳拿走了,李狗根本没有购买漂白剂的积分了。

但很快,李狗感觉自己背着的炸弹突然变得湿漉漉又充满了腥味,从他脖子那个地方滴落了一滴血下来，这血是热的，周围的火焰也是热的，但李狗情不自禁地打了个冷战。

他的后背迅速被某种温热的铁锈味的液体染湿了，有女孩子沾满鲜血的湿漉漉的黑色长发从李狗的肩膀上滑落，在李狗的肩膀上晃晃悠悠地荡啊荡，一滴一滴的殷红血液砸在李狗的脚背上，一双洁白的手从李狗的后颈绕过，轻轻地环绕住了他，其中一只手的手背上还用黑色油性笔写着"高考倒计时××天！果果加油！师范学校等着你！"

小女孩轻声哼着不成调的歌，脚在李狗的背上一晃一晃："充满鲜花的世界到底在哪里，如果它真的存在那么我一定会去。"

这首歌是《追梦赤子心》，是刘果果高三誓师大会上的合唱曲目，李狗每天都能看到这个女生戴着耳机哼着这首歌从小巷走过，多么青春靓丽的风景线，而他只是用油腻腻的眼神窥觎觊觎着这不属于自己的美丽，并且最后用屠刀摧毁了这脆弱又单纯的美丽。

李狗僵硬地吞了一口唾沫，他不敢回头，只能反复小声默念着："这是幻觉，这是幻觉——"

"我想在那里最高的山峰矗立——"女孩子清甜的声音打断了李狗的小声默念，她咯咯地笑着唱着，却有种浓烈的阴森气，冷冰冰的手缓慢地箍紧了李狗的脖子，"不在乎它是不是悬崖峭壁——"

"啊啊啊——"李狗彻底崩溃了，他飞跑着，如果不是张傀的傀儡丝还拉着他，他已经完全分不清东南西北了，他奋力地，想甩开背后的刘果果地跑着。

他明明是在烈焰焚烧的车站里奔跑，但车站突然变成了他曾经工作的那条小巷，无论他往哪边跑，都会看到刘果果最后的面容，在自己血淋淋的屠宰铺旁边微笑着，一边对他唱着歌，一边向他靠近。

李狗慌不择路地跑着，在剧痛中干呕了几下，他快撑不住了，他刚刚痛得失禁了，现在小腿都还在打摆子。

但就算这样，李狗也被傀儡丝拖着，一边吐着血一边向水库靠近。

李狗在自己潜意识投射出来的，刘果果不断地攻击的幻觉里，完全清醒不过来，他双目空洞地拖着自己的四肢，在火焰灰烬中爬过车站。

"刘果果"趴在他的身上，李狗痛到极致，一个字都喊不出来，只能流着眼泪，双目无力地睁大。

在幻觉里，李狗的下巴和衣服都已经被血打湿了，但现实却是这人像条死狗一样突然在地面上抽搐了起来，翻着白眼。

其实什么都没有发生，李狗只是被自己臆想出来的恐怖幻境折磨着。

李狗杀人的时候从来没有把刘果果当成一个人，杀她就像是杀一只猪那么简单，自然也不会觉得愧疚，他原本是不会有这些被她折磨到自己发疯的幻觉的，因为他潜意识里就从来没有畏惧过刘果果。

他知道自己可以轻易决定这小姑娘的命运，就像是决定一只对他没有抵抗力的小猫。

但白柳突然把刘果果从一只对他毫无反抗力的猫，变成了一个可以把他送上绝路的人，他潜意识里的恐惧突然觉醒，他终于意识到自己到底做了什么。

我原来杀了一个人。

原来刘果果是一个人，原来她是这么痛的。

李狗背着"刘果果"，用手肘撑着地面，最终一步一步艰难地爬到了水库，他艰难地喘着气，"刘果果"贴在他的背上，黑色的长发在他颈部打着卷，李狗知道这是一个炸弹，但现在这个炸弹就是刘果果，被他杀死的刘果果。

她好像一只快乐的小鸟，在李狗的肩背上唱着只有一个人能听到的歌。

"也许我没有天分，但我有梦的天真，我将会去证明用我的一生，也许我手比较笨，但我愿不停探寻……"

"就算鲜血洒满了怀抱，继续跑，我也会带着赤子的骄傲。"

刘果果是一个美丽的、漂亮的、努力的、懂事的、爱吃肉的十七岁女孩，她马上要高考了，她要去一所很好的师范学校上学，她爱唱《追梦赤子心》，笑起来的时候喜欢撩一下自己耳边的长发，这个世界上原本没有什么能打倒她。

一切原本都还有可以重来的机会，这又不是她的错，她不必为了这种事情一辈子不好过。

她原本有机会把这件事情变成一个疤痕。

但也只是原本。

李狗闭了闭眼睛，他流下混浊的眼泪，哽咽着张开了嘴，他似乎想说什么，但最终什么也没有说，血从他喉咙里涌了出来，李狗不甘地睁大了眼睛，背后的"刘果果"掐着他的脖子，唱完歌之后轻笑了一声，带着他坠入了水库。

无数的气泡翻涌在水面上。

砰的一声，炸弹爆炸了。

水库缓缓地崩塌，水从缺口处涌出。

女孩子清脆的笑声在水库边上似有似无地响起，好似冷冷嘲笑，但很快这笑又消失了，毫无痕迹。

系统提示（对全体玩家）：玩家李狗生命值清零，确认"死亡"，退出游戏。

车厢内。

被盗贼兄弟追赶的一行人竭力地跑着，牧四诚提溜着白柳一马当先，跑在最前面，后面的张傀他们都在收集碎镜片。

但很快这群人就要撑不住了，没有杜三鹦帮忙引开盗贼兄弟，所有人的道具和各方面数值也被消耗到了最后，但是盗贼弟弟和盗贼哥哥这一对怪物兄弟却因为被抢了碎镜片，这一次的进攻特别猛烈。

如果再被追一会儿，等盗贼弟弟的大招蓄满，他们很有可能就要全军覆没了！

牧四诚一个闪躲吊在吊环上，出气不匀地看向白柳，脸色苍白："白柳，我要撑不住了！"

白柳看了看车外，也呼出一口浊气，微笑起来："不用撑了，水下来了。"

水从地铁的台阶上滚滚而下，刺刺刺的火焰被浇灭的声音和水哗啦啦流下的声音交织在一起，升腾的水蒸气几秒之间就充斥整个地铁站，列车顷刻之间就被笼罩在一片半透明的雾气之中，那些对他们穷追猛打的爆裂乘客被流入的水一浸透，身上的火瞬间熄灭。

这两兄弟可怜地互相搀扶着惨叫着，好似在加油打气，被水淋成了两只落汤鸡，抱成一团瑟瑟发抖。

牧四诚放下了白柳在旁边休息，现在这对盗贼兄弟攻击力和速度都大大降低，几乎不可能追上他们了。他斜眼看了一眼身上染血、白衬衫被打湿、满脸虚弱的白柳，又扫了一眼在"大雨"里似乎在哭泣的盗贼兄弟，心情复杂地"啧"了一声。

谁能想到当初把他们搞得差点全军覆没的盗贼兄弟，现在居然被白柳这个只剩了一口气的家伙整成这样⋯⋯

"戴上潜水器。"白柳提醒牧四诚，他给自己戴上了一个潜水面罩，呼吸间在面罩上喷出氤氲的雾气，只露出一双依旧漆黑淡定的眸子，"等下开车，这段轨道说不定会塌陷，水会跟着全部涌进来的。"

"列车即将行驶，请要下车的乘客及时下车，下一站，终点站——古玩城。"

63

牧四诚给自己也戴了一个潜水器，这玩意儿系统卖，只要3个积分，他们早就买好了。

牧四诚给了白柳一个眼神："走吧，现在去找他们会合。"

杜三鹦和张傀在同一节车厢。他仰头摸了一把脸上的水，大口地喘着气，旁边的张傀、刘怀、方可也是狼狈不已，这几人气还没有喘匀，白柳就和牧四诚从一片雾气的车厢末尾走了过来，白柳把自己的360块碎镜片装在杜三鹦那个"伪装的布料"里，丝毫不顾及张傀怨恨的眼神，大大方方地塞进了张傀的怀抱中："你那边应该也有20块碎镜片，大概还有几十秒就会爆炸，你好好拿着。"

系统提示：玩家张傀获得380块碎镜片，收集进度（380/400）。

"至于你们两个，"白柳转头看向刘怀和方可，这两个人在白柳毫无波澜的眼神注视下忍不住抖了一下，"现在碎镜片已经收集完了，你们已经没用了，还会是危险因素，不如……"

刘怀率先咬牙开口道："我们绝对不会偷袭你的，你们现在杀死我也会浪费时间，而且我们的生命值也快见底了，这个时候偷袭你我们并不能得到任何好处，还很容易死亡，我们会躲得远远的。"

"如果你实在不相信的话……"刘怀看着白柳毫无波动的眼神，有些绝望，"我只是想活下去而已，我可以做任何事来证明我自己绝对不会偷袭你。"

白柳淡淡地说："那就你自己给自己缴械吧。"

刘怀愕然地抬头，就连牧四诚的表情都木了一下，两个人几乎动作同步地看向白柳。

白柳倒是不觉得自己说出了什么石破天惊的话，态度依旧是很自然的："我对杀人没什么兴趣，但你的存在的确是个隐患，你的那个技能必须用手对吧？如果你没了双手但是没死，生命值也会落得和我差不多，这样，我被偷袭的风险会变小。"

"并且失去了双手的你——"白柳转头看向牧四诚："这样的刘怀你能打过了吧？"

牧四诚盯了白柳一会儿："你——我——"表情混乱了几秒钟之后，最终喷了一声，嗤笑道，"如果刘怀处理掉双手，我随便打。"

白柳转头看向刘怀，很礼貌地说："OK，那你动手吧，我们的时间不多了。"

刘怀脸上的表情复杂，他最终咬牙，转向方可，拜托他帮忙砍掉了自己的双手。

方可神色复杂地接过了刘怀递过来的匕首，牧四诚的神色有片刻怔愣，但很快恢复了自然，他并没有幸灾乐祸，也并没有很高兴，只是眼眶有点发红地转过了头，垂着漆黑的猴爪站在白柳的身侧。

"至于方可——"白柳一一清算，他话还没说完，方可就很干脆地惨叫一声，断掉了自己的一只手，求生欲很强地哭着说："我这样可以了吧？"

白柳："我只是想让你和刘怀把道具和积分交出来而已，没有让你断手的意思。"

方可："呜呜呜……"

白柳说起这种打劫的话来也是云淡风轻，一副理所当然的样子。刘怀和方可面面相觑一会儿后，老老实实把积分和道具都上缴了，然后白柳的眼神移到了张傀的身上："还有你，也把身上的积分和道具都交给我，不然你淘汰了好浪费。"

即将被白柳"坑"去送死的张傀："……"

这是挫骨扬灰还要把他的灰拿去卖钱，白柳太损了！

张傀恨得牙咬得咯吱咯吱响，但是他拿白柳还真的没有任何办法。

白柳如愿以偿地打劫了三个高级玩家，心满意足地收手了。

围观了全程的杜三鹦和牧四诚："……"

他们幽幽地看着打劫得很熟练的白柳，脑子里不由自主地在思考一个问题——到底是哪个监狱倒了把白柳这个祸害给放出来了？

下岗职工白柳清点了一下自己丰厚的战利品，很愉悦地对方可和刘怀挥挥手："拜拜，下次有机会再一起玩游戏，你们让我的游戏体验非常好。"

刘怀和方可："……"还是不了，我们的游戏体验很差。

方可和刘怀在白柳看可再生韭菜的欣慰目光中狗撵似的跑了，牧四诚都无语了，白柳很明显就是准备下次遇到了接着抢，等到白柳收回目光看向杜三鹦和牧四诚的时候，杜三鹦紧张得都想哭了，他结巴道："白、白柳，我真的没什么道具了！我用很多了，你别抢我的！"

白柳很诧异："我怎么会抢你的？我们是合作伙伴啊。"说完，他有点遗憾地顿了顿，"你也没有了吗？我以为你幸运值100，一定存了很多道具呢。"

牧四诚："……"你收敛一下自己看肥羊的眼神再说话，白柳。

杜三鹦眼泪汪汪地狂点头："我真的没有了！"

白柳倒是不会对牧四诚下手，主要他还指望着牧四诚帮他，而且牧四诚这家伙的技能是"偷盗"，他拿过来牧四诚也能偷回去，但牧四诚应该是属于口味挺挑剔的那种"盗贼"，不会轻易出手的那种，刚刚白柳在拿方可和刘怀的道具时，牧四诚抱胸斜眼看着白柳，眼神嫌弃得就像是在看一个捡垃圾的流浪汉。

但是，白柳摸摸鼻子，他本来就是个"贫穷的流浪汉"。

列车一开，两边的隧道就开始渐渐剥落坍塌，汹涌的水流从四面八方灌入列车隧道，又从列车碎掉的车窗和破开的缺口灌入列车里，在短短几秒间，水就没过了白柳的腰。

白柳被水冲来冲去弄得人都浮了起来，还是牧四诚眼疾手快地拉住了他，杜三鹦抓住一把椅子，在奔涌而来的水流中大声喊道："白柳！张傀在这节车厢爆炸！我们守在这节车厢的两边吧！我和牧四诚生命值都还够，还有一点防御道具，我们来守吧！你离远一点！"

白柳捂住潜水面罩比了一个OK的手势，水面没过了他的面颊，白柳转身笨手笨脚地摆着手脚游走了——没办法，他还是不会游泳。

杜三鹦和牧四诚守在车厢的两边，他们都用了一点道具保护自己，而车厢中间戴着潜水面罩的张傀脸色惨白，牙关紧咬，他的道具都被白柳搜刮走了，只给他留了一个潜水面罩防止他在爆炸前被淹死，他只能握着这个装了镜子的"伪装的布料"等着爆炸。

车厢的前后门都被人堵了，张傀就算再聪明，没有道具没有时间，又被人控制住，他也没有任何办法。

他这下是插翅难飞，不可能逃掉了。

牧四诚和杜三鹦看着这个场景，都有一瞬间的恍惚——这对他们来说，是似曾相识的场景。

牧四诚曾经无数次被张傀用这种恶心巴拉的手段困住过，每次都是伤痕累累地从游戏里爬出去，有好几次差点连命都没了。杜三鹦就不用说了，他在几个站之前才被张傀困在一节车厢里满车厢跑过，没想到风水轮流转，居然也有他们困住张傀的时候。

想着想着，牧四诚忽然很想笑，白柳明明是个幸运值为0的家伙，但遇到这个人之后，好像也不总是坏事？

这个人好像把他遭受过的苦难，以一种很自然的态度全部给还了回去，尽管牧四诚知道白柳不是为了他而做这些事。

但怎么说，他还是不由自主地感到愉悦。

张傀能清晰地隔着布料感受到手中的镜子越来越烫，越来越烫，他忍不住浑身剧烈地颤抖起来。他好似突然崩溃了一般，求助的目光四处乱晃。他似乎在水下惊慌地说着什么、比画着什么，但没有人听得到他的声音了。

牧四诚眯了眯眼睛试图去看张傀在潜水面罩里的口型："镜——子——里——有——"

在张傀说出最后一个字之前，手中的镜子猛地爆发出一阵强烈的红光，他面目狰狞地惨叫起来，大量的气泡从他四周随着爆炸的气流涌出来，牧四诚下意识用手挡了一下自己的眼睛。

镜子爆炸了。

剧烈的冲击波把整个列车都摇晃震荡起来，混浊的气泡从地面升起，爆炸带来的波流一下一下地在水底冲刷着，让这个水下地铁在一直上下左右地晃，杜三鹦没有抓稳车厢门，在车厢里东倒西歪地滚了好几圈，丢了好几点生命值才昏头昏脑地停下来，白柳就小心多了，他用之前抢劫来的防御道具把自己包裹了个严严实实躲在很远的车厢，等到爆炸结束之后才过去。

系统提示（对全体玩家）：玩家张傀因精神值清零，确认异化，退出游戏。

牧四诚站在那个掉落在地上的袋子前，里面是一面光洁如新，只有中间破损了一个三角形的镜子，和爆炸之前是一模一样的。

它安静地躺在水底，旁边已经找不到任何张傀遗留的痕迹了。

牧四诚低头照着这面镜子，镜中倒映着的牧四诚因为缺失的那块碎片，眼睛的地方是缺损的，看起来有点奇怪。

明明只缺20块碎镜片就要通关了，牧四诚心中却有一种很奇怪的不祥的预感。

这种预感就像是第一次在这个游戏里见到对他微笑的白柳——一种自己马上就要倒大霉的预感。

64

如果杜三鹦在这里，他一定会声嘶力竭地叫所有人跑，因为他能强烈地感受到那面镜子有问题，但可惜的是，杜三鹦被撞头之后还在晕呢，还没过来，这或许也是他的幸运，让他顺利地逃过了这一劫。

"镜子里有什么——"牧四诚喃喃自语着，"张傀在镜子爆炸前，在镜子里看到了什么？"

白柳觉得自己也是倒霉，明明不会游泳，但是每次都会碰上有水的游戏，真是个"命里多水"的玩家。这样感叹着，白柳也还是四肢跟狗刨一样划着水，划到了牧四诚所在的车厢。

牧四诚如实把他知道的事情和白柳说了，然后提点白柳："但无论张傀想说什么，我们的当务之急是找到剩下的20块碎镜片，你觉得剩下的20块碎镜片会在什么地方？"

"乘客身上是不可能了，古玩城是终点站，应该只有下车的乘客，没有上车的乘客了。"牧四诚摸着下巴思索着，"难道在车站里？但是我们就是从古玩城这个站上来的，也不太可能在车站里，我当时搜寻了一圈没有看到任何碎镜片。"

"列车里我们已经找过好几次了，也不可能在车上……"牧四诚还在思索分析着，"难道是等下在古玩城站还会登上来一批乘客？"

白柳却打断了他，侧头看向牧四诚："我知道张傀想和你说什么了。"

牧四诚怔愣了一下："说什么？他说的镜子里有什么？"

白柳侧过头去看向那面镜子，眸色微沉："镜子里有最后一个怪物。

"我们遇到的所有碎镜片都是在怪物身上，无论是爆裂乘客还是盗贼兄弟，镜片都是在它们身上的，我们的怪物书还缺最后一页，也就是差最后一个怪物，我们缺的那20块碎镜片很有可能在最后一个怪物身上。"

牧四诚蹙眉："那最后一个怪物是什么？一般来说游戏里的怪都是死掉的人或者动物，我记得爆炸案这个新闻里的死人除了乘客就是盗贼，只有这两种适合被设计成游戏里的怪物吧？难道是镜子里的幽灵？但在这之前游戏没有任何线索提示，我们没有触发任何和镜子里的幽灵有关的故事任务。"

"不，你忽略了，镜子里并不需要有幽灵，这个案子里还死了一个东西，"白柳目光微动，"那就是碎掉的镜子本身。"

牧四诚一怔，他猛地回神看向镜子："你是说镜子是最后一个怪物？！"

"对。"白柳弯下身体，啧啧地看着这面镜子，"张傀想告诉你的应该是——最后一个怪物是镜子。"

"我刚刚就觉得不对了，因为系统通告的张傀退出游戏是因为精神值清零，这很奇怪，因为他处在爆炸中心，生命值只有十几，但是'死亡'却是因为精神值清零，我当时还以为你用道具折磨他了。"

牧四诚无语:"我没有那么闲。"

"现在看来你没有。"白柳若有所思地看着这面镜子,"那折磨张傀到精神值清零的,就是别的东西了,比如这面怪物镜子。"

"我之前一直以为这面镜子对那些怪物有增强作用,所以它们被我们取了碎镜片之后,才会变得虚弱。"白柳在水中晃荡着身体,头靠近镜面去观察这面残缺的镜子,"但你提醒了我'镜城爆炸案'的事情,我现在发现很有可能不是这样的,因为现实'爆炸案'中的那对盗贼兄弟是畏惧镜子的,如果这个游戏是参考现实案件,镜片就不该对盗贼兄弟有增益效果,因为不合逻辑。"

牧四诚拉住吊环防止自己在水中漂走,不解地看向白柳:"那你怎么解释我们每次取了镜片,这些怪物对我们就虚弱了下去?"

"对我们……"白柳目光渐渐凝实,沉静了一会儿,忽然开口,"我们换一个思路,这面镜子在车内爆炸成400块碎片,这400块碎片还全都恰好在乘客和盗贼兄弟身上,如果只是镜子爆炸碎片弹入乘客体内,不可能每一片都恰好在乘客和盗贼兄弟的身体内,还恰好弹入它们特意保护的重点部位,这很奇怪。"

"的确有点奇怪……"牧四诚听着眉头越发紧锁,"是因为什么?"

白柳垂眸:"唯一合理的解释就是——这些碎镜片的分布不是爆炸弹射导致的,而是这些怪物自己在收集碎镜片,把收集来的藏在了自己的身体最重要的部位。"

"自己收集?!"牧四诚有点惊讶,"你不是说它们怕这面镜子吗?"

"对,所以它们才要收集。"白柳的目光渐渐沉凝,"这个游戏里有两个收集碎镜片的队伍:我们和乘客、盗贼。我们收集是因为要集聚这面镜子,而它们收集是为了阻止我们,它们害怕这面镜子,所以不想我们收集完所有碎镜片,想方设法地阻止我们,把自己收集好的碎镜片分别藏在不同的人身上,藏在最重要的部位,而我们是去抢夺的一方。"

"它们被抢了碎镜片之后的虚弱,并不是因为碎镜片给它们增益了,而是因为它们害怕碎镜片到我们手里,它们是因为害怕我们而虚弱的。"

牧四诚有点震惊:"但是这些乘客和怪物为什么要这么做?"

"只有一个原因——"白柳的目光落在了这面镜子上,"我猜测它们之所以成为这副模样,都是这面镜子导致的。"

在他话音落下的一瞬间,水底的镜子腾一下亮起,里面燃烧出熊熊的火焰,而消失不见的张傀就在镜子里面。

张傀眼睛的地方是镜子上那个三角形的碎片缺口,这也让张傀似乎看不见东西,他疑惑地喃喃自语,在镜子里走来走去,敲敲打打:"这里是哪里?"

但很快张傀就没有疑惑的时间了,他背后突然出现了一丛丛火焰开始烧灼他,张傀开始惨叫逃窜,不停地拍打着镜面,似乎想要逃出来,但他背后的火焰却不依不饶地追着他,张傀无处可逃,最后变得和那些乘客一模一样。

"之前我还疑惑过,一场爆炸里为什么会有那么多严重烧伤的尸体,因为爆炸一般都是冲击伤,很少有直接烧死的,但我们见到的所有怪物,无论是'爆裂乘客'还是盗贼兄弟,都是很典型的焦尸形态。"白柳看着镜子里被烧成了一块焦炭的张傀,挑眉,"现在我想我知道是为什么了。"

最终镜中跳跃的火焰缓缓熄灭,张傀的焦尸也消失不见,干净光洁的镜面清晰地倒映着列车里的境况,唯一不同的是——镜子里列车上有一块碎镜片。

"看来我们找到最后一块碎镜片了。"白柳若有所思,"果然是在最后一个怪物身上。"

系统提示:恭喜玩家白柳补充完《爆裂末班车》所有背景设定,进入最终序章——镜中列车。

系统提示:恭喜玩家白柳解锁所有怪物书。

《爆裂末班车怪物书》刷新——爆裂乘客(1/3)。

怪物名称:爆裂乘客。
特点:移动速度极快(1000点的移动速度,火焰有加成效果)。
弱点:碎镜片,水,鬼镜。
攻击方式:被爆裂乘客身上的烈火灼伤后生命值和精神值都会下降。

《爆裂末班车怪物书》刷新——盗贼兄弟(2/3)。

怪物名称:盗贼哥哥,盗贼弟弟。
特点:盗贼哥哥移动速度极快(3400点的移动速度,火焰有加成效果),擅长偷盗;盗贼弟弟极其强壮高大,移动速度极快,一分钟内可以使用一次大范围攻击(1400点的移动速度,火焰有加成效果,愤怒时喜欢用拳头让对方听话,攻击力极强)。

弱点:碎镜片,水,鬼镜。

攻击方式：抓挠，偷盗，烈焰冲击，怒气狂捶。

《爆裂末班车怪物书》刷新——鬼镜（3/3）。

怪物名称：鬼镜。
特点：？？？（未知，系统无法探索）。
弱点：暂无（不要求玩家探索该怪物弱点）。
攻击方式：？？？（未知，待探索）。

你已触发神级游走NPC鬼镜！！
《爆裂末班车》游戏副本生存率正在急速下降，重新计算中……原游戏通关率为23%，目前下降至？？%！！
警告！警告！该NPC极为危险，目前没有明确弱点，一旦NPC想要杀戮，玩家无法利用弱点逃脱，只有死路一条，请玩家加快游戏破解进度，在该NPC杀戮之前离开游戏！
在集齐碎镜片之后神级游走NPC苏醒，请玩家在集齐碎镜片之后尽快离开游戏！

"哈。"白柳有点稀奇地看着自己的面板，遇到这种情况，倒是一点不慌，"这神级游走NPC不是据说很难遇到吗？怎么我又遇到了？"

但是牧四诚心态已经彻底崩了，他在查看了自己的面板之后，脸色一阵青一阵白。牧四诚用一种扭曲到狰狞的表情咬牙切齿地看着白柳，感觉像是恨不得把白柳给干掉一样："真不愧是幸运值0的你。"

"老天爷定的我就这么幸运，要每次都遇到他。"白柳耸肩，"我也没办法啊。"

65

"什么鬼！"牧四诚看着镜子里那地面上的碎镜片忍不住骂脏话，"那镜子里的碎镜片要怎么弄出来？张傀都在里面被烧死了！难道要我们进去吗？"

"你冷静一点牧四诚，张傀之所以被火烧，是因为他的精神值被这面镜子清零了，按照游戏的规则他需要变成这个副本的怪物，镜子才会把他烧成焦尸的。"白柳语调从容，丝毫不慌，"从这个角度推论，我们只需要保持精神值不掉为 0，在这面镜子里应该是安全的。"

他说着，取下了自己的潜水面罩，叼了一瓶精神漂白剂，然后还用眼神示意牧四诚也快点喝，喝完了好进镜子。

白柳这货连自己进去是在送死的自觉性都完全没有！你生命值只有 1 了啊！

牧四诚崩溃又无语，但游戏不通过也是淘汰，最终他也咬牙喝了一瓶精神漂白剂，喝完之后，这两人在水中一个俯冲就潜入了镜子里，镜子洁净的表面水波般地晃荡了两下，又了无波纹。

白柳的心态没崩，小电视前观众的心态倒崩了。

"不是吧？又是神级 NPC，还要进镜子？这已经是噩梦难度了吧？！"

"我看到白柳进镜子手脚都冰凉了……他只有 1 点生命值了……"

"我不甘心！柳哥加油！我给你点赞充电！都最后序章了，稳住我们能赢！"

"柳哥稳住啊！"

王舜脸色阴沉得都快滴水了，向春华和刘福把自己游戏通关的积分全部充电给了白柳，这两人吓得闭着眼睛不敢看小电视，表情仓皇又无措，双手合十不停低语着："菩萨保佑，菩萨保佑白柳没事，好好的！一定不能有事！好人一生平安！"

镜中的白柳并不知道这些局外人紧张得都快跺脚了，他倒是顶着个见底的生命值进度条淡定得不得了。

主要是镜中的场景白柳也实在紧张不起来。

列车轰隆轰隆地前行着，周围都是叽叽喳喳刚刚下晚自习的高中生和低着头一直在刷手机的下夜班的人，有些人疲惫地打了个哈欠。

略显嘈杂的人声和每次拥挤的上下车的人流，人们带着麻木倦怠的神色进进出出，这是白柳熟悉到不能再熟悉的人间日常，没有焦尸，没有烈火，什么奇怪的征兆都没有，如果不是白柳清晰地记得自己在游戏里，他或许以为自己已经回到了现实。

白柳扫了一眼列车车厢的 LED 屏幕上的时间——20XX 年 Y 月 Z 日，晚上十点五十七分，这是一列末班车，白柳的记性不错，他记得他登上的那列发生爆炸案的列车，就是在十一点爆炸的——如果这就是真实的场景，那么应该这个站后再过一个站，这列列车就爆炸了。

甜美的女性广播声在车厢里响起："下一站陆家湾，终点站方向——古玩城，请要下车的乘客依次排队在车门边，先下后上——"

白柳站在车厢里，他记得自己在陆家湾这一站和陆驿站一起下车了，如果这是这列列车爆炸的真实场景的投射，那么——白柳转头走了一两节车厢，左右看了看，最终在一节车厢的正中央看到了自己和陆驿站。

"白柳"和车厢里其他的人一样，眼睛要眯不眯地看着手机，时不时张嘴懒懒地打个哈欠，他那个时候还没下岗，工作经常做到很晚，陆驿站要是也加班的话就会在地铁站等着他会合，两个人共乘一段地铁之后，再各自回家，虽然白柳不太懂陆驿站为什么要等他，这种宛如小学生一起牵手上厕所的操作，一度让白柳有种微妙的嫌弃。

但陆驿站倒是很坚持，他觉得白柳那么晚回家不太安全，自己可以陪白柳一段路。陆驿站和白柳一起长大，他一直很习惯照顾白柳，因为这人的确是让人很不省心，比如现在，这人就靠在座位旁边，抱着双臂，头一点一点地睡着了。

陆驿站无奈地摇了摇头，他脱下了自己的风衣，盖在了"白柳"的肩膀上，他有点警务人员的天然的警觉性，给"白柳"盖好风衣之后站在了他的旁边，目光从整节车厢扫过，和这边的白柳对上了视线。

然后又像是什么都没有看到一般，很自然地掠了过去。

白柳远远地看着，他的身影好似虚拟投射出来般透着一种不真切的半透明质感，他觉得自己好像一瞬间变成了一个不存在的，那个正在被陆驿站盖风衣的"白柳"的信息复制体。

陆驿站看不到他。

很快列车就到了陆家湾站台，车门打开，在白柳的记忆里他们就在这一站下车了，因为陆驿站接到了一个电话临时有事，但其实白柳要坐到终点站古玩城才能换乘，按理来说他应该在换乘的时候死在那场爆炸里，但一直要和他一起的陆驿站带他提前下了车，白柳最终在陆家湾这里绕了一圈换乘了。

但这一次，"白柳"并没有下车。

陆驿站接到了一个电话，明显也是有事要提前下车，但是"白柳"靠在椅背上假寐，陆驿站让他一起下车但叫不动他，最终陆驿站把自己的风衣留给了无论怎么样都唤不醒的"白柳"，很明显这家伙就在装睡，不想再和陆驿站一起走了，最终陆驿站自己一个人无可奈何地下车了。

"白柳"安静地坐在打开的车门对面，眼睛疲倦地闭合，而其他人和陆驿站都拥了出去，随着时间的流逝，"白柳"还没有下车，列车要启动了。

白柳脸上出现不稳定的光斑，好像是信息载入错误般在他脸上不安分地闪烁着。

列车内的广播声又甜美地响起:"列车即将行驶,到达终点站……"

系统玩家信息数据载入错误……检测到玩家白柳该人物已经"死亡"……死于爆炸案中无法进入游戏……启动玩家白柳数据删除,玩家白柳人物游戏数据删除中……

白柳的身上开始出现非常多的光斑,以噪点的形式在他全身上下不稳定地闪烁,但白柳却没有什么紧张的感觉,而是略微挑了下眉:"居然真的是现实。"

这种游戏生成的高度还原的现实场景让白柳觉得很有可能是根据玩家的记忆生成的,但这个游戏超出了常规,或者说超出了他所在维度的现实世界的能力。白柳在看到这个和他记忆中完全一样的列车之后,就开始怀疑另外一种可能性。

那就是这里根本不是他的记忆,而是现实。这个游戏把他带回了当初爆炸案的场景中,他就在那列即将爆炸的列车上,因为这里的场景和他的记忆出现了一个很明显的偏差——白柳清晰地记得,他虽然那天很困,但他根本没有在列车上睡着,因为太冷了。

这里根本不是根据他的记忆衍生出来的场景,这就是白柳上过的那列即将爆炸的末班车。只有现在真实存在的东西才会出现和记忆不同的偏差。

他刚刚一直就在等列车启动,如果列车启动,"白柳"这个存在就应该死于爆炸案内,后面就不存在什么进入游戏了,那么他现在出现在这里就是一个"悖论",系统一定会提示他数据故障,结果果然是这样。

"白柳"头靠在座位旁边,半梦半醒,他是真的累了,白柳知道他很疲惫。

但白柳也不会眼睁睁地看着自己睡死在这列要爆炸的末班车上,虽然他现在只是一段投射过来的数据影像。

白柳神色冷静地点开了系统面板购买了一部手机,他现在虽然只是虚拟存在的数据模式,但数据也可以触摸到现实,也可以改变现实,用数据传递的模式。

白柳输入了自己的电话之后,拨打了过去,电话在拨出去的一瞬间就被接通了。白柳看到那边的自己接起了电话,他微不可察地勾起嘴角,轻微地调整了一下自己的声线:"喂,请问是白柳先生吗?"

"嗯,我是。"那边的"白柳"接起了电话,懒散地问,"你是?"

"我在陆家湾地铁站出闸口这里捡到了陆驿站先生的手机和钱包,里面有他的身份证和驾照,他的紧急快捷拨出号码就是您的号码,但是这位先生的手机快没电了,所以我用我自己的手机打给了您。"白柳面不改色地撒谎,"可以请您过来拿一下他的手机吗?"

白柳记得陆驿站在那个时候刚换手机,还是一款有点小贵的手机,陆驿站平时很爱惜,但这人一向做事很马虎,再怎么爱惜的东西也可能弄丢。

钱包加新手机,这对白柳来说就是足够的动力了。

"白柳"顿了两下,他挺直腰板站了起来,开始往车门的方向走去,在车门合上的最后一秒前走出车门,他轻声说:"OK,你站在出闸口不要动,我出来取,麻烦你了。"

站在车上的白柳脸上那些不稳定的光斑和噪点在"白柳"走出车门的一瞬间变得平稳,他隔着闭合的车门看着站台上的"白柳",垂眸微笑:"有劳您了,我不会动的。"

66

在"白柳"下车后不久,白柳的身体就从一种半透明的数据虚拟化的状态变成实体的了,他若有所思地捏了捏自己的手掌——他能碰到周围的乘客了。

也不知道是因为两个"白柳"同处一个时空导致他的存在虚拟化,还是"白柳"不下车即将"死亡"这件事导致他的身体虚拟化,但这些都不重要了。

下一站就是古玩城,他现在还在车上,最多还有三分钟这列车就要爆炸了。

"白柳!"牧四诚的声音从拥挤的另一节车厢里传来,他艰难地挤到了白柳的旁边,脸色难看到了极致,"这里这么多人,怎么找碎镜片?!马上就要到站了,到站之前这列末班车就要爆炸的!"

"而且我刚刚试过了,我本来想在刚刚那个站台下车。"牧四诚的语气凝重,"但下不去,我就像是被什么东西拦在了这列车上。"

但白柳却对牧四诚的焦急充耳不闻,他没有接上牧四诚的话题,而是自顾自地说:"这里才是现实,因为真正的'你'不在这列车上,所以你无法实现'下车'这个动作,而真正的'我'刚刚已经下车,所以我也没有办法在一列我已经下过车的列车上再次下车。因果关系不成立,会导致游戏逻辑紊乱的。"

"什么现实?"牧四诚警觉道,"白柳这不是现实,这是在游戏里!你精神值没跌吧?出现幻觉了你?说些什么下车不下车的胡话呢?"

"我不是这个意思。"白柳用手指点了点牧四诚的肩膀,然后指着车上的地铁线路图,"你看看这张线路图,古玩城上一站是陆家湾,不是水库,你注意看,这条地铁路线也不是环形的，是一条线形的地铁路线，这是我们现实世界里的地铁图。"

牧四诚顺着白柳的手看过去，也发现了这一点，他皱眉："但我们不可能回到现实，我们的确是在游戏里。"

白柳似有所悟地继续说道："我说这里是'现实'的意思，并不是指我们回到了真正的现实，这里的'现实'是相对我们之前所在的那列满是怪物的列车而言的，那个地方并不是真的游戏世界，那个地方只是一个不断循环的镜子世界罢了。"

"而我们现在站着的这列列车，"白柳用脚尖点了点自己的脚下，眼神平静，"才是真正的游戏相对的现实，也可以说是已经发生过的现实衍生出来的可能性导致的平行时空。这个游戏的原型是'镜城爆炸案'，而一般我们的游戏能在游戏里高度还原事件，就已经做得很好了，而这个游戏，它拥有比还原事件更大的能力。"

"它再现了事件场景。"白柳看向牧四诚，"它带我们回到了那个爆炸的时间点，然后在这个节点上由我们玩家来操控，它会根据我们的操控演算可能出现的场景，导致不同的后果。"

比如刚刚白柳登上列车的第一反应是去找自己和陆驿站，原本的白柳是没有在这趟列车上睡觉的，因为冷，但是登入这趟列车的白柳身上带了一个东西，让车厢变得温暖了起来——380块碎镜片，刚刚爆炸过的，白柳在进入镜中世界的时候这380块碎镜片就自动进入他的系统背包了。

白柳是虚拟的，但镜子是真实的，白柳的靠近让这面镜子上残留的热量温暖了疲惫的"白柳"，从而导致他真的睡着了，让他没有按照白柳记忆中那样，跟着陆驿站一起下车。

但牧四诚根本没有关注这些，他只需要知道白柳清楚自己还在游戏里就行。还有三分钟列车就要爆炸，牧四诚一心通关，急得不行，他从白柳的话里抓住了关键信息。

"不断循环的镜中世界？"牧四诚急切地反问，"不断循环是什么意思？"

"你不觉得我们之前那个收集碎镜片任务存在一个很大的逻辑漏洞吗？"白柳懒懒地说，"我们是要在一列即将爆炸的末班车上收集碎镜片对吧？"

牧四诚点头："是。"

"但是——"白柳抬眼，似笑非笑地看着牧四诚，"如果这列末班车没有爆炸过，车上那些因为爆炸产生的碎镜片又是从什么地方来的呢？"

"除非是它已经爆炸过，我们才有爆炸之后的碎镜片可以收集。"

牧四诚彻底呆滞了一两秒，才回神过来，他恍惚地喃喃自语："这是一列不断循环的末班车，爆炸了一次又一次……我们在那里面收集好碎镜片根本没有用，收集完成之后很有可能会把自己完全困在那列不断循环爆炸的末班车上，所以那些乘客在想方设法阻止我们，天——他们是在救我们这些傻子玩家。"

"是的，我在上地铁站之前注意到了，地铁站里的电梯运行方向是反的，后来上下乘客的顺序也是反的，就连我们的任务，在某种程度上也是'反'的。"白柳条理清晰地解释，"我们的任务是收集碎镜片，但其实碎镜片早就已经被乘客收集好了，我们所做的事情反而是把这些收集好的碎镜片再次分散抢过来，而且看起来我们在干'反派'干的活，那些乘客才是对的，我猜测这是镜子的特性之———将物体本身的性质反过来。"

"所以我觉得镜子中的主线任务，和我们所在的这个现实世界的真正主线任务应该是反过来的。"白柳眸光冷静懒散，手上有一下没一下地拨动着胸前的硬币，"我们所在的这个现实里，列车还没有爆炸，那就是说镜子是根本没有被打碎的，镜中的任务是收集拼凑镜子，那么反过来看就是——"

牧四诚猛地意识到了什么："我们要打碎镜子！"

白柳勾唇一笑，打了个响指："没错。"

　　系统提示：恭喜玩家白柳以及玩家牧四诚触发终极主线任务——打碎罪恶的鬼镜，终止不断循环的镜中爆裂末班车。

　　系统提示：白柳身上的380块碎镜片归位，请玩家迅速找到真正的镜子，打碎通关。

牧四诚有些后怕地长出一口气，他看着白柳，忍不住啧了一声："你这家伙，就算是这样脑子都完全不乱吗？"

三分钟爆炸倒计时，1点的生命值，这货居然还有心情思考现实世界真实任务，他不心焦吗？！

"但是镜子在什么地方？"白柳不心焦，但牧四诚却是心焦的，"这列车一共六节车厢，现在还有两分钟了，我们根本不可能每节都找。"

"不用找。"白柳不疾不徐地靠在车门上，他指了指，"我之前坐过这趟列车，我记得在我下车之前那对盗贼是在这节，我就直接过来了，结果他们果然是在这节，喏，站在中央。"

牧四诚视线移过去，只见人群中站着一大一小两个贼眉鼠眼的乘客，手上推着一个巨大的行李箱，大小刚好可以放下一面镜子，镜子应该就在那里面，旁边还站着几个西装革履的人，应该是博物馆的人员，牧四诚一见就反应过来他们就是那对盗贼兄弟，他看了一眼白柳，有点无语："你早就看到了怎么不过去？站在这里不动干吗？"

白柳摊手笑："这不是等你偷镜子吗，大盗贼，我怎么有本事从另一对盗贼的手里抢过来东西，这当然要你来啊。"

牧四诚一怔，然后缓慢地勾唇，嗤笑道："你倒是会省事。"

说完，牧四诚眼神一变，变得又冷又专注，他调整了一下耳机的位置，兜帽往下遮住了自己的眼睛，右手向斜后方甩了一下，变成了尖利并拢的猴爪，身形鬼魅地从周围的乘客旁边晃过。

白柳都没看清牧四诚做了什么，就听见那对盗贼兄弟的尖叫："镜子没了！有小偷！"

车厢内的人群顿时骚动起来，白柳一转头就感觉自己后领子被人一提，戴着兜帽的牧四诚一只手拎着箱子，另一只手提着白柳，嘴角带着放肆的笑，踩在车壁上飞快地腾空奔跑起来，背后是盗贼兄弟声嘶力竭的怒吼："抓住那个小偷！！！"

牧四诚面无表情地亮了一下刀子，说了一个"滚"字，人群立马就尖叫着惊慌失措地让开了，牧四诚就这么一路畅通地跑到了车尾车厢，还吓跑了车厢里的其他乘客，让他们空出了一整节车厢来。

"牧四诚，你干坏事真的很不赖。"看着瞬间空无一人的车厢，白柳诚心诚意地称赞。

牧四诚挑眉："彼此彼此。"

白柳蹲下打开箱子，里面果然就是那面镜子，并且是完整的，白柳把镜子竖起来的一瞬间，听到了系统刺耳的警告声。

系统警告：当镜子被打碎的一瞬间，神级 NPC 会破镜而出，镜前的所有玩家会被无差别攻击，请玩家小心破镜！

被神级 NPC 攻击一下，无论是白柳还是牧四诚，以他们现在的生命值那都是必死无疑的，牧四诚嘴角的笑很快散去，空荡的车厢只有列车运行灌进来的风声和从另一节车厢里传过来的被牧四诚吓哭的乘客小小的呜咽声。

甜美的女性广播声适时地响起:"即将到达终点站——"

67

"你有'人鱼的护身符',牧四诚,"白柳侧过头,无波无澜地看向牧四诚,"你有没有绑定这个道具?"

牧四诚脸色一僵:"我拿到的第一时间就给绑定了。"他拿出这个"人鱼的护身符"道具。

这个白色的人鱼小雕塑的脸已经不再是之前的模型脸了,而是牧四诚这家伙的脸。

同时,牧四诚也意识到了白柳想做什么了——白柳想利用这个"人鱼的护身符"道具,这个道具可以让玩家打碎镜子之后瞬间逃开,但这个道具已经被牧四诚绑定了,所以现在只有一个结果了。

"我来碎镜子吧。"牧四诚拿着雕塑,深吸一口气。

但这方法其实并不怎么保险,因为没有人知道神级 NPC 的速度有多快,攻击技能是什么,来不来得及让牧四诚使用道具。

"白柳,你该不会从一开始让我偷到那个'人鱼的护身符',就是为了现在这一刻吧?"牧四诚脸色有点诡异和憋闷,"你到底是什么时候知道我们在列车中的那个世界是假的?"

"唔,我有这个想法,大概是从我看到地铁站那个运行方向相反的电梯,以及环形的地铁轨道开始的。"白柳很诚实地回答道,"因为如果是我,把一个轨道在游戏里设计成圆形,大概就是为了循环。"

那不就是游戏最开始的时候吗?都还没上车呢!

牧四诚整个人"裂开"。

那个时候白柳就知道了——白柳这货简直和神级 NPC 一样,都是这个游戏里的 BUG!

牧四诚眼睛闭了闭,他其实没得选了,无论这个他来碎镜然后用"人鱼的护身符"逃脱的方案对他来说"死亡"风险有多大,他也不可能逃避的。

总不可能让 1 点生命值的白柳来碎镜子吧?

白柳拍拍手站起来,若无其事地说:"等下我会用鞭子来抽碎镜子,如果神级 NPC 破镜暴走,你记得及时捏碎护身符逃跑。"

牧四诚静了好几秒,神志不清地看向白柳,语无伦次地摇晃白柳的肩膀:

"你刚刚说谁来碎镜子？！"

"我啊。"白柳很奇怪地看牧四诚，"我还有怪物书的最后一页没有集齐呢，就差鬼镜的攻击方式了，我就等着它来攻击我呢。"

牧四诚完全混乱了，他觉得自己所有的常规推测手段在白柳这个神经病身上都是无效的，他无法置信地看着抽出了鞭子的白柳："喂，你不是真的要自己碎镜子吧？！"

白柳斜眼看他一眼："或者你也想来？"

"我当然不想来啊！但是我至少有'人鱼的护身符'，你有什么就敢这么鲁莽？！"牧四诚彻底暴躁了，他恨不得摇醒白柳，"你有病吗？！你生命值只有1点了！"

牧四诚说着就抽出了一个纯白的人鱼小雕塑想挡在白柳面前，他深吸一口气亮出了猴爪直面镜子，冷声呵斥："好了，我来碎镜子，等下镜子一爆游戏结束你就可以登出了，你给我滚远点，找个地方藏好自己，不要在最后死了。"

"牧四诚，其实你来碎镜是性价比很低的做法。"白柳不疾不徐的声音从牧四诚的背后传过来，"很明显，神级NPC破镜而出会爆一个群攻技能，如果是我来碎，你还可以利用道具跑；但如果是你来碎，这个群攻技能扫到我我很可能立马就完了，还会浪费一个道具。"

"这不划算。"白柳很平静地评判。

牧四诚越发无语和恼怒："都什么时候了，还扯什么划算不划算——"

"以及——"白柳的声音冷静又清晰，"牧四诚，我说过你是我目前最有价值的一张牌，你死在这里太可惜了，对我来说性价比太低了。"

牧四诚一怔，他意识到白柳……是在说真的。

白柳是真的觉得浪费。

牧四诚用一种匪夷所思的眼神转过身去看白柳，白柳眼神毫无波动地仰头看着牧四诚，两人僵持了一小会儿，牧四诚怔愣无比地开了口："不是吧，白柳？你真想自己来碎镜，然后我眼睁睁看着你死？你真的是个神经病吗？！"

白柳脸色苍白又虚弱，似笑非笑地望着他："牧四诚，你不是很排斥被我控制吗？怎么现在愿意替我去死了？我们两个到底谁是神经病？"

牧四诚诡异地沉默了下来——对哦，他不是被控制的吗！事情是怎么发展到这一步的？

哦对，是白柳这个疯子完全不按照规则出牌导致的，哪有控制别人的人替被自己控制了的人去死的？牧四诚晕乎了一会儿才厘清了这个逻辑："白柳，你做到这一步是为了什么啊?"

"为了钱,"白柳指尖一翻,忽然出现了一枚 1 积分的硬币,他突兀地笑起来,"为了你对我的剩余价值。牧四诚你竟然都愿意主动挡在我前面帮我碎镜,这和你愿意为了我死也差不多了,但你死在这里太浪费了。"

白柳抬起眼:"不如把你的灵魂卖给我怎么样?至少我不会让你像你使用自己一般,随便就让自己为我而死这么没有价值,牧四诚。"

牧四诚一时无言。他一时不知道该怎么评价白柳这句话,神色复杂,没有开口。

"我需要你为我偷更多的东西,和我合作更多次,赢得更多的金钱和积分。"白柳语气轻轻,他抬眸直视牧四诚,把 1 积分的硬币举到他的眼前,"所以我不会死,我也绝不会浪费你的命,这场交易你做吗?"

牧四诚神色从诡异变得冷静,又变得冷漠,他直视着白柳:"我很讨厌被人控制。"

白柳点头,没有收回自己手上的硬币,依旧笑得无懈可击:"我不会控制你,我们只是合作,或者我不会让你感觉被我控制的。"

"合作?"牧四诚"啧"了一声,面无表情地抢过了白柳手上的那枚硬币,忽地嗤笑道,"这种合作的感觉,还不错,但 1 积分太少了,至少 10000 积分。"

"你卖身价真贵。"白柳皱眉犹豫了起来,"10000 积分啊……"

牧四诚看了白柳一会儿,然后突然震惊:"你不是吧?!你真的在犹豫 10000 积分买我吗?我可是新星榜第四,白柳!"

"但是——"白柳很诚实地说,"10000 积分还是很贵的,我买其他人都只花了 1 积分,只有张傀花了 12000 积分,但是我觉得太贵了,所以他最后去死了,你也想去死吗?"

牧四诚:"……"

你是在威胁我吗?你以为我会那么轻易受你威胁吗?!

牧四诚面无表情:"你开个价吧。"

"最多 100 积分。"白柳诚恳地看着牧四诚,"你看,你也是第一次做出卖灵魂这种生意,不如给我打个折怎么样?"

牧四诚:"……"

系统提示:玩家白柳用 100 积分购买了玩家牧四诚的灵魂。

系统提示:玩家白柳获得玩家牧四诚的灵魂钱币,与系统共有玩家牧四诚的灵魂债务权。

"喂,你真的要自己碎镜子吗?"牧四诚有点烦躁地扒拉了一下自己的头发,"啧,早知道就不一拿到护身符就绑定了,你这样直接碎,很容易死掉的,这个护身符能解绑吗?解绑了我留给你。"

"不用给我。"白柳摇头,"你的安危也很重要,我需要有一个'人鱼的护身符'来确保你的安全,毕竟你现在属于我的财产了,我需要保障我的财产安全,我还是第一次花这么多积分买灵魂,1积分1000块,欸,你居然也值10万了……"

说着说着白柳叹了一口气:"10万啊……我是不是该再考虑一下?"

牧四诚:"……"

你这种像冲动消费买了奢侈品之后后悔的语气是怎么回事?老子在你那里连10万块都不值是吗?!

"白柳,"牧四诚面无表情地威胁,"你要是再叨叨,我就在你面前碎镜自杀让你损失10万块钱。"

白柳迅速闭上了嘴。

68

牧四诚拿着"人鱼的护身符"按照白柳的吩咐去了最前面的车厢,也就是离镜子最远的车厢,白柳说是为了防止神级NPC的群攻范围太大,牧四诚来不及使用道具就直接死掉,最好离碎镜的地方远一点。牧四诚离开之前最后看了一眼白柳。

一个1点生命值的玩家和一个即将出来的神级游走NPC,如果是之前,牧四诚一定会觉得这家伙必死无疑。

但如果这个玩家是白柳……

牧四诚深吸一口气哼笑了一声转身,他觉得自己是在瞎操心,也觉得自己可能已经被白柳这家伙糊弄疯了——他居然觉得白柳一定会活下来。

这个把道具和生机都留给自己的家伙,一定会活下来。

毕竟才在自己身上花了10万块,要是没有在他牧四诚身上利用回来就死了,白柳这抠得出奇的家伙变成鬼都不会放过他吧。

牧四诚好笑地摇了摇头,握紧"人鱼的护身符",深吸一口气转身离去。

在确定牧四诚走了之后，卖惨自己没有道具、假装兄弟情哄骗牧四诚卖了灵魂给他的白柳毫不犹豫点开系统面板。

系统提示：玩家白柳正在登入玩家木柯的系统面板……已登入玩家木柯的面板。

白柳面色冷静："调出道具'人鱼的护身符'。"

一个白色的人鱼石雕掉入了白柳的手中，木柯的"人鱼的护身符"也没有绑定，正好白柳可以使用。

白柳一只手拿着白色的鱼骨鞭，另一只手拿着雕塑，他深吸一口气，又缓缓吐出看向镜面，自言自语："塔维尔，希望你和我猜测的一样，是一个有自我意识的智能游走NPC，也希望你是一面镜子的时候，记忆不止七秒，能记住你是人鱼的时候答应过我什么。"

没错，白柳之前已经调查过神级游走NPC了——《塞壬小镇》神级游走NPC塞壬王告诉白柳他的名字叫塔维尔，但原本的NPC塞壬女妖的名字叫梅得，而塞壬王却给了白柳一个完全不相干的名字，而且之前的塞壬女妖也没有说要帮玩家实现愿望的话。

这种数据覆盖原本数据的情况，白柳在了解了这个神级游走NPC的一系列极具自我意识的行为之后，倾向于定义对方是"具有智能的游走类型NPC"，它有自己的名字和想法，就像是一个实力强悍并且扮演恐怖游戏BOSS的另类玩家，在不同的游戏之间流窜。

白柳觉得对方是拥有属于自己的记忆的，这也是为什么白柳敢自己冒险碎镜子。

第一，他也有"人鱼的护身符"，本质上牧四诚碎镜和他碎镜没有太大区别。

第二，神级游走NPC，也就是塔维尔，曾经答应他实现一个愿望，从上次对方反复强调这一点来看，这个"愿望"明显是有一定效力的。

前提是对方没忘的话。

白柳闭上了眼睛，缓慢地调整了一下自己的呼吸，然后又睁开，握紧了自己手中的骨鞭，直视镜子里的自己，然后毫不留情地一鞭抽下。

在抽下的一瞬间，列车爆炸了，火焰从列车的尽头宛如潮水般涌过来。

镜中白柳的倒影碎成无数块碎片，列车呼啸而过，拉扯出绵长震动的鸣叫声，落在地上的镜片震动着拼凑成一面破碎的镜子。

镜子里面出现一个全身赤裸的男性，苍白阴郁又昳丽的脸，完美无瑕的躯体和肌肉线条，他的脸上插着细碎的镜片，镜片好似碎钻一般点缀在他眼下和完美的身体上。

他纤长卷曲的发丝垂落到他的腰间，是和水银一样漂亮的亮银色，这一切呈现在碎裂的镜面内，就像是一幅价值连城的艺术画像。

他好似被吵醒了一般，缓缓睁开了有着纤长睫毛的双眼，瞳孔就像是流动的水面般，毫无感情地倒映着这烈火焚烧毁天灭地的爆炸场景。

在他完全睁开眼睛的一瞬间，整个列车所有的玻璃全部碎裂飞溅，人群惶恐地呼叫逃命，但很快还是死于镜子碎片的擦喉而过，鲜血在几秒之内喷溅得到处都是。前面车厢的牧四诚被一堆飞舞的镜片围攻擦伤，在生命值即将清零的最后一瞬间，牧四诚看了看后面，咬牙捏碎护身符，离开了游戏。

系统提示：镜子已经被打碎，玩家牧四诚通关，正在计算奖励中……

杜三鹦晕乎乎地从满是水的车厢里爬起来，他看着突然刹车停止运行的列车，还没来得及反应，就看到一切景象就像一面被打碎的镜子，在他面前忽然碎成一片一片，噼里啪啦地纷乱散开。

系统提示：鬼镜已被打碎，镜中列车已终止运行，玩家杜三鹦、方可、刘怀正式通关，正在计算奖励中……

塔维尔伸出冷白色骨节分明的手指贴上镜面，有点厌烦地垂下了眼帘，似乎从沉睡中苏醒让他有点不适，带着起床气低声说："好吵。"

喧嚣的爆炸声在一瞬间暂停。

飞溅的铁片和奔走呼叫的慌张人群都停滞在了空气中。

白柳的背后是下一秒就要滚到他身上的火浪，周围布满的悬空震颤的碎镜片几乎把他整个人都包裹起来了，但这些碎镜片尖锐的那端朝着他，却只是停在空中不停地、轻微地颤抖着，并没有攻击他。白柳紧握在手里的"人鱼的护身符"，在塔维尔睁眼的一瞬间碎成了粉末，像是白色的沙子般从他的指尖滑落。

而白柳看着镜子里的塔维尔，长长地呼出一口气，终于真情实感地微笑起来："好久不见，塔维尔。"

现在他还没有受到塔维尔的攻击，白柳笑起来："看来你还记得我？"

镜中的塔维尔淡淡地注视着白柳，长发像是在银色的水波里晃动般："并没有很久没见，白柳，我上一次醒来见到的人也是你，这么短的时间，我很难忘记你。"

"是吗？"白柳轻声笑了一下，"你还记得上一次你答应要实现我的愿望吗？"

塔维尔"嗯"了一声，他平静地看着白柳："你想好了要许什么愿望吗？"

"是的。"白柳微笑，"攻击我，用一种不会杀死我的方式攻击我，塔维尔，这就是我的愿望。"

塔维尔微微地沉默了两秒："我很少看到你这样的人类，你……每次都要求我攻击你，你很喜欢这样？"

如果白柳知道自己现在这种回答会导致塔维尔之后对他越来越深的误解，白柳一定认真回答，但现在他到了快要通关的时刻，又是面对塔维尔这个他非常欣赏其建模的游戏 NPC，于是白柳放松了神经，似笑非笑，没忍住调戏了对方一下："可能是因为你打的我才喜欢？或许我们特别有缘，所以我才这样？"

塔维尔脸上出现一点非常浅淡的困惑的表情，但很快又消失了，他用一种冷漠的眼神从头到脚扫描了白柳一遍："你只有 1 点生命值了，我任何一种攻击方式你都会'死亡'。"

白柳很无赖："这就是你思考的问题了，我的愿望就是这样。"

塔维尔盯着白柳看了很久很久，然后他有点迟缓地，试探着从镜子里探出身来，垂下长长的浅色眼睫，优雅白皙的指尖在白柳的眉心非常非常轻地点了一下。

系统提示：玩家白柳受到了神级游走 NPC 鬼镜之主的攻击！

系统提示：玩家白柳生命值 -0.5，仅剩 0.5 生命值，请尽快退出游戏！

"这样可以吗？"塔维尔垂下有点轻颤的眼睫，在白柳耳边问道。

白柳点头："可以了，谢谢你。"

上一次……塔维尔好像也是点在这个地方，这个 NPC 好像有点喜欢他的眉眼？错觉吧……

《爆裂末班车怪物书》刷新——鬼镜。

怪物名称：鬼镜（神级游走 NPC）。

特点：？？？（未知，系统无法探索）。

弱点：暂无（不要求玩家探索该怪物弱点）。

攻击方式：鱼尾击打，咬脸（2/？？？）（注：因为无法确定攻击方式上限，集齐一个就判定玩家集齐）。

系统提示：恭喜玩家白柳集齐《爆裂末班车怪物书》。

系统提示：玩家白柳已降服镜中怪物，游戏通关，正在计算奖励中……

白柳化成碎镜片般的光点在塔维尔的面前消失，他挥手笑着告别："谢了，塔维尔，有缘下次见。"

镜中的塔维尔垂眸摩挲自己刚刚轻触过白柳眉心的手指，低语着："还是热的。"

是和冰冷的镜子和低温的人鱼完全不一样的体温，而且完全不怕自己……他是第一个看到自己不避开，还主动让自己攻击的"人类"。

触碰攻击了之后不会变成冷冰冰的尸体，躺在地上恐惧怨恨、死不瞑目地看着他，也不会变成和他一样的怪物，畏缩地依附着、又躲避他的存在。白柳依旧带着体温，笑眼弯弯地看着他，对他说，下次见，塔维尔。

好奇怪。

又好温热。

下次见，白柳把他这个怪物神级 NPC，当成什么东西呢？如果白柳知道自己到底是一种什么样的存在，还可以若无其事地说出这种话吗？

"下次见，白柳。"塔维尔对着白柳消失的地方，自言自语着。他闭上了眼睛。

一瞬间，镜子彻底碎裂，列车陷入剧烈的爆炸火焰中，人群发出凄厉的惨叫声，而带来灾厄的怪物并没有被打扰，他合上双眸，沉睡于被人轻抚过的寒冷碎镜片中，等待下一次相见。

他的心里，有不属于他的余温。

69

从白柳进入镜子开始，点明这里是游戏现实；从要打碎镜子开始，小电视前的观众就屏息凝视不语。

等到了白柳提议自己打碎镜子，牧神不让的时候，小电视前的观众一阵骚动，又是难过又是不忍。

"白柳对牧神真的很好,这两个人应该是好朋友,但这里是游戏,我还是希望白柳让牧神来碎镜……"

"我是牧神的粉丝,唉,我之前很烦有人老是拿白柳来和牧神比,现在就是心情复杂……我一点都不想白柳死,但我也不想牧神死……"

"呜呜呜,我不敢看,他们两个我都很喜欢,谁死我都接受不了,白柳那么厉害,他一定有办法的对吧!"

"白柳现在只有1点生命值了,还能有什么办法,你们把他当神吗?我觉得就牧四诚上吧!"

等到最终白柳说服了牧四诚,让牧四诚先走,守在后面的向春华和刘福慌了,他们和那个什么牧四诚一点都不熟,就眼巴巴地盼着白柳通关,看到白柳主动揽下来送死任务急得直蹦。

其他观众有些很不赞同白柳的做法,但更多的还是钦佩白柳对朋友的义气——

白柳说不会让牧四诚死,就从头到尾护住了牧四诚。

"唉,我好想哭啊,太可惜了,牧神和白柳要是都能活的话,他们组队,日后一定是不亚于总积分榜第五第六那种神级组合玩家的。"

"其实牧四诚实力很强,就是差个帮扶的,不然早就爬得比张傀高了,他个人技能很有潜力,是新星榜里唯一一个和黑桃对战过还偷到东西活下来的玩家,要是牧四诚心甘愿做白柳手里的刀,这'狼狈为奸'的两人的排名肯定上升得很快。"

"别说了,其实白柳和杜三鹦的相性也很好啊……"

镜子一碎,神级NPC一出来,就导致了小电视前的观众精神值下降,和上次《塞壬小镇》的情况一样,等到一群观众头昏脑涨地被系统滋了一脑门精神漂白剂回神过来的时候,白柳的小电视已经黑屏了。

黑屏了只有两种情况——玩家已经"死亡",或者玩家已经通关。

王舜有些沉痛地低下了头,其他玩家也纷纷沉默着低下了头——这是对他们最喜欢并且尊重的玩家离开的一种缅怀。

白柳不可能还活着了。

向春华和刘福跌跌撞撞地推开其他玩家往前走,帮他们报了仇的白柳在他们心中也和他们的孩子无异了,看到白柳就这么眼睁睁地没了,情绪剧烈起伏之下,向春华往前走了几步一个腿软,跪在了地上,恍惚地抬头伸手想去抓白柳那个小电视,视线却被泪水模糊了。

刘福勉强镇定一点,他把向春华扶起来,自己脸上也是掩饰不住的悲伤,但还勉强维持住理智:"要是白柳真和果果一样出事了,我们去游戏里挣积分,把他们复活!"

下一秒,小电视亮起,系统毫无感情的机械声播报道——

恭喜玩家白柳解锁所有主线任务以及怪物书通关《爆裂末班车》。

系统:玩家达成true ending——《永远停止的末班列车》,从那场爆炸开始,死去的乘客便日复一日地被那面可怕的镜子困在这里,重复着他们死前一个小时的痛苦,他们惨叫着,哀号着,偷偷藏起那面镜子的碎片四处躲藏,可惜都无济于事,那面毫无人类感情的镜子依旧循环燃烧着他们,烧成灰烬焦炭都不曾停息。终于有一天,有人停止了这班被大火熊熊燃烧过的镜中末班车,乘客们微笑着走出了列车,就算是死亡,他们也终于可以到站了……

王舜愕然抬头,向春华和刘福一阵大起大落之下虚脱,双双跪在地上,然后又捂嘴喜极而泣。

"活着!他成功通关了!"向春华嗓音嘶哑地第一个叫了出来,打破了过于默然的氛围。

观众无法置信地呆滞几秒之后,又哭又笑地大叫起来。

"怎么活下来的这家伙?1点生命值,那可是神级NPC!他怎么扛下来的?!"

"别想了,人还活着!快给充电收藏点赞,冲一下最后一个推广位!快!"

"对对对!冲最末推广位了,冲啊白柳!大家不能让这种'大神'级玩家被埋没了,快冲!看看能不能帮白哥冲上噩梦新星推广位!"

"杜三鹦和牧四诚那边都冲上噩梦新星榜第三第四了,我看了一下,其他位置的新星都在,估计悬,要是其他位置的新星不在还能冲一下噩梦新星榜第十,唉,白柳这玩家的运气真的很差。"

"现在好多新星玩家在冲推广位,白柳要上噩梦新星榜有点困难,我觉得上不了,核心区的观众还是太少了,顶不上去,太可惜了,明明是一个这么精彩的游戏视频。"

"那我们还充吗?感觉无望啊……"

系统提示音突兀地响起:

玩家杜三鹦以及玩家牧四诚大力推荐了玩家白柳的小电视！

观众一愣，他们很多人很快反应了过来，立马登上论坛去看怎么回事，然后纷纷惊叫出声。

"牧四诚一出游戏就把自己的推荐屏幕挂上白柳的小电视了！牧四诚直接在论坛说去给白柳点赞的玩家里他抽三个人免费带一次一级游戏！"

"这边杜三鹦也挂了白柳的小电视！！杜三鹦还在论坛说会在现在给白柳点赞收藏推荐的玩家里抽十个人，免费送价值600积分的系统道具！"

"这两个在推广位上的人下了狠手在帮白柳冲位置，直接把白柳的小电视挂在了屏幕中间，完全不管自己能不能吃到推广位福利！"

"我感动了，这就是男人之间的友情吗？白柳给我冲！我也不会放弃你的！"

"冲啊，白柳！你才是当之无愧的噩梦新星！"

源源不断的观众拥入，他们或许好奇，或许什么都不知道，或许只是从杜三鹦和牧四诚的小电视里了解过，让这群人激动得又哭又大叫的那个小小电视屏幕里，到底是一个什么样的玩家。

但是他们都清楚，那个可怕如噩梦一般的游戏，如果没有这个人的存在，必然一个通关的玩家都没有。

从某种程度上来讲，白柳对于淘汰的玩家来说，是比噩梦更可怕的噩梦；但对于那些幸存的玩家来讲，是比新星更闪耀的新星。

"还差一点了，啊啊啊啊，只差一点了！"

系统提示：玩家方可以及玩家刘怀大力推荐了玩家白柳的小电视！

王舜长出一口气，仰头看着白柳那个小小的电视，从一开始在中央大厅边缘位找到这个完全不起眼的小电视，到现在需要仰头看着这个被放在万人之间被敬仰瞩目的小电视。

从来没有玩家能在两个游戏之内就冲上了噩梦新星榜——除了那个传说级别的玩家，这个游戏里的总积分榜第一名黑桃。

但王舜有预感，很快这个纪录就要被白柳打破了。

系统提示：玩家白柳的小电视所有数据进入最终核算……

观众停下了不停充电点赞的双手,有些惴惴不安地看着白柳的小电视,小声讨论着。

"啊啊啊啊,我好紧张啊,能不能冲上去啊!"

"我们都尽力了,冲不上去的话……呜呜呜,我就大哭一场下次接着帮我柳哥冲吧!"

"我要求不高,真的,噩梦新星榜第十就成,虽然我知道这要求已经很过分了……"

有100007人赞了白柳的小电视,有126700人收藏了白柳的小电视,有41190人为白柳的小电视充电,玩家白柳获得67100积分。

玩家白柳一分钟内获得超10万赞,获得充电超6万积分!你被观众疯狂喜爱着!

恭喜玩家白柳获得最终推广位,进入中央大厅噩梦新星榜第二位,浏览量正在急速上升中……

小电视前是长久的,好似凝固一般的沉默,所有观众都缓慢地,好像是不敢相信自己做到什么一样张大了嘴巴,然后又变成一种癫狂到开始犯傻的大笑,欢呼声要把白柳这块小电视区域掀翻:

"啊!"

"白柳就是最棒的!"

"啊啊啊,噩梦新星榜第二!"

70

中央大厅噩梦新星屏幕。

这是一个黑色的电视厅,和中央大厅核心屏幕那种金碧辉煌的装修风格又有所不同,是一种墨色的现代工业风格,黑色的幕布几乎笼罩着墙壁,中间点缀着零零散散的亮银色或者金灿灿的小碎片,看起来像是夏夜的星空一般梦幻,但仔细一看就会发现墨色的幕布上有些血手印,而那些小碎片则是人的金属义齿碎片,被人粘在了上面。

游戏中判定,参与五十二场游戏以下的才称为"新人",根据一般玩家一周一次的游戏频率,正好是进入游戏一年内的玩家都可以称为新星,新星有自己特殊的榜单，而噩梦新星是新星推广位当中最好的。

噩梦新星这个厅一共有十个屏幕，只有新人中当日综合积分前十的人才能上，竞争一向十分激烈，通常是很多人刚刚登上来，很快又被挤下去了，但现在这个竞争激烈的大厅的画风却有些……奇异。

因为第二个屏幕、第三个屏幕和第四个屏幕，全都挂着白柳的小电视。

王舜赶过去一看哭笑不得，因为白柳冲上了第二位，但是第三的杜三鹦和第四的牧四诚也把白柳的小电视挂在自己屏幕中央了，打眼看去就像是白柳一个人占了三个噩梦新星推广位一样，有不少没有关注白柳的观众也被白柳吸引了注意力，他们一边疑惑一边往这边走。

"这新人谁是啊？一个人占三个屏幕，牛。"

"就是那个白柳啊，之前论坛上因为他吵得不可开交！一看你就不知道，当时一群人说人家遇到了张傀，下场要么死，要么做傀儡，啧啧，我看这阵仗，不像是给张傀做了傀儡的。"

"我记得当时论坛好多人骂他来着，因为他第一场单人游戏拿了很多充电积分，很多底层玩家都眼红他，说他装得太过分迟早被淘汰，现在人家噩梦新星榜也上了，我看这新人要是个心狠手辣的，逮着几个爱瞎讲的直接进游戏，也不知道遭淘汰的是谁。"

《爆裂末班车》true ending 线通关——积分奖励 30000。

《爆裂末班车》true ending 线通关——属性点：100（可按照玩家自身需要提升面板属性）。

《爆裂末班车怪物书——爆裂乘客页》集齐奖励——道具：碎镜片 20 块（品质不明）——需要集齐碎镜片之后才可解锁完整道具。

《爆裂末班车怪物书——盗贼兄弟页》集齐奖励——道具：盗贼黑手指一根（品质优良），碎镜片 60 块（品质不明）——装备上盗贼黑手指之后相当于拥有了第三只手，可以不经意间偷盗别人的东西；碎镜片须集齐之后才可解锁完整道具。

《爆裂末班车怪物书——鬼镜页》——道具：镜框（品质不明）——盛放碎镜片的核心工具，需要 400 块碎镜片才可拼凑成一面完整的镜子。

《爆裂末班车怪物书》集全总奖励——道具：乘客的祝福（品质优良）——乘客们感激你解救了痛苦的他们，于是赐予你祝福，只要你坐在交通工具的座椅上，他们的灵魂便会守护着你，不让任何怪物伤害你。

注：交通工具不可为玩家自己强行携带，必须为原场景固有的。

系统：玩家白柳此次小电视的综合评定。

此次《爆裂末班车》游戏过程视频总共被153266名玩家大力点赞，被196835名玩家倾情收藏，总共获得94802点积分充电，但同时也有1359名玩家不喜欢这个视频，踩了这一次的视频，高峰时期有超过100000人同时观看白柳的小电视，玩家白柳的游戏视频毋庸置疑享有非同凡响的吸引力。

综合数据超过30万，对玩家白柳《爆裂末班车》的视频进行评级——理应为闪银色徽章级别视频，综合考虑1∶113的踩赞比，对视频进行适当降级处理，最终评级为亮银色徽章级别视频，该级别视频可获得进入VIP库资格——玩家白柳此次的游戏视频进入VIP库。

进入VIP库之后，若是有玩家想要观看玩家白柳此次《爆裂末班车》的游戏视频，须在成为系统的VIP会员后再向系统缴纳60积分，观众观看所缴纳的积分白柳和系统五五分成。

白柳此次小电视获得以下成就——
近期首个离开"坟头蹦迪区"的玩家。
噩梦新星榜第二位。
近期首批通关《爆裂末班车》的玩家之一。
继黑桃之后，首个在第二次游戏就登上了噩梦新星榜的玩家。
…………

白柳从登出口出来的时候，就看到牧四诚抱胸靠在登出口等他。

看白柳出来了，牧四诚用有点匪夷所思的目光扫视白柳一圈："虽然我知道你多半有后手，但你到底是怎么出来的？那可是神级NPC……"

白柳高深莫测地笑笑："你想知道？"

牧四诚迟疑了几秒，还是点了一下头。

白柳坦然摊手："拿积分来买消息。"

牧四诚："……"

"你才得了十几万的充电积分，这种钱你都要赚我的，不至于吧？你真是钻钱眼里了。"牧四诚特别憋闷，"算了，我不想知道了，你都'坑'我多少钱了。"

白柳笑得越发亲和："那个黑手指道具，你只有一根对吧？这道具是盗贼系的，对你很有帮助，你不想凑齐它吗？"

"我这里也有一根。"白柳无辜地看着牧四诚。

牧四诚："……"

"你要多少？"牧四诚无语地问，准备掏钱免灾。

白柳笑容愉悦："我要剩下的320块碎镜片。"

"但我这里只有80块碎镜片啊。"牧四诚皱眉，他和白柳对视几秒，忽然意识到这家伙打的是什么主意了，"你不是吧，你要让我帮你收集其他的碎镜片，凭什么啊？！"

白柳不紧不慢："你反正也要去其他玩家那里收集你的黑手指，不如顺便帮我也收集一下。"

白柳倒是没想到这次给的道具都是拼凑类型的，黑手指需要五根才能拼成"第三只手"，碎镜片需要400块才能组成一个道具。通关的人5个，正好每个人一根手指，80块碎镜片。虽然都是优良品质的道具，但是每个人都只拿到了五分之一，根本无法使用。

"盗贼的黑手指"这个不用说了，明眼人都能看出这个道具牧四诚势在必得，一定会想方设法凑齐。

但碎镜片……这个谁能凑齐还真不一定。

牧四诚嗤笑："白柳你是不是忘了，方可和刘怀都是公会玩家，得到的好道具是要上交给公会的，'盗贼的黑手指'这种个人属性很强的碎片道具，他们拿着并没有什么用，也可以不用上交给公会，我可以砸钱让他们卖给我。"

"但那个属性不明的碎镜片，明显是因为带有神级NPC属性，系统无法计算，所以才会属性不明。上一个带有神级NPC属性的道具——你那个鞭子，在游戏里有多嚣张，判定强得有多离谱大家都看见了，你一个F级面板的玩家，都能用出这么大的威力了——"牧四诚抱着双臂挑眉看向白柳，"那这个同样带有神级NPC属性的碎镜片组成的道具又会好用到什么地步呢？"

"这些碎镜片方可和刘怀是必须上交给国王公会的，国王公会一定会想方设法地集齐碎镜片，凑齐这个带有神级NPC属性的道具。"牧四诚很肯定地说道。

"但有一部分碎镜片在你、我，还有杜三鹦身上。"白柳思索着反问，"国王公会会用什么办法，从我们身上拿到这些碎镜片？"

牧四诚的右手比出三根手指："我能想到的国王公会会用的办法有三种。第一种是收购，也就是交易，他们用高价从我们这里把碎镜片买走，我不得不沉痛地告诉你，杜三鹦已经把碎镜片卖给国王公会了，6万积分。"

白柳轻声叹息:"果然这种会给人带来不幸的东西,杜三鹦一定会马上出手,不过 6 万积分买一个功能不明的碎镜片,国王公会倒真是财大气粗。"

牧四诚继续说:"第二种是盗窃,这是我老本行了,也就是找有盗窃技能或者是道具的公会玩家跟着我们,在游戏中盗取我们身上的碎镜片,不过你放心,想从我手里偷到东西,这事除了你这个神经病还没人做到过。"

"当然还有最简单直接,收益最大的第三种方式——"牧四诚似笑非笑地对白柳晃了晃自己的三根手指,"我觉得你应该猜到收益最大的第三种办法是什么了。"

白柳抬起眼:"击杀嘛,在游戏里淘汰我,我身上的一切东西就都是他们的了。"

"你淘汰了他们公会一个高级玩家,张傀是他们花了不少资源养出来的,就这样被你淘汰了。"牧四诚口吻夸张地恐吓着白柳,但脸上却带着一点漫不经心的笑意,似乎对得罪国王公会这件事很无所谓,"你可是大大地得罪他们了,现在你还要和他们抢碎镜片,你有没有一点自知之明?你会被他们追杀到天涯海角的!"

"我现在有了,不过看起来也来不及了。"白柳看了一眼牧四诚,忽然笑起来,"不过你没把碎镜片卖给国王公会,是留给我的意思对吧?看起来你也做好了和我一起被追杀的准备?"

"倒是够自恋。"牧四诚哼笑一声,移开目光没看白柳,他原本双手插兜,忽然伸出一只拳头捶了白柳一下,"是你先开口死皮赖脸要和我合作的,对吧?"

白柳被捶得一个踉跄,忽然听到了系统的提示音。

系统提示:玩家牧四诚赠送玩家白柳 80 块碎镜片。

"欸,给我们这个组合起个什么名字?"牧四诚好似突然想起了什么一般,像在自言自语,脸上带着诡异的笑,他好像因为要和国王公会作对而感到很兴奋,"我当初被张傀追杀的时候,和刘怀说,'等我们有一天把张傀淘汰了,我们这个组合就一定扬名立万了',当时我给我和刘怀那个组合起了个特烂俗的名,叫'盗贼和刺客'。"

但是后来盗贼偷了刺客的刀,刺客用刀断了盗贼的手,那个操纵一切的,曾经不可一世的"傀儡师",居然就那么轻易地栽在一个新人的手中,被白柳毫无波澜地淘汰了。

那个没有太多特色的组合名字也早就消失在论坛里。

"给我们这个新组合也起个名吧。"牧四诚突然说道。

白柳对这种细枝末节的东西倒不是很在意,但有直播这种相对娱乐的东西存在,有个组合名的确更好,他先是征询了牧四诚的意见:"你说叫什么?"

牧四诚眼神飘忽了一下:"你说'盗贼和谋士'怎么样?"

连白柳都忍不住嫌弃。

这人是不是除了把职业组合起来就不会起名了啊,要是知道白柳的本来身份是"流浪者",这货可能还会起个"盗贼与流浪者"这种一看就充满了穷酸气的名字……

"你起这个名字还不如叫……"白柳假装思索,"流浪者与猴。"

沉默两秒之后,牧四诚勃然大怒地跳起来:"白柳,你嘲讽我!"

牧四诚不会想到,当初白柳随口一说的这么一个带点滑稽的组合名字,会在未来横扫整个游戏,成为无数玩家闻风丧胆的梦魇组合,只要听到那声尖厉刺耳的猴子笑,见到那个白衬衫西装裤的微笑年轻人,这场游戏的胜利就已经被奠定了。

金钱和桂冠在永眠于恐惧的游戏里,永远属于"流浪者与猴"。

而他们的胜利也即将拉开序幕。

图书在版编目（CIP）数据

惊封 / 壶鱼辣椒著 . — 广州 : 广东旅游出版社 , 2023.5（2025.8 重印）
ISBN 978-7-5570-2801-5

Ⅰ . ①惊… Ⅱ . ①壶… Ⅲ . ①幻想小说—中国—当代 Ⅳ . ① I247.5

中国版本图书馆 CIP 数据核字 (2022) 第 112611 号

惊封
JING FENG

出 版 人：刘志松
责任编辑：何　方　李　丽
责任技编：冼志良
责任校对：李瑞苑

广东旅游出版社出版发行
地址：广州市荔湾区沙面北街 71 号首、二层
邮编：510130
电话：020-87347732（总编室）　020-87348887（销售热线）
投稿邮箱：2026542779@qq.com
印刷：北京盛通印刷股份有限公司
（地址：北京市北京经济技术开发区经海三路 18 号）
开本：700 毫米 ×980 毫米　1/16
字数：430 千
印张：24.75
版次：2023 年 5 月第 1 版
印次：2025 年 8 月第 21 次印刷
定价：55.00 元

【版权所有 侵权必究】

如发现图书质量问题，可联系调换。质量投诉电话：010-82069336